KB059796

울프가 읽은 작가들

일러두기

1. 이 책은 Virginia Woolf, *Collected Essays Vol.1*, Harcourt, Brace & World, Inc., 1967을 완역한 것이다.

2. 단행본과 잡지, 희곡은 『』로, 시와 단편, 연극은 「」로, 노래는 〈 〉로 표시했다.

3. 본문에 단 주석은 옮긴이 주로, 주요 인명과 서명은 대체로 처음 한 회에 한해 각주를 달았으나, 각 에세이에서 주제가 되는 인물은 해당 에세이에 각주를 달았다.

Collected Essays

울프가 읽은 작가들

버지니아 울프

한국 버지니아 울프 학회 옮김

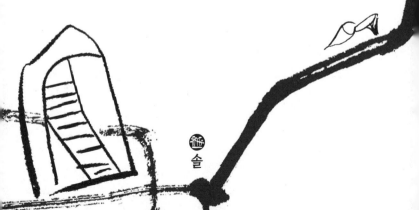

솔

울프 전집을 발간하며

왜 지금 울프인가? 1941년 3월 28일 양쪽 호주머니에 돌을 채워 넣고 우즈강에 투신자살한 작가 버지니아 울프의 전집을 이역만리 한국에서 왜 지금 내놓는가?

20세기 초라면 울프에 대한 모더니스트로서의 위상 정립 작업이 필요했을 수도 있다. 또한 1980년대라면 1970년대 이후 서구에서 활발하게 진행된 페미니즘 논의와 연관시켜 페미니스트로서의 위치 설정 작업이 필요하다고 할 수도 있다. 울프는 누가 뭐래도 페미니스트이다. 울프의 페미니즘은 비록 예술이라는 포장지에 곱게 싸여 있기는 하지만 나름대로 격렬한 것이다. 그럼에도 불구하고 페미니즘은 절대로 울프 문학의 진수도 아니며, 전부는 더더욱 아니다.

울프의 문학은 한마디로 말해서 인간주의 문학이다. 사랑을 설파한 문학, 이타주의를 가장 소중히 여긴 고전 중의 고전이 그녀의 문학이다. 모더니즘, 페미니즘, 사회주의와 같은 것들은 울프가 목적지를 향해 나아가는 도중에 잠깐씩 들른 간이역에 불과하다. 궁극적인 목적지는 인본주의라는 정거장이었다. 그동안 울프는 모더니즘의 기수라는 휜칠한 한 그루의 나무로, 또는 페미니즘의 대모代母라는 또 한 그루의 잘생긴 나무로 우리의 관심을 지나치게 차지하여 크고도 울창한 숲과 같은 이 작가의 문학 세계를 우리가 제대로 보지 못하는 경향이 없지 않았다. 이제는 바야흐로 이 깊은 숲을 조망할 때가 온 것으로 믿는다. 지금 우리가 울프를 다시 읽어야 하는 이유가 여기에 있다.

이 전집이 울프를 바로 이해하는 데 도움이 되고, 나아가 읽는 이의 정서를 순화하는 데 작은 도움이 되었으면 한다.

울프 전집 간행위원회

독서, 정신의 "근육 운동"

"런던은 어디든지 빽빽한 거리로 주름져 있다. 만약 폭탄이 떨어져서 어느 좁은 골목길을, 놋쇠 장식에 걸린 커튼이 드리워져 있고 강 냄새가 배어 있고, 그리고 나이 든 여자가 책을 읽고 있는 그 거리를 파괴한다면, 나도 아마 애국자들이 느끼던 것과 같은 감정을 느낄 것이다."

1940년 2월, 독일 폭격기의 공습으로 런던 거리가 부서지고 무너질 때, 버지니아 울프는 위태로운 일상 속에서도 의연하게 책을 읽고 있는 여성을 상상합니다. 좁은 골목길 안쪽, 햇빛이 가려져 푸르스름한 빛이 간신히 머무를 방에서도 독서에 열중한 이 여성은, 단조로운 일상이나 불안한 현실 속에서 순전히 독서의 즐거움과 독서가 주는 힘을 찾아 거실이나 침실에서, 혹은 식탁에 앉아 책을 읽는 일반 독자입니다.

이 일반 독자는 여성에게 배타적인 교육제도 바깥에서 책 읽기에 매료되었던 울프 자신의 모습이기도 합니다. 1916년에 쓴 어느 에세이에서 울프는 어린 시절 아버지의 서가에서 살그머니 책을 들고 나와 동이 틀 때까지 읽다가 커튼 사이로 창백한 바깥 풍경을 바라보며 느꼈던 고양된 감정을 생생하게 회고합니다. 그런가 하면, 1939년 9월 독일의 공습경보가 처음 울린 날, 울프는 공습에 대비해 암막 커튼을 치고 어수선한 마음에 스스로에게 책 읽기를 제안합니다. 전쟁의 위협에 위축된 정신을 치유하려면 울프에게는 정신의 "근육 운동an exercise of the muscles"인 독서가 필요했기 때문입니다. 이러한 자기 처방은 울프가 책 읽기를 탁 트인 야외에서의 운동, 숨이 찰 때까지 언덕을 계속 오르는 행위에 비유했던 것과 맥을 같이합니다. 진정한 독자는 독서라는 언덕을 오르고 또 오르며 정신의 근육을 단련하는 법이기 때문입니다. 유년 시절부터 죽음을 맞기 직전까지 울프는 책 읽기를 멈추지 않았고, 울프에게 독서는 숨을 쉬듯 일상적이면서도 삶에 절실한 수행이었다고 할 수 있습니다.

울프는 비평가나 학자의 권위에 개의치 않고 책을 읽는 순수한 즐거움을 좇는 독서를 진정한 독서라고 보았습니다. 이러한 독서 경험을 통해 무엇을 좋아하고 무엇을 싫어하는지에 대한 자기만의 이유를 찾게 되고, 자신의 독서에 박차를 가하게 되는 것이라고 말하며 울프는 지극히 사적인 체험으로서의 독서, 자유로운 독서를 강조합니다. 울프는 고전과 현대문학, 역사를 기록한 책이나 사사로운 삶을 기록한 책을 가리지 않고 자유롭게 읽는 독서를 권할 뿐 아니라 심지어 나쁜 책도 우리에게 즐거움을 준다고 말합니다. 좋은 책뿐 아니라 나쁜 책을 읽는 취향도 자연스러운 것이며, 독서에서 얻는 즐거움이 어떤 것인지 스스로 이해하고 독자적인 취향을 가꾸어가는 것이 가장 중요하다고 여기기 때문입니다.

책 읽기는 상상력, 통찰력과 안목과 같은 아주 귀한 자질들이 필요하고 독자는 자유로움과 독자성을 반드시 지녀야 합니다.

"책을 어떻게 읽을 것인가?" 하는 질문에 울프는 올바르게 읽어야 한다는 그 어떤 충고도 받아들이지 말고, 자신의 본능을 따르고 자신의 이성을 사용하여 자신의 결론에 도달해야 한다고 조언합니다. 『자기만의 방』에서 울프가 희화화했던 옥스브리지 대학이나 런던 박물관 같은, 제도화된 책 읽는 공간에서 권위적이거나 관습적인 책 읽기를 수행하는 학자와 달리 울프의 일반 독자는 사적인 일상의 영역에서 자기만의 세계를 상상력을 통해 구축합니다. 울프에게 독서는 학식이나 세련된 취향, 영향력을 얻는 방편이 아니라 자기만의 인물론, 시대론, 문예론을 창조하고자 하는 충동의 실천입니다.

한 분야의 권위자나 전문가가 되려는 욕심 없이 순수한 독서에 대한 열정으로 책을 읽는 독자는 예전부터 고전으로 여겨지는 책 이외에도 현시대에 새로 나온 책에서도 즐거움을 찾습니다. 울프는 출간된 지 얼마 되지 않아 아직 책갈피 사이가 채 떼어지지도 않은 새 책에서 느끼게 되는 호기심에 찬 흥분은 불후의 명작이 주는 기쁨보다 조금도 덜하지 않다고 말합니다. 그렇지만 새로운 언어가 파도처럼 밀려들어 거품을 일으키며 엄청난 양의 글을 쏟아내고 있는 시대에, 울프는 낚시와 항해의 비유를 들어 독자가 고전 작품들을 돌아보아야 한다고 역설합니다. 고전 작가들이 삶을 온전히 포착해 건져 올리고자 멀고 깊은 바다로 그물을 던진 것처럼, 우리도 그들을 좇아 우리의 상상력을 한껏 멀리 내던져야 우리의 상상력이 되가져다 줄 멋지고 낯선 선물을 받아들일 수 있다고 말입니다. 또한 우리 시대의 새로운 감각을 구현할 새로운 형식을 찾아 지도에도 그려지지 않은 길들을 따라나선 이후에야 고전의 반열에 오른 작품의 뛰어남과 부족함을 재인식하게 될 뿐 아니라 고전 작품이 성취해낸 바에 새삼 경탄하게 된다고 말입니다.

『울프가 읽은 작가들』은 울프 자신이 쓴 독자로서의 자서전과도 같습니다. 울프의 독서는 시와 소설, 희곡과 전기 등 장르를 넘나들며, 고전문학과 현대문학, 그리스 비극과 러시아 소설까지 아우릅니다. 울프는 지난 시대의 작가를 읽고 현재 작가들의 새로운 시도를 더 잘 이해했고, 또한 새로운 책을 읽는 모험에 나섬으로써 과거의 책에 대해 더 예리한 시선을 갖추었습니다. 우리는 울프의 문학 에세이에서 어두컴컴한 책방이나 서재에서 도서 목록을 뒤적이는 창백하고 무뚝뚝한 학자가 아니라 생생한 호기심과 진실한 명철함이 섬광처럼 어린 독자의 모습을 만나게 됩니다.

『울프가 읽은 작가들』은 한국 버지니아 울프 학회의 회원들이 울프의 에세이를 읽는 즐거움을 오랫동안 함께 나누며 우리말로 옮기고 다듬어서 모은 결실입니다. 회원들은 함께 열심히 연찬하면서 열정과 통찰력이 어우러진 울프의 에세이를 선물인 듯 받고, 그의 에세이가 지닌, 섬세함을 잃지 않으면서도 정곡을 찌르는 명징함에 새삼 경탄하며 소설가 울프와는 또 다른 울프를 발견하곤 했습니다. 다른 시대, 다른 세계를 품었던 상상력을 좇아 숨이 차서 한계에 다다를 때까지 책 속의 세계로 깊숙이 자신을 던지고 그 속으로 스며들어 갈 때 비로소 독자는 처음 떠났던 곳과는 다른 새로운 곳에 다다르는 여행을 하게 되는 것입니다.

한국 버지니아 울프 학회장
김영주

차례

Ⅰ 화려한 잡동사니의 방

고전~17세기

그리스어를 모르는 데 대하여
On not Knowing Greek

그리스어를 아느냐는 문제에 대해 왈가왈부해봐야 소용없고
어리석은 일이다. 우리는 어느 학급에 데려다 놔도 아는 게 없어
꼴찌를 면치 못할 테니 말이다. 단어를 어떻게 발음해야 할지도
모르고, 정확히 어느 부분에서 웃어야 할지도 모르거니와, 배우
들이 어떻게 연기했는지도 알지 못한다. 또한 이 외국인들과 우
리 사이에는 종족과 언어의 차이뿐만 아니라 엄청난 전통의 간
극이 존재한다. 우리가 그리스어를 알고 싶어 하고, 알고자 애쓰
고, 끊임없이 그리스어에 끌리고, 비록 앞뒤가 맞지도 않는 이런
저런 것들을 가지고서, 진짜 그리스어의 뜻과 조금이라도 비슷한
지 누구도 확인해볼 수 없을 그런 의미를 끝없이 만들어내려 한
다는 것은 더더욱 이상한 일이 아닌가?

그리스 문학은 우선 개인성을 초월한 비개인적 문학이라는 것
이 분명하다. 존 패스턴[1]과 플라톤 사이를 갈라놓고, 노리치와 아
테네를 떼어놓는 이 수백 년의 시간은, 시끄럽게 떠드는 유럽의

---

1   존 패스턴(John Paston of Norwich, 1421~1466). 그가 남긴 서한집인 『패스턴 서간
    Paston Letters』은 당시 젠트리 계층의 생활상을 보여주는 귀중한 사료이다.

갑론을박으로는 결코 건널 수 없는 드넓은 강물인 것이다. 우리가 초서[2]를 읽을 때 우리는 저도 모르게 우리 선조들의 삶의 흐름을 타고 그에게로 둥실 떠간다. 이후 기록이 쌓이고 과거에 대해 아는 것이 많아져서 (초서의 인물들 중에서) 생애와 서신, 아내와 가족, 그가 살았던 집, 성격, 행복했던 일과 암울한 파국 같은 다양한 연상을 불러일으키지 않는 인물은 거의 하나도 없다. 허나 그리스인들은 그들 자신의 모습 그대로 남아 있다. 운명은 그 부분에 있어서 또한 친절했다. 운명은 그들이 천박해지지 않도록 보존했다. 에우리피데스[3]는 개에게 잡아먹혔고, 아이스킬로스[4]는 돌에 맞아 죽었으며, 사포[5]는 절벽에서 뛰어내렸다. 그들에 대해 더 이상 아는 바는 없다. 우리에게는 그들의 시가 있을 뿐이다. 하지만 이는 온전한 진실이 아니고, 아마 결코 그럴 수도 없을 것이다. 소포클레스[6]의 희곡을 아무거나 하나 골라서 읽어보라.

고대 트로이에서 우리 군대를 이끌었던 그의 아들, 아가멤논
의 아들

그러면 즉시 마음속에는 그 주변 환경이 그려지기 시작한다. 비록 아주 엉성하게나마 소포클레스의 배경이 될 만한 것이 떠오른다. 먼 바닷가 근처의 어느 마을을 그려본다. 오늘날에도 영

---

2 제프리 초서(Geoffrey Chaucer, 1343~1400). 영국의 시인. 그가 쓴 『캔터베리 이야기』는 근대 영어로 쓰인 최초의 문학작품으로 평가받는다.
3 에우리피데스(Euripides, B.C. 480~B.C. 406). 고대 그리스의 3대 비극 시인 중 하나다.
4 아이스킬로스(Aeschylus, B.C. 523~B.C. 456). 고대 그리스의 3대 비극 시인 중 하나다.
5 사포(Sappho, B.C. 612?~B.C. 570). 고대 그리스의 시인. 레스보스섬 출신으로 여성 동성애를 의미하는 sapphism, lesbianism 등의 단어의 유래이기도 하다.
6 소포클레스(Sophocles, B.C. 497~B.C. 406). 고대 그리스의 3대 비극 시인 중의 한 사람. 『안티고네』, 『오이디푸스 왕』 등의 작품이 있다.

국의 벽촌에서 그런 마을들을 찾아볼 수 있다. 그 마을에 들어가면 기차와 도시로부터 떨어진 시골집들이 옹기종기 모여 있고 우리는 여기에 존재의 모든 요소가 완벽하게 갖추어져 있다는 것을 느끼지 않을 수 없다. 목사관이 있고, 영주의 저택이 있으며, 농장과 오두막이 있다. 예배를 드릴 교회와 사교 모임을 위한 클럽이 있고, 놀이를 즐길 크리켓 경기장이 있다. 이곳에서 삶은 순전히 기본 요소로만 이루어져 있다. 사람들은 제각기 맡은 역할이 있는데, 다른 이들의 건강이나 행복을 위한 일이다. 그리고 이 작은 공동체에서 사람들은 서로 긴밀하게 얽혀 있다. 목사의 괴벽은 다들 알고 있고, 지체 높은 귀부인들의 고약한 성미, 대장장이와 우유 배달부 사이의 해묵은 원한, 그리고 처녀 총각들 간의 사랑과 짝짓기가 있다. 이곳에서 삶은 수 세기 동안 변함이 없었다. 관습이 생기고, 산꼭대기와 외딴 나무들에 전설이 붙여지고, 마을은 역사와 축제와 경쟁 상대들을 갖게 되었다.

어쩔 수 없는 부분은 날씨다. 만일 이곳에서 소포클레스를 생각하려 한다면, 우리는 연무와 습기 그리고 짙게 내려앉은 축축한 안개를 걷어내야 한다. 산세를 더 날카롭게 만들어야 하고 숲과 초원 대신에 돌과 흙의 아름다움을 상상해야 한다. 따스함과 햇볕, 그리고 몇 달씩 계속되는 빛나는 맑은 날씨로 말미암아, 삶의 모습은 말할 나위 없이 즉각 바뀐다. 생활은 옥외에서 이루어지고, 그 결과 이탈리아에 가본 사람은 누구나 알고 있듯이, 사소한 사건들이 거실이 아니라 거리에서 논쟁거리가 되고 극적으로 바뀐다. 사람들은 달변이 되고, 남부 지역 사람 특유의 조소와 비웃음 어린 번뜩이는 재기와 말씨를 갖게 된다. 그것은 일 년의 반 이상을 실내에서 지내는 데 익숙한 사람들의 느릿한 과묵함과, 나직한 목소리와 음침하고 내성적인 우울함과는 전혀 닮은 구석이 없다.

그것이 그리스 문학에서 제일 먼저 우리의 눈길을 끄는 특질이다. 번개처럼 빠르고, 조소 어린 옥외 생활을 하는 사람들의 태도 말이다. 그것은 가장 사소한 데서 뿐만 아니라 가장 존귀한 데서도 분명하게 드러난다. 소포클레스의 비극에 등장하는 왕비와 공주들은 문간에 서서, 으레 그러려니 하겠지만, 언어 자체를 즐기고, 어구를 잘게 자르며, 언쟁에서 이기려는 목적을 가지고 마치 시골 아낙네처럼 언쟁을 벌인다. 사람들의 유머는 우리의 우편배달부나 택시 운전수들의 것마냥 거칠다. 거리 모퉁이에 자리 잡고 앉아 있는 남자들의 비아냥거림은 재치 있으면서도 잔인하다. 그리스 비극에는 우리 영국적인 난폭함과는 판이하게 다른 잔인성이 있다. 한 예로, 매우 존경받던 인물인 펜테우스가 『바커스의 여신도들 The Bacchae』[7]에서 살해당하기 전에 웃음거리가 되지 않는가? 실은, 이 왕비와 공주들은 웅웅거리는 벌들이 스쳐지나가고, 그림자가 드리워지고, 바람이 그들의 옷자락을 나부끼는 야외에 있었다. 태양이 지나치게 뜨겁지만 공기는 그토록 약동하는 그런 찬란한 남녘의 어느 날, 그들은 자신을 둘러싼 수많은 청중을 향해 말하고 있었다. 그러므로, 시인은 사람들이 혼자서 몇 시간이고 읽어야 하는 그런 주제가 아니라, 열심히 눈과 귀를 세우고 집중하고는 있지만 너무 오래 꼼짝 않고 있으면 몸의 근육이 뻣뻣해지고 마는, 일만 칠천 명의 청중들에게 즉각적이고 직접적으로 전달할, 뚜렷하고, 친숙하며, 간결한 무언가를 생각해내야 했다. 그에게는 음악과 춤이 필요할 것이고, 그는 자연히 우리의 『트리스탄과 이졸데 Tristram and Iseult』[8]처럼 모든 사람들

---

7   고대 그리스의 시인 에우리피데스의 비극이다.
8   중세 유럽의 비극적 로맨스로, 이후 서구 연애 문학의 전형이 되었다.

이 대략적인 줄거리를 알고 있어 이미 감정적 경험이 풍부하게 축적되어 있는 그런 전설 중 하나를 고를 것이고, 시인에 따라 제각기 서로 다른 부분에 새로운 강조점을 둘 것이다.

예를 들어, 소포클레스는 엘렉트라의 옛이야기[9]를 선택하겠지만 당장 거기에다 자신의 고유한 인장을 찍을 것이다. 우리 (현대 영국의 독자)의 나약함과 왜곡에도 불구하고, 그중 어떤 것이 살아남아서 우리 눈에 들어오는가? 우선 그의 천재성은 최고이고—그는 혹시라도 실패할 경우, 그 실패가 어떤 사소한 일부분에 불분명하게 드러나는 것이 아니라, 깊은 상처를 내고 전체를 망치게 되는 그런 구성을 택했다. 그것은 만일 성공한다면, 뼛속까지 정곡을 찌르고, 대리석에 손가락 하나하나의 지문을 각인시키게 되는 것이다. 그의 엘렉트라는 너무 꽉 묶여서 이쪽으로도 약간, 저쪽으로도 약간밖에 움직일 수 없는 그런 인물처럼 우리 앞에 서 있다. 하지만 매번 움직일 때마다 최대한 많은 것을 전달해야 한다. 아니면, 그렇게 묶여서 모든 암시와 반복과 제시된 것을 풀어내지 못한 채, 그녀는 꽁꽁 묶인 모형 인형일 수밖에 없을 것이다. 위기 상황에서는 사실 그녀는 거의 말을 하지 않는다. 단지 비탄이나 기쁨, 증오에 차 외칠 뿐.

οἲ ’γὼ τάλαιν’, ὄλωλα τῇδ᾽ ἐν ἡμέρᾳ.

παῖσον, εἰ σθένεις, διπλῆν.[10]

그러나 이러한 외침들은 극에 흥미로운 양상을 제공하고 윤곽

---

9 『엘렉트라Electra』는 기원전 5세기경 소포클레스가 쓴 그리스의 비극이다. 트로이 전쟁이 끝나고 몇 년 후, 아버지인 아가멤논을 살해한 어머니(클리타임네스트라)와 계부(아이기스토스)에 대한 엘렉트라와 오레스테스 남매의 복수를 그렸다.

10 아 가련한 나여, 바로 이날에 내가 죽는구나. 그대가 힘이 있다면, 두 배로 안아주세요.

을 그려준다. 영국 문학에서 제인 오스틴이 소설을 구성하는 것
도, 그 정도는 아주 다르지만, 이런 식이다. 어떤 순간이 다가온다.
"당신과 춤추겠어요."라고 에마[11]가 말한다. 이것은 나머지 부분
보다 두드러진다. 비록 그 자체로 웅변적이거나, 격정적이거나,
언어의 아름다움이 두드러지거나 하지는 않지만, 소설 전체의 하
중이 그 뒤에 놓여 있다. 비록 짜임새가 훨씬 느슨하긴 하지만 제
인 오스틴 역시, 그의 문학에서 우리는 등장인물들이 (소포클레
스에서처럼) 묶여 있고, 약간의 움직임만 허용된다는 느낌을 받
는다. 그녀 또한 자신의 소박한 일상의 산문 속에서 한 발짝만 잘
못 디뎌도 죽음에 이를 수 있는 그런 위험한 예술을 택했다.

　그러나 고뇌에 빠진 엘렉트라의 외침에 날카롭게 베어내고 상
처 내고 흥분하게 만드는 힘을 부여하는 것이 무엇인지 특정하
기는 쉽지 않다. 우리가 그녀에 대해 아는 것은 부분적이다. 대
화에 나타나는 미묘한 변화와 어긋남 등에서 그녀의 성격과 외
모에 대해 알게 된다. 엘렉트라는 특이하게도 외모에 무관심하
며 내면적인 고통과 극에 달한 분노에 시달린다. 그녀 자신이 인
식하고 있는 것("내 행동이 꼴사나워 역겹다.")처럼, 그녀의 기막
힌 처지 때문에 퉁명스럽고 격이 떨어지는 태도를 보인다. 미혼
인 처녀가 자기 어머니의 비열함을 목격하고, 천박하다고 느껴
질 만큼 큰 소리로 온 세상에 대고 외친다. 다른 한편으로 우리는
클리타임네스트라가 절대로 지독한 악녀가 아니라는 것 또한 알
고 있기 때문이다. "δεινὸν τὸ τίκτειν ἐστίν", 그녀는 이렇게 말한다.
"모성에는 이상한 힘이 있다." 오레스테스가 집 안에서 죽인 여자
는 폭력적이고 용서받지 못한 살인자가 절대 아니다. 그리고 엘
렉트라는 그에게 완전히 죽일 것을 요구한다. "다시 내리쳐." 아

11　제인 오스틴의 소설, 『에마Emma』의 주인공이다.

니, 산등성이에서 햇볕을 받으며 관객들 앞에 서 있는 남녀들은 아주 생생하게 살아 있고, 섬세하며, 그냥 형태만 인간인 인형이나 석고상이 아니다. 하지만 그건 우리가 그들이 우리에게 불러일으키는 감정들로 그들을 분석할 수 있기 때문은 아니다. 우리는 프루스트의 작품 여섯 쪽에서, 『엘렉트라』 이야기 전체에서보다 더 복잡하고 다양한 감정을 발견할 수 있다. 그렇지만 『엘렉트라』나 『안티고네Antigone』[12]에서 우리는 어떤 다른 이유로 감동한다. 어쩌면 좀더 감동적인 어떤 것, 즉 영웅심 그 자체, 충실성 그 자체 같은 것에 깊은 인상을 받는다. 비록 읽기 고생스럽고 어렵지만 우리를 자꾸 그리스 문학으로 끌어당기는 것은 이것이다. 굳건하고, 영원히 변치 않는 인간의 원형을 여기서 발견하게 된다. 그를 행동으로 이끌어내기 위해 격렬한 감정들이 필요하다. 그러나 그렇게 죽음에 의해, 배신에 의해, 다른 어떤 원초적인 파국에 의해 자극되었을 때, 안티고네와 아이악스, 엘렉트라는 우리가 그런 일을 당했을 때처럼 행동한다. 즉, 누구나 항상 하는 그런 식으로 행동한다. 그래서 우리는 『캔터베리 이야기』에 등장하는 인물들을 이해하는 것보다 이들(그리스인들)을 좀더 쉽고 직접적으로 이해한다. 그들은 원형原形인 반면에, 초서의 인물들은 다양한 변형을 보여준다.

물론 이런 식으로 원형적인 남과 여, 영웅적 왕들, 효심 깊은 딸들, 그리고 수 세기 동안 항상 똑같은 장소에 발을 디디고 충동이 아니라 습관에 의해 그들의 옷자락을 똑같은 손짓으로 잡아당기는 이런 비극적인 여왕들은 세상에서 가장 따분하고 가장 기운 빠지게 하는 길동무들이다. 애디슨과 볼테르, 그리고 일단의 극작가들의 극이 그것을 증명해준다. 하지만 그리스어로 된 극을

12 소포클레스의 비극이다.

보라. 학자들 사이에 절제와 통제력이 있는 것으로 정평이 난 소포클레스조차도, 단호하고, 무자비하고, 직설적인 극을 썼다. 우리가 거기서 떼어낸 대사 한마디가 드넓은 바다, 점잖은 연극의 바다 전체를 다 물들인다. 여기서 우리는 그 감정들이 획일적이 되어 진부해지기 전에 그들을 만난다. 이곳에서 우리는 영문학을 통해 울려 퍼지는 나이팅게일의 노래가 그리스어로 불리는 것을 듣는다. 생전 처음으로 오르페우스는 그의 류트로 인간과 동물들이 자신을 따르게 만든다. 그들의 목소리는 맑고 분명하게 울린다. 우리는, 대영박물관의 창백한 복도를 따라 화강암 주춧돌 위에 우아하게 자리 잡고 있는 것이 아닌, 올리브나무 사이에서 햇볕을 받으며 여흥을 즐기는 털이 덥수룩한 구릿빛 몸들을 본다. 그리고 갑자기, 이 모든 것이 진하고 선명한 가운데서, 엘렉트라는 마치 얼굴을 베일로 가리고 더 이상 자신에 대해 생각하지 말라는 듯이 바로 그 나이팅게일 이야기를 한다. "슬픔으로 제정신이 아닌 저 새, 제우스의 전령, 아 슬픔의 여왕, 니오베여, 나는 그대를 신성하게 여기나니, 그대여 ─ 당신의 바위 무덤에서 영원히 울고 있는 자여."

그녀는 자신의 불만에 대해 침묵하면서, 시와 시의 본질에 대한 불가해한 질문들을 하고, 그러면서 자기가 하는 말들이 확실히 불멸성을 갖게 되는 이유를 들어 우리를 당혹스럽게 만든다. 그리스어로 되어 있기 때문에, 우리는 그녀의 말이 어떻게 들리는지 알 수 없다. 그리고 그 말들은 뻔한 흥미의 원천들을 무시하며, 효과 면에서 과다한 표현과는 전혀 무관하다. 그리고 그 말들은 말하는 사람이나 작가의 성격을 전혀 드러내지 않는다. 그렇지만 그 말들은 입에 오르내리고 영구히 지속될 어떤 것으로 남아 있다.

하지만 극이라는 데 있어서 구체적인 것에서 일반적인 것으로 건너뛰는 것, 즉 이러한 시는 필연적으로 얼마나 위험한 일인가? 배우들은 저기 서서, 그들의 몸과 그들의 얼굴이 사용될 때만을 수동적으로 기다리고 있으니 말이다. 이런 이유로, 행동보다 시가 더 많은 셰익스피어의 후기 극들은 관람하는 것보다 읽는 편이 더 낫고, 의미를 나타내는 배우의 움직임을 눈으로 볼 수 있는 것보다 무대 위에 실제 배우의 몸이 없는 편이 더 잘 이해된다. 하지만 만약 일반적인 것과 시적인 것, 행동이 아니라 논평이 전체의 움직임을 방해하지 않고 허용될 수 있는 어떤 방편을 찾을 수 있다면, 견디기 힘든 극의 제한을 풀어줄 수 있을 것이다. 코러스[13]가 제공하는 것이 이것이다. 극중 연기를 하지 않는 나이 든 남자들이나 여자들로 구성되어, 바람 사이로 노래하는 새소리처럼 뚜렷이 구분되지 않는 목소리들이다. 그들은, 논평이나 요약을 하고, 때론 시인으로 하여금 직접 말하도록 허용하기도 하고, 대비를 통하여 그가 가진 개념의 또 다른 측면을 제공한다. 등장인물들이 스스로 말하고 작가는 낄 자리가 없는 상상의 문학에서는 언제나 그러한 목소리의 필요성이 드러난다. 비록 셰익스피어가 (바보와 광인이 그 역할을 해준다고 보지 않는다면) 코러스 없이 해내긴 했지만, 소설가들은 항시 어떤 대체물을 만들어낸다. 새커리[14]는 자기가 직접 말하고, 필딩[15]은 막이 오르기 전 등장해서

---

13 그리스 고전극의 중요한 구성 요소로 12~50명으로 구성된 일단의 출연진이 무대 뒤편에 서서 춤을 추거나 노래 또는 대사로 극의 전반적 사건에 대해 평가하고 설명하는 역할을 한다.

14 윌리엄 새커리(William Makepeace Thackeray, 1811~1863). 영국의 소설가. 『허영의 시장Vanity Fair』『헨리 에스먼드 이야기The History of Henry Eomond, Esq.』등의 주요 작품을 남겼다.

15 헨리 필딩(Henry Fielding, 1707~1754). 영국의 소설가. 대표작으로 『톰 존스The History of Tom Jones, a Foundling』『조지프 앤드루스The History of the Adventures of Joseph Andrews and His Friend, Mr. Abraham Abrams』등이 있다.

세상 사람들에게 연설을 한다. 극의 의미를 파악하는 데 있어서 코러스는 너무나도 중요하다. 우리는 그것들이 적절한지 적절치 않은지 결정하고 그것들이 극 전체에 어떠한 관련이 있는가 파악하기 위해, 그러한 황홀경과, 격렬하고 겉보기에 별 관련 없어 보이는 말들과, 때로는 뻔하고 흔해빠진 그 진술들에 쉽게 빠져들 수 있어야만 한다.

우리는 "쉽게 빠져들 수" 있어야 한다. 하지만 물론 그것이 바로 우리가 할 수 없는 것이다. 대부분의 경우 코러스들은 애매모호하기 때문에 자세한 설명이 필요하고, 그러다 보면 균형이 깨진다. 그러나 우리는 소포클레스가 코러스를 극의 행위 범주를 벗어나는 어떤 것을 표현하기 위해서가 아니라, 미덕이나 극 중에 언급된 어떤 장소의 아름다움을 칭송하여 노래하기 위해서 사용했다는 것을 짐작할 수 있다. 그는 강조하고 싶은 것을 고르고, 하얀 콜로누스와 그의 나이팅게일이나 전투에서 정복되지 않은 사랑에 대해 노래한다. 그의 코러스는 사랑스럽고, 고매하며, 고요히 자연스럽게 그가 처한 상황에서 점차로 벗어나 관점이 아니라 분위기를 바꾼다. 그러나 에우리피데스에게 상황은 그 자체에서 머물지 않고, 의혹과 암시와 의문의 분위기를 퍼트린다. 그러나 우리가 이것을 확인하기 위해 코러스를 들여다보면, 우리는 종종 지침을 얻기보다 당황하게 된다. 우리는 즉각 『바커스의 여신도들』에서 심리학과 의심의 세계를 만난다. 정신이 사실을 왜곡하고 변화시키며, 삶의 익숙한 측면들을 새롭고 미심쩍은 것으로 만드는 그런 세계 말이다. 바커스는 누구이며, 신들은 누구인가? 그리고 그에 대한 인간의 의무는 무엇이며 인간의 섬세한 두뇌가 가진 권리는 무엇이란 말인가? 이러한 질문에 코러스는 침묵하거나 조롱할 뿐이다. 아니면 마치 극 형식이 엄격해서 에 우리피데스는 마치 마음에서 부담을 덜어내기 위해 그것을 어기고 싶은 유혹을 느끼기라도 하는 듯이 모호하게 말한다. 시간은 너무 짧고 제가 하고픈 말은 너무도 많으니, 저는 겉보기엔 서로 무관해 보이는 말들을 함께 늘어놓고 여러분들이 알아서 결합시키도록 부탁할 수밖에 없답니다. 그렇지 않으면 여러분은 제가 내어줄 수 있는 뼈대만으로 만족해야 합니다. 이런 논리이다. 소포클레스와 아이스킬로스에 비해 에우리피데스의 극은 햇빛이 비치는 산등성이에서 상연되는 대신 혼자 방에서 읽게 되더라도 손상이 덜했다. 그의 극은 마음속에서 상연될 수 있고, 당대의 문제들에 대해 논평할 수 있어서, 시대에 따라 차이가 있지만 그는 다른 작가들에 비해 인기가 있다.

소포클레스의 극이 인물에 집중되어 있다면, 에우리피데스는 시적인 번득임과 폭넓고 답 없는 질문들로부터 (극을) 길어 올리고, 아이스킬로스는 각각의 어구들을 극도로 확대시키고, 은유에 실어 띄워주고, 장중하게 일어나 맹목적으로 엄숙하게 장면들을 통해 나아가게 명하여 이 작은 드라마들(『아가멤논』[16]은 1663행이지만, 『리어 왕』은 2600행 정도이다)을 거대하게 만든다. 그를 이해하기 위해서는, 시를 이해하기 위해서처럼 꼭 그리스어를 알아야 할 필요는 없다. 셰익스피어가 우리에게 요구하듯이 단어들의 도움 없이 공중으로 위험한 도약을 할 필요가 있다. 단어는 그토록 세찬 의미의 광풍에 맞서면 길을 잃고 여기저기 날아가 버린다. 각각의 단어가 혼자서는 너무 힘이 약해 오직 함께 모여야만이 그 의미를 전달할 수 있다. 정신의 빠른 비상으로 그들을 결합시켜 우리는 순간적으로 그리고 본능적으로 그 의미를 깨닫는다.

---

16 그리스 신화에 바탕을 둔 아이스킬로스의 비극. 트로이 전쟁을 승리로 이끈 대장 아가멤논이 귀향하자 부인인 클리타임네스트라는 그가 돌아온 첫날 밤 남편을 독살한다.

그러나 그 의미를 다른 말로 생생하게 담아낼 수는 없을 것이다. 애매모호하다는 것은 최고의 시라는 표식이고, 우리는 정확한 의미를 알 수 없다. 예를 들어『아가멤논』에서 이 구절을 들어보자.

$$\grave{o}\mu\mu\acute{a}\tau\omega\nu\ \delta'\ \grave{\epsilon}\nu\ \grave{a}\chi\eta\nu\acute{\iota}\alpha\iota\varsigma\ \acute{\epsilon}\rho\rho\epsilon\iota\ \pi\tilde{a}\sigma'\ '\!A\phi\rho o\delta\acute{\iota}\tau\alpha^{17}$$

그 의미는 언어의 먼 저편에 있다. 이것은 극도의 흥분과 고뇌의 순간에 우리가 언어 없이 마음으로 알아듣는 의미이다. 이것은 도스토옙스키가 (그는 산문이라는 형식에 방해받고 우리는 번역에 의해 방해받긴 하지만) 놀랍게도 감정의 단계들을 단숨에 뛰어올라 가리키지만 분명하게 뜻을 짚어내지는 못하는 그런 의미이다. 이것은 셰익스피어가 덫을 놓아 잡아내는 데 성공한 그 의미이다.

아이스킬로스는 소포클레스처럼 사람들이 말했을 법한 바로 그런 말을 내놓으려 하지 않는다. 단지 어떤 알 수 없는 방식으로 포괄적인 힘과 상징적 위력을 갖도록 단어를 배치할 뿐이다. 그는 에우리피데스처럼 앞뒤가 맞지 않는 것들을 결합하여, 마치 작은 방의 구석에 거울을 놓아 방을 넓어 보이게 만들듯이 그의 영역을 넓히려 하지도 않는다. 과감하고 유려한 은유의 사용으로 사물 그 자체가 아니라, 자기 마음에 떠오르는 사물이 만들어낸 반향과 반영을 증폭시켜 우리에게 준다. 그의 은유는 원래의 사물이 무엇인지 보여줄 수 있으리만치 근접해 있지만, 그것을 고양시키고 확장시키며 빛나게 할 수 있는 만큼은 멀리 떨어져 있다.

이들 극작가들 중 아무도 소설가가 갖는 권리, 그리고 어느 정도는, 모든 인쇄된 책의 저자들이 갖는 권리, 즉 조용히 주의 깊게

17 모든 사랑은 눈의 텅 빈 동공으로부터 달아나 버렸도다.

그리고 때론 두세 번씩 읽어야 제대로 알 수 있는 셀 수 없을 만큼의 세심한 붓질로 자신의 의미를 다듬을 그런 권리를 갖지 못했다. 제아무리 천천히 그리고 아름답게 그 말들이 내려앉는다 하더라도, 그리고 그 말들의 최종 목표가 제아무리 알쏭달쏭하다 하더라도 모든 문장은 귀에 닿아 폭발해야만 했다. 제아무리 섬세하고 제아무리 잘 꾸며진 이미지나 암시라 하더라도, 그것이 만약

ὀτοτοτοῖ πόποι δᾶ. ὢ 'πολλον, ὢ 'πολλον.[18]

라는 적나라한 외침과 우리(독자) 사이에 끼어들었더라면, 어떠한 멋지고 풍부한 은유도 『아가멤논』을 구할 수는 없었을 것이다.
　어떤 대가를 치르더라도 극적이어야만 했다.
　그러나 이 마을에 겨울이 찾아들고, 어둠과 살을 에는 추위가 산등성이에 내려왔다. 깊은 겨울에 그리고 한여름의 열기에 사람들이 쉴 수 있는 어떤 실내 장소, 앉아서 마실 수 있고, 편안히 다리 뻗고 누울 수 있고, 담소할 수 있는 곳이 분명히 있었을 것이다. 실내 생활을 보여주고 묘사한 것은 물론 플라톤이다. 한 무리의 친구들이 만나 진수성찬은 아니지만, 포도주를 좀 마시고, 어떤 잘생긴 소년이 나서서 질문을 하거나 의견을 표명한다. 그러면 소크라테스는 그것을 받아서 만져보고, 뒤집어보고, 이리저리 살펴보고는 그것의 모순과 허위를 재빨리 밝혀내고, 모인 사람들 전부가 점차 그와 함께 진실을 보도록 이끈다. 단어의 정확한 의미에 부단히 집중하고, 각각의 승인된 사실들이 무엇을 의미하는지 판단하고, 견해가 확고해지고 명료해져서 진실로 변화해가는

18　비탄이여, 비탄이여, 비탄이여, 진정으로, 오, 파괴자여, 오, 파괴자여.

과정을 열심히, 그렇지만 비판적으로 주시하는 과정은 사람을 기진하게 만든다. 쾌락과 선은 같은 것인가? 미덕을 가르칠 수 있는가? 미덕이 지식인가? 지치고 약한 정신은 무자비한 질문이 계속됨에 따라 쉽사리 착각을 하게 될지도 모른다. 그러나 제아무리 약한 사람일지라도, 비록 플라톤에게서 더 많은 것을 배우지는 못하더라도, 지식을 더 사랑하지 않을 수 없게 될 것이다. 논쟁이 조금씩 고조됨에 따라, 프로타고라스[19]가 항복하고, 소크라테스는 다그친다. 중요한 것은 우리가 도달하는 목적지가 아니라 거기까지 도달하는 방법이다. 그것을 모두가 느낄 수 있다. 그 불굴의 정직함과 용기, 소크라테스와 뒤따르는 우리를 높은 곳으로 이끄는 그 진리에 대한 사랑, 그리고 그곳 정상에 잠시 서 있으면, 우리가 누릴 수 있는 최대의 희열을 즐길 수 있게 된다.

하지만 이러한 표현은 힘든 논쟁 끝에 진리를 보게 되는 탐구자의 심리 상태를 묘사하는 데는 적합하지 않은 것 같다. 그러나 진리는 다양하고, 진리는 다양한 변장을 하고 우리에게 다가온다. 지력知力만 가지고 우리가 진리를 인식하는 것은 아니다. 겨울밤이다. 아가톤[20]의 집에 식탁이 차려진다. 소녀가 피리를 분다. 소크라테스는 몸을 씻고 샌들을 신었다. 그는 홀에서 멈추었다. 사람들이 그를 부르러 갔지만 그는 가기를 거부한다. 이제 소크라테스는 식사를 다 마쳤고, 알키비아데스[21]와 농담을 하고 있다. 알키비아데스는 가는 띠를 집어 그것을 "이 대단한 친구의 머리"에 두른다. 그는 소크라테스를 찬양한다. "그는 단순히 아름다움을 추구하지 않고, 모든 외적인 소유를 누구보다 경멸한다. 많

19 프로타고라스(Protagoras, B.C. 485?~B.C. 414?). 고대 그리스의 철학자이다.
20 아가톤(Agathon, B.C. 450?~B.C. 400?). 고대 그리스의 비극 시인. 3대 비극 시인 아이스킬로스, 소포클레스, 에우리피데스의 계승자로 비극의 대 개혁자이다.
21 알키비아데스(Alcibiades, B.C. 450?~B.C. 404?). 아테네의 정치가이자 군인이다.

은 사람들이 가지면 행복해질 것이라 믿는 아름다움이건 부富건 영광이건 말이다. 그는 이러한 것들과 그것을 흠모하는 우리들을 가치 없다고 여기고, 사람들 틈에 살면서 그들이 경탄하는 모든 대상들을 그의 아이러니의 장난감으로 삼는다. 그러나 나는 여러분 중 어느 누가, 그가(소크라테스가) 마음을 열고 진지해졌을 때, 내면에 깃든 그 신성한 이미지를 보았는지 모르겠다. 내가 그걸 보았을 때, 그것들은 너무나도 아름답고 금빛으로 빛나며, 신성하고 훌륭해서 소크라테스가 명하는 모든 것은 마치 신의 음성인 것처럼 따라야 한다." 이 모든 것이 플라톤의 글에 흘러넘친다. 웃고 움직이고, 사람들은 일어서서 나간다. 시간이 흐르고, 화를 내고, 농담을 하고, 새벽이 온다. 진리는 다양한 것처럼 보인다. 진리는 우리의 모든 능력을 다해 추구되어야 한다. 우리가 진리를 사랑하기 때문에 여흥과 다정함과 친구들의 경박함을 배제해야 하는가? 우리가 음악에 귀를 막고 포도주를 마시지 않고, 기나긴 겨울밤을 이야기로 지새는 대신 잠을 잔다고 해서 진리가 더 빨리 찾아질까? 우리가 찾는 사람은 세상을 등지고 고독하게 자신을 학대하는 엄한 규율가가 아니라, 햇볕을 듬뿍 받은 자연에서 최선을 다해 삶이라는 예술을 살아가는 사람이다. 그리하여 아무것도 방해받지 않으며 다른 것보다 소중한 무엇이 있게 된다.

이 대화에서 우리는 모든 것을 바쳐 진리를 찾아야 한다. 플라톤은 물론 극작가의 천재성을 가졌다. 한두 문장으로 배경과 상황을 전달해주고 아주 기민하게 논쟁의 똬리 속으로 활기와 품위를 잃지 않고 살며시 들어가서는 꾸밈없는 진술로 응축시키고, 그런 다음 보통은 고도의 시에 의해서만이 도달할 수 있는 높은 경지를 향해 상승하고 확장하며 날아오르는 것은 그 극작가적 천재성의 기예 덕분이다. 우리에게 한번에 아주 여러 방식으로 작용해서, 모든 능력을 불러 모아 전체에 쏟아부을 때에야 비로소 도달할 수 있는 희열을 느끼게 해주는 것이 이 예술적 역량이다. 그러나 우리는 주의해야 한다. 소크라테스는 "단순한 미"에 대해 관심을 두지 않았는데, 이 말은 아마도 그에게 있어 장식으로서의 미를 의미했던 것 같다. 아테네 시민들처럼 옥외에서 연극을 보거나 시장 바닥에서 언쟁에 귀 기울이며, 귀로 듣고 판단을 내리는 사람들은 문장을 떼어내서 문맥과 상관없이 감상하는 일에 있어서는 우리(영국인들)보다 훨씬 서툴렀다. 그들에게는 하디의 아름다움도, 메러디스의 아름다움도, 조지 엘리엇의 경구도 없었다. 작가들은 세부적인 것보다 전체를 더 생각해야 했다. 자연히, 옥외에서 살기 때문에 그들에게 다가오는 것은 입술이나 눈이 아니라, 몸 전체와 신체의 비율이었다.

그러므로 우리가 인용하고 발췌할 때, 영문학보다 그리스 문학에 더 많은 손상을 주게 된다. 그들의 문학에는 인쇄된 책의 섬세함과 말끔함에 길들여진 취향에는 거슬리는 적나라하고 퉁명스런 구석이 있다. 우리는 아기자기한 세부 사항이나 웅변적인 강조를 뺀 전체를 파악하기 위해 마음을 열어야 한다. 그들은 꼼꼼하고 삐딱하게 보기보다 직접적으로 넓게 보는 데 익숙하기 때문에, 우리 같은 세대는 이해할 수 없고 당황스러운 깊은 감성에 발을 들여놓아도 괜찮았을 것이다. 유럽 전쟁의 엄청난 파괴 속에서 우리의 감성은 해체되어 예리해져야 했다. 그리고 난 후에야 비로소 우리가 시와 소설에서 그러한 감정들을 느낄 수 있게 되었다. 이런 취지로 목소리를 낸 유일한 시인들은, 윌프레드 오언[22]과 시그프리드 서순[23]의 그 삐딱하고 비꼬는 방식으로 말했다. 어색하지 않게 직설적으로 말하는 것, 아니면 감상에 빠지지 않고 순전히 감정을 이야기하는 것은 그들에겐 불가능했다. 그

32

러나 그리스인들은, 마치 처음인 것처럼 "그들은 죽었지만 죽지 않았다."라고 말할 수 있었다. 그들은 "만일 위대함의 가장 주요한 부분이 고귀한 죽음을 맞는 것이라면, 운명은 모든 인간들 중에서 우리에게 이 몫을 할애했다. 그리스에 자유의 왕관을 씌워주려 서둘다가, 우리는 시들지 않을 찬사에 몸을 맡긴 채 누워 있다." 그들은 두 눈을 훤히 뜨고 똑바로 행진해갈 수 있었다. 그렇게 두려움 없이 다가가서, 감정을 멈춘 채 어쩔 수 없이 시선을 받는다.

그러나 다시(이 문제는 계속해서 제기되는데), 우리가 이렇게 말할 때 우리는 그리스 문학을 쓰어진 그대로 읽고 있는가? 우리가 묘비에 새겨진 이 몇몇 단어들, 코러스의 한 연, 플라톤의 대화의 끝부분이나 도입부, 사포의 일부분을 읽을 때, 우리가 『리어 왕』을 읽을 때처럼 나뭇가지에서 당장 꽃들을 떼어버리지 않고, 『아가멤논』의 어떤 굉장한 은유에 가슴이 먹먹해질 때, 우리가 잘못 읽고 있는 것은 아닌가? 우리의 예리한 시각을 연상의 안개 속에서 잃어버리고 있는 것은 아닌지? 그들이 가진 것이 아니라 우리에게 결여된 것을 그리스 시에서 읽어내는 것은 아닌지? 그리스 전체가 그 문학의 한 줄 한 줄 뒤에 쌓여 있지 않은가? 그들은 우리에게 유린되지 않은 대지와, 오염되지 않은 바다와, 시험해보았지만 손상되지 않은 인류의 원숙성의 비전을 보여준다. 모든 단어는 올리브 나무와 사원과 젊은이들의 신체에서 쏟아져 나오는 활력으로 강화된다. 나이팅게일은 소포클레스가 이름을 불러주기만 하면 노래한다. 숲을 ἄβατον, "발길이 닿지 않은"이라고

22 윌프레드 오언(Wilfred Owen, 1893~1918). 영국의 시인. 제1차세계대전을 주제로 시를 썼다.
23 시그프리드 서순(Siegfried Lorraine Sassoon, 1886~1967). 영국의 시인이자 작가. 윌프레드 오언과 더불어 제1차세계대전의 참상을 시에 담아냈다.

부르기만 하면, 우리는 비틀린 가지와 붉은 보랏빛을 상상한다. 우리는 다시금 또 다시금 북구의 겨울 한가운데서 상상하는, 어쩌면 현실의 이미지일 뿐 현실 자체가 아닌 어느 여름날에 흠뻑 빠져들고 싶어진다.

이러한 매력과 어쩌면 오해의 원천들 중 가장 큰 것은 언어다. 우리는 영어에서처럼 그리스어로 문장을 마음대로 휘두를 수 있을 것이라고는 결코 기대할 수 없다. 우리는 그리스어의 경우에는, 책장 위에 쓰인 글귀들을 한 줄 한 줄 소리 내어 읊조리며, 여긴 귀에 거슬리고 여긴 조화롭구나 하면서, 그 소리를 들어볼 수가 없다. 우리는 하나의 어구가 암시를 주고, 변화하고, 존재할 수 있게 만드는 그 모든 섬세한 신호들을 실수 없이 하나하나 잡아낼 수가 없다. 그럼에도 불구하고, 우리를 가장 얽매어 온 것은 그 언어다. 우리를 끊임없이 유혹하는 것은 그에 대한 욕망이다. 첫째로, 표현이 압축적이다. 셸리는 열세 개의 그리스 단어를 번역하느라 스물한 개의 영어 단어를 동원했다. πᾶς γοῦν ποιητὴς γίγνεται, κἂν ἄμουσος ᾖ τὸ πρίν, οὗ ἂν Ἔρως ἅψηται("……모든 사람이, 제아무리 이전에 훈련받은 적이 없다 해도, 사랑에 접하는 순간 그는 시인이 되기 때문이다").

한 점의 지방도 남김없이 발라내고 탄탄한 살점만 남겼다. 그리하여 꾸밈없이 앙상하지만, 어느 언어도 이보다 더 재빠르게 움직일 수 없다. 춤추고 흔들며, 생동감에 넘치지만 절제되어 있다. 그리고 수많은 예에서 보듯이 우리 자신의 감정을 잘 표현하도록 해온 단어들이 있다. 우선 손쉽게 생각나는 것을 들면, θάλασσα, θάνατος, ἄνθος, ἀστήρ, σελήνη[24] 등이 있다. 너무나 명징하고 굳건하며 강렬해서, 윤곽을 흐리거나 깊이를 가리지 않고 명확하지만 적절하게 말하려면, 그리스어가 유일한 표현 수단이다. 그러면, 그리스어를 번역을 통해 읽는 것은 소용없는 짓이다. 번역은 어렴풋한 등가물을 제공해줄 뿐이다. 그들의 언어는 필연적으로 울림과 연상으로 가득 차 있다. 맥케일 교수[25]가 "wan(병색이 창백한)"이라고 말한다. 그러면 그 즉시 번 존스[26]와 모리스[27] 시대가 떠오른다.[28] 아무리 숙련된 학자들일지라도 이보다 더 미묘한 강조, 단어의 비상과 추락을 막을 수는 없다.

…그대, 자신의 바위 무덤 속에서 영원히 울고 있는 자여, 는

$$\ddot{\alpha}\tau' \ \dot{\epsilon}\nu \ \tau\acute{\alpha}\phi\omega \ \pi\epsilon\tau\rho\alpha\acute{\iota}\omega$$
$$\alpha\dot{\iota}\epsilon\grave{\iota} \ \delta\alpha\kappa\rho\acute{\upsilon}\epsilon\iota\varsigma.$$

이에 맞는 번역이 아니다. 더욱이, 의심과 어려움을 하나씩 나열하면, 이런 중대한 문제가 있다 — 그리스 문학을 읽을 때 어디서 웃어야 하는가? 『오디세이』 중에 우리의 웃음을 유발하는 문구가 있다. 그러나 만일 호머가 보고 있다면 우리는 아마도 우리의 웃음을 절제해야 되겠다고 생각할 것이다. 즉각적으로 웃으려면 (아리스토파네스가 예외가 되긴 하겠지만) 거의 영어로 웃을 수밖에 없다. 유머는 결국은 신체의 감각과 밀접하게 연관되어 있다. 우리가 위철리[29]의 유머에 웃을 때, 우리는 마을 공터에 선 우

---

24 순서대로 바다thalassa, 죽음thanatos, 개화anthos, 별aster, 달의 여신selene이다.

25 존 맥케일(John William Mackail, 1859~1945). 스코틀랜드 출신 문인이자 고전학자이다.

26 에드워드 번 존스(Sir Edward Coley Burne Jones, 1833~1898). 영국의 라파엘 전파 Pre-Raphaelite의 화가이며 스테인드글라스 태피스트리의 디자이너이다.

27 윌리엄 모리스(William Morris, 1834~1986). 빅토리아 시대의 시인 겸 예술가이다.

28 맥케일 교수가 그리스어를 "wan"이라는 영어 단어로 번역하면, 이 단어가 가지고 있는 연상 작용에 의해 영국 사람들에게는 번 존스와 모리스의 시대가 떠오른다는 뜻이다.

29 윌리엄 위철리(William Wycherley, 1641~1716). 영국 왕정복고기의 극작가이다.

리 공통의 조상인 건장한 시골 사람의 신체를 하고 웃는다. 신체적으로 아주 다른 종족에서 비롯된 프랑스인들, 이탈리아인들, 미국인들은 우리가 호머를 읽을 때 멈추는 것처럼 제대로 된 곳에서 웃는 것인지 확인하려고 멈추는데, 이 멈추는 것이 치명적이다. 이렇게 유머는 외국어로 하면 제일 먼저 없어지는 능력이다. 그리고 우리가 그리스 문학에서 영국 문학으로 눈을 돌리면, 오랜 침묵 끝에, 우리의 위대한 시대가 웃음이 터지면서 도래하는 것처럼 보인다. 이러한 것들이 모든 뒤틀리고 낭만적인, 비굴하고 속물적인 감정의 어려움들이며, 오해의 원천이다. 그렇지만 심지어 교육받지 않은 사람들도 당연시하는 것들이 좀 있다. 그리스 문학은 비개인적인 문학이다. 그것은 또한 명작들의 문학이다. 학파도 없고, 전범도 없으며, 후계자도 없다. 우리는 그것이 불완전하게 점진적으로 이행되다가 마침내 하나의 작품에서 적절히 표현되는 그런 과정을 찾을 수 없다. 또한 그리스 문학에는 그것이 아이스킬로스의 시대건, 라신Jean Racine의 시대건, 아니면 셰익스피어의 시대건 간에, 한 '시대'에 충만한 그 활력 넘치는 분위기가 있다. 그 행운의 시대에 속하는 최소한 한 세대가 최고의 작가들로 꽃피게 된다. 그 무의식을 획득하는 것은 무의식이 최고조로 고무된다는 의미이고, 소소한 승리와 잠정적인 실험들의 한계를 넘어서는 것이다. 그리하여 우리는 별처럼 많은 형용사를 흩어놓은 사포와, 산문의 한 중간에 대담하게 화려한 시의 비상을 시도하는 플라톤, 절제되고 응축된 투키디데스,[30] 마치 한 무리의 송어 떼처럼 매끄럽고 재빨리, 보기에는 움직이지 않는 것 같지만, 잠시 뒤, 지느러미를 까딱하여 단박에 사라져버리는 소포클레스를 갖게 되고, 반면에 『오디세이』에서 우리는 내

30 투키디데스(Thucydides, B.C. 460?~B.C. 400?). 그리스의 역사가이다.

러티브의 승리의 결과물인, 가장 명징하면서도 동시에 인간의 운명에 대한 가장 로맨틱한 이야기를 만난다. 그러므로 우리는 다음에 무슨 일이 일어나는지 알고자 흥미진진해하는 어린애같이 재빨리 읽으며 그렇게 시작할 수 있다. 그러나 여기에 미숙한 데는 없다. 손재주 있고 섬세하며 열정적인 다 자란 어른들이다. 세계 자체가 작지도 않다. 섬들을 갈라놓는 바다는 손으로 만든 보트를 타고 건너야만 하고, 갈매기가 나는 범위로 그 크기가 측정된다. 섬들에 사람이 많이 살지 않는다는 것과, 그리고 그 사람들은 모든 걸 다 손으로 직접 만들어야 하지만 항상 일에 매여 있지는 않다는 것도 사실이다. 그들은 아주 고귀하고 매우 웅장하며 오래된 예의범절의 전통을 지닌 사회를 발전시킬 시간이 있었다. 그러한 전통은 모든 관계들을 즉시 질서 있고 자연스러우며 겸양으로 가득하게 만든다. 페넬로페가 방을 가로질러 간다. 텔레마코스는 자러 간다. 나우시카가 이부자리를 빤다. 그들의 행동은 아름다움으로 충만해 보인다. 왜냐하면 그들은 자신들이 아름답다는 것을 모르고, 부유하게 태어났고 어린애들만큼이나 자의식이 없지만, 이렇게 수천 년 전에 그들의 작은 섬들에서 알 것은 다 알고 있기 때문이다. 귓가에 들려오는 바다 소리와 포도밭, 초원, 그들을 둘러싼 시냇물과 더불어 그들은 우리보다 훨씬 더 많이 무자비한 운명에 대해 의식하고 있다. 삶의 뒤안에는 그들이 완화시키려 들지 않는 슬픔이 깃들어 있다. 그늘 속에 서 있어야 하는 스스로의 처지를 온전히 잘 알고 있으면서도 존재의 모든 흥분과 섬광에 생동하면서, 그들은 영속한다. 그리고 우리가 모호함과 혼돈, 그리고 기독교와 그것이 주는 위안과 우리 시대에 염증을 느낄 때 우리는 그리스 문학으로 눈을 돌린다.

선녀 여왕
The Faery Queen

　『선녀 여왕*The Faerie Queene*』[1]을 끝까지 읽은 사람이 없다고들 한다. 그리고 『실낙원』이 한 단어라도 더 길었으면 하고 원하는 사람은 아무도 없다고 한다.[2] 이런 말들은 아무리 과장되었을지라도 우리가 몰래 느끼지만 감추려고 애쓰는 그 무엇을 나타내고 있으므로 엄숙한 식장에서 웃음을 터뜨리는 아이처럼 즐거움을 준다. 그럼 여기서 우리는, 감히 『선녀 여왕』이 위대한 시라는 의견을 한번 분명히 밝혀볼까? 우리는 일찍 일어나고, 찬물로 목욕하고, 술담배를 삼가는 것이 좋다고 말할 수 있다. 그리고 우리가 그런 말을 하면 같이 있던 사람들이 서둘러 동의하고 나서는 대화의 어조를 낮출 때 왠지 무표정한 모습이 모두를 엄습할 것이다. 하지만 앞서 했던 내 말은 옳다. 하품과 지겨움을 조심스레 감추고 있는 다른 사람들에게 위와 같은 경험을 겪은 사람이 똑

1　『선녀 여왕』은 1590년에 1~3권이, 그리고 1596년 3권부터 6권까지 총 여섯 권이 출판되었다. 엘리자베스 시대의 계관시인 격이던 에드먼드 스펜서(1552~1599)가 일생의 역작으로 쓴 시로서, 장르에 있어서도 애국적 서사시와 낭만적 로맨스와 복합적인 알레고리를 종합한 시다.

2　새뮤얼 존슨은 자신이 쓴 『영국 시인들의 생애』의 밀턴 부분에서 『실낙원』이 지금 길이보다 더 길었으면 하고 소망하는 사람은 아무도 없다고 말한다.

같은 경험을 하기를 권유하고 싶어서 쓴 조금 일반적인 소견이 여기에 있다.

물론 첫 번째 필수 조건은 『선녀 여왕』을 읽지 않는 것이다. 가능한 한 오랫동안 그 일을 뒤로 미루라. 정치에 대해 씹고, 과학에 몰두하고, 소설에 빠지고, 런던에서 서성거리고, 군중을 관찰하고, 죽거나 부상당한 사람 수를 알아보고, 시장에서 가난한 자들과 어깨를 마주치고, 사고 팔며, 신문의 경제란이나 날씨나 원예란이나 패션란에다 생각을 굳게 고정시켜라. 기사도라는 말이 단지 언급되기만 해도 부르르 떨고 킬킬대고 웃어라. 알레고리[3]를 증오하면서 직접화법에서 흥청대며 즐겨라. 강건한 것, 분명하게 말해진 것의 미덕을 모두 찬양한 뒤, 그래서 자신의 모든 존재가 태양 아래의 사암석처럼 빨갛게 달아 부서지기 쉬울 때, 『선녀 여왕』으로 뛰어들어 자신을 그 작품에 내던져보라.

하지만 시를 읽는 것은 복합 예술이다. 마음은 여러 층을 갖고 있고, 그리고 시가 위대할수록 더 많은 층이 일깨워지고 행동을 유도한다. 또한 그 층들은 질서 있게 존재하는 것 같다. 시를 처음 읽을 때 우리가 사용하는 기능은 관능적인 것이며, 마음의 눈이 열린다. 그리고 스펜서는 그의 초록빛 나무와 진주를 장식한 여인들, 그리고 갑옷을 입고 깃털로 장식한 기사들로 우리의 눈을 부드럽고 찬란하게 자극한다. (그리고 나서 우리는 강한 열정보다는 공감 능력, 즉 우리의 기사와 그의 숙녀와 함께 가면서 그들의 열

---

3 알레고리(우화)란 등장인물이나 사건 또는 배경 등이 표면상으로 드러나는 의미 외에 또 다른 차원의 의미나 사건을 내포하는 이야기를 지칭한다. 단순한 예로 이솝 우화에 나오는 여우 이야기는 실제 여우 이야기일 뿐만 아니라 간사한 사람이란 숨은 의미를 보여줄 수 있다. 스펜서가 『선녀 여왕』에서 사용한 알레고리는 고도의 복합적인 알레고리로서 등장인물이나 사건이 여러 다른 차원의 복합적 의미를 동시에 반영하고 있기 때문에 해석하기가 어렵다. 예를 들어 선녀 여왕의 여러 이야기들은 도덕적·정치적·역사적·종교적으로 각각 다른 해석이 가능하다.

기와 냉기를, 그들의 갈증과 허기를 느끼고 싶은 단순한 바람이 필요하다.) 그 다음 우리는 움직임이 필요하다. 그 인물들은 풀밭에 난 길을 가다가 어떤 궁전 또는 오두막에 도달하거나, 상복을 입고 책을 읽고 있는 사람을 만나야 한다. 그 점도 역시 충족된다. 그 다음 우리는 눈과 팔과 다리를 가지고 있는 존재이며, 자연스럽게 어떤 것을 좋아하거나 싫어하는 느낌이 적당히 부드럽게 살아 있는 존재이므로, 이 모든 감정들이 섞여야 한다는 좀더 복합적인 욕망을 갖게 된다. 어떤 충만한 믿음이 퍼져 있어야만 하며, 그렇지 않으면 우리 감정의 많은 부분이 낭비될 것이다. 나무는 기사의 일부여야만 하고 기사는 숙녀의 일부여야만 한다. 마음의 이런 모든 상태는 서로를 보완해야 하며 이 시의 강점은 이런 결합에서 온다. 마찬가지로 어떤 지점에서건 시인이 믿음을 잃어버리면 이 시는 실패할 것이다.

그러나 시인이 요정의 나라와 거기에 살고 있는 초자연적인 인물들을 다루고 있을 때, 이런 믿음은 특별한 의미로만 사용될 수 있다고 생각된다. 우리는 거인과 괴물의 존재를 믿지 않지만 시인 자신이 나타내려고 믿었던 그 무엇들은 믿는다. 그렇다면 스펜서가 이 시를 썼을 때 그의 믿음은 무엇이었나? 그 자신은 『선녀 여왕』의 "일반적 의도와 의미는" "고결하고 숭고한 교육으로 신사나 고귀한 사람들을 만들어내는 것"[4]이라고 주장한다. 이 시인의 의도를 우리가 가끔이 아니라 항상 인식하고 있다고 가장하는 것은 어리석은 일이다. 그래도 우리는 읽어가면서 어떤 패턴이 공중에 매달려 있다는 느낌을 반쯤 의식하게 되며, 그래서 어떤 단어들을 특별한 장소에다 연관시키지 않더라도 그 단

---

4 『선녀 여왕』의 1596년도판 서문에서 스펜서는 작가의 의도와 작품 구조 및 수법에 관해 자세히 적고 있다.

어들은 연결되지 않은 아름다움을 지닌 고립된 조각으로서가 아니라 그것들이 전체 구도의 일부일 때만 부각되는 의미를 갖고 있음을 의식하게 된다. 암시의 힘에 의해 마음은 영속적으로 확대된다. 글로 기록하는 것보다 훨씬 많은 것이 상상된다. 바로 이런 특징 때문에 이 시는 시간과 함께 변화하며, 그래서 400년이 지난 이 시점에도 우리가, 즉 일시적인 육신으로 존재하는 우리가, 지금 이 순간 느끼는 그 무엇에 여전히 일치하고 있다.

그렇다면 우리와는 시간과 어법과 전통에서 그렇게 멀리 떨어진 스펜서가 어떻게 그 많은 환경의 장애물에도 우리에게도 역시 중요한 일들에 관해 말하고 있는 것처럼 보이느냐라는 질문이 저절로 떠오른다.[5] 예를 들어 스펜서의 완벽한 신사를 테니슨[6]의 아서[7]와 비교해보라. 이미 테니슨이 사용한 패턴의 상당 부분은 알아볼 수 없고, 그저 좋은 풍자의 대상이 된다. 또한 현재 살아 있는 시인 중에서 어떤 유형에 들어맞는 인물을 묘사할 능력이 있는 사람은 아무도 없다. 그들은 각자 인간의 거주지 중 하나의 방에만 국한된 듯이 보인다. 그러나 스펜서와 함께라면 우리는 여기 오늘날 우리 존재의 한 부문에서나마 잠긴 문을 열고 걸어다닐 수 있는 것처럼 보인다. 어떤 강렬한 힘이나 세부 사항을 놓치지만, 그래도 우리는 대신 방 안에 갇히지는 않는다. 우리는 우리 시대의 시에서 만족을 찾을 수 없었던 여러 관심사와 기쁨과 호기심과 사랑을 발휘할 기회를 얻는다. 그러나 그 점에 대한 이유를 만들어내고 신앙의 쇠퇴와 기계의 발달과 인간의 고립에

---

5 스펜서의 생애는 공적인 면에서는 실망의 연속이었다. 영국에서 직위를 얻지 못하고 아일랜드로 간 스펜서는 킬코만에 장원을 마련하고 『선녀 여왕』을 써서 여왕에게 바치는 명예를 얻지만, 얼마 후 그의 장원은 아일랜드 반란군에 의해 불타고 원군을 구하러 런던에 간 그는 곧 병으로 사망했다.

6 앨프리드 테니슨(Alfred Tennyson, 1809~1892). 빅토리아 시대의 시인이다.

7 아서 왕은 앨프리드 테니슨이 쓴 『왕의 목가』의 주인공이다.

대해 종합적으로 말하는 것이 쉬운 일이라 하더라도 우리는 정반대되는 관점에서 시작해보자. 『선녀 여왕』을 읽으면서 제일 중요한 것은 마음이 여러 층을 갖고 있다는 점이라고 우리는 말했다. 그 시는 한 층을, 그리고 그 다음 층을 작동시킨다. 눈의 욕망, 육체의 욕망, 리듬과 율동에 대한 욕망, 모험을 향한 욕망—각각은 충족된다. 그리고 이 충족은 시인 자신의 유동성에 의존한다. 그는 그의 모든 부분에서 살아 있다. 그는 어떤 하나를 다른 것보다 더 좋아하는 일이 없다. 그는 여러 개의 기관을 가진 신체에 관한 옛날 신화를, 그리고 더 못하고 더 미미한 자들이 군왕이나 중요한 사람만큼 중요하다는 사실을 우리에게 일깨워준다.[8]

여하튼 여기에 시인의 육체는 모두 살아 있는 듯이 보인다. 벌거벗은 야만인의 율동 같은 용맹스러움과 단순함이 그를 사로잡고 있다. 그는 단지 사고하는 두뇌만은 아니다. 그는 느끼는 육체요, 민감한 마음이다. 그는 손과 발을 갖고 있고, 그리고 그 스스로도 말하듯이 선천적인 순결함을 지니고 있어서 어떤 일들은 그의 펜이 쓰기에는 부적절하다고 판단한다. "나의 한층 더 정숙한 시신(뮤즈)은 그것을 쓰려다가 수치심으로 얼굴을 붉히네."[9] 한마디로 요약하면, 『선녀 여왕』을 읽을 때 우리는 단지 분리된 일부가 아니라 완전한 존재가 요구됨을 느낀다.

이 말은 스펜서가 사용한 옛 전통 때문에 우리가 깊은 내적 의미로부터 단절된다는 말은 아니다. 그리고 그 이유는 곧 스스로 분명해진다. 현대인이 알레고리를 싫어한다고 우리가 이야기할

---

8 『선녀 여왕』 2권 9장에 등장하는 알마Alma의 집은 이성적인 절제심이 다스리는 인간의 신체를 상징하며, 집의 각 부분은 신체의 부분과 상응하도록 묘사된다.
9 『선녀 여왕』 1권에 마녀 듀에사의 옷을 벗겨 그 추악한 정체를 보여주는 장면이 있다. 마녀의 머리는 대머리였고 피부는 나무껍질 같고 엉덩이에는 여우 꼬리가 똥에 짓이겨 있는데, 시인은 그녀의 성기 부분에 대해서는 본문에 인용한 구절을 대면서 더 이상 묘사하지 않는다.

때 이는 단지 우리의 자질이 다른 형태로 존재하는 것을 더 좋아한다는 말이다. 소설가도 알레고리를 사용한다. 다시 말하면, 소설가가 자신의 인물들에 대해 설명하고 싶으면 그는 그들로 하여금 사고하게 한다. 그러나 스펜서는 그의 심리를 의인화했다. 그러므로 만약 소설가가 자기 인물의 우울함을 전달하고 싶으면 그는 그의 사고를 우리에게 말할 것이다. 그러나 스펜서는 '절망 Despair'이라 불리는 인물을 만들어낸다. 그 인물이야말로 슬픔의 본질을 완벽하게 지니고 있다. 그러나 스펜서는 그것을 전형화시킨다. 그는 한 주거지를 만들고, 집에서 밖으로 나와서 "나는 이야기할 수 없소."라고 말하는 늙은이를 만든 다음 아름다운 조가elegy를 부르는 '절망'이란 인물을 창조한다. 한 사람의 가슴에 갇히는 대신 우리는 외면의 모습을 본다. 스펜서는 그러므로 더 크고 더 자유롭고 더 보편화된 차원에서 작업한다. 감정들을 인물 안에 넣음으로써 그는 그들에게 넉넉함을 준다. 누가 이것이 덜 자연스럽고 덜 사실적이라고 말할 수 있겠는가? 가장 정확한 관찰자는 그의 인물의 마음을 대부분 모호하게 남겨둔다.

우리가 일단 스펜서에서 그 개인적 신화를 제거하면 그의 행동을 의인화할 신화는 아무것도 없다. 우리가 기쁨을 전달하고자 원한다면 우리는 지금 여기에 있는 실제 정원을 묘사할 수밖에 없다. 반면, 스펜서는 즉시 춤추는 님프들과 청년들과 화관을 쓴 처녀들을 불러온다. 그러나 그것은 단지 그림 같은 수법은 아니다. 신선하고 딱딱한 단어들의 분무, 작은 구어적 표현, 저녁 식사에서 말했을 법한, 그래서 더 위엄 있는 족속들과 쉽게 하나로 만들어주는 짜릿한 초록색 단어들보다 더 신선하고 더 우리를 자극하고 재생시키는 역할을 하는 것은 없다. 그러나 상징을 창조할 수 있는 능력을 우리가 상실했으므로 우리에게는 그러한 외면적 창조는 불가능하다. '절망'을 인물로 사용할 수 있었던 스펜서의 능력은 그러한 인물이 자연스러운 숨을, 살아 있는 숨을 쉬는 세계를 창조할 수 있는 그의 능력에 기초하고 있다. 그는 용과 기사와 마술을, 그들 주위에 존재하는 모든 무리들을, 그리고 꽃과 새벽과 석양을 그에게 사용하라고 제공하는 우주의 중심에다 그의 터를 잡았다. 이 모든 것이 여전히 그가 손만 뻗으면 잡히는 곳에 있었다. 그것을 유용하게 만들기에 충분할 정도로 그는 그것을 믿을 수 있었고 그의 대중들도 그것을 믿었다. 그것은 물론 그의 손아귀에서 자꾸 미끄러져 빠져나갔다. 그 점은 그 자신의 말에서도 분명히 보인다. 그의 시는 왕성한 헛된 사고라고 불려질 거라고 그는 말했다. 고상하게 부풀린 언어와 모국어가 기이하게 복합된 그의 언어 역시 그 당시 전환점에 있었다. 한편으로는 오래되고 유려한 전통이 있었다—타이소너스, 신시아, 피버스와 등등.[10] 또 한편으로는 문간의 여인들의 입에서 나오는 당시 통용되던 일상어, 즉 건달과 피라미와 멍청이가 있었다. 그는 독자에게 부자연스러운 태도를 취하라고 요구하지 않는다. 단지 시적으로 생각할 것을 요구한다. 그리고 그 작가의 신념은 아직도 효과적이다. 우리는 스펜서로부터 400년이나 떨어져 있다. 그의 분위기로 되돌아가서 생각하려는 노력은 약간의 조정과 약간의 망각을 요구한다. 그러나 우리가 해야 할 일에는 가식적인 것은 아무것도 없다. 윌리엄 모리스를 읽는 것보다 스펜서를 읽는 일이 더 쉽다.

진짜 어려움은 다른 곳에 있다. 그것은 이 시가 극적으로 생생하게 꾸민 작품이 아니라 명상이라는 점에 있다. 어떤 지점에서

---

10 그리스 고전에서 흔히 나오는 여신들이나 신화의 주인공들이 이 시대 문학에서도 흔히 사용되었다.

도 스펜서는 자신의 인물들을 표면으로 끌어올릴 필요를 느끼지 않았다. 극작가에게는 그렇게 철저하게 강요되는 최종적 구현성이 그 인물들에게는 없다. 그들은 시인의 마음속으로 다시 가라앉으며 그러므로 명확함이 부족하다. 시인이 그들에 대해 말하지, 그들이 자신들의 말을 하지는 않는다. 그러므로 이런 불분명함은 단조로움으로 변할 수 있고, 그리고 실제로도 그러하다. 시구는 잠시 아래위로 흔들리는 목마가 된다. 그것은 그 걸음걸이가 항상 율동적이고 아름다운, 그러나 우리를 진정시키고 졸립게 하는 천상의 목마이다. 그것은 우리가 잠들도록 노래 부른다. 그것은 바람의 가혹함을 진정시킨다. 하지만 다른 어떤 조건에서도 우리는 존재할 수 없다. 그 보상으로 우리는 그 마음의 본질을 얻는다. 우리는 하나의 지속적인 의식 속에, 즉 스펜서의 의식 속에 국한되어 있다는 느낌, 그가 이 세상에 완전히 침투하고 그것을 에워싸서 우리는 시인의 두뇌로부터 불거져 나온 하나의 거대한 거품 방울 속에 살고 있다는 느낌을 받는다. 하지만 이 시가, 우리의 감정이 어디에 있는지를 알려주는 이정표 역할을 하는 표시와 집과 굴뚝과 길과 그리고 수많은 미세한 사항들을 무시한다 해도 이 시는 개인적인 환상의 세계는 아니다. 여기에는 지금 이 순간을 살고 있으면서 조바심치는 인간들의 본질 — 멸시, 탐욕, 시기, 추함, 가난, 고통도 있다. 시인의 성 안에서 존재하면서도 스펜서는 살아 있는 자들이 겪는 인생의 어려움과 혼란스러움을 날카롭게 인식하고 있었으나 자신의 시가 지닌 힘으로 그것들을 더 높은 공중으로 불어버렸다. 그래서 우리는 갇히지 않고 풀려난 느낌이 들며, 감각을 더 활력 있게 그리고 육신으로 우리가 할 수 있는 것보다 더 정확하게 표현해주는 세계 속에서 활보한다. 더 맑은 공중에서 물체들이 더 강해지고 더 날카로워지듯이 그곳은 깜짝 놀랄 만큼 실제로 밝고 강렬한, 예리하게 집약된 세계이다. 꿈속에서가 아니라 모든 기능이 민첩하고 활발할 때 우리가 사물들을 보듯이, 부풀린 속과 세부 사항이 옆으로 쓸려 나갈 때 우리는 그 뼈대와 균형을 본다. 지금 이 풍경 속에서, 아일랜드에서, 또는 그리스에서, 그리고 시라는 더 강력한 광채 아래서, 더 날카롭고 더 아름다운 빛 아래서 지금처럼 우리가 자신에 대해 생각할 때.

펨브로크 백작 부인의 아르카디아

The Countess of Pembroke's Arcadia

만일 지금 이 순간의 조야함과 누추함에서 벗어나기 위해 쓰여진 책이 정말 존재한다면, 독자들은 분명 그런 느낌을 잘 알고 있을 것이다. 우리는 블라인드를 내리고, 문을 닫고, 거리의 소음을 막고, 그 불빛의 휘황함과 반짝임을 가리기를 원한다. 그럴 때 『펨브로크 백작 부인의 아르카디아』(1590)[1]처럼, 그 자체의 무게 때문에 책장의 맨 밑바닥에 가라앉아 있는 듯한 두꺼운 책들은 그 외양조차 매력적으로 보인다. 우리는 현재가 전부는 아니고, 우리보다 먼저 누군가의 손길이 (책 표지의) 가죽을 매만져 귀퉁이가 둥글게 무뎌지고, 책장들이 노랗게 바래고 끝이 말리게 만들었다고 생각하고 싶어 한다.

우리는 바로 이 책을 펼쳐 『아르카디아』를 읽었던 그 옛 독자들의 유령을 불러내고 싶다. 엘리자베스 시대 사람들의 영광을 눈에 담고 책을 읽은 리처드 포터, 왕정복고기의 방탕한 시절에 읽은 루시 백스터, 비록 이제 뚜렷한 차이를 드러내는 그의 똑바

---

1   영국의 시인이자 정치가 필립 시드니(Sir Philip Sidney, 1554~1586)가 쓴 목가적 전통의 로맨스 소설로 약칭은 『아르카디아』이다. 누이이자 펨브로크 백작 부인인 메리 허버트Mary Hebert에게 헌정했다.

로 뻗은 우아한 서명에서 18세기의 새벽이 밝아왔지만 여전히 책을 읽고 있는 토머스 헤이크Thomas Hake를 비롯해 이들은 제각기 자신이 속한 세대가 지닌 통찰력과 무지로써 서로 다른 독서를 했다. 우리의 독서도 마찬가지로 편향된 것이 될 것이다. 1930년의 우리는 1655년에는 명백했을 아주 많은 것들을 놓치게 될 것이다. 그리고 우리는 18세기가 간과했던 것들을 볼 것이다. 하지만 독자들의 연속되는 행렬을 이어가자. 이제 우리 차례가 되면 우리 세대 나름의 통찰력과 무지를 『펨브로크 백작 부인의 아르카디아』에 얹어서 다음 세대에 물려주자.

만일 우리가 무언가에서 도피하고 싶어 『아르카디아』를 선택한다면, 이 책이 주는 첫인상은 분명 시드니가 바로 그런 의도로 그 책을 썼다는 것이다. "……당신만을 위해 이것을 썼고 오직 당신께 바칩니다."라고 그는 자신의 "친애하는 귀부인이자 누이인, 펨브로크 백작 부인"에게 말한다. 그는 이곳 윌턴에서 자기 눈앞의 것을 보고 있지 않다. 그는 자신의 문제들이나 런던에 있는 위대한 여왕의 폭풍 같은 성격에 대한 생각도 하지 않는다. 그는 현재라는 시점과 지금 일어나고 있는 분쟁으로부터 떠나 있다. 단지 자기 누이를 즐겁게 해주려고 글을 쓰는 것이지 "엄격한 눈초리"를 위해 쓰는 것이 아니다. "귀한 그대는 이 글이 어떻게 쓰였는지 알고 있을 것이오. 낱장에 글을 썼으니, 그 대부분은 그대 곁에서 썼고, 나머지는 쓰는 대로 바로바로 그대에게 보냈노니." 그렇게, 윌턴의 수풀 우거진 언덕 아래 앉아서 펨브로크 백작 부인과 함께, 그는 자신이 "아르카디아"라고 부르는 아름다운 나라를 향해 먼 곳을 응시한다. 그곳은 수려한 계곡과 기름진 초원의 땅으로, 집들은 노란 돌로 지어진 별 모양을 한 작은 거처이며, 그곳에 사는 주민들은 고귀한 왕자들이거나 소박한 목동들이다. 그

나라에서 하는 일은 사랑과 모험뿐이다. 곰과 사자가 붉은 장미가 만발한 초원에서 물놀이를 즐기는 님프들을 놀라게 하고, 공주들은 목동의 오두막에 갇혀 있다. 항상 변장이 필요하고, 목동이 실은 왕자이고, 여자가 실은 남자다. 그곳에선, 요컨대, 여기 영국에서 1580년에 실제로 존재하고 일어나는 일만 빼면 어떤 것이든 존재할 수 있고 일어날 수 있다. 시드니가 자신의 누이에게 이 꿈이 담긴 글들을 마음껏 즐기도록 건네주며, 왜 미소 짓는지 쉽게 알 수 있다. "한가할 때 읽어보시게. 그리고 그대의 건전한 판단력이 그 안에 깃든 어리석음을 발견하겠지만 나무라지 말고, 웃어주시게." 심지어 시드니가나 펨브로크가 사람들에게도 인생은 그런 모습이 아니었다. 그러나 눈을 반쯤 감고 기대앉아 무책임한 몽상에 빠질 때, 우리가 만들어내는 삶과 하는 이야기들은 아마도 어떤 길들여지지 않은 아름다움이나 기꺼운 열정을 띠게 되리라. 우리는 그런 이야기들 속에서 종종 맨정신일 때 비밀스럽게 바라는 것을 왜곡하고 치장한 이미지로 드러내는 법이다. 그리하여, 『아르카디아』는 사실과의 모든 연결을 의도적으로 무시함으로써 또 다른 현실을 획득한다. 자기 친구들이 작가 때문에 이 책을 좋아할 것이라 시드니가 암시할 때는, 친구들은 자신이 다른 형태로는 표현할 수 없을 무엇을 거기서 알아볼 것이라는 뜻일 것이다. 마치 강변에서 부르는 목동들의 노래가 "때론 기쁨을, 때론 탄식을, 때론 그들 중 누군가의 도전을, 그리고 때론 감추어진 형태로, 그들이 감히 달리는 다루지 못할 그런 문제를 전달하는 것"처럼 말이다. 『아르카디아』라는 위장술 아래 자신의 가슴 깊이 간직한 무언가를 개인적으로 말하려고 하는 실제의 인물이 존재할는지도 모른다. 하지만 초반의 신선함에, 그 위장 자체가 우리를 매혹시키기에 충분하다. 우리는 봄날 목동들과 함께 키테라섬[2]에 펼쳐진 모래사장에 있는 자신을 발견한다. 그러자, 보라. 바다에 무언가가 떠 있다. 그것은 남자의 몸으로, 그는 가슴에 작은 사각형의 돈궤를 움켜쥐고 있다. 그는 젊고 아름답다. "비록 벌거벗었으나, 그의 나신이 그에게는 의복이었노라." 그의 이름은 머시도러스이고 그는 친구를 잃었다. 그래서 목동들이 아름다운 가락을 노래하며 그를 살려낸다. 그리고 항구로부터 돛배를 타고 피로클레스를 찾아 노 저어 나간다. 그러자 바다 위로 불꽃과 연기를 뿜어내는 점 하나가 나타난다. 머시도러스와 피로클레스 두 왕자가 타고 항해하던 배에 불이 났던 것이다. 그 배는 많은 귀중품을 가득 싣고 수많은 익사체와 더불어 바다 위에서 불타며 떠 있다. "요컨대 정복된 자들이 영토와 전리품을 모두 간직한 상태의 패배, 폭풍도 좌초도 없는 난파, 그리고 바다 한가운데서 화재에 의한 소실"인 셈이다.

우리는 작은 공간에 이 거대한 태피스트리를 짜는 데 들어간 몇 가지 재료들을 가지고 있다. 장면의 아름다움과 그림 같은 고요, 그리고 목동들의 달콤한 노랫소리의 리듬에 맞춰 격하지 않게 천천히 그리고 부드럽게 우리를 향해 떠오는 어떤 것, 이런 것들이다. 이런 것들은 이따금씩 명징한 글로 표현되어 잊혀지지 않는 여운을 남기며 귓가에 울린다. "그리고 바다 한가운데서 화재에 의한 소실," "그들의 얼굴에 기다리고 있는 어떤 슬픔을 띠고." 이제 그 노랫소리는 점점 확대되고 확산되어 몇몇 좀더 정교하게 다듬어진 묘사 구절이 된다. "초원마다 양들이 가득 모여 안심하고 풀을 뜯고 있네. 그리고, 예쁜 어린양들이 커다란 음매 소리로 노래하며 어미 양의 위안을 갈망하는구나, 여기선 한 어린 목동이 마치 결코 늙지 않을 것처럼 피리를 불고, 저기선 젊은

2 그리스 펠로폰네소스반도 남쪽 끝에 위치한 섬으로 아프로디테가 태어났다는 전설이 있다.

양치기 소녀가 베를 짜고, 노래도 부르네. 그리고 그녀의 노래는 노동하는 손에 위안을 주고, 그녀의 손은 자신의 노래에 박자를 맞추는 듯하도다." 이것은 우리에게 도로시 오즈번[3]의 『서간집 *Letters*』에 나오는 유명한 구절을 상기시킨다.

　장면의 아름다움, 움직임의 장중함, 소리의 달콤함, 이런 것들은 순전히 즐거움 자체를 위해 즐거움을 찾는 마음에 답해주는 듯한 아름다움들이다. 시드니가 목전의 목표 없이 그저 배회하는 즐거움으로 우리를 이끌기 때문에 우리는 이 있을 법하지 않은 풍경의 구불구불한 길을 따라 계속 이끌려 내려간다. 단어의 음절 구분조차 그에게 가장 활기찬 기쁨을 선사한다. 물결처럼 굽이치는 문장들의 매끈한 표면을 훑어볼 때 우리가 느끼는 단순한 리듬이 그를 도취케 한다. 단어 그 자체가 그를 즐겁게 한다. 보라, 반짝거리는 것을 한 움큼 쥐고는, 그는 이렇게 외치는 것 같다. "손만 뻗으면 얻을 수 있는 아름다운 단어들이 그렇게 지천으로 널려 있다는 것이 정말 사실일까? 그걸 아낌없이 풍족하게 사용하는 게 어떠한가?"라고. 그래서 그는 마음껏 호사를 부린다. 어린양들은 젖을 빠는 게 아니라, "어미 양의 위안을 갈망하며 커다란 음매 소리로 노래"하고, 처녀들은 옷을 벗는 게 아니라 "그들에게서 옷의 가림을 걷어낸다." 나무는 강물에 비쳐지는 게 아니라 "나무가 강물을 들여다보고 흐르는 강물에 푸른 머리채를 매만졌다." 이건 터무니없다. 하지만 작가가 펜 끝에서 생성되는 이미지에 경이로움과 열정을 지니고 이런 식으로 글을 쓰는 것과 언어로부터 신선한 이슬이 떨어져 나간 후대의 글쓰기 사이에는 천지 차이가 있다. 좀더 격식을 갖춘 시대라면 냉정하게 균

3　도로시 오즈번(Dorothy Osborne, 1627~1695). 영국의 서간문 작가이자 윌리엄 템플 백작의 부인. 『서간집』으로 유명하다.

형 잡히게 썼을 법한 문장을 휘젓고 흔들어놓는 미세한 떨림을
보라.

그리고 그 청년은 아름답지만 사납도다. 비록 죽어가지만 아
름다운 그는 쓰러지는 발길을 지탱할 수 없어, 땅에 쓰러져, 분
노로 그 땅을 치며, 자신의 운명에 대해 불평을 늘어놓는도다.
그리고 할 수 있는 한 죽음에 저항하는도다. 죽음 역시도 내키
지 않아 하는 것 같도다. 그렇게 그 젊은이의 저항하는 영혼을
데려가는 데 오래 걸렸도다.

시드니의 장황한 글에 신선함을 불어넣는 것은 이러한 불균형
과 유연함이다. 우리가 종종 반은 웃고, 반은 거부하며 이 글을 빠
르게 훑어보노라면, 이성의 귀를 완전히 닫아버리고, 이 되다만
두서없는 (이야기) 소리를 들으며 쉬고 싶은 욕구에 사로잡히게
된다. 마치 누군가 일어나기 전에 집 주위를 날아다니는 새들처
럼 미친 듯이 노래하는 도취된 목소리들의 합창에 귀 기울이며.
그러나 이미 사라져버렸기 때문에 우리를 즐겁게 하는 특성들
을 지나치게 강조하기가 쉽다. 시드니는 분명 다소간은 시간을
보내기 위한 소일거리로, 또 다소간은 영어라는 새로운 도구에
자신의 펜을 익히고 실험하기 위해 『아르카디아』를 썼다. 그렇더
라도 그는 젊었고 남자였다. 아르카디아에서도 길에는 바퀴 자국
이 패어 있었고, 마차는 전복되었고 귀부인들은 어깨뼈가 탈구되
었다. 심지어 머시도러스 왕자와 피로클레스 왕자도 열정을 갖고
있다. 파멜라와 필로클리어는 바다 색깔의 비단옷과 진주로 장식
된 (머리)그물로 치장했지만, 여인이며 사랑을 할 수 있다. 그리
하여 우리는 유려한 펜으로 막힘 없이 써내려 갈 수 없는 장면들

에 맞닥뜨리게 된다. 다른 소설가들이 그렇듯이, 시드니가 글쓰기를 멈추고 현실의 남자나 여자가 이 특정한 상황에서 어떤 말을 할 것인가에 대해 생각하는 순간들이 있다. 거기선 자신의 감정들이 갑자기 표면으로 떠올라 이 희미한 목가적 풍경을 어울리지 않는 섬광으로 밝혀준다. 잠깐 동안 우리는 놀라운 조합을 보게 된다. 거친 햇살이 촛불의 은색 불빛을 무색하게 만들고 공주님들은 갑자기 그들의 노래를 멈추고 기꺼운 인간의 목소리로 재빨리 몇 마디 말을 한다.

[…] 여러 번 나는, 저기 야자수에 기대어, 그 복됨을 찬양했도다. 그 나무는 고통 없이 사랑할 수 있음을. 주인님의 소들이 여기에 와 이 신선한 곳에서 되새김질을 할 때, 여러 번 나는 저 젊은 황소가 그의 사랑을 증명하는 것을 보았노라. 그렇지만 어떻게? 자랑스러운 표정과 기쁨으로. 오! 비참한 인류로다(라고 나는 그때 혼잣말을 했다). (인간의 행복을 관장하는) 재기는 그의 복됨을 막는 반역자가 되었도다. 이 짐승들은 자연의 적자들처럼 아무 말 없이 축복을 물려받지만, 우리는 마치 사생아처럼 멀리 내쳐지고, 심지어 주워온 아이처럼, 슬픔과 비탄에 길들여지는도다. 그들의 정신은 자신의 신체의 편안함에 불평하지 않고, 그들의 감각은 자신들의 목적을 즐기는 것을 막지 않도다. 우리는 명예라는 장애가 있고 양심의 괴롭힘을 당하는구나.

이 말들은 머시도러스의 섬세하고 세련된 입술에서 낯설게 울린다. 그 말들에는 시드니 자신의 분노와 고통이 담겨 있다. 그러고는 소설가 시드니는 갑자기 눈을 뜬다. 그는 파멜라가 "쳐다보는 방향과 움직이는 방향이 다르다."는 것, 즉 비록 그가 몹사를 사랑하는 척하지만 그의 마음은 파멜라에게 있다는 것을 나타내기 위해 게 모양을 한 보석을 집는 것을 지켜본다. 그리고 그녀는 그것을 집어 든다. 그는 이렇게 서술한다.

(우리에게 있어 그들이 무슨 말을 하든 누가 말하든 아무 상관없는 것과 매한가지로) 매사를 무관심하게 그냥 흘려버리는 조용한 태도로. 그녀의 타고난 위엄의 섬광이 가미된 일종의 냉정함이 내게는 그 무엇보다 가장 끔찍하다네⋯⋯.

그녀가 그를 멸시했다면, 그를 미워했다면, 그게 차라리 나았을 것이다.

그러나 이 잔인한 침묵은 싫은 감정으로 물러나지도 않고, 좋은 감정으로 발전하지도 않네. 우아한, 그러나 이래도 저래도 여전히 우아하기만 하고. 그녀의 모든 예절에는 이 우아함이 새겨져 있으니, 그녀가 한 행동은 고결함 때문이지, 마음이 있어서가 아니니⋯⋯ (내가 말하는) 그녀의 이 세상 것 같지 않은 절묘함은 그에 닿을 길이 없어, 어찌 설득해야 하는지 알 길이 없어, 나는 거의 절망의 횡포에 자신을 맡기기 시작했노라⋯⋯.

분명 그가 묘사하고 있는 바를 직접 경험한 남자의 예리하고 섬세한 관찰이다. 잠시 동안, 그 창백하고 전설적인 인물들인 지네시어, 필로클리어, 그리고 젤메인이 살아난다. 그들의 특징 없는 얼굴이 열정으로 드러난다. 지네시어는 자신이 딸의 연인을 사랑하는 것을 깨닫고는 격렬하게 울부짖는다. "젤메인 나를 도와다오, 오 젤메인, 나를 불쌍히 여겨다오." 그리고 아름다운 이방의 아마존 여인에 의해 노년의 사랑에 눈뜨게 된 노쇠한 왕은 "아주 신기한 듯이 자신을 들여다보는구나. 마치 자신의 힘이 아직다 없어지지는 않았다고 말하듯이, 때로 한 발짝씩 뛰어보면서" 자신이 늙고 어리석다는 것을 보여준다.

그러나 그 계몽의 순간은 책 전체에 묘한 빛을 떨구고, 그것이 사그라질 때 왕자들은 다시 한 번 자신들의 몸가짐을 가다듬고 목동들은 류트를 분다. 우리는 시드니가 작업하고 있는 그 경계를 더욱 분명히 깨닫게 된다. 잠시 그는 여느 현대 소설가나 마찬가지로 예리하고 정확하게 알아차리고 관찰하고 기록한다. 그러고는 우리 쪽으로 한번 눈길을 준 후에, 마치 다른 목소리가 그를 부르는 듯이 그리고 그 목소리를 따라야 한다는 듯이 그는 돌아선다. 그는 산문에서는 일상의 언어를 사용해서는 안 된다고 생각했다. 로맨스에서 왕자와 공주들을 보통의 남녀처럼 느껴지게 만들어서는 안 된다. 해학은 농사꾼들의 특징이다. 그들은 우스꽝스럽게 행동할 수 있고, 자연스럽게 말할 수 있다. 다미타스처럼 그들은 "휘파람을 불며, 일 년에 열일곱 마리의 살찐 수소들이 얼마나 많은 건초 더미를 먹어 치우는지 손가락으로 세며" 다닐 수 있다. 그러나 고귀한 사람들의 언어는 항상 장황하고 추상적이며 비유로 가득해야 한다. 더욱이, 그들은 흠잡을 데 없는 미덕을 갖춘 영웅이거나 인간성을 찾아볼 수 없는 악당이어야 한다. 그들은 인간적인 기벽이나 조야함의 흔적을 드러내면 안 된다. 산문은 또한 실제로 바로 눈앞에 놓여 있는 것으로부터 조심스레 등을 돌려야 한다. 때때로 잠시 동안 자연을 바라보다가 눈에 보이는 장면에 맞게 단어를 쓸 수 있다. 왜가리가 늪에서 날아오르며 "파득거리는" 것이나, 사냥개가 "코를 우아하게 쿵쿵거리며" 오리를 사냥하는 것을 나타내는 것 등을 관찰한다. 그러나 이러한 리얼리즘은 오직 자연과 동물과 농부들에게만 적용된다.

산문은, 느리고 고귀하며 일반화된 감성에, 드넓은 경관을 묘사하는 데에, 여러 쪽에 걸쳐 다른 화자에 의해 방해받지 않고 한결같이 펼쳐지는 긴 담론을 전달하는 데 어울린다. 반면에, 운문은 전혀 다른 쓰임새를 가졌다. 시드니가 요약하고 강조하고, 하나의 분명한 인상을 주고자 할 때 운문을 어떻게 사용하는지 관찰하는 것은 흥미롭다. 『아르카디아』에서 운문은 현대 소설에서 대사와 유사한 기능을 한다. 단조로움을 깨뜨리고 강조점을 부각시킨다. 피로클레스와 머시도러스의 끝없는 모험에 관한 여기저기 흩어져 있는 노래의 단편들에서 우리의 흥미는 다시 한 번 불타오르게 된다. 종종 운문의 사실적 묘사와 활기가 산문의 나른한 무력감에 이어 충격으로 다가온다.

무엇이 그 같은 저택이 가려버린 그토록 고매한 정신을 필요로 했는가?
아니면 육체에 감싸여 그들이 여기서 무엇을 얻는가
가련한 인간의 영광스런 이름 외에는?
별에 던져진 공, 운명에 매인 신세,
스스로를 외면하고, 갇힌 우리에 멍들어
죽음을 두려워하고 삶은 고통에 얽매어 있는데.
마치 오욕의 무대를 채우러 올라온 배우들처럼…….

우리는 나태한 왕자와 공주들이 이같이 격렬한 말투로 무얼하려는지 궁금해진다. 또는 이런 말들은 어떤가.

수치심의 가게, 얼룩이 가득한 책

이 몸은……

이 사람, 이 말하는 짐승, 이 걸어다니는 나무이니.

이렇듯 시인은 자신과 함께 있는 활기 없는 자들의 자기만족적인 겉치레를 혐오하듯 달려들긴 하지만 그래도 그들을 만족시켜주어야만 한다. 시인 시드니가 날카로운 눈을 가졌다는 것은 분명하다. 그는 "지혜롭게 수고로운 벌들의 벌집"에 대해 말하고, 전원에서 자란 여느 영국인들과 마찬가지로 "목동들이 어떻게 소일하는지를, 블로포인트[4]와 핫코클즈,[5] 킬즈[6] 등을 즐긴다는 것"을 알고 있었지만, 그래도 독자를 위해 그는 플랜거스와 이로나와 안드로마나 여왕, 암피알루스와 그의 어머니인 세크로피아의 음모에 대해 주절거린다. 앞뒤가 안 맞는 것 같지만, 그들의 삶이 음모니 독약이니 그런 것으로 폭력적이었지만, 엘리자베스 시대 청중에게 이보다 더 달콤하고 더 모호하며 더 장황한 것은 없었다. 그날 아침 젤메인이 사자의 앞발에 타격을 입었다는 사실만이 그 이야기를 멈추게 하고, 바실리우스에게 클라이우스에 대한 불평을 다른 날로 미루는 것이 낫겠다고 제안할 수 있다.

그 노래 때문에 이미 상당한 시간을 소모했다는 것을 알아채고, 지금도 또 새로운 문제를 거론하기 시작하는 라몬이 언제 마칠지 알 수 없으므로 그녀는 그에 기꺼이 동의했다. 그리고 모든 면에서 자신들을 죽음의 형제[7]에게 내맡기러 갔다.

---

4 빨대같이 속이 빈 관에 뾰족한 나뭇가지 등을 넣고 불어 날려 보내는 놀이이다.
5 눈을 가리고 자신을 때린 사람이 누구였는지 맞추는 놀이이다.
6 일종의 볼링과 비슷한 놀이이다.
7 죽음의 신(타나토스)의 쌍둥이 형제인 잠의 신(히프노스)을 의미한다.

그리고 이야기가 이런 식으로 진행되면서, 또는 마치 부드러운 눈송이처럼 일련의 이야기들이 하나씩 쌓여 그 이전의 것을 지워감에 따라, 우리는 그들의 본보기를 따르고 싶은 깊은 유혹을 느낀다. 잠이 우리의 눈꺼풀을 무겁게 한다. 비몽사몽간에 하품을 하면서 우리는 죽음의 형을 찾아갈 준비를 한다. 그렇다면 처음의 그 도취시키는 자유의 느낌은 어찌 되었는가? 도피를 바랐던 우리는 붙들려 꼼짝 못 하게 되었다. 하지만 맨 처음에 누이를 즐겁게 해줄 이야기를 하는 것이 얼마나 쉽게 보였던가? 지금 이곳에서 벗어나 류트와 장미의 세계를 마구 배회하는 것이 얼마나 멋지게 보였는가! 그러나, 아, 부드러움이 우리의 발걸음을 무겁게 하고, 나무딸기 덤불이 우리의 옷자락을 붙잡는다. 우리는 좀 평이한 진술을 열망하게 되었고, 처음엔 그토록 매혹적이었던 장식적인 문체가 지루해지고 쇠퇴했다. 그 이유를 찾기는 어렵지 않다. 기세등등하고 쓸 말이 넘쳐나던 시드니는 펜을 너무 함부로 잡았다. 그는 처음 시작했을 때 자신이 어디로 갈지 아무 계획이 없었다. 이야기하는 것으로 충분하고 이야기는 또 다른 이야기로 끝없이 이어질 수 있을 것이라 생각했다. 끝을 염두에 두지 않으면 우리를 이끌어가는 방향 감각이 없게 마련이다. 부분적으로는 등장인물들을 별 특징 없이 그냥 악하고 그냥 착하게 두려는 그의 계획 때문에 그는 복합적인 인물의 성격이 주는 다양성을 획득할 수도 없다. 변화와 움직임을 주기 위해서 그는 신비화에 의존할 수밖에 없다. 이렇게 의복을 바꿔 입고, 왕자가 농부로, 남자가 여자로 변장하는 일은 심리적 미묘함을 나타내는 대신, 아무것도 할 말이 없는 사람들이 모여 있는 데 따른 지루함을 덜어주는 역할을 한다. 그러나 그 유치한 장치의 매력이 사라져버리면, 그의 돛을 채워줄 바람은 아무것도 없다. 누가 말을 하고 있는지, 누구에게 그리고 무엇에 대해서인지 이제 우리는 확신하지 못한다. 어슬렁거리는 이 유령들을 그러잡은 시드니의 손길은 너무도 느슨해져서 중간쯤 오면 그는 자신이 그들과 어떤 관계인지 잊고 만다. "나"는 저자인가 아니면 작중인물인가? 독자와 작가 사이의 유대 관계가 그처럼 무책임하게 맺어졌다 풀어졌다 한다면 제아무리 우아하고 매력적이라 한들 어떤 독자도 가만히 묶여 있을 수는 없는 법이다. 그리하여 점차로 책은 연옥의 희박한 대기 속으로 사라져간다. 그곳은 쓰러진 석상 위로 풀이 자라고 빗물이 스며들며, 대리석 계단이 이끼로 초록빛을 띠고 화단에는 잡초가 무성한, 반쯤 잊혀진 채 아무도 찾지 않는 곳이다. 하지만 그곳은 이따금 거닐 수 있는 아름다운 정원이다. 우리는 부서진 조각상의 아름다운 얼굴에 발이 걸리기도 하고, 여기저기에서 꽃이 피고 라일락 나무에는 나이팅게일이 노래한다.

그리하여 우리는 시드니가 『아르카디아』를 마무리하려는 부질없는 시도를 포기하기 전에 썼던 마지막 쪽에 이르면 잠시 숨을 돌린 뒤 그 책을 서가 맨 아래 원래 있던 자리에 꽂는다. 어떤 빛나는 구체에서처럼 『아르카디아』 안에는 영국 소설의 모든 씨앗이 숨어 있다. 우리는 무한한 가능성들을 추적할 수 있다. 서로 다른 수많은 방향 중에서 무엇이든 선택할 수 있다. 그리스와 왕자와 공주들에게 시선을 고정하고, 그토록 고매하게 당당함과 개인을 초월한 객관성을 추구할 것인가? 서사시의 단순한 시행과 수많은 인물과 장대한 경관을 견지할 것인가? 아니면 실제 눈앞에 놓인 것을 자세히 세심하게 들여다볼 것인가? 태생이 낮고 거친 일상 언어를 말하는 보통 사람들인 다미타스와 몹사를 주인공 삼아 인간의 일상사의 정상적인 흐름을 다룰 것인가? 아니면 그 같은 장애들을 가볍게 무시하고 꿰뚫고 들어가 사랑해서는 안 되는 곳에서 사랑하는 어느 불행한 여인의 고통과 복잡한 심경과 부자연스런 열정에 괴로워하는 어떤 노인의 노망기 어린 부조리함을 다룰 것인가? 그들의 심리와 영혼의 모험에 주력할 것인가? 이 모든 가능성들이 『아르카디아』에 담겨 있다. 로맨스와 리얼리즘이, 시와 심리학이. 하지만 시드니는 마치 젊은 나이에 수행하기에는 지나치게 커다란 임무에 착수했다는 것을 알아채고 다른 세대가 물려받을 유산을 남기듯이, 도중에 펜을 내려놓는다. 누이에게 이야기를 들려주며, 윌턴에서의 기나긴 나날을 보내기 위한 소일거리로 시작했던 이 시도를 너무나도 아름답고 불합리한 미완의 상태로 남겨둔 채.

올드 빅 극장에서 본 십이야

Twelfth Night at the Old Vic

셰익스피어를 좋아하는 사람들이 세 부류로 나뉜다는 것은 잘 알려져 있다. 셰익스피어를 책으로 읽기를 선호하는 사람들, 무대에서 공연되는 것을 보기를 선호하는 사람들, 그리고 책에서 무대로 끊임없이 달려가 노획물을 챙기는 사람들. 만약 사과 하나가 땅에 툭 떨어지는 소리나 나뭇가지들을 스치는 바람 소리 말고는 아무런 소리도 들리지 않는 정원에서 『십이야*Twelfth Night*』(1600~1601)[1]를 읽을 수 있다면, 분명히 『십이야』를 책으로 읽는 것에 관해 얘기할 게 많다. 우선, 시간이 있다. "제비꽃이 핀 둑에서 숨 쉬는 향긋한 소리"[2]를 들을 수 있을 뿐만 아니라, 공작이 사랑의 본성을 파고들 때 그 미묘한 말의 암시를 설명할 시간이 있다. 또한 여백에 기록할 시간이 있다. "그녀 안에 살고 있는 (모든 애정들을……) 간, 뇌, 심장이"[3] [⋯] "어느 날 밤 당신이

---

1   오시리노 공작과 올리비아, 난파당한 쌍둥이 남매 세바스찬과 바이올라 사이의 사랑을 다룬 셰익스피어의 낭만적인 희곡. 원래 '십이야는 크리스마스 이후 12일째 되는 날로 주님 공현 대축일 밤으로도 불린다. 이 작품에는 '그대가 바라는 바What You Will'라는 부제가 달려 있는데, 이러한 부제 사용은 엘리자베스 여왕 시대에 유행하던 것으로 독자들로 하여금 작품 속에서 전개되는 흥겹고 즐거운 분위기에 동참하게 하려는 셰익스피어의 의도를 보여준다.

2   『십이야』 1막 1장.

데리고 들어온 멍청한 기사에 대해서"[4]와 같은 기이한 어구들에 경탄하고, 이런 어구들로부터 "그런데 저는 일리리아에서 무엇을 해야만 하나요? 제 오라비는 일리시움에 계시는데"[5]와 같은 사랑스러운 어구가 생겨났는지 자문할 시간이 있다. 왜냐하면 셰익스피어는 통제하에서 움직이는 완전한 정신으로 쓰는 게 아니라, 우연히 마주친 단어의 흔적을 붙잡아 무모하게 따라가기 위해 단어들과 놀고 장난치며 날아다니는 더듬이로 쓰고 있는 것처럼 보이기 때문이다. 한 단어의 메아리로부터 다른 단어가 생겨나는데 아마도 바로 이러한 이유로, 우리가 이 희곡을 읽을 때 이 희곡은 음악의 가장자리에서 영원히 떨고 있는 것 같다. 그것들은 항상 『십이야』의 노래들을 불러내고 있다. "오 친구여 오게나, 우리가 지난밤에 불렀던 노래 말일세."[6] 그러나 셰익스피어는 단어들과 깊은 사랑에 빠지지는 않아서 언제나 단어들을 향해 비웃을 수 있었다. "단어들을 가지고 장난하는 사람들은 바로 단어들을 난잡하게 만들게 마련이지."[7] 커다란 웃음소리가 들리고 나면 토비 경과 앤드루 경과 마리아가 불쑥 나타난다. 그들의 입술에서 나오는 말들은 의미 있는 말들이다. 이 말들은 한 인물의 전체적인 성격을 짧은 구절에 집약한 채 성급하게 튀어나온다. 앤드루 경이 "나도 한때는 숭배를 받았단 말이지."[8]라고 말할 때, 우리는 그를 손아귀에 쥐고 있다는 느낌을 받는다. 소설가라면 그와 같은 친밀한 어조를 우리에게 전달하는 데 세 권을 써야

3 같은 책, 1막 1장.
4 같은 책, 1막 3장.
5 같은 책, 1막 2장.
6 같은 책, 2막 4장.
7 같은 책, 3막 1장.
8 같은 책, 2막 3장.

만 했을 것이다. 그리고 바이올라와 말볼리오와 올리비아와 공작이, 우리의 정신이라는 무대의 빛과 그림자 사이를 오가며 움직일 때 그들에 대해 우리가 알고 추측하는 모든 것들로 정신은 가장자리까지 차고 넘쳐흐르게 되어서 우리는 왜 그들을 실제의 남자와 여자라는 육체 속에 가두어야 하는지 묻게 된다. 왜 이러한 정원을 극장으로 바꿔야 하는가? 대답은 셰익스피어가 무대에 올리기 위해 글을 썼으며, 아마도 여기에는 타당한 이유가 있으리라는 것이다. 올드 빅 극장에서 「십이야」를 공연한다고 하니 이 두 판본(책으로 읽는 『십이야』와 무대에서 공연되는 「십이야」)을 비교해보자.[9]

워털루 거리에서도 많은 사과들이 떨어지겠지만 그 소리는 들리지 않을 것이고, 어둠에 관해서라면 전등이 어둠을 모두 삼켜버린다. 올드 빅 극장에 들어설 때의 첫인상은 압도당할 정도로 확실하고 명확하다. 우리는 정원의 그림자에서 파르테논 신전의 다리 위로 나온 것 같다. 이 은유는 뒤섞여 있지만 장면 역시 마찬가지다. 다리의 기둥들은 어느 정도 대서양 정기선과 고전적인 사원의 꾸밈없는 장엄함이 혼합되었음을 암시한다. 그러나 인물은 거의 장면만큼이나 우리를 당황하게 한다. 말볼리오, 토비 경, 올리비아와 나머지 등장인물들의 역을 맡고 있는 실제 배우들은 우리 환상 속의 등장인물들을 알아볼 수 없을 정도로 확장시킨다. 처음에 우리는 그것에 분노하기 쉽다. '당신은 말볼리오가 아니야, 토비 경도 아니야, 단지 사기꾼일 뿐이야.' 하고 우리는 그들에게 말하고 싶어진다. 우리는 희곡의 잔해와 서투른 연출을 입을 벌리고 멍하니 바라보며 앉아 있다. 그러다가 차츰 점점 더

9 「십이야」는 1602년 2월 2일에 초연되었다고 기록되어 있으며, 1912년 공연과 1916년 올드 빅에서의 공연이 중요하다고 평가된다.

이 똑같은 인물이, 아니 이 모든 인물들이 우리의 희곡을 가로채서 그들끼리 다시 만든다. 이 연극은 엄청난 탄탄함과 견고함을 획득한다. 인쇄된 단어는 다른 사람들이 듣게 되면 알아볼 수 없을 정도로 변화된다. 우리는 그 단어가 이 사람 저 사람에게 충격을 주는 것을 지켜본다. 우리는 사람들이 웃거나 어깨를 으쓱하거나 얼굴을 숨기기 위해 고개를 돌리는 것을 본다. 단어는 하나의 영혼뿐만 아니라 하나의 육체까지 부여받는다. 그다음에 다시 그 배우들이 잠시 쉬거나 통에 걸려 넘어지거나 손을 내밀 때, 인쇄된 책의 단조로움은 금이 가거나 절벽에서 떨어지는 것처럼 부서진다. 모든 비율이 변화된다. 아마도 그 연극에서 가장 인상적인 효과는 세바스찬과 바이올라가 서로를 알아보는 침묵의 황홀 속에서 한동안 동작을 멈추고 서로 바라보며 서 있는 장면에 의해 달성된다. 독자의 눈은 그 순간을 전적으로 놓쳤을 것이다. 여기에서 우리는 잠시 멈춰서 그것을 생각할 수밖에 없다. 그리고 셰익스피어가 육체와 정신, 둘 다를 위해 이 희곡을 썼다는 것을 떠올리게 된다.

배우들이 우리의 인상을 견고하게 하고 강화시키는 그들 고유의 일을 해냈으니, 우리는 그들을 좀더 세세하게 비평하고 그들의 해석과 우리 자신의 해석을 비교해보는 것을 시작하게 된다. 우리는 쿼터메인 씨가 연기하는 말볼리오를 우리가 읽은 말볼리오 옆에 세운다. 그리고 사실을 말하자면, 결점이 어디에 있든지 간에, 그들은 거의 공통점을 가지고 있지 않다. 쿼터메인 씨가 연기하는 말볼리오는 예의 바르고 자상하며 태생 좋은 멋진 신사이다. 그는 세상과 싸움을 해본 적이 없는, 유머와 능력을 가진 사람이다. 그는 인생에서 허영심의 가책이나 한순간의 질투를 결코 느껴본 적이 없다. 만약 토비 경과 마리아가 그를 놀리면, 그는 그것을 꿰뚫어보고 훌륭한 신사가 어리석은 아이들의 장난을 참듯이 견디어낼 거라고 우리는 확신할 수 있다. 반면에 우리가 읽은 말볼리오는 허영심으로 경련을 일으키고 야망으로 괴로워하는 터무니없고 복합적인 인물이었다. 그의 놀림 속에는 잔인함이 있었고 그의 패배 속에는 비극적인 기운이 있었다. 그의 마지막 위협 속에는 순간적인 공포감이 서려 있었다. 그러나 쿼터메인 씨가 "내가 너희들 모두에게 복수하고야 말 테다."[10] 하고 말할 때, 우리는 법의 권력이 곧바로 그리고 효과적으로 발휘될 것이라고 느낄 뿐이다. 그렇다면 "그는 언제나 가장 악명 높을 정도로 홀대를 받은 사람이었어요."[11] 하고 말한 올리비아는 어떻게 되는가? 그다음은 올리비아 차례이다. 로포코바 부인은 그 인물의 타고난 자질, 즉 요구한다고 얻을 수도 없고 의지에 의해 굴복당하지도 않는 드문 자질을 천성으로 가지고 있다. 그녀가 무대 위에서 거닐기만 하면 그녀 주변의 모든 것이 바다와 같은 변화를 겪는 것이 아니라 빛과 즐거움으로 변한다. 새들은 노래하고 양들은 화환을 쓰고 대기는 선율로 울려 퍼지며 인간은 섬세한 다정함과 공감과 기쁨을 지니고 발끝으로 서로 춤을 춘다. 그러나 우리가 읽은 올리비아는 음울한 안색으로 느리게 움직이는, 연민을 거의 느끼지 않는 품위 있는 숙녀였다. 그녀는 공작을 사랑할 수도 없었고, 그녀의 감정을 바꿀 수도 없었다. 로포코바 부인은 모든 사람을 사랑한다. 그녀는 항상 변하고 있다. 그녀의 손과 얼굴과 발과 몸 전체가 언제나 순간을 공감하며 떨고 있다. 그녀가 세바스찬과 걸어 내려올 때 입증하듯이, 그녀는 그 순간을 강렬하고 감동적이며 아름다운 순간으로 만들 수 있다. 그러나 그녀는

10 같은 책, 5막 1장.
11 같은 책, 5막 1장.

우리가 읽은 올리비아가 아니었다. 희극적인 무리인 토비 경이나 앤드루 경이나 마리아를 그녀와 비교해보면, 이 바보들은 평범한 영국인이라고 하기 힘들었다. 조야하고 익살스럽고 강건한 그들은 낭랑한 목소리로 그들의 말을 내뱉었고 술통 위에서 뒹굴었다. 그렇게 그들은 훌륭하게 연기를 했다. 어떠한 독자도 민첩함과 기발함과 유쾌함에 있어서 세일러가 연기하는 마리아를 능가할 수 없을 거라고 말하는 데 주저하지 않을 것이다. 또한 리브세이가 연기하는 토비 경의 유머에도 더할 게 없을 것이다. 그리고 바이올라 역의 진즈 양은 만족스러웠다. 그리고 안토니오 역의 해어 씨는 감탄할 만했고 몰랜드 씨가 연기하는 어릿광대는 착한 어릿광대였다. 그렇다면 전체적으로 연극에서 부족한 점은 무엇이었는가? 아마도 그것은 그 연극이 온전한 것이 아니라는 점이었다. 결함은 부분적으로 셰익스피어에게 있다고 할 수 있을 것이다. 그가 시인으로서 쓸 때 그는 인간의 혀가 따라가기에는 너무 빠르게 쓰는 경향이 있기 때문에 시보다는 희곡을 연기하는 게 더 쉽다고 생각할 수도 있을 것이다. 그의 은유가 가진 풍부함은 눈에는 확 들어올 수 있겠지만, 그것을 말하는 목소리는 중간에서 더듬게 된다. 그렇기 때문에 희극은 나머지와 전혀 균형이 맞지 않는 것이다. 그다음엔 아마도 배우들이 너무나 개성이 뛰어나거나 너무나 맞지 않게 배역을 받았기 때문이다. 그들은 그 연극을 별개의 부분들로 나누었다. 한번은 우리가 아르카디아의 숲속에 있었고, 한번은 블랙프라이어에 있는 어느 숙소에 있었다. 책을 읽을 때 정신은 한 장면 한 장면 이야기를 꾸며내고, 떨어지는 사과와 교회의 종소리와 그 희곡을 하나로 묶어주는 부엉이의 환상적인 비행으로 하나의 배경을 만들어낸다. 여기 극장에서는 그러한 연속성이 희생되었다. 우리는 많은 화려한 파편들을 가지고 극장을 나섰지만 모든 것들이 공모하여 어우러지는 느낌은 없었는데, 그런 게 있다면 덜 화려한 공연이더라도 만족스러운 절정이 될 것이다. 그럼에도 불구하고 그 연극은 그 목적에 잘 부합했다. 그 연극은 우리로 하여금 우리가 읽은 말볼리오와 쿼터메인 씨가 연기한 말볼리오, 우리가 읽은 올리비아와 로포코바 부인이 연기한 올리비아, 그리고 그 희곡 전체에 대한 우리의 읽기와 거드리 씨[12]의 읽기를 비교하게 했다. 그리고 그것들 모두가 다르기 때문에 우리는 셰익스피어에게로 되돌아가야만 한다. 우리는 『십이야』를 다시 읽어야만 한다. 거드리 씨는 그것을 불가피하게 만들었고, 앞으로 공연될 『벚꽃 동산*The Cherry Orchard*』, 『자에는 자로*Measure for Measure*』, 그리고 『헨리 8세*Henry the Eighth*』에 대한 갈망을 자극했다.

---

12 타이론 거드리(Tyrone Guthrie, 1900~1971). 영국의 연극 연출가로, 1933~1934년에 런던의 워털루 역 근처에 있던 올드 빅 극장에서 셰익스피어 극을 주로 연출했다.

3세기 이후의 던
Donne after Three Centuries

지난 300년간 영국에서 얼마나 많은 수백만 개의 단어가 쓰여지고 인쇄되었으며, 어떻게 해서 그 대부분이 흔적도 남지 않고 사라져버렸는지를 생각하면 던의 언어가 도대체 어떤 속성을 갖고 있기에 오늘날에도 우리에게 그렇게 분명하게 들리는지 한번 생각해보고 싶은 충동을 느낀다.[1] 1931년은 아첨을 해도 용서를 받을 기념비적 해이지만, 던의 시가 대중적으로 읽힌다거나 타이피스트가 퇴근하면서 지하철에서 던을 읽고 있는 것을 어깨너머

1 1931년은 존 던(John Donne, 1572~1631)이 죽은 지 300년이 되는 해이다. 던은 17세기 전반을 대표하는 영국 시인이다. 구교도에 대한 박해가 심했던 엘리자베스 시대에 구교도 집안에서 태어난 그는 신교도로 개종하고 스무 살에 법률가가 되기 위해 법조 학원인 린컨즈 인에 들어간다. 이때 사귄 친구의 연줄로 당시 유력가였던 토머스 이글턴 경의 비서로 일을 시작한다. 그러나 그는 이글턴 경의 조카딸인 열일곱 살의 앤 모어와 1601년 비밀 결혼을 하며 이 때문에 비서직에서 쫓겨나고 감옥에 투옥되기까지 한다. 만약 이 결혼으로 연줄을 잡을 생각이었다면 그는 결정적인 실수를 한 셈이었다. 출옥 후 던은 후원자들에게 시를 헌정하여 얻은 보상으로 생활을 하다가 설교자로 명성을 얻게 된다. 결국 1615년 세속적인 지위를 얻을 가망이 없자 성직을 받고 1621년 세인트 폴 성당의 주교가 된다. 던은 초기에 쓴 연애시에서 두 연인을 컴퍼스의 두 다리에 비유하는 등 기발한 착상을 사용하며 후세에 형이상학파 시인이란 명칭을 얻게 된다. 그의 초기 연애시에서 보여지는 대담한 열정과 지적인 사고는 그의 종교시와 설교문에서도 잘 나타나며, 헤밍웨이의 소설 제목인 '누구를 위하여 종은 울리나'는 던의 설교문 중에 나오는 구절에서 따왔다.

로 보았다고 우리가 주장하려는 것은 결코 아니다. 하지만 그의 시는 읽히고 우리 귀에 들린다. 그의 시집 개정판들과 그에 대한 글이 많이 나오고 있는 것이 그 사실을 증명한다. 그러므로 엘리자베스 시대와 우리 시대를 갈라놓는 거친 바다를 건너는 오랜 비행 후에도 그의 목소리가 왜 우리 귀에 울려 퍼지는지 그 의미를 분석해보는 것은 아마도 가치 있는 일이리라.

그의 시가 의미로 꽉 차 있지만 우리를 매혹시키는 첫 번째 속성은 의미가 아니고 훨씬 더 순수하고 직접적인 그 무엇이다. 그것은 그가 갑자기 말문을 터트리는 폭발력이다. 모든 서두와 논의는 다 소진되어버리고 그는 가장 짧은 길로 시 안에 바로 뛰어든다. 시구 하나면 모든 준비를 무색케 한다.

나는 유령이 된 어떤 늙은 연인과 이야기하고 싶소.[2]

또는

한 시간 동안이라도 사랑했다고 말하는 자,
그 누구든 그는 완전히 미친 자요.[3]

즉시 우리는 사로잡혀 멈춘다. 가만히 서시오. 그가 명령한다.

가만히 서시오. 그럼 나는 당신에게
사랑의 철학을 강의하리라, 내 사랑이여.[4]

2 「사랑의 신」.
3 「실연」.
4 「그림자에 대한 강의」.

그리고 우리는 가만히 서야만 한다. 첫 단어부터 충격이 우리를 관통한다. 이전에는 무기력하고 마비되었던 직관이 떨리면서 살아난다. 시각과 청각의 신경들이 일깨워진다. 우리 눈앞에 "빛나는 금발머리로 만든 팔찌"[5]가 타오른다. 그러나 더 놀라운 점은 우리가 아름답게 기억에 남는 구절들을 단지 인식하고 있는 것이 아니라, 어떤 특별한 마음의 자세에 어쩔 수 없이 끌리는 자신을 발견하게 된다는 점이다. 던의 열정이 일격을 가하면 일상적인 인생의 흐름에서 흩어져 있던 요소들이 하나로 완전해진다. 한순간 전에는 여러 다양한 속성으로 들끓던 유쾌하고 단조로운 이 세상이 바로 소멸되어버린다. 이제 우리는 던의 세계 안에 있다. 다른 모든 풍경은 날카롭게 단절된다.

독자를 갑자기 놀라게 하고 굴복시키는 이런 위력을 발휘하는 데 있어서 던은 대부분의 시인을 능가한다. 이것이 그의 특징적 자질이다. 그런 식으로 그의 정수를 한두 단어로 요약하면서 그는 우리를 사로잡는다. 그러나 이 정수는 우리에게 작용하면서 서로 잘 어울리지 않는 이상한 대조로 나누어진다. 곧 우리는 이 정수가 무엇으로 구성되었는지, 어떤 요소들이 함께 만나 그렇게 깊고 복잡한 인상을 새겨놓는지 자신에게 묻기 시작한다. 좀 분명한 단서들은 시의 표면에 뿌려져 있다. 예를 들어 우리가 『풍자시』를 읽을 때 그것이 어린 청년의 작품임을 말해줄 외적인 증거가 전혀 필요치 않다. 그는 청년기가 지닌 모든 무모함과 단호함, 중년과 전통의 어리석음에 대한 청년기적 증오심을 갖고 있다. 멍청이, 거짓말쟁이, 궁중의 조신들은 혐오스러운 사기꾼들이고 위선자들인데, 왜 펜을 몇 번 놀려서 그자들을 모조리 이 지상에서 쓸어버리지 않을 수 있겠는가? 그래서 인생에 대한 얼마나 많

5 「유물」.

은 희망과 신념과 기쁨이 이 야만스러운 청년적 멸시를 불러일으켰는지 보여주는 그런 열정으로 이 어리석은 인물들은 매질당하고 있다. 그러나 우리는 읽어나가면서 그의 젊은 시절 초상화에 나오는 복잡하고 묘한 얼굴, 즉 대담하지만 미묘하고, 관능적이면서도 긴장된 얼굴을 가진 이 청년이 또래 가운데서도 그를 독특한 존재로 만든 특질을 갖고 있구나, 하는 생각이 들기 시작한다. 청춘의 혼돈과 압박감이 말보다 앞서서 그에게 은총이나 명쾌함을 지나치게 빨리 갈구하게 만들었다는 것은 아니다. 오히려 이런 식으로 잘라내고 생략한 언어 속에는, 한 생각 위에 갑자기 쌓아놓은 또 다른 생각 속에는, 부패에 대해 정직함이 갖는 불만이나 노년에 대해 청년이 갖는 불만보다 더 깊은 어떤 불만이 있는 것 같다. 그는 단지 어른들에 대해서만이 아니라 그 시대의 기질 중에서 그에게 반감을 주는 그 무엇에 대하여 반항하고 있는 것이다.

그의 시에는 현재 통용되는 어법을 사용하기를 거절하는 사람이 갖는 의도적인 벌거벗음이 있다. 그의 시는 여론의 압력을 느끼지 않는 사람들이, 그래서 때로 올바른 판단에 실패하고 단지 이상하게 보이려고 이상함을 늘어놓는 그런 사람들이 갖는 지나침을 지니고 있다. 그는 브라우닝이나 메러디스 같은 비순응자로서, 자신의 비순응주의를 영광시하고자 하는 충동을 참지 못하고 고의적이고 근거 없는 괴팍함의 일필휘지를 휘두른다. 그러나 그의 시대에 대해 던이 무엇을 싫어했는지를 발견하기 위해서 우리는 그가 초기의 시들을 쓸 때 그에게 작용했을 법한 좀더 분명한 영향력들을 상상해보자. 우선 그가 무슨 책을 읽었는지 물어보자. 던 자신의 증언에 의해 우리는 그가 선택한 책에서 "엄숙한 신학자들"이나 철학자들과 "도시라는 신비로운 육체의 힘줄을 묶는 법을 가르쳐주는 대단한 정치가들" 그리고 역사가의 작품을 발견한다. 그는 분명히 사실과 논쟁을 좋아했다. 만약 그의 책 중에 시인이 있다면 시인에 대해 "어지러운 환상가들"이라고 그가 붙인 별칭은 적어도 자신이 반감을 갖고 있는 시의 특징이 무엇인지를 그가 잘 알고 있었으며, 그런 예술을 멸시하고 있음을 보여준다.[6] 그래도 그는 영시의 샘물 한가운데서 살고 있었다. 그의 책꽂이에는 스펜서의 시도 있었을 것이다. 시드니의 『아르카디아』, 『멋진 수사법의 천국』과 릴리의 『유피어스』도 있었을 것이다. 그는 기회가 되면 말로나 셰익스피어 연극이 상연되는 것을 보려고 기꺼이 극장으로 달려갔다―"난 그에게 새로 올려지는 연극에 대해 말해주었어." 런던으로 나가서 그는 틀림없이 당대의 모든 작가들을 만났을 것이다―스펜서와 시드니와 셰익스피어와 존슨을.[7] 그는 이 술집에서 저 술집으로 다니면서 새로운 연극에 대한 이야기에, 새로운 시의 경향에 관해, 영국 시의 미래와 영어의 다양한 가능성에 대한 열띤 토론들에 귀를 기울였을 것이다.

하지만 그의 전기를 보면 우리는 그가 자기 시대 사람들과 어울리지도 않았고, 그들이 쓴 것을 읽지도 않았다는 사실을 발견한다. 그는 자신의 주위에서 그 당시 행해지는 일에서 이익을 취하지 못하고 오히려 방해만 받고 산만해지는 그런 독창적인 인간들 중 한 사람이었다. 우리가 다시 『풍자시』로 돌아가 보면 왜 그래야만 했는지 이유를 쉽게 알 수 있다. 여기에 대담하고 활동적인 사고를 하는 사람이 있다. 그는 실제 사물을 다루기 좋아하고, 그의 팽팽하게 당겨진 감각에 매번 충격이 가해질 때마다 그

---

6 인용문들은 『풍자시』 1번에서 따왔다.
7 이들은 당대의 가장 위대한 시인과 극작가들이다.

것을 정확하게 표현하려고 몸부림친다. 따분한 한 인간이 길에서 그를 멈추게 한다. 그 사람을 던은 정확히, 생생하게 살핀다.

> 그의 옷은 이상했다. 거친 천에다 올이 닳은 검은 옷.
> 조끼는 소매가 없었으며, 그것은 벨벳이었던 모양인데
> 이제는 (너무나 많은 땅을 보았기에) 얇은 타프타가 되었
> 구나.[8]

그러고선 던은 사람들이 말하는 실제 언어를 표현하고 싶어
한다.

> 고음으로 당겨진 현금 줄처럼 그는 꽥꽥댄다, 오 선생님.
> 왕들에 대해 말하는 것이 즐겁죠. 웨스트민스터 성당에서
> 제가 말했죠. 성당 무덤을 지키는 사람은 그 대가로
> 누가 오든지 우리의 해리와 에드워드들에 대해 이야기하죠.
> 걸어 다닐 수 있는 한 모든 왕들과 일족에 대해.
> 당신의 귀는 왕들 이야기 외에는 아무것도 듣지 못하고
> 당신의 눈은 왕들만 만날 거요. 그리 가는 길이 그래서 킹스
> 트리트이지요.[9]

던의 강점과 약점이 여기서 동시에 발견된다. 그는 한 가지 세
부 사항을 선택하여 그 기이함을 표현할 몇 개의 단어로 그것을
축소할 수 있을 때까지 응시한다.

---

8 『풍자시』 4번.
9 같은 책, 4번.

거친 홍당무 한 단이 서 있는 것처럼
통풍 걸린 짤막하게 부은 네 손가락들.[10]

그러나 그는 포괄적으로, 전체적으로 볼 수 없었다. 그는 물러서서 거대한 윤곽을 검토할 수 없었다. 그래서 묘사는 항상 사물의 광범위한 양상에 대해서가 아니라 어떤 순간적인 강렬함에만 국한되었다. 그러므로 그는 여러 다른 인물들의 갈등을 보여주는 드라마를 사용하기는 어려웠다. 그는 독백이든, 풍자든, 자기 분석이든 항상 자기 자신이란 중심으로부터 말해야만 한다. 이런 각도의 시각에서 내다보는 던에게 스펜서나 시드니와 말로는 도움이 될 만한 어떤 모델도 제공하지 않았다. 전형적인 엘리자베스 시대 사람은 달변을 사랑했고, 찬란한 신조어를 갈구했기 때문에 확대하고 종합하는 경향이 있었다. 엘리자베스 시대의 시인은 넓은 풍경과 영웅적인 미덕과 영웅적인 투쟁을 하는, 또는 외형이 숭고하게 보이는 인물들을 사랑했다. 산문 작가들조차도 똑같이 과장하고 확대하는 버릇이 있다. 토머스 데커가 엘리자베스 여왕이 그해 봄에 어떻게 죽었는지 말해주려고 시도할 때 그는 특별히 여왕의 죽음도, 특별히 그해의 봄도 묘사할 수 없다. 그는 모든 죽음과 모든 봄에 대해 장황하게 이야기해야만 한다.

[……] 뻐꾸기는 술집에서 술집으로 다니는 외로운 깽깽이 악사처럼 하루 종일 쉴 새 없이 오갔고, 양들은 계곡을 아래위로 껑충거리며 돌아다녔고, 염소와 새끼들은 산 위를 뛰어다녔고, 목동들은 피리를 불며 앉아 있고, 시골 처녀들은 노래를 불렀다. 청년들은 사랑하는 처녀를 위해 소네트를 지었고, 처녀

10 『엘레지』 8번.

들은 애인을 위해 화관을 만들었다. 그렇게 시골에서 유쾌하게 장난치는 것처럼 도시도 즐거웠다……. 부엉이들이 한밤중에 농부를 겁주지도 않았고 정오의 북소리가 시민을 놀라게 만들지 않았다. 모든 것이 고요한 물보다 더 잔잔했고 마치 목동들이 짝 지어 놀고 있는 양 모두 조용했다. 결론적으로 천국은 궁전 같아 보였고 지상이란 거대한 방은 천국 같았다. 그러나 오 짧은 인간의 지복이여! 오 세상이여, 그대의 행복이란 얼마나 빈약하고 하찮은 것인지.[11]

간단히 말하면 엘리자베스 여왕은 죽었고, 그리고 데커에게 그의 방을 청소한 늙은 여인이 무엇이라 말했는지를, 또는 만약 그날 밤 꽉 찬 군중들 사이에 끼어 그가 본 치프사이드 거리가 어떠했는지를 물어보았자 아무 소용이 없다. 데커는 부풀려야만 하고, 그는 일반화해야만 하고, 그는 아름답게 만들어야만 한다.

던의 천재성은 바로 이런 점의 정반대에 있었다. 그는 축소시켰고 상세히 서술했다. 아름다운 외양을 망치는 주름이나 점 하나하나를 그는 보았을 뿐만 아니라, 그러한 대조에 대해 그는 자신의 반응을 굉장한 호기심으로 기록했고, 상반되는 두 의견들을 나란히 놓고 싶어 했으며 그것들이 스스로 부조화를 만들어내도록 했다. 화려한 시대에서 이런 벌거벗음에 대한 욕구, 완성되고 단정한 전체를 구성하게 되는 유사성들이 아니라 유사함을 깨는 모순들을 기록하고자 하는 이런 결심, 우리로 하여금 사랑과 증오와 웃음이란 다른 감정들을 동시에 느끼게 만드는 그 위력, 이런 것이 던을 그의 동시대인과 구분 짓게 한다. 조신에게 묵살당하고, 변호사의 함정에 빠지고, 지겨운 인간에게 붙들리는 것 같

11 극작가 토머스 데커(Thomas Dekker, 1572~1632)가 쓴 『놀라운 해』(1603).

은 일상의 일들이 던에게 그렇게 날카로운 인상을 심어주었다면, 연애의 효과는 비교할 수 없을 만큼 더 엄청났을 것이다. 던에게 있어서 사랑에 빠지는 일은 수천 가지 일을 의미했다. 그것은 고통스럽고도 혐오스러운, 환멸을 느끼고도 황홀경에 빠지는 것을 의미했다. 그러나 또한 진실을 말하는 것을 의미했다. 그러므로 그의 연애시와 엘레지와 서간 시들은 엘리자베스 시대의 연애시에 나오는 전형적인 비유와는 다른 자질의 비유를 쓰고 있다. 일단의 유려한 시인들이 만들어놓은 그 위대한 이상은 여전히 우리 눈앞에 빛나게 타오른다. 그녀의 몸은 설화석이요, 다리는 상아요, 머리카락은 황금 실이고 치아는 동양의 진주였다. 그녀의 목소리에는 음악이, 그녀의 걸음걸이에는 위엄이 배어 있었다.[12] 그녀는 사랑하고, 장난치고, 배신을 하거나 마음을 주기도 하며, 잔인하고, 진실했다. 그러나 그녀의 감정은 그런 인물에 맞게 단순했다. 그러나 던의 시는 완전히 다른 틀의 여인을 보여준다. 그녀의 머리는 갈색이지만 아름다우며, 그녀는 혼자 있길 즐기지만 사교적이다. 그녀는 시골에 있는 것도 즐기지만 도시 생활도 좋아하며, 회의적이지만 신앙심이 깊으며, 감정적이지만 과묵했다 — 한마디로 그녀는 던과 마찬가지로 다양하고 복합적이었다. 어떻게 던이 한 종류의 완벽한 인간만을 골라서 그녀를, 그녀만을 사랑하는 데 자신을 국한시키는 그런 일을 할 수 있었겠는가? 자신의 감각을 완전히 사용하고 자신의 기분을 정직하게 기록하는 남자라면 어떻게 자신의 본성을 제한하면서 전통적이고 관습적인 사람들의 비위를 맞추기 위해 그런 거짓말을 할 수 있었겠는가? "사랑의 가장 달콤한 부분, 그것은 다양성"[13]이 아니던가?

12 엘리자베스 시대의 연애시에서 상투적으로 쓰이던 여성에 대한 비유들이다.
13 「무심한 자」

"음악과 기쁨과 생명과 영원을 양육해내는 것은 변화랍니다."[14] 하고 그는 노래했다. 그 시대의 수줍은 유행은 연인을 한 여자에 게만 국한시킨다. 그로 말하자면, 그는 '복수형의 사랑을 죄로 알 지 않았던' 옛 사람들을 존경하고 부러워했다.

하지만 이 명예라는 호칭이 사용되면서
우리의 허약한 신뢰는 남용되었죠.[15]

우리는 이제 그런 고상한 상태에서 전락했다. 자연의 황금 법 률은 이제 폐지되었다.

그러므로 이제 때론 어둡게 구름 낀, 때론 찬란하게 갠 던의 시 라는 거울 속에서 우리는 그가 사랑하고 증오했던 수많은 여성 들의 행렬이 지나가는 것을 본다. 그가 멸시했던 평범한 줄리아, 사랑의 기술을 가르쳐주어야 했던 멍청한 여성, "등나무 의자에 갇힌" 병든 남편과 결혼한 여성, 계략을 써서 사랑해야만 하는 여 성, 꿈속에서 그가 알프스 산을 넘어가다가 살해당하는 것을 보 았다는 여성, 그를 사랑하는 위험을 감수하지 말라고 설득해야 만 했던 여성, 그리고 마지막으로 그가 사랑보다는 존경을 느꼈 던 만추의 귀족 부인 — 그런 식으로 그들은 지나간다.[16] 평범하 고 진귀한, 단순하고 세련된, 젊고 나이 든, 귀족과 평민 등 각자 다른 매력을 발산하면서 다른 종류의 연인을 만들어내지만, 사 랑하는 남자는 같은 사람이요, 여성들은 아마도 각기 별개의 여 성이라기보다는 여러 단계의 여성성을 의미한다. 말년에 가서

---

14 『엘레지』 3번.
15 같은 책, 17번.
16 같은 책, 1번, 12번 등 여러 엘레지에 등장하는 다양한 주인공들에 대한 묘사이다.

세인트 폴 성당의 주교님이던 던은 이런 시들을 삭제하고 싶어 했고, 특히 이 남자 주인공 중 한 사람을, 즉 「침실에 들면서」와 「사랑의 전쟁」을 쓴 시인을 은폐하고 싶어 했다.[17] 하지만 주교님은 잘못 생각했을 수도 있다. 바로 그 수없이 다른 욕망들의 결합이 던의 연애시에 그 생동감을 줄 뿐 아니라, 전통적인 정통 연애시 주인공에게서는 그 정도의 위력으로 발견할 수 없는 자질, 즉 영적 숭고함을 부여한다. 우리가 육체를 사용하여 사랑할 수 없다면 정신으로 사랑할 수 있을까? 우리가 자유롭고 다양하게 사랑하지 않는다면, 처음에는 이런 점에서 끌렸고 다음에는 저런 점에 끌렸다고 자유롭게 인정하지 못한다면, 과연 우리는 마침내 필수적인 한 가지 요소를 선택해 그것을 신봉함으로써 대립하는 요소들 사이에서 평화를 이루고 '그와 그녀'라는, 상태를 초월한 하나의 존재로 승화할 수 있을까? 그가 가장 변덕스럽고, 젊은 욕정을 최대한 배출하는 동안에도 던은 그가 다른 식으로 사랑할, 즉 고통스럽고 어렵지만 한 사람만을, 단지 한 사람만을 사랑할 성숙한 계절을 예상할 수 있었다. 그가 멸시하고 저주하고 욕을 하는 동안에도 그는 변화와 이별을 초월하고, 육체가 부재한 경우에도 합일과 영적 결합으로 이끌 수 있는 또 다른 관계를 예언했다.

> 우리를 조각으로 찢더라도 분리하지 못할 거요.
> 우리의 몸은 그럴지언정, 우리의 영혼은 묶여 있소.
> 우리는 그래도 편지와 선물로 사랑할 수 있소.

---

17 이 두 시는 젊은 시절에 쓴 시로 특히 성에 대해 노골적으로 묘사하고 있는데, 던은 후에 그 시들을 쓰지 않았더라면 좋았을 것이라 후회한다. 또한 후원자인 베드포드 백작 부인조차 그가 주교로 임명되자 이런 시를 쓴 사람에게 성직은 맞지 않는다고 피력한 바 있다.

그리고 생각과 꿈으로도.[18]

또는

마음속에 서로가 살아 있는 그들은
결코 헤어진 것이 아니리.[19]

그리고 또한

그리하여 우리는 양성에 다 맞는 하나의 중성이 되리니
우리는 죽고 동시에 부활하여
이 사랑에 의해 신비로움이 증명되리.[20]

한층 더 고귀한 상태에 대한 암시와 예감은 그를 계속 몰아가
며 현재에 대한 영속적인 불안과 불만으로 그를 저주한다. 이 일
시적인 쾌락과 반감 너머에는 기적이 있다는 느낌이 그를 애타
게 한다. 연인들은 아주 짧은 순간이지만 시간을, 성을, 육체를 초
월하는 일치의 상태에 도달할 수 있다. 그리고 마침내 한순간이
지만 그곳에 도달한다. 「황홀경」이란 시에서 연인들은 언덕에 함
께 누워 있다.

하루 종일 우린 같은 자세였지요.
하루 종일 우린 아무 말도 하지 않았어요.

18 『엘레지』 12번.
19 「노래: 사랑하는 이여」
20 「시성화」

이 황홀경은 복잡함을 풀어주네요.
우리에게 사랑이 무엇인지 알려주네요.
우리는 그것을 통하여 성적인 것이 아님을 깨닫게 되죠.
사랑이 어떻게 움직이는지 보지 못한다는 사실을 우리는
보네요.

우리는 이제 이 새로운 영혼이 되어
우리가 무엇으로 구성되었는지 알게 됩니다.
왜냐하면 우리는 원자로 변하고 그것은
변화가 침범할 수 없는 영혼이기 때문이죠.

하지만 오 슬퍼요, 얼마나 오래, 얼마나 멀리
우리 육체는 견뎌내야 합니까?[21]

그러나 오 슬프도다! 그는 여기서 그만둔다. 바로 이 황홀경 속
에서 거대한 열기에 의해 녹아버린 듯 순수한 시의 구절들이 갑
자기 흐르기 때문에 우리는 던이 그런 한 가지 자세를 계속 하기
를 원한다. 하지만 우리가 아무리 원한다 하더라도 한 가지 상태
로 계속 있는 것은 그의 특성에 맞지 않는다는 사실을 우리는 깨
닫는다. 아마도 만물의 법칙에도 맞지 않는 것일지도 모른다. 던
은 아마도 만물이 변해야만 하고 모든 불화가 중간에 끼어든다
는 사실을 알고 있었기에 그러한 강렬함을 낚아챈 것이리라.
    그러나 이런 황홀경을 유지하기에는 환경의 힘이 그의 능력보
다 강했다. 그는 비밀 결혼을 했고, 곧 아버지가 되었다. 그리고
우리가 곧 알게 되듯이 그는 여러 명의 아이들을 데리고 미첨에

21 「황홀경」

있는 한 눅눅한 오두막에서 사는, 매우 가난하지만 매우 야심 찬 사람이었다. 아이들은 자주 아팠다. 아이들은 울었고, 그 울음소리는 엉성하게 지은 오두막의 얇은 벽을 뚫고서 일하는 그를 방해했다. 그러므로 그는 당연히 다른 곳에서 피난처를 찾았고, 그러한 도피처에 대해 당연히 대가를 치러야 했다. 잘 차려진 식탁과 아름다운 정원을 가진 지체 높은 귀족 부인들—베드포드 백작부인, 헌팅던 공작 부인, 허버트 부인—의 호감을 사야만 했다. 그러므로 거친 풍자 시인인 던과 도도한 연인 던 이후에, 지체 높은 사람의 충실한 종복이며 그들의 어린 딸들을 얼토당토않게 칭송하는 비열한 아첨꾼 던이 온다.

그리고 그와 우리의 관계는 갑자기 변한다. 그의 풍자시와 연애시는 어떤 심리적 강렬함과 복합성이란 특징이 있기 때문에 우리와는 다른 세계에 사로잡혀 우리의 근심과는 무관하게 존재하며, 우리가 감탄은 하지만 함께 느낄 수는 없는 정열에 휩싸인 그의 동시대 시인들보다 우리는 던을 더 가깝게 느낀다. 유사한 점을 과장하기는 쉽다. 그래도 우리는 던과 이런 점에서 유사하다고, 즉 상반된 것을 인정할 준비가 되어 있다는 점에서, 개방성을 열망한다는 점에서, 그리고 소설가들이 느리고 미묘하고 분석적인 산문으로 우리에게 가르쳐준 심리적 미묘함에서 던과 유사하다고 주장할 수 있다. 던의 발전 과정을 따라갈 때, 그는 이 지점에서 우리를 궁지에 빠뜨린다. 그는 어떤 엘리자베스 시대의 사람보다 더 멀고 더 접근 불가능하며 더 구식으로 변한다. 그것은 마치 그가 멸시하고 비웃었던 그 시대의 정신이 갑자기 스스로를 주장하면서 이 반항아를 노예로 만든 것 같다. 사회를 증오하며 대담하게 말하던 청년이자 사랑과 신비한 합일을 구하면서 때론 여기서, 때론 저기서 기적적으로 그것을 발견한 열정적인 연인으로서 던의 모습을 우리가 잃어버릴 때, 가장 부패하지 않는 인간 중 한 사람인 그를 이렇게 부패시킨 후원자들과 후원 제도에 대해 당연히 비방하고 싶을 것이다. 하지만 우리가 아마도 너무 성급했나 보다. 모든 작가들은 관객을 염두에 두고 쓰며, 베드포드가와 드루어리가, 그리고 허버트가가 오늘날 후원자 자리를 채우고 있는 도서관이나 신문 사주들보다 더 나쁜 영향을 미쳤다고 볼 수는 없다.

이런 비유는 상당한 어려움을 야기하는 것이 사실이다. 던의 시에 희귀한 요소를 가져온 고귀한 부인은 회상 속에서 또는 시 안에서 발견되는 왜곡된 모습으로 존재한다. 회고록이나 편지 쓰기의 시대는 아직 당도하지 않았던 때이다. 그리고 펨브로크 부인이나 베드포드 부인이 훌륭한 시인이었다고 알려져 있지만, 만약 그들이 글을 썼더라도 자신이 쓴 작품에다 자신의 이름을 감히 붙일 수 없었고 그래서 그것은 사라졌다.

간혹 여기저기 남겨진 일기장에서 우리는 후원자인 부인들을 더 가깝게 그리고 덜 낭만적으로 볼 수 있을 것이다. 가령 앤 클리퍼드 부인은 클리퍼드와 러셀 가문의 딸로서 활동적이고 현실적이고 교육을 거의 받지 못했지만—그녀는 "아버지가 허락하지 않아서 어떤 외국어도 배우지 못했다."—그녀의 일기장에 나와 있는 대담한 문장에 의하면 그녀는 시인 대니얼의 후원자였던 어머니가 이전에 했던 것처럼 자신도 문학과 문학의 창조자에게 깊은 의무감을 느꼈다. 그 시대의 위대한 상속녀는 땅과 저택에 대한 모든 열정에 젖어 있었을 것이고, 재산과 부에 대한 모든 관심사로 매우 바빴지만 그래도 그녀는 좋은 소고기나 양고기를 먹듯이 자연스럽게 좋은 영어책들을 읽었다. 그녀는 『선녀 여왕』도 읽고 시드니의 『아르카디아』도 읽었다. 그녀는 궁중에서 상연된 벤 존슨[22]의 가면극에서 연기도 했다. 상류사회 소녀가 초서처럼 옛날 속된 시인을 읽으면서도 지적인 체하는 여자라는 놀림의 대상이 되지 않았다는 사실은 독서가 받는 존경의 증거였다. 그 관습은 정상적이고 잘 교육받은 삶의 일부였다. 그것은 그녀가 한 장원의 안주인이 되었을 때 그리고 자기 소유의 더 막대한 재산에 대해 권리 청구자가 되었을 때도 지속되었다. 그녀는 몽테뉴[23]의 글이 낭송되는 것을 들으면서 놀Knole 성에서 수를 놓았다. 남편이 일을 하는 동안 그녀는 앉아 초서에 심취했다. 나중에 갈등과 외로움의 나날이 그녀를 슬프게 했을 때, 그녀는 깊은 만족의 한숨을 쉬면서 그녀의 초서에게 되돌아갔다. "만약 나에게 위로를 주는 훌륭한 초서의 책이 없었더라면", 그녀는 이렇게 쓰고 있다. "나는 이렇게 많은 문제를 갖고 있으니 비참한 상태가 되었을 거야. 그러나 그 책을 읽으면서 나는 그 모든 문제들을 무시하고 가볍게 생각하게 되며, 초서의 아름다운 정신 일부가 내 안에 활기를 불어넣네." 이렇게 말한 여인은 살롱을 세우지도 도서관을 건립하지도 않았지만, 『캔터베리 이야기』나 『선녀여왕』 같은 작품을 쓸 수 있었던 돈 없고 미천한 출신의 사람들을 존경하는 것이 의무라고 느꼈다. 던은 놀에 가서 그녀 앞에서 설교를 했다. 웨스트민스터 사원에다 스펜서를 위한 첫 번째 기념비를 세우는 돈을 댄 사람도 그녀였다. 자신의 오랜 가정교사를 위해 무덤을 세웠을 때 그녀는 자신의 미덕과 직함을 자세히 강조했지만, 그래도 그녀는 자신처럼 높은 부인조차도 책을 만든 사람들에게 감사하고 있다는 점을 여전히 인정하고 있었다. 그녀

---

22 벤 존슨(Ben Jonson, 1572~1637). 셰익스피어와 동시대의 영국 극작가, 시인, 배우. 풍자적 희곡「볼포네Volpone」가 대표작이다.

23 미셸 드 몽테뉴(Michel de Montaigne, 1533~1592). 프랑스의 사상가이자 문필가로 그가 남긴 『수상록』은 이후 많은 철학자, 문인들에게 영향을 미쳤다.

가 끊임없이 일을 처리하며 앉아 있던 방의 벽에는 위대한 작가들의 글이 벽에 걸려 그녀를 에워싸고 있었다. 버건디에 있는 몽테뉴 성에서 글들이 몽테뉴를 에워싸듯이.

그러므로 우리는 베드포드 백작 부인과 던의 관계가 오늘날 백작 부인과 시인 사이에 존재할 수 있는 관계와는 매우 다르다는 점을 유추할 수 있다. 거기에는 뭔가 정중하고 격식을 갖춘 면이 있었다. 그에게 그녀는 '저 멀리 계신 고매한 제왕' 같았다. 그녀가 하사한 보상이 굴욕감을 일으켰다면 그녀가 지닌 직함의 위대함은 그녀의 성품과는 별도로 존경심을 불러일으켰다. 그는 그녀의 계관시인이었고, 그녀를 칭송하는 그의 노래는 튀크넘[24]에서 그녀와 함께 머물자는 초대로 보상을 받거나 이 야심 많은 사람의 출셋길을 더 나아가게 하는 데 도움을 주는 권력가와의 우호적인 만남을 주선해주었다. 그랬다. 던은 시인으로서의 명성보다는 정치가로서의 권력에 대해 매우 야심이 많았다. 그러므로 베드포드 부인이 "신의 걸작"이고 그녀가 모든 시대의 모든 여인들을 능가한다는 시구를 읽을 때, 우리는 존 던이 베드포드 부인에게 시를 쓰고 있는 것이 아니라는 사실을 인식하게 된다. 즉, 지위에 시가 경의를 표하고 있는 것이다. 그리고 이런 거리감은 정열보다는 이성을 고무하는 역할을 했다. 베드포드 부인은 자신의 하인이 바치는 칭송에서 즉각적이거나 아니면 열광적 쾌락을 얻을 만큼 신학의 섬세한 부분까지 잘 읽은 매우 똑똑한 여자였을 것이다. 사실 던이 후원자를 칭송하는 시에서 보여주는 극도의 박식함과 미묘함은, 후원자를 위해 글을 쓰는 한 가지 이유가 시인 자신의 독창성을 과장하기 위한 것임을 보여준다. 시라고는 할 수 없는 그 뭔가 비틀리고 어려운 것을 써야 시인이 그녀를 위

24 베드포드 백작 부인의 장원 이름이다.

하여 자기 기술을 발휘하고 있음을 증명해주기 때문이다. 또한 유식한 시는 시인이 단지 운율만 맞추는 사람이 아니라 책임 있는 직책도 맡을 수 있다는 것을 증명하기 위해 정치가나 주요한 사람들에게 두루 회람되었다. 그러나 테니슨과『왕의 목가』에서 보듯이 영감의 변화는 많은 시인들을 죽였지만, 던의 경우는 오히려 그가 지닌 다양한 특질과 다면체 두뇌의 또 다른 면을 자극했을 뿐이다. 표면적으로는 베드포드 부인을 칭송하는 장시나 엘리자베스 드루어리를 기념하는「세상의 해부」(1611)나「진보하는 영혼」(1612) 같은 시를 읽을 때 우리는 사랑의 계절이 끝난 뒤 시인에게 쓸 거리가 얼마나 많이 남아 있는지 생각하게 된다.

5월과 6월이 지나자 대부분의 시인은 시 쓰기를 멈추거나 곡조가 맞지 않는 젊음의 노래를 부른다. 그러나 던은 중년의 위기를 열성적이고 정확한 자신의 지능으로 극복하고 있다. "나로 하여금 모든 것을 경멸하면서 시를 쓰게끔 했던 풍자적인 불이" 이제는 꺼졌을 때, "내가 단 하나 간직한 시의 여신이 이제 내가 식었다고 나랑 이혼했을"[25] 때마저도 그에게는 사물의 본질을 뒤적이며 해부할 능력이 여전히 남아 있었다. 열정적인 젊은 시절에도 던은 생각하는 시인이었다. 그는 자기 자신의 사랑조차 분석하고 해부했다. 그런 것으로부터 세상에 대한 해부로, 개인적인 것에서부터 비개인적인 것으로의 방향 전환은 복합적인 특징을 지닌 사람에게는 당연한 발전이었다. 중년과 세상사의 영향을 받아 새롭게 각이 진 그의 마음은, 젊은 시절 어떤 특정한 궁중 대신이나 어떤 특정한 여인에 대해 노래할 때 억제했던 힘을 이제 발산하기 시작한다. 이제 그의 상상력은 방해물로부터 해방된 듯이 엄청난 과장이라는 로켓을 타고 위로 올라간다. 그렇다, 로켓은

25 「R. W. 씨에게」「B. B. 씨에게」

폭발한다. 그것은 미세하고 분리된 조각들의 소나기가 되어 흩어진다 ─ 이상한 생각들, 길게 잡아 늘인 비유들, 케케묵은 박식함. 그러나 지성과 감성, 이성과 상상력이란 두 날개를 달고 그것은 더 희박한 공기 속으로 빨리 그리고 멀리 날아오른다. 죽은 소녀에 대한 과장된 칭송을 열심히 만들면서 그는 계속 솟구친다.[26]

> 우리는 박차를 가하며 우리는 별을 지배한다.
> 별들은 갈 길을 가되 각각 우리의 속도에 즐겁게 복종한다.
> 하지만 지구의 둥근 균형을 그대로 유지할 수 있을까.
> 테나리프나 더 높은 언덕이
> 바위처럼 높이 솟아 항해하던 달이
> 그곳에서 난파당해 빠진다고 생각하지 않을까.
> 바다는 너무 깊어서 고래들은 오늘도 아마도 내일도
> 헤엄치지만 결국 그들이 원하던 목적지의
> 반도 가지 못해 바닥으로 빠져 죽지 않을까.
> 인간들은 깊이를 재기 위해 너무나 많은 끈을 푼다.
> 그리하여 마치 그 끝에서 지구 반대편에 사는 사람 중
> 한 사람이 솟아날 것이라 생각하듯이.[27]

또는 엘리자베스 드루어리가 죽었고 그녀의 영혼은 해방되었다는 구절을 다시 보자.

> 그녀는 어떤 유성이 그곳에서 준비하고 있는지
> 보려고 공기 중에 머물지 않네.

26 유력한 후원자의 딸인 엘리자베스 드루어리는 1610년에 죽었다. 던은 「세상의 해부」와 「진보하는 영혼의」란 두 시를 써서 그녀의 죽음을 애도했다.
27 「세상의 해부」

그녀는 알고자, 느끼고자 하는 욕망을 갖지 않네.
중간 지역의 공기가 강한지 아닌지에 관해.
불의 원소에 관해 그녀는 그러한 장소를 지닐지
아닐지에 대해 알지 못하네.
그녀는 달에서 걸음을 멈추지 않네.
또한 그 신세계에 인간이 사는지 죽는지 알고자 하지 않네.
금성도 어떻게 그녀가 (한 별이면서) 새벽별, 저녁별일 수
있는지 알아보도록 그녀의 발길을 늦추지 않네.
아르고스의 눈에 마술을 걸었던 감미로운 수성도
이제 그녀를 어쩔 수 없네, 만인의 눈이 되었기에.[28]

  이렇게 우리는 머나먼 지역까지 뚫고 들어가서 그녀의 죽음이
이러한 폭발을 점화시켰던 단순한 소녀로부터 수백만 킬로미터
나 떨어진 드물고 아득한 사색의 세계에 도착한다. 그러나 그 시
의 미덕은 촘촘히 짜여진 신경조직과 심호흡에 있으며 시에서
이렇게 조각들을 분리하는 것은 그 시의 미덕을 감소시키는 행
위이다. 시를 읽는 기나긴 등정의 단계마다 던이 우리에게 갑자
기 밝혀주는 부분적인 구절에 감탄하기보다, 우리는 이 시들의
전체의 에너지와 힘을 파악하기 위해서 당대의 흐름에 맞추어
읽을 필요가 있다.
  이제 마침내 우리는 그의 시집의 마지막 부분, 즉 종교시와 신
성한 소네트에 당도한다. 다시 한 번 시는 환경과 세월의 변화와
함께 변한다. 후원이 필요하니 후원자도 변한다. 베드포드 부인
은 한층 더 지엄하고 더 한층 어려운 왕으로 대체된다. 유명해지
고 잘나가며 중요한 세인트 폴 성당의 주교는 이제 왕에게 향한

28 「진보하는 영혼」

다. 그러나 이 위대한 인물의 종교시가 허버트나 본 같은 시인들의 종교시와는 얼마나 다른지! 그가 시를 쓰는 동안 자신의 죄에 대한 기억이 되돌아온다. 그는 "욕정과 질투"로 타올랐던 적이 있었다. 그는 세속적 사랑을 좇았었다. 그는 다른 사람을 업신여겼고 변덕스러웠으며 정열적이었고 비열했으며 야망도 있었다. 그는 자신의 목표를 이루었다. 그러나 소나 말보다 더 약하고 더 형편없었다. 또한 그는 이제 외로웠다. "내가 사랑했던 그 여인이" 이제 죽었으니 "내 모든 미덕도 죽었네."[29] 이제 마침내 그의 마음은 "완전히 하늘의 일에만 전념하게 된다." 하지만 그 "4원소로 교묘하게 만들어진 작은 세상"[30]인 던이 어떻게 한 가지 일에만 전념할 수 있겠는가?

> 오, 나를 귀찮게 하기 위해 대조되는 것들이 하나에서 만났네.
> 변덕이 부자연스럽게도 변하지 않는 습관을 낳았네.
> 그래서 내가 원하지 않을 때도
> 나는 다른 맹세를 하면서 다른 믿음으로 변화하네.[31]

인간사의 흐름과 변화를 또 그 대조되는 일들을 그렇게 신기하게 지켜본 시인이, 또한 지식에 대한 강한 호기심을 가지면서도 동시에 너무나 회의적이었던 시인이,

> 현명하게 의심하라, 이상한 방식이지만
> 바른 의문을 던지며 서 있는 것은 헤매는 것이 아니다.

29 「신성한 소네트」 17번.
30 같은 글, 5번.
31 같은 글, 19번.

잠자거나 그릇된 길로 가는 것이 그런 것이리라.[32]

그리고 여러 위대한 제왕들, 즉 육체와 국왕과 영국교회에 충성을 맹세했던 시인은 더 순수한 삶을 살았던 다른 시인들이 달성한 온전함과 확신의 상태에 도달하는 것이 불가능했다. 그의 신앙심 자체가 열병처럼 발작적이었다. "나의 신성한 발작이 멋진 학질처럼 왔다 가는구나."[33] 그의 신앙심은 모순과 고통으로 가득 찼다. 그의 연애시가 가장 관능적인 순간에 "그와 그녀를 넘어서는" 초월적 합일에 대한 욕망을 갑자기 드러내듯이, 그리고 위대한 귀부인들에게 보낸 가장 공손한 편지들이 갑자기 사랑하는 남자가 피와 살이 있는 여인에게 보내는 연애시로 둔갑하듯이, 이 마지막 신성한 시들도 역시 마치 거리의 소란스러움을 향하여 문을 연 교회처럼 상승과 하락, 그리고 소요와 엄숙함으로 모순되는 시들이다. 아마도 그 점이 왜 그의 시들이 아직도 여전히 흥미와 혐오감을, 멸시와 존경을 불러일으키는지에 대한 이유가 될 것이다. 왜냐하면 주교님은 여전히 자기 젊은 시절의 구제할 수 없었던 호기심을 지니고 있었기 때문이다. 세상이 주는 모든 것을 그가 다 가진 후에도 세상을 무시하면서 진실을 말하고 싶은 유혹이 아직도 그 안에서 작용했다. 자신의 감각적 특성에 대한 끈질긴 호기심은, 젊은 시절 그를 괴롭히고 그를 가장 센 풍자가로 가장 열정적인 연인으로 만들었던 것처럼, 여전히 그의 노년을 괴롭혔고 안식을 깨트렸다. 명성의 절정에서조차도, 그런 다양한 다발들을 자연이 함께 묶어주는 무덤가에 도달했을 때조차도 그에게는 안식도, 종말도, 해결도 없었다. 그는 죽음이 다가

32 『풍자시』 3번.
33 『신성한 소네트』 19번.

온다고 느꼈을 때 스스로의 무덤을 위해 자신이 수의를 입고 누운 모습을 조각하도록 준비시켰으며 그 유명한 형상은 지치고 만족한 자가 잠이 든 모습과는 너무나 달랐다. 그는 여전히 멋있는 모습이어야 한다. 아마도 경고하기 위해, 앞날에 대한 분명한 전조를 가지고, 그러나 항상 의식적으로 뚜렷하게 자신의 모습으로 그는 그렇게 꼿꼿이 서 있다.

그것이 왜 우리가 아직도 던을 찾는지, 삼백 년이 더 지났음에도 그가 그렇게 분명히 말하는 목소리를 수 세기를 건넌 우리가 아직도 들을 수 있는지에 대한 이유가 될 것이다. 우리가 호기심 때문에 온몸을 잘라서 "각 부분을 검사해" 본다 해도 우리는 의사처럼 "그 이유를 모를 것이다."[34] 즉, 우리는 그렇게 많은 다른 요소들이 어떻게 함께 모여 한 인간을 구성하는지 알 수 없는 것이 사실이다. 그러나 우리는 그 정열적이고 마음을 꿰뚫는 목소리에 자신을 맡기고 던을 읽기만 하면 된다. 그러면 그의 모습은 그가 살아 있을 때보다 더 꼿꼿하게, 더 도도하게, 더 심오하게 세월의 잔해를 건너서 부활할 것이다. 원소들조차도 그의 존재를 존경한 것 같다. 런던의 대화재가 세인트 폴 성당의 모든 기념물들을 거의 다 파괴했을 때, 불은 던의 모습만 손대지 않았다.[35] 마치 화염도 그 매듭이 풀기에는 너무나 딱딱하고, 그 수수께끼가 풀기에는 너무나 어렵고, 평범한 흙으로 돌아가기에는 그 모습이 너무나 존재 그 자체였음을 발견한 듯이.

---

34 「습기」
35 1666년 대화재로 세인트 폴 성당을 포함하여 런던의 반 이상이 소멸되었다. 수의를 입은 던의 전신 조각상은 아직도 세인트 폴 성당 제단 오른쪽에 서 있다.

엘리자베스 시대의 잡동사니 방
The Elizabethan Lumber Room

해클루트의 이 훌륭한 책들[1]은 자주 읽히지도 않고, 또 끝까지 읽히지도 않는 것 같다. 이 책이 갖고 있는 매력이라면 이것이 한 권의 책이라기보다는 느슨하게 묶어놓은 거대한 상품 더미로, 오래된 자루들이나 낡은 항해 기구, 엄청난 크기의 양털 가마니 그리고 루비와 에메랄드가 담긴 작은 주머니들이 흩어져 있는 잡동사니 방이자 하나의 큰 잡화상 같다는 사실이다. 이쪽에서 이 꾸러미를 끊임없이 풀어보고, 저기 있는 더미에서 몇 개를 뽑아보고, 무언지 거대한 세계지도의 먼지를 털어내 닦고는 반쯤 어둑한 곳에 주저앉아 비단과 가죽과 용연향의 낯선 냄새를 맡노라면 밖에서는 엘리자베스 시대의 지도에 실리지 않은 바다의 거대한 파도가 몰아치고 있는 것이다.

뒤죽박죽의 씨앗들, 비단, 일각수의 뿔, 코끼리의 이빨, 양털, 흔해빠진 돌들, 터번식의 모자, 금괴 등 값을 측정하기 힘든 물건들과 전혀 값이 나가지 않는 잡동사니들은, 엘리자베스 여왕 통치

---

1   리처드 해클루트(Richard Hakluyt, 1553~1616)가 다섯 권으로 묶은 『초기 항해, 여행, 그리고 영국의 발견들』 전집이다.

기에 이어졌던 알려지지 않은 땅으로의 수많은 여행과 교역, 그리고 발견의 결실이었다. 그 원정들은 서쪽 지방에서 온 "재주 있는 젊은이들"을 선원으로 태우고 여왕이 직접 일부 재정 지원을 해서 이루어진 것으로, 프루드[2]의 말에 의하면 그 배들은 현대의 요트보다 크지도 않았다고 한다. 왕궁에서 가까운 그리니치의 강가에 배들이 운집했다. "추밀원이 궁정의 창문으로 내다보고 […] 배들은 거기서 군수물자를 하역했으며 […] 선원들의 외치는 소리가 하늘에 닿아 되울리는 것 같았다." 그리고 나서 선단이 조류를 타고 흔들리며 내려가면 선원들은 차례로 갑판 창구를 걸어 나와 돛대 밧줄을 타고 대장의 활대 위에 서서 친구들에게 마지막 작별의 손을 흔들었다. 많은 사람들이 다시는 못 돌아올 수도 있었다. 곧바로 영국과 프랑스 해안은 수평선 저 아래로 멀어지고 선단은 낯선 곳으로 항해를 했기 때문이다. 대기도 나름대로의 소리가 있었으며, 바다에는 바다사자와 물뱀들이, 불이 뿜어져 나오고 넘실대는 소용돌이가 있었다. 하느님 또한 아주 가까이에 있었다. 그러나 구름이 하느님 그분을 감추기라도 하면 악마의 팔다리가 보이는 듯했다. 영국 선원들은 허물없이 "지루할 때 한마디 말도 할 수 없고 난국에서는 더 도움이 되지 않는 신 […] 그 신이 어떤 식으로 처신하건 우리 하느님이야말로 진정한 하느님임을 보여주시지……" 하고 터키의 신과 자신들의 하느님을 대항하게 했다. 하느님은 땅에서도 그렇듯이 바다에서도 가까이 계셨다고, 폭풍우를 넘나들었던 험프리 길버트 경은 말했다. 험프리 길버트 경은 파도 아래로 사라졌다. 아침이 오자 사람들이 그의 배를 찾았지만 허사였다. 휴 윌러비 경은 북서 항로를

2 제임스 프루드(James Anthony Froude, 1818~1894). 영국의 사회학자이자 역사가 칼라일의 전기 저자이다.

발견하기 위해 떠났다가 끝내 돌아오지 못했다. 컴버랜드 백작의 병사들은 콘월 해안 멀리에서 역풍을 만나 14일간 갑판의 진흙 탕 물을 괴로워하며 핥아먹기도 했다. 때로는 누더기를 걸친 지 쳐빠진 사람이 영국의 어느 시골집 문을 두들기면서, 수년 전 항 해를 위해 집을 떠났던 그 소년이라고 주장하기도 했다. "부친인 윌리엄 경이나 모친조차도 그의 한쪽 무릎 위에 있는 비밀 표시 인 사마귀를 찾아내기 전까지는 그를 아들로 알아보지 못했다." 그러나 그는 금맥이 들어 있는 검은 돌이나, 상아 송곳니, 아니면 은괴를 갖고 와서는 마을의 젊은이들에게 영국의 들판에 흩어 져 있는 돌멩이만큼이나 많은 황금이 여기저기 흩어져 있는 땅 의 이야기를 열심히 해댔다. 한 번의 원정은 실패할 수도 있는 것 이다. 그러나 해안을 따라 조금만 더 간다면, 셀 수 없이 많은 값 진 것들이 매장된 전설의 땅으로 가는 항로가 나올 수도 있지 않 은가? 이미 알려진 세계는 더 멋진 장관이 펼쳐질 수 있는 서곡 에 불과한 것이 아닌가? 긴 항해를 한 후에 선단은 플레이트의 큰 강에 닻을 내리고 선원들은 울퉁불퉁한 땅을 탐험하러 나서 서 풀을 뜯고 있는 사슴의 무리에 놀라고, 나무 사이로 미개인들 의 팔다리를 보고, 자신들의 주머니에 에메랄드일지 모래일지 혹 은 금일지 알 수 없는 자갈돌을 가득 채워 넣기도 한다. 때로는 해 안의 돌출부를 돌면서 그들은 멀리서 머리를 숙이고 어깨를 서 로 잇댄 채 스페인 왕을 위해 무거운 짐을 지고 천천히 해변으로 내려오는 한 무리의 미개인들을 보기도 한다.

이런 것들은 그물을 버리고 황금을 낚으려고 항구 언저리를 어슬렁거리는 서쪽 지방의 "재주 있는 젊은이들"을 꾀는 데 효과 가 좋은 이야기로 활용됐다. 그러나 항해자들은 건전한 상인들인 데다가 영국 노동자의 복지와 영국 무역의 이익을 마음에 두는 시민들이었다. 배의 선장들은 영국 양모의 해외 시장을 찾아내는 것, 푸른색 염료를 만들 수 있는 풀을 발견하는 것, 무엇보다도 무씨에서 기름을 얻으려던 시도가 모두 실패로 돌아가자 기름을 생산해내는 방법을 알아내는 것이 얼마나 필요한 것인지 잘 새기고 있는 사람들이었다. 그들은 영국 빈민층의 비참함과 가난이 불러온 범죄가 "매일 그들을 교수대에서 처형시킨다."는 사실을 상기하고 있었다. 그들은 영국의 토양이 과거 항해자들의 발견에 의해 얼마나 풍요로워졌는지 잘 알고 있었고, 어떻게 리너커 박사가 다마스크 장미와 튤립 씨를 가져왔는지, "그것들이 없었다면 우리의 삶이 미개했으리라 말할 수 있는" 동물과 식물들이 어떻게 해외에서 영국으로 점차 들어오게 됐는지 잘 알고 있었다. 시장과 상품을 찾기 위해, 성공이 가져다줄 불멸의 명성을 찾기 위해 재주 있는 젊은이들이 북쪽으로 항해를 시작했으며, 고립된 작은 무리의 영국인들은 미개인의 오두막과 눈에 에워싸인 채 남겨졌다.

여름에 자신들을 다시 고국으로 데려다줄 배가 오기 전에 그들이 할 수 있는 한 거래를 성사시키고 어떤 지식이라도 입수했다. 고립된 무리인 그들은 암흑의 언저리에서 애태우며 견뎌내야 했다. 그들 중 하나가 런던에 있는 회사의 허가서를 가지고 내륙에 있는 모스크바까지 진출해서 "머리에 왕관을 얹고 왼손에 금세공의 권표權標를 쥔 채 권좌에 앉아 있는" 황제를 보기도 한다. 그는 그가 본 모든 의식을 자세하게 기록했고, 그렇게 영국의 상인이 처음 눈길을 주었던 광경은, 대기 중에 노출되어 수백만의 눈길이 닿아 그 빛이 둔해지고 광채가 부서진 상태가 아니라, 이제 막 발굴돼 잠시 햇빛 속에 놓인 로마의 화병 같은 광채를 지닌 것이었다. 수 세기에 걸쳐 세계의 변방에 있는 모스크바의 영광과 콘스탄티노플의 영광은 그들이 보지 못하는 사이에 꽃피고 있었던 것이다. 그때에 맞추어 용맹스럽게 성장을 한 그 영국인은 "붉은 천으로 옷을 해 입힌 잘생긴 세 마리의 맹견"을 거느리고 "완벽한 사향 잉크로 쓰인, 장뇌와 용연향의 향기가 더할 나위 없이 향기롭게 배어나는 여왕의 편지"를 지참했다. 때로는 고국이 놀라운 신세계에서 오는 전리품을 간절히 고대했기에 일각수의 뿔들과 용연향 덩어리와 고래가 태어나는 이야기, 코끼리들과 용들의 "말싸움"이며, 그들의 피가 뒤섞여 선홍색으로 응고된 멋진 이야기들과 함께 래브라도 해안 너머 어디선가 붙잡은 원주민을 살아 있는 견본으로 영국으로 데려가 야수처럼 보여주려고도 했다. 다음 해에는 그를 다시 데리고 나와 여자 원주민을 배에 같이 태워 동반하게도 했다. 그 둘은 서로를 보자 얼굴을 붉혔고 선원들은 그 둘이 몹시 얼굴을 붉힌다는 사실을 알아챘지만 왜 그런 것인지 알지 못했다고 한다. 후에 그 두 원주민은 배 위에 살림을 차리고 여자는 남자가 필요로 하는 시중을 들고 남자는 여자가 아플 때면 돌보았다고 한다. 그럼에도 그 원주민들은 완벽한 정절을 지킨 채 같이 살았다는 것을 선원들도 알았다고 한다.

이 모든 것, 새로운 말들, 새로운 생각들, 파도, 원주민들, 모험들은 자연스럽게 연극 속으로 흘러 들어가 템스 강둑의 연극 무대 위에서 연기되었다. 어떤 관객들은 금방 유색인들과 시끌벅적한 사람들을 알아채고

'값진 세틴산의 널빤지로 밑창을 대고

레바논산의 키 높은 전나무로 그 위를 씌운 쾌속 범선들'

을 보며 해외에 나가 있는 자신의 아들들, 형제들의 모험을 연상했다. 예를 들면, 버니 일가는 망나니 아들이 하나 있었는데, 그는 해적으로 집을 떠난 뒤 터키인이 되었다가 그곳에서 죽게 되

자 클레이던에 있는 자신의 집으로 비단과 터번, 그리고 순례자의 지팡이를 유품으로 보냈다. 엄격하고 간소한 보통 사람인 패스톤가의 살림살이와 엘리자베스 시대의 왕실 귀부인들의 세련된 취향 사이에는 엄청난 괴리가 있다고 해리슨은 말하고 있다. 그 귀부인들은 나이가 들면 역사책을 읽으며 시간을 보내거나 "그들 자신의 책을 쓰거나 다른 사람들의 글을 영어나 라틴어로 번역하며" 지냈고 나이가 더 젊은 귀부인들은 류트나 키타라를 연주하며 음악의 즐거움 속에서 그들의 여가 시간을 보냈다고 하니 말이다. 이렇게 노래와 음악과 함께 엘리자베스 시대의 특징으로 나타나는 지나친 화려함이 발아했던 것이다. 그린의 돌고래와 라볼타들, 과장법, 더구나 간결하고 강건한 벤 존슨과 같은 작가에게서 그런 과장법이 나타나기에 더욱 놀라운 일인 것이다. 이렇듯 우리는 엘리자베스 시대 문학 전체에 금과 은이 흩뿌려져 있는 것을 보게 된다. 가이아나의 진기한 것들에 대한 이야기들, 미국에 대한 언급들, "오, 나의 아메리카, 새로 찾아낸 나의 땅" — 그것은 단순히 지도상의 땅이 아니라 영혼의 미답 영역을 상징하는 것이기도 했다. 그래서 바다 건너 몽테뉴의 상상력은 미개인과 식인종, 사회, 정부 등의 주제가 주는 매혹에 잠겨 있었던 것이다.

몽테뉴에 대한 언급이 시사하는 것은 바다와 항해의 영향이, 즉 바다 괴물들과 뿔과 상아와 지도, 항해 도구들로 꽉 채워진 잡동사니 방이, 영국 시의 가장 위대한 시대를 이끌어내는 데는 도움을 주었다 하더라도 영국 산문에는 그 영향이 전혀 유익하지 않았다는 점이다. 운과 율이 시인들로 하여금 그들이 감지한 것들의 소용돌이를 정연하게 지키도록 해준 반면, 산문 작가들은 이런 제한 조건이나 구속 없이 구절들을 쌓아 올려 끝없는 일람

표처럼 늘어놓아 점점 문장의 힘이 빠져나가게 되고, 작가 스스로 그 복잡다단한 말의 주름에 휘감겨 걸려 넘어지고 만 것이다. 엘리자베스 시대의 산문이 얼마나 제 역할을 못 해내고 있는지, 프랑스의 산문이 어떻게 절묘하게 이미 제대로 자리를 잡았는지를 시드니의 『시의 옹호』의 구절과 몽테뉴의 수필 하나를 비교해 보면 잘 알 수 있을 것이다.

시인은 주석으로 여백을 얼룩지게 하고야 마는, 기억을 의혹으로 짐 지우는 모호한 정의들로 시작하지 않는다. 시는 그대들에게 기쁨을 주는 균형을 갖춘 말들로 다가온다. 썩 매혹적인 음악의 기술을 동반하거나 준비한 채로, 이야기와 함께(참으로 그러하다), 시는 그대들에게 온다. 아이들이 놀이를 그치게 하는 이야기, 노인들이 굴뚝 귀퉁이만 지키지 않게 하는 이야기들로, 더 이상 그럴싸하게 치장하지 않고, 마음을 사악함에서 덕으로 이끌고자 의도하는 것이다. 마치 어린아이로 하여금 맛 좋은 다른 것에 숨겨서 몸에 좋은 것을 먹게 하듯이. 만약, 아이들에게 꼭 먹여야 할 치료제인 알로에나 대황 뿌리의 성질을 이야기해주기 시작한다면 아이들은 약을 입으로 먹기보다는 귀로 먹게 될 것이고, 무릇 사람이란 다 그러해서(그들이 무덤의 요람에 들 때까지 좋은 것에 대해서는 어린아이와 같아서) 헤라클레스의 이야기를 듣게 될 거라면 기뻐하는 것이다.

이렇게 그의 글은 일흔여섯 글자가 더 이어진다. 시드니의 산문은 하나의 끊어지지 않는 독백으로, 갑작스런 절묘한 표현의 섬광이나 멋진 구절들과 함께 애도사나 도덕극, 길게 쌓아 올린 구절들과 끝없는 목록에 적합한 것일 뿐, 결코 급소를 찌르거나 구어적이지 않다. 그런 연유로 작가의 생각을 아주 면밀히 확실하게 파악해 그것을 마음의 변화나 틈새에 정확하고 융통성 있게 적응시킬 수가 없는 것이다. 이것과 비교해보면, 몽테뉴는 도구 자체의 힘과 한계를 잘 아는 대가로 시가 결코 닿을 수 없는 갈라진 틈새와 좁고 깊은 골까지도 암시하는 능력이 있었고, 서로 다르지만 그렇다고 덜 아름다운 것은 아닌, 엘리자베스 시대의 산문이 완전히 무시했던 미묘함과 강렬함 등을 다루는 능력이 있었다. 그는 어떤 고대인들이 죽음을 만난 방식을 이렇게 헤아려보고 있다.[3]

……그들은 여느 때에 하던 식으로 친한 친구들과 여자들 속에서 방탕하게 놀며 위안의 말 한마디나 유언 하나도, 지조가 있는 체하는 야심적인 꾸밈도, 죽은 뒤에 어떻게 하라는 당부도 없이 도박과 잔치 그리고 농담과 평범하고 속된 이야기에 음악과 연애시까지 읊어가며 안일 속으로 죽음이 흘러 들어가게 했다.

몽테뉴와 시드니 사이에는 한 세대의 차이가 나는 듯하다. 영국인과 프랑스인을 비교한다는 것은 소년을 어른과 비교하는 것 같으니 말이다.

그러나 만일 엘리자베스 시대의 산문작가들이 젊음의 무정형을 가지고 있는 것이라면 그들은 또한 젊음의 신선함과 대담함도 가지고 있다. 같은 글에서 시드니는 대가답게 언어를 그가 좋

---

3   몽테뉴의 『수상록』에 실려 있는 내용으로, 로마의 페트로니우스와 데게리누스 등이 황제에게서 사형선고를 받고 안락한 준비로 잠들듯이 평온하게 죽는 것을 묘사한다.

아하는 대로 편하게 만들어 자유롭고, 자연스럽게 은유로 손을 뻗는다. 이 산문을 완벽하게 만들려면(드라이든의 산문은 완벽에 가깝다) 희곡적 소양이 필요했고 자의식도 성숙해야 한다. 희곡 안에서 특히 희곡의 희극적 구절 속에서 엘리자베스 시대의 가장 멋진 산문들이 발견된다. 무대야말로 산문이 걸음마를 배우는 육아실이다. 무대에서는 사람들이 마주쳐야 하고 익살과 괴팍스러움과 여러 가지 훼방을 겪어내며 일상적인 것들을 이야기하기 때문이다.

클레리먼트: 초로의 그녀 얼굴에 있는 천연두 자국 하나, 그녀의 덧대 기워놓은 아름다움! 준비가 될 때까지는, 화장을 하고, 향수를 뿌리고, 씻고, 닦을 때까지는, 사내아이를 제외하고는 어느 남자도 들어올 수가 없지. 그녀는 자신의 기름칠한 입술을 소년에게 마치 스펀지인 양 문지르네. 나는 그 주제로 노래(나는 그대가 그 노래를 들어주기 바라오)를 하나 지었지.

[사내아이 하인이 노래한다.
아직도 단장 중이고, 아직도 치장 중이세요.]

트루위트: 나는 분명 다른 쪽이랍니다. 세상의 어떤 아름다움보다 멋진 치장을 사랑하니까요. 오, 여자는 그러니까 섬세한 정원과 같지요. 정원도 한 가지만은 아니랍니다. 매 시간 변화무쌍하지요. 자주 거울을 꺼내 최상을 택해야 하는 거예요. 잘생긴 귀라면 내보여야지요. 고운 머리카락은 내려뜨려야 하고요. 다리가 멋지면 짧은 옷을 입어야지요. 손이 예쁘면 자주 내놓아야지요. 호흡을 조절하는 기술을 익히고, 치아를 깨끗이

하고, 눈썹을 수정하고, 칠하고 꾸며야지요.

이렇게 벤 존슨의 『말 없는 여인』의 대사는 흘러간다. 끼어들기로 덜커덩거리며 형태를 잡거나 충돌로 날카로워지긴 하나 결코 정체돼 안주하기를 허락하지 않고 혼탁함으로 부풀어 오르는 법 없이 흘러간다. 그러나 벤 존슨과 달리, 영혼의 수수께끼에 대해 홀로 생각에 잠겨야 하는 자의식의 성숙에는 무대의 공공성과 끊임없이 옆에 있는 다른 사람이 적대적이라고 느꼈던 토머스 브라운 경[4]은, 시간이 흐르면서 자신의 숭고한 천재성 속에서 그 표현법과 최고수다움을 찾을 수 있게 된다. 그의 끝없는 자기중심성이 심리 소설가들과 자서전 작가들, 고백꾼들 그리고 우리의 사적 삶의 기이한 명암을 다루는 사람들을 위해 길을 닦은 것이다.

그는 사람과 사람 사이의 관계에서 그들의 외로운 내면으로 눈을 돌린 최초의 사람이다. "내가 바라보는 세계는 나 자신이다. 내 자신이라는 구조물인 소우주에 나는 눈길을 던진다. 다른 사람의 것도 내 천체 세계인 양 쓰고 때로 내 자신의 오락을 위해 그것을 돌려본다." 등잔을 흔들며 지하 무덤을 걸어가는 첫 번째 탐험자처럼 모든 것이 신비였고 어두움이었다. "나는 때로 내 안에 지옥을 느낀다. 내 가슴에는 루시퍼가 안마당을 차지하고 있다. 일군의 악마들이 내 안에서 되살아난다." 이런 고독함 속에는 안내자도 없고 동반자도 없다. "모든 세상 사람들에게 나라는 존재는 암흑 속에 있고 나의 가장 가까운 친구들조차 단지 나를 구름 속에 있는 것으로 바라볼 뿐이다." 겉으로는 가장 건전한 인간이

---

4   토머스 브라운(Thomas Browne, 1605~1682). 영국의 산문작가로 의학, 종교, 과학, 비교
    秘敎 등에 대한 광범한 지식을 보여주는 저서를 남겼다.

고 놀위치의 가장 뛰어난 의사로 존경받는 그이지만, 일을 할 때면 아주 기이한 생각과 상상이 그와 함께 유희를 한다. 그는 죽음을 동경했다. 그는 모든 것을 회의했다. 만일 우리 모두 이 세상에 잠들어 있는 것이고, 삶이라는 이 발상은 단지 꿈이라면 어떨까? 선술집의 노래, 삼종기도를 알리는 종소리, 일꾼이 밭에서 파낸 깨진 항아리—이런 것을 보고 듣노라면 그는 마치 그의 상상 앞에 펼쳐지는 놀라운 광경에 그 자리에 못 박힌 사람처럼 갑자기 멈추어 서기도 한다. "우리가 밖에서 찾은 경이로움을 우리는 함께 지니고 간다. 우리 안에는 아프리카와 그 대륙의 모든 기이한 것들이 들어 있다."

그가 보는 모든 것에는 경이라는 후광이 둘러쳐진다. 그는 그의 빛을 점차 그의 발아래에 있는 꽃들과 벌레들 그리고 풀잎에 비춤으로써 그 존재의 신비로운 과정을 하나도 방해하지 않으려 했다. 똑같은 경외심을 가지고 숭고한 자기만족과 결합된 자신의 자질과 재능의 발견을 기록하고 있다. 그는 자비롭고 용감했으며 아무것도 꺼리는 게 없었다. 다른 사람에겐 온정이 넘쳤으며 자신에겐 가차 없었다. "내가 사람을 대하는 것으로 말할 것 같으면 그것은 햇빛과 같아서 모든 사람에게 좋건 나쁘건 우호적으로 대한다." 그는 여섯 나라 말을 알았고 여러 국가들의 법과 관습과 정책들을 알았으며 모든 성좌의 이름과 이 나라 대부분의 식물들을 알았고, 그럼에도 그의 상상력은 완벽하고 그의 지평은 너무도 넓어 그 속에서 걸어가는 작은 인물을 "내 생각에 나는 고작 백 개도 채 몰랐던 때보다도 많은 걸 알지 못하는 사람이고 치프사이드[5] 밖을 나가보지도 못했던 시절만큼도 아는 게 없다."라고 여겼다.

5 런던의 거리 이름으로 뉴게이트 스트리트와 연결된다.

그는 최초의 자서전 작가였다. 휙 덮쳐 가장 높은 정신의 고도까지 날아올랐다가 갑자기 몸을 굽혀 반대로 자기 신체의 자세한 부분까지 애정을 담아 세심하게 기술한다. 그의 키는 보통이었고 눈은 크고 빛이 났다고 한다. 그의 피부는 검고 끊임없이 홍조로 덮였다. 옷은 볼품없게 입었다. 그는 잘 웃지 않았다. 동전을 수집했고, 상자에 구더기를 보관했으며, 개구리 폐를 해부했고, 고래 왁스의 악취도 감당했으며, 유태인을 용인했고, 두더지의 기형에 대해 잘 설명했고, 대부분의 것들에 대해 과학적이고 회의적인 태도를 함께 보여주지만, 불행하게도 마녀의 존재를 믿은 듯했다. 다시 말해 우리가 가장 존경하는 사람의 괴벽에 대해 웃을 수밖에 없을 때 말하듯이 그 사람은 기인이다.

그리고 그는 우리에게 인간의 상상력이 발현하는 가장 고매한 생각들이 우리가 사랑할 수도 있는 특정한 사람으로부터 나온다고 느끼게 해준 첫 번째 사람이기도 하다. 유골을 매장하는 엄숙한 자리에서 그가 고통이 무감각을 유발한다고 말하면, 우리는 미소 짓는다. 이 미소는 『릴리지오 메디치』[6]의 멋진 호언장담과 놀라운 억측을 입 밖으로 내어 읽을 때 웃음으로 퍼진다. 그는 무엇을 쓰건 그 자신의 개성으로 각인을 한다. 그리고 우리는 앞으로 문학을 그렇게도 다양하고 기괴한 색채로 얼룩지게 할 비순수를 처음으로 의식하게 된다. 즉, 아무리 열심히 애를 쓰더라도 우리가 지금 어떤 사람을 보고 있는 것인지, 그의 저작을 보고 있는 것인지 확신하기가 어렵다. 이제 우리는 탁월한 상상이 있는 곳에 있다. 이제 이 세상에서 가장 멋진 잡동사니 방 중의 하나를 어슬렁거리며 지나간다 — 그 방은 마루에서 천장까지 상아와 고

---

6 1635년 토머스 브라운이 자신의 영혼의 서약과 정신적 초상화를 담아 펴낸 책으로 당시 유럽의 베스트셀러였다.

철, 깨진 주전자, 항아리, 일각수의 뿔, 그리고 에메랄드빛과 푸른 신비가 가득 한 요술 거울들로 빼곡히 들어차 있다.

엘리자베스 시대 희곡에 관한 메모
Notes on an Elizabethan Play

영문학에는 아주 겁나는 지대들이 있다. 그런 밀림과 숲, 그리고 황야 가운데에서도 엘리자베스 시대 희곡이 으뜸이다. 여러가지 이유로 (이를 여기서 살펴보지는 않겠지만) 셰익스피어가 단연 두드러진다. 그가 살았던 당시부터 오늘날까지 조명을 받아온 셰익스피어, 그의 동시대인들의 눈높이에서 보았을 때 제일 높이 우뚝 서 있는 셰익스피어 말이다. 그렇지만 셰익스피어보다 조금 뒤떨어지는 엘리자베스 시대 작가들, 예컨대 그린이나 데커, 필, 채프먼, 보몬트 그리고 플레처와 같은 작가들의 작품 속, 그 황야로 모험을 할 때, 평범한 독자들은 질문에 맞닥뜨리고 의혹으로 번민하며 기쁨과 고통으로 즐거웠다 괴로웠다를 반복하게 되는, 일종의 고난이자 혼란스러운 경험을 하게 된다.

왜냐하면 우리는 (대개 과거 시대의 걸작들만을 읽는 경향이 있기에 그런 것인데) 문학이라는 것이 얼마나 대단한 힘을 행사하는가를, 그것이 얼마나 수동적으로 읽히기를 거부하고 오히려 우리를 이끌고 우리 마음을 읽어내는가를, 우리의 선입견을 비웃고 우리가 당연시해온 원칙들에 대해 의문을 제기하며, 사실상 작품

을 읽고 있는 우리를 둘로 갈라 우리로 하여금 심지어 즐기고 있
는 와중에도 입장을 포기하거나 고수하게 하는가를 잊어버리는
경향이 있기 때문이다.

엘리자베스 시대 희곡을 읽어보면 우리는 처음부터 리얼리티
에 대한 엘리자베스 시대와 우리의 엄청난 관점 차이에 압도된
다. 우리에게 익숙한 리얼리티란 대체로 이런 것이다. 스미스라
불리는 어떤 기사의 삶과 죽음을 주축으로 하는 것으로 그는 아
버지의 뒤를 이어 목재 수입업자, 목재상과 석탄 수출업자로서
가업을 계승했고, 정치계, 금주주의 단체, 종교계에 널리 알려진
사람이며, 리버풀에 사는 가난한 사람들을 위해 많은 일을 했고,
무스웰 힐에 사는 아들을 방문하러 갔다가 폐렴에 걸려 마침내
지난 수요일에 죽었다. 이것이 우리가 아는 세상이다. 이것이 바
로 시인과 소설가들이 상술하고 조명해야 하는 리얼리티인 것이
다. 그런데 손에 잡히는 첫 번째 엘리자베스 시대 희곡을 열어 읽
게 되는 내용은 다음과 같다.

> 난 본 적이 있소.
> 아르메니아를 지나던 내 젊은 날의 여행길에
> 성난 일각수가 전력질주하여
> 너무나 민첩한 발로, 자신의 이마에 난 보물에 눈독을 들이던
> 한 보석상에게 돌진하는 것을.
> 그리고 그 보석상이 나무 밑 은신처를 찾기도 전에
> 그 탐스런 뿔로 그를 땅에 꽂아버리는 것을.[1]

스미스는 어디에 있는 거지? 리버풀은? 우리는 이렇게 묻게

---

1 조지 채프먼George Chapman, 『뷔시 당부아*Bussy D'Ambois*』 2막 1장.

된다. 엘리자베스 시대 희곡의 숲도 "어디에?" 하고 물으며 따라 메아리친다. 살인과 음모로 일생을 보내고, 여자라면 남장을, 남자라면 여장을 하고, 유령을 보고, 미치며, 조금만 화가 나는 일이 있어도 넘어지면서 엄청나게 심한 욕설이나 미친 듯한 절망의 비가를 지껄이며 요란하게 죽는 공작과 고관대작들, 곤살로와 벨임페리아 같은 인물들 사이에서, 일각수와 보석상의 땅을 자유로이 배회하는 즐거움은 절묘하고 마음 또한 더할 나위 없이 편안하다. 그러나 곧이어, 현대 영국, 프랑스, 러시아 문학에 익숙한 독자들이 전형적으로 내는 목소리라 할 수 있을, 가차 없이 엄정하고 나지막한 목소리가 묻는다. 그런데 어째서 이 옛 희곡들은 이렇게 자극적이고 매력적이면서도 시종 그토록 견딜 수 없이 지루한 걸까? 다섯 개의 막 혹은 서른두 개의 장이 진행되는 동안 우리가 정신을 바짝 차리고 있게 하려면, 문학이란 어쨌거나 스미스란 사람에 토대를 두고서 한 발은 리버풀에 디딘 채 원하는 높이만큼 현실로부터 날아올라야 하는 것은 아닐까? 어떤 사람의 이름이 스미스라는 이유로, 그리고 그가 리버풀에 살고 있다는 이유로 그 인물이 "리얼하다."고 생각할 만큼 우리가 그렇게 우둔한 것은 아니다.

리얼리티에는 카멜레온 같은 특성이 있다는 건 우리도 안다. 환상적인 것이라 할지라도 우리가 거기 익숙해지면 종종 진실에 가장 가까워지기도 하고 가감 없는, 있는 그대로의 사실이 진실로부터 가장 멀어지기도 한다는 것을. 그리고 작가의 위대함이란 바로, 그의 손이 닿기 전까지는 구름 조각이나 거미줄처럼 보이던 것을 이용해서 어떤 장면을 견고한 하나로 통합시키는 능력에 의해 입증된다는 것도 알고 있다. 즉, 내가 주장하려는 바는, 다만 스미스와 리버풀을 가장 잘 볼 수 있는 공중의 어떤 지점이 있다는 것이다. 위대한 예술가란 변화하는 광경 위의 어느 곳에 자리 잡아야 하는지를 아는 사람이라는 것, 그리고 그는 리버풀의 모습을 놓치지 않고 보면서 그곳을 절대로 잘못된 관점으로 보지 않는다는 것이다. 그렇다면 엘리자베스 시대 희곡이 지루한 이유는, 거기 나오는 스미스가 전부 공작으로 변하고 리버풀은 제노바에 있는 우화 같은 섬과 궁전들로 변해버리기 때문이다. 적당한 높이에 균형을 잡은 채 삶 위에 떠 있는 대신 그들은 하늘 꼭대기까지 몇 킬로미터고 날아오른다. 그곳에선 몇 시간이 지나도 노니는 구름 외엔 보이는 것 하나 없으며, 구름 풍경은 궁극적으로 인간의 눈에 만족스럽지도 않은 법이다. 엘리자베스 시대 희곡이 지루한 까닭은 그것이 우리 상상력을 작동시키는 것이 아니라 질식시키기 때문이다.

그런데, 엘리자베스 시대 희곡이 그 나름 상당히 지루한 것은 사실이지만 그들의 지루함은 테니슨이나 헨리 테일러[2]의 희곡 같은, 19세기 희곡에서 느껴지는 지루함과는 대체로 그 성격이 다르다. 이미지들의 난동, 격렬하게 쏟아지는 언어, 엘리자베스 시대 희곡에서 넌덜머리 나고 신물 나는 그 모든 것들이, 신문 한 장에 꺼져버리는 약한 불꽃마냥 한 번의 포효 앞에 사그라지는 듯하다. (엘리자베스 시대 희곡의 경우에는) 심지어 최악의 작품 속에도 때때로 시끌벅적한 활기가 있어, 조용히 안락의자에 앉아 있으면서도 우리는 마부와 오렌지 파는 소녀들이 대사들을 따라 외치고 야유하거나 발을 구르며 박수를 치는 분위기를 맛보게 된다. 그러나 의도적이고 신중해 보이는 빅토리아 시대 희곡

---

2 헨리 테일러 경(Sir Henry Taylor, 1800~1886). 영국의 극작가로, 『필립 반 아르테벨더 *Philip van Artevelde*』(1834)가 대표 작품이다. 윌리엄 워즈워스William Wordsworth, 로버트 사우디Robert Southey, 앨프리드 테니슨, 월터 스콧의 초상을 포함하고 있는 『자서전*Autobiography*』(1885)을 썼다.

은 서재에서 씌어진 것이 분명하다. 그것이 관객을 위해 갖고 있는 것이라고는 똑딱거리는 시계와 무두질한 염소가죽으로 싼 줄줄이 늘어선 고전들뿐이다. 발 구르는 소리도, 박수 소리도 없다. 결점들은 있었지만 뜨겁게 달구어졌던 엘리자베스 시대 관객들과 달리, 빅토리아 시대 희곡의 관객들은 뜨겁게 감화될 수가 없다. (엘리자베스 시대 희곡과 마찬가지로) 수사적이고 과장된 대사들이 쏟아지고 급조되며 절묘한 즉흥적 표현들이 만들어지기도 하고, 가끔은 풍부하고 예기치 못했던 말들이 등장하기도 하지만, 우리 시대의 신중하고 고독한 펜은 그런 경우가 거의 없다. 엘리자베스 시대 희곡 작가들 작품의 절반은 정말이지 대중에 의해 완성된 것 같다는 느낌이 든다.

그러나 반면, 대중의 영향력에는 여러모로 혐오스런 면도 있다는 사실을 고려해야 한다. 엘리자베스 시대의 드라마가 가하는 가장 큰 고통은 플롯인데, 이것이 바로 대중 탓이기 때문이다. 끝도 안 나고 그럴 법하지도 않은 데다 거의 알아볼 수도 없이 복잡한 플롯은 실제로 극장에 가 있는, 흥분 잘하는 문맹의 무지한 대중의 기분을 만족시켜주었을는지 모르지만, 책을 앞에 둔 독자에겐 혼란스럽고 피곤할 따름이다. 틀림없이 무슨 일인가는 일어나야 한다. 아무 일도 일어나지 않는 희곡은 분명 상상할 수도 없다. 그러나 우리에겐, 일어나는 일에는 목적이 있어야만 한다고 요구할 권리가 있다. 그리스인들이 그런 것이 가능하다고 보여준 바 있으니 말이다. 극에서 일어나는 사건은 굉장한 감정을 불러일으켜야 하고 기억에 남을 장면으로 탄생해야 한다. 그것은, 배우로 하여금 그 일이 아니었다면 말하지 못했을 어떤 것을 말하게끔 하는 어떤 자극제가 되어야 한다. 『안티고네』의 플롯을 기억하지 못하는 사람은 아무도 없다. 거기에서 일어나는 사건이 등장인물의 감정과 너무도 밀접히 연관되어 있어서, 등장인물들과 플롯을 다같이 동시에 기억하게 되기 때문이다. 그러나 『하얀 악마*The White Devil*』나 『처녀의 비극*The Maid's Tragedy*』과 같은 작품들의 경우, 그것이 불러일으킨 감정과는 별개인 이야기를 기억하는 것 말고, 거기서 무슨 일이 일어나는지를 아는 사람이 과연 있을까? 엘리자베스 시대 작가들 중 약간 뒤떨어지는 그린이나 키드의 경우, 그들의 플롯은 너무나 복잡하고 그 플롯이 요하는 폭력성은 하도 끔찍해서 배우들 자체는 지워지고, (적어도 우리의 관습에 따르면) 가장 세심한 연구와 꼼꼼한 분석을 요하는 감정은 흔적 없이 닦인다. 그리고 그 결과는 뻔하다. 셰익스피어와 벤 존슨 정도를 제외하고 나면 엘리자베스 시대 희곡에는 인물은 없고 폭력만 있다. 극중 인물들에 대해 아는 게 거의 없어서 그들이 어떻게 되는지 거의 관심도 갖지 않게 된다. 초기 희곡들 중 남자 주인공이나 여자 주인공 중 아무나 하나 들어보자. 『스페인 비극』의 벨임페리아가 그 한 예다. 비참함이란 비참함은 모두 겪은 다음 마침내 자살을 하고 마는 그 불행한 여인에게, 솔직히 조금이라도 마음이 쓰인다고 말할 수 있을까? 살아 움직이는 빗자루에게나 느낄 법한 감정 이상의 것을 느끼기는 어려운 것이 사실이고, 남녀를 다루는 작품에서 그런 빗자루들이 너무 많이 나오는 것이 흠이다. 하지만 『스페인 비극』은, 미숙하나마 선조임은 분명하다. 그 작품은, 후대의 더 위대한 극작가들이 고치기는 하겠지만 그래도 어쨌든 반드시 사용하지 않을 수 없는 뛰어난 틀을 제시하는 최초의 시도라는 점에서 특히 그 가치가 있다. 사람들은 퍼드[3]가 스탕달[4]과 플로베르[5]와 같은 유파에 속한다고들 말한다.

3 존 퍼드(John Ford, 1586~1639). 엘리자베스 시대의 주요 극작가이자 시인.
4 스탕달(Stendhal, 1783~1842). 프랑스의 소설가. '스탕달'은 필명이고 본명은 마리 앙리 벨Marie Henri Beyle이다.

퍼드는 심리학자요 분석가다. 해블록 엘리스Havelock Ellis가 말하기를, "이 사람은 여성에 대해 극작가나 연인으로서 쓰고 있는 것이 아니다. 그는 여성에게 본능적으로 공감하며 그들 가슴의 본질을 친밀하게 탐구하고 느낀 사람으로서 쓰는 것이다."

이러한 평가를 내리는 데 있어 주요한 근거로 삼은 희곡, 『오호 통재라, 그녀가 매춘부라니'Tis Pity She's a Whore』라는 작품은 엄청난 일련의 영고성쇠의 극과 극에서 엮어져 나온 애너벨라라는 인물이 가진 본성의 전부를 보여준다. 작품의 첫머리에 그녀의 오빠는 그녀에게 사랑한다고 말한다. 그 후 그녀는 오빠를 향한 자신의 사랑을 고백한다. 그다음 그녀는 자신이 오빠의 아이를 가졌다는 것을 알게 되고 억지로 소란조라는 인물과 결혼한다. 그 뒤 모든 것이 들통나고 그녀는 참회한다. 결국 그녀는 살해당하는데 그녀를 죽이는 것은 바로 그녀의 연인이자 오빠이다. 정상적인 감수성을 가진 여인이 이 같은 위기와 비운을 겪으면서 갖게 될 것이라 여겨지는 감정의 추이를 따라가며 밝히자면 이는 몇 권의 책이 될 것이다. 그런데 드라마 작가에겐 당연히 채울 수 있는 책이 없다. 그는 분량을 압축해야만 한다. 하지만 그렇다 하더라도, 선명하게 조명할 수는 있다. 이야기가 생략되었기 때문에 생략된 나머지 부분들을 추측하는 데 필요한 만큼만을 드러낼 수 있는 것이다. 하지만 현미경을 사용하지 않고, 그리고 아주 사소한 것들까지 꼬치꼬치 따져보지 않고서 우리가 애너벨라라는 인물의 성격에 대해 알게 되는 것은 무엇일까? 자신을 학대하는 남편에게 반항하는 모습에서, 또는 그녀가 부르는 이탈리아노래 몇 소절, 임기응변의 재치, 그녀의 소박하고 기꺼운 사랑의

---

5   귀스타브 플로베르(Gustave Flaubert, 1821~1880). 프랑스의 소설가로 『보바리 부인』
    (1857), 『감정교육』(1869) 등의 작품이 있다.

행위로부터, 더듬더듬 암중모색으로 그녀가 기개 있는 여자라는 것을 알 수 있을 것이다. 그러나 우리가 알고 있는 의미로서 인물의 성격이란 것은 그 흔적을 찾을 수가 없다. 그녀가 파국을 맞는다는 사실 말고는 그녀가 어떻게 거기에 이르게 되는 건지는 알 수가 없다. 아무도 그녀에 대해 설명해주지 않는다. 그녀는 언제나 열정의 최고조에 달해 있지, 그 열정의 초입에 있는 법이 없다. 그녀를 안나 카레니나와 비교해보자. 그 러시아 여인은 피와 살, 신경과 기질, 심장과 머리, 몸과 정신을 가진 살아 있는 인간이다. 그러나 이 영국 처녀는 카드에 그려져 있는 얼굴처럼 평면적이고 조악하다. 깊이도 폭도 없고, 복잡하지도 않다. 그러나 이렇게 말하면서도 우리는 우리가 무언가를 놓치고 있다는 걸 알고 있다. 희곡의 의미가 손가락 사이로 빠져나가게 내버려두었던 것이다. 축적된 감정을 무시한 것이다. 이는 그 감정이 우리가 있으리라 기대하지 않은 곳에서 축적되었기 때문이다. 지금까지 우리는 희곡을 산문과 비교해왔지만, 희곡은 사실 결국엔 시다.

희곡은 시이고, 소설은 산문이라 할 수 있겠다. 세세한 사항들은 지워버리고, 그 둘을 나란히 놓고서 우리가 할 수 있는 한 각각이 하나의 전체라는 점을 상기하면서, 각각의 각과 모서리들을 느껴보기로 하자. 그러면 즉시 가장 중요한 차이점들이 드러난다. 오랫동안 느긋하게 축적되어온 소설과, 이와 달리 약간 응축되어 있는 희곡. 소설에서는 감정이 모두 쪼개져 흩어졌다가 천천히 함께 엮여 한 덩어리로 모인다면, 희곡에서 감정은 응축되고 일반화되며 고양된다. 희곡은 그 얼마나 강력한 순간들을, 그 얼마나 놀라울 정도로 아름다운 구절들을 우리를 향해 쏘아대는가!

오, 여러분,

저는 그저 광대짓을 하며 당신들의 눈을 속였을 따름입니다.

죽음, 그리고 죽음, 그리고 또 하나의 죽음의 소식이

연이어 도착하는데도 여전히 전 춤을 추며 나아갔으니.[6]

혹은,

당신은 종종 이 입술 때문에

계피 향이나 봄 제비꽃이 내는 자연의 단맛마저 잊곤 했지요.

이 입술은 아직 그다지 시들지 않았답니다.[7]

안나 카레니나가 제아무리 강한 리얼리티를 갖고 있는 인물이라고 해도 그녀 입에서 다음과 같은 말이 나올 수는 없을 것이다.

당신은 종종 이 입술 때문에

계피 향마저 잊곤 했지요.

그렇기 때문에 안나 카레니나는 인간적인 감정들 중 가장 심오한 어떤 감정의 깊이에는 도달하지 못하는 것이다. 정열의 극치는 소설가의 것이 아니다. 의미와 소리의 완벽한 결혼도 그의 것이 못 된다. 그는 언제나 자신의 민첩함을 길들여 게으르게 만들고 두 눈은 하늘이 아니라 땅에 두어야만 하며, 환히 드러내는 것이 아니라 묘사로써 암시해야만 하는 것이다. 소설가는,

---

6 존 퍼드, 『상심*The Broken Heart*』 5막 3장.
7 존 웹스터John Webster, 『하얀 악마』 2막 1장.

내 상여 위에
음울한 주목 화환을 놓아주오.
아가씨들이여, 버드나무 가지를 지니고서
나 진실되이 죽었다 말해주오.[8]

라고 읊조리는 대신, 무덤에서 시들어가는 국화와 콧소리를 내면서 사륜마차를 끄는 장의사들에 대해 늘어놓아야만 하는 것이다. 그러니 어떻게 이 덜컹덜컹 꾸물대며 나아가는 예술을 시에 비견할 수 있겠는가? 소설가들이 모든 솜씨를 발휘하여 우리로 하여금 개별적인 것에 대해 알게 해주고 리얼리티를 인식하게 해준다면, 극작가들은 개별적이고 독자적인 것을 넘어 우리에게 사랑에 빠진 애너벨라가 아니라 사랑 그 자체를, 열차에 뛰어드는 안나 카레니나가 아니라 파멸과 죽음, 그리고

……어디로 가는 건지 나도 모르는,
……시커먼 폭풍우에 휩쓸린 배처럼 이끌려가는 영혼[9]

을 보여준다.

그러니 우리가 엘리자베스 시대 희곡을 덮으며 참을 수 없다는 듯이 소리를 치게 되는 것도 무리는 아닌 것이다. 그렇다면 『전쟁과 평화』를 덮으면서 우리는 무어라 외치게 될까? 실망의 외침은 아니다. 피상적이라고 한탄하거나 소설가의 기술은 하찮다고 욕하게 되는 것도 아니다. 오히려 우리는 마르지 않는 풍요로운 인간의 감수성을 그 어느 때보다 더욱 절실히 깨닫게 된다.

8   프랜시스 보몬트Francis Beaumont와 존 플레처John Fletcher, 『처녀의 비극』 2막 1장.
9   『하얀 악마』 5막 6장.

희곡에서는 보편을 의식하게 된다면 소설에서는 개별을 보게 된다. 우린 우리가 가진 온 에너지를 한 다발로 모은다. 사방에서 모여든 신중히 고안된 인상들과 축적된 메시지들을 늘이고 확장하며 그것들을 천천히 안으로 들인다. 마음은 감성으로 흠뻑 젖어들고 언어는 그런 마음의 경험을 담기엔 너무 모자라다. 그러나 그렇다고 해서 우리가 어느 한 문학 양식이 다른 문학 양식보다 열등하다고 단정하거나 아예 문학도 아니라고 실격시켜버리는 것은 아니다. 우리는 문학 양식들이 아직도 소재의 풍요로움을 따라잡지 못한다고 불평하면서, 아직 표현되지 못한 것이 있다는 커다란 부담으로부터 우리를 해방시켜줄 무언가가 만들어지길 초조히 기다리게 된다.

그리하여 그 지루함과 과장, 수사와 혼란에도 불구하고 우리는 여전히 엘리자베스 시대 작가들 중 조금 뒤떨어지는 작가들을 읽는 것이며, 여전히 보석상과 일각수의 세계로 모험을 떠나게 되는 것이다. 리버풀의 낯익은 공장들은 흔적 없이 사라져버리고, 우리는 목재를 수입하고 무스웰 힐에서 폐렴으로 죽는 기사와, 올빼미가 담쟁이덩굴 속에서 날카롭게 울 때 로마 사람처럼 자신의 칼 위로 쓰러지는 아르메니아 공작, 그리고 울부짖는 여자들 틈에서 사산아를 낳는 공작 부인 간의 그 어떤 유사성도 거의 알아보지 못한다. 이러한 세계 속으로 합류하고 서로 다른 모습으로 변장한 인물을 알아보기 위해서는, 거기에 적응하고 기존의 생각을 수정해야 한다. 하지만, 불가피하다면 관점을 바꾸고, 현대인들이 놀라우리만치 발달시킨 감수성의 가닥들은 줄이고, 대신 그토록 비천하게 굶긴 눈과 귀를 사용해야 한다. 종이에 인쇄된 검은 문자들로서가 아니라, 웃고 떠들었던 것으로서의 언어를 듣도록 하고, 변화무쌍한 얼굴들과 살아 있는 몸뚱이로서 당신 눈앞에 존재하고 있는 남자들과 여자들을 보도록 하라. 즉, 한 마디로 말해 종전과는 다른, 그러나 독서 발달의 초기보다 더 초보는 아닌 단계에서 읽어보면, 엘리자베스 시대 희곡의 진정한 장점들이 드러날 것이다. 전체가 발휘하는 힘은 부인할 수가 없다. 생각이 언어의 바다에 뛰어들었다가 물을 뚝뚝 흘리며 수면 위로 올라오는 것 같은, 그런 언어를 주조해내는 천재성도 그들이 가진 힘이다. 벌거벗은 몸뚱이에 기초한 자유분방한 유머, 몸뚱이 위에 우아하게 옷을 걸치고 있으며 공공성을 중시하는 사람들은 제아무리 힘들여 노력한다 해도 성취할 수 없는 유머도, 그들의 것이다. 이 뒤에는, 요컨대 신의 존재감이라 불릴 수 있는 어떤 것이 통일성이 아니라 일종의 안정감을 부여한다. 다양한 엘리자베스 시대 극작가 무리들에게 어떤 공통의 신조를 부여하려 애쓰는 비평가가 있다면 지나치게 대담한 것인지도 모르겠다. 하지만 그렇다고 통속적인 특성을 가진 문학은 전부 진취적 기상이 증발해버린 것에 불과하고 돈벌이 사업에 지나지 않으며, 유리한 상황 덕에 뜻밖의 성공을 거둔 것뿐이라고 치부하는 것은 약간의 졸렬함을 드러내는 일이다. 밀림과 황야 속에서도 나침반은 여전히 방향을 알려준다.

"신이시여, 신이시여, 저는 그만 죽어버렸으면 좋겠나이다!"[10]

그들은 영원히 이렇게 울부짖는다.

오, 가장 달콤한 잠의 또 다른 반쪽인

10 『하얀 악마』 3막 2장.

그대, 자연에 의한, 부드러운 죽음이여…….[11]

세상이라는 야외극은 경이롭지만, 덧없는 것이기도 하다.

인간의 위대함이 갖는 영광은 한낱 기분 좋은 꿈이요.
이내 쇠락해버릴 그림자에 불과하니,
내 죽을 무대 위에서 내 젊음은
몇몇 덧없는 장면들을 선보인 것일 뿐…….[12]

죽어서 모든 것으로부터 벗어나는 것이 그들이 원하는 바다.
드라마 내내 울려 퍼지는 종은 죽음이자, 미몽으로부터 깨어나게
하는 종이다.

인생은 다만 안식처를 찾기 위한 방황일 뿐.
우리가 이곳을 떠났을 때, 그곳에 닿게 되네.[13]

파멸, 권태, 죽음, 영원한 죽음은 무섭고 엄한 표정으로 엘리자
베스 시대 드라마의 또 다른 존재, 즉 삶을 마주하고 서 있다. 프
리깃 함,[14] 전나무와 담쟁이, 돌고래와 6월의 꽃 즙, 일각수의 젖
과 흑표범의 숨결, 진주 꾸러미, 공작새의 머리와 크레타섬의 와
인으로 이루어져 있는 삶 말이다. 가장 무모하고 풍요로운 이 삶
에다 대고 그들은 이렇게 답한다.

---

11 같은 책, 5막 3장.
12 『상심』 3막 5장.
13 토머스 데커, 『에드먼턴의 마녀*The Witch of Edmonton*』 4막 2장.
14 18~19세기 초엽의 쾌속 범주 군함이다.

인간이란, 근심에 있어서는 끝이 없고

위안에 있어서는 뿌리가 없는 나무와 같으니, 그의 살아갈

온 힘은

슬퍼할 기력을 갖는 것 외엔 쏟을 데가 없으니.[15]

이것이 바로 아직도 신들의 존재를 느끼게 하는 효과를 내는 희곡의 또 다른 한쪽—그 이름은 없다 해도—으로부터 계속해서 되돌아오는 메아리이다. 그렇기에 우리는 엘리자베스 시대 드라마의 밀림과 숲, 그리고 황야를 배회하는 것이다. 그래서 황제와 광대, 보석상과 일각수와 만나 사귀고, 그 모든 장엄함과 유머에 웃고 기뻐하며 감탄하는 것이다. 막이 내릴 때 우리는 고귀한 열정에 휩싸이게 된다. 그러나 동시에, 지루한 구식 수법들과 화려한 허풍에 지루해하고 역겨워하기도 한다. 성인 남녀 열두어 명의 죽음이 톨스토이에 나오는 파리 한 마리의 고통보다도 덜 감동적이다. 있을 법하지도 않은 지루한 이야기의 미로를 배회하다 보면 우린 갑자기 어떤 격정적인 강렬함에 사로잡히기도 한다. 어떤 숭고함으로 의기양양해지거나 몇 소절의 노래에 넋을 잃기도 하는 것이다. 그것은 지루함과 즐거움, 기쁨과 호기심, 요란한 웃음과 시, 그리고 장엄함으로 가득한 세계다. 하지만 점차, 그렇다면 우리에게 주어지지 않은 것은 무엇일까 하는 의문이 엄습해온다. 우리가 그토록 집요하게 원하게 되는 것, 즉시 얻을 수 없다면 다른 곳에서라도 찾아야만 할 그것은 무엇일까? 그것은 바로 고독이다. 이곳엔 사생활이라곤 없다. 언제나 문이 열리고 누군가가 들어오는 것이다. 모든 것이 공유되고 가시화되며 귀에 들리며 극적이다. 그러는 동안, 함께 있는 것에 지쳐버리기

15 『뷔시 당부아』, 5막 3장.

라도 한 듯, 마음이 혼자만의 사색을 위해 슬그머니 빠져나간다. 행동하기 위해서가 아니라 생각하기 위해서. 공유하기 위해서가 아니라 논평하기 위해서. 환하게 불이 비쳐진, 다른 것들의 표면이 아니라 자기 자신만의 어둠을 탐색하기 위해서. 던에게로, 몽테뉴에게로, 토머스 브라운 경에게로, 고독의 방문을 열어주는 열쇠지기에게로, 우리의 마음이 향하는 것이다.

II 순은으로 쓴 글

18세기

디포
Defoe

백 주년마다 기념일 기록을 남기는 사람들에게는 자신이 사라져가고 있는 유령을 평가하고 있는 것은 아닌지, 또 그것이 곧 사라질 것이라는 예고를 해야 하는 것은 아닌지에 대한 공포가 엄습하기 마련이다. 하지만 적어도 『로빈슨 크루소*Robinson Crusoe*』 (1719)의 경우에는 그 같은 공포가 존재하지 않을 뿐만 아니라, 그런 생각을 한다는 것조차 우스꽝스러운 일이다. 1919년 4월 25일에 『로빈슨 크루소』가 200살이 된다는 것은 사실일 터이지만, 우리는 사람들이 지금도 이 소설을 읽고 있는지, 그리고 앞으로도 계속해서 읽을 것인지에 대해 이런저런 추론을 제기하기는커녕, 이 영구 불멸의 『로빈슨 크루소』가 나온 지 그처럼 짧은 세월밖에 지나지 않았다는 사실에 놀라게 된다. 이 작품은 어느 한 개인의 산물이라기보다 한 종족 전체가 일구어낸 무명의 산물처럼 보인다. 이 작품의 200주년을 기념하게 되면, 우리는 스톤헨지의 백 주년 기념행사들을 이내 떠올리게 될 것이다. 이렇게 된 데에는 우리 모두가 어렸을 때 어른들이 『로빈슨 크루소』를 소리 내서 읽어주는 것을 들은 경험이 있어서, 우리는 디포[1]와 그의 이야기에 대해 그리스 사람들이 호머에 대해 가지고 있는 것과 대단히 유사한 심리 상태에 있다는 사실이 한몫했는지 모른다. 우리는 디포라는 사람이 실제로 존재했다는 생각을 해본 적이 없으며,『로빈슨 크루소』가 펜을 손에 든 한 남자의 작품이라는 말을 듣게 되었다면, 기분이 언짢거나 그 말이 전혀 무의미하게 들렸을 것이다. 어릴 때의 인상은 유난히 오래가고 뇌리에 깊이 박힌다. 아직도 대니얼 디포라는 이름은『로빈슨 크루소』의 표지에 나타날 권리가 없어 보이며, 만약에 우리가 이 소설의 200주년을 기린다면, 스톤헨지처럼 그것이 아직 존재하고 있다는 사실을 약간은 불필요하게 언급하고 있는 꼴이 된다.

이 소설이 누리는 큰 명성이 작가에게 본의 아닌 약간의 누를 끼치게 되었다. 왜냐하면 이 명성은 그에게 일종의 정체불명의 영광을 안겨준 반면에, 그가 확실히 어른들이 읽어주지 않은 다른 작품들의 작가라는 사실을 뭉개버린 것이다. 이리하여 1870년에『크리스천 월드*Christian World*』의 편집자가 "영국의 소년 소녀들"에게 벼락에 망가진 디포 무덤 기념비를 다시 세우자고 호소했을 때, 그 대리석으로 된 비석에는『로빈슨 크루소』의 저자를 추억한다는 글이 새겨져 있었다. 거기에는『몰 플랜더스*Moll Flanders*』(1722)에 관한 언급은 전혀 없었다. 이 책과『록사나*Roxana*』(1724),『해적 싱글턴*Captain Singleton*』(1720),『잭 대령*Colonel Jack*』(1722)과 그 외의 작품에서 다루어진 주제들을 생각해볼 때, 화는 나지만 이 작품들이 언급되지 않은 사실에 대해서 놀랄 필요는 없다. 우리는 디포의 전기를 쓴 라이트Wright 씨의 다음과 같은 의견에 동의할 수 있다. 즉, 이 작품들은 "거실 테이

---

1 대니얼 디포(Daniel Defoe, 1660~1731). 영국의 저널리스트이자 소설가로, 59세에 발표한『로빈슨 크루소』로 큰 명성을 얻었다.

블용 작품들이 아니다." 하지만 그 유용한 가구가 취향의 최종 조정자라고 생각하지 않는다면, 우리는 이 작품들의 표면상의 거칠음이나 『로빈슨 크루소』의 보편적인 유명세 때문에 이 나머지 작품들이 받아서 마땅한 명성보다 훨씬 덜한 평가를 받게 되었다는 사실을 통탄해 마땅하다. 제대로 된 기념비라면 적어도 『몰 플랜더스』와 『록사나』의 이름은 디포의 이름만큼이나 깊이 새겨져야 한다. 이 작품들은 논의의 여지 없이 몇 안 되는 위대한 영국 소설에 속하는 것들이다. 이 작품들보다 더 큰 유명세를 누리고 있는 동료의 200주년 기념 행사를 하게 되면서, 이 동료의 위대성과 많은 공통점을 가지고 있는 이 작품들의 위대성이 무엇인지에 대해 생각해보는 것도 당연하다.

소설가의 길로 들어섰을 때 디포는 이미 나이가 들어 있었으며, 그는 리처드슨과 필딩보다 여러 해 연장자였고, 실제로 소설이라는 형태를 제대로 갖추어 출항시킨 첫 번째 작가 중 한 사람이었다. 그러나 그가 소설의 선구자였다는 사실을 애써 밝힐 필요는 없으며, 다만 부분적으로 그 자신이 처음으로 그 일을 하면서 얻어낸 소설 예술에 대한 일종의 개념을 가지고 소설 쓰기에 임했다는 사실만 지적해두면 된다. 소설은 실제로 있었던 이야기를 하고, 건전한 교훈을 전달함으로써 그 존재 가치를 내세워야 했다. "이야기를 꾸며내는 것은 더없이 수치스러운 일"이라고 디포는 쓰고 있다. "우리의 가슴속에 커다란 구멍을 만드는 것은 그런 종류의 거짓말이며, 그 안으로 조금씩 거짓말하는 습관이 스며들어 오는 것이다." 그리하여 그는 모든 작품의 서문이나 본문 안에서 일일이 그가 이런 꾸밈수를 전혀 쓰지 않고 사실에만 의존했으며, 또한 그의 목적은 사악한 사람들의 마음을 돌려놓거나, 순진한 사람들에게 경고를 보내려는 고도로 도덕적인 것이라는 사실을 애써 밝히고 있다. 다행히도 이 원칙들은 그의 타고난 기질이나 재능과 일치하는 것이었다. 60년간의 파란만장한 그의 삶 속으로 여러 사건들이 깊숙이 파고들어, 그는 자기 경험들을 소설로 옮길 수 있었다. "나는 얼마 전에 다음과 같은 2행 연구聯句로 나의 인생을 요약했다."라고 적고 있다.

어느 누구도 나보다 더 파란만장한 삶을 맛보지는 않았다,
나는 열세 번이나 부자였고 열세 번이나 가난뱅이였다.

그는 『몰 플랜더스』를 쓰기에 앞서 뉴게이트 감옥에서 보낸 18개월 동안에 도둑, 해적, 노상강도, 위조지폐범과 교제한 바가 있다. 그러나 삶과 사고에 의해 어떤 사실들을 경험하게 되는 것과, 그것들을 게걸스럽게 삼켜 이들을 지워지지 않는 흔적으로 간직한다는 것은 전혀 별개의 문제이다. 디포는 가난의 고통이 어떤 것인지 알고 있었고, 가난의 희생자들과 이야기를 나누었을 뿐만 아니라, 역경에 무방비 상태로 내던져지고 자신의 힘으로 헤쳐나갈 수밖에 없는 황량한 삶을 그의 예술의 적절한 소재로서 풍성한 매력을 발휘하도록 했다. 그는 자신의 걸작 소설들 각각의 첫 번째 쪽에서, 남녀 주인공들을 전혀 의지할 곳 없는 비참한 상태에 처하게 만든다. 그들의 삶은 계속되는 투쟁이며, 어쩌다 살아남는다면 그것은 운이 그들을 도운 탓이고, 그들 자신이 노력한 덕이다. 몰 플랜더스는 뉴게이트 감옥에 수감된 어머니에게서 태어났다. 해적 싱글턴은 어릴 때 도둑에게 유괴돼 집시들에게 팔아넘겼고, 잭 대령은 "신분은 양반이었으나 소매치기의 도제가 되었으며", 록사나는 조금 나은 팔자로 인생을 시작하지만, 15세에 결혼해서 남편이 파산하고 다섯 명의 아이들과 함께 "필설로

다 할 수 없는 비참한 운명"에 처하게 된다.

그리하여 이들 각각의 소년 소녀들은 자기 혼자만의 힘으로 삶을 시작하고 투쟁해나가야 한다. 이런 식으로 만들어진 상황은 디포가 매우 좋아하는 것이었다. 이들 가운데서 가장 눈에 띄는 몰 플랜더스는 태어나자마자, 혹은 기껏해야 반년의 유예기간을 가진 뒤, "가난이라는 가장 고약한 악마"에 의해 고통받는다. 그녀는 바느질을 할 수 있게 되자마자 생활 전선으로 내몰리며, 이리저리 쫓겨 다니면서도 창조주에게 그가 제공할 수 없는 섬세한 가정적 분위기 따위는 요구하지 않지만, 그가 아는 한 낯선 사람들과 관습에 대해서는 그에게 의존한다. 자신이 존재할 수 있는 권리를 증명하는 부담은 처음부터 그녀의 몫이다. 그녀는 전적으로 자신의 기지와 판단에 의존해야 하며, 위기가 닥칠 때마다 자신이 생각해낸 주먹구구식 도덕적 기준으로 그것을 처리해야 한다. 이야기에 활기가 넘치게 되는 이유 중 하나는 그녀가 아주 어린 나이에 통용되는 법들을 어기면서 떠돌이의 자유를 얻게 되었다는 사실이다. 있을 수 없는 한 가지 일은 그녀가 안락하고 안전하게 정착하는 것이다. 그러나 처음부터 작가의 독특한 재능이 빛을 발해, 이 작품은 단순한 모험 소설이 될 뻔한 위험을 피하게 된다. 그는 우리로 하여금 몰 플랜더스가 나름대로 자립적인 여성이며, 일련의 모험을 위한 단순한 소재가 아니라는 사실을 이해시킨다. 이 사실을 증명하기 위해 그녀는 우선 록사나처럼 불행하긴 하지만 정열적인 사랑에 빠진다. 그녀가 정신을 차리고, 다른 사람과 결혼하고, 자기의 손익을 따져보는 것은 열정에 대한 모욕이라기보다는 그녀의 출생에 책임을 물어야 할 성질의 것이다. 그리고 그녀는 모든 디포의 여자들처럼 대단히 이해심이 강한 사람이다. 그녀는 자기 목적에 도움이 된다고 생각할 때에는 눈 하나 까딱 않고 거짓말을 할 수 있기 때문에, 그녀가 하는 참말에는 부인할 수 없는 진실성이 있다. 그녀에겐 개인의 섬세한 감정 따위를 위해 낭비할 시간이 없으며, 눈물 한 방울 딱 떨어뜨리고 한순간 낙담한 뒤에 곧 "이야기는 진행된다." 그녀는 폭풍우에 맞설 기개가 있다. 그녀는 자신의 힘을 발휘할 수 있는 일을 즐긴다. 버지니아에서 결혼한 남자가 자신의 남자 형제라는 것을 알게 되었을 때 그녀는 진저리를 친다. 우격다짐으로 그를 떠나 브리스톨에 도착하자마자 그녀는 "나는 기분 전환을 하기 위해 바스[2]로 갔다. 늙기에는 아직 멀어 늘 명랑한 나의 기질이 극으로 달린 것이다." 그녀는 정이 없지도 않으며, 경솔하다고 할 수도 없다. 그녀에게 인생은 즐거운데, 활기차게 살아가는 이 주인공은 우리 모두를 그녀의 휘하에 거느린다. 게다가 그녀의 야망에는 고귀한 열정의 범주에 넣을 수 있는 한 줄기 상상력도 있다. 필요에 쫓겨 교활하고 현실적이기는 하지만, 그녀는 로맨스에 대한 열망, 그리고 한 남자를 신사로 만드는 자질에 대한 열망에 늘 쫓기고 있다. 그녀는 노상강도에게 자기의 재산 정도에 대해 거짓말을 했을 때, "그가 진정 당당한 기개를 지닌 사람이었기에 나는 그만큼 더 슬펐다. 악당이 아니라 품위 있는 사람에게 몸을 망치는 것이 그래도 위안이 된다." 하고 말한다. 마지막 파트너와 농장에 도착했을 때, 그가 일하기를 거부하고 사냥을 더 좋아한다는 것을 자랑스럽게 생각하고, "실제로 그러기도 했지만, 그를 정말 멋있는 신사로 보이게 하기 위해" 그에게 가발과 은 손잡이가 달린 칼들을 즐겨 사준 것도 이와 같은 맥락에서이다. 더운 기후를 좋아한다는 사실도 같은 맥락이고, 그녀의 아들이 밟았던 땅에 입맞춤하는 정열, 그리고 모든 종류의 잘못을 그

2 영국 남서부의 온천 도시이다.

것이 "완전히 야비한 정신, 높은 자리에 있을 때에는 오만하고 잔인하며, 낮은 자리에 있을 때에는 굴욕적인 것이 아닌 한" 관대할 수 있는 것도 이와 같은 기질과 맥을 같이한다. 그 밖의 세상에 대해 그녀는 선의만 갖고 있을 뿐이다.

숙련된 이 늙은 죄인의 자질과 장점 목록은 끝이 없으므로, 우리는 보로[3]의 여인이 런던 다리 위에서 몰 플랜더스를 "동정녀 마리아"라고 부르고, 그녀의 책을 가게 전부의 사과보다 더 값있는 것으로 치고, 보로가 그 책을 가게 깊숙한 곳으로 가져가 눈이 아플 때까지 읽은 사정을 잘 알 수 있게 된다. 우리가 이처럼 등장인물의 특성에 대해 되씹어보는 것은, 몰 플랜더스의 작가가 지금까지 비난받아온 것처럼 심리학적 특성에 대한 개념이 없이 사건들을 문자 그대로 적어나가는 단순한 저널리스트가 아니라는 사실을 증명하기 위해서이다. 그의 등장인물들이 작가의 의향과는 상관없는, 그의 마음에 쏙 들지는 않는 나름대로의 형태와 실체를 가지고 있다는 것은 사실이다. 그는 섬세함이나 연민 따위에 머뭇거리거나 그것을 강조하는 법이 없으며, 마치 그것들이 그가 알지 못하는 사이에 나타나기나 한 듯 냉정하게 밀어붙인다. 대공이 자기 아들의 요람 옆에 앉아 있고, 록사나가 얼마나 "잠자고 있는 아기 바라보기를 그가 좋아했나." 하고 말하는 따위의 상상력은 그에게보다 우리에게 훨씬 더 많은 의미를 갖는 것으로 보인다. 뉴게이트 감옥의 도둑처럼, 잠꼬대 속에서 중요한 일들을 발설하지 않도록 다른 사람과 의사소통을 해야 하는 필요성에 대해 신기할 정도로 현대적인 글을 쓰고 난 뒤에, 디포는 이야기가 옆길로 빠졌던 것에 대해 사과한다. 그는 자신의 등장인물들을 너무 깊이 자신의 마음속으로 끌어들여, 자신도 정확히

---

3 조지 보로(George Henry Borrow, 1803~1881). 『라벵그로Lavengro』(1851)를 썼다.

모르는 사이에 그들의 생애를 함께 살아낸 듯하다. 그리고 모든 무의식적 예술가들이 그렇듯이, 그는 자기 세대의 작가들이 표면으로 끌어올릴 수 있었던 것보다 훨씬 더 많은 황금을 그의 작품 안에 남겨놓는다.

따라서 그의 인물들에 대한 우리의 해석에 그가 당황할 수도 있다. 그가 자신에게조차 감추려고 신경을 썼던 의미들을 우리는 스스로의 힘으로 찾아낸다. 그리하여 우리는 몰 플랜더스를 나무라기보다 훨씬 더 탄복하는 지경에 이르게 된다. 또한 우리는 그녀의 죄과에 대해 디포가 정확한 결정을 내렸다고 생각할 수가 없다. 뿐만 아니라 그는 버림받은 사람들의 삶을 고려함에 있어 많은 심오한 질문들을 제기했고, 비록 내놓고 말은 하지 않았지만, 그가 자신이 공언했던 신념과는 다른 해답을 암시하고 있다는 사실을 의식하지 못했다고 볼 수도 없다. "여성 교육"에 대한 그의 산문에 드러난 증거에서 우리는 그가 여성의 능력에 대해 시대에 훨씬 앞서 깊이 있게 생각했다는 사실과, 그가 여성의 능력을 매우 높게 평가하고, 여성에 대한 사회의 처우를 매우 가혹한 것으로 평가하고 있다는 것을 알게 된다.

여성에게 배움의 혜택을 허락하지 않는 것은 우리가 문명된 기독교 국민이라는 점을 생각할 때, 이 세상에서 가장 야만스러운 관행이라고 나는 생각해왔다. 우리는 매일 여성이 어리석고 주제넘다고 비난하지만, 만약에 여성이 남성과 동등한 교육의 혜택을 받는다면, 그들은 남성들보다 잘못을 덜 저지를 것이라고 나는 확신한다.

어쩌면 여성 권리의 주창자들은 몰 플랜더스와 록사나를 그들의 수호 성자들 가운데 하나로 내세우고 싶어 하지 않을지 모른다. 그러나 분명한 것은 디포가 의도적으로 그들로 하여금 이 주제에 관한 매우 현대적인 원칙들을 발언토록 하고 있을 뿐만 아니라, 우리의 동정심을 자아내도록 그들이 처한 역경을 제시하고 있다는 사실이다. 용기는 여성에게 필요한 것이고 "그들의 입장을 고수하기" 위한 힘이라고 몰 플랜더스는 말했다. 그리고 지체 없이 이것으로 얻게 될 이익들을 실제로 증명해보였다. 창녀라는 같은 직업을 가진 여인 록사나는 결혼의 노예적 성격에 대해 더 미묘하게 논박한다. 그녀는 그 상인이 그녀에게 말한 "하나의 새로운 일을 세상에서 시작했으며, 그것은 통상적 관습에 반하는 논쟁적 방식이었다." 그러나 디포는 절대로 단도직입적인 설교를 할 작가가 아니다. 록사나가 계속해서 우리의 주의를 끄는 이유는, 다행스럽게도 그녀가 자신이 어떤 점으로나 여성의 본보기라는 사실을 의식하지 않고 있어서, 그녀는 자기주장의 일부가 "애초에 내가 전혀 생각하지 않았던 격조 있는 말투"의 것이었노라고 자유롭게 주장할 수 있다는 점이다. 스스로의 약점들에 대한 그녀의 인식과, 그 같은 인식을 낳게 한 자신의 동기에 대한 솔직한 질문은 그녀를 참신하고 인간적일 수 있게 하는 결과를 가져오는 데 비해, 그 숱한 문제작들의 순교자나 선구자들은 볼품 없이 오그라들어, 그들 각각이 주창하는 교리의 한낱 의족이 되었을 뿐이다.

그러나 우리가 디포에게 찬사를 보내는 까닭은, 그가 메러디스의 생각을 일부 미리 피력했다거나, 입센[4]이 연극으로 옮길 수 있는 (갑자기 그런 엉뚱한 생각이 든다) 장면들을 썼기 때문이 아니다. 여성의 지위에 대한 디포의 생각이 무엇이든지 간에, 그것

4 헨리크 입센(Henrik Ibsen, 1828~1906). 노르웨이의 극작가이자 시인이다.

은 그의 주된 미덕의 부수적인 산물로서, 그 미덕이란 사물의 일시적이고 사소한 면이 아니라, 중요하고 항구적인 면을 다룬다는 사실이다. 그의 글은 이따금 지루하다. 그는 과학적인 여행객의 멋없는 정확성을 모방할 수 있어서, 그러다가 무미건조함을 누그러뜨리기 위해 그의 펜과 두뇌가 존재할 수도 없는 것을 상상하고 그리지나 않을까 하는 생각을 하게 된다. 그는 단조로운 것은 모조리 빼버리고, 인간적인 것도 많은 부분 배제한다. 우리가 위대하다고 부르는 많은 작가들에게서와 마찬가지로 심각한 약점들을 인정해야 하지만, 우리는 이 모든 것을 허용할 수 있다. 그러나 이런 사실 때문에 나머지 독특한 장점들이 훼손되지는 않는다. 처음부터 다루려는 범위를 줄이고, 욕심을 묶어두었기 때문에, 그는 자기의 목표라고 공언한 사실의 진리보다 훨씬 더 드물고 오래 지속하는 통찰의 진리를 터득한다. 몰 플랜더스와 그녀의 친구들이 디포의 마음에 들어 작품에 등장하는 것은, 그들이 반드시 "그림같이 예뻐서"도 아니고, 그가 주장하듯 그들이 대중의 경각심을 높일 사악한 삶의 본보기이기 때문도 아니었다. 그의 흥미를 자극한 것은, 고된 삶에 의해 그들 속에 잉태된 타고난 진실성이었다. 그들에게는 전혀 핑곗거리가 없었으며, 그들의 동기를 가려줄 친절한 가림막도 없었다. 가난이 그들의 감독이었다. 그들의 실수에 대한 디포의 평가는 단지 말뿐이었다. 그들의 용기와 재주와 끈기는 그를 기쁘게 했던 것이다. 그는 그들의 모임에서 넘치는 덕담, 오가는 유쾌한 이야기, 서로에 대한 신뢰, 나름대로의 소박한 도덕성을 발견했다. 그들의 운명 속에는 그가 놀라운 마음으로 경탄하고 즐기고 바라다본 무한한 다양성이 있었다. 무엇보다도 이들 남녀들은 태초부터 남자와 여자를 움직인 열정과 욕망에 대해 내놓고 자유롭게 이야기할 수 있었으며, 그렇게 함으로써 아직도 손상되지 않은 활력을 지니고 있는 것이다. 숨김없이 바라다볼 수 있는 모든 것에는 일종의 위엄이 존재한다. 그들의 이야기에서 그렇게나 큰 역할을 하는 돈이라는 지저분한 주제조차 그것이 안락과 권세가 아니라, 명예, 정직, 그리고 생명 그 자체를 위한 것일 때, 돈은 지저분한 것이 아니라 비극적인 것이 된다. 디포의 글이 단조롭다고 이의를 제기할 수는 있지만, 절대로 그가 하찮은 것들에 몰두하고 있다고 할 수는 없다.

확실히 디포는 인간 본성에서 가장 매혹적이지는 않지만 가장 집요한 것에 대한 자신의 지식에 근거해 명료하게 글을 쓰는 위대한 작가군에 속한다. 헝거포드 다리에서 바라다본 회색빛의 심각하고 육중한 저 런던의 경치, 오가는 차들과 물건을 사고파는 가라앉은 가득한 소음과 배들의 돛과 탑과 도시의 돔들이 아니라면 확실히 단조로웠을 이 경치는 디포를 생각나게 한다. 거리 모퉁이에서 바이올렛을 들고 서 있는 누더기 옷의 소녀들, 아치 밑에서 성냥과 구두끈을 펼쳐놓고 참을성 있게 손님을 기다리는 비바람에 거칠어진 아낙네들은 그의 책에서 빠져나온 등장인물 같다. 디포는 크래브[5]와 기싱의 유파에 속하지만, 엄격한 배움의 마당에 함께 앉아 있는 동료 학생일 뿐 아니라, 이 유파의 창시자이며 스승인 것이다.

---

5   조지 크래브(George Crabbe, 1754~1832). 영국의 시인, 내과의사, 성직자로 중산층과 노동자 계층의 삶에 대한 묘사와 사실주의적 서술 형식으로 알려져 있다. 정치가이자 작가인 에드먼드 버크의 도움으로 런던 예술계에 입문했고, 윌리엄 워즈워스와 월터 스콧 경과 같은 당대의 위대한 문인들과 우정을 나누었다. 특히 시인 바이런 경은 크래브를 자연에 대한 가장 엄격한 화가라고 평했다.

로빈슨 크루소

Robinson Crusoe

 이 고전 작품에 접근하는 방법은 여러 가지가 있는데, 문제는 우리가 어느 것을 택해야 할까 하는 것이다. 다음과 같이 말하는 것으로 시작해볼까? 시드니가 쥐트펜에서 『아르카디아』를 미완으로 남겨놓고 사망한 이래 영국 생활에 거대한 변화의 바람들이 불어왔고, 그리하여 소설이라는 장르가 탄생한 것이라고. 아니, 탄생할 수밖에 없었다고 하는 편이 더 적절할 것이다. 이때에 새로운 중산계층이 생겨났는데, 이 계층의 사람들은 글을 읽을 줄 알며, 왕자와 공주의 사랑 이야기뿐만 아니라 자신들에 관한 글, 그리고 그들의 평범한 삶의 세세한 부분들까지도 읽고 싶어 했다. 수많은 작가들이 이 요구에 산문으로 대응했다. 시보다 산문이 삶의 사실들을 표현하는 수단으로 더 잘 맞았다. 확실히 소설이라는 장르의 발전을 매개로 해서 『로빈슨 크루소』에 접근하는 방법도 하나의 방법이기는 하다. 그러나 즉시 작가의 생애를 통해 접근하는 방법도 떠오른다. 전기라는 장르의 천상 초원에서 우리는 소설 자체를 처음부터 끝까지 읽어내는 데 필요한 시간보다 훨씬 더 많은 시간을 보내게 될 확률이 높다. 우선 디포의 출생 날짜가 확실하지 않다—1660년, 아니면 1661년? 또한 그가 자기 이름의 철자를 한 단어로 표기했나, 아니면 두 개의 단어로 했나? 그의 조상들은 누구였나? 그는 양말 제조업자였다고 하는데, 도대체 17세기의 양말 제조업이라는 직업은 어떤 것이었나? 그는 팸플릿 작가가 되어 윌리엄 3세의 두터운 신임을 받았다. 자신이 쓴 팸플릿 하나 때문에 형틀에 묶여 남의 조롱거리가 되고, 심지어는 투옥된 적도 있었다.[1] 디포는 할리에게 고용되고, 그 이후에는 고돌핀 밑에서 일했다. 디포는 영국에서 첫 번째로 고용된 저널리스트이기도 했다. 그는 헤아릴 수 없이 많은 팸플릿과 기사를 썼다. 또한 『몰 플랜더스』와 『로빈슨 크루소』를 썼으며, 아내와 여섯 명의 자녀를 둔 가장이기도 했다. 몸은 호리호리했으며, 매부리코에 뾰족한 턱에 회색 눈에다, 입 근처에 커다란 사마귀가 있었다. 영국 문학을 조금이라도 아는 사람이라면 소설의 발전 단계를 더듬어나가는 일, 그리고 소설가들의 턱을 검토해나가는 일에 얼마나 많은 시간이 소모될 수 있고, 또 얼마나 많은 인생이 소모되었는가를 잘 알고 있다. 단지 이따금 우리가 이론에서 전기로, 그리고 전기에서 다시 이론으로 돌아설 때, 다음과 같은 한 점의 의구심이 떠오르는 것은 어쩔 수 없는 일이다—만약에 우리가 디포의 정확한 출생 순간을 안다면, 그가 누구를 왜 사랑했는가를 안다면, 만약에 우리가 영국 소설의 기원, 상승, 성장, 쇠퇴 그리고 추락의 역사를 상세히 알고 있다면, 다시 말해 영국 소설이, 그러니까 이집트에서 시작해서 어쩌면 파라과이 황야에서 끝이 난 사실을 안다면, 우리는 『로빈슨 크루소』를 읽고 조금이라도 더 많은 기쁨을 얻을 수 있을까, 아니면 눈곱만큼이

---

1   1703년 디포에게 칼을 씌워 뭇 대중의 웃음거리가 되게 하고, 그가 투옥되게 한 팸플릿은, 그의 유명한 「비국교도에 대처하는 첩경」이라는 야유적 글이었다.

라도 더 잘 이해할 수 있겠는가?

아니다. 왜냐하면 작품 자체는 그대로니까. 작품들에 접근함에 있어서 우리가 아무리 기를 쓰거나 희롱해보아도 끝에서는 별수 없이 외로운 전투만이 기다리고 있다. 그 이상의 거래가 가능하려면 작가와 독자 사이에 모종의 사무적인 거래가 이루어져야만 한다. 그리고 이 개인적인 면접 한가운데서 디포가 양말 장수였고, 머리칼은 갈색이었으며, 형틀을 쓴 적도 있었다는 사실을 상기한다는 것도 하나의 혼란이며 고통이다. 우리가 수행해야 할 첫 번째 임무는 그의 관점을 숙지하는 일인데, 이 일은 만만치 않은 경우가 허다하다. 소설가가 그의 세계, 또 비평가들이 우리에게 강요하는 그 세계의 장신구들을 어떻게 배치하는가를 알기 전에는, 전기 작가들의 관심을 끄는 작가의 모험들은 우리에게는 아무 소용도 없는, 실속이 전혀 없는 소유물들에 지나지 않는다. 완전히 혼자서 우리는 소설가의 어깨 위로 기어 올라가 그의 눈을 통해 응시해야 한다. 소설가들이 운명적으로 응시하게 되어 있는 많은 일반적 대상들을 어떻게 배치하는가를 우리도 알게 될 때까지. 다시 말해 인간과 인간들, 그들 뒤에 있는 자연과, 그들 위에 있으며 우리가 편의상 줄여서 신이라고 부를 수 있는 그 권력자의 배치를 알게 될 때까지를 말한다. 그러면 즉시 혼란, 오판, 그리고 어려움이 시작된다. 우리에게는 단순해 보이지만 이 대상들은 소설가가 그것들을 서로 연결시키는 방법에 따라서 괴물스러워질 수도 있고, 사실 알아볼 수 없게 될 수도 있다. 가까이에서 살고 같은 공기를 들이마시는 사람들도 균형 감각에서 엄청난 차이를 보일 수 있다는 것은 사실인 것 같다. 어떤 사람에게는 인간이 거대하고 나무가 작은 반면에, 다른 사람에게는 나무들이 무지하게 크고 인간들이 그 배후에 있는 보잘것없는 작은 물체들인 것이다. 이리하여 사실이 표기된 교과서가 있음에도 불구하고 작가들은 같은 시대에 살면서도 어떤 것도 같은 크기로 보지 않는 것 같다. 예를 들면 여기 스콧이 있다. 그의 산들이 거대하게 떠오르기 때문에 그가 그리는 인간들은 그에 비례해서 작아졌다. 제인 오스틴은 그녀의 대화들의 기지와 어울리게 하기 위해서 장미꽃들을 그녀의 찻잔 위에 놓아 돋보이게 한다. 피콕[2]은 찻잔이 베수비오산이 되도록, 아니면 베수비오산이 찻잔이 되도록 환상적으로 사물의 모습을 왜곡시키는 거울을 하늘과 땅에 들이대는 노력을 한다. 그럼에도 불구하고 월터 스콧, 제인 오스틴, 그리고 토머스 피콕은 같은 시대를 살았다. 같은 시대를 보았다. 이리하여 그들은 문학사에 있어서 같은 시기에 산 작가들로 교과서들에 취급되어 있다. 그들이 차이를 보인 것은 다름 아닌 그들의 관점이었다. 그렇다면 만약 우리가 이것을 우리의 힘으로 확실하게 이해할 수 있다면 전투는 승리로 끝날 것이다. 그리고 이렇게 자세히 이해함으로써, 우리는 안심하고 비평가들과 전기 작가들이 그토록 풍성하게 제공해주는 갖가지 즐거움들을 즐길 수 있을 것이다.

그러나 여기서 많은 어려움이 발생한다. 그 이유는 우리가 우리 자신의 시각을 가지고 있기 때문이다. 우리는 이 시각을 우리 자신의 경험과 편견들로부터 만들어내었다. 그런고로 이 시각은 우리 자신의 허영과 사랑에 완전히 묶여 있다. 기만당하면 상처를 입고 모욕감을 느끼지 않을 수 없다. 이렇게 되면 우리의 개인적인 조화가 무너지고 만다. 이리하여 『무명의 주드*Jude the Obscure*』(1895)[3]가 등장하거나 프루스트의 새 책이 나오면 신문

---

2   토머스 피콕(Thomas Love Peacock, 1785~1866). 영국의 소설가, 시인이다.
3   토머스 하디의 마지막 소설이다.

에는 온통 항의의 글이 넘쳐난다. 만약 인생살이가 하디가 묘사하는 것과 같은 것이라면 첼트넘의 깁스 소령은 내일 당장 권총 자살을 할 것이고, 햄스테드의 위그스 양은 비록 프루스트의 예술이 경이롭기는 하지만 다행히도 실제 세상은 도착적 프랑스인인 프루스트의 왜곡들과는 공통점이 전혀 없다고 항의할 것임에 틀림없다. 이 신사와 숙녀는 소설가의 관점이 그들 자신의 관점과 닮게 하고 거기에 힘이 실리도록 통제하려고 안간힘을 쓰고 있다. 그러나 위대한 작가는―하디나 프루스트와 같은―사적 재산권들에 상관하지 않고 묵묵히 그의 길을 간다. 이마에 땀을 흘리며 혼돈으로부터 질서를 끌어낸다. 그는 그의 나무를 저쪽에 심어놓고, 그의 사람을 이쪽에 있게 한다. 그는 그의 신의 자태를 그가 원하는 대로 멀리 혹은 가까이에 있게 한다. 걸작들―관점이 분명하고 질서가 딱 잡힌 책들―에 있어서 작가는 자신의 관점을 우리에게 너무도 혹독하게 강요해서 종종 우리는 갖가지 고뇌를 겪게 된다―우리 자신의 질서가 무너지기 때문에 우리의 허영심이 상처받는다. 우리는 오래 의지하던 것들을 억지로 빼앗기기 때문에 겁이 덜컥 난다. 그리고 우리는 지루함을 느끼게 된다―그도 그럴 것이 생판 모르는 생각에서 어떤 즐거움이나 기쁨을 따낼 수 있겠는가? 그러나 분노, 공포, 그리고 지루함에서 때로는 희귀하고 지속적인 기쁨이 탄생하기도 한다.

『로빈슨 크루소』가 바로 이런 경우라고 할 수 있다. 이 작품은 걸작이다. 이 작품이 걸작인 주된 이유는 디포가 자신의 관점에 대한 감각을 일관성 있게 유지했기 때문이다. 이 이유 때문에 그는 도처에서 우리를 좌절시키고 우롱한다. 이 소설의 주제를 우리의 선입견들과 비교하면서 대충 살펴보자. 이 소설은 많은 우여곡절을 겪은 후 사막에 홀로 내던져진 한 남자의 이야기이다. 그의 모험과 고독, 그리고 사막을 넌지시 알리기만 해도 우리의 내면에서 세계의 끝자락에 있는, 먼 땅에 대한 기대감을 유발하기에 충분하다. 또한 해가 뜨고 지는 것과 동료에게서 격리되어 혼자서 사회의 성격과 사람들의 이상한 습관에 대해 곰곰이 생각하는 인간에 대한 기대감을. 우리는 책을 펼치기도 전에 아마도 이 소설이 우리에게 안겨줄 종류의 즐거움을 막연하게나마 윤곽을 잡아놓았을지도 모른다. 그런데 막상 읽을 때는 쪽마다 민망할 정도로 기대가 산산조각이 난다. 일몰, 일출도 없고, 고독도, 영혼도 전혀 없다. 이와 반대로 흙으로 빚은 커다란 항아리 하나만이 우리를 정면으로 노려보고 있을 뿐이다. 다시 말하자면 때는 1651년 9월 1일이었고, 주인공의 이름은 로빈슨 크루소이고, 그의 아버지는 통풍 환자라는 사실이 알려진다. 그렇다면 우리는 분명히 우리의 자세를 바꿔야만 한다. 현실과 사실, 물질이 뒤따르는 모든 부분에서 우세하게 될 것이다. 우리는 서둘러서 전체의 비례를 변경해야 한다. 자연의 여신은 그녀의 찬란한 보랏빛 옷자락을 접어야만 한다. 자연의 여신은 가뭄과 해갈의 제공자일 뿐이다. 인간은 사투를 벌여서 생명을 보존하는 미천한 동물로 그 치수가 줄어들 것이 분명하다. 그리고 신은 그 지위가 실속 있고 약간 냉혹한 재판관으로 오그라들어서, 수평선 조금 위로 떠올라 있을 뿐이다. 이 시각의 기본적인 사항들 — 신, 인간, 자연 — 에 관한 정보를 추적하는 우리의 시도마다 냉혹한 상식에 의해 퇴짜를 맞는다. 로빈슨 크루소는 신에 관해 생각하기도 한다. "나는 이따금 신이 왜 이렇게 자신의 피조물들을 완전히 망쳐놓아야 하는가 하고 야속하게 생각한다……. 그러나 항상 이런 생각들을 저지하는 어떤 것이 재빨리 내게 돌아왔다." 신은 존재하지 않는 것이다. 그는 자연에 관해 생각한다. 즉 "꽃과 풀로 장식되고 대단히 훌륭한 수목이 들어찬 들판"에 관해 생각한다. 그러나 숲에 관해 중요한 사항은 다름 아닌 그 숲은 길들여서 말하는 것을 가르칠 수 있는 앵무새들을 많이 품고 있다는 것이다.[4] 자연도 존재하지 않는다. 그는 자신이 죽인 사람들을 생각한다. 이 생각 가운데 제일 중요한 것은 이들을 즉시 매장해야 한다는 사실이다. 왜냐하면 "햇볕에 눕혀놓으면 즉시 부패할 것이기 때문이다." 죽음은 존재하지 않는다. 현세에 존재하는 흙으로 빚은 항아리 이외에는 아무것도 존재하지 않는다. 결국 우리는 우리 자신의 선입견들을 모두 내려놓고 디포 자신이 우리에게 주고 싶어 하는 것들만 받아들일 수밖에 없다.

그렇다면 제일 첫 부분으로 돌아가서 다시 읽어보자. "나는 1632년 요크셔의 명문가에서 태어났다." 이 시작보다 더 명확하고 더 사실적인 것은 있을 수 없다. 우리는 질서 정연하고 근면한 중산계층이 누리는 모든 축복들을 진지하게 생각해나가게 된다. 영국의 중산계층으로 태어나는 것이 더없는 행운이라고 우리는 확신하게 된다. 지위가 높은 사람들은 측은하고, 또한 가난한 사람들도 그렇다. 그들은 모두 다 병마와 불안에 노출되어 있다. 가난한 사람들과 부유한 사람들의 중간 계층이 가장 좋다. 그리고 이 계층의 미덕이 —자제, 중용, 평온, 그리고 건강— 가장 바람직하다. 그렇다면 운이 나빠서 중산계층의 젊은이가 어리석게도 모험을 즐기는 병에 걸렸다면 이것은 참으로 유감스러운 일이었던 것이다. 그래서 그는 조금씩 자신의 초상을 그려나가는데, 우리가 그것을 결코 잊지 않도록, 절대로 지워지지 않게 우리 뇌리에 꼭꼭 박히게 한다. 왜냐하면 그도 그것을 결코 잊지 않으니까. 즉,

---

4 책에서는 다음과 같다. "나는 많은 앵무새를 보았고, 가능하다면 한 마리 잡아서 길들여서 내게 말을 건네도록 가르치고 싶었다."

그의 영민함, 용의주도함, 질서와 편안함과 존경스러움에 대한 사랑을 말이다. 결국 우리는 어떻게 해서든지 바다에 나가 폭풍우 속에 있게 되고, 밖을 내다보니 모든 것은 로빈슨 크루소에게 보이는 것과 정확하게 같은 것이다. 파도, 수부들, 하늘, 배—이 모든 것이 중산계층 사람들의 영민하지만 빈약한 상상력의 눈을 통해 제시된다. 그에게는 피할 방도가 없다. 모든 것이 선천적으로 조심성 있고, 불안해하며, 전통적이고 철두철미하게 사실적인 지력의 소유자에게 보일 모습으로 나타난다. 그에게 정열 따위는 아예 존재하지 않는다. 그는 자연의 숭고한 것들을 약간 싫어하는 천성을 타고났다. 그는 신조차도 과장되었다고 생각한다. 그는 일단 너무 바쁘고, 중요한 기회를 잔뜩 노리고 있기 때문에 주위에서 일어나고 있는 일의 십 분의 일 정도만 알아차릴 뿐이다. 그가 주의를 기울일 시간만 있다면 합리적으로 설명할 수 없는 것은 아무것도 없다고 그는 굳게 믿고 있다. 밤이면 헤엄쳐 나와서, 그의 배를 에워싸는 "거대한 생물들"을 보고 우리는 그 자신보다 더 놀란다. 그는 즉시 총을 들고 그들을 향해 발사한다. 그러면 그들은 헤엄쳐서 달아난다—그것들이 사자인지 그렇지 않은지 그는 알 수 없다. 이리하여 우리가 미처 알아차리기도 전에 우리는 입을 점점 더 크게 벌리고 있게 된다. 만약 상상력이 풍부하고 현란한 문체를 구사하는 여행가가 우리들에게 제시했더라면 우리가 몸을 사렸어야만 했던 괴물들을 그냥 삼키고 있는 것이다. 어쨌든 우리는 이 강건한 중산계층 사람이 목격하는 것은 어느 것이나 사실로 받아들일 수 있다. 그는 한도 끝도 없이 그의 물통을 세면서 물 공급에 현명하게 대비하고 있으며, 우리는 지엽적인 일에서조차 그가 실수하는 모습을 보지 못한다. 그가 배 안에 커다란 밀랍 덩어리를 가지고 있는 것을 잊었나? 천만의 말씀이다. 그러나 그가 이미 그 밀랍으로 많은 양초를 만들었기 때문에 38쪽에서는 23쪽에서 했던 것만큼 그렇게 대단하지는 않다. 이상하게도 그가 어떤 부조리한 일을 딱히 정체를 밝히지 않은 채 내버려두어도 우리는 심하게 당황해하지는 않는다. 왜냐하면 이유가 있고, 그 이유라는 것도 대단히 타당한 것인데, 그가 시간만 있다면 그 이유를 우리에게 설명해줄 것이라고 확신하기 때문이다. 예컨대 야생 고양이들은 그토록 온순한 반면, 왜 염소들은 그토록 겁이 많은가? 하는 것과 같은 것이다. 그러나 우리가 사막에서 혼자 삶을 꾸려가고 있을 때 삶의 무게는 정말 장난이 아닌 것이다. 그것은 또한 울부짖어서 될 일도 아니다. 모든 것에 주의를 기울이지 않으면 안 된다. 번개가 쳐서 그의 화약을 폭파시킬 수도 있는 상황인지라 자연에 대해서 황홀해할 계제는 아니다. 화약을 놓아둘 좀더 안전한 곳을 탐색하는 게 급선무이다. 이리하여 그는 보이는 바 그대로 사실을 말하는 위대한 예술가여서, 그리고 그가 가장 중요하다고 생각하는 것을 강조하기 위해서 이런 것은 삼가고 저런 것은 용감하게 시도한다. 결국 그는 일상적인 행위들에 위엄을 부여하고 평범한 물체들을 아름답게 만드는 경지에 이르게 된다. 땅을 파고, 빵을 굽고, 식물을 심고, 건물을 짓는 일 —이 단순한 일들이 얼마나 중요한 일들인가— 손도끼, 가위, 통나무, 도끼들—이 단순한 물체들이 그에 의해 얼마나 아름다운 것들이 되었는가. 논평의 방해를 받지 않고 이야기는 비할 데 없이 아주 소박하게 이어져나간다. 그런데도 논평을 가했다면 이 작품을 이 이상 어떻게 더 감동적이게 만들 수 있었을까? 디포가 심리학자의 방법과는 정반대의 방법을 취하고 있는 것은 사실이다—그는 감정의 효과가 신체에 미치는 영향을 묘사하지, 그 효과가 정신에 미치는 영향을 묘사하지는 않는다. 그러나 고뇌의 순간에 그 어떤 부드러운 것이었더라도 뭉개졌을 정도로 그가 양손을 얼마나 단단히 조였는가에 관해 이야기할 때에, 또 얼마나 "내 머릿속에서 나의 치아들이 서로 세게 부딪히곤 하는지, 한동안 나는 치아들을 말릴 수 없었다." 하고 이야기할 때에 이런 묘사가 거두는 효과는 여러 쪽에 걸쳐 분석할 수 있을 만큼 심오하다. 그 문제에 있어서 그 자신의 본능은 옳은데, 그는 이렇게 말한다. "자연과학자들에게 이러한 것들에 관해 설명을 하게 하자, 이것들의 이유와 방식에 관해서. 내가 그들에게 해줄 수 있는 이야기는 사실을 묘사하는 것이 전부이다……." 당신이 만약 디포라면 확실히 사실을 묘사하는 것으로 충분하다. 왜냐하면 그가 묘사하는 사실은 제대로 된 사실이니까. 사실에 대한 이 천재성으로 인해서 디포는 서술적 산문의 위대한 대가들 외에는 누구도 범접하지 못한 효과들을 성취한다. 그가 바람 부는 새벽을 생생하게 그리기 위해서는 "잿빛 아침the grey of the morning"에 대한 한두 마디 말로도 충분하다. 황량한 느낌, 그리고 많은 사람들의 죽음에 대한 감정을, 이 세상에서 가장 무미건조한 방법으로 다음과 같이 전달한다. "나는 그 후 그들을, 아니 그들의 흔적도 다시 본 적이 없다. 테를 두른 모자 세 개와 캡형 모자 하나, 그리고 우리 동료들의 것이 아닌 두 켤레의 구두 외에는." 마침내 그가 "그때 어떻게 내가 왕과도 같이 내 하인들(그의 앵무새와 개와 두 마리의 고양이)의 시중을 받으며 혼자서 식사를 했는지를 보"라고 외칠 때 우리는 한 인간이 무인도에 완전히 홀로 있다고 느끼지 않을 수가 없다. 하지만 디포는 묘하게도 우리의 열정에 타박 주는 일에 능하기 때문에, 즉시 이 고양이들이 그전에 배에 들어왔던 그 고양이들이 아니라는 사실을 알려준다. 그 고양이 둘은 다 죽었고, 이 고양이들은 새 고양이들이었다. 그리고 사실 고양이들은 새끼들을 많이 낳아서 오래지 않아 골칫덩어리가 되었던 것에 반해서, 매우 이상하게도 개들은 전혀 번식하지 않았다.

이렇듯 디포는, 평범한 토기 항아리만이 눈앞에 있다는 사실을 되풀이해서 말해주어 우리가 멀리 있는 섬들과 인간 영혼의 외로움을 보도록 설득한다. 항아리와 이 항아리의 토기 성질의 실질성을 확고히 신뢰함으로써 그는 모든 다른 요소를 그의 의도에 맞게 눌러놓았다. 이리하여 그는 우주 전체를 묶어서 조화를 이루어내었다. 우리는 책을 덮으면서, 평범하기 이를 데 없는 토기 항아리가 요구하는 시각이, 일단 우리가 그것을 제대로 파악하기만 하면, 별들이 찬란히 빛나는 하늘 아래 기복이 있는 산들과 출렁이는 대양을 배경으로 하고 서 있는, 숭고하기 이를 데 없는 인간만큼 완전하게 우리를 만족시켜주지 않을 이유가 있는가 하고 묻게 된다.

콩그리브의 희극들
Congreve's Comedies

    불멸의 이름을 날리고 있는 콩그리브[1]의 위대한 드라마 네 편은 공간을 별로 차지하지도 않고 아주 싼값에 구입할 수도 있다. 그런데도 이 작품들은 별로 눈에 띄지가 않는다. 하지만 이것들을 홀로 조용히 읽는 것은 이들에 대한 온당한 처사가 아니다. 그런 부당함을 보상할 최선의 길은, 이 작품들이 무대에서 상연될 때 우리가 할 수 있는 것보다 좀더 비판적으로, 좀더 냉정하다 싶을 정도로, 작가의 도움을 빌려 이들을 찬찬히 살펴보는 것이다. 수수께끼 같은 남자, 자신의 천부적 재능이 절정에 다다랐을 때 그것을 사용하기를 중단해버린 최고의 천재이기도 했던 콩그리브는, 그의 작품의 어느 쪽을 넘겨보더라도 알 수 있듯이, 자신의 재능 속에 완전히 잠겨버리기보다는 그것을 흥미롭다는 듯이 관찰할 줄 알고, 또 그 재능 속에 지배당할 때조차도 어느 정도 그것을 이끌어갈 줄 알았던 그런 부류의 작가였다. 그가 편지와 헌정사, 그리고 서문에서 자신의 예술에 대해 말한 것은 무엇이든 귀

1   윌리엄 콩그리브(William Congreve, 1670~1729). 영국 풍속희극의 토대를 형성한 신고전주의 극작가. 주요 작품으로 『노총각 *The Old Bachelor*』 『세상의 이치 *The Way of the World*』 등이 있다.

기울여 들을 가치가 있다. 그러면 이제 태틀이니 포어사이트니 위시포트니 밀러맨트니 하는 그의 작중인물들에 휩쓸리기 전에, 그의 작품을 떠올릴 때 우리 가슴에 맴도는 몇 가지 문제들을 그에게 물어보기로 하자.

첫째, 초보적으로 들리긴 하겠지만 언제나 지적하지 않을 수 없는 오래된 불만이다. 이는 그가 등장인물들에게 붙여준 우스꽝스런 이름들—베인러브(바람둥이), 폰들와이프(애처가) 등—에서 집약적으로 드러난다. 마치 한 인물에는 한 가지 기질만 있는 것이 관객이 이해할 수 있거나 배우가 표현할 수 있는 전부였던 무언극과 이륜마차의 시대로 되돌아간 것 같다. 이러한 불만에 그는 "……무대가 만들어내는 거리는 인물들이 실제 삶보다 커다란 어떤 것으로 재현될 것을 요하는 법이오." 하고 답한다. 이로써 그는 독자에게 극작가가 만족시켜줄 수 없는 어떤 미묘함을 바라지 말라고 경고하며, 극작가는 소설에서처럼 소리 없이 모여 어우러지는, 쉽사리 가늠하기 어려운 암시들을 전달할 수는 없다는 것을 환기한다. 극작가는 말을 해야 하고, 말을 하는 목소리만이 그에게 허용된 유일한 도구이다.

여기서 두 번째 질문이 이어진다. 인물들이 말을 해야 하기는 하지만 어째서 그렇게 작위적이어야 하는가? 남자건 여자건, 극작가가 표현하는 만큼 그렇게까지 재치가 넘칠 수는 없다. 극작가가 우리에게 믿게 하려고 하는 만큼 그렇게 적절하게, 즉석에서, 그리고 그토록 풍부한 비유와 이미지를 써서 말하는 사람은 없다. 이에 콩그리브는 이렇게 대답한다. "내 생각엔 만일 어떤 시인이 세상에서 가장 재치 넘치는 두 사람이 즉흥적으로 하는 대화의 한 토막을 가져다 쓴다 할지라도 그 장면에 대한 사람들의 반응은 그저 싸늘하기만 할 거요." 무대 위의 인물들은 실제 현실에서보다 커야 한다. 그들은 책 속의 인물들보다 우리로부터 더 멀리 떨어져 있기 때문이다. 그리고 현실에서보다 더 영리해야 한다. 그가 실제로 사용하는 말을 쓴다면 우리는 지루해서 집중을 못 할 것이기 때문이다. 작가는 해야 할 선택과 사용해야 할 기교가 있는데, 이것들은 극작가의 몫이다. 이것들은 극작가가 우리로 하여금 자신의 목적에 필요한 마음의 틀을 갖게 하는 수단이다.

하지만 여전히, 그다지 초보적이라 할 수도 없고, 쉽사리 잠재울 수도 없는 불만이 남는다. 그건 당연히 플롯이다. 그 누가 콩그리브의 작품을 덮은 후 플롯을 기억할 수 있겠는가? 책을 펼치고 있는 동안 그 복잡한 이야기에 애태우지 않은 사람이 어디 있는가? 누구나 동의하듯이, 무슨 일이든 일어나야 하며, 만일 그 일로 인해 등장인물들이 더 실감나거나 더 심오하게 느껴진다면 어떤 일이 일어나느냐 하는 것은 별로 중요하지 않다. 플롯은 인물들을 틀에 넣어 그들이 좀더 커지고 넓어졌다는 것을 보여주어야 한다. 하지만 플롯이 그저 인물의 애나 태우고 그들을 왜곡하며, 기껏해야 우리로 하여금 '저 문 뒤에 있는 게 누구지? 저 가면 뒤에 있는 것은 누구지?' 하고 궁금하게 하는 것 이상의 어떤 심오한 즐거움을 주지 못한다면, 뭐라고 말해야 할까? 이에 대해 비평가로서의 콩그리브는 만족스런 답을 주지 않는다. 『사기꾼 *The Double Dealer*』의 서문에서처럼, 그는 때때로 자신이 "드라마의 통일성"을 지켰다고 자부한다. 그렇지만 그가 모종의 의구심을 드러낼 때도 있다. 『세상의 이치』의 헌정사에서 그는 테렌스를 부러워한다. 그에 따르면, 테렌스는 "자신의 작업을 수행하는 데 상당히 유리한 점이 있었다. 왜냐하면 그는 대부분의 것을 메난드로스[2]가 만든 토대 위에 세웠기 때문이다. 그의 플롯은 대체로 주어진 모델에 기초한 것이고 인물들도 그가 곧바로 사용할 수 있도록 이미 만들어져 있었다."는 것이다. 그렇다면 결론은 둘 중 하나일 수밖에 없다. 유일하게 참아줄 수 있는 플롯들은 우리 마음속으로 너무나 부드럽게 미끄러져 들어와 그 존재를 거의 알아챌 수도 없이 닳아빠진—전설이 된, 케케묵은—것들뿐이거나, 아니면 플롯을 만들어내는 천부적인 재능은 인물을 만들어내는 재주와 결합하는 일이 거의 없기 때문에 셰익스피어라도 이 점에 있어서는 실패할 수 있다고—그러니까, 셰익스피어조차도 때로는 플롯이 인물을 좌지우지하게 하고, 이야기가 인물들을 자연스런 궤도에서 끌어내게 하기도 한다고—억지로 생각하지 않을 수 없는 것이다. 그렇다면 셰익스피어처럼 경이로울 만큼 다작을 내놓은 것도 아니고 풍부한 상상력과 화려한 시로써 과장되고 기계적인 것들을 덮어 감출 수도 없었던 콩그리브는 이 자리에서 실패한다. 등장인물은 상황에 맞도록 쥐어 짜진다. 즉, 기계적 틀이 살아 있는 육신에 쇠도장을 찍는 것이다.

자, 이제 책을 펼치기 전에 따라다니는 의문점들을 종결했으니, 작품 속에서 활약하고 있는 극작가를 따라가 보자. 그는 첫 쪽, 첫 번째 단어에서부터 활약 중이다. 서문도, 머리말도 없다. 막이 오르면 그들은 이미 한창이다. 일찍이 어떤 산문도 그렇게 빠르지 않았다. 모든 배우들이 더듬거리거나 망설이지도 않고 기적적으로 꼭 들어맞는 말들로 즉석에서 결정타를 날린다. 그들의 정신은 한껏 충전되어 있다. 그들은 손가락 끝까지 활기에 차 있고 민감하고 에너지가 넘쳐나, 스스로를 억제해야만 할 것 같다. 더듬거리고, 엉뚱한 것들에나 주목하면서, 초콜릿과 계피, 그리고 칼과 모슬린을 쳐다보고 있는 건 다름 아닌 바로 우리들이다.

2 메난드로스(Menander, B.C. 342?~B.C. 291). 그리스의 희극 작가이다.

그러다가 우리는 환상에 사로잡히고, 마침내 대사의 리듬과 형언할 수 없는 긴장감, 그리고 만연해 있는 고매한 교양의 분위기로 인해 무대 위의 세상이 현실이 되고, 무대 바깥의 다른 세상은 그저 껍데기요 헌옷에 지나지 않게 된다. 이런 첫인상을 몇 마디 언어로 축소시키려고 시도하는 것은 찰싹거리는 파도, 돌진하는 바람, 콩밭의 내음과 같은 육체적인 감각을 설명해보려는 것만큼이나 부질없다. 그것은 귓전에 감기는 한마디, 속도, 그리고 정적을 통해 전달된다. 콩그리브의 산문을 분석하는 일은 여름 분위기를 이루는 요소들―개 짖는 소리, 새들의 노래, 단조롭게 웅웅대는 나뭇가지들―을 각각 구분해내는 것만큼이나 불가능하다. 하지만 그렇더라도 언어란 의미를 가지는 법이니, 우린 여기서 표면 아래 있는 예기치 못했던 깊이를, 이해할 수는 없으나 느낄 수 있는 의미를 눈치채게 된다. 그 기지에도 불구하고 이 세상 속에서 눈부시게 빛날 뿐 아니라 자연스럽기도 한 무언가를, 심지어 낯익고 전통적인 것들을 말이다. 거기에는 셰익스피어처럼 거친 구석과 해학도 있다. 이미지 위에 이미지를 아슬아슬하게 쌓아올리는 상상력과, 십여 개의 의미들을 낚아채어 하나의 의미로 응축시켜내는 번개처럼 빠른 기민한 이해력이 있다.

　그렇다고 이것이 셰익스피어의 세계인 것은 아니다. 왜냐하면 어떤 경이로운, 넘칠 듯한 해학의 꼭대기까지 던져 올려져 시 속으로 휩쓸려 들어가는 것만 같다는 생각이 드는 바로 그때, 우리는 단단한 상식 앞에 내동댕이쳐져서, 여기의 구성 요소들이 시인의 그것들과는 다르게 조합되어 있다는 것을 깨닫게 되기 때문이다. 비극도 있다―『사기꾼』에 나오는 터치우드 부인이나 마스크웰이 희극적 인물들은 아니니까. 하지만 비극과 희극이 충돌할 때 이기는 쪽은 희극이다. 터치우드 부인은 단도를 움켜잡지만 그것을 떨어뜨린다. 1분만 더 지체했더라면 너무 늦어버렸을 것이다. 그녀는 이미 산문적 대사에서 고함으로 넘어가 버렸다. 그 장면에서부터 벌써 우스꽝스럽게 느껴지는 것은 아니다. 거기에는 격정이 있기 때문이다. 하지만 불안하다. 콩그리브는 통제력을 잃었고 멋진 균형은 깨졌다. 그는 발밑의 땅이 흔들리는 걸 느낀다. "이 모든 것이 너무나 놀랍도다, 난 죽어버리리라." 하는 브리스크 씨의 말이 딱 들어맞는다. 이 말과 함께 그는 정신을 차리고 일어나 퇴장한다.

그렇다면 콩그리브 희극을 통해 우리가 들어간 세계는 원초적인 격정의 세계는 아니다. 그곳은 거실의 네 벽으로 둘러싸인 곳이다. 신사와 숙녀로 분한 배우들은 미뉴에트를 출 때의 발만큼 정확하게 상식이 명하는 한도까지, 말을 통해 자신이 맡은 역할을 해낸다. 그러나 그 이미지는 그저 겉보기에만 적절할 따름이다. 콩그리브의 희극을, 오스카 와일드의 희극은 말할 것도 없이, 골드스미스나 셰리든[3]의 희극과 비교해보면 금방 알 수 있다. 그를 만일 엘리자베스 시대 극작가들과 구분하기 위해 그를 한 개의 방에 ― 세계가 아니라 ― 한정시키고 본다면, 그 방은 18세기의 응접실도 아니요, 19세기의 응접실은 더더욱 아니라는 것을 말이다. 커다란 짐마차가 저 아래 자갈길을 덜컹거리며 지나가고, 행상인과 선술집의 난봉꾼들 소리가 열린 창문을 통해 들려온다. 거친 언어와 과도한 해학, 그리고 분방한 태도가 우리를 엘리자베스 시대로 되던진다. 그러나 이 신사와 숙녀들이 그토록 거리낌 없이 말을 하고, 그토록 거나하게 마시며 냄새를 뿜어대는 것은 바로 세상에서 가장 세련된 사회의 온갖 멋과 고상함으

3 리처드 셰리든(Richard Brinsley Sheridan, 1751~1816). 아일랜드에서 출생한 영국의 극작가이자 정치가이다.

로 둘러싸인 응접실에서이다. 어쩌면 이러한 대조 때문에 우리는 엘리자베스 시대 드라마보다 왕정복고기 드라마가 더 거칠다고 느끼게 되는 건지도 모르겠다. 어부의 아내가 마룻바닥에 침을 뱉으면 그저 재미있지만, 고귀하신 귀부인이 그런다면 불쾌해진다. 아마도 이런 이유 때문에 콩그리브는, 존슨[4] 박사의 근엄한 비난을 필두로 빅토리아 시대 사람들의 한층 오만한 경멸을—에드먼드 고스[5]가 지적하듯, 그들은 그의 작품을 읽지도, 무대 위에 올리지도 않았다—불러일으켰을 것이다. 그들은 응접실에 관해서라면 우리보다 더 의식적이었기에, 그곳에서 예의범절이 침해당하는 것에 더 즉각적인 반감을 느꼈으리라.

그러나 그 변화를 어떻게 설명하든 간에 『노총각』과 『사기꾼』, 그리고 『사랑을 위한 사랑Love for Love』을 거쳐 『세상의 이치』에 이르는 과정에서 우리는 점점 더 다음과 같은 존슨 박사의 의견에 반대하게 된다.

그의 작품을 통독하고도 나아지는 사람은 없다는 것, 그리고 그 작품들의 궁극적인 효과는 악덕과 손잡은 쾌락을 표현하고, 삶을 규제해야 할 책무들을 느슨히 풀어놓는 것임은 누구라도 자신 있게 인정할 것이다.

아니 정반대로, 콩그리브의 희곡들을 읽으면 거기서 우리는 저자로서, 그리고—이렇게 분리하는 것이 가능하다면—삶을 살아가는 사람으로서, 우리 자신에게 득이 되는 많은 교훈을 배울 수 있다는 것을 확신하게 된다. 우선 명료한 언어를 훈련하는 법

4 새뮤얼 존슨(Samuel Johnson, 1709~1784). 영국의 시인, 비평가, 전기 작가이다.
5 에드먼드 고스(Sir Edmund William Gosse, 1849~1928). 영국의 비평가, 문학사가이다.

을 배울 수 있다. 말로 표현될 수 있는 것이라면 그 어떤 것도 모호함이라는 음흉한 그늘 속에 숨어 있도록 남겨두지 않는 법을 말이다. 구절은 언제나 끝을 맺고, 그 어떤 말도 점점 작아지면서 어둠 속으로 들어가는 일이 없으며, 말이 끝난 다음까지 소리가 들려오는 일도 없다. 우리 자신을 표현하는 방법을 익히고 나면, 다음으로 우리는 위대한 작가의 지칠 줄 모르는 고된 작업을 지켜보게 된다. 그가 어떻게 무슨 일이 언제나 일어나게 함으로써 우리를 계속 즐겁게 해주는지, 언제나 무언가가 변화하도록 함으로써 정신을 바짝 차리게 해주는지, 그리고 어떻게 웃음과 진지함, 행동과 사고를 대비시킴으로써 우리의 감정의 날이 언제나 날카로이 서 있도록 해주는지를 말이다. 그렇게 많은 변화의 종을 울려대고 움직임의 속도를 그렇게 빠르게 유지하는 것만으로도 물론 충분한데, 거기다가 인물들은 저마다 자신만의 고유한 자아를 갖고 있을 뿐 아니라, 각자 서로 다르기까지 하다. 노련한 뱃사공은 맵시꾼과, 늙은 괴짜는 세상물정에 밝은 이와, 하녀는 마님과 구별되는 것이다. 콩그리브는 기필코 각각의 인물 속으로 들어간다. 자신의 사물함을 벗어나 다른 사람의 감정의 옷을 걸치고는 각기 다른 입장에서 나온 대사들이 서로 전력 질주하여 만나게끔 한다.

그에게는 구문을 만들어내는 비범한 재주가 있다. 그는 순식간에 장면 하나를 뚝딱 만들어낸다. "……대단한 턱수염을 가진 그가 쌓인 눈더미 위의 러시아 곰처럼 누워 있다." 기막히도록 빠르게 그는 밑바닥 인생에 관한 챕터 하나를 만들어내기도 한다.

난 그것을, 새장만 한 상점 가름막 뒤에서 저녁을 먹으며, 꺼져가는 장작의 풍로 너머로 바람을 맞아 시퍼레진 코를 하고

서, 낡은 거즈를 빨고 죽은 머리칼을 엮어 얻은 것이오.

그러고는 그는 놀라운 수다쟁이 까치처럼 무지한 말들을 반복하면서 프루 양과 같이 정말 볼품없는 소녀의 투박한 감정을 따라간다. 어떻게 되었든 간에 ― 도덕주의자는 이렇게 말할 것이다 ― "그렇게 다양한 인물들 속으로 들어간다는 것은 어쨌거나 자기 자신을 망각하는 것이다." 하고. 그의 언어가 종종 거친 것은 분명 사실이다. 하지만 그의 인물들이 보통 사람들보다 더 활기 있고, 더 빨리 베일을 벗어던져 버리며, 에둘러 말하는 것을 못 참는 것 또한 사실이다. 그들은 우리가 바라는 것보다 더 자주 말쟁이들로 축소되어 그 번드르르한 표현들이 종종 냉소적으로 들리기도 한다. 하지만 이는 상황 자체가 너무 황당해서, 오직 번드르르한 표현들만이 그 상황을 다룰 수가 있는 경우이다. 아울러 기억해야 할 것은, 콩그리브 세대에게 이런 말들은 유리구슬이 야만인에게 그랬던 것처럼 아직은 기쁨을 주었다는 점이다. 그런 황홀함을 주지 않고서는 그러한 언어의 대담한 화려함이란 불가능했을 것이다.

하지만, 어떤 인물들은 부도덕하고 어떤 견해는 냉소적이라는 걸 인정하지 않을 수 없다 하더라도, 만일 저자 자신이 그러한 부도덕함을 의식하고 있었고 그러한 냉소를 의도했다는 느낌이 든다면, 어느 정도까지 그 인물이 부도덕하고 그 견해가 냉소적이라고 할 수 있을지 따져보아야 한다. 게다가, 작가를 등장인물과 분리하고 그를 인물들의 생각으로부터 떼어내는 것은 어려운 문제이긴 하지만, 콩그리브의 희극을 읽어보면 누구나 공통된 분위기를, 즉 그 모든 다양성에도 불구하고 그것들을 하나로 묶는 일반적인 태도를 간파하게 된다. 두드러지는 몇 가지 특징들로 인해, 한 가족 구성원의 얼굴에 나타나는 눈과 코처럼 틀림없이 공통되는 유사점들이 만들어지는 것이다. 풍자가 시종일관 그의 희곡들을 관통한다. 『사랑을 위한 사랑』에서 발렌타인은 "그러므로 난 글을 통해 악담을 퍼부어 복수할 테다." 하고 말한다. 콩그리브의 풍자는 때때로, 스캔들이 말하듯, 세상 전체를 뿔로 들이받는 것처럼 보인다. 그러나 그 아래엔 생각을 하는 마음, 의심하고 의문을 던지는 마음이 존재한다. 지나가며 던져진 힌트 덕에 우리는 이 문제를 다시 한 번 따져보게 된다. 가령 멜리폰트는 이렇게 말한다. "아아, 각하! 저도 당신과 똑같이 행복할 이유가 있겠지요! 제 자신, 행복하다고 생각하렵니다!" 혹은, 갑작스런 이런 대목—"침몰하고 있는 자에게 내민 손에 위로가 담겨 있으니"—은 대조를 통해, 글썽이는 눈가에서 떨리고 있는 감수성을 넌지시 전달한다. 강조된 것은 아무것도 없다. 감정이 감상적으로 확장되는 일도 없다. 모든 것은 빛줄기처럼 빠르게 지나가 구분할 수 없게 뒤섞인다. 그러나 만일 샘프슨 리전드 경과 포어사이트와 같은 인물들을 만들어낸 바로 그 사람이, 인간의 부조리함에 대한 비범한 감각과 인간의 위선에 대한 쓰라린 확신뿐 아니라, 그 어떤 빅토리아 시대 사람이나 존슨 박사 못지않게 인간의 정직성과 품위에 대한 예민한 존경심 역시 갖고 있다는 걸 반드시 입증해야 한다면, 그저 그의 소박함을 지적하기만 하면 된다. 우리가 부조리한 음계의 숭고한 꼭대기까지 달려 올라가고 나면, 말 한마디 한마디가 다시 우리를 상식의 세계로 소환한다. "내 가여운 아버지가 그렇게나 어리석다니"와 같은 말이 그 자리에 적절한, 아주 효과적인 언급의 예이다. 자연스런 음조의 말소리가 거듭거듭 우리를 분별과 햇빛으로 데려간다.

하지만 우리를 진리와 접하게 해주는 것은 바로 발렌타인과 미라벨, 안젤리카나 밀러맨트와 같은 인물들이며, 이들은 갑작스럽게 진지한 어조로 나머지를 조화롭게 이끌어낸다. 그들은 자신들의 지혜 위에서 감정을 예리하게 다듬는다. 그들은 서로를 경멸하고, 흥정을 벌이고, 사랑을 얻어 그것을 이성의 빛에 비추어 검사한다. 견디기 어려울 정도로 서로를 애먹이고 시험한다. 그러다가도 때가 되면 그녀는 반드시 진지해진다. 여성 주인공들 가운데 가장 재빠른—몸에도 마음에도 똑같이 날개가 달린 것 같아서, 그녀가 지날 때면 공기가 술렁이고, 우리도 스캔들과 함께, "가버렸네, 아니, 여기에도, 다른 데도 없었지." 하고 외치게 되는—여성일지라도, 그녀의 가슴속에는 정적이 깃들어 있고, 그녀의 말 속에는 십여 쪽에 달하는 감동적인 연설을 빛내줄 충분한 감정이 들어 있다. "어째서 그이는 절 데려가지 않는 걸까요? 당신은 내가 또다시 당신에게 나 자신을 내주었으면 하는 건가요?" 이처럼 말들이 단순하기는 하지만, 앞에서 말한 것들 다음에 오면서 그 말들은 의미로 넘쳐나, "그럼요, 계속해서 다시, 또다시 그렇게 해주길 바라오." 하는 미라벨의 대답은, 언어가 말할 수 있는 것보다 더 많은 것을 수용하고 있는 것 같다. 그리고 생각해보아야 할 점은, 이러한 감정의 깊이와 그 속에 내포된 변화와 복잡함이 직접적으로 달성되었다는 사실이다. 즉, 작가의 말이나 그 어떤 독백—관객이 있는 무대 위에서 말하는 그런 독백은 제외하고—도 덧붙이지 않은 채, 각각의 인물이 저마다 자기답게 말하도록 함으로써 달성되었다는 점이다. 그러니, 콩그리브의 작품을 도덕주의자의 관점에서 읽든 예술가의 관점에서 읽든 간에 존슨 박사의 의견에 동의하는 것은 불가능하다. 그의 희극들을 읽는 것은 "삶을 규제해야 할 책무들을 느슨히 풀어놓는 것"과는 거리가 멀다. 반대로, 그의 작품을 천천히 주의 깊게 읽을수록 우리는 더 많은 의미를 찾게 되고 더 많은 아름다움을 발견하게 된다.

『세상의 이치』를 다 읽고 책을 덮을 때 우리는 그가 어째서 자신의 재능이 최고조에 이르렀을 때 글쓰기를 중단했을까 하는 오랜 수수께끼에 대한 답을 찾을 수 있게 된다. 그는 그와 같은 종류에서 할 수 있는 건 다했던 것이다. 이 마지막 드라마에는 관객이 한번 앉은 자리에서 소화할 수 있는 것 이상이 들어 있다. 남녀 배우들의 육체적 존재 자체가 그들이 읊어야 하는 대사를 종종 압도하는 듯하다. 콩그리브는 "무대가 만들어내는 거리는 인물들이 실제 삶보다 커다란 어떤 것으로 재현될 것을 요하는 법"이라던 자기 자신의 원칙을 잊었거나 등한시한 것이다. 그가 헌정사에서 밝히는 바와 같이, 그는 "소수"를 위해 썼으며, "지금 관객의 입맛에 널리 퍼져 있는 것처럼 보이는 일반적인 기호에 맞추어 준비한 것은 거의 없"었다. 그가 대중을 경멸하게 되었으므로, 이제는 종전과 다르게 쓰거나 쓰기를 그만두어야 할 시간이 된 것이다. 또 다른 출구를 제공했던 소설은 그에게 맞지 않았다. 그가 한번 시도했던 소설에서 드러나듯이, 그는 구제불능으로 극적劇的이었다. 왜냐하면 그가 거듭 "당신은, 하늘이 장미를 가시덤불에 접목시킬 때 아름다움을 주었던 여인"과 같은 문장으로 우리를 시의 언저리까지 데리고 가고, 메러디스가 자신의 소설에서 하듯이 시적인 분위기를 풍겨보려고 하지만, 그는 개인의 독특한 표현을 넘어 시라는 좀더 보편적인 진술로 나아가지 못한다. 그는 우리를 감동시키고 웃겨서 즉각 행동과 접촉하도록 이끌어야만 직성이 풀리는 것이다.

이 두 가지 길이 막혔으니, 콩그리브와 같은 기질의 작가에게 그만두는 것 외에 어떤 다른 길이 있었겠는가? 작가를 작품과 구분하는 것은 위험하기는 하지만, 희곡들 뒤에 있는 사람을 의식하게 되는 건 어쩔 수가 없다. 그는 다른 사람에게 비판을 가하는 데 능했던 만큼, 그 자신도 비판에 민감했던 사람이었다. 왜냐하면, 비평가들에게 반발한다는 것이 그들을 존경하는 것이 아니면 무엇이란 말인가? 그는 학자로서의 까다로움을 모두 갖춘 학자였고, 명성이라는 속된 것에는 별다른 만족을 느끼지 못했던, 좋은 집안 출신에 교양을 갖춘 사람이었다. 한마디로 그는, 발렌타인과 더불어, "아니, 난 일에는 별로 마음이 없어." 하고 말하고는, 그의 초상화에서처럼 근사하고 당당하게 그리고 조용히 근엄하게 앉아서, 소문에 들려오듯이 "아주 엄숙하게 모자를 눌러쓴" 채, 더 이상 애쓰지 않고 만족하는 그런 사람이었다.

하지만 정말이지 그는 별다른 소문거리를 남겨두지 않았다. 그 시대 그와 같은 지위에 있었던 작가치고 그만큼 개인적으로 조용히 세상을 살아간 사람도 없다. 볼테르는 수상쩍은 일화를 남겼다. 말버러 공작 부인은 그가 죽은 후 자신의 테이블에 그의 모습을 한 인형을 놓아두었다고 한다. 그가 남긴 얼마 안 되는 조심스런 편지 몇 장이 이따금씩 힌트를 제공한다. "내가 찾는 건 바로 편안함과 고요입니다."라든지, "사랑하는 이들에 대한 나의 감정은 아주 분별 있고 조용합니다." 이것이 전부다. 그러나 그가 자신의 작품과는 무관한 것들은 모두 다 없애버리고 우리로 하여금 작품 속에서 그를 찾도록 내버려두려는 듯한 이러한 유물의 부재는 참으로 적합하다. 정말로 우리는 거기서 작가 자신을 넘어서는 어떤 것을, 그의 풍부하고 찬란한 상상력이 만들어낸 많은 인물들, 태틀과 벤, 포어사이트와 안젤리카, 마스크웰과 위시포트 부인, 미라벨과 멜리폰트, 그리고 밀러맨트를 넘어서는 무언가를 발견하게 된다. 그들 사이에, 그들은 단 하나의 인물의 한계에 국한될 수 없는, 한 편의 희곡 속에서는 표현될 수 없는 것을 창조해냈다. 각 부분이 서로에 의존하고 있는 세계, 고요하고 몰개인적인, 그리고 파괴할 수 없는 불멸의 예술 세계를 말이다.

애디슨
Addison

1843년 7월, 매콜리 경[1]은 조지프 애디슨[2]이 "영어만큼이나 오래 살아남을" 글들로 우리의 문학을 풍부하게 해줬다고 표명했다. 그러나 매콜리 경의 의견은 단지 그의 의견만은 아니었다. 심지어 76년이 지난 지금 시점에서도, 그 말은 사람들 가운데 선택된 대표자의 것처럼 느껴진다. 그 말이 지닌 권위와 반향, 책임감으로 인해 우리는 그의 글을 잡지에 실릴 기사라기보다 위대한 제국을 대변하는 수상의 선언처럼 느끼게 된다. 실제로 애디슨에 관한 이 기사는 유명한 에세이들 가운데서도 가장 생명력 넘치는 것 중 하나로 손꼽힌다. 현란하면서도 매우 견고한 이 구절들은 한때 호화롭게 장식되었던 사각형의 기념비를 세운 것처럼 보인다. 이 기념비는 웨스트민스터 사원의 하나하나 쌓여 있는 벽돌 중 하나로서 애디슨의 안식처가 되어야 마땅하다. 그러나

---

1 토머스 매콜리(Thomas Babington Macaulay, 1800~1859). 영국 역사가이자 휘그당 정치인. 당대 사회와 정치에 관한 에세이들을 썼다. 매콜리의 저서 『영국사』는 역사 서술과 문학적 문체로 하나의 패러다임을 제공한다는 평을 받았으며, 영국 역사와 문학에 큰 족적을 남겼다.
2 조지프 애디슨(Joseph Addison, 1672~1719). 영국의 수필가, 시인, 희곡작가이자 정치인이다.

이 특별한 에세이를 (우리가 세 번 이상 읽은 것에 대해 흔히 말하듯) 수없이 읽으며 찬사를 보냈음에도 불구하고 이 글은 정말 이상하게도 도무지 사실이라는 느낌을 주지 않는다. 매콜리의 에세이를 즐겨 읽는 독자들이라면 더욱더 그렇게 느끼리라. 그의 글은 풍부하고 힘이 넘치며, 다양성이 있고 엄격한 동시에 단호하며, 더없이 적절함에도 불구하고 엄습하는 이러한 분명함과 부정할 수 없는 신념은 극히 작은 인간의 것으로 좀처럼 여겨지지 않는다. 애디슨의 글 역시 마찬가지이다. 매콜리는 다음과 같이 썼다. "만약 애디슨의 것보다 더 생생한 묘사를 찾고자 한다면, 우리는 셰익스피어나 세르반테스까지 거슬러 올라가야 하리라.", "애디슨이 제대로 작정하고 소설을 썼다면 지금까지 발표된 그 어떤 작품보다 뛰어났을 것임은 의심의 여지가 없다." 그리고 다시 애디슨의 에세이에 대해 말하자면, 이는 "그를 완전히 위대한 시인의 반열에 올려놓았다."는 것이다. 이 모든 기념비적 찬사를 완성하는 것으로 말할 것 같으면 유머 작가로서 애디슨에 비하면 볼테르는 "어릿광대들의 왕자"에 불과하고, 스위프트 역시 허리를 숙여야 한다는 것이었다.

개별적으로 따져보자면 이러한 과장된 미사여구들은 기이하다고 보이지만, 설득력 넘치는 힘으로 장식적인 자리를 차지하며 기념비를 완성하고 있다. 그 안에 든 것이 애디슨이든 다른 사람이든 간에 무덤은 훌륭하다. 그러나 이제 애디슨의 진짜 시체가 밤중에 애비 사원 바닥의 지하에 놓인 이래로 두 세기가 지났고, 우리는 비록 우리가 뛰어나지는 않다는 점에서 그 가상의 묘비에 있는 첫 문구를 검증할 자격이 약간은 있다. 무덤 안은 비어 있을지 몰라도 우리는 지난 67년간 공식적인 방법으로 이를 기려왔다. 애디슨의 작품은 영어만큼 오래 살아남으리라. 매순간 우리의 모국어는 완전히 점잖고 순결한 언어들보다 더 건강하고 활기차다는 증거를 보여주기에, 우리는 애디슨의 생명력에만 온전히 관심을 기울여야 한다. '활기찬lusty'이나 '생기 넘치는lively'은 지금의 『태틀러*Tatler*』[3]와 『스펙테이터*Spectator*』[4]의 상태에 적용할 수 있는 형용사는 아니다. 간단한 검증을 위해 1년 동안 얼마나 많은 사람들이 애디슨의 작품을 공공 도서관에서 대출했는지 살펴보면, 9년 동안 연간 두 명이 『스펙테이터』 1권을 꺼냈다는, 고무적이라고 보기 힘든 사실을 확인할 수 있다. 2권은 1권보다도 수요가 적다. 조사 결과는 썩 유쾌하진 않다. 여백에 쓴 몇몇 코멘트와 연필 자국을 통해 이 몇 안 되는 추종자들은 유명한 구절만을 찾아내고, 전혀 감탄할 수 없다고 우리가 감히 장담할 만한 구절들에 표시를 해뒀다. 그러니 만약 애디슨이 살아 있다 해도 그건 공공도서관에서는 아니다. 그가 살아 있다면, 그건 두드러지게 한적하며, 라일락 나무의 그늘이 진 서재의 오래된 갈색의 2절판 책들이 가득한 사적인 서가에서일 것이다. 거기서 그는 여전히 희미하게 규칙적으로 숨 쉬고 있다. 남자든 여자든 6월의 하늘에서 태양이 지기 전에 애디슨의 책 한 쪽에서 위로를 구한다면, 이와 같은 즐거운 도피 속에서 그것을 찾을 수 있으리라.

그럼에도 불구하고 영국 전역에 걸쳐 여느 해와 계절에 관계없이, 어쩌면 드문드문 애디슨을 읽는 사람이 있는 것은 분명하다. 애디슨의 글은 읽을 만한 가치가 충분하기 때문이다. 애디슨 자체를 읽기보다 애디슨에 대한 포프[5]의 글, 애디슨에 대한 매콜리의 글, 애디슨에 대한 새커리의 글, 애디슨에 대한 존슨의 글을

---

3   1709년부터 1711년까지 리처드 스틸Richard Steele과 조지프 애디슨이 공동으로 집필 및 편집한 잡지로 주 3회 간행했다.

4   리처드 스틸과 조지프 애디슨이 발행한 최초의 일간지이다.

읽으려는 유혹을 물리쳐야 하는데, 『태틀러』와 『스펙테이터』를 살펴보고 『카토』[6]를 슬쩍이라도 보고, 여섯 권 분량의 책의 나머지 부분을 훑어본다면, 애디슨은 포프의 애디슨도 아니고 다른 누구의 애디슨도 아니며 혼란스럽고 산만해진 1919년의 의식에 아직도 자신의 분명한 모습을 보여줄 수 있는 독립된 개인이라는 것을 알게 될 것이다. 작은 그늘의 운명이 항상 조금은 불안정하다는 것은 사실이다. 그들은 매우 쉽게 가려지거나 왜곡된다. 결국 이류 작가는 우리에게 줄 게 거의 없고, 그를 알기 위해 소중하고 인간적인 과정을 거칠 만한 가치가 없는 것처럼 보일 때도 많다. 그들 위에 흙이 엉켜 있고, 그들의 특징은 지워졌으며, 어쩌면 우리가 문질러 닦고 있는 것이 멋진 시대의 윗부분이 아니라 단지 오래된 냄비의 조각일지도 모른다. 덜 유명한 작가들을 알아가는 데 있어 가장 어려운 부분은 단지 수고가 더 많이 든다는 점이 아니라, 우리의 기준이 바뀌었다는 점이다. 그들이 좋아하는 것은 우리가 지금 좋아하는 것과 다르며, 그들의 글이 가진 매력은 확신보다는 취향에 훨씬 더 기인하고 있기에, 태도의 변화는 우리를 그들에게 완전히 접촉하지 못하게 할 정도로 충분하고도 넘친다. 그것이 우리와 애디슨 사이에 놓인 가장 큰 장애물 중 하나이다. 그는 특정 자질들에 상당한 가치를 부여했다. 그는 우리가 남자나 여자에게서 "점잖음niceness"이라고 부르는 것

---

5 알렉산더 포프(Alexander Pope, 1688~1744). 18세기 영국 시인. 호머의 『일리아드』와 『오디세이』를 영어로 번역했다.

6 『카토』는 1712년 애디슨이 쓴 비극으로 1713년 4월 14일에 처음 공연되었다. 소 카토 Cato the Younger로 더 잘 알려져 있는 마르쿠스 포르시우스 카토 우티넨시스(Marcus Porcius Cato Uticensis, B.C. 95~B.C. 46)의 마지막 날의 사건을 바탕으로 줄리어스 시저의 폭정에 대한 저항과 언변은 그를 공화주의, 미덕, 자유의 아이콘으로 만들었다. 애디슨의 연극은 개인의 자유 대 정부 폭정, 공화주의 대 군주제, 논리 대 감정, 죽음 앞에서 자신의 신념을 고수하려는 카토의 개인적인 투쟁과 같은 많은 주제를 다룬다. 연극에는 알렉산더 포프가 쓴 프롤로그와 새뮤얼 가스Samuel Garth가 쓴 에필로그가 있다.

에 대해 매우 정확한 개념을 가지고 있었다. 그는 남성들이 무신론자가 되어서는 안 되며, 여성들은 커다란 페티코트를 입어서는 안 된다고 말하는 것을 아주 좋아했다. 이것은 우리에게 직접적인 불쾌감이 아니라 차이점을 느끼게 한다. 조금이라도 예의를 지키기 위해 이러한 수칙들이 언급되던 시대의 사람들을 애써 상상해보자. 『태틀러』는 1709년에 발간되었고, 『스펙테이터』는 그로부터 1, 2년 후에 발간되었다. 그 특정한 순간에 영국의 상태는 어떠했는가? 왜 애디슨은 그토록 품위 있고 유쾌한 종교적 믿음의 필요성을 주장했을까? 왜 그는 끊임없이 대체로 여성들의 약점과 그에 대한 개혁을 강조했는가? 왜 그는 정당 정치의 폐해에 그토록 깊은 감명을 받았는가? 역사가라면 설명하겠지만, 언제나 역사가들에게 도움을 요청해야 한다면 그건 딱한 일이다. 작가는 우리에게 직접적인 확신을 주어야 한다. 설명은 와인에 너무 많은 물을 붓는 격이다. 그렇기 때문에 우리는 이 조언들이 버팀살을 넣은 속치마를 입은 여성들과 가발을 한 남성들―그것의 교훈을 배우고 길을 잃은 사라진 청중과 그 설교자―에게 주어지는 것이라고 느낄 수밖에 없다. 우리는 그저 미소를 짓고 경탄하며, 고작해야 옷에 감탄을 표할 수 있을 뿐이다.

그리고 이는 좋은 독해법이 아니다. 죽은 사람들은 이러한 비난을 받을 만했는데, 이러한 도덕률을 찬탄했고, 우리가 건조하다고 여기는 수사법을 우아하다고 여기며 우리에게 피상적으로 보이는 철학을 심오하다고 판단했으리라는 것이다. 그리고 그것은 마치 문학을, 고대 유물의 흔적에서 수집가로서의 기쁨을 얻는 일처럼, 부인할 수 없는 시대의 물건이지만, 미심쩍은 아름다움을 간직한 채 장식장 유리문 뒤에 서 있는 깨진 항아리 보듯 대하는 것처럼 보인다. 여전히 『카토』를 읽을 만한 것으로 만드는 매력은 바로 이런 것이다. 시팍스Syphax[7]는 다음과 같이 외친다.

> 그러니, 우리의 넓은 누미디아의 황무지가 펼쳐져 있네.
> 갑자기, 격렬한 허리케인이 덮쳐와
> 빙글빙글 도는 소용돌이 가운데 공기를 통과해 돌고
> 모래를 파헤치고 평원을 온통 쓸어버리네.
> 무력한 여행자는 크게 놀라
> 주변의 황량한 사막이 들려 오르는 것을 보고
> 먼지투성이의 회오리바람에 질식하여 죽는다.

우리는 혼잡한 극장에서 느끼는 스릴, 숙녀들의 머리에서 힘차게 까딱거리는 깃털, 지팡이를 까딱이며 몸을 기댄 신사들, 그리고 모두가 주변 사람들에게 얼마나 좋았는지 소리 지르며 "브라보!" 하고 외치는 것을 상상할 수 있다. 그러나 우리의 감정은 어떻게 고조될 수 있을까? 그리고 이러한 허드 주교와 그의 메모들—"정교하게 관찰한", "감정과 표현에 있어 놀랍도록 정확한", "셰익스피어를 우상화하는 현재의 유머는 이제 끝났다."는 평온한 자신감과 마찬가지로, 그는 『카토』가 "모든 솔직하고 비판적인 비평가들에 의해 최고의 찬사를 받을" 시간이 올 것이라 믿었다. 이는 우리 조상들의 마음속 빛바랜 장식품과 우리 자신의 선명한 풍요 양쪽에 매우 재미있고 즐거운 공상들을 안겨준다. 그러나 그것은 동등한 관계는 아니며, 그 작가와 우리를 동시대로 만드는 다른 종류의 관계 때문에 그의 목적이 우리의 목적이라는 것을 설득해준다. 가끔 『카토』에서 누군가는 아직 한물가지

---

7 기원전 3세기 후반기 고대 서누미디아의 누미디아 부족이었던 마사에질리Masaesyli의 왕이다.

않은 몇 줄을 찾아낼지 모른다. 그러나 나머지 대부분에서 존슨 박사가 "물을 것도 없이 애디슨의 재능이 가장 숭고하게 발휘된 작품"이라 했던 비극은 소수 수집가만의 것이 되었다.

아마도 대부분의 독자들은 이를 양해해야 하는 필요에 대해 약간의 의구심을 가지고 에세이에 접근할지 모르겠다. 그러나 우리는 오히려 그가 고상함, 도덕, 취향의 어떤 기준에 애착하고 있지만, 날씨 외의 것에 관해서는 대화를 할 게 없는 모범적인 성격과 매력적인 도시성을 지닌 당대의 사람들과는 다소 다른 사람이 아닌가 하고 질문해볼 필요가 있다. 우리는 『스펙테이터』와 『태틀러』가 올해의 궂은날의 수와 올해 맑은 날의 수를 그저 완벽한 언어로 비교해 표현한 이야기에 불과한 것은 아닌가 하는 약간의 의심이 든다. 그에 어울리는 언어와 관계 맺기의 어려움은 그가 『태틀러』의 초창기 호에 소개한 "무신론자나 자유사상가라 할 만큼의 겉핥기식 지식은 있지만, 철학자나 분별력이 있는 사람은 아닌…… 그다지 똑똑하지 못하고 이해력은 별로 없지만 매우 촐싹대는 젊은 신사"에 관한 우화에서 발견된다. 이 젊은 신사는 시골의 아버지를 방문하고 "시골 수준의 좁은 사고의 폭을 넓혀 나아가는 데 탁월한 성공을 거두었고, 식탁에서 이야기로 집사를 매료시켰으며 그의 큰 누이에게 큰 충격을 줬다……" 마침내 어느 날, 그의 세터[8]에 관해 "의심하지는 않았지만, 트레이는 다른 가족과 마찬가지로 불멸의 존재"라고 말한다. 열띤 논쟁이 이어지다가 그는 아버지에게 "자신이 개처럼 죽기를 바라요." 하고 말했다. 그러자 노인은 매우 격해져 펄쩍 뛰면서 "야, 이놈아, 너도 개처럼 살아보지, 그래." 하고 외쳤다. 그리고 손

---

8 원문에서는 "setting dog"로 나온다. 이는 "setter"이며 세터는 흔히 사냥개로 쓰이는 털이 길고 몸집이 큰 개다.

에 쥔 지팡이로 혼이 쏙 빠지도록 두드려 팼다. 이것은 그에게 큰 영향을 미쳐, 그날부터 그는 양서들을 읽고, 이후 미들 템플에서 하원의원이 되었다. 그 이야기에는 애디슨에 대한 많은 면이 드러나 있다. "어둡고 불편한 전망"에 대한 그의 반감, "개별 인간은 물론이고 공공 사회 전체의 기반이며 행복이자 영광을 위한 원칙"에 대한 그의 존중, 집사에 대한 그의 배려, 훌륭한 책들을 읽고 미들 템플에서 하원의원이 된다는 게 매우 활기찬 젊은 신사가 맞이할 적절한 결말이라는 그의 신념 등이다. 이러한 애디슨 씨는 백작 부인과 결혼하여, "작은 상원의원 법을 발의"했고, 젊은 워릭 경[9]을 불러서, 불운을 마주한 기독교인이 어떻게 죽을 수 있는지에 대한 유명한 발언을 했다. 우리의 동정심이, 침대에서 자기만족의 마지막 경련을 일으키지만 숨이 넘어갈 정도는 아닌 경직된 신사보다는, 오히려 어리석은 중생들, 그리고 어쩌면 정신이 혼란한 젊은이들을 향할 정도로 나쁜 시절이었다.

이제 포프의 재치가 무뎌지고 빅토리아 왕조 중기의 감정 과잉의 찌꺼기들이 남아 있기 때문에 우리는 이러한 것들을 벗겨내고, 현재 우리의 시대에 남아 있는 것들을 바라보자. 무엇보다 두 세기가 지나도 여전히 읽어줄 만하며 저급하지 않은 덕목들이 있다. 애디슨은 그것에 대해 충분히 주장할 자격이 있다. 그리고 부드럽고 매끄러운 산문체의 흐름을 타고서 반질한 표면을 기분 좋고 다양하게 만드는 작은 소용돌이이자 폭포가 있다. 고지식하고 흠잡을 데 없이 완벽한 도덕가의 얼굴을 밝히는 수필가의 변덕과 환상, 특이성에 주목한다면 결국 그가 아무리 입술을 굳게 다물었다 해도 그의 눈은 매우 밝고 그다지 피상적이지 않다는 것을 확인할 수 있다. 그는 손끝까지도 신경을 썼다. 작은

9 1708년에 애디슨의 사위가 된 인물이다.

방한용 토시, 은색 가터, 술이 달린 장갑에 관심을 가졌다. 그는 예리하고 민첩한 자세로 무례하지 않게, 비판하기보다 재미로 가득한 모습으로 관찰한다. 확실히 그 시대에는 어리석은 자들이 많았다. 카페에는 막상 자기 주변의 일들은 엉망으로 두면서 왕과 황제들을 대변하는 정치인들이 가득했다. 사람들은 매일 밤 대사 한 마디도 이해하지 못하면서 이탈리아 오페라에 대해 갈채를 보냈다. 비평가들은 통일성에 대해 논했다. 남자들은 한 다발의 튤립 뿌리에 몇천 파운드를 지불했다. 여성들 ─ 애디슨은 그들을 "숙녀들"이라 부르기를 좋아했는데 ─ 의 어리석음은 셀 수도 없었다. 그는 스위프트의 풍자를 불러일으킬 정도로 독특한 방식으로 이를 하나하나 언급하기를 좋아했다. 그러나 다음의 구절에서 볼 수 있듯 그는 이를 매우 매력적으로, 자연스러운 풍미가 느껴지도록 해냈다.

나는 여자를 모피와 깃털, 진주와 다이아몬드, 광석과 실크로 장식할 수 있는 아름답고 낭만적인 동물이라고 생각한다. 스라소니는 모피 어깨 망토를 위해 자기 가죽을 그녀의 발 앞에 바칠 것이고, 공작새, 앵무새, 그리고 백조는 그녀의 모피 토시에 기여해야 하고, 조개 껍질을 찾아 바다를 탐색해야 하고, 보석을 위해 바위를 탐색해야 하고, 자연의 모든 부분은 그것의 가장 완벽한 작품인 피조물의 꾸밈을 위해 그 몫을 제공해야 할 것이다. 나는 그들에게 이 모든 것을 다 허용하리라. 내가 말한 페티코트에 관해서는, 나는 그것을 용납할 수도 없고, 용납하지도 않을 것이다.

이러한 모든 문제들에서 애디슨은 분별력과 취향과 문명의 편에 서 있었다. 너무도 작고 알려지지 않은, 그러나 없어서는 안 될 작은 무리의 사람들 중에서, 모든 시대의 예술과 문학, 음악의 중요성을 감시하고 분별하고 비판하는 것에 대해 민감하게 주의를 기울였던 사람들 중 하나인 애디슨은 그중에서도 특별하면서도 우리와 동시대적으로 닮아 있다. 그래서 혹자가 상상하듯이 그에게 원고를 가지고 가는 것은 대단한 기쁨이었을 것이고, 그의 의견을 듣는 것은 커다란 영광이자 깨우침이었을 것이다. 포프가 있었음에도 불구하고, 누군가는 그의 비판이 가장 질서 정연하고 개방적이며 새로운 것에 관대하면서도, 최종 결론에는 그 기준이 확고하다고 생각했을 것이다. 그는 대담하게 『체비 체이스』를 옹호했는데, 여기서 그는 "훌륭한 글쓰기의 혼과 정신"에 대한 분명한 개념을 가지고 있어서 그것을 옛날의 야만적인 발라드에서 추적하거나 "신성한 작품"인 『실낙원』에서 재발견하고자 했다. 게다가 죽은 자들의 움직이지 않는 고정된 고전의 감식가이기는 커녕, 그는 현재 작품에 대해서 의식하고 있었다. "고딕 취향"에 대해서 신랄하게 비판한 비평가로서 언어의 권리와 명예를 수호하는 데 경계를 늦추지 않았고, 단순성과 조용함을 추구했다. 여기서 윌과 버튼이 묘사한 애디슨을 살펴보자. 그는 늦은 밤까지 앉아서 감당할 수 있는 양보다 많은 술을 마셨고, 점차 과묵함을 극복하고 이야기하기 시작했다. 그는 "모든 사람의 시선을 그에게 묶어두었다." 포프가 말하길, "애디슨의 말에는 다른 어느 누구에게서도 발견하지 못한 더 매력적인 뭔가가 있었다." 이 말은 설득력이 있는데, 애디슨의 에세이는 아주 쉽고 정교하게 조절된 대화의 흐름을 잘 보존하고 있으며, 최대한의 자발성과 함께 웃음으로 확대되기 전 확인한 미소, 경박함이나 추상으로부터 가볍게 비껴나가 도약하는, 밝고 새롭고 다양한 극도의 자연스러움이 있었다. 그는 자신의 머릿속에 떠오르는 것을 말하고, 그는 굳이 목소리를 높이는 수고를 하지 않았다. 그러나 그는 누구보다 자신을 류트의 성격으로 잘 묘사했다.

류트는 드럼과는 정반대의 성격을 지니고 있으며, 홀로 아주 아름답게 소리를 내거나 아주 작은 콘서트에서 연주된다. 음색은 아주 감미롭고 낮고, 쉽게 많은 악기들에 묻혀 특별히 귀를 기울이지 않으면 다른 악기들 가운데 잘 들리지도 않는다. 드럼은 오백 명의 청중 앞에서도 존재를 드러내는 반면, 류트는 악기가 다섯 개만 넘어가도 거의 들리지 않는다. 그러므로 류트 연주가들은 좋은 재능과 비범한 반향, 대단한 친화력을 지닌 사람들이며 좋은 취향을 가진, 그래서 기쁨에 차고 부드러운 멜로디를 온전히 감상할 수 있는 사람들 사이에서만 존경을 받는다.

애디슨은 류트 연주가였다. 사실 매콜리 경의 칭찬만큼 적절한 칭찬은 없다. 애디슨의 견고한 에세이가 가진 힘을 위대한 시인의 것과 같다고 하거나 그가 큰 계획하에 소설을 썼다면 "우리가 아는 그 무엇보다 우수했을 것"이라고 평하는 것은 그를 드럼과 트럼펫으로 혼동하는 것이다. 이는 단지 그의 장점들을 과대평가하는 것이 아니라, 그것들을 간과한 것이다. 존슨 박사는 탁월하게, 그리고 그의 방식대로 애디슨의 시적 천재성을 한번에 요약했다.

그의 시를 가장 먼저 생각해야 한다. [그의 시는] 종종 감정을 빛나게 하는 어법의 적절한 표현들, 혹은 어법에 생기를 불어넣는 감정의 활력이 보이지 않는다고 고백되어져야 한다. 그의 시에는 열정, 맹렬함, 도취가 거의 없으며, 웅장함과 우아함의 장관이 매우 드물다. 그는 옳게, 그러나 희미하게 생각한다.

「로저 드 코벌리 경The Sir Roger de Coverly」[10]은 표면적으로 소설과 아주 흡사하다. 하지만 이 글의 장점은 아무것도 요약하거나 시작하거나 혹은 예측하지 않는다는 사실에 있다. 그들은 온전히 그 자체로 완벽하고 완전하게 존재한다. 다가올 위대함의 씨앗을 포함하고 있는, 최초의 망설이는 실험으로 「로저 드 코벌리 경」을 읽는 것은 그것들의 특이함을 놓치는 것이다. 「로저 드 코벌리 경」은 한 조용한 관객에 의해 외부에서 행해진 논평이다. 함께 읽으면 지주와 그의 주변 사람들을 특정한 위치에 둔—그의 지팡이와 함께 있거나 그의 사냥개들과 함께 있는—초상화가 그려진다. 그러나 각각은 구조나 자신을 손상시키지 않은 채 나머지 부분으로부터 분리된다. 이전 장에서 이어지거나 다음 장으로 덧붙여지는 소설이라면 그러한 분리는 견딜 수 없는 것이 될 것이다. 속도와 복잡함, 구조는 훼손될 것이다. 이상의 특정 자질들이 부족할지라도, 애디슨의 방식은 대단한 이점을 지닌다. 각 에세이들은 높은 완결성을 지닌다. 등장인물들은 극도로 깔끔하고 깨끗한 필치의 연쇄로 정의된다. 불가피하게 지면이 협소할 경우—에세이는 서너 쪽 길이에 불과하다—깊이나 복잡한 미묘함이 자리할 공간이 없다. 여기 『스펙테이터』에 애디슨이 작은 액자를 채우기 위해 초상화를 그리는 재치 있고 결정적인 방법의 좋은 예가 있다.

---

10 로저 드 코벌리 경은 『스펙테이터』에서 가장 빈번하게 나오는 인물 중 하나이며, 「로저 드 코벌리 경」은 『스펙테이터』에 연재되었다.

솜브리우스는 이러한 슬픔의 아들 중 하나이다. 그는 의무상 자신이 슬프고 비탄에 잠겨 있어야 한다고 생각한다. 자신이 갑자기 웃음을 터뜨리는 것을 세례의 서약을 위반한 것으로 간주한다. 그는 순진한 농담에 대해 마치 신성 모독처럼 깜짝 놀란다. 그에게 명예로운 칭호를 받은 사람에 대해 말한다면, 그는 손과 눈을 들어 올릴 것이다. 공공의식을 묘사해주면 그는 고개를 흔들 것이다. 화려한 마차를 보여준다면, 그는 자신을 축복할 것이다. 인생의 모든 작은 장식품들은 [그에게 있어] 화려함과 허영이다. 즐거움은 경박한 것이고, 재치는 불경스러운 것이다. 그는 젊은이들의 생기에 대해, 어린이들의 장난기에 대해 분통을 터뜨린다. 그는 세례식이나 결혼기념일에 마치 장례식에 있는 것처럼 앉아 있고, 유쾌한 이야기의 결말에서 한숨을 내쉬며, 다른 사람들이 즐거워할 때 혼자 경건해진다. 결국 솜브리우스는 종교적인 사람이며, 만약 기독교가 일반적으로 박해받았던 시대에 살았다면, 매우 적절하게 처신했을 것이다.

결국 소설은 이런 사례에서 발전되지 않는데, 왜냐하면 이러한 형태를 따라서는 발전 자체가 불가능하다. 이러한 초상화는 완벽하고, 공상과 일화들을 지닌 작은 걸작들은 『스펙테이터』나 『태틀러』의 이곳저곳에 흩어져 있는데, 그렇게 협소한 범위에 대한 약간의 의심은 불가피하다. 그 에세이의 형식은 고유의 완벽함을 지니나, 어떤 것이 완벽할 때 그 완벽함의 정확한 범위란 손에 잡을 수 있는 것이 아니다. 대체로 우리는 누군가 템스강보다 빗방울을 더 선호하는지를 알 수 없다. 많은 것들이 지루하고, 다른 것들은 피상적이며, 알레고리는 퇴색하고, 경건함은 인습적이고,

도덕은 진부하다고 말하는 것이 모두 반박할 수 있는 것들이라 하더라도, 그럼에도 여전히 애디슨의 에세이가 완벽한 것들이라는 사실은 사실로 남는다. 모든 예술의 정점에는 모든 것들이 협력해서 예술가를 돕는 듯 보이는 시점이 찾아오고, 그의 성취는 후대에 반은 무의식적인 것으로 보이는 자연스러운 축복이 된다. 그래서 애디슨은 매일 에세이를 쓰면서 본능적으로 그리고 어떻게 정확하게 쓰는지를 알았다. 거대한 것에 대해서든, 사소한 것에 대해서든, 서사시가 더 풍부하고 시가 더 열정적인 것이어야 하든, 당시 평범한 지성을 가진 사람들이 그들의 생각을 세상에 전달하는 것을 가능하게 한 매개체인 산문이 더 산문다워진 것은 의심할 나위 없이 애디슨 때문이다. 애디슨은 수많은 후대인에게 존경받는 조상이다. 처음 눈에 띄는 주간지에 실린 "여름의 즐거움"이나 "시대의 접근"에 관한 기사들을 꺼내 보면 그의 영향력을 알 수 있다. 그러나 그것은 또한 우리의 유일한 수필가 비어봄[11]의 이름이 그에 포함되지 않았다면, 우리가 에세이를 쓰는 기술을 상실할 수 있었다는 것을 보여줄 것이다. 우리의 견해와 덕목, 열정과 심오함과 하늘, 인간의 삶 속 많은 밝고 작은 상상력을 담는 모양이 좋은 은빛 물방울은 지금은 그저 서둘러 싼 여행용 가방처럼 보인다. 그럼에도 불구하고, 수필가라면 자신도 모르게 애디슨과 같은 글을 쓰려고 노력할 것이다.

온화하고 합리적인 방법으로 애디슨은 자신의 글의 운명에 관해 여러 번 추측을 즐겼다. 그는 자신의 글이 지닌 본성과 가치를 정확하게 알고 있었다. "나는 모든 많은 조롱거리들을 새롭게 지적해왔다." 하고 그는 썼다. 그러나 그의 화살 중 상당수가 덧없는

11 맥스 비어봄(Max Beerbohm, 1872~1956). 재치 있고 세련된 수필과 독특한 삽화로 이름을 알린 영국의 수필가이다. 괴팍한 문체와 멋진 명구를 잘 쓰는 사람으로, 사소한 주제를 다루면서도 우아한 분위기를 조성할 줄 알았다.

멍청이들, "우스꽝스러운 유행, 터무니없는 관습과 언어의 가장 된 방식"을 겨냥했기에 그는 100년 후면 자신의 에세이들이 "많은 다른 오래된 접시들이 그렇듯, 유행에는 뒤쳐졌지만 그 무게를 인정받을 것"이라고 생각했다. 이제 200년이 지났다. 접시는 반들반들하게 닳았고, 그 무늬는 거의 지워졌다. 그러나 그 재료는 순은이다.

감성 여행
The Sentimental Journey

『트리스트럼 샌디 *The Life and Opinions of Tristram Shandy, Gentleman*』(1759~1767)[1]는 스턴의 첫 번째 소설인데, 많은 작가들이 스무 번째 작품을 쓴 무렵인 그의 나이 45세에 쓰어졌다. 그러나 이 소설은 원숙함의 흔적이 역력하다. 어떤 젊은 작가도 문법과 구문론, 의미와 타당성, 그리고 소설이 쓰어져야 하는 방식의 오래된 전통을 감히 그렇게 마음대로 바꿀 수 없었을 것이다. 그의 문체는 관습에 얽매이지 않음으로써 학식 있는 자들을 경악하게 했고, 그의 도덕은 상궤를 벗어남으로써 덕망 있는 자들을 분개시켰다. 그런 위험을 무릅쓰는 일에는 중년이 가질 수 있는 상당한 확신과 혹평에 대한 태연함이 필요했다. 그리고 그는 모험을 감행했고 성공은 대단했다. 모든 위대한 사람들, 모든 까다로운 사람들이 매혹되었다. 스턴은 도시의 우상이 되었다. 다만 그 책을 환영하는 웃음과 박수갈채의 떠들썩한 소리 속에서 소박한 일반 대중이 대체로 항의하는 목소리를 들을 수 있었다. 그런 책을 쓴

---

1 영국의 성직자이자 소설가 로렌스 스턴(Laurence Sterne, 1713~1768)의 소설로 8년에 걸쳐 아홉 권이 출간되었다. 당대에는 구성과 형식, 내용 면에서 파격적이어서 많은 공격을 받았다.

것은 성직자가 초래한 추문이며, 요크의 대주교는 최소한 질책은 해야 한다는 것이었다. 대주교는 아무 대응도 하지 않았던 듯하다. 그러나 스턴은 아무리 겉으로 드러내지 않았다 해도 그 비판을 마음에 새겨두었다. 그 마음도 『트리스트럼 섄디』가 출판된 이래 계속 고통받아왔다. 그가 연모하는 상대였던, 일라이자 드레이퍼Eliza Draper는 봄베이에서 남편과 합류하기 위해 출항했다. 다음 번 책에서 스턴은 그에게 일어난 변화를 실천에 옮기고 자신의 재치의 탁월함뿐 아니라 감수성의 깊이도 증명하기로 결심했다. 그 자신의 말에 의하면, "그 속에 있는 나의 구상은 우리에게 세상 사람들과 우리 동포들을 우리가 사랑하는 것보다 더 잘 사랑하도록 가르치는 것이었다." 그를 고무한 바로 그러한 동기를 지닌 채 스턴은 자신이 『감성 여행』(1768)[2]이라고 부른 프랑스에서의 짧은 여행에 관한 이야기를 쓰기 위해 앉았다.

그러나 스턴이 자신의 습관을 교정하는 것이 가능했다 하더라도, 자신의 문체를 교정하는 일은 불가능했다. 그것은 그의 큰 코나 빛나는 눈과 마찬가지로 자신의 일부였다. 첫 번째 말과 더불어—그들에게 나는 프랑스에서 이 일을 더 잘 처리했다고 말했다—우리는 『트리스트럼 섄디』의 세계에 있게 된다. 그것은 어떤 일도 일어날 수 있는 세계이다. 우리는 이 놀랍도록 민첩한 펜이 영국 산문의 조밀한 산울타리에 파낸 틈을 통해 갑자기 어떤 농담, 어떤 험담, 어떤 시의 섬광이 갑자기 번득이지 않을지 거의 알지 못한다. 스턴 자신의 탓인가? 그는 지금 얌전해지려는 결심에도 불구하고 다음에는 무엇을 말하려고 하는지 아는가? 아주 갑작스럽고 연결되지 않는 문장들은 재기 있는 화자의 입술로부

---

2   원제는 『프랑스와 이탈리아를 두루 지나가는 감성 여행A Sentimental Journey Through France and Italy』이다.

터 새어나온 문구들만큼 빠르다. 그리고 어쩌면 그만큼 거의 통제되어 있지 않는 듯하다. 구두점조차 글쓰기가 아니라 말하기의 구두점이며, 그것과 더불어 말하는 목소리의 음과 연상들을 도입한다. 생각들의 배열과 갑작스러움, 그리고 관련성 없음은 문학보다 삶에 더 충실하다. 공적으로 이야기 되었더라면 의심스러운 취향이었을 것들을 책망받지 않고 빠져나가게 해주는 이러한 의사소통 속에는 사적 자유가 있다. 이러한 특별한 문체의 영향 아래 책은 다소 알기 쉬워졌다. 독자와 작가를 가급적 멀리 있게 하는 일상적 의식들과 관습들은 사라진다. 우리는 가능한 삶에 가까이 있다.

스턴이 오직 극단적인 기교의 사용과 매우 특별한 수고를 통해서만 이러한 환상을 이루어냈다는 것은 그의 원고로 향하지 않고서도 분명히 드러난다. 비록 작가에게는 글쓰기의 양식과 관습을 무시하고 구두로 하는 만큼 직접적으로 독자에게 말하는 것이 여하튼 틀림없이 가능하다는 믿음이 늘 존재하지만, 실험을 시도하려 했던 누구나 어려움에 처해 갑자기 말문이 막히거나 혹은 말로 표현할 수 없는 무질서함과 산만함에 봉착해왔기 때문이다. 스턴은 아무튼 놀랄 만한 결합을 이루어냈다. 어떤 글쓰기도 그의 글만큼 개개인 마음의 포개진 면과 주름 속으로 정확하게 흘러 들어가서, 그것의 변화하는 기분을 표현하고 마음의 가장 즉흥적인 변덕과 충동에 대해 해명하는 것 같지는 않다. 그러나 결과는 완벽하게 정확하고 평온하다. 극도의 유동성은 극도의 영속성과 함께 존재한다. 그것은 마치 조수가 해변을 따라 여기저기로 몰려들다가 모래 위에 대리석 무늬로 새겨진 온갖 잔물결과 소용돌이를 남겨둔 것 같다.

물론 누구도 스턴보다 더 그 자신이 될 자유를 필요로 하는 입장에 있지 않았다. 왜냐하면 개인적인 것을 개입시키지 않는 데 뛰어난 작가들이 있는데, 예를 들어 톨스토이는 한 인물을 창조하여 우리를 그 인물과 함께 홀로 내버려둘 수 있는 반면, 스턴은 우리를 돕기 위해 우리와 소통할 때에 항상 본인이 있어야 하기 때문이다. 스턴 자신이라고 칭하는 것을 모두 제외하고 나면 『감성 여행』 가운데 거의 혹은 아무것도 남지 않을 것이다. 그에게는 알려줄 소중한 정보나 전달할 심사숙고한 철학이 조금도 없다. 그는 우리에게 "우리가 프랑스와 불화 상태에 있다는 사실이 결코 머리에 떠오르지 않을 정도로 아주 서둘러서" 런던을 떠났다고 말한다. 그는 그림, 교회 혹은 시골의 궁핍이나 번영에 대해 할 말이 아무것도 없다. 그는 정말 프랑스를 여행하고 있었다. 그렇지만 길은 자주 그 자신의 마음의 경로를 통했고, 그의 주요한 모험들은 산적과 위기와 함께한 것이 아니라 자기 자신의 마음의 감정들과 함께했다.

이러한 시각의 변화는 그 자체로 대담한 혁신이었다. 지금까지 여행자는 일정한 비례와 조망의 법칙을 따랐다. 대성당은 어떤 여행 서적에서도 항상 거대한 건물이었고, 인간은 그 옆에서 적당하게 조그만, 대수롭지 않은 인물이었다. 그러나 스턴은 대성당을 정말 완전히 생략할 수 있었다. 녹색 공단 지갑을 가진 한 소녀가 노트르담 대성당보다 훨씬 더 중요했을 것이다. 가치에 대한 보편적인 척도가 없기 때문이라고 그는 암시하는 듯하다. 소녀가 대성당보다 아마 더 흥미로웠을 것이다. 죽은 원숭이가 살아 있는 철학자보다 더 교훈적이었을 것이다. 그것은 모두 누군가가 가진 관점의 문제이다. 스턴의 눈에는 큰 것보다 작은 것이 자주 더 커 보이기도 했다. 가발 장식에 관한 이발사의 이야기가 프랑스 정치인의 호언장담보다 프랑스인의 성격에 대해 더 많은 것을 그에게 말해줬다.

나는 국가의 가장 중대한 문제들에서보다 이러한 시시하게 세세한 것에서 더 국민적 특성에 관한 정확하고 분명한 표시를 볼 수 있다고 생각한다. 국가의 가장 중대한 문제들의 경우 모든 국가의 위대한 사람들이 너무 많이 흡사하게 말하고 활보하므로, 나는 그것들 가운데 선택하기 위해 9펜스를 주지 않을 것이다.

그리하여 만약 누구든 감성 여행자처럼 사물의 핵심을 포착하려고 하는 사람은 환한 대낮에 개방된 넓은 거리에서가 아니라 어두운 통로 안쪽의 관찰되지 않은 구석에서 그것을 찾아야 한다. 외관과 부분들의 다양한 변화를 평이한 말로 전달하는 일종의 속기를 연마해야 한다. 그것은 스턴이 실천하기 위해 스스로 오랫동안 훈련했던 기술이다.

나로서는, 오랜 습관에 따라, 매우 기계적으로 그것을 하기 때문에 내가 런던의 거리를 걸어 다닐 때 줄곧 의미를 해석한다. 그리고 나는 몇 번쯤 둥글게 모여 있는 사람들 뒤에 서 있었다. 거기에서 사람들은 세 마디도 이야기하지 않았지만, 나와 스무 번의 다른 대화를 만들어낸 적도 있다. 나는 이것을 잘 적어둘 수도 있었을 텐데. 그러면 이것을 확언할 수도 있었을 것이다.

그리하여 스턴은 우리의 흥미를 외부에서 내부로 전환시킨다. 여행 안내서에 의지하는 것은 소용이 없다. 우리는 자기 자신의 마음을 경청해야 한다. 그것만이 우리에게 대성당, 당나귀, 녹색 공단 지갑을 가진 소녀의 상대적인 중요성이 무엇인지를 말해줄

수 있다. 여행안내서와 그것이 안내하는 곧게 펴진 신작로보다
자기 자신의 구불구불한 마음의 길을 이렇게 더 좋아하는 데서,
스턴은 특이하게도 우리와 동시대에 있다. 연설보다 이러한 침묵
에 관심을 가짐으로써 스턴은 현대인의 선구자이다. 그리고 이러
한 이유로 그는 그의 위대한 동시대인인 리처드슨가[3]와 필딩가
의 사람들보다 현대의 우리와 한층 더 친밀한 관계에 있다.

그러나 차이는 있다. 그는 인간 심리에 관심이 있었음에도 불
구하고, 다소 앉아서만 일한 학파의 거장들이 내내 그래 왔던 것
보다 훨씬 더 재치 있었지만 깊이는 덜했다. 그의 방식이 아무리
제멋대로이고 들쑥날쑥해도 그는 여정을 따라가면서 결국 이야
기를 들려주고 있는 것이다. 비록 옆길로 새지만, 우리는 몇 쪽의
공간 내에서 칼레[4]와 모데나[5] 사이의 노정을 만들어낸다. 그는
사물을 보는 방식에 관심이 있었지만 사물 그 자체도 민감하게
그의 관심을 끌었다. 그의 선택은 변덕스럽고 개인적이지만 어떤
리얼리스트도 순간의 인상을 전달하는 데 그보다 더 멋지게 성
공적일 수 없었다. 『감성 여행』은 초상화의 연속이다―승려, 귀
부인, 파스타를 파는 기사, 서점의 소녀, 새 반바지를 입은 플뢰르
La Fleur. 그것은 장면의 연속이다. 그리고 비록 이러한 별난 마음
의 비행이 잠자리처럼 지그재그로 나아가지만, 사람들은 이 잠자
리가 비행하는 어떤 방법을 가지고 있어서, 되는대로가 아니라
정교한 조화나 혹은 화려한 부조화를 찾아서 꽃들을 선택한다는
것을 부인할 수 없다. 우리는 번갈아 웃고 울며, 조롱하고 동정한
다. 우리는 눈 깜빡할 사이에 하나의 감정에서 그 반대 감정으로

3 영국의 소설가 새뮤얼 리처드슨(Samuel Richardson, 1689~1761)의 집안을 말한다.
4 프랑스 도버 해협에 면한 항만 도시이다.
5 이탈리아 북부 에밀리아로마냐주에 있는 도시이다.

변한다. 이처럼 인정된 사실에 대한 가벼운 믿음과 이야기의 정돈된 순서에 대한 무시는 스턴에게 거의 시인의 파격을 허락한다. 그는 평범한 소설가들이 표현에서 무시해야만 했을 개념들을 표현할 수 있는데, 비록 평범한 소설가도 그것들을 자유로이 구사할 수 있겠지만 그것들은 그의 지면에서는 대단히 색다르게 보일 것이다.

나는 먼지투성이 까만 외투를 입고 창문으로 엄숙하게 걸어갔다. 그리고 유리창을 통해 모든 세상 사람들이 노랑, 파랑, 초록의 옷을 입고 달리는 말 위에서 즐거움의 고리를 창끝으로 찌르고 있는 것을 보았다. ─ 부러진 창을 든 채, 얼굴 가리개가 없는 투구를 쓴 노인들 ─ 동방의 각기 화려한 깃털로 장식된 황금처럼 빛나는 눈부신 갑옷을 입은 청년들 ─ 모두 ─ 모두가 명예와 사랑을 위해 옛날 마상 시합에서의 매혹적인 기사들처럼 그 고리를 창으로 공격하고 있는 것을.

스턴의 작품에는 이처럼 순수한 시 구절들이 많다. 사람들은 원문에서 그 구절들을 분리해서 따로 읽을 수 있다. 그러나 ─ 스턴은 대조하는 기술의 거장이기 때문에 ─ 그것들은 인쇄된 지면 위에 나란히 조화를 이루고 있다. 그의 신선함, 쾌활함, 뜻밖의 일과 놀람을 유발하는 영속적인 힘은 이러한 대조의 결과이다. 그는 영혼의 어떤 깊은 절벽의 바로 그 가장자리로 우리를 인도한다. 우리는 재빨리 그 깊이를 흘끗 본다. 다음 순간, 우리는 다른 쪽에서 자라고 있는 초록의 목초지를 바라보기 위해 재빨리 몸을 돌린다.

만약 스턴이 우리를 난처하게 한다면, 그것은 다른 이유 때문이다. 그리고 여기에서 그 책임은 적어도 부분적으로 대중에게 있다 — 대중은 충격을 받았고, 『트리스트럼 샌디』가 출판된 후 이 작가는 성직에서 해직당할 만한 냉소자라고 외쳤다. 불행하게도 스턴은 대답할 필요가 있다고 생각했다.

세상 사람들은 [그는 셸번 경[6]에게 말했다] 내가 『트리스트럼 샌디』를 썼기 때문에, 나 자신이 실제 나보다 더 샌디 같은 인간이라고 상상했다……. 만약 그것(『감성 여행』)이 정숙한 책이라고 생각되지 않는다면, 그것을 읽는 사람들에게 자비를 베풀라! 그들은 틀림없이 선정적인 상상력을 가졌을 것이므로, 정말로!

그리하여 『감성 여행』에서 우리는 스턴이 무엇보다 민감하고, 동정적이며, 인정 있다는 것을 결코 잊어서는 안 된다. 무엇보다 그가 인간 마음의 고상함과 단순함을 높이 평가한다는 사실을 말이다. 그런데 작가가 스스로 이것저것으로 자신을 증명하려는 일을 시작하자마자 우리는 의혹을 느낀다. 왜냐하면 우리가 그로부터 알아내기를 바라는 특성을 그가 좀더 각별히 강조하게 되면, 그 특성은 조야해지고 과잉으로 채색되어 우리는 유머 대신 익살극을, 감성 대신 감상적인 것을 얻기 때문이다. 여기에서 우리는 스턴의 마음의 다정함을 확신하는 대신 — 『트리스트럼 샌디』에서 전혀 문제가 되지 않았지만 — 그것을 의심하기 시작한다. 왜냐하면 우리는 스턴이 사물 그 자체에 대해 생각하는 것이 아니라, 우리가 그를 판단하는 데 미치는 그것의 영향에 대해 생각하

6 윌리엄 페티 피츠모리스(William Petty-FitzMaurice, 1737~1805). 셸번 백작으로 널리 알려진 영국의 정치가로 내무부 장관과 수상을 역임했으며, 말년에 랜즈다운 후작이 되었다.

고 있다고 느끼기 때문이다. 거지들이 그의 주변으로 몰려들면 그는 가난하고 수치스러운 자들에게 그가 의도했던 것보다 더 많이 베푼다. 그러나 그의 마음은 다만 그냥 거지들에게만 향하고 있는 것이 아니다. 그의 마음은, 우리가 그가 선하다는 것을 인정하고 있는지를 알아보기 위해 부분적으로 우리를 향해 있다. 그리하여 더욱 강조할 목적으로 그 장의 마지막에 배치된 "그리고 나는 그가 그들 모두보다 나에게 더 감사했다고 생각했다."는 그의 결론은, 컵의 바닥에 가라앉은 불순물 없는 소량의 설탕처럼 달콤함으로 우리를 구역질나게 한다. 참으로 『감성 여행』의 주요한 결점은 스턴이 그의 마음을 우리가 좋게 평가할지에 대해 염려하고 있다는 데서 비롯된다. 그것은 단조롭다. 그것의 모든 탁월함에도 불구하고, 작가는 사람들이 불쾌하지 않도록 하려고 자기 취향의 자연스러운 다양성과 쾌활함을 통제하는 듯했기 때문이다. 분위기는 더없이 자연스럽기에는 한결같이 너무 친절하고 다정하며 동정적인 것에 굴복한다. 사람들은 『트리스트럼 샌디』의 다양함, 활력, 상스러움을 아쉬워한다. 그가 자신의 감수성에 대해 염려함으로써 그의 타고난 날카로움은 무뎌졌다. 그리고 우리는 겸손과 단순함을, 그리고 주목받기엔 다소 지나치게 움직임이 없는 도덕적 입장을 상당히 오래 응시하도록 요청받는다.

그러나 우리를 화나게 하는 것이 스턴의 감상적 생각이지 그의 비도덕성이 아니라는 점은 우리에게 일어난 취향의 변화를 시사한다. 19세기의 눈으로 보면 스턴이 썼던 모든 것은 남편과 애인으로서의 그의 행동 탓에 손상당한다. 새커리는 의분을 품고 그를 맹렬히 비난했고, "스턴의 글 중 없으면 더 나을 것, 즉 잠복해 있는 타락―불순한 존재의 징후―을 제외하고는 한 쪽도 없다." 하고 외쳤다. 현재 우리에게 빅토리아 시대 소설가들의 오만은 적어도 18세기 목사의 불성실만큼이나 비난할 만한 것 같다. 빅토리아 시대 사람들이 그의 거짓말과 경솔함을 한탄했던 반면, 오늘날에는 삶의 모든 어려운 상황을 웃음으로 바꾸었던 용기와 표현의 탁월함이 훨씬 더 분명히 드러난다.

실로 『감성 여행』은 경솔함과 기지에도 불구하고 근본적으로 철학에 기반을 두고 있다. 그것이 빅토리아 시대의 유행에서 꽤 벗어난 철학인 것은 사실이다. 이는 즐거움의 철학, 사소한 일에서도 중대한 일에서만큼 잘 행동하는 것이 필요하다는 것을 주장하는 철학, 다른 사람들의 기쁨이라도 기쁨이 슬픔보다 더 바람직해 보이게 하는 철학이다. 부끄러움을 모르는 그 사람은 "거의 평생 동안 이런저런 매우 매력적인 여성들을 사랑해왔다." 그리고 덧붙여서 "그리고 만약 내가 천박하게 행동한 일이 있다 하더라도, 그것은 틀림없이 하나의 열정과 다른 열정 사이의 어떤 휴지기에 일어난 일이라고 굳게 믿으면서, 나는 죽을 때까지 그런 일이 계속되기를 바란다."고 고백하는 뻔뻔스러움을 가졌다. 그 가엾은 사람은 그의 인물들 중 한 사람의 입을 통해 "그러나 즐겁게 살라……. 사랑하며 살라! 그리고 사소한 일을 하며 살라!" 하고 외치는 대담성을 가졌다. 비록 그는 성직자였지만, 프랑스 농부가 춤추는 것을 보았을 때, 그는 단순한 즐거움의 원인이나 결과와는 달리 정신이 고양됨을 감지할 수 있었다고 생각할 정도로 불경스럽다. "한마디로, 나는 그 춤 속에 종교가 섞여 있는 것을 보았다고 생각한다."

성직자가 종교와 즐거움의 관계를 파악하는 것은 용감한 일이었다. 그러나 아마 그의 경우 행복의 종교를 극복하기는 대단히 어려웠다는 사실이 그를 용서해줄지도 모른다. 만약 당신이 더 이상 젊지 않다면, 당신이 상당히 빚지고 있다면, 당신의 부인이 마음에 들지 않는다면, 당신이 역마차를 타고 프랑스를 흥청거리며 돌아다닐 때 내내 폐결핵으로 죽어가고 있다면, 행복을 추구하기란 결국 그리 쉽지 않다. 그럼에도 사람들은 그것을 추구해야 한다. 엿보고 자세히 들여다보면서, 여기에서는 연애를 즐기고, 저기에서는 동전을 몇 닢 주면서, 그리고 찾을 수 있는 얼마 안 되는 약간의 햇살 아래에라도 앉으면서, 사람들은 세상 주변을 발끝으로 맴돌아야 한다. 비록 농담이 전적으로 예의 바른 것이 아니라 하더라도 사람들은 농담을 나눠야 한다. 나날의 삶에서도 사람들은 "안녕, 그대, 삶의 작은, 달콤한 관대함이여, 그대가 삶의 길을 부드럽게 만들기에!" 하고 외치는 것을 잊지 말아야 한다. 사람들은 해야 한다. 그러나 이제 해야 한다는 말은 충분하다. 그것은 스턴이 사용하기 좋아하는 말은 아니다. 오직 사람들이 책을 옆으로 치우고 삶의 모든 다른 측면에서 그것이 주는 균형, 즐거움, 충만한 기쁨, 그리고 그것들이 우리에게 전달될 때 수반되는 빛나는 편안함과 아름다움을 기억해낼 때, 사람들은 비로소 그 작가가 자신을 지탱하는 신념의 중추를 가진 것으로 신뢰한다. 새커리의 겁쟁이는—아주 많은 여성들과 매우 부도덕하게 시간을 헛되이 보냈고, 그가 병상에 누워 있었거나 설교문들을 쓰고 있었어야 했던 때, 금박으로 가장자리를 두른 종이에 연애편지를 썼던 그 남자—그는 그 나름대로 금욕주의자이고, 도덕가이며, 선생이 아니었던가? 대부분의 위대한 작가들은 결국 그렇다. 그리고 우리는 스턴이 위대한 작가라는 사실을 의심할 수 없다.

◦ 이 글 『감성 여행』(1928)은 옥스포드 월드 클래식 판본의 서문이다.

인간적인 예술
The Humane Art

지금 열여섯 권으로 된 페이젯 토인비판의 월폴 서신을 다시 읽어볼 기회가 별로 없고, 모든 편지들과 그 답장들이 함께 나올 예정인 웅장한 예일판을 소장할 가망성도 희박한 상황이라면, 케튼-크리머[1] 씨가 쓴 이 튼실하고 차분한 호레이스 월폴[2] 전기는 적어도 월폴에 대해 그리고 우정에 바탕을 둔 인간적인 예술에 대해 이런저런 생각들을 불러일으키는 데 도움이 될 것이다.

그러나 가장 최근의 전기 작가에 의하면 호레이스 월폴의 서신은 친구들에 대한 애정이 아닌 후세에 대한 애정에 영감받은 것이었다. 그는 처음에 자기 시대의 역사를 쓰고자 의도했다. 20년 뒤 그는 그것을 포기했고 다른 종류의 역사―겉으로는 친구들에 의해 영감받았으나 실제로는 후손을 위해 쓰여진―를 쓰기로 결정했다. 그리하여 만Mann은 정치를, 그레이는 문학을, 몽테규와 오소리 부인[3]은 사교계를 대표했다. 이들은 친구가 아

---

1   로버트 케튼-크리머(Robert Ketton-Cremer, 1906~1969). 영국의 전기 작가 및 역사가이다.

2   호레이스 월폴(Horace Walpole, 1717~1797). 로버트 월폴의 아들로 영국의 예술사가이자 문인이었으며, 골동품 수집가, 휘그당 정치인이다.

니라 각각 "후손들을 계몽시키고 또 그들에게 알려주고 싶은 주제들 가운데 하나와 특별히 연관되었기 때문에" 선택되었던 구실이었다. 그러나 만일 호레이스 월폴을 변장한 역사가라고만 믿는다면 우리는 서신 작가로서의 그의 독특한 천재성을 부정하는 것이 된다. 이 서신 작가는 결코 은밀한 역사가가 아니다. 그는 감수성의 폭이 넓지 않은 사람이다. 그래서 그는 일반 대중이 아닌 개인에게 사적으로 말을 건넨다. 모든 훌륭한 서신 작가는 시대의 반대쪽 얼굴에 이끌리며 그것에 순종한다. 그들은 주는 만큼 받게 된다. 그리고 호레이스 월폴은 예외가 아니었다. 콜[4]과의 서신이 이를 증명한다.

루이스 씨가 편집한 판에서 우리는 어떻게 토리당 목사가 월폴에게서 급진적이고 자유사상가적인 면모를 이끌어내고 있는지, 중산층 전문가가 어떻게 귀족적인 것과 아마추어적인 것을 표면으로 끌어내고 있는지를 볼 수 있다. 만일 콜이 핑계일 뿐이었다면 이러한 울림은 없었을 것이고, 이러한 다양한 목소리의 섞임도 없었을 것이다. 월폴은 자기 나름의 시각과 스타일을 가지고 있었으며 그의 서신은 겉에 단단한 광택을 지니고 있어, 그가 그토록 자랑스럽게 생각했던 반짝이는 치아만큼이나 작은 흠집들과 익숙함으로 인한 마모가 생겨나지 않도록 보존해주고 있다. 그리고 물론—그는 그의 서신들이 보존되어야 한다고 주장하지 않았던가?—그가 존경해 마지않았던 세비네 부인처럼 가끔씩 자기가 쓰고 있는 편지지 너머 먼 지평을 바라보면서 자신

3　오소리 부인(Lady Ossory, 1737~1804). 본명은 앤 피츠패트릭Anne FitzPatrick이다. 호레이스 월폴이 오소리 부인에게 보낸 서신은 월폴 서신집 예일 시리즈로 세 권에 달한다.

4　윌리엄 콜(William Cole, 1714~1782). 성직자이자 골동품 수집가로 부유한 농부의 아들로 태어났다. 이튼에서 교육받았으며 그곳에서 호레이스 월폴과 영원히 지속될 우정을 맺게 되었다.

의 글을 읽고 있는 다가올 세대의 다른 사람들을 상상해보았다. 그러나 그가 후대의 특징 없는 얼굴이 그 자신과 그의 친구들의 바로 그 목소리와 의상 사이에 서 있도록 하는 허용을, 무한히 모습을 달리해가는 그의 서신들 자체가 거부한다. 어느 서신이든 아무 데나 펼쳐봐라. 그는 정치에 대해, 즉 윌키스와 캐덤, 그리고 프랑스에서의 다가올 혁명의 징조에 대해서뿐만 아니라 코담뱃 갑과 붉은 리본에 대해, 그리고 아주 작은 두 마리의 검은 개에 대해서도 적고 있다. 계단 위의 목소리들이 그를 중단시킨다. 보다 많은 관광객들이 은빛 눈을 한 칼리굴라의 흉상을 보러 왔다. 장작불의 불티가 올라와 그가 지금 글을 쓰고 있는 종이를 그슬렸다. 그는 웅장한 문체를 더 이상 유지할 수가 없고 또한 사소한 부주의로 인한 잘못된 문구를 고칠 수도 없어서 뱀장어처럼 유연하게 고급 정치 얘기를 하다가 방향을 틀어 살아 있는 얼굴들과 과거와 그 회고들로 매끄럽게 돌아간다. "우리는 만나서 함께했던 용감한 날들로 우리를 위로해야만 해……. 내가 네게 바랐던 거야. 우리 둘은 같은 장면에 감명받았지. 같은 종류의 비전이 우리가 태어나서부터 줄곧 우리 둘을 즐겁게 해주었지." 어떤 사람이 편지를 쓸 때 편지 쓰는 사람을 핑계 삼아서 후세를 생각하고 있다면 이런 식으로 쓰지 않는다.

또한 그는 친구들에게 써 보낸 자신의 멋진 글에 불과 몇 년 후 상당한 돈을 지불할 위대한 대중을 생각하고 있지도 않았다. 그렇다면 돈을 버는 직업으로서 글쓰기의 성장과 그 초점의 변화가 함께 불러온 변화가 19세기에 이 인간적인 예술의 쇠퇴를 가져왔나? 우정은 번창했으며 재능이 결여된 것도 아니었다. 누가 더 매콜리만큼 파티를 훌륭하게 묘사할 수 있었겠으며, 테니슨만큼 풍경을 아름답게 묘사할 수 있었겠는가? 그러나 거기서 이들을 정면으로 바라보고 있었던 것은 현재의 순간, 즉 대단히 탐욕스러운 대중이었다. 작가는 어떻게 그 몰개성적인 응시로부터 자기 뜻대로 고개를 돌려 불 켜진 방 안의 작은 모임을 바라볼 수 있을까? 매콜리는 자신의 누이동생에게 편지를 쓸 때, 배우가 볼 화장을 말끔히 지우고 맨 얼굴로 다과회 테이블에 앉을 수 없는 것처럼 자신의 공적인 태도를 포기할 수 없다. 그리고 "내가 살아 있는 동안은 올빼미, 내가 죽으면 송장 먹는 귀신"이라면서 공개적으로 알려지는 것에 대해 공포를 지녔던 테니슨은 기껏해야 누구든 박물관에서 읽고 인쇄하고 유리 밑으로 볼 수 있는 몇 권의 아주 작은 무미건조한 노트 외에는 귀신이 먹을 만한 맛있는 것을 남겨놓지 않았다. 나이 든 서신 작가가 자신의 둥지를 짓는 데 사용한 막대기와 지푸라기였던 뉴스와 가십은 이제 빼앗겨버렸다. 무선과 전화가 끼어들었다. 서신 작가는 아주 사적인 것을 제외한다면 이제 가지고 지을 만한 게 아무것도 없다. 한두 쪽을 넘기고 나면 아주 사적인 것의 강렬함은 얼마나 단조로워지는가. 우리는 키츠[5]가 패니에 대해 말하는 것을 그만두어야 하고, 엘리자베스 브라우닝과 로버트 브라우닝이 병실 문을 꽝 닫고 나가서 버스를 타고 신선한 바람이나 쐬어야 한다고 바란다. 서신 대신에 후대 사람들은 지드가 쓴 것 같은 고백록과 일기와 노트를 가지게 될 것인데, 이것들은 혼합된 책들로 그 안에서 작가는 아직 태어나지도 않은 세대를 위해서 자기 자신에 대해 어둠 속에서 스스로에게 말하고 있다.

호레이스 월폴은 이러한 단점을 하나도 가지고 있지 않았다. 만일 그가 영국 서신 작가들 중 가장 위대하다면 그것은 그의 재

---

5 존 키츠(John Keats, 1795~1821). 바이런, 셸리와 더불어 영국 낭만주의를 대표하는 시인 중의 한 명으로서, 감각적인 이미지와 탁월한 시어, 여러 편의 송시Odes로 유명하다. 그는 가난과 싸우다 젊은 나이에 폐결핵으로 세상을 떠났다.

능 덕분만이 아닌 엄청난 행운 덕분이기도 했다. 우선 그는 자신의 소유지들을 가지고 있어서 2500파운드의 수입이 매년 수금원과 건물 관리인으로부터 그의 입으로 들어왔고, 그것을 아무런 고통 없이 삼켰다. "나는 나 자신을 학감이나 수록 성직자보다 국가의 부를 독점하는 더 쓸모없는 혹은 덜 합법적인 관리라고 생각하지 않는다." 하고 그는 유유히 적고 있는데, 그는 진정 돈을 잘 투자했다.

그러나 이러한 장소 외에도 다른 곳이 있었는데, 그것은 무대를 마주하고 있는 청중의 바로 한가운데 있는 그 자신의 자리였다. 그는 거기 앉아서 다른 사람들에게 보이지 않고서도 볼 수 있었고, 연기하라는 부름을 받지 않고서도 관망할 수 있었다. 무엇보다도 그는 자신의 작은 대중 속에서 행복해했다. 모임은 서신 작가의 존재의 숨결인 끊임없는 변화의 삶을 살아가도록 따뜻한 분위기로 그를 감쌌다. 위트와 일화, 가장무도회와 자정의 술잔치에 대한 탁월한 묘사 외에도 그의 친구들은 그로부터 피상적이지만 심오한, 변하지만 전체적인 그 무엇을 끌어냈다. 친구들은 끌어내려 하고 위대한 대중은 죽이고자 한 그것을, 우리는 마땅한 단어가 없으므로 그 자신이라고 부를까. 거기서 그의 불멸은 생겨났다. 왜냐하면 변화를 거듭하는 자아는 계속 살아가는 자아이기 때문이다. 역사가로서 그는 역사가들 가운데에서 정체된 채로 남았을 것이다. 그러나 서신 작가로서 그는 각 세대에게 차례로 손을 내밀면서 군중 속을 헤치며 나아간다. 비웃음을 당하기도 하고 비판을 받기도 하고 경멸당하기도 하고 찬사를 받기도 하지만 그는 항상 살아 있는 사람과 접촉한다.

매콜리가 1833년 10월 월폴을 만났을 때, 월폴은 의로운 분노를 터뜨리면서 그 손을 거부했다. "그의 마음은 일정치 않은 변덕과 가식의 뭉치였다. 그의 특징들은 가면 안의 가면 속에 가려져 있었다." 그의 서신은 그 탁월성을 프랑스의 거위 간 요리처럼 "그것을 제공하는 가련한 동물의 질병"에 빚지고 있다. 매콜리의 인사가 그러한 경우라고 말 할 수 있었다. 그리고 귀족 매콜리에 의해 단단히 혼나는 것 말고 어떤 작가가 그에게 더 큰 이익을 구할 수 있겠는가? 우리는 그가 뿔로 받아버린 평판을 수정하고 그것에 또 다른 회전과 또 다른 방향을 부여하여 또 다른 삶을 살아가도록 한다. 케튼-크레머가 말하듯이 월폴에 대한 사람들의 의견은 항상 바뀐다. 지난 시대보다 "현재의 시대가 더 다정한 눈으로 바라본다." 현재의 시대는 열기와 소란으로 귀가 멀어 있는가? 월폴의 낮은 목소리에서 목소리 큰 연사들이 말할 수 있는 것에서보다 더 흥미롭고 더 통찰력 있고 더 진실된 것을 듣는가? 확실히 현재의 시대에는 전체적인 인간을 볼 수 있는 멋진 그 무엇이 있다. 모든 재능과 모든 약점을 다 꺼내 보일 수 있도록 아주 복이 많았던 그의 긴 삶은 마치 커다란 호수처럼 집과 친구와 전쟁과 담뱃갑과 혁명과 애완견과 크고 작은 모든 것이 뒤섞인 채 반사시키며 펼쳐지는데 그것들 뒤로 넓고 청명한 푸른 하늘이 있다.

"비록 실망이 없었던 것은 아니지만 나는 죽을 때 기꺼이 죽으리라고 생각한다……. 그러나 나는 세상을 아주 일찍 경험했고 아주 많은 것을 보아서 만족한다." 그는 육신의 삶에 만족해서 정신적으로도 자신의 삶에 더욱 더 만족할 수 있었다. 지금도 그에 관한 자료가 계속적으로 수집되고 있으며 서신과 답장, 그 자신과 그 자신의 반사된 모습들을 모아 완성으로 가고 있다. 그리하여 다른 누군가가 죽을지언정 호레이스 월폴은 불멸이다. 다가올 미래의 시간에 어떤 파멸이 유럽의 지도에 생긴다 하더라도 여

전히 사람들은 살아서 한 인간 얼굴의 지도 위에 열중하여 몰입
해 있을 것을 생각하면 위로가 된다.

올리버 골드스미스

Oliver Goldsmith

　대부분의 작가들이 말하는 것을 들어보면, 자신이 사는 시대에 따라 뮤즈, 정령, 영감이라고 다양하게 불리는 영적인 존재를 믿으며, 그런 존재가 시키는 대로 글을 쓴다고 한다. 불행하게도 이 역사가는 이 영적인 여인이 단지 혼자 존재하는 것이 아니라는 것을 인지하지 않을 수 없다. 뮤즈는 자신의 옷자락 뒤에 귀부인, 백작, 정치인, 서적 판매인, 편집인, 출판인 그리고 평범한 남자와 여자들 같은 뮤즈보다 격이 낮은 무리들을 감추고 있는데, 이들은 뮤즈 못지않게 확실하게 통제하고 인도한다. 변화는 그들의 본질이며, 운명이 시키는 대로 시간이 지남에 따라 그들의 그림 같은 아름다움이 변해간다. 윌튼의 숲에서 자신의 책을 꿈꾸는 시드니의 레이디 펨브로크[1]는 시의 여신으로서 결코 비천한 상징이 아니었다. 그러나 그녀의 자리는 특정한 한 남자 또는 여자가 아니라, 정확하게 무엇인지는 모르지만 무엇인가를 갈구하는 매우 잡다한 군중이 차지해왔다. 작가들은 군중을 즐겁게 해주어

1　시드니의 여동생으로, 허버트(Henry Herbert, 제2대 펨브로크 백작)와 결혼했다. 그녀 또한 작가이자 번역가, 문학가들의 후원자였다. 시드니는 자신의 장시 「아르카디아」를 여동생에게 헌정했으며, 시드니 사후 여동생이 「아르카디아」의 작업을 다시 했다.

야 하고 또 아부도 해야 한다. 잡스러운 스캔들로 배불려 주어야 하고, 마침내는 깊이 잠들게 해야 한다. 자기가 원하는 것을 얻는다고 해서 그 누군들 비난을 받으랴?

후원자는 언제나 변하고 있는데, 대개는 알아차리기가 어렵다. 그러나 18세기 중반에 일어난 변화는 환한 대낮에 일어났으며, 올리버 골드스미스[2]는 그 특유의 쾌활한 필체로 우리를 위해 기록해두었다. 그런데 골드스미스 자신 역시 그러한 변화의 희생자 중 하나였다.

[골드스미스가 기록하기를] 위대하신 소머즈 남작님[3]이 권력을 잡고 있을 때[4]에는 귀족들 사이에서 예술가를 후원하는 것이 매우 유행했다. [⋯] 자신을 후원하는 귀족과의 한 끼 식사로 그다음 한 주 전체의 초대를 확보할 수 있었고, 후원자의 꽃마차를 타고 한번 나가면, 후에 무슨 일이 있을 때마다 일반 시민의 마차를 타고 다닐 수 있었다고 영광된 시대의 노시인이 얘기하는 것을 들은 적이 있다. [⋯]

[골드스미스가 계속 기록하길] 그러나 이런 연결은 이제 완전히 깨어진 것처럼 보인다. 수치스러운 기억을 남긴 어떤 수상[5]이 통치하던 시절 이후부터 식자들은 상당히 거리를 두어야 하는 사람이 되었다. 기수나 레이스로 멋을 낸 배우가 학자나 시인 또는 군자의 자리를 차지하고 있다. [⋯] 그는 글쟁이라고 불리며, 모든 사람들은 그들을 결국 조롱의 대상으로 여

---

2 올리버 골드스미스(Oliver Goldsmith, 1728~1774). 아일랜드에서 출생한 영국의 소설가, 극작가, 시인이다.
3 제1대 소머즈 남작이다.
4 1688~1714.
5 1721년 영국의 재무대신으로 임명되어 1741년까지 재임한, 영국의 제1대 수상이라고 불리는 로버트 월폴을 말한다.

긴다. 그의 농담과 익살이 아니라 사람 자체가 웃음거리가 된다. 그가 다가오면 가장 뚱뚱하고 생각이 없는 사람도 사악한 생각으로 얼굴이 환해진다. 의회의 의원조차 비웃으며, 그의 선조에 대해 풍요롭게 쏟아졌던 조롱에 대해 복수한다.

정치인의 전차를 타는 대신 의원에게 조롱받는 것은, 분명 조롱에 민감하고 선홍빛 벨벳의 유혹에 쉽게 넘어가는 작가들이 좋아할 만한 변화가 아니었다.

그러나 변화의 폐해는 더 깊어갔다. 과거의 후원자는 교양이 있고 작품을 보는 안목이 있는 사람이었다고 골드스미스는 말했다. 그렇기에 과거의 후원자들은 "명성을 받을 만한 사람들이 그 명성을 이룰 수 있는 능력이 있는지를" 판단하는 것을 맡길 수 있는 사람들이었다. 이제 18세기의 젊은 식자들은 서적 판매인의 처분에 내맡겨졌다. 값싼 책이 유행하게 되었다. 독창성과 열정을 가진 사람들이 유순하게 고역을 하고, 방대한 양의 값싼 작품을 쓰는 글쟁이가 되었다. 그들은 책의 쪽들을 진부한 내용들로 채웠다. 그들은 "충분히 생각하지 않고 써나간다." 근엄함과 과장이 규칙이 되었다. "양심적으로 말해서, 나는 요즘 사람들이 웃는 것을 잊었다고 믿는다." 새로운 대중은 광대한 지식 덩어리를 탐욕스럽게 먹었다. 그들은 방대한 백과사전적 내용, 다시 말해 영혼이 결여된 편찬물을 요구했고, 그것은 여러 작가들이 쓰고 서적 판매인의 중재로 한 개의 몸으로 굳어지고 똑같이 고안되는 방식으로 지속되었다. 이 모든 것은 천성적으로 명확하고 간결하고 분명하게 글을 쓰는 작가에게는 역겨운 것이었다. 또한 이런 작가들은 "천사가 책을 쓴다면 절대로 2절지 책을 쓰지는 않을 것이다." 하고 생각하며, 자신이 천사들 속에 있다고 느끼기는 하

192

지만, 천사들의 시대는 이미 끝난 것을 알고 있었다. 전차와 백작이 그들을 천국으로 이끌고 갔다면, 이제는 그 대신에 많은 분량의 산문을 토요일 밤까지 반드시 인도하도록 요구하는 강건한 상인이 존재하며, 그 글을 써내지 못하면 비참하고 값싼 글쟁이는 일요일의 정찬을 먹지 못할 것이다.

골드스미스의 작품 리스트를 보면 알듯이, 그는 자기 몫의 일을 대담하게 해내었다. 그러나 그는 (후원자가) 백작에서 상인으로 변화한 것에도 이점이 있다는 것을 알게 되었다. 새로운 요구사항을 가진 새로운 대중이 생겨났다. 모든 사람이 독자가 되고 있었다. 귀족과의 식사를 멈춘 작가가 보통 남자와 여자로 이루어진 방대한 회중의 친구이자 강사가 되었다는 것이다. 그들은 백과사전뿐만 아니라 에세이도 요구했다. 그들은 늙은 귀족들이 결코 허용하지 않았던 자유를 작가들에게 허락했다. 골드스미스의 말처럼, 작가는 이제 "정찬 초대를 거절"할 수 있었다. 그는 "보통 사람들이 입는 그런 옷을 입을 수 있었고," "담대하게 독립의 위엄을 주장할 수 있었다." 골드스미스는 기질적으로나 후천적인 훈련에 의해서도 새로운 상황을 이용하는 데 적합한 작가였다. 그는 생기 있는 지성과 솔직한 양식을 가진 사람이었다. 그는 내용 없는 껍데기 같은 언어가 아니라, 사물을 있는 그대로 접할 수 있는 타고난 작가적 재능을 가졌다. 그는 기질적으로 영리하고 객관적인 면이 있어서 가벼운 설법을 설교하고 또한 가벼운 풍자를 날리는 데 매우 적합했다. 그가 교육을 거의 받지 못하고 훈련도 받은 적이 없다고 하더라도, 그는 자신의 방대하고 다양한 경험에 의지할 수 있었다. 그는 전 세계를 방랑했다. 그는 도보 여행자가 유명한 도시를 보듯 레이든과 파리, 파도바를 보았다. 그러나 여행을 통해 그가 고독이나 자연의 숭고함에 대한 열정

혹은 공상에 빠지게 되지는 않았다. 여행은 그가 인간 사회를 더 잘 이해하도록 하여, 인간 사이의 차이가 얼마나 사소한가를 입증해주었다. 그는 자신을 영국인이라기보다 세계 시민이라고 부르는 것을 선호했다. "우리는 이제 완전한 영국인이나 프랑스인, 네덜란드인, 스페인인, 독일인이기 때문에, 이제는 더 이상 [···] 전 인류를 포함하는 그 거대한 사회의 구성원이 아니다." 그는 우리가 발견해낸 것을 한데 모으고 서로에게서 배워야 한다고 주장했다.

골드스미스가 수필가로서 독특한 풍미를 가지게 된 것은 이러한 그의 초연한 태도와 폭넓은 식견 덕분이다. 다른 작가들은 자신의 책을 더 가득 채우며, 자신에게 더 가까이 오도록 한다. 그러나 골드스미스는 이와 다르다. 우리는 그가 군중의 가장자리를 지키고 있는 덕분에 평범한 사람들이 말하는 것을 들을 수 있으며, 그들의 유머를 관찰할 수 있다. 바로 그러한 점 때문에, 잡지 『벌*The Bee*』에 수록된 그의 수필들이, 심지어 초기 수필들조차 아주 좋은 읽을거리가 된다. 아울러 『벌』과 『세계 시민*The Citizen of the World*』(1762)[6]이 합당한 가격으로 오늘날 다시 출판되는 것도, 1762년의 글이 현대에서도 퇴색되지 않은 가치를 가졌음을 소개한 리처드 처치Richard Church의 언급이 우리의 주목을 끄는 것도 그러한 이유에서이다. 시민은 런던의 채링 크로스에서 러드게이트 힐로 걸어갈 때 여전히 매우 활기찬 그의 동반자이다. 거리는 민덴 전투[7]를 위해 화려하게 꾸며져 있으며, 시민은 영국의 편협한 애국주의를 조롱한다. 그는 구두장이가 그의 아내를 꾸짖고 "퐁파두르 부인이 오래된 배나무로 신발을 만들 수도 있을

---

6 처치가 서론을 쓴 『세계 시민과 벌*The Citizen of the World and the Bee*』(1934)을 가리킨다.
7 프랑스와 영국의 7년 전쟁(1756~1763) 기간 중에 일어난 전투이다.

때, [⋯] 나막신을 신은 무슈가 온다면" 구두장이가 어떻게 되겠
냐는 예감을 늘어놓는 소리를 듣는다. 그는, 애슐리 펀치 바의 웨
이터가 자신이 국무대신이라면 파리를 장악해서 바스티유에 영
국 윤리를 심을 것이라고 사람들에게 떠벌리는 것을 듣는다. 그
는 세인트 폴 성당을 엿보고 예배 때 영국인들이 이상하리만치
경건함이 없는 데 대해 놀라워한다. 그는 중국에서는 구리 엽전
반 줄 값밖에 되지 않는 넝마를 얻으려고 함대와 군대가 필요했
다는 것을 생각한다. 그는 영국과 프랑스가 전쟁을 한 이유가 그
저, 사람들이 털 달린 머프를 좋아했기 때문이며, 이 때문에 서로
를 죽이고, 태고 때부터 사람들이 소유하던 나라를 점령한 것에
의아해한다. 그는 느긋하게 걸으며, 영국인들이 너무도 익숙해져
서 더 이상 바라보지 않는 광경과 이상한 습관들에 영리하고도
냉소적인 시선을 던진다. 진실로 골드스미스는 새로운 대중이 그
들 자신을 더 잘 인식하게 하고, 그가 지닌 천재성의 본질에 적응
할 수 있는 더 좋은 방법을 선택할 수 없었을 것이다. 골드스미스
가 멈춰 있었다면, 비록 엄숙하지는 않더라도 자신이 혐오했던
2절판 책 저자들과 마찬가지로 무미건조했을 것이다. 따라서 그
는 계속 움직여야 한다. 그는 모든 종류의 인간과 제도를 재빨리
검토하여 그것에 대한 자신의 마음을 말해야 한다. 바로 여기에
서 소설가로서의 그의 재능이 크게 도움이 되었다. 그가 생각한
다면 폭넓은 각도에서 생각하는 것이다. 아이디어는 즉시 육신을
입고 인간이 된다. 보 팁스[8]가 소생하며, 복스홀 가든은 사람들로
북적거린다. 창문이 깨어져 있고 구석에는 거미줄이 있는 작가의
다락방이 우리 앞에 있다. 그는 구체화시키고 존재를 만드는 무
한한 본능을 가지고 있다.

8   골드스미스가 『세계 시민』에서 그려낸 가상의 인물이다.

소설가의 재능 때문에 그는 수필 쓰는 일에 다소 조바심이 났을 것이다. 수필의 간결성으로 인해 사람들은 수필이 피상적이라고 생각했다. 그는, "적절하다는 생각이 들었으면 수필을 더 형이상학적으로 만들었을 것"이라고 대답했다. 그러나 그가 어떤 상황으로 인해 깊은 사고를 할 수 없었다는 것은 의문이다. 진짜 문제는 보 팁스와 복스홀 가든에 좀더 긴 생명을 부여하려 했지만, 지면의 끝에 도달해서 더 이상 쓸 수가 없었고, 전단기가 내려왔으며, 다음 주에는 새로운 주제를 써야 한다는 점이다. 골드스미스가 발견한 바와 같이 자연적인 출구는 소설이었다. 더 자유로워진 쪽에서 그는 자신의 등장인물들에게 이리저리 걸어 다니고 자신을 드러낼 수 있게 하는 여유를 주게 되었다. 그러나 『웨이크필드의 목사Vicar of the Wakefield』(1766)에는 어느 정도 수필의 정적인 특징이 나타나고 있다. 등장인물들은 자기 마음대로 할 만큼 자유롭지 못하다. 그들은 도덕적 교훈을 예시하기 위해 끈에 이끌려 돌아와야 한다. 선과 악이 더 이상 분명한 흑백 논리가 아니기 때문에 그런 필요성은 우리에게 더욱더 이상해 보인다. 도덕주의자의 기교는 소설에서는 유행에 뒤떨어진 것이다. 그러나 골드스미스는 흑백을 믿었을 뿐만 아니라, 선과 악이라는 두 신념이 상호 의존적일 수도 있는 것으로서, 선이 보답을 받고 악은 벌을 받을 것이라고 믿었다. 그것은 교리와 같은 것으로, 우리가 『웨이크필드의 목사』를 읽을 때 소설가에게 어떤 제약을 부과하고 있다는 생각이 들게 한다. 뒤섞인 것도, 뒤틀린 것도, 심오한 것도 필요 없다. 비록 옅은 색조를 띠고는 있지만, 약점과 과오로 넓게 그늘진 프림로즈 일가의 인물들은 마치 등뼈만 있고 물고기 육신의 투명성을 어둡게 하는 다른 내장 기관은 없어 보이는 열대 물고기 같다. 우리의 공감은 고문당하지 않는다. 딸들은 유혹받고 집은 불타고, 선한 사람이 감옥에 가지만, 세상은 완벽하게 조화로운 곳이기 때문에 비록 휘청거리기는 하지만, 마침내는 균형 잡힐 것이다. 가장 사악한 죄인들은—여기서 골드스미스는 특징적으로 감옥 체계의 나쁜 점들을 지적하기 위해 멈춘다—기회가 되면 스토퍼[9]를 잘라버리고 올바른 선의 길로 들어가게 된다. 그런 전제는 사고와 상상력의 길을 멈추게 했다. 그러나 한계에도 이점이 있다. 그는 그의 온 정신을 이야기에 바칠 수 있었다. 모든 것은 명확하고 관련이 있으며 혼잡하지 않다. 그는 무엇을 배제할지 정확하게 알았다. 따라서 일단 우리가 읽기 시작하면, 결말에 도달하기 위한 것이 아니라 현재의 순간을 즐기기 위해 계속 읽게 된다. 우리는 이 작고 완전한 세계를 훼손할 수 없다. 그것은 우리를 가두어두며, 둘러싼다. 우리는 산사나무 둑에서 햇빛을 받으며 〈바버라 앨런〉이나 조니 암스트롱의 마지막 밤 인사를 노래하는 것 이상 좋은 것을 요청할 수 없다. 이곳에서 폭력과 부정의 그림자는 거의 침범할 수 없다. 그러나 골드스미스는 자극적인 18세기적 유머에 의해 무미건조하지는 않다. 안정적인 도덕규범이 가지는 한 가지 이점은 우리가 정확하게 무엇을 비웃어야 하는지 알 수 있다는 점이다.

그런데 『웨이크필드의 목사』에는 우리를 멈추게 하는 구절들이 있다. "실없는 소리fudge!"라고 버첼이 외친다. 그 장면을 완전히 이해하기 위해서는 그것을 실제로 보아야 한다. 이 명확한 산문에서는 암시의 여지가 전혀 없으며, 배우들의 실제 존재로 인해 깨뜨려질 만연한 침묵도 만들어지지 않는다. 진실로 우리가 골드스미스의 소설에서 희곡으로 눈을 돌려보면, 그의 인물들이 우리를 사방에서 둘러싸고 있음으로 인해 활기와 정체성을 가지

---

9 파이프에 담배를 채워 넣는 기구를 말한다.

는 것 같다. 그들은 소설가의 개입 없이 그들이 하고자 하는 모든 것을 말할 수 있다. 이것을 그들이 미묘하게 말할 것이 전혀 없다는 증거로 볼 수도 있을 것이다. 그러나 골드스미스가 자신의 인물들에게 크로커, 로프티, 리치랜즈와 같이 한 인물이 한 가지 특성만 가지는 것처럼 보이도록 하는 오랜 명명 방식을 따른 것은 스스로에게도 부당하게 느껴졌던 것으로 보인다. 소설 장르의 더 정교한 식별력에 훈련이 된 골드스미스의 관찰력으로 인해 그의 인물들은 이름이 암시하는 것보다 더 교묘하게 나타났다. 이러한 간판 같은 얼굴에 육신과 심장이 주어졌으며, 진정 자발적인 기지가 입술에서 흘러나온다. 물론 그는 희극이 번성할 수 있는 지점에 서 있으며, 엘리자베스 시대의 비극적 폭력에서도, 현대적 심리의 면밀한 미궁에서도 멀리 떨어져 있다. 엘리자베스 시대 무대의 '기질(체액)'은 정제되어 인물로 발전했다. 관습과 확신, 그리고 의심할 여지가 없는 가치 기준이 그가 만들어낸 크고 공허한 세계를 지지하는 것 같다.『지는 것이 이기는 것*She Stoops to Conquer*』(1771)보다 더 재미있는 작품은 없을 것이다. 그렇게 순수한 재미를 주는 작품이 다시는 나올 것 같지 않다고 말할 수 있을 정도이다. 그 작품은 여러 상황이 매우 희귀하게 조합되어 있다. 등장인물들의 활력을 말려버릴 정도로 설득력이 없거나 공상적인 것도 아니다. 우리는 살아 있는 사람이 배우가 되는 희극적인 상황에서 느낄 수 있는 양면적인 즐거움을 맛볼 수 있다. 최고 수준의 재미는 아닐 수도 있다. 자신의 집 근방, 어둠 속에서 두 시간 동안이나 내몰린 선한 부인의 곤경을 보고 눈물이 날 정도로 웃게 될 때, 인간의 기이함과 연약함에 대한 깊은 이해를 얻지는 못한다. 가정집을 여인숙이라고 착각하는 것이 가장 위엄 있는 인간 본질의 내면적 깊이를 드러내어 주는 불행이 되지도 못한다. 그러나 이러한 의문은 읽는 과정에서의 즐거움—즐거움이라는 단순한 단어가 포괄할 수 없는 훨씬 더 복합적인 의미의 즐거움—으로 인해 사라진다. 어떤 것이 완벽하면 그 마법으로 인해, 우리는 우리의 꽃을 산산조각 낼 수 없다. 우리가 그것을 해체하는 것을 금하는 통일성이 있다.

그러나 그렇다고 하더라도, 조화와 완전함 중에서 우리는 때때로 이와 다른 목소리를 듣게 된다. "그러나 그들은 죽었고, 그들의 슬픔은 끝났다." "가장 위대하고 좋은 삶이란 그저 잠들어 모든 보살핌이 끝날 때까지 비위를 맞춰주고 달래야 하는 고집 센 아이에 불과하다." "멀리 빈 곳에서 들리는 날카로운 암탉 소리와 낮고 굵직한 경비견 소리 이외에는 아무 소리도 들리지 않았다." 활기찬 도회풍을 몇 개의 깊이 있는 구절로 응축시키고자 하는 시인 자신은 작품 쪽의 배후에 숨어 있는 듯하다. 비록 뮤즈를 오랫동안 즐겁게 해주지는 못했지만 골드스미스는 진정한 시인이었다. "그리고 그대, 달콤한 시여And thou, sweet Poetry"[10] 하고 그는 외쳤다.

군중들 속에서의 나의 수치, 나의 외로운 자존심,
그대 내 모든 행복의 원천이자 나의 근심의 원천인
처음에는 비참함 속에 있던 나를 찾아내었으며 이제는 나를
그런 상태로 묶어두도다

"친애하는 멋진 님프"는 비록 오래 있지는 않았지만 그의 주변에서 날개를 퍼덕였다. 물론 이 시는 산문으로부터 한 발자국 떨어져 있으며, 님프의 팔레트 위 회색과 갈색만을 사용하는 시이

10 「한가한 마을The Deserted Village」(1770).

다. 또한 궁정 댄스의 스텝을 밟는 듯 각 시행의 마지막 부분에서 구두 뒤축을 찰칵 하고 붙이는 시이며, 자연스레 짧은 경구로 구체화시킨 양식의 앙금이 있는 시이다.

그리고 사람들에게 인류를 위한 모든 것을 주었다.[11]

또는

인간의 마음이 견디어낼 수 있는 모든 것 중에서
법이나 왕이 초래하거나 치유해줄 수 있는 부분이 얼마나 작은가,[12]

그가 시에서 말하고자 하는 주제는 이미 산문에 명시되어 있다. 왕국은 다루기 힘들 정도의 거대한 크기로 커지며, 제국은 주변에 파멸을 확산시킨다. "인간의 행복한 얼굴"보다 더 가치 있는 것은 없다. 힘과 독립은 가공할 만한 것이다. 이 모든 주제들은 이전에 이미 말해졌다. 그러나 여기 마을은 오번이며, 영토는 아일랜드이다. 이 모든 것들은 구체화되어 있으며 가시화되어 있고 목소리와 이름이 부여되어 있다. 물론 골드스미스의 시 세계는 밋밋하고 눈에 띄지 않는 세계이다. 사랑에 빠진 청년이 님프와 희롱하고 깊은 곳에는 물고기가 많다. 그러나 정서는 침묵 가운데서 더 감동적이며, 시인이 자신에 대해 말할 때 좋은 매너를 유지하지 못하는 것이 오히려 자신의 갑작스러운 정서를 잘 드러낸다. 만약 골드스미스의 상상력이 지나치게 편협하고 순전히 국

11 「보복Retaliation」(1774).
12 「여행자The Traveller」(1764).

지적이며, 삶의 마찰과 고투를 무시하여 다음의 것을 생각할 수 없다는 이의를 제기한다면,

> 유희와 같은, 더 온유한 부드러운 도덕은,
> 인생의 세련된 산책로를 나아가는 동안, 그 길을 황홀하게 하며,[13]

그가 사랑하는 것이 인위적이거나 멋 부린 교양이 아니라는 것 또한 부인할 수 없다. "그저 조그만 공간 정도나 요구하는 평온한 욕망은" 난폭하고 만족스럽지 못한 대중들로부터 이끌어낸 삶의 핵심이자 본질이다.

그러나 골드스미스의 독특한 과묵함으로 인해 우리는 그에게 완전한 친밀감을 느끼기 힘들다. 그에게 우리 시대 일부 수필가들과 같은 그런 깊이가 없다는 것 또한 어느 정도 분명하다. 즉, 고독과 숭엄함, 더 정확하게 말하자면 우아함과 상냥함은 그에게 어울리지 않는다. 뿐만 아니라, 좋은 예절을 갖춘 품위 있는 사람이 냉담하게 보이듯, 골드스미스의 도회적 문체로 인해 우리는 그와 거리감을 느끼게 된다. 그러나 그의 과묵함에는 다른 이유가 있을지도 모른다. 램과 해즐릿, 몽테뉴는 자신의 결함이 작지 않기에 자신들에 대해 공공연히 말한다. 골드스미스의 결함은 그냥 일반인들이라면 숨기고 사는 정도의 약점이기 때문에 그는 과묵하다. 골드스미스의 글을 읽으면 우회적이지만 의복, 추함, 미숙함, 가난, 조롱의 두려움과 같은 주제가 얼마나 빈번하게 나타나는지 인식하게 될 것이다. 그것은 마치 상냥한 남성이 어떤 개인적인 두려움에 사로잡혀 있는 것과 같으며, 또한 자기 내

13 같은 책.

면에 천사 이외에도 "가련한 앵무새Poor Poll"를 닮은, 평판이 그다지 좋지 않은 동반자가 있다고 의식하는 것과도 같다. 이에 대한 확신을 위해 결국 제임스 보스웰의 작품을 열어봐야 한다. 곧 그곳에서 우리는 침착한 달변의 작가를 직접 보게 된다. "그는 키가 작고, 표정은 거칠고 천박하며, 그의 거동은 너그러운 신사인 척 어설프게 행동하는 학자의 모습이었다." 터치에 터치를 거듭하여 인상적이지 못한 초상화가 만들어진다. 우리는 질투의 고통 속에서 소파에 앉아 글을 쓰는 골드스미스를, 대화에는 끼어들었지만 어떻게 이어나갈지 몰라 허둥대는 골드스미스를, 허영과 질투심에 가득 찬 골드스미스를, 멋진 선홍빛 코트를 입고 마마 자국이 있는 추한 신체를 가린 골드스미스를 보게 된다. 그 초상화는 골드스미스에 대한 아무런 동정심 없이 그려져 있지만, 자신이 묘사하는 골드스미스의 고통은 보스웰 스스로도 경험한 것이기에, 도착된 형태의 동정심으로 묘사되었다고 볼 수 있다. 즉 보스웰 또한 질투심이 있었으며, 초상화를 위해 앉아 있는 골드스미스의 약점을 경쟁자라면 가지고 있는 사악한 통찰력으로 포착했다.

그러나 보스웰이 그린 모든 초상화와 마찬가지로, 그 초상화에도 생명의 숨결이 있다. 그는 또 다른 골드스미스를 표면으로 데리고 나오고, 두 골드스미스를 결합시킨다. 그는 그 언변 좋은 작가가 결코 단순한 영혼이 아니며, 인동덩굴에서 산사나무 울타리에 이르기까지 평생 부유하는 영혼임을 증명한다. 이와 반대로 그는 복잡하고 괴로움이 많았으며, '고정된 원칙이' 없었으며, 하루하루 그날 벌어 그날을 사는 사람이었고, 가난의 압력 아래 다락방에서 가장 사랑스러운 문장을 쓴 사람이었다. 그러나 인간의 능력이란 기이하게 조합되어 있는 것이어서, 그는 그와 그의 추한 몸과 그의 더듬거리는 혀를 조롱하던 세련된 신사 보스웰에게 복수했다. 그가 글을 쓰기만 하면 모든 것은 투명하고 음악적이었다. 또한 그가 글을 쓰기만 하면 그는 천사들 사이에 있었고, 그는 모든 것이 질서 정연하고 이성적이고 차분한 세계에서 막힘없이 시원하게 말했다.

역사가로서 기번, '유일한 그 사람 기번'
The Historian and 'The Gibbon'

"그럼에도 불구하고, 전반적으로 『로마제국 쇠망사 *The History of the Decline and Fall of the Roman Empire*』[1]는 영국 안팎에서 자리를 잡은 듯하다. 그리고 어쩌면 지금부터 백 년 후에도 여전히 계속해서 비난받고 오용될지도 모른다."[2] 그렇게 기번은 불멸에 대해 차분히 확신하며 글을 썼다. 그래서 우선 그의 책이 영속성이라는 한 가지 특성을 지녔다는 것을 보여줌으로써, 자신의 책에 대한 그의 견해가 사실임을 입증해보기로 하자. 그 책은 아직도 비

---

1   영국의 역사가 에드워드 기번(Edward Gibbon, 1737~1794)이 쓴 여섯 권으로 이루어진 역사책이다. 로마제국의 제13대 황제인 트라이아누스 황제 시기로부터 동로마제국 멸망이라는 무려 1200년이 넘는 기간이 서술되어 있다. 여섯 권의 책은 1776~1789년에 각각 출간되었다.

2   기번의 친구 셰필드 경이 기번의 사후 편집한 여섯 편의 기번의 자전적 에세이 모음집인 『나의 삶과 글에 대한 회고록 *Memoirs Of My Life And Writings*』(1796)에서 인용. 이 회고록에서 기번은 자신의 『로마제국 쇠망사』 여섯 권 중 마지막 세 권이 출판된 후 그의 독특한 문체 탓에 학계의 비판을 받았고 종교적인 이유로 항의받았으며 엄격히 도덕을 따지는 검열관들로부터 무례하다는 비난을 받았다고 말하고 있다. 그는 이미 발표했던 책에서도, 특히 1권에서도 마지막 세 권에서처럼 자유로운 문체를 사용했음에도 비판받지 않고 넘어갔다고 말한다. 그리하여 기번은 마지막 세 권에 대한 무례하다는 아우성을 이해할 수 없다고 말한다. 그럼에도 기번은 자신의 책이 계속 사람들에게 비난받는 가운데 그들의 관심거리로 지속적으로 남아 있을 것이라 말한다.

난을 불러일으키고 오용되고 있는 형편이다. 『로마제국 쇠망사』를 읽을 때마다 우리는 몇몇 장이 흔적도 남기지 않고 다른 데로 흘러가고, 다수의 쪽이 낭랑하게 울려 퍼지는 음의 울림에 불과하며, 헤아릴 수 없는 등장인물들이 우리의 뇌리 속에 이름조차 남겨두지 않고 무대를 가로질러 지나쳐버린다는 것을 인정하지 않을 수 없다. 천상의 흔들 목마가 부드럽게 아래위로 흔들리며 한곳에 뿌리박혀 있을 때, 우리는 잇달아 몇 시간이고 그 흔들 목마 위에 올라타 있는 듯하다. 이런 식으로 최면에 걸린 듯한 한가함 속에서 우리는 애석해하며 매콜리의 뚜렷한 당파 근성과 칼라일[3]의 변덕스럽고 격렬한 시를 떠올리게 된다. 이 위대한 역사가를 둘러싼 대단한 명성은 사람들이 스스로 사태를 파악하기에 너무 바쁘고, 너무 게으르나 너무 소심할 때 축적된 묵인이 모호하게 퍼져나가 생긴 것 가운데 하나가 아닐까 생각한다. 그리고 이러한 의혹을 정당화하기 위해 화려하게 과장된 용어 사용 예를 골라 모아 보기란 어렵지 않다. 교회는 "거대한 신전"으로 표현되고 있다. 그리고 문장은 너무 상투적이어서 시간을 알리는 종소리처럼 단조롭게 반복한다. "확신을 무너뜨렸다."에 뒤이어 "그러자 분노를 자아냈다."가 반드시 따라 나온다. 반면에 인물들은 "부도덕한"이나 "덕이 있는"과 같은 단일한 특성을 나타내는 형용사만으로 그려진다. 그리고 너무 조야하게 결합되어서 그들은 끈에 매달린 꼭두각시의 과도한 어릿광대짓만을 할 수 있는 것처럼 보인다. 단적으로 말해서 기번의 명성은, 부분적으로는 몹시 모방하기 쉽고 사소한 개념에 큰 몸체를 부여하는 데 잘 적응된 문체를 그가 선물로 주었던 저널리스트들의 찬사 덕분이라고 추정해

---

3 토머스 칼라일(Thomas Carlyle, 1795~1881). 스코틀랜드 출신의 철학자이자 에세이스트, 역사학자이다.

보기란 어렵지 않다. 그러고 나서 우리는 다시 그 책으로 향한다. 그리고 놀랍게도 우리는 그 흔들 목마가 지면을 떠났다는 것을 발견한다. 우리는 천마 위에 태워진다. 우리는 공중에서 크게 원을 그리며 휙 스쳐 지나가고 있고 우리 아래에 유럽이 펼쳐진다. 시대가 바뀌고 지나간다. 기적이 일어난 것이다.

그러나 기번이 글을 쓰는 데 사용한 말이 기적인 것이 아니다. 만약 기적이 있다면 좀처럼 단어를 강조하지 않는 기번 스스로 이탤릭체의 가치에 대해 생각했다는, 설명하기 어려운 사실에 있다. "……나는 아주 젊은 시절부터 내가 역사가라는 인물이 되기를 열망했다는 것을 경험으로 알고 있다." 박식함으로 가정교사를 놀라게 한 병약한 소년 내부에 일단 그런 씨앗이 아주 불가사의하게 뿌려지자, 그 재능이 발전되고 결실을 맺게 되는 과정에서는 기적적이라기보다는 합리적인 것이 더 많았다. 기번은 무엇보다 주제를 선택하는 일에 어떤 것보다 더 주의 깊고 더 꼼꼼하며 더 통찰력을 보였어야 했을 것이다. 그는 다름 아닌 역사가가 되어야만 했다. 그러나 무엇에 대한 역사가여야 했을까? 스위스의 역사는 받아들여지지 않았다. 플로렌스의 역사도 거부했다. 오랫동안 그는 월터 롤리 경의 삶에 대한 생각만 하고 있었다. 그 뒤 그 생각 역시 받아들여지지 않았다. 대단히 시사하는 바가 있는 이유로 그랬다.

……나는 모든 인물이 골칫거리이며, 모든 독자가 친구 아니면 적인 현대 영국 역사로부터 겁이 나 물러설 수밖에 없다. 거기에서 저자는 한 당파의 깃발을 올리기로 되어 있고, 그래서 반대 당파가 가한 비난에 전념하게 된다……. 나는 좀더 안전하고 좀더 광범위한 주제를 겨안을 수밖에 없다.

그러나 일단 주제를 발견했을 때, 그는 시간적으로 멀고, 안전하며, 광범위한 주제를 어떻게 다루어야 했을까? 그는 하나의 태도, 또한 하나의 문체를 택해야만 했다. 추측건대 그 문체는 인물에 관한 문제를 피해야 했기에, 일반화하는 것이었다. 자신의 시대와 당대의 문제를 다루고 있지 않기 때문에 저자의 개성을 없앤 것이었다. 그리고 광범한 시간을 망라해야 했고 독자가 2절판형 인쇄물의 많은 분량을 두루 원활히 읽으면서 지나가야 했기에, 단절적이고 강렬하기보다는 리드미컬하며 거침없이 흐르는 것이어야만 했다.

드디어 문제가 해결되었다. 융합이 이뤄졌다. 제재와 형식이 하나가 되었다. 우리는 문체를 잊고, 단지 위대한 예술가가 지켜주는 데서 안전하다는 것을 알아차릴 뿐이다. 그는 우리가 봐주었으면 하는 것을 적절한 비율로 우리가 보게 해줄 수 있다. 그는 여기에서 압축하고, 저기에서 확장한다. 그는 질서와 극적 효과를 위해 순서를 바꾸고, 강조하며, 생략한다. 개인의 얼굴 생김새의 특징은 현저하게 관습화된다. 칼라일과 매콜리의 작품을 가득 채운, 우리 자신과 관련된 현존하는 인간들의 거친 몸짓과 분명한 목소리가 여기에는 조금도 없다. 여기에는 휘그당원들과 토리당원들도 없다. 영원한 진리와 화해하기 어려운 운명도 없다. 긴 시간은 우리로 하여금 좋아하고 싫어하도록 만드는 그 빠른 반응들을 차단했다. 무수한 인물들이 상당한 기간의 간격을 두고 같은 하늘 안에 가득하다. 그들은 우리에게 동정심이나 분노를 일으키지 않고 성공하고 권력을 잃으며, 사라져간다. 그러나 비록 인물들은 중요하지 않지만 헤아릴 수 없이 많다. 장면은 흐릿하지만 광대하다. 군대가 미끄러지듯 나아간다. 야만인의 무리가 절멸된다. 숲은 거대하고 어둡다. 행렬은 화려하다. 제단이 세워지고 붕괴된다. 한 왕조를 또 다른 왕조가 잇는다. 장면의 풍부함과 다양함이 우리를 사로잡는다. 그는 즐거움을 주는 사람들 가운데 가장 자원이 풍부하다. 성급함이나 수고로움 없이 그는 자신이 선택한 곳에 손전등을 휙 돌린다. 때때로 전체 규모가 짓누르거나 어조가 약해 이야기가 단조로우면, 갑자기 하나의 돌연한 문구 속에서 상세한 기술이 빛을 발한다. 우리는 "나른하게 하는 수도원의 어둠 속에서" 수도사들을 목격한다. 조각상들은 언제까지나 기억에 남는 "저 생명 없는 사람들"이 된다. "금도금한 각양각색의 갑옷"이 빛을 발한다. 왕과 국가의 화려한 이름이 낭랑하게 읊어진다. 혹은 서사가 끊어지고 한 장면이 눈앞에 펼쳐진다.

프로부스[4]의 명령으로, 뿌리째 뽑힌 막대한 양의 큰 나무들이 원형경기장 한가운데로 이송되었다. 그 넓고 그늘진 숲은 곧 천 마리의 타조, 천 마리의 수사슴, 천 마리의 담갈색 사슴, 천 마리의 멧돼지로 가득 찼다. 그리고 이와 같이 대단히 다양한 사냥감들은 군중들의 떠들썩한 충동에 내맡겨졌다……. 분수가 물을 뿜어댐으로써 대기는 계속하여 신선해졌고, 향료의 기분 좋은 향기로 충만했다. 거대한 건축물 한가운데에서, 경기장 혹은 무대는 그 위에 아주 고운 모래가 흩뿌려졌고 잇달아 아주 다른 형태가 되었다. 한순간에 그것은 헤스페리데스[5]의 사과나무 밭처럼 땅에서부터 솟아오르는 듯했고, 그 후 갑자기 트라키아[6]의 바위와 동굴로 변했다…….

---

4 프로부스(Marcus Aurelius Probus, 재위 276~282). 로마제국의 황제이다.
5 그리스 신화에서 여신 헤라의 황금 사과를 지킨 네 자매 요정이다.
6 발칸 반도 동남부의 지방이다.

그러나 기번의 생생한 묘사 가운데 하나를 압축하고 쪼개어 볼 때에만 비로소 우리는 그 부분들이 얼마나 주의 깊게 선택되었는지를 깨달으며, 문장들이 얼마나 견고하게 서로 긴밀히 연결되었는지를 깨닫는다. 몇 번씩 방을 빙 돌고 나서 만든 다음, 귀로 들어 시험해보고, 그런 뒤에만 비로소 글로 적은 그 문장들을 말이다.

하지만 이것은 역사 소설가에게, 즉 스콧이나 플로베르에게 속하는 자질이라 말할 수 있을지도 모른다. 그러면서도 기번은 진실에 대해 매우 경건하게 전념하는 역사가이므로 자신의 정확성에 대한 비난을 자신의 인격에 대한 비난으로 느꼈다. 지면 하단에 있는 다수의 주석은 화려한 행렬을 확인해주고 등장인물들을 입증한다. 그리하여 그 문장들은 상상력의 자유 속에서 무수한 암시와 연상으로 구성된 장면이나 인물과는 다른 특성을 지닌다. 그것들은 아마도 섬세함과 강렬함에서는 뒤떨어질지도 모른다. 다른 한편으로, 기번이 지적했듯이, "『키로파이디아_Cyropaedia_』는 애매하고 활기가 없다. 『아나바시스_Anabasis_』는 상세하고 활기차다.[7] 그러한 것이 진실과 허구 사이의 영원한 차이이다."

소설가의 상상력은 종종 실패하기 마련이다. 그러나 역사가는 사실에서 편히 머무를 수 있다. 그리고 비록 그러한 사실이 때때로 의심스럽고 한 가지 이상으로 해석될 수 있지만, 그것은 이성을 활동시켜 우리 흥미의 범위를 확장시킨다. 제각기 눈에 띄지 않은 채, 사라져버린 세대들이 집단적으로 그들 주위에 복잡한 법률을 만들어냈고, 의식儀式과 신앙의 경이로운 체계를 정립했

---

7 『키로파이디아』와 『아나바시스』는 기원전 400년 전후에 살았던 군인이자 작가인 크세노폰 Xenophon이 쓴 책이다. 『키로파이디아』는 페르시아 왕국을 세운 키루스 2세가 어떤 교육을 받았고 성장하는 과정에서 어떻게 왕으로서의 면모를 보였는지를 기록한 전기이다. 『아나바시스』는 저자 크세노폰도 참여한 전쟁에 관한 기록으로서 키루스의 소아시아 원정기이다.

다. 이러한 일들은 묘사되고, 분석되며, 기록될 수 있다. 우리는 흥미롭게 그의 인내심 있고 공정한 조사를 쫓아가게 되는데, 이 흥미로움 속에는 그 자체의 특유한 흥분이 있다. 그가 우리에게 말하고 있듯이, 역사는 "인간의 범죄, 어리석은 행동, 불운의 기록에 지나지 않는다." 그러나 우리는 그의 글을 읽어가면서, 적어도 소란과 혼돈 너머로 고양되어 명쾌하고 이성적인 대기 속으로 들어가는 듯하다.

콘스탄티누스 황제의 승리와 그가 이룬 문명은 유럽의 정세에 더 이상 영향을 주지 않는다. 그러나 전 세계의 상당 부분은 그 제왕의 개종으로부터 여전히 영향을 받고 있다. 그리고 그가 통치하던 시기의 교회 제도는 견고한 구속력을 행사하며 현세대의 견해, 격정, 그리고 관심과 아직도 연결되어 있다.

그는 단지 화려한 행렬과 일대기에만 정통한 사람이 아니다. 그는 또한 인간 정신에 대한 비평가이자 역사가이다.

우리가 이 작가의 특이성과 한계를 자각하게 되는 것은 물론 바로 이 지점에서이다. 매콜리가 19세기의 휘그당원이며 칼라일이 예언의 재능을 가진 스코틀랜드 농부라는 것을 알고 있듯이, 우리는 기번이 18세기에 뿌리내리고 있으며, 그 시대와 자신의 고유한 특성이 영원히 그에게 새겨져 있다는 것을 알고 있다. 점차 은밀하게, 여기에서는 경구가, 저기에서는 조롱이 가해지면서 견고한 전체는 그의 독특한 기질의 영향을 받는다. 의미의 미묘한 차이가 드러난다. 과장되고 화려한 언어는 섬세하고 정확해진다. 때때로 문구는 칼날처럼 날카로워져서, 평소대로 부드럽게 제 위치로 미끄러져 들어갈 때 생채기를 남긴다. "그는 꽤 자주 공중도덕 의식을 부여하는 명예심조차 없었다." 또는 위쪽 본문의 장엄한 융성과 쇠퇴가 주석의 차분한 세심함에 의해 깔끔하게 축소된다. "타조의 목은 3피트 길이이고, 열일곱 개의 척추뼈로 구성되어 있다. 뷔퐁의 『박물지*Histoire Naturell*』[8]를 보라." 역사가들의 절대 확실함이 진지하게 조롱된다. "……그들의 정보 수단이 분명하게 줄어들게 될 때, 그들의 지식이 점차 증대하는 것처럼 보일 것이다. 이것이 역사 논문에서 흔히 발생하는 상황이다." 혹은 우리는 어떻게 그러한지에 대해 숙고하도록 점잖게 요청받는다.

우리 존재의 현 상태에서, 육체는 영혼과 매우 긴밀하게 연결되어 있기 때문에, 육체라는 그 충실한 동료가 쉽게 빠지기 쉬운 즐거움을 천진하고도 절도 있게 맛보는 것이 우리에게 이득이 될 것 같다.

그 충실한 동료의 나약함은 그에게 영속적인 즐거움의 원천을 제공한다. 어떤 이유로, 어쩌면 그의 사생활과 관련될지도 모르는 성性이라는 것은 항상 수줍은 미소를 자아내게 한다.

알려진 스물두 명의 정부情婦와 6만 2천 권의 장서는 그의 성향의 다양성을 입증했다. 그리고 그가 후세에 남겨둔 생산물에서 장서뿐 아니라 그 정부들도 과시를 위해서라기보다 활용할 목적으로 마련되었다는 사실이 드러난다.

---

8   프랑스의 수학자, 박물학자, 철학자인 뷔퐁 백작(Georges-Louis Leclerc Comte de Buffon, 1707~1788)은 평생을 바친 동물, 식물, 광물에 대한 연구를 마흔 네 권의 『박물지』(1749~1804)로 편찬했는데, 이 기념비적 저술은 본격적인 분류학의 발전에 큰 영향을 미쳤다.

그러한 문구의 변형이 반복해서 울려 퍼진다. 처녀나 부인, 수녀나 수도사는 어린 시종을 완벽하게 흠 없이 정절을 지키게 내버려두는 법이 거의 없다. 그러나 그의 가장 간교한 야유, 가장 가차 없는 이성은 물론 기독교를 향하고 있다.

광신, 금욕주의, 미신은 선천적으로 그의 성미에 맞지 않았다. 생활에서든 종교에서든, 그가 발견하는 어디에서나 그것들은 그에게서 경멸과 조롱을 불러일으켰다. 그가 "기독교의 발전과 확립에 관한 인간적 대의명분"에 대해 조사했던 두 개의 유명한 장은, 비록 다른 맥락에서 학자들의 감탄을 자아냈던 진리에 대한 동일한 사랑에 의해 고무되었지만, 그 시대에 대단한 물의를 일으켰다. 그 "계몽과 자유의 시대"인 18세기조차 완전히 이성의 목소리에 개방되어 있지는 않았다. 한나 모어[9]는 그의 부고를 전해들었을 때 "그의 글이 얼마나 많은 영혼을 오염시켰는가!" 하고 외쳤다. "신이여 다른 사람들이 물들지 않도록 지켜주소서!" 그러한 상황에서 아이러니는 명백한 무기였다. 여론의 압력은 그가 솔직해지지 않고 은밀해지도록 몰아갔다. 그런데 아이러니는 위험한 무기이다. 그것은 쉽사리 간접적이고 은밀하게 된다. 아이러니를 사용하는 자는 숨어 있다가 독이 묻은 혀를 쏜살같이 내밀어대는 듯하다. 그렇지만 기번의 아이러니가 최상의 상태에서 아무리 진지하고 절도 있다 해도, 그의 논리가 아무리 철저하며 잔혹함에 대한 경멸과 미신을 용납하지 않음이 아무리 강건하다 하더라도, 그가 자신의 희생자를 끊임없이 경멸하며 뒤쫓을 때, 우리는 때때로 그가 다소 제한되고, 피상적이고, 세속적이며, 너무 단호하고 동요하지 않는, 우리 시대가 아닌 18세기의 사람이라고 느낀다.

9 한나 모어(Hannah More, 1745~1833). 영국의 종교 작가이자 박애주의자이다.

하지만 그는 기번이다. 그리고 베리 교수[10]가 우리에게 상기시키고 있듯이 역사가라 하더라도 그 자신이어야 한다. 역사는 "최종적으로 누군가의 과거 이미지이다. 그리고 그 이미지는 그것을 만든 사람의 정신과 경험에 의해 좌우된다." 그의 풍자, 불경함, 현학과 간교함의 혼합, 그리고 위엄과 변덕의 혼합, 그리고 무엇보다 책 전체에 퍼져 있고 그 책에 통일성을 부여하는 이성에 대한 믿음, 또한 비록 말로 표현된 의미는 아니지만 암시, 이런 것들이 없다면, 『로마제국 쇠망사』는 다른 사람의 저작일 것이다. 그것은 참으로 서로 다른 두 사람의 저작일지도 모른다. 왜냐하면 책을 읽으면서, 우리는 또 다른 인물을 감지하며 영원히 또 다른 책을 창조하고 있기 때문이다. 셰필드 가[11] 사람들이 그를 지칭했던 것처럼 "역사가"라는 숭고한 인간에게, 마치 그가 멸종된 어떤 종족의 유일한 표본이라도 되는 듯이, 그들이 "유일한 그 사람 기번the Gibbon"이라고 불렀던 동반자가 동행한다. '역사가'와 '유일한 그 사람 기번'은 손을 맞잡고 간다. 하지만 이렇게 기묘하게 존재하는 것에 대해 매우 간단한 스케치조차 그리기가 쉽지 않다. 왜냐하면 그 자서전, 더 정확히 말하면 그 여섯 개의 자서전은 우리가 그것에 덧붙이려는 시도를 허용하지 않는 그런 명인다운 완벽함과 권위의 초상화를 그려내기 때문이다. 그럼에도 불구하고 아직 어떤 자서전도 완결된 적이 없다. 독자들이 다른 각도에서 덧붙이는 무엇인가가 항상 있는 것이다.

우선 무엇보다도 몸이 있다. 즉, 외부인이 그 안에 있는 것을 해

---

10 존 베리(John Bagnell Bury, 1861~1927). 아일랜드 출신으로 영국에서 활동한 역사학자, 고전학자, 문헌학자. 트리니티 대학과 케임브리지 대학에서 역사학을 가르쳤으며, 그가 편집한 『로마제국 쇠망사』는 가장 뛰어난 편집판으로 인정받고 있다.

11 존 베이커 홀로이드(John Baker Holroyd, 1735~1821). 후에 셰필드 경이 된다. 기번이 스위스 로잔에 있으면서 친분을 맺고 그의 인생에서 아주 중요한 우정을 나눈 인물이다.

석하기 위해 관찰하고 이용하는 그 모든 보잘것없는 육체적 특이성들을 가진 몸이 있다. 기번의 경우 몸은 우스꽝스러웠다. 그 몸은 터무니없이 뚱뚱하고, 과하게 머리가 크면서, 작은 발 위로 위태롭게 균형을 유지하고 있는데, 그는 그 발로 지탱하여 놀랄 만한 민첩함으로 주위를 재빠르게 돌아다녔다. 그는 골드스미스처럼 지나치게 차려입었고, 어쩌면 같은 이유로, 즉 자연이 그에게 허락하지 않은 위엄을 보충하려고 그랬을 것이다. 하지만 골드스미스와는 달리, 그의 추함이 그를 곤혹스럽게 하지는 않았다. 혹은 만약 그렇다 하더라도, 그는 그것을 완전히 극복했다. 그는 끊임없이 말했다. 게다가 그가 쓴 글만큼이나 조심스럽게 만든 문장으로 말했다. 날카롭고 불손한 동시대인의 눈에 그의 허영은 눈에 띄었고 우스꽝스러웠다. 그러나 그것은 단지 겉보기에만 그랬다. 세련된 신사들의 조롱을 비켜가는 그 살찐 작은 몸에는 뭔가 단단하고 억센 것이 있었다. 그는 햄프셔의 민병대에서뿐 아니라 그와 대등한 사람들 사이에서도 어려운 생활을 잘 견뎌냈다. 그는 영국에서 으뜸가는 20~30명의 사람들과 함께 "커피하우스 한가운데 있는 냅킨 하나로 덮인 작은 식탁에서, 차갑게 식힌 고기 조각이나 샌드위치로" 간단히 저녁을 먹었다. 그 후 그는 은퇴하여 로잔 지역 최고의 명문가들 위에 당당하게 군림했다. 전적으로 만족스러운 자신의 삶의 구성 요소였던 일, 사교계, 그리고 감각의 즐거움 사이에서 그가 완벽한 평정을, 그리고 완벽한 균형을 이루었던 것은 다름 아닌 런던에서였다. 그것도 사교계와 정치계의 어수선함 속에서였다. 그리고 그 균형은 투쟁 없이 이뤄지지는 않았다. 그는 병약했다. 그리고 낭비벽이 심한 아버지가 있었다. 그는 옥스퍼드에서 퇴학당했다.[12] 연애는 좌절되었다. 그는 돈이 부족했고 출신이 충분히 좋지도 않았다. 하지만 그는 모든 것을 득이 되는 것으로 바꾸었다. 그는 건강 결핍으로부터 책에 대한 사랑을 배웠다. 병영과 위병소로부터 평범한 사람들을 이해하는 법을 배웠다. 퇴학당한 것에서 영국 수도원의 인색함을 배웠다. 그리고 가난과 무명의 처지로부터 사람들 간에 교제하는 즐거움을 개발하는 법을 배웠다.

마침내 마치 삶 자체가 자신의 불확실한 행보에 대해 이처럼 완전히 통달한 자를 면직시키기에 역부족인 것처럼 보였다. 명목뿐인 한직을 잃어버렸다는 마지막 타격은 최고의 이익으로 바뀌었다. 완벽한 가문, 완벽한 친구, 완벽한 사교계가 동시에 그에게 도움을 주었다. 그리고 시간을 허비하거나 침착함을 잃지 않고 기번은 시종 캐플린과 머프라는 개와 함께 역마차를 타고 그의 역사서를 끝마치기 위해, 또한 더할 나위 없는 상황에 있는 자신의 원숙함을 즐기기 위해 웨스트민스터 다리 위로 미끄러지듯 달렸다.

그러나 우리가 그 익숙한 그림을 대강 훑어볼 때, 우리를 교묘히 피해간 무엇인가가 있다. 그것은 아마도 우리 스스로는 어떤 것도 발견할 수 있었던 적이 없다는 것이다. 기번이 항상 우리 앞에 있다. 그의 자기 인식은 완벽했다. 그는 자신에 대해서나 자신의 일에 대해서 전혀 환상이 없었다. 그는 자신의 역할을 선택했고, 그것을 완벽하게 해냈다. 그는 심지어 손에 코담뱃갑을 쥐고 몸을 죽 뻗은 채 있으면서도 그런 특징적 태도마저 스스로 관찰했고, 아마 그런 태도를 관찰한 만큼 의식적으로 그런 태도를 취했을 것이다. 그러나 가장 당황스러운 것은 그의 침묵이다. 그가 역사가이기를 그만두고 자신을 가끔 "깁Gib"이라고 축약한 편지

---

12 기번은 옥스퍼드에서 공부한 지 1년 후 가톨릭으로 개종했다는 이유로 옥스퍼드에서 퇴학당했다.

에서조차 긴 멈춤이 있다. 그런 때는 심지어 셰필드의 저택에 있을 때조차 로잔에 있는 서재에서 무슨 일이 일어나고 있는지에 대해 아무것도 들리지 않는다.

예술가는 결국 고독한 존재이다. 『로마제국 쇠망사』와 더불어 보낸 20년은 먼 옛날의 사건과, 배열에 관한 복잡한 문제와, 또한 죽은 자들의 정신과 육체와 고독하게 교제하는 데 보낸 20년이다. 다른 사람들에게는 중요한 많은 것들이 중요성을 잃는다. 예컨대 시선이 전경이 아니라 먼 산을, 살아 있는 여자가 아니라 "나의 다른 아내인, 『로마제국 쇠망사』"에 고정될 때, 보는 관점이 달라지는 법이다. 그리고 시간의 발걸음을 견뎌낼 견고한 문장을 쏟아낸 후, "세 마디 말로, 나는 혼자다I am alone."[13] 하고 말하기는 어려운 일이다. 우리가 양식화된 적 없는 문구를 포착하거나, 혹은 그가 그 웅대한 구상에 포함시킬 수 없었던 사소한 모습을 보는 것은 다만 가끔씩일 뿐이다. 예를 들어, 셰필드 경이 솔직하게 "당신은 정말 좋은 친구요⋯⋯." 하고 갑자기 말할 때, 우리는 그 뚱뚱한 작은 남자가 성급하고 충동적으로 역마차에 올라타서 한 홀아비를 위로하기 위해 혁명으로 황폐화된 유럽을 횡단하고 있는 것을 본다. 그러고 나서 다시 바스에서 연로한 계모가 펜을 집어 들고 차분하지 못하고 꾸밈없는 몇 문장을 떨리는 소리로 말할 때, 우리는 그를 보게 된다.

나는 네가 한 번 더 고국에 안전하게 도착한 것에 대해 정말로 기쁘고, 또 축하한다. 나는 어제 너에게 그렇게 말했으면 좋

---

13 기번이 「셰필드 경에게 보내는 편지Letters To Lord Sheffield」(1790. 5. 15)에서 자신의 심경을 토로한 부분. 그가 계속 연락하고 지내던 셰필드에게 한동안 침묵한 후, 셰필드에게 그와 친분이 두터웠던 스위스의 고전학자이자 번역가였던 자크 조르주 데베르됭Jacques Georges Deyverdun을 잃은 외로운 그의 심정을 표현하고 있다.

으련만. 그러나 네 편지로 인한 기쁨은 내 손이 글을 쓸 만큼 차분하도록 내버려두지 않을 게다. […] 내가 의연하게 견뎌낸 많은 것들이 실망스러웠단다. 하지만 나의 마지막이며 유일한 친구를 빼앗긴다는 두려움은 내 이성을 거의 혼란에 빠지게 할 뻔했단다. […] 엘리 부인, 본포이 부인이 여기에 있구나. 아마도 홀로이드 부인은 굴드 양이 지금의 호르넥 부인이라고 너에게 말했을지도 모르겠구나. 그녀가 기번 부인이 되었더라면 좋았을 텐데…….

그렇게 그 노부인이 계속 장황하게 쓰고 있는 동안, 잠시 우리는 떨리는 손에 쥐어진 금이 간 거울 속에 있는 것처럼 그를 본다. 잠깐 하나의 구름이 그 위엄 있는 얼굴을 가로지른다. 그것은 사실이었다. 그는 때로는 밤에 집에 돌아오면서, 동반자를 그리며 한숨지었다. 또 때로는 "집안의 쓸쓸함이 […] 낙이 없는 상태"라고 느꼈다. 그는 샬럿이라 불리는 어린 여자 친척을 입양하여 교육시키는 낭만적인 생각을 품은 적이 있었다. 하지만 어려움이 있어서 그 생각은 포기했다. 그러고는 그 구름이 떠돌다 사라진다. 상식, 꿋꿋한 명랑함이 다시 돌아온다. 한 번 더 역사가의 차분한 모습이 의기양양하게 나타난다. 그는 만족할 만한 모든 이유를 가졌다. 그 거대한 건축물은 완성되었다. 산은 그의 마음에서 멀어졌다. 노예는 노 젓는 수고로부터 해방되었다.

그런데도 그는 결코 지치지 않았다. 덜 힘들고, 어쩌면 더 즐거운 다른 일이 그의 앞에 펼쳐졌다. 문학에 대한 사랑은 충족되지 않았다. 삶에 대한 사랑은, 다시 말해 젊은이들, 순수한 자들, 명랑한 자들에 대한 사랑은 무뎌지지 않았다. 그를 패배시킨 것은 불행하게도 충실한 동반자인 몸이었다. 그러나 그의 침착함은 흔들리지 않았다. 그는 "성실함과 중용이라는 세속적인 미덕"이 유효했다는 것을 입증하는 차분함으로 죽음을 맞았다. 그리고 그가 아마도 영원한 잠 속으로 가라앉았을 때, 그는 평원을 가로질러 저 너머 거대한 산맥에 이르는 광경을 만족스럽게 기억할 수 있을 것이다. 또한 서재 창문 옆에 자란 하얀 아카시아와 그가 생각했던 바와 다름없이 그의 이름을 영원하게 할 그 위대한 작품을 기억할 수 있을 것이다.

셰필드 저택에 비친 영상

Reflections at Shelffield Place

셰필드 저택[1]에 있는 큰 연못은 제철이 되면 붉은색, 하얀색, 보라색 영상들로 둘러싸인다. 둑 위에 무리 지어 핀 철쭉꽃들 위로 바람이 스치고 지날 때, 물에 비친 꽃들이 흔들리고 서로 어지럽게 부딪히기 때문이다. 그런데 거기, 숲속 넓은 터에 크고 멋진 집이 있다. 그리고 셰필드 경인 존 홀로이드가 바로 그 곳에 살았고, 기번도 거기에 머물고 있었기 때문에, 그 연못의 황홀경 위로 또 하나의 영상이 자신의 존재를 내세우며 나선다. 그 역사가는 여기서 잠시 멈춰 한 구절을 입 밖으로 내던진 적이 있었을까? 그리고 만약 그런 적이 있었다면 그는 물 위에 떠 있는 예의 그 꽃들을 위해 어떤 말을 찾아냈을까? 그는 표현의 대단한 거장이었으므로, 분명히 자연의 미의 원천으로부터 자신의 마음을 가득 채웠을 것이다.

물론 『로마제국 쇠망사』가 가혹하게 요구한 것은 결국 불멸의 생명을 누릴 만한 많은 말들의 사멸과 추방을 의미했다. 질서와 어울림이 철저하게 강요되었다. 그는 "상상의 꽃들이, 약간

1　영국 서식스에 있는 셰필드 경의 저택이다.

의 기분 좋은 오류가 편견의 잡초와 더불어 뿌리째 뽑히지 않았나"[2] 하는 의문을 곰곰이 생각했다. 여전히 그의 마음은 말들이 속삭이고 있는 회랑이었다. 그 유명한 저녁기도를 읊조리는 "맨발의 수사들"은 배후에서 속삭이고 있는, 크리스토퍼 말로[3]가 묘사한 "그리고 어느 맨발의 수사만큼이나 낮게 급히 머리를 숙인다."[4]를 기억해낸 것이었을지도 모른다. 이렇다 하더라도, 기번이 물에 비친 철쭉들을 보았다면 그가 무슨 말을 했을까 하고 생각해보는 것은 헛된 일이다. 그가 살았던 18세기 후반에 셰필드 저택의 창문 밖을 내다본 한 소녀가 물에 비친 철쭉이 아니라 물 위를 떠다니는 "이제 완전히 잿빛인 […] 네 마리의 어린 백조들"을 보았기 때문이다. 게다가, 그는 애써 정원에서 산책하려고 했을 것 같지도 않다. 바로 그 소녀, 마리아 요세파 홀로이드[5]는 "깁[기번]은 산책하는 사람에게는 치명적인 적이다. 그리고 그는 너무 냉랭해서 우리를 매일 밤 몹시 찌는 듯이 더운 크리스마스 화롯가에 앉아 있게 한다." 하고 말했다. 여름밤 그는 거기에서 최상의 기분으로 끊임없이, 즐겁게 이야기하며 앉아 있었다. 어떤 곳도 그에게 셰필드 저택보다 더 집 같은 곳은 없었기 때문이며, 그는 홀로이드가 사람들을 자신의 육친으로 생각했기 때문이다.

마리아의 눈을 통해 본 기번은―그녀는 때로는 그를 "깁", 때로는 "위대한 기번", 때로는 "역사가"라고 불렀다―기번 본인이 생각한 기번과 달라 보였다. 1792년, 그녀는 21세의 젊은 여성이었고, 그는 55세의 남성이었다. 그에게 그녀는 "키가 크고 한창 피어나는 마리아"였고, "다정하면서도 당당한 마리아"였다. 또한

---

2 기번, 『나의 삶과 글에 대한 회고록』

3 크리스토퍼 말로(Christopher Marlow, 1564~1593). 영국의 극작가, 시인, 번역가이다.

4 말로의 『몰타의 유태인 The Jew of Malta』 2막 3장 가운데 바라바스의 대사이다.

5 셰필드 경의 딸이다.

입양한 조카딸이었으며, 그는 그녀의 예법을 바로잡을 수 있었고 그녀의 미래를 예측할 수 있었다. "그 가정은 틀림없이 멋질 것이다. 그 삶은 틀림없이 행복할 것이다." 그는 그녀의 문체가 훌륭하다는 것을 인정할 수 있었다. 특히 강둑에서 새어나오는 라인강에 관한 하나의 은유를 말이다. 그러나 그녀에게 그는 종종 비웃음의 대상이었다. 그는 너무 뚱뚱했다. "그녀(드 실바 부인)가 나타날 때마다 방을 가로질러 뒤뚱거리며 걷고, 그의 둥근 눈에 눈물이 그렁그렁할 때까지 그녀 곁에 앉아 그녀를 바라보는" 그런 우스운 인물이었다. 시계태엽 장치처럼 살면서 자신의 계획이 어긋나는 것을 싫어했던 꽤 성미 급하고, 또 늙은 독신 남자였다. 그러나 그녀는 동시에 그가 이야기꾼 가운데 가장 기분 좋게 해주는 사람이라는 것을 인정해야만 했다.

그 여름밤, 그는 그 집에 머물고 있던 두 청년인, 프레드 노스 Fred North와 더글러스 씨Mr. Douglas를 대화로 이끌어내, 그가 없었을 때보다 그들이 한층 더 재미있는 사람이 되게 했다. 그들이 그리스어와 라틴어나 혹은 거북이 수프에 대해 얘기하든, "그들의 대화가 하찮거나 심각하든 그들보다 더 유쾌할 수 있는 세 명의 멋쟁이를 선택하기란 불가능했다." 그 여름 동안 기번 씨는 거북이에 관해 "열심히 이야기하고" 있었으며 셰필드 경이 런던에서 한 마리를 가져와 키우기를 원했다. 마리아의 시선은 즐거움과 존경이 뒤섞인 채 그에게 머물러 있었다. 그러나 단지 그에게만 머문 것은 아니었다. 방 안에는 프레드 노스와 더글러스 씨가 있었고, 바깥 연못에 백조가 있었고 또 숲이 있었기 때문이다. 뿐만 아니라 군인들이 저택의 드넓은 정원의 출입구를 지나치며 터벅터벅 걷고 있었기 때문이다. 왕자는 손수 사열하고 있었다. 그들은 야영지를 점검하기 위해 이리저리 다니고 있었다. 기번 씨와 세레나[6] 아주머니는 역마차 안에 있었고, 그녀는 그녀의 아버지가 허락했을 경우에만 말을 타고 있었다. 그러나 언뜻 본 그녀의 아버지는 다른 데 관심이 있다는 것을 넌지시 드러냈다. 그는 몹시 친절했다. 그는 왕자와 공작이 머무르기를 요청했다. 그리고 그녀의 어머니가 돌아가셨기 때문에, 모든 식사 준비와 여흥은 그녀에게 돌아갔다. 게다가 그녀 아버지의 표정에는 마치 원조를 요청하는 것처럼 그녀에게 기번 씨를 바라보도록 하는 무언가가 있었다. 그는 그녀의 아버지에게 영향력을 줄 수 있는 유일한 사람이었다. 그녀의 아버지를 정신 차리게 할 수 있는 유일한 사람이었다. 그의 무절제를 저지할 수 있고, 그의 무엇인가를 제지할 수 있는 유일한 사람이었다.

그러나 그녀는 여기에서 멈추었다. 그녀의 아버지의 성격에는 딸이 평범한 말로는 표현할 수 없는 어떤 나약함이 있었기 때문이다. 어쨌든 그녀는 아버지가 두 번째 결혼을 했을 때 매우 기뻐했다. "왜냐하면 이 신사를 알고 있는 우리가 뭔가 염려해야 하겠지만, 조만간 난처한 일이 일어날 것이라 생각하니 나는 아주 즐겁기 때문이다." 그녀가 아버지의 어떤 나약함에 대해 암시하든, 기번 씨는 적절한 사리 분별로 그녀의 아버지를 제지할 수 있는 유일한 친구였다.

그 귀족과 그 역사가의 관계는 매우 독특했다. 그들은 헌신적이었다. 그렇지만 철저하고 자기 확신에 차 있으며 아마도 자유롭게 사는 세속적인 사람이 점잖고 늘 앉아서만 일하는 박식한 역사가에게 애착을 느끼게 되는 것은 도대체 어떤 유대 때문일까? 어쩌면 정반대인 사람들 간의 끌림일 것이다. 온갖 일에 관여하고 분명하며 철저하게 세속적인 사람의 상식을 지닌 셰필드

6 셰필드 경의 여자 형제이다.

는 때때로 그 역사가에게 그가 틀림없이 필요로 하는 것을 제공했다. 그를 "이 지독한 짐승 같은 인간"이라고 부를 어떤 사람, 그에게 영국 땅에서 견고한 지반을 제공해줄 어떤 사람을 말이다. 의회에서 기번은 입을 다물고 있었다. 사랑에는 서툴렀다. 그러나 친구인 홀로이드는 여남은 위원회의 구성원이었다. 그리고 한 명의 아내가 무덤 속에서 두 해를 보내기 전에 또 다른 아내를 맞이했다. 만약 우리가 어느 정도 우리 고유의 인격체로 살 수 없는 삶을 살기 위해 친구들을 선택하는 것이 사실이라면, 그렇다면 우리는 왜 그 귀족과 그 역사가가 헌신적이었는지 이해할 수 있다. 왜 위대한 작가가 미사여구로 된 언어를 내던지고 활기찬 구어체를 셰필드에게 썼는지, 왜 셰필드가 기번에게 경의를 표하여 무절제를 억제하고 열정을 제어했는지, 왜 기번이 아내의 죽음에 대해 셰필드를 위로하려 역마차를 타고 유럽을 횡단해 달려갔는지, 그리고 항상 수없이 많은 일로 바빴지만, 왜 셰필드가 기번의 복잡하게 뒤얽힌 돈 문제를 처리하기 위해 시간을 내었고, 또한 이제 헤스터 고모의 유산 업무를 처리하는 일에 실제로 관여하고 있었는지도 이해할 수 있다.

헤스터 기번이 조카를 낮게 평가한 사실과 그녀의 신념을 고려해볼 때, 그녀가 그에게 무엇이든 남겼다는 것은 놀랄 만한 일이었다. 그녀에게 기번은 그 모든 육욕, 그녀가 여러 해 전에 폐기한 지성에 대한 그 모든 허영을 상징했다. 여러 해 전, 그들이 서가의 난로 주변에 앉아서 라틴어와 그리스어 그리고 거북이 수프에 대해 토의했던 그 여름밤보다 더 여러 해 전, 헤스터 기번은 그러한 모든 허영을 과거지사로 돌렸다. 그녀는 퍼트니와 자신의 아버지 집을 떠나 남자 형제의 가정교사인 윌리엄 로[7]를 따라 노샘프턴셔에 있는 그의 집으로 갔다. 킹스클리프라는 마을에 있는 그의 집에서 그녀는 그의 신비주의 철학을 이해하기 위해, 그것을 좀더 성공적으로 실천하기 위해 그와 함께 살았다. 무지한 자들을 가르치고, 검소하게 살며, 걸인들에게 먹을 것을 제공하고, 그녀의 재산을 자선 행위에 쓰면서. 조카가 관찰한 바처럼 그녀는 성자들과 합류하는 데 성급하지 않았기 때문에, 드디어 그녀는 거기에서 86세에 로의 무덤 속 그의 곁에 잠들었다. 반면에 그와 사랑이 아니라 가정을 공유한 허치슨 부인[8]은 그들의 발밑에 있는 더 열등한 자리에 묻혔다. 두 인간을 갈라지게 할 수 있는 가능한 모든 차이가 고모와 조카의 관계를 갈라지게 한 듯하다.

그런데도 그들은 무엇인가 공통적인 것을 가졌다. 퍼트니의 평범한 사람들은 그녀가 미쳤다고 했다. 그녀의 믿음이 과도했기 때문이다. 신학계에 있는 사람들은 그를 사악하다고 했다. 그가 너무나 믿음이 적었기 때문이다. 고모와 조카 모두 세상 사람들이 무리가 없다고 생각하는 데 딱 들어맞는 정도의 회의주의와 믿음을 표현하는 일이 불가능하다는 것을 알았다. 그리고 두 사람 사이의 바로 다음과 같은 차이가 어쩌면 조카에게 영향을 미쳤을 것이다. 그가 자신이 숭배하던 세상의 호의를 얻기 위한 미덕을 실천한 청년이었을 때, 그의 특이한 고모는 그에게 조소를 불러일으켰다. 그는 "그녀의 의상과 모습은 우리가 가면무도회에서 볼 수 있었던 그 어떤 것보다 과하다. 그녀의 언어와 사고

---

7   윌리엄 로(William Law, 1686~1761). 영국 국교회 목사. 그의 신비적이고 신학적인 글은 계몽주의 사상가들과 당대의 영국 복음주의 운동에 많은 영향을 주었다. 자신의 소신에 따라 조지 1세에게 충성 맹세를 거부하여 영국 국교회의 목사직을 잃자, 그는 개인 교사 일과 저술 활동을 했다.

8   아치볼드 허치슨(Archibald Hutcheson, 1659~1740)의 부인. 허치슨은 윌리엄 로가 기번 아버지의 개인 교사로 있는 동안 기번의 집을 방문하여 로에게 조언을 구한 저명인사 가운데 한 명이다. 허치슨은 국회의원이었다. 그의 사후 허치슨 부인은 로, 헤스터 기번과 함께 킹스클리프에서 함께 생활했다.

방식은 지난 세기의 것이다." 하고 썼다. 사실, 그녀에게 편지를 썼을 때, 그의 도회풍의 예의 바름이 결코 사라진 것은 아니었지만—우리는 그가 그녀의 법적 상속인이었다는 것을 상기하게 된다. 그가 그녀를 칭했던 것처럼 그 성인, 즉 노샘프턴셔의 경건한 부인에 대해 타인에게 논평하는 일은 정확하게 아이로니컬한 방식이었다. 그리고 그는 그 사소한 나약함을 악의적으로 언급하는 것을 잊지 않았다. 허치슨 부인이 유언에서 그녀를 잊었을 때의 분노를 말이다. 또한 그녀가 만나기를 거절했던 조카로부터 돈을 빌리고자 한, 비난받을 만한 그녀의 요구를 말이다. 이런 것들이 그가 생각하기에 몹시 두드러지는 성인다운 기질의 특성이었고, 종교적 열정으로 흐려진 마음의 아주 흔한 부수물이었다. 마리아 홀로이드가 관찰했고, 남들이 그녀를 따라 관찰했던 것처럼 그 위대한 역사가는 둥근 입을 가졌지만, 대단히 뾰족한 혀를 가졌다. 그리고 — 누가 알까? — 처음으로 그 무기를 날카롭게 만든 사람이 바로 헤스터 고모 본인이었을지도 모른다. 예를 들어, 에드워드의 아버지는 그의 가정교사인 윌리엄 로에 관해 말했을지도 모른다. 물론 경탄할 만한 사람이라고. 자신처럼 주위가 산만한 낭비벽 있는 사람의 가정교사로 있기에 너무나 위대한 사람이라고.

그럼에도 윌리엄 로는 퍼트니에 있는 기번의 집에서 자신의 친구들로 집을 꽉 채운 채 매우 마음 편히 있었다. 그리고 헤스터가 자신과 열렬히 사랑에 빠져드는 것을 허용했다. 그렇지만 결혼은 그의 신조에 어긋나는 것이어서 그녀와 결코 결혼하지는 않았다. 다만 그녀의 헌신과 수입만을 받아들였는데, 다른 데에서는 비난받았을 행동이었다. 그래서 그는 사람들의 입에 오르내렸을 것이다. 어쨌든 아주 어린 시절부터 에드워드는 탈속적인 사람들의 기이함, 신앙심 깊은 자들의 모순에 대해 틀림없이 개인적인 견해를 가졌을 것이다. 그러나 드디어 헤스터 고모는, 조카가 불경하게 지적하고 있듯이, "할렐루야를 노래하러 가버렸다." 그녀는 무덤 속에서 윌리엄 로와 함께 잠들어 있었다. 그녀가 어떤 무아경, 어떤 고통, 어떤 질투, 어떤 만족을 겪은 생을 마치고 난 뒤인지 누가 알겠는가? 오직 확실한 것은 그녀가 백 파운드와 뉴헤이븐의 사유지를 "비록 신앙심은 없지만 가난한 조카"에게 유산으로 남겼다는 것이다. 그는 "그녀가 더 잘했을 수도 있었고, 더 나빴을 수도 있었을 것이다."라고 평했다. 그리고 기묘한 우연의 일치로 그녀의 토지는 홀로이드가의 소유지로부터 멀리 있지 않았다. 셰필드 경은 그것을 간절히 사고 싶어 했다. 그는 얼마간의 목재를 베어 쉽게 그 땅의 비용으로 지불할 수 있을 것이라고 확신했다.

만약 우리가 그 당시 헤스터 고모의 의견을 받아들인다면, 기번은 육체의 허영 속에 뒹구는, 믿음의 신성함을 비웃는 속물이었다. 그러나 그의 어머니의 자매인, 다른 아주머니는 그에 대해 다른 견해를 가지고 있었다. 키티 이모에게 그는 갓난아기일 때부터 내내 심각한 걱정의 원인이었다. 그는 너무 병약했고, 자만심이 강했다. 그는 그런 천재였다. 그의 어머니는, 빈번히 출산을 하고 게다가 쾌락을 향한 욕구가 있기 때문에 육아실을 돌보는 일을 피할 수 있을 때 결혼하지 않은 자매들을 몹시 잘 이용하는 그런 경박한 여성들 가운데 한 사람이었다. 더구나 그녀는 한창때 세상을 떠났다. 그래서 키티는 말할 것도 없이 그 모든 요람의 유일한 생존자를 돌보았고, 그를 양육했으며, 그를 어루만져 주었다. 그리고 그녀는 그에게 이교도 문학에 대해 처음으로 애정을 가지게 해준 사람이었다. 그 애정은 첨탑의 반짝임과 동양의 화려한 행사의 번쩍이는 순간을 때때로 지나치게 활기 없고 젠체하는 그의 산문 속으로 아주 멋들어지게 가져올 수 있게 했다. 헤스터 고모를 분개하게 했을 아낌없는 풍부함으로, 마법에 걸린 세계의 —에드워드가 그 속에서 영원히 떠돌아다닐 운명인, 『바람의 동굴 *The Cavern of the Winds*』, 『행복의 궁전 *Palace of Felicity*』, 포프의 『호머 *Homer*』, 그리고 『아라비아의 야화 *Arabian Nights*』의 세계 — 문을 열어젖힌 사람이 바로 키티 이모였다. "한 제목이 내 눈길을 끈 경우, 나는 두려움이나 경외심 없이 선반에서 그 책을 끄집어냈다. 그리고 도덕적이고 종교적인 사색에 빠져 있던 포턴 부인[9]은 소년의 기운보다 더 강한 호기심을 저지하기보다는 격려하기를 더 잘했다." 그리고 처음으로 그의 말문을 열게 했던 사람도 바로 그녀였다. "그녀의 관대한 친절함, 기질의 솔직함, 그리고 나의 타고난 치솟는 호기심이 곧 우리 사이의 모든 거리감을 제거했다. 동년배의 친구처럼 우리는 친숙한 것이건 난해한 것이건 모든 주제에 대해 자유롭게 대화를 나눴다." 그 여름밤 서가의 난로 앞에서 끊임없이 지속되었던 대화를 시작했던 사람이 바로 그녀였다.

만약 그 아이가 그의 고모와 그녀의 동반자의 손에 맡겨졌더라면 무슨 일이 일어났을까? 윌리엄 로가 모든 독서를 통제하고 모든 호기심을 비난한 것처럼, 만약 그들이 그가 읽는 것을 통제하고 호기심을 제어했더라면 우리는 『로마제국 쇠망사』를 얻을 수 있었을까? 그것은 흥미로운 질문이다. 그러나 성미가 서로 맞지 않는 두 아주머니가 기번에게 미친 영향은 그의 본성 속에 내재한 모순을 드러나게 했다. 그가 자신에게 거액의 재산을 남겨주리라 기대했던 헤스터 고모는, 그의 편지로 미루어 짐작건대

---

9 캐서린 포턴Catherine Porten, 키티 이모를 말한다.

위선적인 구석과 구변 좋고 타산적인 인습성의 기질을 부추겼다. 그는 셰필드에게 그녀의 신앙심을 비웃었다. 그녀가 세상을 떠났을 때, 그는 경솔한 농담으로 그녀의 죽음을 환영했다. 다른 한편 키티 이모는 그에게서 경건하고 효심이 있는 구석을 끌어냈다. 그녀가 죽었을 때, 그는 마치 잠시 동안 자신이 기독교 신앙을 좋아하도록 만든 것이 그 성자가 아니라 그녀인 것처럼, "영혼의 불멸성은 때에 따라서는 매우 위안이 되는 교리이다." 하고 썼다. 그리고 그녀가 셰필드 저택에 머물도록 요청받았을 때, "키티 이모는 내가 머물던 방에 누워 있고 싶은 은밀한 소망을 가지고 있어서, 만약 그 방이 비게 되면 마음껏 즐겼을 것이다."와 같은 생각을 하게 한 것도 분명히 그녀였다. 그리하여 헤스터 고모가 무덤 속에서 윌리엄 로와 함께 누워 있었던 데 반하여, 키티 이모는 키 작은 기번이 늘 사용했던 발판으로 도움받아 네 기둥이 있는 큰 침대로 올라갔다. 그리고 그녀의 조카가 거기에서 잠잘 때 항상 보았던 바로 그 찬장과 의자들을, 그리고 어쩌면 그 연못과 창문 밖의 나무들을 바라보면서 거기에 누웠다. 그의 눈길이 먼 지평선을 응시하며 훑고 지나가고 로마의 황제들의 행렬을 주목하여 개관했던 그 위대한 역사가는 또한 다소 따분한 노부인에게 세심하게 그 시선을 고정할 수 있었다. 그리하여 어떤 특정한 침대에서 잠자고 싶어 하는 그녀의 몽상을 추측할 수 있었다. 그는 기묘한 혼합체였다.

아주 이상하다고, 마리아는 바느질하는 동안 그가 이야기하는 것을 들으면서 거기에 앉아 생각했을지도 모른다. 이기적이지만 다정해. 어리석지만 고상하지. 어쩌면 인간 본성은 그럴지도 몰랐다. 결코 한결같지 않고, 매 순간 달라진다. 가구의 모습이 벽난로 불빛을 따라 변해가듯이, 그리고 밤바람이 그 연못의 수면 위로 스쳐 지나갈 때, 그 수면이 변하듯이 달라지고 있다. 그러나 자러 갈 시간이었다. 파티는 끝났다. 그녀는 기번 씨가 계단을 오르는 데 약간 어려워하는 것을 걱정스럽게 주목했는데, 왜냐하면 그녀는 진심으로 그를 좋아했기 때문이다. 그는 건강이 좋지 않았다. 지병 때문에 가벼운 수술이 필요했다. 그래서 그는 애석하게도 그들을 떠나 도시로 갔다. 수술은 끝났다. 소식은 좋았다. 그들은 곧 그가 다시 그들과 함께 있게 되기를 희망했다. 그러더니 갑자기 1월의 어느 날 밤, 다섯 시와 여섯 시 사이에 그가 위급하게 아프다는 것을 말해주는 속달이 셰필드 저택에 도착했다. 셰필드 경과 그의 누이 세레나는 곧바로 런던을 향해 출발했다. 다행히 날씨는 맑았고 달이 높이 떠 있었다. "그날 밤은 낮처럼 환했다." 하고 세레나는 마리아에게 편지를 썼다. "밤의 아름다움은 장엄했고 잇따른 우리의 생각 탓에 거의 구슬펐다. 하지만 그것은 우리의 마음을 평온하게 해주는 듯했다." 그들은 한밤중에 기번의 숙소에 도착했다. 그리고 "가엾은 두쏘Dussot는 그가 이미 죽었다는 것을 나에게 말해주기 위해 절망적인 모습으로 현관에 이르렀다." 그는 그날 아침에 세상을 떠났다. 그는 이미 관의 딱딱한 외피에 싸인 채 누워 있었다. 며칠 뒤 그들은 그를 셰필드 저택으로 데려왔다. 넓은 정원을 가로지르고 연못을 지나쳐 그를 옮겼다. 그리고 웅장한 무덤 속의 홀로이드가 사람들 사이에 진홍색 천을 덮어 그를 눕혔다.

"다정하면서도 당당한 마리아"에 대해 말하자면, 그녀는 1863년까지 생존했다. 그리고 버트런드 러셀[10]의 어머니인, 그녀의 손녀 케이트는 그 나이의 노부인이 죽음을 신경 쓰는 것에 대해 놀

---

10 버트런드 러셀(Bertrand Arthur William Russell, 1872~1970). 영국의 수학자, 철학자, 수리논리학자, 역사가, 사회 비평가. 20세기를 대표하는 천재이자 지성인으로 여겨진다. 1950년 노벨문학상을 수상했다.

라워했다. 셰필드 저택에서 기번을 환대했고, 프랑스혁명의 시기를 겪으면서 살았던 노부인이 말이다.

고딕 로맨스
Gothic Romance

많은 사람이 당황할 만한 일에 침착하게 대처할 수 있었다는 것은 버크헤드[1] 양에게 타고난 분별력이 있다는 것을 잘 보여준다. 그녀는 엄청나게 많은 책들을 (책에 깃눌려) 질식하지 않고 읽어냈다. 엄청나게 많은 플롯을 토하지 않고 분석해냈다. 그녀의 문학적 감각은 쓰레기통 가득 넘치도록 쌓인 케케묵은 소설들에도 무뎌지지 않았다. 그녀는 "고딕 로맨스와 공포 소설들의 기원을 개략적으로 추적하려고" 어둡고 먼지 쌓인 지하실과 다락방을 뒤질 수밖에 없었다. 우리 문학의 두터운 실타래의 한 가닥을 잡아 그 흐름을 추적해보는 것은 의미 있는 일이다. 아마도 버크헤드 양이 충격과 공포의 미학적 가치에 대한 비평적 논의들을 포함하여 논의의 폭을 넓히고, 특별히 이런 자극을 요하는 취향에 대해 분석을 했더라면 그녀의 저서에 대한 관심이 증가했을

---

1 이디스 버크헤드(Edith Birkhead, 1889~1951). 브리스톨 대학의 영문학과 교수이며 리버풀대학의 노블 펠로우였다. 그녀는 고딕 문학에 대한 선구적인 책, 『테러 이야기 *The Tale of Terror*』(1920)를 썼다. 이 책은 호레이스 월폴의 『오틀란토 성』에서부터 찰스 마투린 Charles Maturin의 『방랑자 멜모스 *Melmoth the Wanderer*』(1820), 그리고 현대에 이르기까지 영문학에 있어 초자연적 소설에 대한 특별한 관심에 관해 서술했다. 여기에 너새니얼 호손, 에드거 앨런 포를 비롯한 미국 작품들도 포함하고 있다.

지도 모른다. 그래도 그녀의 저술은 연구자들에게 연구를 좀더 진척시킬 수 있는 자료로 제공할 정도로는 충분히 읽을 만하다.

고딕 로맨스가 호레이스 월폴의 『오틀란토 성*The Castle of Otranto*』(1764)에 의해 도입되었다는 주장이 있는데 스펜서나 셰익스피어의 로맨스와 혼동할 필요는 없다. 그것은 당시 스타일에 대한 반발이며 그것을 완화하기 위해 반쯤 장난삼아 만들어진 인위적인 상품이자 기생물이다. 클라라 리브, 래드클리프 부인,[2] 몽크 루이스,[3] 찰스 마투린, 사라 윌킨슨 등의 유명한 고딕 로맨스 작가들의 이름을 훑어보면, 우리는 그들이 만들어내는 터무니없는 광경에 실소를 금할 수 없을 것이다. 우리는 그들보다 낫다고 스스로 우쭐할지도 모른다. 하지만 우리 조상들이 베넷 부인의 『거지 소녀와 후원자』를 출판 당일 일곱 권 세트에 36실링을 주고 2천 권이나 산 걸 보면, 그 쓰레기 같은 작품에 뭔가 구미가 당기는 것이 있었거나, 조야한 취향에 무언가가 있었음에 틀림없다. 선조들에 대해선 좋은 쪽으로 해석하는 것이 예의상 마땅하다. 자, 우리가 그들 입장이 한번 되어보자.

1764년에 보통 도서관 장서의 일부는 아마도 존슨의 『인간 욕망의 허영*Vanity of Human Wishes*』, 그레이의 시집, 리처드슨의 『클라리서』, 애디슨의 『카토』, 포프의 『인간에 대하여*Essay on Man*』 등으로 구성되어 있었을 것이다. 누구도 이보다 더 출중한 동반자를 바랄 수는 없을 것이다. 그와 동시에, 문학 비평가들이 좀처럼 인식하지 못하지만, 문학에 대한 애호는 처음에는 좋은 책들에

---

2 앤 래드클리프(Ann Radcliffe, 1764~1823). 영국 작가로 고딕소설의 선구자다. 그녀는 소설에서 초현실적 현상을 설명하는 기법을 사용하여 1790년대의 고딕소설을 품위 있게 만들었다고 평가된다. 『우돌포의 비밀*The Mysteries of Udolpho*』(1794)을 썼다.

3 본명은 매튜 그레고리 루이스(Matthew Gregory Lewis, 1775~1818)로 영국 소설가이자 극작가이다. 그가 1766년에 발표한 소설 『수사*The Monk*』가 크게 성공한 이후 '몽크'라는 별명으로 널리 알려졌다.

의해서가 아니라 종종 나쁜 책들에 의해 촉발되고 길러진다. 도서관에서 모든 독서를 다 마치고 지하철에서 읽을 것이 없다면 잘 풀린 날이 아닐 것이다. 18세기에는 당대의 문학적 혜택을 즐겁게 누리지 못하는 상당한 규모의 대중이 있었음에 틀림없다. 하루가 얼마나 길었고, 소일거리가 얼마나 빈약했었는지 생각해본다면, 일군의 작가들이 지배적인 대가들에 맞서 분연히 일어났다고 해서 놀랄 필요는 없다.

호레이스 월폴과 클라라 리브, 그리고 래드클리프 부인은 모두 자신의 시대에 등 돌리고 중세의 멋진 모호함 속으로 뛰어들었다. 중세는 성과 납작, 해자, 그리고 살인 등에 있어 18세기보다 훨씬 풍요로웠기 때문이다. 호레이스 월폴이 반쯤 장난삼아 시작했던 것을 래드클리프 부인은 진지하게 그리고 힘차게 계속했다. 미스터리를 다 전개시켜놓고 나서 자기가 쓴 미스터리에 대해 굳이 설명하려고 애쓴 것을 보면 그녀는 분명 이런 작업이 꺼림칙했던 것 같다. "부패되고 얼굴과 손에 구더기가 끓어 훼손된" 사람의 시체는 어떤 맹세를 지키기 위해 거기에 가져다 놓은 진짜 같은 밀랍 형상으로 밝혀진다. 그렇지만 처음에는 미스터리를 만들어내느라, 다음엔 그걸 설명하느라 끊임없이 애쓰는 소설가에게 글을 예술적으로 다듬을 여유가 없었다는 건 조금도 놀랍지 않다.

버크헤드 양이 말하길, "래드클리프 부인의 여성 주인공들은 모든 개성적 특징들이 모여서 하나의 표정 없는 유형이 되어버린 합성 사진과 다를 바 없다." 똑같은 문제들이 자극적이고 모험을 다루는 대부분의 책에서 나타난다. 그리고 결국은 그 주제에 내재한다. 숙녀가 멋진 유화 풍경화를 보려다가 구더기가 우글거리는 벌거벗은 남자의 시체를 마주하고는 비명을 지르거나 기절해 쓰러지는 것 말고 다른 반응을 한다는 것은 있을 법하지 않기 때문이다. 비명을 지르고 기절해 쓰러지는 여자들은 늘 똑같이 그렇게 한다. 그래서 계속적으로 충격을 주는 공포소설을 쓰기는 아주 어렵다. 처음에는 김빠지고 나중에는 우스꽝스러워지기 십상이기 때문이다. 심지어 "아델라인 바넷은 백합처럼 곱고, 소나무처럼 늘씬하며, 예쁜 검은 눈은 다이아몬드처럼 반짝이고, 움직임은 여신같이 기품이 있었다." 하고 썼던 윌킨슨 양조차 글을 쓰는 와중에 자신이 선호하는 문체를 조롱하지 않을 수 없었다.

스콧과 제인 오스틴, 그리고 피콕은 (높은 예술적 성취에서) 몸을 낮추어 이 터무니없는 전통을 조롱했고 아무튼 [고딕 로맨스를] 몰아내어 지하로 숨어버리게 했다. [고딕 로맨스는] 19세기 내내 지하에 숨어서 번성했는데, 오늘날 우리는 『유돌포의 미스터리』의 후손이라는 것을 쉽사리 알아볼 수 있는 책들을 가판대에서 6펜스에 살 수 있다. 아델라인 바넷도 결코 사멸하지 않았다. 그녀는 요즘은 아마 백작의 딸로 나올지도 모르겠다. 짙은 화장에 성질 나쁜 사교계의 일원으로 말이다. 하지만 당신이 그녀를 윌킨슨 양의 아델라인이라 부른다면 그녀는 응답하지 않을 수 없을 것이다.

로맨스가 고딕이 되고 상상력이 헛소리가 되는 정확한 순간을 판별해내는 것은 분별력을 키우는 데 훌륭한 연습이 될 것이다. 콜리지[4]의 『쿠빌라이 칸』에 나오는 악마 애인을 찾아 울부짖는 여인에 대한 시 구절은 감정을 성공적으로 사용한 완벽한 예다. 버크헤드 양이 보여주듯이, 어려운 문제는 언제 멈춰야 할지를 아는 것이다. 유머는 조절하기가 상대적으로 쉽다. 심리는 너

---

4   새뮤얼 콜리지(Samuel Taylor Coleridge, 1772~1834). 영국의 낭만주의 시인, 평론가이다.

무 어려워서 자주 과하게 쓸 수 없다. 그러나 로맨스 재능은 쉽사리 통제를 벗어나 그 소유자를 무참하게 나쁜 평판에 빠지게 한다. 마투린과 몽크 루이스는 공포를 너무나 심하게 사용해서 래드클리프 부인이 차분하고 침착하게 보일 지경이었다. 그들은 그 대가를 치렀다. 한때는 우리를 공포로 얼어붙게 했던 해골바가지 여인, 흡혈귀 신사, 수도승 부대와 괴물들이 이제는 하인들 숙소의 어둑한 벽장 속에서 꿈얼거리고 있을 뿐이다.

오늘날 우리는 좀더 섬세한 방법으로 그런 효과를 낸다고 착각한다. 우리를 떨게 하는 것은 우리 안에 있는 유령이지 부패하는 남작의 시체나 악귀의 지하 활동이 아니다. 경계를 넘고 싶고, 위험 없이 흥분을 느끼고 싶고, 삶의 현실에서 가능한 멀리 도피하고 싶은 욕망이 끊임없이 우리로 하여금 미스터리와 미지의 세계라는 위험한 재료들을 만지작거리게 한다. 버크헤드 양이 제안하듯이 과학은 비행기와 전화를 사용해 미래의 고딕 로맨스를 변모시킬 것이다. 벌써 대담한 소설가들은 놀라움과 절망의 효과를 위해 정신분석학을 이용한다. 소설에서 비정상적인 것을 차용하는 데에는 이미 그런 위험이 따른다. 젊은 세대들은 『나사의 회전』의 공포가 머리털을 쭈뼛하게 만들기엔 너무 약하고 구식이라는 소리를 한다. 과연 헨리 제임스를 고딕 작가라 할 수 있을까?

III 소설이라는 거울

19세기

월터 스콧 경
Sir Walter Scott

1. 『애버츠포드의 가스등 Gas At Abbotsford』

소설가 스콧[1]은 통째로 삼켜져 우리 몸과 머리의 일부가 되거나 아니면 전적으로 거부된다. 중도파란 존재하지 않는다. 어떤 참견꾼들도 중재안을 들고 진영에서 진영으로 뛰어다니지 않는다. 전쟁이 없는 탓이다. 디킨스, 트롤럽,[2] 헨리 제임스, 톨스토이, 브론테 자매들의 소설은 끊임없이 논의된다. 하지만 스콧의 웨이벌리 연작소설[3]은 그렇지 않다. 그 소설들은 완전히 수용되거나, 전적으로 거부되어, 불멸성이라 불리는, 끊임없이 변화하는

---

1 월터 스콧(Sir Walter Scott, 1771~1832). 스코틀랜드의 소설가이자 시인이며 역사소설의 창시자이다. 독일 낭만주의 영향을 받아 스코틀랜드의 전설과 구전 민요 등을 모아 출판하였으며, 스코틀랜드의 향토색이 짙은 서사시를 쓰기도 했다. 스코틀랜드의 스튜어트 왕가의 복권을 시도했던 자코바이트 봉기(1745)를 다룬 『웨이벌리*Waverley*』(1814)에 이어서 18세기 스코틀랜드의 정치적, 종교적 격동사와 하일랜드 사회와 문화를 생생하게 그려낸 『웨이벌리 연작소설*The Waverley Novels*』(1814~1816)로 유명하다.

2 앤서니 트롤럽(Anthony Trollope, 1815~1882). 영국의 소설가이다. 바셋이라는 상상의 주를 중심으로 한 여섯 권의 연작소설 『바셋 주 연대기*The Chronicles of Barsetshire*』(1855~1867)가 가장 뛰어난 작품으로 알려져 있다. 특히 이 연작소설 중 두 번째 소설 『바체스터 탑*Barchester Towers*』(1857)이 가장 유명하다.

그 과정의 묘한 단계에 남아 있다. 만약 무엇인가 그 교착 상태를 깨뜨린다면 그것은 아마도 J. G. 테이트[4] 씨가 편집하고 개정하는 데에 크게 애쓴 스콧의 일기 중 1825~1826년 사이에 쓰여진 첫 권일 것이다. 스콧의 일기는 현존하는 스콧에 대한 최고의 전기이며, 전성기의 스콧과 암울한 시기의 스콧, 바이런[5]에 대한 가십과 제인 오스틴에 대한 유명한 논평을 모두 담고 있으며, 그중 단지 몇 개의 단락만 보더라도 자신의 천재성과 그 한계에 대하여 수많은 저서를 남긴 자신의 비평가들보다 스콧 자신을 더 분명하게 조명해주므로, 이 새로운 일기는 이렇게 어두컴컴한 어느 밤에 그 두 비전투 부대를 싸움으로 몰아갈지도 모른다.

그 바람직한 조우를 유도하기 위하여 1825년 11월 21일의 일기를 보자. "오늘 아침에 내가 회장 혹은 위원장으로 있는 오일가스 위원회에 참석했다." 록하트가 우리에게 말해주어 믿을 수 있듯이, 스콧은 가스등을 몹시 좋아했다. 그는 밝은 등을 좋아했고, 미미한 가스 냄새는 개의치 않았다. 식당과 거실, 복도와 침실에 수많은 배관을 설치하는 데 드는 경비나 일꾼들의 임금에 대해서라면 그는 자신의 상상력이 최고조에 이르렀던 전성기에 모두 처리했다. "조명 상태가 항상 유지되었다." 그리고 그 가스등은 휘황찬란한 방문객들을 비추었다. 공작과 공작 부인들, 유명 인사를 사귀고 싶어 하는 사람들과 아첨꾼들, 명사들과 무명의 인물들 모두가 애버츠포드[6]에 몰려들고 있었다. "오, 세상에, 대체

---

3   월터 스콧의 3부작 역사소설로 유럽에서 가장 많이 읽히고 인기를 누린 소설 중 하나이다.

4   존 테이트(John Guthrie Tate, 1861~1945). 『월터 스콧 일기문 *Letters of Sir Walter Scott*』의 편집자이다.

5   조지 바이런(Lord George Gordon Byron, 1788~1824). 영국 낭만주의를 주도한 시인이다. 『차일드 해럴드의 순례 *Childe Harold's Pilgrimage*』 『돈 주앙 *Don Juan*』 등의 시뿐만 아니라 자유를 추구하는 낭만적인 생애로 인해 더 유명하게 된 인물이다. 귀족의 작위를 가지고 있던 그는 낭비벽이 심했고 큰 빚을 지곤 했으며 수많은 연애 이야기를 낳았다.

이 행렬이 끝나기나 할까요, 아버지?" 하고 스콧 양이 외치면, 그녀의 아버지는 이렇게 대답했다. "오라고 두자꾸나. 더 많을수록 더 즐거운 법이니까." 그러면 다른 누군가가 걸어 들어왔다.

어느 날 밤, 스콧의 일기가 시작되기 한두 해 전에, 어느 낯선 젊은 예술가가 들어왔다. 애버츠포드에서 예술가들이란 워낙 흔해서 스콧의 애견 마이다조차도 그들을 알아보고는 일어나 방을 나갈 정도였다. 이번에는 초상화의 모델을 찾고 있는 무명에다 무일푼의 윌리엄 뷰익[7]이었다. 당연하게도 그는 가스등과 참석자들로 인해 상당히 압도되었다. 그래서 세인트 폴 성당의 귀머거리 주임 사제의 부인인 친절한 휴스 부인Mrs. Hughes은 그의 마음을 편안하게 해주려 애썼다. 그녀는 그에게 자신의 아이들이 싸울 때면 종종 뷰익의 목판화를 보여주며 싸움을 달래곤 했다고 이야기했다. 하지만 윌리엄 뷰익은 토머스 뷰익[8]의 친척이 아니었다. 그는 전에도 이런 이야기를 들었고 그럴 때면 이를 불쾌해했었을 법하다. 왜냐하면 그 자신도 화가가 아니었던가?

그는 사실 화가였고 매우 신통치 않은 화가였다. 헤이던[9]이 "나의 문하생인 뷰익은 야곱과 라헬의 초상화로 나의 희망을 실현시켰다."고 말하지 않았던가? 몇 년 후에 돈 문제로 그들 사이에 분쟁이 일었을 때, 그는 "뷰익은 다니엘의 왼발과 다리를 잘못 그려 명예를 실추할 뻔하자 내 문하를 빠져나가 예술원의 비호 아래로 은신했다."고 덧붙이지 않았던가? 하지만 우리는 헤이던의 증언이 아니더라도 뷰익의 초상화들이 형편없음을 안다. 우리는

---

6   애버츠포드는 월터 스콧이 1811년 구입한 저택으로 스코틀랜드 멜로즈에 있으며 지금은 월터 스콧 기념관으로 쓰인다.

7   윌리엄 뷰익(William Bewick, 1795~1866). 영국의 화가이다.

8   토머스 뷰익(Thomas Bewick, 1753~1828). 영국의 목판화가이다.

9   벤자민 헤이던(Benjamin Robert Haydon, 1786~1846). 영국의 화가. 문하생에 찰스 록 이스트레이크Charles Lock Eastlake, 윌리엄 뷰익 등이 있다.

그의 글을 통해 알고 있다. 그의 친구들은 항상 격렬한 신체적인 흥분 상태에 있는 것으로 그려지지만, 정신적으로는 미동도 하지 않은 채, 돌처럼 죽어 있다. 테니스를 치는 해즐릿에 대한 묘사가 있다. "그는 사람이라기보다는 사나운 동물처럼 보였다……." 그는 셔츠를 벗어 던지고, 껑충 뛰어오르고, 돌진했다. 경기가 끝났을 때 그는 땀을 뚝뚝 흘리며 기둥에 기대어 몸을 문질렀다. 그런데 그가 말을 할 때, "그는 뜻하지도 않은, 별 뜻도 없는 욕설을 뒤섞어 말을 내뱉었다."고 뷰익은 말한다. 그 욕설들은 되풀이될 수 없어, 우리는 상상만 해야 한다. 다른 말로 하면, 해즐릿은 말문이 막혔던 것이다. 혹은 이탈리아의 시인 포스콜로[10]가 워즈워스를 만났을 때 한, 작은 방에서의 저녁 모임에 대한 뷰익의 묘사를 들어보자. 그들은 논쟁을 벌였다. 포스콜로는 "일부러 주먹을 쥐고 워즈워스의 얼굴 가까이 코앞에까지 들이댔다." 그러고는, 갑자기, 그는 방 안을 빙빙 돌며, 자신의 외눈 안경을 내던지고, '알R' 발음을 굴리며, 고함을 쳤다. 부인네들은 "발과 옷자락을 끌어당겼다." 워즈워스는 "입을 벌리고 눈을 뜬 채, 숨을 쉬려 애쓰며" 앉아 있었다. 마침내 그가 입을 열었다. 그는 여러 장에 거쳐 장황하게 말했다. 아니 어쩌면 죽은 어구들이 그의 입술 위에 생기 없이 얼어붙은 채 얽혀 굳어 있었다. 잠깐 들어보자. "비록 우리가 라파엘의 탁월한 천재성이 지닌 아름다움을 이해하고, 또 바라건대, 충분히 찬탄할 수도 있지만 […] 우리는, 미켈란젤로의 […] 웅장함과 장엄함을 파악하기 위해서는 우리의 이해력을, 말하자면, 단단히 다잡아야 한다." 이것으로 충분하다. 뷰익의 그림들이 눈에 선하다. 우리는 배경에 있는 말이 재갈을 물고, 앞발로 땅을 차며, 히힝 하고 울 듯하는 동안 예복 밖으로 맨팔을 내뻗고 있는 조

---

10 우고 포스콜로(Ugo Foscolo, 1778~1827). 이탈리아의 시인이자 소설가이다.

부의 초상화 아래 더 오랫동안 앉아 있기가 얼마나 참을 수 없는 일인지 알게 된다.

그날 밤 애버츠포드에서 가스등은 정찬 식탁 위를 비추는 세 개의 멋진 샹들리에에서 빛을 발했다. 그리고 만찬은, "나의 친구 새커리라면 말했음 직하게, 정말로 훌륭했다." 그러고 나서 그들은 여러 개의 거울과 대리석 탁자들, 챈트리[11]의 흉상, 유약이 발린 목공예품들과 멋들어진 황동 봉에 진홍색의 술이 달린 커튼이 늘어져 있는 넓은 거실로 갔다. 그들이 들어서자 뷰익은 감탄했다. "환한 가스등, 아름다운 방 곳곳에 드러난 우아함과 고상함, 부인네들의 옷차림, 차 탁자의 화려함과 광채" ─ 뷰익이 묘사한 대로의 그 장면은 웨이벌리 연작소설의 가장 조악한 단락들을 떠올리게 한다. 우리는 보석들의 반짝임을 볼 수 있고, 새어나는 가스 냄새를 맡을 수 있고, 대화를 들을 수도 있다. 여기 친절한 휴스 부인과 한담을 나누는 스콧 여사가 있다. 점잔 빼며 지루하게 이야기를 이어가며, 아들 찰스와 그의 운동에 대한 열정에 대하여 투덜대는 스콧 자신도 있다. "하지만 나는 젊은 시절의 다른 취미처럼, 그것도 적당한 시기에 끝날 거라고 봐요." 제일 꼴불견인 것은 독일의 남작 데스테가 기타 줄을 퉁기며 "독일에서는 어떻게 북소리를 모방하여 군악의 기타 연주에 도입했는지"를 보여주는 모습이다. 스콧 양은 ─ 아니면 워더[12] 양이거나 웨이벌리 소설 속 또 다른 생기 없고 멍청한 주인공인가? ─ 넋을 잃고 경청한다. 그때, 갑작스레, 전체 장면이 바뀐다. 스콧이 낮고 애처로운 목소리로 민요 〈패트릭 스펜스 경Sir Patrick Spens〉[13]을 암송하기 시작했다.

---

11 프랜시스 챈트리(Sir Francis Legatt Chantrey, 1781~1841). 영국의 조각가로 월터 스콧의 대리석 흉상을 제작했다.

12 스콧의 『골동품 애호가*The Antiquary*』(1816)의 작중인물이다.

오, 오래오래 그 부인네들은 앉아 있겠지
손에는 부채를 들고
그네들이 패트릭 스펜스 경을 볼 때까지
그가 배를 타고 뭍으로 돌아오는 것을.

기타가 멈추었다. 암송이 끝날 무렵 월터 경의 입술이 파르르
떨렸다. 소설 속에서도 역시 같은 일이 일어난다. 생기 없는 영어
가 살아 있는 스코틀랜드어가 된다.

뷰익이 다시 왔다. 이번에도 그는 하나같이 천재성에 있어서나
혹은 지위에 있어 뛰어난 비범한 일행에 합류했다. 이번에도 샹
들리에의 반짝이는 자그마한 붉은 구슬들은 샹들리에 불꽃을 키
우자 "알라딘의 궁전에 알맞을 광채를 분출"하며 피어났다. 그리
고 그곳에 있는 그들 모두는, 가스등 불빛으로 환히 밝혀진 유명
인사들은, 선명한 유화물감을 묻힌 평범한 붓질로 칠해졌다. 아
주 구식의 타이를 매고 온통 검은색으로 차려입은 민토 경,[14] 음
울한 표정을 띤 채 마치 이발사의 대야를 대고 자른 후 빗질한 듯
한 머리 모양을 한 민토 경의 목사, 스콧의 이야기에 매료되어 접
시를 바꿀 것도 잊어버린 민토 경의 하인, 훈장과 장식 띠를 달고
있는 존 맬컴 경,[15] 그 훈장을 바라보고 있는 어린 조니 록하트.[16]
"너도 하나 받도록 해야지." 월터 경이 말하자 록하트는 미소를
지었다. "그의 변함없는 특징들이 완강한 침묵을 깨고 드러나는
것을 내가 지켜보았던 유일한 때였다 등등." 그리고 이번에도 그

---

13 영국의 구전 민요이다.
14 길버트 엘리엇 머레이 킨마운드(Gilbert Elliot-Murray-Kynynmound, 2nd Earl of
    Minto, 1782~1859). 제2대 민토 백작이자 영국의 외교관, 정치가, 휘그당원이다.
15 존 맬컴(Sir John Malcolm, 1769~1833). 영국의 외교관, 인도의 행정관이다.
16 존 록하트(John Hugh Lockhart, 1821~1831). 월터 스콧의 손자이다

들은 그 아름다운 방으로 들어갔고, 존 경은 자신이 그 유명한 페르시아의 이야기를 할 참이라고 큰 소리로 알렸다. 모두 다 불러들여야 했다. 모두 다 불려 왔다.

사람들로 넘쳐나고 훈훈한 집 안 곳곳에서 손님들이 모여들었다. "한 젊은 부인이, 내가 기억하기로는, 담요에 싸인 채 병상에서 옮겨져 소파에 뉘었다." 이야기가 시작되었다. 이야기가 계속되었다. 이야기는 너무 길어서 긴 단위로 끊어야 했다. 하나가 끝나자 존 경은 멈추고 "계속할까요?"라고 물었다. 스콧 여사가 "계속하세요, 어서 계속하세요, 존 경." 하고 간청하자 그는 이야기를 이어서 알렉산더 씨가 어디에선가 나타날 때까지 오래오래 계속했다. 프랑스인 복화술사인 알렉산더[17] 씨는 곧 프랑스식으로 광택을 낸 정찬 식탁에서 대패질을 흉내 내기 시작했다. "그 자세, 그 동작, 그 소리, 왼손으로 톱밥을 내던지며, 옹이마다 걸려 끼익대는 소리, 그 모두가 너무나도 완벽하여 스콧 여사는 놀라서, '오! 내 정찬 식탁, 당신은 내 정찬 식탁을 망치고 있군요! 다시는 식탁이 반짝이지 않을 거예요!' 하고 외쳤다." 그러자 월터 경은 그녀를 재차 안심시켜야 했다. "이건 단지 흉내일 뿐이오, 여보 […] 이건 단지 척하는 것이라오. […] 그는 절대로 탁자를 손상하지 않을 거요." 그러자 그 끼익대는 소리가 다시 시작되었고 스콧 여사는 다시 꺄악 소리를 질렀고, 복화술사의 이마에 땀이 흐를 때까지 끼익대는 소리와 꺄악대는 비명 소리가 계속되다가 이윽고 잠자리에 들 시간이 되었다.

스콧은 뷰익을 그의 방으로 데리고 갔다. 가는 길에 그는 멈춰서서 말했다. 그의 말은 단순했다. 이상하리만큼 단순했지만 그

17　니콜라스 알렉산더(Nicolas Marie Alexandre Vattemare, 1796~1864). 프랑스의 복화술사이며 박애주의자이다.

월터 스콧 경　245

모든 가스등과 광채 이후에 그의 말은 평범한 사람의 살아 있는 입술에서 나오는 듯했다. 근육들이 느슨하게 이완되었고 예복은 미끄러지듯 벗겨졌다. "당신은, 아마도, 로버트 뷰익 경의 가계 출신이겠지요?" 그것이 전부였지만, 그것으로 충분했다. 그 위대한 인물이, 그 위대함에도 불구하고, 휴스 부인이 그토록 재치 있었을 때 자신이 느꼈던 불편함을 알아차리고 자신에게 기회를 주고자 하는 것임을 뷰익이 느끼게 하기에 충분했다. 그는 그 기회를 받아들였다. "나는," 그는 큰 소리로 외쳤다. "아주 오래된 가문 출신입니다. 이제는 영지를 모두 잃어버린 애넌의 뷰익가로……" 그의 이야기가 모두 터져 나와 계속 이어졌다. 그러고 난 후 스콧은 침실 문을 열고 그에게 가스등을 어떻게 켜고 어떻게 끄는지를 보여주었다. 그러고는 손님이 편안하기를 바란다고, 만약 불편한 점이 있으면 종을 울리라고 말한 후, 그를 떠났다. 그러나 뷰익은 잠들 수 없었다. 그는 몸을 뒤치고 뒤틀었다. 그는 자신이 그린 그림 속의 인물들이 분명히 생각했겠듯이, 마법사의 작은 방, 연금술사의 주문, 사자 우리, 빈한하고 초라한 침상과 호사스러운 푹신한 침상에 대하여 생각했다. 그러곤, 그 위대한 인물과 그의 선의를 떠올리고는, 그는 눈물을 터뜨리고 기도를 한 후 잠이 들었다.

그러나 우리는 스콧을 따라 그의 방까지 갈 수 있다. 그의 일기에 비추어보면, 행복과 슬픔이라는 자연스럽고 변덕스러운 빛에 비추어보면, 우리는 파티가 끝난 후의 그를, 불쌍한 샬럿이 더 이상 재잘대지 않고, 예술가들이 저명인사들의 총애를 받는 개들을 더 이상 그리지 않아도 될 만한 곳으로 마이다도 가버리고 난 후의 그를 볼 수 있다. 하지만 파티가 끝난 후에도, 누군가가 말하듯이, 어떤 이는 종종 마음에 남는다. 지금은 복화술사인 알렉산더 씨이다. 우리는 일렬로 쭉 꽂혀 있는 웨이벌리 연작 소설을 흘 긋 쳐다보며 묻는다. 스콧 그 자신은 그저 모든 복화술사 소설가 들 중, 정찬 식탁을 손상하지 않고 사람의 언어를 모방하는 모든 이들 가운데 최고일 뿐이었던가? "모두 허구라오, 그대여, 모두 모방일 뿐이라오." 하고 그가 말하지 않았던가? 그렇지 않다면 그는 감정의 압력이 충분히 강렬해지면 산문의 한계를 뛰어넘어 살아 있는 입술로부터 나오는 실제 언어로 실제 생각과 실제 감 정들을 솟아나게 할 수 있는 극작가 같은 소설가들 중 최후의 인 물이었던가? 수많은 극작가들이 그렇게 했었다. 하지만, 스콧 경 과 아마도 디킨스를 제외하고 소설가들 중 누가 그랬던가? 그들 처럼 쓰기 위해서는, 다시 말해서, 백작들과 예술가들, 복화술사 들과 남작들, 개들과 젊은 부인들이 각자 그 인물에 어울리게 말 하는 곳, 그토록 사람들로 북적대고 따뜻한 환대가 넘치는 집을 유지하기 위해서는 누구라도 그들처럼, 반은 복화술사요 반은 시 인이어야 하지 않겠는가? 그리고 스콧을 평가하는 두 부류를 구 분하는 것은 웨이벌리 연작소설에서 보이는 가스등과 일광, 복화 술과 진실의 혼합이 아니던가? 그리고 윌리엄 뷰익의 붓으로 그 려진 조야한 삽화를 쳐다보며 일기를 디딤돌로 삼아, 그 두 부류 는 교착상태를 깨고 충돌할 수도 있지 않겠는가?

2. 『골동품 애호가』

작가들 중에는 다른 사람들에게 영향을 미치기를 완전히 멈 춘 이들이 있다. 바로 그 까닭에 그들의 명성은 안정되고 암영이 없으며 이들은 꼼꼼히 읽혀 비평의 대상이 되기보다는 그저 재미있게 읽히거나 잊혀지고 만다. 스콧이 바로 그런 작가이다. 스탕달과 플로베르, 헨리 제임스, 또는 체호프[18]의 영향권 1.6킬로미터 내로 노출된다면 필체가 갈팡질팡해질 만한, 감수성이 가장 예민한 초심자라도 웨이벌리 연작을 형용사 하나도 바꾸지 않은 채 한 권 한 권씩 차례로 읽을 수 있을 것이다. 하지만 이 순간에도 수천 명의 더 많은 독자들이 무비판적으로 잠자코 만족스러워하며 환희에 빠진 채 즐기거나 숙고하고 있을 책들은 아마도 달리 없을 것이다. 그리고 바로 이러한 분위기에서 웨이벌리 연작이 읽히는 것이라면, 아마도 그러한 쾌락에는 무언가 고약한 것이 있다고 추론할 수 있다. 그 점에 대해서는 변론할 수 없다. 은밀하게 향유되어야 할 뿐이다. 『골동품 애호가』를 다시 훑어보며 읽어가면서 한두 가지 주목해보자. 스콧에게 퍼부어지는 첫 번째 비난은 그의 문체가 형편없다는 것이다. 『골동품 애호가』가 한 장 한 장마다 길고 맥 빠진 라틴어들로, 예를 들면, 일람하다, 표명하다, 피력하다 등으로 희석된 것은 사실이다. 작가의 연장통에서 바로 끄집어낸 오래된 은유들이 먼지 낀 날개를 펄럭이며 하늘을 가로질러 온다. 긴박한 위기 상황의 바다는 "모든 것을 삼켜버리는 원소"이며, 같은 상황에서의 갈매기는 "날개 달린 암벽의 주민"이다. 비록 어휘에서조차 계급의 격차를 유지해야 한다고 주장하는 속물근성에 반대하는 그럴싸한 경우가 될 수도 있겠지만, 이러한 표현들은 문맥에서 떼어놓고 보면 이상하게 들린다는 점을 부인할 수 없다. 그러나 문맥에 있는 대로 읽는다면 이들을 알아차리거나 잘못되었다고 비난하기 어렵다. 스콧이 사용하면 이러한 표현들은 제 몫을 다하고 그 주변에 완벽

18 안톤 체호프(Anton Pavlovich Chekhov, 1860~1904). 러시아의 단편소설가이며 극작가, 내과의사이다.

하게 어우러진다. 70여 권을 써 내려가는 위대한 소설가들이라면 어차피 문장 단위로 집필하기보다는 쪽 단위로 집필하거니와, 다양한 강도를 지닌 십여 가지의 서로 다른 문체를 부릴 줄 알며 또 언제 사용해야 하는 줄도 아는 법이다. 점잔 빼는 필체도 제대로 쓰이면 매우 유용한 필체이다. 잘못되거나 아무렇게나 쓴 표현도 긴장 이완에 도움이 된다. 이러한 표현들은 독자에게 숨 돌릴 여유를 주고 책의 숨통을 터준다. 건성건성 쓰는 스콧과 꼼꼼한 스티븐슨[19]을 비교해보자. "그가 말한 대로였다. 숨결조차 일지 않았다. 바람조차 없는 서리로 대기는 움츠러들어 꽁꽁 얼어붙어 있었다. 그리고 우리가 촛불 빛 속에 앞으로 나아갈 때 칠흑 같은 어둠은 우리 머리 위에 드리워진 지붕과도 같았다." 이처럼 정밀한 글쓰기를 웨이벌리 연작에서 찾으려 해보아야 헛수고일 뿐이다. 하지만 우리가 스티븐슨에게서 단 하나의 사물에 대한 보다 면밀한 개념을 얻는다면, 스콧에게서는 전체에 대한 비교할 수 없을 만큼 광활한 인상을 받는다. 『골동품 애호가』에서 폭풍은 "암벽의 주민"과 "침몰하는 제국 주변에 드리워진 재난과도 같은 구름"에서처럼 무대 커튼과 마분지 스크린으로 엉성하게 이루어졌지만, 그럼에도 불구하고 암벽에 움츠려 모여 있는 무리를 집어삼킬 듯이 울부짖고 철썩이며 물을 튀긴다. 반면에 『납치 *Kidnapped*』(1886)에서의 폭풍은 정확한 세부 묘사와 깔끔하고 말쑥한 형용사들에도 불구하고 숙녀의 실내화 밑창조차 적시지 못한다.

스콧에 대한 훨씬 더 심각한 비난은 그가 배경을 묘사하고 구름 한 조각을 그려 넣을 때뿐 아니라 사람 마음의 섬세함과 열정

---

19 로버트 루이스 스티븐슨(Robert Louis Stevenson, 1850~1894). 영국의 소설가, 시인. 대표작으로 『보물섬』『지킬 박사와 하이드 씨』 등이 있다.

을 묘사할 때에도 그릇된 필체, 점잖은 체하는 필체를 사용했다는 점이다. 하지만 로벨과 이사벨라,[20] 다이시,[21] 이디스와 모튼[22]과 같은 인물들에 어떤 언어를 사용할 것인가! 바다 갈매기의 마음과 지팡이와 우산의 열정과 섬세함에 대해 말할 때에도 마찬가지이다. 실제로 이들 신사, 숙녀들은 암벽의 날개 달린 주민들과 다를 바 없기 때문이다. 그들은 모두 하나같이 하찮다. 하나같이 무력하다. 그들은 끼익끼익 울고 날개를 퍼덕인다. 그들이 까악까악대는 음울한 소리로 서로 구애하는 놀라운 언어를 토해낼 때에는 불쌍하리만큼 비쩍 마른 가슴에서 강한 장뇌 향이 스며 나온다.

"아버지의 동의 없이는 나는 어느 누구의 구애도 절대로 받아들이지 않을 겁니다. 당신이 유독 나를 찬미하는 것을 아버지가 절대로 묵인하지 않으리라는 점을 당신도 잘 알고 있겠지요." 하고 젊은 여성이 말한다. "나의 감정을 억제해야 하는 혹독함에 그 감정들을 부인해야만 하는 가혹함을 더하지 말아주오." 젊은 신사가 대답한다. 그는 서출일 수도, 귀족의 아들일 수도 있고 혹은 둘 다일 수도 있으나, 우리로 하여금 로벨과 그의 이사벨라 사이에 무슨 일이 일어나는지에 관하여 조금이라도 관심을 갖게 하려면 그보다는 훨씬 더 강한 유인책이 필요할 것이다.

그렇다면, 아마도, 우리는 털끝만큼도 개의치 않아도 되는 것이다. 스콧이 존경 어린 어조로 상류층의 감성을 언급함으로써 판관으로서의 자신의 양심을 달래고 났을 때, 다시 말해, 그가 "관대한 감성 어린 어조와 가상의 비애 어린 이야기로 독자들의 보

---

20 『골동품 애호가』에 나오는 인물들이다.

21 스콧의 소설 『붉은 장갑 Redgauntlet』(1824)에 나오는 인물이다.

22 스콧의 소설 『묘지기 노인 Old Mortality』(1816)에 나오는 인물이다.

다 나은 감정과 동정심"을 일깨움으로써 도덕주의자로서의 자신의 성격의 진실함을 입증하고 났을 때, 그는 예술과 도덕 모두에서 벗어나 그 자신의 즐거움을 위하여 끊임없이 써 내려갈 수 있었다. 그 이상 현저한 변화는 없었다. 그 이상 전적으로 이로운 것도 없었다. 실제로 그가 반쯤은 의식적으로, 의도적으로 그랬다고, 그가 사랑했던 서민들의 광대한 활기 발랄함에 견주어 그를 지루하게 했던 말쑥한 신사들의 맥없음을 두드러져 보이게 했다고 가정할 만도 하다. 바다와 하늘, 땅에서 이끌어낸 이미지와 일화들, 삽화들이 그들의 입술에서 내달리고 들끓는다. 그들은 무슨 생각이든 생각이 날아오르면 쏘아 맞추어 은유로 땅바닥에 굴러 떨어지게 한다. 때때로 이는 "도랑 뒤편에, 눈의 화환에, 또는 파도의 뱃속에"와 같은 구절이고 때로는 "자신의 신발을 보게될까 두려워 재채기하려 고개를 숙일 수 없으리다."와 같은 속담이기도 하다. 대화는 언제나 예리하고도 적확하다. 소박하면서도 신랄하고, 격식을 차리지 않으면서도 열정적이고, 예리하면서도 구슬픈 스코틀랜드 방언을 사용했기 때문이다. 그리고 그 결과는 예상 밖이다. 지배해야 할 왕권이 퇴위한 이래, 우리가 키잡이도 없이 망막한 산들바람 부는 바다를 떠돈 이래로, 웨이벌리 연작은 셰익스피어의 극만큼이나 초도덕적이기 때문이다. 어떤 독자들이 경험하는 웨이벌리 연작의 놀라운 생생함과 영구한 지속력은 우리가 웨이벌리 연작을 읽고 또 읽고도 스콧이 과연 누구였는지 혹은 스콧 자신이 어떻게 생각했는지 결코 확실하게 알지 못한다는 점에 적잖이 기인한다.

그러나 우리는 그의 인물들이 어떤 이들인지 안다. 우리가 우리의 친구들이 어떤 이들인지 그들의 목소리를 듣고 동시에 그들의 얼굴을 바라봄으로써 알듯이 알게 된다. 『골동품 애호가』를 여러 번 읽었다고 할지라도, 조나단 올드벅은 매번 조금씩 다르다. 우리는 매번 다른 것들을 알아차린다. 그의 안색과 목소리에 대한 우리의 관찰이 매번 다르다. 그렇게 스콧의 인물들은, 셰익스피어와 제인 오스틴의 인물들처럼, 그들 안에 삶의 씨앗을 품고 있다. 우리가 변화하면 그들도 변화한다. 하지만 이러한 재능이 소위 불멸성의 본질적인 요소라 할지라도 그 인물이 폴스타프나 햄릿만큼이나 심오하게, 완전하게 살아 있음을 증명하는 것은 결코 아니다. 실제로 스콧의 인물들은 심각한 장애를 안고 있다. 그들이 살아 있는 것은 단지 그들이 말할 때뿐이다. 그들은 결코 사고하지 않는다. 스콧 자신도 결코 그들의 심정을 탐색하거나 그들의 행동에서 추론하려 하지 않았다. "워더 양은 자신이 너무 많은 말을 했다고 느꼈다는 듯이, 돌아서서 마차로 올랐다." 스콧은 더 이상은 워더 양의 내면으로 파고들지 않을 것이다. 워더 양의 내면이 그리 멀리 있지 않은데도 말이다. 그러나 이러한 점은 그가 애착을 갖고 다루는 인물들이 천성적으로 수다쟁이인 만큼 별문제가 되지 않는다. 에디 오칠트리, 올드벅, 머클백킷 부인은 끊임없이 이야기한다. 그들은 말하면서 자신의 성격을 드러낸다. 만약 그들이 말하기를 멈추면 행동하기 위해서이다. 그들의 말과 행동으로 우리는 그들을 알게 된다.

　적대적인 비평가라면 이렇게 질문을 던질지도 모른다. 우리가 단지 스콧의 인물들이 이렇게 말하고 저렇게 행동하는 것만을 안다면, 그들이 결코 자신들에 대해서는 말하지 않는다면, 그리고 이들 인물들이 소설의 플롯을 진척시킨다는 전제하에, 그 인물들의 창조주가 이들이 작가의 통제와 간섭에서 완전히 자유롭게 제 나름의 길을 가도록 내버려둔다면, 과연 우리가 얼마나 깊이 그들을 알 수 있을 것인가? 오칠트리, 앤티쿼리, 댄디 딘몬트가의 인물들과 나머지 인물들은 모두 그저 익살꾼들, 그것도 어린아이같이 순진한 익살꾼들이어서 우리의 지루한 시간을 달래고 우울한 시간을 마법처럼 기쁘게 해주다가 일해야 할 시간이 돌아와 우리의 일상적인 기능이 잇속에 씹을 맛이 있는 무언가를 갈망할 때가 되면 육아실로 급히 보내질 이들이 아닌가? 웨이벌리 연작을 톨스토이나 스탕달, 프루스트의 소설과 비교해보라! 물론 이러한 비교는 소설의 핵심에 자리 잡은 질문들로 이어지겠지만, 이를 논의하지 않고서도 이러한 비교를 통해 무엇이 스콧의 참모습이 아닌지가 명백히 드러난다. 그는 마음의 섬세함을 주시하는 위대한 관찰자의 반열에는 속하지 않을 것이다. 그는 또한 봉인을 뜯거나 샘물을 분출시키지도 않을 것이다. 하지만 그는 장면을 창조해내고 우리 스스로 그 장면을 분석하도록 내버려두는 예술가의 힘을 지니고 있다. 우리가 스티니 머클백킷이 죽은 채 누워 있는 오두막집에서의 장면을 읽을 때, 아버지의 슬픔, 어머니의 과민함, 목사의 위로 등 서로 다른 감정들이 모두 한꺼번에 솟구친다. 마치 스콧은 단지 기록만 할 뿐이고 우리는 오직 바라보고만 있으면 되는 것처럼 말이다. 우리가 섬세한 면에서 잃은 것은 아마도 우리 자신의 창조력에 주어진 자발성에 고무되어 회복된다. 스콧이 아무렇게나, 마치 각 부분들이 그가 의도하지 않고도 전체를 이루게 되는 것처럼 창작하는 것은 사실이다. 그가 자세히 창조해낸 장면이 허물어지고 마는 것에도 아랑곳하지 않는 것 또한 사실이다.

왜냐하면 문을 두드려 그 기억에 남을 만한 장면을 망치는 자는 도대체 누구인가? 시체처럼 창백한 낯빛의 글렌앨런의 백작, 사촌 누이인줄 알고 자신의 누이와 결혼했던 불행한 귀족. 그는 영원히 상복 차림으로 세상을 살았다. 허위가 끼어들고 귀족 작위가 끼어든다. 장의사의 예복과 문장국紋章局이 건전하지 못한 요청으로 우리를 짓누른다. 그렇다면 스콧은 다른 인간과 겨루는 인간 존재들의 감정이 아니라 자연과 겨루는 인간, 운명과의 관계에 선 인간의 감정을 다루는 데 탁월하다. 그의 로맨스는 밤의 숲에 숨어 쫓기는 인간의 모험 이야기이다. 바다에 맞서는 범선, 달빛에 부서지는 파도, 인적 없는 모래벌판과 저 멀리 말 달리는 사람들의 이야기, 폭력과 긴장의 로맨스이다. 그리고 그는 아마도 위대한 예술, 셰익스피어적인 예술, 사람들이 말하면서 스스로를 드러내게 하는 예술을 실행하는 마지막 소설가이다.

제인 오스틴

Jane Austen

만약 커샌드라 오스틴[1]이 마음대로 했더라면 제인 오스틴의 글은 소설 빼고는 하나도 남아 있지 않을 것이다. 그 언니에게만 제인 오스틴은 허심탄회하게 편지를 썼다. 그 언니에게만 맘속의 희망을 털어놓고, 소문이 맞다면 일생일대의 상처[2]를 털어놓았다. 그러나 본인은 늙어가고 동생은 점점 더 유명해지자, 언젠가 낯선 이들이 동생의 뒤를 캐거나, 학자들이 이런저런 억측을 할 때가 오리라는 의심이 들었고, 커샌드라 오스틴은 마음이 아프지만 그들의 호기심을 만족시켜 줄 만한 편지들은 모두 불태웠으며, 너무 사소해서 흥미를 끌지 못할 것이라고 판단되는 편지들만 남겼다.

따라서 제인 오스틴에 대해서 우리가 아는 것은 약간의 소문과 몇 통의 편지와 작품에서 나온 것이다. 소문을 보자면, 세월을

---

1 커샌드라 오스틴(Cassandra Austen, 1773~1845). 제인의 두 살 손위 언니로, 제인이 죽은 뒤 28년 후 사망했다. 죽기 2년 전 동생이 보냈던 편지의 많은 부분을 불태우고 100통 정도만 남겼다.

2 제인의 이루어지지 못한 사랑을 가리킨다.

이기고 살아남은 소문으로 결코 무시할 수 없다. 이리저리 맞추어보면 우리 목적에 멋지게 들어맞는다. 예를 들어, 제인은 "하나도 예쁘지 않고 열두 살의 소녀답지 않게 아주 새침데기다 […] 제인은 변덕쟁이이고 잘난 척한다."고 사촌인 필라델피아 오스틴은 말한다. 다음으로 어린 시절의 오스틴 자매를 알고 지낸 미트퍼드 부인이 있는데, 그녀는 "자신이 기억하는 소녀들 중에서 제인이 가장 예쁘고, 가장 철없고, 제일 잘난 체하며 남편감을 찾아 여기저기 다니는 사교적인 여자"라고 생각했다. 그다음으로 이름이 알려지지 않은 미트퍼드 양의 한 친구가 있는데 "최근 제인을 만나고서 말하기를, 그녀가 누구보다도 더 꼿꼿하고, 정확하고, 말수 적은 노처녀로 굳어지긴 했지만, 얼마나 귀한 보석이 그 뻣뻣한 겉모습 속에 숨겨져 있는가를 『오만과 편견*Pride and Prejudice*』이 보여주기 전까지 제인은 사교계에서 쇠꼬챙이 또는 벽난로 철망 이상으로 여겨지지 않았었다. […] 그 겉모습이 이제는 아주 달라졌다." 그 아가씨는 이어서 말한다. "제인은 아직도 쇠꼬챙이다. 그러나 모든 사람들이 두려워하는 쇠꼬챙이다. […] 재주꾼이다. 말을 아끼면서 인물을 잘 묘사하니 정말 대단하다!" 다른 한편으로는 물론 오스틴 가족들이 있다. 그들은 서로에 대한 찬사는 거의 하지 않는 부류이지만 그럼에도 불구하고 사람들 말에 의하면 제인의 오빠들은 "그녀를 매우 좋아하고 매우 자랑스러워했다. 그들은 제인의 재주와 덕성과 애교 있는 태도 때문에 그녀를 사랑했고, 각자 나중에 조카나 친딸에게 사랑하는 누이 제인과 닮은 점이 있었으면 했지만, 그녀와 완전히 어깨를 나란히 할 아이를 볼 수 있으리라고는 결코 기대하지 않았다." 매력적이지만 꼿꼿하고, 식구들에게는 사랑받았지만 남들은 두려워하고, 혀는 날카롭지만 마음은 부드러운 이런 대조적 특징들은 결코 양립할 수 없는 것은 아니며, 소설 작품들을 돌아보면 우리는 거기에서도 이 작가가 갖고 있는 똑같은 복잡함을 발견하게 될 것이다.

우선 필라델피아가 보기에 열두 살의 나이에 걸맞지 않게 변덕 부리고 잘난 척하던 새침한 소녀는 얼마 지나지 않아 매우 놀랍고 유치한 구석이 없는 소설 『사랑과 우정*Love and Friendship*』의 저자가 된다. 이 소설은 믿을 수 없겠지만 열다섯의 나이에 쓰여졌다. 이것은 공부방의 분위기를 재미있게 하기 위해서 쓰여진 듯하다. 이 책 속의 한 이야기는 짐짓 엄숙하게 오빠에게 헌정되었고, 다른 이야기 하나는 언니가 수채화로 깔끔하게 등장인물의 상반신 그림을 그려 넣었다. 이 농담들은 집안의 자산이었던 것 같다. 날카로운 풍자들로서 그들 사이에서 잘 통했다. 왜냐하면 오스틴가 아이들 모두가 함께 "한숨짓고 소파에 쓰러져 기절하는" 귀부인들을 조롱했기 때문이다.

그들이 모두 혐오하는 악덕에 대하여 제인이 최근에 가한 공격을 큰 소리로 낭독하면 형제자매들은 틀림없이 모두 웃었을 것이다. "아우구스투스를 잃은 슬픔에 난 순교자로 죽노라. 단 한 번의 치명적 기절이 내 생명을 앗아가네. 사랑하는 로라여, 기절하는 것을 조심하라. […] 마음 내키는 대로 얼마든지 자주 미쳐 날뛰어라, 그러나 기절은 하지 마라……" 제인은 계속 써나갔다. 가능한 빨리, 철자를 미처 다 쓰지 못할 정도로 빨리 써나갔다. 그녀는 로라와 소피아, 필랜더와 구스타버스에 대하여, 에든버러와 스틸링 구간을 하루 걸러 승합마차를 몰고 다니는 신사, 책상 서랍에 간직해놓은 재산을 도둑맞은 일, 굶주리는 엄마들과 맥베스를 공연한 아들들의 믿을 수 없는 모험을 이야기하려고 써내려갔다. 분명히 이 이야기는 공부방을 떠들썩한 웃음바다로 만들었을 것이다. 그러나 무엇보다 분명한 것은 응접실 구석 자기 자리에 앉아 글을 쓰던 이 열다섯의 소녀는 형제자매를 웃기려고 쓴 것이 아니며, 식구들이 읽을 이야기를 쓰고 있던 것이 아니라는 것이다. 그녀는 모든 사람들을 위해서, 특정한 누구를 위해서가 아니라 우리 시대를 위해서, 그녀의 시대를 위해서 쓰고 있었다. 다시 말하면 그렇게 어린 나이에도 제인 오스틴은 글을 쓰고 있었다. 문장의 리듬과 맵시와 심각성을 보면 이를 알 수 있다. "그녀는 단지 유순하고, 공손하고, 순종적인 처녀에 불과했다. 이런 그녀를 우리는 좀체 싫어할 수는 없을 것이다. 그녀는 단지 경멸의 대상이었다." 이런 문장력은 크리스마스 명절에 즐기고 마는 것보다는 오래 남게 되어 있다. 생기 있고, 쉽고, 아주 재미있고, 자유로이 거의 넌센스에 가까이 가는 글. 『사랑과 우정』은 바로 그런 작품이다. 그러나 다른 부분에 절대로 휩쓸려 들어가지 않는 이 소리는 무엇인가? 그것은 작품 전체에 걸쳐서 분명하게, 우리 마음을 파고들 듯이 울리고 있다. 그것은 웃음소리이다. 15세 소녀는 그녀의 구석 자리에서 세상을 비웃고 있다.

15세 소녀들은 늘 웃는다. 그들은 비니 씨가 설탕 대신 소금을 칠 때 웃는다. 톰킨스 부인이 고양이 위에 주저앉을 때 죽도록 웃는다. 그러나 다음 순간 소녀들은 울어버린다. 인간 본성에 영원히 가소로운 어떤 것, 남자와 여자에게 언제나 우리의 풍자를 불러일으키는 어떤 자질이 있다는 것을 볼 수 있는 고정된 자리가 소녀들에게는 없다. 남을 무시하는 그레빌 부인과 무시를 당하는 가여운 마리아가 어느 무도회에나 꼭 있다는 사실을 그들은 모른다. 그러나 제인 오스틴은 태어난 이래 줄곧 그 사실을 알고 있었다. 요람에 내려앉는 요정들 중 한 명이 제인 오스틴이 태어나자마자 그녀를 데리고 세상을 한 바퀴 날아본 것이 틀림없다. 요람에 다시 눕혔을 때 그녀는 세상이 어떻게 생겼는지를 알았을 뿐만 아니라, 이미 자신의 왕국을 선택했다. 그 영토를 다스릴 수만 있다면 다른 곳은 탐내지 않기로 작정했다. 그래서 15세 나이에 그녀는 다른 사람들에 대한 환상이 거의 없었고, 자신에 대한 환상은 하나도 없었다. 쓰는 글마다 완성품이고 목사 사택이 아니라 세계를 향해 서 있는 글이 된다. 그녀는 사심이 없고, 불가사의하다. 작가 제인 오스틴이 『사랑과 우정』의 가장 뛰어난 스케치에서 그레빌 부인의 대화 일부를 써넣었을 때, 과거 제인 오스틴이 목사의 딸로서 무시당했던 것에 대한 분노의 흔적은 전혀 없다. 그녀의 시선은 곧바로 과녁으로 향한다. 그리고 인간 본성이라는 지도의 어느 부분에 그 과녁이 있는지 우리는 정확하게 안다. 우리가 이렇게 알 수 있는 것은 제인 오스틴이 자신의 약속에 충실했기 때문이다. 즉 그녀는 자신의 울타리를 한 번도 벗어나지 않았다. 감정에 흐르기 쉬운 15세 나이에도 한 번도 수치심으로 움츠러들거나, 동정심이 발동하여 냉소를 흔적도 없이 지워버리거나, 열광에 눈이 흐려져 윤곽을 흐릿하게 하지도 않았다. 마치 그녀가 요술 막대기로 가리키며 '충동과 열광아, 거기 멈추어라.' 하고 말한 것 같다. 그래서 그 경계선은 완전히 선명하다. 그러나 다른 한편에 달과 산과 성채가 존재한다는 것을 그녀는 부정하지 않는다. 로맨스를 한 편 쓰기까지 했다.[3] 그것은 스코틀랜드 여왕을 위한 것이다. 제인 오스틴은 그 여왕을 정말 매우 존경했다. 그녀는 여왕을 "세계 최초의 뛰어난 인물 중 하나"라고 부르며, "매혹적인 공주 시절에 유일한 친구는 노퍽 공작이었고, 현재 유일한 친구들은 휘태커 씨, 르프로이 부인, 나이트 부인과

---

3 『영국의 역사The History of England』(1791)는 제인이 열다섯 살에 쓴 작품으로, 당시 인기 있었던 올리버 골드스미스의 네 권짜리 『영국의 역사The History of England』(1771)를 패러디한 역사책이다.

나뿐이다." 하고 말했다. 그녀는 이런 말로 그녀의 열정에 매끈한 선을 그었고, 웃음으로 마무리 지었다. 이로부터 얼마 지나지 않아 북쪽 목사관에서 어린 브론테 자매가 웰링턴 공작을 어떤 식으로 묘사했는지 기억해보면 재미있다.[4]

이 새침한 어린 소녀는 성장했다. 그녀는 미트퍼드 부인이 기억하는 소녀들 중에서 "가장 예쁘고, 가장 철없고, 가장 잘난 체하며 남편감을 찾아 여기저기 다니는 사교적인 여자"가 되었다. 그런 그녀가 『오만과 편견』의 저자가 되었는데, 그 책은 삐걱거리는 문 뒤에 숨어 몰래 쓰여졌고 수년 동안 출판되지 못했다.[5] 잠시 후 그녀는 다음 작품인 『왓슨가 사람들The Watsons』(1803~1805)을 쓰기 시작했다고 생각되는데, 어떤 이유에서인지 작품이 불만스러워서 미완성으로 남겨두었다.[6] 위대한 작가의 이류급 소설들은, 그 작가의 걸작들에 대한 가장 좋은 비평을 제공하기 때문에 읽어볼 가치가 있다. 이런 작품들에 제인 오스틴의 문제점이 더 잘 드러나 있고, 이를 극복하기 위해 그녀가 택한 방법이 덜 능숙하게 가려져 있다. 먼저 작품 초반의 경직성과 빈약함은, 그녀가 초벌 원고에서 다소 엉성하게 사실들을 늘어놓고 재차 삼차 다시 돌아가서 살을 붙이고 분위기를 채워가는 작가들 중의 한 명이라는 것을 입증한다. 어떻게 그 과정이 이루어졌는지 우리는 알 수 없다. 무엇을 빼고 첨가했는지, 어떤 예술적 장치에 의해서 했는지 알 수 없다. 그러나 기적이 이루어져서, 지루한 14년간의 가족사가 정교하고 얼핏 힘 하나 들인 것 같지 않

---

4 특히 샬럿 브론테는 열세 살에 쓴 작품 『웰링턴 공작의 일화들Anecdotes of the Duke of Wellington』에서 웰링턴 공작을 영웅시했다.

5 1796부터 1797년까지 저술했고 1797년 출판사에게 거절당했다가 1813년에 출판되었다.

6 이 미완성 원고는 조카인 오스틴 리Austen Leigh가 1871년 제인 오스틴의 전기 제2판에 현재의 제목을 붙여 발표했다.

은 도입부로 바뀌었을 것이다. 그리고 이에 앞서 제인 오스틴이 얼마나 많은 페이지를 펜으로 고치고 또 고쳐 썼는지 우리는 짐작도 못 했을 것이다. 여기서 우리는 결국 그녀가 마술사가 아니었다는 것을 감지하게 된다. 다른 작가들과 마찬가지로, 그녀는 자신의 독특한 천재성이 결실을 맺을 수 있는 분위기를 창조해내야 했다. 그녀는 여기서 머뭇거리고, 저기서 우릴 기다리게 한다. 갑자기 그녀는 해내고 말았다. 이제 그녀가 원하는 대로 사건들이 일어날 수 있다. 에드워드 가문 사람들이 무도회에 가려고 한다. 톰린슨 가문의 마차가 지나간다. 어린 찰스에게 "장갑이 주어졌고 계속 끼고 있으라는 말을 들었다."고 그녀는 우리에게 얘기해줄 수 있다. 톰 머스그레이브는 굴을 한 통 들고 후미진 구석으로 물러가서 소문난 대로 느긋하게 보낸다. 그녀의 천재성이 풀려나와서 활발하게 힘을 발휘한다. 즉각적으로 우리의 감각이 살아난다. 우리는 그녀만이 내뿜을 수 있는 독특한 강렬함에 사로잡힌다. 그러나 이 모든 것은 무엇으로 이루어져 있는가? 시골 마을의 무도회, 접견실에서 만나 손을 잡는 몇 커플들, 약간의 식사와 음주, 그리고 재앙이라 하면 한 젊은 여성에게 무시당하고 다른 여성에게 친절하게 위로받는 소년. 거기에는 비극도 없고 영웅주의도 없다. 그러나 어떤 이유에서인지 이 작은 장면은 전혀 비례에 맞지 않게 장엄함으로 드러난다. 에마가 무도회에서 그렇게 행동했다면, 우리가 그녀를 지켜볼 때, 우리 눈앞에서 필연적으로 그녀에게 다가오게 되는 더욱 심각한 인생의 위기에서 그녀가 얼마나 사려 깊고, 얼마나 따뜻하고, 얼마나 진실한 감정에 영감을 받는 모습을 드러낼지 우리는 보게 된다.

이처럼 제인 오스틴은 표면으로 드러나는 것보다 훨씬 더 깊은 감정을 다룰 줄 아는 작가다. 그녀는 우리를 자극시켜서 작품에 없는 것을 보태게 한다. 그녀가 제공하는 것은 겉으로 보기에는 사소한 것이다. 그러나 그것은 독자의 마음속에서 확대되어 겉으로는 사소해 보이지만 가장 오래 남을 형태의 삶의 단면들을 보여주는 무언가로 이루어져 있다. 언제나 강조점은 인물에 있다. 우리는 3시 5분 전에, 메리가 응접실로 쟁반과 디너 나이프 케이스를 가져온 바로 그때, 오즈번 경과 톰 머스그레이브가 찾아오면 에마가 어떻게 행동할 것인가 궁금해진다. 이것은 극도로 어색한 상황이다. 이 청년들은 이보다 훨씬 더 품위 있는 생활에 익숙하다. 에마는 가정교육도 못 받고, 저속하고, 보잘것없는 사람으로 보일지 모른다. 대화의 고비 고비는 우리를 계속 조바심 나게 만든다. 우리 관심의 반은 현재 순간에 있고, 반은 미래에 있다. 그리고 마침내 에마가 우리의 최대 기대치에 걸맞게 행동하면, 우리는 마치 최대로 중요한 일을 목격하게 된 것처럼 감동을 받는다. 사실 여기, 이 미완성이며 전반적으로 부족한 작품에 제인 오스틴의 위대한 요소들이 모두 있다. 이 작품은 문학의 영원한 특성을 가지고 있다. 표면적인 생동감이나 실제 삶과의 유사성을 제쳐보라. 남는 것은 인간의 가치에 대한 섬세한 판별력으로, 이것은 우리에게 더 깊은 즐거움을 준다. 이것도 생각에서 치워버리라. 그러면 아주 만족스럽게 더 추상적인 예술성에 대하여 생각해볼 수가 있다. 이 예술성에 의해 무도회 장면에서 감정들이 다양하게 변화하며 부분들의 균형이 잘 잡히기 때문에, 이 장면은 이야기를 이쪽이나 저쪽으로 이끌어가는 하나의 연결점이 아니라 마치 시를 즐기듯이 그 장면 자체로 즐길 수 있는 것이 된다.

그러나 소문에 의하면 제인 오스틴은 꼿꼿하고, 정확하고, 말수가 적어서 "모든 사람이 두려워하는 쇠꼬챙이"였다. 이 소문에 대한 흔적도 찾아볼 수 있다. 그녀는 아주 무자비할 수 있었다. 그래서 그녀는 문학사상 가장 일관된 풍자가다. 『왓슨가 사람들』의 매끄럽지 못한 초반부를 보면 그녀의 천재성은 다작의 천재성은 아니었다. 그녀는 에밀리 브론테처럼 문을 열기만 해도 존재감이 느껴지는 작가는 아니었다. 겸손하게 그리고 쾌활하게 그녀는 둥지를 만들게 될 잔가지와 지푸라기를 모아서 가지런하게 배치했다. 잔가지와 지푸라기는 그 자체로는 약간 메마르고 지저분했다. 큰 저택과 작은 집, 다과회, 만찬회, 때때로 가는 피크닉. 인생은 귀중한 인맥과 충분한 수입으로, 진흙길, 젖은 발, 쉽게 피곤해지는 부인들의 성향 같은 것으로 울타리 쳐져 있었다. 약간의 원칙이, 그리고 약간의 사회적 지위와 시골에 사는 상위 중산계급 가족들이 보통 향유하는 교육이 그런 인생을 지탱했다. 악덕과 모험과 정열은 울타리 밖에 남겨두었다. 그러나 이 모든 따분함에 대해서, 이 모든 소소한 것에 대해서 그녀는 아무것도 회피하지 않고, 아무것도 얼버무리지 않는다. 참을성 있게 그리고 정확하게 그녀는 어떻게 그들이 "중간에 어디에서도 멈추지 않고 가서 뉴베리에 도착했으며, 그곳에서 만찬 겸 저녁 식사인 편안한 한 끼 식사로 하루의 즐거움과 피곤함을 마감했는지"[7]를 우리에게 이야기해준다. 오스틴은 관습에 대해서도 단순히 입에 발린 경의를 표하지 않는다. 그녀는 관습을 받아들일 뿐 아니라 그 존재 가치를 믿는다. 에드먼드 버트램 같은 목사, 또는 특히 선원 같은 사람들을 묘사할 때는 그 직업이 성스럽기 때문에 그녀의 주된 도구, 즉 코믹한 재능을 발휘하지 못하고 예의 바른 찬가나 무미건조한 사실적 묘사로 빠지는 것 같다. 그러나 이는 예외적인 것이다. 대부분의 경우 그녀의 태도는 어느 익명의 부인이 내뱉

7 『맨스필드 파크Mansfield Park』 38장.

은 말을 생각나게 한다. "재주꾼이다. 수다 떨지 않고도 성격을 잘 묘사하니 정말 대단하다!" 그녀는 관습을 개선하려 하지도 않고 없애려고 하지도 않는다. 거기에 대해서 그녀는 말이 없다. 그것이 정말 대단하다. 차례차례로 그녀는 바보들과 점잔 빼는 사람들과 속물들, 콜린스 씨 같은 사람들과 월터 엘리엇 경 같은 사람들과 베넷 부인 같은 사람들을 창조해낸다. 그녀는 채찍 같은 구절로 그 사람들 주위를 휘감는다. 그 구절은 그들 주위를 돌면서 그들의 윤곽을 영원히 조각해낸다. 그러나 그들은 거기에 그대로 남아 있으니, 그들을 위한 변명도 없고 그들에게 자비도 베풀어지지 않는다. 제인 오스틴이 인물을 완성시키고 나면 줄리아와 마리아 버트램 외에는 아무것도 남아 있지 않게 된다. "앉아서 퍼그(애완견)를 불러대며 꽃밭에 못 들어가게 하는"[8] 모습으로 버트램 부인은 그대로 영원히 남아 있다. 하느님의 심판이 내려진다. 연하게 요리된 오리고기를 좋아하는 것으로 시작한 그랜트 박사는 "일주일 동안 연달아 취임을 축하하는 만찬을 세 번이나 치른 끝에 뇌졸중을 일으켜 사망"[9]하는 것으로 끝난다. 제인 오스틴의 인물들은 단지 그들의 머리를 잘라버리는 최상의 기쁨을 그녀에게 주기 위하여 태어난 것처럼 보이는 때가 가끔 있다. 그녀는 만족하고 흡족하여 어느 누구의 머리카락 한 올이라도 고치려 하지 않으며, 그녀에게 그런 지극한 기쁨을 제공하는 세상의 벽돌 하나 풀잎 하나 움직이려고 하지 않는다.

사실 우리도 그렇게 하고 싶지 않다. 왜냐하면 상처받은 자존심의 아픔 또는 도덕적 분노의 열기는, 이렇게 증오와 편협함과 어리석음으로 가득 찬 세상을 개선해내고 싶도록 우리를 자극하

---

8 같은 책, 7장.
9 같은 책, 48장.

겠지만, 그런 임무는 우리의 능력 밖이다. 사람들은 원래 그렇게 생겼다. 15세의 소녀는 그것을 알았고, 성숙한 작가가 되어서 이를 증명하고 있다. 바로 이 순간에도 버트램 부인 같은 사람은 퍼그를 화단에 못 들어가게 하려고 애쓰고 있고, 패니 양을 도와주려고 한발 늦게 채프먼을 보낸다. 이들에 대한 차별은 아주 완벽하고 그 풍자는 아주 공정하여, 지속적임에도 불구하고 우리의 주의를 거의 끌지 못한다. 어떤 편협함의 기미도, 증오의 암시도 전혀 우리의 몰입된 생각을 깨뜨리지 않는다. 기쁨이 이상하게도 재미와 뒤섞여 있게 된다. 아름다움이 이 바보들을 환하게 비춘다.

그 정의하기 어려운 특성은 사실 매우 이질적인 부분들로 만들어져 있어서, 함께 아우르려면 특별한 천재성을 필요로 한다. 제인 오스틴은 재치와 더불어 완벽한 감각을 가지고 있다. 그녀의 바보는 바보이며, 속물은 속물이다. 왜냐하면 이 인물은 그녀가 마음에 두고 있는 바른 정신과 분별력을 가진 모델과 거리가 있기 때문에 우리를 웃게 하는 와중에도 우리에게 틀림없이 전달이 된다. 작가는 우리를 웃게 하는 중에도 우리에게 정확하게 전달해준다. 인간적 가치에 대한 완벽한 분별력을 이보다 더 많이 사용한 소설가는 없다. 친절함과 진정성과 신실함에서 벗어난 인물들을 보여줄 때는 한 치의 오차도 없는 마음과 언제나 바른 분별력과 거의 엄중한 도덕성으로 이루어진 그녀의 표지판에 비추어 보여주는 것이므로, 이는 영국 문학에서 가장 즐거운 것 중 하나가 된다. 그녀는 전적으로 이 방법에 의하여 선과 악이 혼합된 인물인 메리 크로포드 같은 인물을 그려낸다. 그녀는 이 인물이 목사직에 대해서 부정적으로, 또는 준남작 지위와 연봉 만 파운드에 대해서 호의적으로, 아주 편하고 신이 나서 재잘거리게 놔둔다. 그러나 작가는 가끔 자신의 음을 아주 조용하지만 완벽하게 가락에 맞추어 울린다. 그러면 갑자기 메리 크로포드의 수다는 계속 우습기는 하지만 따분하게 들린다. 그래서 제인 오스틴이 그린 장면들이 그렇게 깊이 있고 아름답고 복합적인 것이다. 이러한 대조로부터 아름다움이, 장엄함까지도 나오며, 이는 그녀의 재치만큼이나 뛰어날 뿐 아니라 이와 분리될 수 없는 부분이기도 하다. 『왓슨가 사람들』에서 제인 오스틴은 이러한 능력을 우리에게 미리 맛보여준다. 평범한 친절을 그녀가 묘사하면 왜 갑자기 의미로 가득 차게 되는지 우리는 궁금해진다. 그녀의 걸작들에서는 이런 재능이 완성의 경지에 이른다. 여기엔 군더더기가 하나도 없다. 노샘프턴셔의 정오이다. 만찬을 위해 옷을 갈아입으러 계단을 올라가면서, 하녀들이 지나가는 가운데 한 재미없는 청년이 좀 가냘픈 처녀에게 말을 하고 있다. 그러나 사소하고 평범하던 가운데 그들이 하는 말이 갑자기 의미심장해지고, 이 순간은 두 사람 모두에게 그들의 인생에서 가장 기억에 남을 만한 순간 중의 하나가 된다. 이 장면은 그 자체로 충만해진다. 환하게 빛난다. 빛을 발한다. 심오하게, 떨면서, 고요하게 우리 앞에 한순간 떠 있다. 다음 순간 하녀가 지나가고 인생의 모든 행복이 모여 있던 이 한 방울은 다시 부드럽게 가라앉아서 일상생활의 썰물과 밀물의 일부로 다시 잦아들게 된다.

일상적인 것의 의미심장함을 꿰뚫어보는 제인 오스틴이 나날의 사소함에 대하여, 파티와 소풍과 시골 무도회에 대하여 쓰기로 선택한 것보다 더 자연스러운 것이 뭐가 있겠는가? 섭정왕[10]이나 왕실도서관 사서 클라크 씨의 "문체를 바꾸라는 제안"도 그

---

10 부왕 조지 3세의 정신병으로 인해 1811~1820년간 섭정을 했으며 후에 조지 4세로 즉위했다. 쾌락과 사치를 좋아하고 예술 애호가를 자처했으며, 1815년 제인 오스틴에게 다음 작품(『에마』)을 자신에게 헌정해도 된다는 허가를 내렸다.

녀를 유혹할 수 없었다. 로맨스도, 모험도, 정치나 음모도 그녀가 바라본 시골집 계단 위에서의 삶과 비교가 안 되었을 것이다. 실로 섭정왕과 그의 사서인 클라크 씨는 엄청난 장애물에 대항하여 불가능한 일을 시도한 것이다. 그들은 매수할 수 없는 양심에 손을 대려고 했고, 완전무결한 사려 분별을 어지럽히려고 했다. 15세 때 그렇게 훌륭한 문장을 만든 소녀는 쉬지 않고 그런 문장들을 만들어냈다. 그리고 절대로 섭정왕이나 그의 사서를 위해서가 아니라 온 세상을 위하여 글을 썼다. 그녀는 자신의 능력이 무엇인지를 정확하게 알았고, 완성도의 수준이 높은 작가가 다루어야 하는 소재처럼 이런 능력에 적합한 소재가 무엇인지를 정확하게 알았다. 그녀의 영역 밖에 있는 인상들이 있다. 그녀의 재주로 아무리 애쓰고 기교를 부려도 제대로 꾸미고 칠할 수가 없는 감정들이다. 예를 들어서, 제인 오스틴은 한 소녀가 깃발과 교회에 대하여 열정적으로 이야기하게 만들 수 없다. 그녀는 낭만적 순간을 그리는 데 흔쾌히 전력을 다할 수가 없다. 그녀는 열정적 장면들을 피하는 온갖 장치를 갖고 있다. 자연과 그 아름다움에 대해서는 그녀 나름대로의 간접적 방법으로 접근했다. 그녀는 한 번도 달을 언급하지 않고도 아름다운 밤을 묘사한다. 그럼에도 불구하고 우리가 "구름 한 점 없이 환한 밤하늘과 대조적인 숲의 짙은 어두움"같이 몇 안 되는 틀에 박힌 구절을 읽을 때, 밤은 곧 그녀가 아주 단순하게 그렇다고 말하는 대로 "장엄하고, 포근하고, 아름다운"[11] 밤이 된다.

그녀의 재능은 특이하게도 완벽하게 고르다. 그녀의 완성작 중에는 실패작이 하나도 없으며, 수많은 챕터 중에서 다른 것보다 수준이 떨어지는 챕터는 거의 없다. 그렇기는 해도 그녀는 42세

11 『맨스필드 파크』 11장.

에 죽었다. 능력이 한창일 때 죽은 것이다. 더 살았더라면 종종 작가의 작품 세계 마지막 기간을 가장 흥미로운 기간으로 만드는 여러 가지 변화를 겪었을 것이다. 생기 있고, 억누를 수 없고, 위대한 생명력을 만들어내는 재주가 있기 때문에 그녀가 더 살았더라면 의심할 바 없이 글을 더 썼을 것이다. 그러면 그녀가 다른 식으로 글을 쓰지 않았을까, 하고 생각해보고 싶은 유혹을 느낀다. 경계선은 그어졌다. 달, 산과 성채는 경계선 밖에 있었다. 그러나 그녀도 잠시 다른 길로 빠지고 싶은 유혹을 받지 않았을까? 그녀 나름대로 즐겁고 참신하게 잠시 새것을 찾아보려는 생각을 시작하지 않았을까?

마지막 완성작인 『설득*Persuasion*』을 살펴보고, 이 작품에 비추어 그녀가 더 살았더라면 썼을 만한 책을 생각해보자. 『설득』에는 독특한 아름다움과 독특한 단조로움이 있다. 단조로움은 작가의 다른 두 작품 시기 사이의 전환기에 종종 나타나는 단조로움이다. 작가는 약간 지루함을 느낀다. 자신의 세계가 가진 방식들에 너무 익숙해져 있고, 더 이상 그것들이 신선하게 보이지 않는다. 이 작품의 코믹한 장면에는 까칠한 기색이 있는데, 이는 월터 경의 허영심과 엘리엇 양의 속물성에 작가가 더 이상 거의 재미를 느끼지 못한다는 것을 암시한다. 풍자는 신랄하고 코미디는 거칠다. 작가에게 일상생활의 재미가 더 이상 신선하게 여겨지지 않는다. 작가의 마음이 대상에 온전히 집중되어 있지 못하다. 그러나 우리는 제인 오스틴이 이미 과거에 같은 것을 썼고, 게다가 더 낫게 썼다고 느끼기는 하지만, 지금까지 그녀가 시도하지 않았던 뭔가를 하려고 애쓰고 있다는 것 또한 느끼게 된다. 『설득』에는 무언가 새로운 요소가 있다. 아마도 이 특성 때문에 휴얼 박사[12]가 열을 내며 이 작품이 "그녀 작품들 중에서 가장 아름답다."

고 주장했을 것이다. 그녀는 생각했던 것보다 세상이 더 넓고, 더 신비스럽고, 더 낭만적이라는 것을 발견하기 시작한다. 우리는 작가가 앤에 대하여 다음과 같이 말한 내용이 작가에게도 해당된다고 느낀다. "어려서는 상황에 몰려 신중하게 행동했던 그녀가 나이 들어가면서 낭만을 알게 되었다. 부자연스러운 시작에 따라오는 자연스러운 결과이다." 그녀는 종종 자연의 아름다움과 우수에 대하여 말을 길게 하며, 예전에는 봄에 대하여 그랬는데 이제 가을에 대하여 할 말이 많다. 그녀는 "시골에 가을이 왔을 때 그리도 달콤하고 그리도 슬픈 분위기"에 대하여 말한다. 그녀는 "황갈색 나뭇잎과 시든 관목 울타리"를 눈여겨본다. "어떤 곳에서 고통을 받았다고 해서 그곳을 싫어하게 되지는 않아요." 라고 말한다. 그러나 우리가 차이를 느낄 수 있는 곳은 자연에 대한 새로운 감성만이 아니다. 인생에 대한 그녀의 태도 자체가 변했다. 이 작품 대부분에서, 그녀는 스스로 불행하면서 다른 사람들의 행복과 불행에 특별한 공감을 가진 여성의 눈으로 인생을 바라보며, 작품의 끝에 도달할 때까지 이에 대해 혼자 묵묵히 생각할 수밖에 없다. 따라서 그녀의 생각은 예전과 달리 사실보다는 감정에 대한 것이 더 많다. 연주회 장면에서 감정이 표출되어 있으며, 여성의 절개에 대한 유명한 대화 부분은 제인 오스틴이 실제 사랑을 했다는 전기적 사실을 증명할 뿐만 아니라, 그렇게 말하기를 그녀가 더 이상 두려워하지 않는다는 미학적 사실을 증명한다. 즉 심각한 종류의 경험은 깊이 침잠해 들어가야 하고, 시간의 흐름에 의하여 완전히 소독된 후에야 소설 속에서 다룰수가 있었다. 그러나 1817년 현재, 그녀는 준비가 되어 있었다. 외

---

12 윌리엄 휴얼(Dr. William Whewell, 1794~1866). 영국의 과학자, 성공회 성직자, 철학자, 신학자, 과학사가. 그는 트리니티 칼리지의 젊은 학장이었을 때 이 작품을 옹호했다.

부적으로도 그녀의 환경에 변화가 다가와 있었다. 그녀의 명성은 서서히 높아져갔다. 오스틴 리는 "그렇게 존재감이 전혀 없던 사람이 주목할 만한 작가가 된 경우를 또 꼽는 게 가능할지 의심스럽다."고 썼다. 그녀가 몇 년만 더 살았더라도 이 모든 것이 바뀌었을 것이다. 그녀는 런던에 머물렀을 것이고, 만찬과 정찬에 초대되어 가고, 유명 인사들을 만나고, 새로운 친구들을 사귀고, 낭독하고, 여행하고, 한가한 시간에 음미할 관찰 사항들을 잔뜩 갖고 조용한 시골집에 돌아왔을 것이다.

그러면 이 모든 것들이 제인 오스틴이 쓰지 않은 여섯 개의 소설에 어떤 영향을 미쳤을 것인가? 그녀는 범죄나 열정이나 모험에 대하여 쓰지는 않았을 것이다. 출판사의 간청이나 친구들의 아첨에 몰려서 졸작이나 진정성 없는 작품을 쓰지는 않았을 것이다. 그러나 그녀는 세상을 좀더 알게 되었을 것이다. 그녀의 안정감은 흔들렸을 것이다. 그녀의 희극적 요소는 타격을 받았을 것이다. 우리들에게 인물을 알려주는 방법으로 대화에 덜 의존하고(이것은 이미 『설득』에서 감지할 수 있다), 인물의 생각에 더 의존했을 것이다. 불과 몇 분 동안의 수다로 크로포트 제독 같은 인물이나 머스그로브 부인 같은 인물을 영원히 알기에 필요한 모든 것을 요약해서 보여주는 그 멋진 짧은 대화들, 분석과 심리묘사의 챕터들을 담아두고 간략하게 되는 대로 해보는 방식, 이것들은 이제 그녀가 인간 본성의 복잡함에 대해 알게 된 모든 것을 담기에는 너무 엉성해졌을 것이다. 제인 오스틴은 여전히 명료하고 차분하나 더 심오하고 더 암시적인 방법을 고안해냈을 것이다. 그래서 사람들이 말하는 것뿐만 아니라 그들이 말하지 않고 둔 것까지도, 그들이 어떤 사람인지뿐만 아니라 인생이 무엇인지를 표현했을 것이다. 그녀는 인물들로부터 좀더 떨어져서 개인으로보다는 집단으로 보았을 것이다. 풍자는 좀 덜 지속적으로 사용되었을 것이지만 더 신랄하고 엄중했을 것이다. 그녀는 헨리 제임스와 프루스트의 선구자가 되었을 것이다. 그러나 이제 그만두자. 이런 추측들은 부질없는 것이다. 여성 중에서 가장 완벽한 작가, 불멸의 작품을 쓴 작가가 죽었다. "이제 한창 그녀가 자신의 성공에 확신을 느끼기 시작하고 있었을 때" 말이다.

윌리엄 해즐릿
William Hazlitt

    누군가 해즐릿[1]을 만나본 적이 있다면 "우리는 우리가 아는 사람은 거의 미워하지 않는다."라는 그의 원칙대로 필시 그를 좋아했을 것이다. 그러나 이제 해즐릿이 죽은 지 백 년이 되었는데 하나의 의문일 성싶은 것이, 어느 정도로 충분히 그를 잘 알아야 그의 글이 여전히 선명하게 불러일으키는 개인적이면서도 지적인 반감을 극복할 수 있을까라는 것이다. 해즐릿은, 그의 으뜸가는 장점 중의 하나로, 희미한 안개 속에 발을 질질 끌며 물러나 하찮은 존재가 되어 죽는 그런 어정쩡한 작가 중 한 사람이 아니었으니 말이다. 그의 에세이는 단호히 말하건대, 그 사람 자체이다. 그는 과묵하거나 부끄러워하는 사람이 아니다. 그는 자신이 생각하는 바를 그대로 정확히 이야기하며, 매력적으로 느껴지기는 힘든 그런 자신감을 가지고 자신이 느끼는 바를 그대로 정확히 이야기한다. 어느 하루도 그에게 어떤 증오나 질투의 고통을, 혹은 분노와 쾌락의 전율을 안기지 않고 그냥 지나간 적이 없는 것으로

---

1 윌리엄 해즐릿(William Hazlitt, 1778~1830). 19세기 영국의 비평가, 수필가. 『셰익스피어극의 성격』, 『영국시인론』, 『영국희극작가론』 등의 평론과 『원탁』 등에 수록된 수필로 유명하다.

보아 그는 모든 인간들 중에서 가장 강렬하게 자신의 존재에 대해 의식하는 사람이었다. 따라서 그의 글을 조금만 읽다 보면 이내 매우 기이한 인물, 즉 성질은 고약하지만 고매한 정신을 지녔고, 천하지만 고상하고, 지독히 자기중심적이지만 인류의 권리와 자유를 향한 가장 진솔한 열정에 의해 더없이 고무되는 인물을 접하게 된다.

해즐릿이 걸치고 있는 에세이의 베일은 매우 얇아서 그의 진짜 모습이 곧 우리 앞에 나타난다. 그를 두고 콜리지가 "이마를 숙인 채 꿈쩍 않고 사색에 잠긴 이상한 사람"이라고 여긴 것처럼 우리도 그런 식으로 그를 보게 된다. 그는 발을 질질 끌며 방에 들어온다. 그리고 어떤 사람 얼굴도 똑바로 쳐다보지 않는다. 물고기 지느러미와도 같은 손으로 악수를 하고 자신이 앉아 있는 구석에서 이따금씩 악의에 찬 눈초리로 힐끗힐끗 쳐다본다. "그의 태도는 99퍼센트가 기이하리만치 역겹다."고 콜리지는 말했다. 그러나 이따금씩 그의 얼굴은 지적인 아름다움으로 환해지고 그의 태도는 공감과 이해심으로 빛이 났다. 또한 그의 글을 계속 읽어나가다 보면 이내 우리는 그의 온갖 원한과 불만 전체에 익숙해지게 된다. 추측하건대 그는 대부분의 삶을 여관에서 지냈다. 그의 식탁을 아름답게 꾸며줄 여성은 형상조차도 없었다. 그는, 아마 램[2]을 제외하고는 오랜 친구들과 모두 다투었다. 그러나 그의 유일한 과오는 스스로의 원칙을 고수했고 "정부의 도구가 되지 않았다"는 점이었다. 그는 적의에 찬 박해의 대상이었으며 블랙우드의 평론가들은 그를 "여드름투성이 해즐릿"이라고까지 불렀다. 그의 뺨이 설화석고처럼 창백했는데도 말이다. 하지만 그런 거짓말들이 활자화되었고 그렇게 되자 그는 친구들을 방문

2 찰스 램(Charles Lamb, 1775~1834). 영국의 수필가이자 시인이다.

하기가 겁이 났다. 왜냐하면 하인들도 그런 신문을 읽었을 테고 시녀들도 그의 등 뒤에서 킥킥거렸기 때문이다. 그가 가장 섬세한 정신을 가진 사람 중의 하나이며 논박의 여지없이 그 당시 가장 훌륭한 산문을 썼다는 것은 어느 누구도 부정할 수가 없었다. 그러나 그러한 사실이 여자들에게 무슨 소용이 있었겠는가? 멋진 여인들은 학자에 대해서는 존경심이 없는 법이고 시녀들 또한 그러하니 그의 으르렁대고 비탄에 젖은 불만들은 계속 터져 나오고 그것은 우리를 혼란스럽게 하고 짜증나게 한다. 그러나 그에게는 그렇게도 독립적이고 미묘하고 섬세하고 열정적인 무엇인가가 있어서 그에 대한 혐오는 가루처럼 부서지며 무언가 훨씬 더 따뜻하고 복잡한 어떤 것으로 변한다. 자기 자신에 대해 잊을 수만 있다면 그는 자신 외의 다른 문제에 대해 아주 진지하게 사색하며 그것에 너무나 몰두하는 사람이니 말이다. 해즐릿은 다음과 같이 말할 때에 옳았다.

우리가 두려워하고 증오하는 것은 단지 가면이며 그 사람은 뭔가 인간적인 어떤 것을 지니고 있는지도 모른다! 요컨대 멀리서, 혹은 편파적인 재현을 통해, 혹은 추측을 통해 우리가 사람들에 대해 품게 되는 개념들은 단순하며 복합적이지 않은 생각들이어서, 현실의 그 어떤 것과도 부합되지 않는다. 다시 말해, 우리의 체험으로부터 끌어내어진 개념들이야말로 혼합된 양상을 띠는 것으로, 그것만이 진실하고 그리고 일반적으로 가장 우호적인 것들이다.

확실히 그 어떤 사람도 해즐릿을 읽고 그에 대해 복합적이지 않은 단순한 생각을 품을 수는 없었다. 처음부터 그는 두 가지 정신의 소유자였다. 즉 정반대되는 두 가지의 진로에 거의 균등하게 마음이 쏠리는, 분열된 천성을 지닌 사람 중의 하나였다. 그의 첫 번째 충동이 에세이 집필이 아니라 회화와 철학에 대한 것이었음은 의미심장한 일이다. 뭔가 아득하고 고요한 화가의 예술 속에는 그의 괴로운 영혼에 피난처를 제공하는 무엇인가가 있었다. 그는 부러워하며 "화가들의 노년은 얼마나 행복한가."라고 쓰고 있다. "그들의 정신은 마지막까지 살아 있다." 즉 우리를 실외로 데리고 나가 들판과 숲속에 머물게 하고, 선명한 그림물감을 다루고 단지 까만 잉크나 하얀 종이만이 아니라 견고한 붓과 캔버스를 도구로 삼는 화가라는 소명에 그는 동경하는 마음으로 경도되었다. 그러나 동시에 구체적인 아름다움에 대한 명상 속에 마냥 쉬고 있도록 내버려두지는 않는 추상적인 호기심에 꽉 잡혀 있었다. 14살의 소년일 때, 그는 독실한 유니테리언 목사였던 아버지가 예배당을 나오면서 신도 중의 어느 나이 든 여인과 종교적 아량의 한계에 대하여 논쟁하는 것을 들었는데, "내 장래 인생의 운명을 결정지은 것은 바로 이 사건이었다."고 말했다. 그 일은 해즐릿으로 하여금 "내[그의] 머릿속에 정치적 권리와 일반 법리학에 대한 다음과 같은 체계를 세우도록" 부추겼다. 그는 "사물의 존재 이유에 대해 납득하게 되기를" 소원했던 것이다. 그 이후 그런 두 가지 이상은 늘 서로 충돌했다. 사상가가 되는 것, 즉 가장 분명하고 가장 정확한 말로 사물의 존재 이유를 표현하는 것, 그리고 파란색과 심홍색을 흡족히 바라보고 신선한 공기를 마시면서 여러 감정 속에 묻혀 감각적으로 살아가는 화가가 되는 것 —이것은 서로 상이한, 아마도 양립 불가능한 두 가지 이상이었는데, 해즐릿의 다른 모든 감정들처럼 두 가지 모두 거센 것이었고 각각 서로를 장악하려고 애썼다. 그는 이번엔 이쪽 이상향에 다음엔 다른 쪽 이상향에 굴복했다. 그는 파리에서의 몇 달을 루브르에서 그림을 모사하는 일로 보냈다. 집으로 돌아와서는 몇 날이고 보닛을 쓴 노파의 초상화를 그리는 데 고된 노력을 기울였는데, 근면과 노고를 통하여 렘브란트의 천재성의 비밀을 발견하고자 해서였다. 그러나 아마 날조된 이야기인 것 같은데 그는 어떤 자질이 결핍되어 있었고, 그래서 결국 화가 나서 캔버스를 갈기갈기 찢거나 절망에 싸여 캔버스를 벽 쪽으로 돌려놓았다. 그와 동시에 그는, 자신의 다른 어떤 작품보다도 좋아한 『인간 행위의 원리에 관한 에세이*An Essay on the principles of Human Action*』를 집필하고 있었다. 그 에세이에서 그는 화려하거나 번쩍거리지 않으면서 그리고 남의 마음에 들거나 돈을 벌려는 바람없이 오로지 진리를 향한 스스로의 욕망의 다급함만을 충족시키고자 분명하고 진실되게 글을 썼다. 당연히 "그 책은 언론으로부터 사산아가 되어 낙오되었다." 그러자 그의 정치적 희망, 즉 자유의 시대는 도래했고 왕권의 전제정치는 이제 끝이 났다고 하는 그의 믿음도 헛된 것으로 판명이 났다. 그의 친구들은 정부 관직으로 탈주했고 그는 혼자 남겨져, 스스로를 지탱하기 위해선 그렇게도 많은 자기 승인을 필요로 하는 영원한 소수자가 되어 자유, 박애, 혁명의 교리를 옹호했다.

그리하여 그는 분열된 취향과 좌절된 야망의 인간이었고 심지어 어린 시절에도 행복이란 것은 뒷전으로 밀려나 있던 사람이었다. 그의 마음은 일찌감치 정해졌고 그 후 내내 자신이 받은 첫 인상들의 낙인을 몸소 지니고 다녔다. 가장 행복한 기분일 때에도 그는 앞을 보지 않고 뒤를 돌아보았던 것이다. 즉 아이로서 뛰놀던 정원과 슈롭셔의 푸른 언덕과 희망이 여전히 그의 것이며 평화가 그를 품어주던 때에, 그리고 그림이나 책을 보다가 눈을 들어 들녘과 숲이 마치 자신의 내적 고요함의 외적인 표현인 양 처다보던 때에 목격했던 모든 풍경으로 눈길을 돌렸다. 그가 돌아가는 곳은 그때 읽었던 책들, 즉 루소와 버크[3]와 『주니어스의 서간Letters of Junius』[4]이었다. 그러한 책들이 그의 젊은 상상력에 새겨놓은 인상은 결코 지워진 적이 없었고 거의 덧칠되지도 않았다. 청년기가 지난 후엔 그는 재미로 책을 읽는 일 같은 것은 그만두었으며 젊음 자체와 젊음이 선사하는 순수하고 강렬한 즐거움은 이내 뒤로 물러나 잊혀졌다.

이성의 매력에 넘어가기 쉬운 감수성으로 인해 그는 당연히 결혼했고 "조롱받기 십상인 일그러진 모습"에 대한 자의식으로 인해 당연히 결혼생활은 불행했다. 그가 사라 스토다트 양을 램의 집에서 만났을 때 메리[5]가 방심하고 지체하고 있는 동안, 그녀는 대신 주전자를 찾아 물을 끓이는 상식을 보여줌으로써 그를 기쁘게 했다. 그러나 그녀는 가사에 관한 재주를 하나도 갖고 있지 않았다. 그녀의 적은 수입은 결혼 생활의 짐을 감당하기에는 불충분했고, 따라서 해즐릿은 자신이 여덟 페이지를 집필하는 데에 8년을 소모하는 대신, 언론인이 되어 정치와 연극과 그림과 책에 관하여 적절한 길이의 기사들을 적절한 순간에 써내야만 한다는 것을 곧 알아차렸다. 밀턴이 한때 살았던 요크가에 있는 오래된 그의 집 벽난로 선반은 이내 에세이를 쓰기 위한 생각들로 가득한 낙서 천지가 되었다. 그런 버릇이 증명하듯 그의 집은 깔끔하게 정돈된 집이 아니었고, 온화함과 안락함이 그런 질서의 부족을 변명해주지도 않았다. 해즐릿 부부가 벽난로에 불도 안

3   에드먼드 버크(Edmund Burke, 1729~1797). 영국의 보수주의 정치가, 미학자이다.
4   주니어스는 1769년부터 1772년에 걸쳐 런던의 신문에 게재된 실명을 알 수 없는 인물의 일련의 투서에 쓰였던 필명이다. 당시의 지배층을 통렬히 비판, 공격했다.
5   메리 앤 램(Mary Ann Lamb, 1764~1847). 영국의 작가. 찰스 램의 누이이다.

지피고 창문에 커튼도 치지 않은 채 오후 2시나 되어 아침을 먹고 있는 것이 목격되는 것은 당연한 일이었다. 용감한 도보 여행자이면서 명석한 여자인 해즐릿 부인은 남편에 대해 어떤 망상도 갖고 있지 않았다. 그는 그녀에게 충실하지 않았고 그녀는 그런 사실을 감탄할 만한 상식을 가지고 직면했다. 그러나 그녀의 일기에 "그는 내가 늘 그와 그의 능력을 깔보았다고 말했다."고 적어놓았는데 그때 그녀의 상식은 도가 지나친 것이었다. 무미건조한 결혼은 절룩거리다 결국 끝장이 났다. 가정과 남편의 부담으로부터 마침내 해방되어 사라 해즐릿은 부츠를 신고 스코틀랜드 도보 여행에 나섰고, 한편 해즐릿은 어느 것에든 애착을 느끼거나 안락함을 누릴 능력이 없었으므로 여관에서 여관으로 전전하며 모멸과 환멸의 고문을 당했다. 그러나 매우 진한 차를 몇 잔이고 연거푸 마시면서 그리고 여관집 주인 딸과 잠자리도 나누면서 그는 우리가 지닌 가장 훌륭한 에세이 대열에 당연히 속하는 그런 에세이들을 썼다.

그의 에세이들이 아주 최고 걸작은 아니라는 것, 즉 몽테뉴나 램의 에세이들이 틈만 나면 우리 뇌리에 떠오르듯 그런 식으로 머릿속에 떠올라와 기억 속에 통째로 남아 있지는 않는다는 것 또한 사실이다. 그는 이러한 위대한 작가들이 보여주는 완벽함이나 통일성에는 좀처럼 도달하지 못하고 있다. 에세이와 같은 짧은 작품들은 통일성을 필요로 하고 스스로와 조화를 이루는 마음을 필요로 하는 것이 아마 그 본래적 특성인 것 같은데 말이다. 즉 약간의 삐걱거림만으로도 전체 작품이 흔들리게 된다. 몽테뉴, 램, 심지어 애디슨의 에세이는 마음의 평정에서 기인하는 과묵함을 지니고 있다. 즉 자신들의 에세이에서 그들은 아무리 잘 알고 있더라도 숨겨진 채로 놔두고 싶은 것들에 대해선 결코 말해주지 않기 때문이다. 그러나 해즐릿에 있어서는 사정이 다르다. 그의 가장 훌륭한 에세이에서조차 항상 분열되고 조화를 이루지 못하는 무엇인가가 거기에 있다. 마치 몇몇 순간을 제외하고는 결코 합일을 이루는 데 성공하지 못하는 두 마음이 활동하고 있는 것처럼 말이다. 우선 사물의 존재 이유에 대해 납득하기를 바라는 탐구적인 소년의 마음, 즉 사색가의 마음이 있다. 주제의 선택권은 대부분 사색가적 마음에 주어진다. 사색가는 선망, 이기주의, 이성, 상상력과 같은 어떤 추상적인 생각을 선택한다. 그리고 그 생각을 힘차게 독자적으로 다룬다. 또한 그런 생각의 파문을 탐구하고 그 생각의 좁은 길을 올라간다. 그 생각이 마치 산길이며 그 길을 올라가는 일은 힘들고도 고무적인 일인 듯 말이다. 이렇듯 육상 종목처럼 생각이 진전되는 것과 비교해 볼 때 램의 사고의 전개는 꽃 속에서 변덕스럽게 이리저리 돌아다니다가 한 순간은 여기 헛간 위에, 다음 순간엔 저기 외바퀴 수레 위에 내려앉아 쉬어가는 나비의 비행처럼 보인다. 그러나 해즐릿의 모든 문장은 우리를 앞으로 또 앞으로 데리고 나간다. 목표를 염두에 두고, 그는 어떤 우연한 사건이 끼어들지 않는 한, 그 목표를 향해 "순수한 일상 회화적 산문 스타일"로 성큼성큼 다가간다. 그런데 그 스타일은 해즐릿 자신이 지적하는 바와 같이 섬세한 글쓰기보다 실행하기가 아주 훨씬 더 어려운 것이다.

사색가 해즐릿이 감탄할 만한 친구임에는 의심의 여지가 없다. 그는 성격이 강하고 겁이 없으며, 자신의 마음을 잘 알고 또한 그 마음에 대해 강렬하게, 그러면서도 휘황찬란하게 이야기를 한다. 신문 독자들이란 눈이 침침한 인종이어서 그들이 제대로 볼 수 있게 하기 위해선 눈이 부실 정도로 그들을 현혹시켜야 하기 때문이다. 그런데 사색가 해즐릿 외에 예술가 해즐릿이 있다. 육감

적이고 정서적인 남자가 있다. 그는 색깔과 촉감에 대한 섬세한 느낌을 지니고 있으며, 상금을 놓고 벌이는 시합과 사라 워커에 대한 정열을 지니고 있으며 합리적 이성을 교란시키는 온갖 감정에 대한 감수성을 지니고 있다. 즉 세상이라는 육체는 너무나 탱탱하고 따뜻하여 가슴에 꼭 안아주기를 단호히 요구하고 있는데, 지성을 동원하여 사물을 잘게, 더 잘게 쪼개는 데에나 시간을 보낸다는 것을 매우 헛된 일로 만드는 온갖 감정에 대한 감수성을 지니고 있다. 무릇 사물의 이치를 아는 것은 그런 사물을 느낄 줄 아는 능력에 대한 빈약한 대체물이다. 그리하여 해즐릿은 시인과 같은 강렬함을 가지고 사물을 느꼈다. 그의 가장 추상적인 에세이조차 무엇인가가 그로 하여금 자신의 과거를 떠올리게 하면 갑자기 시뻘겋게 혹은 하얗게 달아올라 작열한다. 어떤 풍경이 그의 상상력을 휘저어놓거나 어떤 책이 그가 그 책을 처음으로 읽었던 시간을 환기시키면 그는 섬세한 분석적 펜은 내려놓고 발이 촘촘하면서 풍성한 붓을 들어 한 구절 혹은 두 구절을 휘황찬란하고도 아름답게 그려낸다. 콩그리브의 『사랑을 위한 사랑』을 읽는 것, 은으로 된 주전자로 커피를 따라 마시는 것, 장 자크 루소의 『신엘로이즈La Nouvelle Héloïse』를 읽는 것, 차갑게 한 닭고기를 먹는 것에 대한 유명한 구절들은 모두에게 잘 알려져 있다. 그런데 그런 구절들이 얼마나 기이하게 문맥을 침범해 들어오며, 얼마나 난폭하게 우리를 이성적 추론에서 갑자기 광시곡으로 옮겨가게 하는가! 즉 얼마나 당황스럽게 우리의 엄격한 사색가가 우리 어깨로 쓰러지면서 공감을 요구하는지! 이런 불일치 그리고 서로 갈등하는 두 세력의 느낌이 바로 해즐릿의 가장 훌륭한 몇몇 에세이의 평온함을 흐트러뜨려놓고 또한 그 에세이들이 어떤 의미 있는 결론에 이르지 못하게 하는 요인들이다. 그 에세이들은 우리에게 증거를 제시하겠다고 시작하고는 우리에게 그림을 안겨주는 식으로 끝이 난다. 우리는 QED,[6] 즉 '이상이 내가 증명하려는 내용이었다.'라는 단단한 바위 위에 발을 굳건히 내디디려고 하다가 그 바위가 수렁으로 변하는 것을 바라보게 되고 따라서 우리는 진흙, 물, 꽃이 뒤범벅이 된 곳에 무릎까지 빠져 있게 된다. "히아신스 같은 머리칼에 앵초같이 창백한 얼굴들"이 우리 눈에 들어오고 튜덜리의 숲은 그 신비로운 목소리를 우리 귀 속으로 숨결처럼 불어넣는다. 그러다가 갑자기 우리는 어떤 부름을 받게 되고 엄격하고 냉소적이고 근육질인 억센 사색가의 인도로 우리는 분석하고 해부하고 비난하게 된다.

그리하여 해즐릿을 그의 분야의 다른 위대한 대가들과 비교해 보면 어디에 그의 한계가 놓여 있는지 쉽게 알 수 있다. 그가 다루는 범위는 좁고 그의 공감력은 비록 강렬하긴 하지만 찾아보기 힘들다. 그는 모든 경험에 대해 몽테뉴처럼 문을 활짝 열어놓지 못한다. 즉 몽테뉴는 어떤 것도 내치지 않고 모든 것을 아량으로 받아들이며 아이러니와 함께 거리를 두고 영혼의 유희를 바라본다. 그와는 반대로, 해즐릿의 마음은 자신의 첫인상들에 대한 자기중심적인 집요함으로 굳게 닫힌 채 그 인상들을 불변의 확신으로 동결시켰다. 또한 그는 램처럼 상상과 몽상의 환상적인 비행 속에서 친구들의 생김새를 새롭게 창조해내면서 장난을 친다거나 하지도 않았다. 그는 자신의 인물들을, 실제의 사람들에게 그랬듯이 기민함과 의심으로 가득 찬 재빠른 곁눈질로 흘끗흘끗 바라본다. 그는 빙빙 돌기도 하고 이리저리 돌아다닐 수도 있는 에세이 작가의 자유를 활용하지 않는다. 그의 자기중심주의와 자기 확신은 스스로를 한 시점, 한 장소, 한 존재에 매여 있게 한

---

6 라틴어 "Quod Erat Demonstrandum"의 약자. 공식이나 명제의 증명 종료라는 뜻이다.

다. '이것이 19세기 초반의 영국이지.' 하는 것을 우리는 결코 잊어버리게 되지 않는다. 실제로 우리는 사우샘프턴 건물들이나 구릉 넘어 윈터슬로의 간선도로가 보이는 여관 응접실 안에 있다고 느끼게 된다. 즉 그는 우리를 자신과 동시대인으로 만드는 비상한 능력을 지니고 있다. 그러나 그렇게 많은 에너지를 들이면서도 정작 자신이 하고 있는 일을 그다지 사랑하지는 않으면서 채워나간 방대한 분량의 에세이를 계속 읽어나가다 보면 우리는 다른 에세이 작가들과의 비교를 그만두게 된다. 그것이 독립적이고 자기 충족적인 에세이가 아니라 좀더 큰 어떤 책에서 떨어져 나온 파편들 같아 보이니 말이다. 즉 그의 에세이는 인간 행위의 이유나 인간 제도의 특성에 관한 어떤 면밀한 탐구와도 같다. 그나마 도중에 끝이 나는 것은 그저 우연일 뿐이며 그 책들을 화려한 이미지와 밝은 색깔로 장식한 것은 대중의 취향에 대한 존중에서 나온 것일 뿐이다. 이런 형태로든 저런 형태로든 다른 이들의 에세이에선 아주 흔히 등장하는 구절, 즉 그의 정신이 좀 자유롭다면 스스로 따를 법한 그런 구조를 지적해주는 구절, "나는 여기서는 그 주제에 관해 좀더 일반적으로 접근할 것이며 그러고 나서 나에게 일어난 그 주제의 실례와 예증들을 들어보려 한다."는 식의 구절은 『엘리아 수필집*Essays of Elisa*』이나 「로저 드 코벌리 경」에는 결코 나타나지 않는다. 그는 기묘한 인간 심리의 심연 속을 더듬어가며 사물의 이치를 추적해나가는 것을 너무나 좋아한다. 그리하여 평범한 말이나 감각 뒤에 놓여 있는 불투명한 원인들을 찾아내는 데 참으로 탁월하며 그의 마음의 서랍장은 예증과 논거들로 가득 차 있다. 우리는 그가 자신이 20년 동안 정말 열심히 사색했고 지독히도 고통스러웠노라고 말하는 것을 믿을 수 있다. "단 하루 동안의 사색이나 독서 중에도 종종 얼마나 많은 생각과 길고도 깊고 강렬한 일련의 감정들이 마음속을 통과해가는가." 하고 감탄할 때 그는 자신이 경험하여 알게 된 것에 대해 말하고 있는 것이다. 확신은 그의 생명선이며 생각은 그 안에서 한 해 또 한 해, 그리고 한 방울 또 한 방울 종유석처럼 형성되어나갔다. 그는 천 번의 고독한 산책 중에 그것들을 예리하게 갈고닦았으며, 사우샘프턴 여관에서 늦은 저녁을 먹으면서 늘 앉는 구석에 앉아 냉소적으로 주위를 관찰하고 논의를 거듭하며 그것들을 시험했다. 그러나 그것들을 바꾸지는 않았다. 그의 마음은 그만의 독자적인 것이었고 이미 확정되어 있었으니 말이다.

그리하여 『열정과 냉정*Hot and Cold*』, 『부러움*Envy*』, 『처세*The Conduct of Life*』, 『그림처럼 생생한 것과 이상적인 것*The picturesque and the Ideal*』 등에 피력된 그의 추상적 개념들이 아무리 올이 드러날 정도로 낡은 것이라고 하더라도, 그는 탄탄한 집필 거리를 갖고 있다. 그는 결코 자신의 뇌가 느슨해지도록 내버려두지 않으며, 그림처럼 생생하게 마냥 표현할 수 있는 자신의 위대한 재능에 의지하여 피상적인 생각이나 늘리고 있지도 않는다. 할 일을 단호하게 대처해나갈 때의 그의 잔혹함이나 경멸적 태도로 보아 기분은 내키지 않지만 진한 차를 마셔가며 순전히 자신의 의지로만 죽어라 일에 전념하고 있다는 것이 분명해 보이는 때에도 우리는 그가 여전히 통렬하고 엄중하고 예리하다는 것을 알게 된다. 그의 에세이 속에는 마치 그의 재능의 상호모순성이 그를 계속 긴장 상태에 놓여 있게라도 하듯 어떤 소란스러움과 어려움, 활달함과 갈등이 내재되어 있다. 그는 늘 미워하고, 사랑하고, 생각하고, 고통스러워하고 있다. 그는 결코 권위와 타협할 수도 없었고 여론을 존중하여 자신의 기이함을 버릴 수도 없는 것같다. 이렇듯 쏠리고 까지고 들들 볶이면서도 비상하리만치 그의 에세이는 수준이 높다. 종종 선명한 이미지들은 건조하고 번쩍거리고, 글의 리듬엔 외골수적인 에너지의 단조로움이 있지만 그의 어떤 에세이도 사상을 강조하지 않거나 어떤 통찰의 힘을 담고 있지 않거나 뭔가를 간파하는 순간이 들어 있지 않은 것은 거의 없다. 왜냐하면 해즐릿은 자신이 한 말, 즉 "평범하고 무미건조하고 어떤 특징이 결여되는 것은 커다란 과오다."라는 말을 암암리에 너무나 신봉하여 그 스스로 한 자리에 앉아 오랫동안 읽을 수 있는 쉬운 작가는 될 수 없었기 때문이다. 그의 에세이는 페이지마다 훌륭한 격언과 기대치 않은 전환과 독립성, 독창성으로 넘쳐난다. "삶에 대해 기억할 만한 가치가 있는 것은 삶에 대한 시뿐이다." "만약 진실이 알려진다면 무릇 가장 불쾌한 사람들이란 가장 상냥한 사람들이다." "명문 대학의 학생이나 학장과 열두 달을 함께 보낸다고 하더라도 그것보다는 런던에서 옥스퍼드로 가는 역마차의 실외 마부석에서 멋진 일들을 더 많이 들을 수 있을 것이다." 즉 나중에 곰곰 살펴보기 위해 따로 떼어 모아두고 싶은 격언들이 항상 우리를 잡아당기는 것이다.

그런데 해즐릿은 여러 권의 에세이 이외에도 여러 권의 비평을 썼다. 강연자로서든 평론가로서든 어떤 식으로든, 해즐릿은 영문학의 방대한 영역을 활보하며 대다수의 이름난 작품들에 대한 자신의 견해를 전달했다. 그의 비평엔 민첩함과 대담성이 있다. 비록 그 비평이 쓰인 정황에서 야기되는 느슨함과 거칢 또한 있지만 말이다. 그는 상당히 많은 분야를 다루어야 하고 독자가 아닌 청취자로 이루어진 관중에게 자신의 주장을 분명하게 전달해야 하고, 그에게는 작품이라는 자연경관 중 가장 높은 탑과 가장 빛나는 정상만을 들먹일 시간 정도밖엔 없다. 그러나 그의 가장 형식적인 서평에서조차 중요한 것을 포착하는 능력, 정통한 비평가라도 종종 놓쳐버리고 소심한 비평가는 결코 잡아내지 못하는 주된 윤곽을 지적해내는 능력을 우리는 감지하게 된다. 그는 생각을 너무나 많이 하여 독서하지 않고도 문제 없이 지낼 수 있는 보기 드문 비평가들 중의 하나다. 해즐릿이 존 던의 시는 오로지 한 편만 읽었다거나 그에게 셰익스피어의 소네트는 이해가 되지 않았다거나 서른이 넘어서는 끝까지 읽은 책이 한 권도 없다거나 정말로 그가 독서를 완전히 싫어하게 되었다거나 하는 사실들은 그렇게 중요한 일이 아니다. 읽는 것에는 대단한 열정을 갖고 읽었던 사람이니 말이다. 그의 견해로는 한 작품의 색깔과 빛과 어둠과 영혼과 육체를 반영하는 것이 비평가의 의무였으므로 식욕, 열정, 즐거움이야말로 분석적 미묘함이나 오랜 시간에 걸친 광범위한 연구보다 훨씬 더 중요했다. 자신의 열정을 전달하는 것이 그의 목표였던 것이다. 그리하여 그는 힘차고 직접적인 필치로 한 작가의 형상을 가위로 오려내듯 만들어놓고 그것을 다른 작가의 형상과 대조시킨 다음 그 작품을 읽고 난 후 자신의 마음속에 희미하게 깜빡이며 남아 있는 눈부신 유령을 이미지와 색깔을 자유자재로 활용하여 더한층 일구어낸다. 그리고 빛나는 구절로 시를 재창조한다. "진한 향내가 거기서 뿜어져 나오네, 천재의 숨결처럼. 금빛 구름이 그것을 감싸고, 시어라는 꿀 반죽은 그것을 외피처럼 뒤덮네, 앵초꽃의 사탕에 졸인 듯한 표면처럼." 그러나 해즐릿 안의 분석가가 표면에서 결코 멀리 떨어져 있지 않으므로, 이런 화가의 이미지들은, 문학에서의 단단하고 지속적인 것에 대한, 즉 한 권의 책이 의미하는 바는 무엇이며 그 책은 어디에 자리매김되어야 하는가에 대한 과민한 감각에 의해 억제된다. 그런데 그런 감각이 그의 열정의 견본을 만들고 그것에 각도와 윤곽을 부여하는 것이다. 그는 자신이 다루고 있는 작가의 특별한 자질을 선별해놓고 그것에 품질보증의 낙인을 힘차게 찍는다. 초서에게는 "깊고도 내적이고 지속적인 정서"가 있다. "크래브는 비극의 정물화를 시도하고 성공시킨 유일한 시인이다." 그의 스콧 비평엔 무기력하거나 약하거나 단지 장식적이기만 한 것은 하나도 없는데, 바로 지성과 열정이 서로 손을 잡고 작용하고 있어서이다. 그런데 비록 그러한 비평이 최종적인 것의 정반대이며 결정적이거나 완결된 것이라기보다는 입문적이며 고무적인 것이라고 하더라도, 독자로 하여금 여행을 떠나게 하는 비평가, 즉 자신만의 모험을 당장 떠나게 하는 문구로 독자를 불타오르게 하는 그런 비평가에 대해선 응당 호의적으로 말해줄 수밖에 없다. 만일 누군가가 버크를 읽고 싶은 자극이 필요하다면, "버크의 문체는 번개처럼 갈라져 있으면서 유희적이고, 뱀처럼 볏을 달고 있다."는 구절보다 더 나은 것이 무엇이 있겠는가? 아니면 다시, 누군가가 먼지투성이 2절판 책을 놓고 읽을까 말까 갈팡질팡하고 있다면 다음 구절이야말로 그 사람을 독서의 강 한가운데로 던져 넣기에 충분한 것이다.

고대인의 지혜에 의지하는 것은 즐거운 일이다. 즉 언제나 얼굴을 빤히 응시하고 있는 자신의 이름 머리글자 외에 어떤 다른 위대한 이름을 옆에 둔다는 것, 자아로부터 빠져나와 칼데아[7]와 히브리와 이집트의 인물 속으로 여행을 떠난다는 것, 지면의 여백엔 종려나무가 신비롭게 흔들거리고 3천 년의 간격 저 먼 곳에서 낙타들이 천천히 움직여나가는 것을 경험하는 것은 즐거운 일이다. 그러한 배움의 건조한 사막에서 우리는 힘과 인내와 앎에 대한 이상하고도 물릴 줄 모르는 목마름

7   바빌로니아 남부를 가리키는 고대의 지명이다.

을 끌어모으게 된다. 폐허가 된 고대의 기념비도 거기에 있으며, 밑에 독사가 도사리고 있는 파묻힌 도시의 파편들, 시원한 샘물들, 푸르고 햇빛 찬란한 장소들, 그리고 회오리바람과 사자의 포효와 천사의 날개의 그림자도 거기에 있다.

이런 것이 비평은 아니라는 것은 두말할 필요도 없다. 그것은 안락의자에 앉아 벽난로 불꽃을 응시하는 것이며 책에서 본 것에 대한 이미지 위에 또 다른 이미지를 쌓아 올리는 것이다. 그것은 사랑하기이며 연인으로서의 당돌함이다. 그것은 해즐릿으로 존재하기다.

그러나 해즐릿은 그의 강연이나 여행이나 『나폴레옹의 전기 *Life of Napoleon*』나 『노스코트의 대화*Conversation of Northcote*』속에 살아남아 있지는 않을 것이다. 그런 것들이 제아무리 에너지와 진실성으로 가득 차 있고, 발작적인 광채, 부서진 광채로 가득 차 있다고 하더라도 말이다. 또한 수평선 위로 어렴풋이 보이기만 하는 아직 집필되지 않은 어떤 거대한 책의 형상의 그림자가 그런 것들 위에 드리워져 있다고 하더라도 말이다. 그는 바로 자신의 에세이 모음집 안에 살아 있을 것이다. 그런데 그 에세이들 속에는 다른 글에선 탕진하고 산만했던 모든 힘이 증류되어 녹아 있고, 극심한 고통에 시달린 복잡한 영혼이 우호와 화합의 휴전을 맞아 하나로 합쳐져 있다. 그러한 합일을 가져오기 위해선 아마도 멋진 하루가 필요했을 것이고 파이브즈[8] 게임과 시골에서의 긴 산책이 필요했을 것이다. 해즐릿이 집필한 모든 것에는 육체가 큰 몫을 차지하고 있다. 그러다가 강렬하고 즉흥적인 몽상의 분위기가 그에게 밀려오고, 그는 팻모어[9]가 "너무나 순수하고

8 손이나 배트로 공을 벽에 치며 하는 핸드볼 경기로 특히 영국 사립학교에서 많이 한다.

평온하여 어느 누구도 그 순수함과 평온함을 방해하고 싶지 않은 그런 차분함"이라고 부른 상태로 비상했다. 그의 뇌는 스스로의 작동에 대해 전혀 의식하지 않은 채 순조롭고도 재빠르게 기능했다. 그러자 지우개를 쓸 틈도 없이 한 쪽 한 쪽이 완성되어 그가 쥔 펜으로부터 툭툭 떨어졌다. 그러자 그의 마음은 행복의 광시곡 안에서 오르내렸다. 즉 책과 사랑, 과거와 과거의 아름다움, 현재와 현재의 안락함에 대한, 그리고 오븐에서 갓 나온 뜨거운 꿩 요리나 팬 속에서 지글지글 구워지고 있는 소시지 한 접시를 선사할 미래에 대한 행복의 광시곡 안에서 말이다.

나는 창문 밖을 내다보고 소나기가 막 지나간 것을 본다. 소나기 후에 들판은 푸르게 보이고 장밋빛 구름은 언덕배기 위에 걸려 있다. 백합은 사랑스러운 초록빛과 하얀 빛깔의 옷을 입은 채, 물기를 머금고 제 꽃잎을 한껏 펼친다. 목동은 데이지꽃이 놓인 잔디 뗏장을 이제 막 가져온다. 그의 젊은 연인은, 어둑어둑한 새벽빛에 날개를 담글 운명이 되지 못했던 종달새를 위해 침상을 만들어준다. 나의 구름 낀 상념들은 물러나고 성난 정치의 폭풍우도 가라앉는다. 블랙우드 씨, 나는 당신의 벗입니다. 크로커 씨, 귀하에게 경의를 표하며 잘 부탁합니다. T. 무어 씨, 나는 건재합니다.

거기엔 어떤 분열도 불협화음도 신랄함도 없다. 상이한 기능들이 조화와 통일을 이루며 함께 작용한다. 모루를 내리치는 대장장이의 망치 소리가 자아내는 건강한 울림과 종소리를 내며 문

---

9   코번트리 팻모어(Coventry Patmore, 1823~1896). 영국의 시인, 비평가. 「집안의 천사」라는 시로 유명하다.

장이 문장을 뒤따르고, 단어들은 타오르고, 불꽃이 튀어 날아오른다. 그러다가 불꽃은 서서히 사그라지고 에세이는 끝이 난다. 그의 글 속에 그처럼 고조된 묘사의 구절들이 있었던 것과 같이 그의 삶에도 또한 참으로 즐거운 시절들이 있었다. 백 년 전 소호의 하숙집에서 임종을 맞으며 그의 목소리는 여전히 싸우기 좋아하는 해묵은 확신에 찬 어투로 "그래, 난 행복한 인생을 살아왔지."라고 외치며 울려 퍼졌다. 그의 말을 믿기 위해선 단지 그의 글을 읽어보기만 하면 된다.

열정의 산문
Impassioned Prose

    드퀸시[1]는 어렸을 때부터 스스로를 가늠해보며 "자신이 시인이 될 소명을 타고났는지"에 대해 의구심을 가졌다. 그는 유려하고 풍부한 문체로 시를 썼고, 그의 시는 칭찬받았지만, 그럼에도 자신은 시인이 아니라는 결론에 도달했다. 그 결과 열여섯 권으로 된 그의 전집은 전부 산문으로 쓰였다. 당시의 유행에 따라, 그는 여러 주제를 다루었는데, 정치경제, 철학, 역사에 대해 썼다. 그는 수필과 전기, 고백록과 회고록을 집필했다. 그러나 우리가 길게 줄지어 늘어선 그의 책들 앞에 서서, 이렇게 오랜 세월이 지난 후에 우리 나름의 선택을 해야만 할 때, 이 열여섯 권 전체의 범위와 규모는 고작해야 빛나는 별들이 몇 개 매달려 있는 어두침침한 밤하늘 같은 정도밖에는 되지 않는다. 그가 우리 기억 속에 남아 있는 이유는 "수없이 많은 도망자들의 전율"과 같은 문구들을 만들어낼 수 있었고, 월계수로 장식된 마차가 한밤중 시장터로 달려가는 것과 같은 장면들을 그려낼 수 있었고, 유령 나무꾼의

---

1   토머스 드퀸시(Thomas de Quincey, 1785~1859). 영국의 소설가, 수필가. 문예비평·역사·경제 등 다방면에 걸친 저작 활동을 했다.

소리가 무인도에 있는 형에게 들려온다는 그런 류의 이야기들을 해줄 수 있었기 때문이다. 그리고 우리가 선정한 작품을 검토하고 그 이유를 찾아보면 비록 그가 산문작가이긴 하지만 우리가 그의 작품을 읽는 것은 산문이 아니라 시 때문이라고 고백해야만 할 것이다.

작가인 그에게, 그리고 독자인 우리에게 이보다 더 흠이 되는 고백이 어디 있겠는가? 만일 비평가들이 서로 의견이 일치하는 부분이 있다면, 그것은 바로 산문작가가 시인처럼 글을 쓰는 것보다 더 비난받을 만한 것은 없다는 것이다. 시는 시고 산문은 산문이다. 이 말을 얼마나 많이 들어왔는가! 시는 시대로의 사명이 있고 산문은 산문대로의 사명이 있는 것이다. 일전에 비니언 Binyon 씨는 "산문은 우선적으로 지력에 호소하는 매체이고, 시는 감성과 상상력에 호소하는 것"이라고 기술했다. 또한 "시적인 산문이란 여차하면 지나치게 차려입은 듯이 보일 수 있는 일종의 정통성 없는 곁가지와 같은 아름다움밖에 지니지 못한다."고 했다. 이 말에 적어도 일말의 진실이 있다는 것을 인정하지 않을 수 없다. 진지한 산문 한가운데서 갑자기 온도가 오르고, 리듬이 바뀌고, 비틀거리며 올라갔다가 쿵 하고 떨어져 정신이 들고 화가 치밀어 올라 분개했던, 불편하고 고뇌에 찼던 경우가 우리 기억 속에는 얼마든지 많다. 하지만 브라운과 랜더, 칼라일, 러스킨, 그리고 에밀리 브론테의 글에서는 그러한 비틀거림, (아마도 이 점이 우리가 불편함을 느끼는 원인일 수도 있는데) 무언가 제대로 융화되지 않고 다듬어지지 않아 잘 맞지 않고, 나머지 부분을 우습게 만드는 그런 것이 있다는 느낌을 받았던 기억은 없다. 그들 산문작가는 사실이라는 군대를 진압하여, 모두 똑같은 관점의 법칙 하에 종속시켰다. 그 법칙들은 우리 마음에 시가 작용하는 것과 마찬가지로 작용한다. 별다른 감흥이 일지 않는다. 다음 지점으로 넘어간다. 그러나 거기도 평이하기 십상이다. 아무런 긴장감 없이.

그러나 불행히도 지금 우리가 적당하다고 생각하는 것보다 더 많은 것을 산문 안에 담아내고 싶어 하는 사람들로 인해, 우리는 소설가의 지배하에 살고 있다. 우리가 산문을 말할 때 사실상 우리는 산문소설을 말한다. 그리고 모든 작가들 중 소설가가 가장 많은 사실들을 다루게 된다. 스미스가 일어나서, 면도를 하고, 아침을 먹고, 계란 껍질을 까고, 『타임스』를 읽는다. 도대체 어떻게 이렇게 헐떡이고 땀 흘리며 힘들게 작업하는 이들 소설가들에게 이 모든 사실들을 주물러서 시간과 죽음에 대한, 그리고 지구 반대편 호주와 뉴질랜드의 사냥꾼들이 무엇을 하고 있는지에 대한 멋들어진 광시곡을 읊어내라고 요구할 수 있겠는가? 그것은 그의 일상의 균형을 무너뜨리게 되고, 그 자신의 진실성에 대해 심각하게 의심하게 만든다. 더욱이 그가 받은 가장 큰 주문으로 산문시와 대립하는 방식을 일부러 선호하는 것 같다. 위기의 순간에 어깨를 한번 으쓱하고, 고개를 돌려보고, 급히 몇 마디 말하는 것이 전부다. 그러나 도화선이 책의 쪽마다 책의 한 장 한 장마다에 깊숙이 묻혀 있어 말 한마디만 나오면 폭발을 유발시키기에 충분하다. 우리는 그런 사람들과 함께 그렇게 살아왔고, 그들이 단지 손가락 하나만 치켜들면 폭발은 하늘까지 닿을 것 같아 보인다. 그 손짓을 자세히 설명하는 건 그걸 망치는 일이 될 것이다. 그러므로 소설의 전체적인 경향은 산문시에 적대적이다. 수준이 떨어지는 소설가들은 위대한 소설가들이 일부러 피하는 위험을 무릅쓰지 않을 것이다. 그들은 만일 그 계란이 진짜고 주전자 물이 끓는다면, 별과 나이팅게일은 어떻게든 독자의 상상력을 통해

삽입될 것이라 믿는다. 그리하여 고독 속에 드러나는 정신의 그러한 모든 측면을 그들은 무시해버린다. 그들이 그런 생각과 환희와 꿈을 무시해버린 나머지 소설 속 인물들은 한쪽에선 활기에 넘치고, 다른 쪽에선 고사해버린다. 반면에 산문 자체가 너무도 오랫동안 이런 지독한 주인을 섬긴 나머지 마찬가지로 기형이 되어버려, 그러한 분야가 백 년이라는 세월을 겪은 후에 『브래드쇼』(영국 철도 안내 책자, 기차 시간표)와 『베데커』(여행 안내서) 같은 불멸의 명작을 쓰는 데만 적합하게 되었다.

하지만 다행히도 모든 세대마다 비평가를 곤혹스럽게 만드는 작가가 있는데, 그들은 다수의 무리와 함께 가기를 거부한다. 그들은 고집스럽게 경계선을 가로질러 서 있다. 그리고 그들의 실제 업적은 종종 지나치게 별스러워 만족스럽기는 어려운 반면, 지평을 넓히고, 풍요롭게 하며, 영향을 주는 데에 더 많은 공헌을 한다. 브라우닝이 시에 이런 종류의 공헌을 했고, 피콕과 새뮤얼 버틀러[2] 둘 다 소설가들에게 자신들의 인기와는 비율이 맞지 않는 영향을 끼쳤다. 우리가 관심을 가지고 드퀸시에게 감사하는 것 한 가지는 그가 예외이며 독자적이라는 점이다. 그는 스스로 자신만의 일가를 이루었고 남들이 선택할 수 있는 폭을 넓혔다. 글을 안 쓸 수는 없고, 무엇을 쓸 것인가라는 일상적 문제에 맞닥뜨려, 그는 그가 가진 시적 감수성에도 불구하고 자신은 시인이 못 된다고 결론지었다. 그에게는 시적 영감과 집중력이 결여되어 있었다. 하지만 그는 또한 소설가도 아니었다. 언어를 기막히게 다룰 수 있었지만, 그는 다른 사람들의 일에 대해 계속적이고 열렬한 흥미를 느끼진 못했다. 그는 "사색은 지나치고 관찰은 너무 부족한" 것이 자신의 병이라고 말했다. 그는 일요일 저녁 장을

2   새뮤얼 버틀러(Samuel Butler, 1835~1902).

보러 가는 가난한 가족을 따라나서기는 하지만 어느 정도 거리를 둔다. 그는 어느 누구와도 친밀하지 않았다. 하지만 그는 또한 죽은 언어[3]에 비범한 재능이 있고 온갖 종류의 지식을 습득하는 데 열정을 보였다. 그러나 그러한 재능들이 보여주듯이, 그에게는 혼자 고립되어 책만 보며 살 수는 없게 만드는 어떤 자질이 있었다. 사실을 말하자면 그는 꿈을 꾸었고, 항상 꿈을 꾸고 있었다. 이 능력은 그가 아편을 복용하기 훨씬 전부터 있었다. 어렸을 때, 그가 죽은 누이의 시신 곁에 서 있었는데 갑자기

저 높이 푸른 하늘의 천공이 열리고 빛줄기가 한없이 이어져 있는 것 같았다. 나는 영체가 되어 그 빛줄기를 따라 한없이 출렁이는 파도를 타고 올랐고, 그 파도는 신의 옥좌에까지 이어져 있는 것 같았다. 하지만 우리 앞에서 흐르며 끊임없이 우리에게서 도망쳐버렸다.

이 환상들은 극도로 생생해서 삶은 그에 비하면 좀 시시해 보였다. 환상이 삶을 연장시키고 완성시켰다. 그러나 자신의 존재의 가장 생생한 부분인 이것을 그는 어떤 형식으로 표현할 것인가? 그의 용도에 맞게 마련된 것은 없었다. 그는 "열정의 산문체"라는 것을 만들어냈다고 주장했다. 엄청나게 공을 들이고 기교를 부려 이러한 "꿈의 세계에서 가져온 환상의 장면"을 표현할 수 있는 문체를 만들어냈다. 그러한 산문은 전례가 없다고 믿었기에 그는 "한 음정만 틀려도, 말 한마디만 잘못해도 전체 음악을 망쳐"버릴 수 있는 "위험천만한 어려움"을 꼭 유념해달라고 독자들에게 간청했다.

3   라틴어나 고대 그리스어 등이다.

"위험천만한 어려움"에 덧붙여 독자의 관심을 끄는 또 한 가지가 있다. 산문작가는 꿈을 꾸고 환상을 볼 수 있지만, 그것들을 지면 위에 혼자 외따로 늘어놓아서는 안 된다. 그런 식으로 따로 떨어뜨려 놓으면 그것들은 죽어버린다. 왜냐하면 산문에는 시가 갖는 강렬함도 자족적인 면도 없기 때문이다. 산문은 서서히 땅에서 떠오른다. 그것은 이쪽저쪽으로 연결되어야만 한다. 열정과 환희가 어색하지 않게 떠다닐 수 있고 지지와 자극을 받을 수 있는 어떤 매체가 있어야만 한다. 여기에 드퀸시가 종종 마주쳤지만 해결하지 못했던 난제가 있다. 그가 저지른 가장 성가시고 평판을 손상시키는 잘못들 중 많은 것들이 자신의 천재성 때문에 빠져든 딜레마에서 기인한다. 그의 앞에 놓인 이야기에는 그의 흥미를 끌고 그의 힘을 재촉하는 어떤 것이 있었다. 예를 들어, 스페인 종군 수녀는 아사 직전의 상태로 꽁꽁 얼어 추위에 떨며 안데스 산맥을 내려가다가 안전해 보이는 죽 늘어선 나무숲을 본다. 마치 드퀸시 자신이 그 안식처에 도달해서 안전하게 숨을 들이쉴 수 있게 된 것처럼, 그는 얼굴을 활짝 펴고 웃는다.

아! 짙은 올리브 잎의 초록빛이 흐려지는 눈앞에 갑작스레 다가왔다. 마치 날개 달린 분노한 신의 사자가 화가 누그러진 듯이. 고독한 아랍인의 텐트, 끔찍한 사막에서 성자와 같은 평화의 표식을 띠고 일어나, 그대를 보고 있으면서도 닿을 수 없어 케이트는 이제 정녕 죽어야만 하는가? 인간 영토 변방의 끝에서, 삶에 발을 담갔지만 영원한 죽음을 바라보며, 그대는 그대의 조롱하는 초대가 주는 고뇌를 견디다 결국 배신당하고 말 것인가?[4]

슬프도다. 일어서기는 얼마나 쉽고, 쓰러지는 것은 얼마나 위험한가! 그는 케이트를 손에 쥐고 있다. 그녀의 이야기를 반쯤 했다. 그는 정신을 차리고, 수습하여, 이 황홀한 고공에서 보통 사람들의 삶으로 내려가야만 한다. 그리고, 다시 또다시, 드퀸시를 망하게 하는 것은 지상으로의 귀환이다. 그는 어떻게 이 끔찍한 변화를 연결시킬 것인가? 어떻게 화염의 날개와 이글거리는 눈을 한 천사에서 분별 있게 말하는 검은 옷을 입은 신사로 변신할 것인가? 때로 그는 농담을 하지만 이건 대개의 경우 고통스럽다. 때로 그는 이야기를 하지만 항상 잘 맞지 않는다. 아주 빈번히 그는 쓸데없는 장광설을 열심히 늘어놓지만, 그러면 약간이라도 남아 있었을지도 모를 흥미마저 비참하게 스러져 모래 속으로 사라져버린다. 우리는 더 이상 읽어줄 수가 없다.

드퀸시가 실패한 것은 그가 소설가가 아니었기 때문이라 말하고 싶다. 그는 케이트를 가만두었어야 했다. 그는 인물과 행동에 대한 소설가적 감각을 갖추지 못했다. 비평가에게 이런 공식은 도움이 된다. 하지만 불행히도 그건 종종 진실이 아니다. 왜냐하면, 사실 드퀸시는 인물을 기막히게 잘 전달할 수 있다. 그가 일단 자기 시력에 맞는 관점을 제대로 맞춰내면 (이건 모든 작가들에게 있어 불가피한 조건이다) 그는 서술이라는 기예의 달인이 된다. 전체 경관을 가장 절묘하게 재배치하도록 만드는 요소가 관점이라는 건 사실이다. 어떤 것도 지나치게 가까이 오면 안 된다. 인간사의 수없이 많은 혼란 위로 베일이 드리워져야 한다. 독자를 괴롭히지 않고 어떤 여자가 "선입견에 사로잡힌 젊은 여인"이라고 암시하는 것을 언제든 할 수 있어야 한다. 인간의 얼굴 위에 안개가

---

4   드퀸시의 소설 『스페인 종군 수녀*The Spanish Military Nun*』(1847)의 한 장면이다. '타타르의 반란Revolt of the Tartars'이라는 제목으로도 알려져 있다.

드리워져야 한다. 산들은 더 높아야 하고 먼 산은 우리가 아는 세상에서보다 푸르러야 한다. 그는 끝없는 여가와 풍부한 자유를 요구했다. 그는 혼잣말을 하고 어슬렁거릴 시간을 원했다. 여기서는 작은 소품을 선택해서 거기에 그가 가진 모든 분석력과 장식을 베풀고, 저기 가서는 그런 꼼꼼한 분별은 제쳐놓고 평평한 모래밭과 광활한 바다밖에 남지 않을 때까지 넓히고 확장시킨다. 그는 가능한 한 모든 자유를 누리게 해주지만 자신이 타고난 수다스러움을 제어할 만큼 아주 마음이 따스해지는 그런 주제를 원했다.

그는 자연스레 그러한 주제를 자신에게서 발견했다. 『어느 영국인 아편쟁이의 고백*Confessions of an English Opium-Eater*』(1822)[5]이 그의 걸작이라면, 좀더 길고 덜 완벽한 책이긴 하지만 『자전적 소묘*The Autobiographic Sketches*』(1853)는 그에 버금간다. 여기서는 그가 좀 떨어져 서서 손을 들어 가린 채로 거의 과거 속으로 녹아 들어가버린 장면들을 되돌아보는 것이 적합하기 때문이다. 그의 적이었던 딱딱하게 굳어진 사실은 그의 손길 아래서 구름처럼 유연해진다. 그는 "한 사람의 인생에서 시간적으로 정리된 피치 못할 사실들에 대한 낡고 진부한 점호"를 복창할 필요는 없었다. 그 사실들을 경험한 특정한 인물의 특징들을 상세히 기술하지 않고서 인상을 기록하고 마음 상태를 전달하는 것이 그의 목적이었다. 고요하고 아름다운 빛이 저 멀리 보이는 그의 유년기의 전체 모습 위에 비춰진다. 집과 들판, 정원과 심지어 이웃하는 도시 맨체스터, 이 모두가 멀리서 푸르른 베일로 우리와 격리된 어떤 섬에서 존재하는 듯이 보인다. 이것을 배경으로, 자세한 사항은 정확하게 묘사되지 않은 채, 몇몇 아이들과 부모들, 집과 정원으로

5 드퀸시의 자서전적 작품이다.

이루어진 작은 섬들이 모두 분명히 눈에 보이기는 한다. 그러나 마치 그들은 베일 뒤에서 움직이고 존재하는 것 같이 느껴진다. 시작 부분의 장들에는 멋진 여름날의 장엄함이 깃들어 있다. 이미 오래전에 져버린 그 빛나는 광휘에는 뭔가 끔찍한 것이 있고, 그 깊은 고요 속에서 멀리 대로 위를 달리는 말발굽 소리, "야자수" 같은 단어들의 발음, "우리가 들어본 가장 슬픈 소리인 장중한 바람" 소리들이 울려 퍼지고, 이 소리들은 이를 난생처음 들어보는 어린 소년의 마음속에 언제까지나 떠나지 않게 되었다. 과거의 반경 안에 머무는 한 그는 기분 나쁘게 깨어날 필요도 없었다. 유년 시절의 실제에는 여전히 어떤 환상의 매력이 깃들어 있다. 만일 평화가 깨진다면, 그것은 유령에 의해서인데, 이것은 꿈속에서 느끼는 공포 비슷한 것을 유발시키며 가다가 멈추어 서는 미친 개의 유령 같은 것이다. 만일 다양성이 필요하다면, 그는 그것을 유년기의 환희와 비탄이라는 주제에 완벽하게 어울리는 변덕스러운 성격을 묘사하는 데서 찾는다. 그는 조롱하고, 과장하고, 아주 작은 것을 아주 크게 만든다. 그러고는 방앗간 직공들과의 전쟁, 형제들의 상상 속 나라, 그의 형이 천장 위로 파리처럼 걸을 수 있다고 허풍 떠는 것 등을 기막히게 상세히 묘사한다. 그는 여기서 쉽사리 올라가고 자연스레 떨어진다. 또한 여기서 다루어야 할 자신의 기억들을 가지고 그는 자신의 비범한 묘사의 힘을 발휘할 수 있다. 그는 결코 정확하진 않다. 그는 화려하게 꾸미고 강조하는 것을 싫어했다. 그는 예술의 겉치레의 화려함을 희생했다. 그러나 그는 완벽에 가까운 작문의 재능을 지녔다. 마치 구름 덩어리들이 부드럽게 연결되고 천천히 흩어지거나 꼼짝않고 가만히 있듯이 장면들이 그의 손에서 엮어졌다. 그렇게 우리는 우리 앞에 펼쳐진 장면들을 본다. 마차들이 화려한 모습으로 우체국 앞으로 모여들고, 마차 안의 숙녀들에게 승리의 소식이 단지 슬픔만을 가져다주고, 한밤중에 우편 마차가 천둥같이 달려들어 길거리의 남녀 한 쌍이 죽음의 위협에 깜짝 놀라고, 램이 의자에서 잠들어 있고, 앤이 런던의 어두운 밤 속으로 영원히 사라져가는 것을. 이 모든 장면들은 꿈의 적막함과 광휘 같은 것을 지니고 있다. 그 장면들은 표면으로 떠오르고, 다시 깊은 심연으로 가라앉는다. 게다가 그들은 우리 마음속에서 자라나는 신비한 힘을 지녔다. 그리하여 그들과 다시 만나 그동안 우리의 마음이 어떻게 변화시키고 확장시켜 놓았는지 보는 것은 언제나 놀라운 일이다.

한편, 이 모든 장면들은 일종의 자서전을 구성한다. 하지만 이것은 끝에 가서는 우리가 드퀸시에 대해 알게 된 것이 무엇인가 묻지 않을 수 없게 하는 그런 종류의 것이다. 사실에 관해선 거의 아무것도 알 수 없다. 우리는 드퀸시가 알려주고 싶어 하는 것만 들었고, 그것도 결코 진실을 위해서가 아니라 어떤 모험적인 면을 살리기 위해, 저건 여기에 맞는다든지 아니면 저쪽으로 가기에 적합한 색깔이라든지 선별된 것만을 들었을 따름이다. 하지만 그럼에도 불구하고 우리에겐 야릇한 친밀감이 자라난다. 그것은 신체가 아니라 정신과의 친밀감이다. 하지만 우리는 유려한 말들이 쏟아짐에 따라, 연약한 작은 몸과 떨리는 손, 번득이는 눈과 새하얀 대리석 같은 뺨, 그리고 테이블 위에 놓인 아편이 담긴 유리잔을 눈앞에 그려보지 않을 수 없다. 우리는 그처럼 뛰어나게 언변이 좋고, 그토록 쉽게 몽상에 빠지고 경외심을 느끼는 사람이, 침착하게 동료들 사이에서 자기 입장을 고수했다고는 생각할 수 없다. 그는 회피하거나 시간을 지키지 못했을 것이고, 묵은 신문들이 그의 방 안에 널브러져 있었을 것이며, 예의상 그가 일상적인 생활의 규칙을 지킬 능력이 없다는 것을 눈감아주었을 것이고, 산 속을 홀로 떠돌며 몽환에 잠기고 싶은 어찌할 수 없는 욕구가 있었으리라는 것, 단어 하나하나를 조화롭게 배열하고 각 문단들이 대양의 파도처럼 유려하게 흘러 서로 이어지도록 만드는 청각의 그 기막힌 섬세함의 대가로 그가 한 번씩 암울하고 과민한 시기를 겪었을 것임을 우리는 짐작할 수 있다. 모든 것을 우리는 알고 추측한다. 그러나 우리가 결국은 얼마나 친밀함을 느끼지 못했는가를 생각해보면 이상한 일이다. 그가 고백에 대해 말하고 가장 중시하는 작품을 『심연에서의 탄식 *Suspiria de Profundis*』(1845)[6]이라고 부른다는 사실에도 불구하고, 그는 항상 침착하고, 말이 없으며 차분하다. 그의 고백은 그가 죄를 지었다는 것이 아니라 꿈을 꾸었다는 것이다. 그러므로 그의 가장 완벽한 문장들은 서정적인 것이 아니라 묘사적인 것이 된다. 그 글들은 우리로 하여금 친밀감과 공감을 느끼게 하는 고뇌의 외침이 아니다. 그것은 종종 시간이 기적처럼 연장되고 공간이 기적처럼 팽창되는 정신 상태에 대한 묘사이다. 『심연에서의 탄식』에서 그는 바닥에서 곧바로 위로 상승하여 서문이나 이어지는 이야기도 없이 몇 쪽 내로 그 자신만의 독특한 효과인 장엄함과 거리 두기를 성취하려 한다. 하지만 그의 힘은 자신을 그 전체 거리만큼 끌고 가기에는 역부족이다. 그는 저기에 이튼 학교의 규칙에 대해 언급하고, 「레바나와 슬픔에 잠긴 우리의 여인들」의 한중간에 우리에게 이것이 북미의 담배를 재배하는 주에 대한 언급이라고 상기시켜주는 주석을 끼워 넣어 그 달콤한 언어로 된 문장들을 무색하게 만든다.

만일 그가 서정적인 작가가 아니라면, 그는 분명히 묘사적이

6 드퀸시의 자서전적 작품이다.

고 사색적인 작가로, 이리저리 제약이 많고 수천 가지의 평범한 일상적 사용에 의해 천박해진 도구인 산문만을 사용하여 끔찍이도 도달하기 힘든 영역으로 나아갔다. 그는 아침 식탁이 실재하지 않는, 우리가 생각할 수 있는 일시적인 환영일 뿐이라고 말하거나, 아니면 거기에 너무도 많은 연관성을 부여해서 식탁의 마호가니 다리가 그 자체로 매력적이라고 말하는 것 같다. 동료들과 함께 다정하게 꼭 붙어 앉는 것은 끔찍하게 싫고 사실 혐오스럽다. 하지만 조금 떼어놓고, 사람들을 그룹으로, 윤곽선으로 보라. 그러면 그들은 즉시 기억에 남을 만큼 인상적이고 아름다움이 넘치게 된다. 그러면 중요한 것은 실제의 장면이나 소리 자체가 아니라, 그것이 우리 마음속을 관통하며 만들어내는 반향이다. 이들은 종종 멀리서 묘하게 변신한 모습으로 발견된다. 그러나 우리가 경험의 진정한 본질에 도달하는 것은 이러한 반향과 파편들을 한데 모음으로써만 가능하다. 이런 생각으로, 그는 평범한 관계들을 약간 변형시켰다. 그는 익숙한 것들의 가치를 바꿔놓았다. 그리고 그는 이 일을 산문으로 해냈다. 그래서 우리는 과연 비평가들 말처럼 그것이 그리도 부족한 것인지 의문을 품게 되고, 더 나아가 산문작가, 소설가들이 만약 앞서 드퀸시가 탐색했던 그 그늘진 어두운 영역에 들어가 본다면, 그들이 당장 목표로 하는 것보다 더 풍부하고 훌륭한 진실들은 건져 올리게 되지 않을까 묻게 된다.

대령의 임종 자리
The Captain's Death Bed

대령은 내실 바닥 위에 펼쳐놓은 매트리스에 누워 죽어가고
있었다.[1] 방의 천장은 하늘을 흉내 내서 칠했고 벽은 장미가 뒤덮
은 격자 세공으로 칠했으며 장미 위에는 새들이 앉아 있었다. 문
마다 거울들이 달려 있었고, 그래서 거울들이 서로 비춰서 마을
사람들은 방을 "천 개 기둥의 방"이라고 불렀다. 어느 8월의 아침
그는 누워 죽어가고 있었고, 그의 딸은 그가 아주 좋아하는 카네
이션과 장미 꽃다발을 가져왔다. 그는 그녀에게 자기가 구술하는
대로 몇 마디 적으라고 부탁했다.

아름다운 날이고 [그는 말했다] 오거스타가 나에게 막 세 송
이의 카네이션과 세 송이의 장미를 가져왔고, 꽃다발은 황홀하
다. 나는 창문을 열었고 대기는 쾌적하다. 지금은 정확하게 아침
9시이고 나는 노퍽 해안, 바다에서 3.2킬로미터 떨어진 랭햄이
라는 곳에서 침대에 누워 있다. 평범한 의미로 이야기해서 [그

---

1   실존 인물이었던 매리엇 대령(Frederick Marryat, 1792~1848)의 전기 형태이다. 하지만
    그녀의 글은 언제나처럼 메타픽션의 요소인, '전기를 어떻게 쓸 것인가' 하는 문제를 포함하
    기 때문에 일반적으로 기대되는 전기와는 판이하게 다르다.

는 계속했다] 나는 행복하다. 나는 어떤 종류이건 배고픈 감각도, 목마른 감각도 없다. 그렇다고 내 입맛이 손상된 것은 아니다…… 수년간 마음 내키는 대로, 그리고 근래 들어 몇 달간의 깊은 생각 끝에, 나는 기독교가 진실이라고…….그리고 신은 사랑이라는 것을 확신한다……. 이제 9시 반이다. 세상이여, 안녕.

1848년 8월 9일 이른 아침, 막 동틀 녘에, 대령은 사망했다.

그런데 거울들과 그려진 새들 사이에 누워서 사랑과 장미들을 생각했던 죽어가는 사람은 누구였던가요? 꽤 특이하게도, 함대 부관이었어요. 더 특이하게도, 나폴레옹 전쟁들에서 무수한 교전을 겪었고, 뭍에서는 파란만장한 삶을 살았고, 전쟁과 살인과 정복 이야기로 가득한 모험 책들을, 긴 서가에 찰 만큼 썼던 함대 부관이었어요. 그의 이름은 프레더릭 매리앳입니다. 그러면 오거스타, 그에게 꽃을 가져온 딸은 누구였나요? 그녀는 그의 열한 명의 아이 중 하나였어요. 하지만 그녀에 관해서 이제 사람들에게 알려진 유일한 사실은 한때 그녀가 아버지와 함께 쥐를 잡으러 갔고 거대한 쥐를 잡았다는 것이에요. "우리 노픽 쥐는 아주 잘 자란 기니피그만큼 크다는 것을 아셔야 해요." 그리고 보는 이들이 대경실색하게, 그리고 우리가 추측건대, 아버지가 깜짝 놀라게, 맨손으로 쥐를 꽉 잡았고, 아버지는 내 딸들이 "진짜 용감해." 라고 말했답니다. 그러면 다시 랭햄은 어디지요? 랭햄은 노포크에 있는 영지인데 매리앳 대령이 샴페인을 나누면서 서식스 집과 맞바꾼 영지예요. 그리고 서식스 집은 해머스미스에 있는 집인데, 그가 서식스 공작의 부관으로 있는 동안 그곳에서 살았어요. 하지만 여기서 확실성이 흔들리기 시작합니다. 왜 그는 서식스 공작과 다투고 그의 부관직을 그만두었을까요? 해군본부에서 오클랜드 경과 겉보기에 평온한 인터뷰 독대 후에 왜 그가 그처럼 화가 나서 혈관이 터졌을까요. 아내와 열한 명의 자녀를 둔 뒤에, 왜 그는 그녀를 떠났을까요. 왜 시골에 집을 소유하고도 런던에 살았을까요. 왜 즐겁고 화려한 사교계 한가운데 있다가 갑자기 시골에 은둔해서 꼼짝도 하지 않았을까요. 왜 B 부인은 그의 사랑을 거절했고 그와 S 부인과의 관계는 어떤 것이었을까요. 이러한 질문들을 우리는 할 수 있고, 헛되이 물을 수밖에 없어요. 그의 딸 플로렌스가 그의 삶을 적은, 굉장히 커다란 활자에 아주 적은 분량으로 된 작은 두 권의 책이 우리에게 말해주기를 거부하기 때문입니다. 그는 영국의 소설가 누구보다도 가장 활동적이고 낯설고 모험에 찬 삶을 살았지만 그의 삶은 또한 가장 알려지지 않은 삶이랍니다.

이렇게 알려지지 않게 된 이유 중 몇 가지는 표면에 드러납니다. 우선 얘기할 것이 너무 많아요. 1806년에 대령은 코크레인 경의 배, 임페리우즈에서 소위 후보생으로 인생을 시작했어요. 그때 그는 열네 살이었어요. 그리고 여기 열여섯 살이던 1808년 7월에 그가 적었던 사적인 항해일지에서 몇 개 발췌했어요.

24일. 포대에서 총을 꺼내다.

25일. 프랑스 군대를 지체시키기 위해서 다리들을 태우고 포대를 철거하다.

8월 1일. 포대에서 구리로 된 총을 꺼내다.

15일. 세트Cette로 가는 프랑스의 공문서 속달 보트를 잡다.

18일. 시그널 수비대를 잡아서 파괴하다.

19일. 시그널 수비대를 폭파하다.

그렇게 계속돼요. 하루 걸러서 그는 황범선을 파괴했고, 망루를 점령하고, 포함과 교전했고, 적국 선박을 나포하거나, 프랑스 군대에게 추격당했어요. 처음 바다에서의 3년 동안 그는 50번의 전투에 참여했어요. 그는 바다에 뛰어들어 익사하는 사람을 헤아릴 수 없이 구조했지요. 스스로 물고기처럼 수영할 수 있었기 때문에 전혀 의도하지 않았는데, 한번은 마찬가지로 물고기처럼 수영할 수 있는 늙은 버마 여자에게 구조됐어요. 후에 그는 너무도 성공적으로 버마 전투에서 교전해 팔에 전투 보트를 금빛으로 새기도록 허락받았어요. 만약 사적인 일지에서 발췌한 것을 확충하면 분명히 그것은 일련의 책들로 부풀려질 거예요. 하지만 추측건대 평생에 한 번도 다리를 불태우거나 포대를 철거하거나, 프랑스인의 머리를 날린 적이 없는 숙녀가 어떻게 사적인 일지를 확충할 수 있겠어요? 아주 현명하게도 그녀는 『마셜의 해군 전기 *Marshall's Naval Biography*』와 『가제트』에 의존했어요. 그녀가 말하길, "『가제트』의 상세한 묘사들은 다 알려진 대로 지루하지만, 그들은 믿을 만합니다." 그래서 공적인 삶은 신뢰할 수는 있을지언정 지루하게 다루어지지요.

하지만 사적인 삶이 남았어요.[2] 그리고 사적인 삶은 그가 교우했던 친구들 이름과 그가 썼던 돈과 그가 행했던 싸움으로 판단하건대, 공적인 삶만큼이나 격렬했고 다양했어요. 하지만 여기서 다시 과묵함이 지배하는군요. 부분적으로는 그의 딸이 지체했기 때문입니다. 그녀는 거의 24년이 흐른 뒤에야 썼고, 친구들은 사망했고 편지들은 파괴됐어요. 하지만 부분적으로는 그녀가 그

---

2 울프는 빅토리아 시대의 전통적인 전기에 반대해서 새로운 전기를 제안한 것으로 유명하다. 그녀는 전기가 한 인물의 공적인 삶, 외향적으로 드러난 삶, 사회적으로 이룬 업적들만을 다루는 것은 잘못이라고 생각했으며, 일반적으로 무시되는 사적인 삶이 반드시 포함되어야 한다고 주장한다.

의 딸이었기 때문이지요. 그녀는 자식답게 존경심이 있었고 또한 "전기 작가는 표면 아래의 어떤 사실도 쓸데없이 참견할 권리가 없다."는 믿음에 고취되었거든요. 그러므로 유명한 정치가인 R. P. 경은 R. P. 경이고, S 부인은 S 부인입니다. 단지 때때로 거의 실수로, 우리는 갑작스러운 신음 소리에 흠칫합니다. "나는 멋대로 행동했고, 모든 것을 시도했고 맛보았으며, 그것이 허영이라는 것을 알았다." "나는 가정적인 문제로, 농경 문제로, 법적이고 금전적인 문제로 숱한 어려움을 겪었다." 혹은 아주 한순간 우리는 장면을 흘깃 보게 허락됩니다. "당신은 소파에 기대 있고, C는 당신 곁에 그리고 나는 발 없는 대에 앉은 것"이 "하나의 그림처럼 계속해서 나의 기억에 되살아나고" 그리고 편지들 중 하나에 숨어 듭니다. 하지만, 대령은 덧붙입니다. "그것은 모두 '공기, 보이지 않는 공기'처럼 사라졌습니다." 그것은 모두, 아니면 거의 모두 사라졌어요. 그리고 만약 후손들이 대령에 대해서 알고 싶어 한다면 그들은 그의 저서들을 읽을 수밖에 없어요.

대중들이 여전히 그의 저서들을 읽고 싶어 한다는 것은, 그들 중 가장 잘 알려진 『단순한 피터』와 『충직한 제이콥』이 몇 년 전에 세인츠버리 교수와 마이클 새드레어가 머리말을 쓴 멋진 큰 판으로 재발간되었다는 사실이 증명합니다. 비록 누구도 책들이 대작들 반열에 든다는 시늉도 하지 않지만, 책들은 꽤 읽을 만해요. 작품들은 어떤 불멸의 장면이나 인물들을 창시하지 않으며, 소설의 역사에서 새로운 시대의 획을 긋지는 않아요. 계보에 안목이 있는 비평가는 디포, 필딩과 스몰렛Smollett의 영향이 당연하게도 꾸밈없이 지면 위에 드러나 있는 것을 추적할 수 있어요. 아마도 우리가 그들에 끌리는 것은 문학과는 아주 거리가 먼 이유 때문일 거예요. 옥수수밭 위에 태양, 쟁기를 따라다니는 갈매기, 대문에 기대어 있는 시골 사람들의 단순한 말은 세기의 껍질을 던져버리고 더욱 순박했던 그 시절로 돌아가고 싶은 욕망을 불러일으킵니다. 하지만 살아 있는 작가는 아무리 노력해도 과거를 다시 되돌려 올 수는 없지요. 왜냐하면 살아 있는 작가 누구도 보통 날을 되돌릴 수 없기 때문입니다. 그는 유리창을 통해서 감상적으로 그리고 낭만적으로 그것을 봅니다. 그것은 너무 아름답거나 너무 잔혹해요, 두드러지지 않을 수가 없어요. 그러나 매리앳 대령에게 1806년의 세계는 이 순간 우리에게 1935년의 세계의 모습이지요. 수수한 종류의 공간이며, 거리에 특별히 응시할 만한 것이나 말씨에 들을 만한 것도 없어요. 그래서 매리앳 대령에게 머리를 땋아 등 뒤로 늘어뜨린 선원이나 귀에 거슬리는 낮은 소리의 영어로 잇따라 외쳐대는 행상 여인은 전혀 진기하지 않아요. 그러므로 1806년의 세계는 우리에게 진실이고 평상이지만, 날카롭고 특이하지요. 한 세기 전에 보통날이었던 날을 바라보는 즐거움이 소진되어도, 우리는 고전에 속하지 않는 책이 우리의 비평적 능력을 자극하는 것을 즐긴다는 것이 사실이기에 계속 읽습니다. 예술가의 상상력이 높은 압력으로 작동하면 그가 노력한 흔적은 거의 남지 않아요. 우리는 그 높은 지역에서 일어나는 보이지 않는 접합들과 완벽한 결합들 사이로 조심스럽게 발끝으로 가야만 합니다. 하지만 여기서는 다가가는 것이 상대적으로 쉬워요. 여기 이런 미숙한 책들에서 우리는 소설이라는 예술에 더 가까이 갈 수 있어요. 우리는 뼈와 근육 그리고 동맥이 분명하게 표시된 것을 볼 수 있어요. 뛰어나지는 않지만, 그의 작품에 부여된 건전한 솜씨를 따라가는 것은 비평하는 좋은 연습이에요. 그리고 『단순한 피터』와 『충직한 제이콥』을 읽으면 매리앳 대령이 아직 성숙한 것은 아니지만 대가가 되기 위한 대부분의 재능을 가졌다는 것에는 어쨌든 의심할 여지가 없어요. 그를 소년들을 위한 단순한 이야기꾼으로 생각할까요? 언제나 소설에서 충분한 효과를 얻기 위해서는 인물들의 감정들을 통해서 읽을 수 있어야지요. 하지만 여기 그가 시인의 함축성을 가지고 언어를 사용할 수 있는 것을 보여주는 단락이 있어요. 아버지가 돌아가신 후 제이콥은 혼자서 동틀 녘에 템스강 위의 거룻배에 있어요.

나는 내 주변을 돌아본다. 아침 안개가 강 위에 걸려 있다……. 태양이 떠오르면서, 안개는 서서히 걷혀간다. 나무들, 집들 그리고 푸른 들판들, 다른 거룻배들이 조수를 따라 올라오고, 보트들이 스쳐 갔다 다시 지나가고, 개 짖는 소리들, 다채로운 굴뚝에서 뿜어나오는 연기, 모든 것이 서서히 내게 밀고 들어온다. 그리고 내가 바쁜 세상에 있고 내가 행해야 할 과제가 있다는 의식이 되살아난다.

그리고 만약 대령이 아주 단호하지만, 마음에 맞는 생각이 건드려지기만 하면 로켓도 곧추 날아오르게 할 수 있는 언어적인 감수성을 가졌다는 증거를 우리가 원한다면, 여기 코에 대한 고찰이 있군요.

매부리코는 아니었고, 거꾸로 뒤집은 매부리코도 아니었다. 끝이 들리거나, 큼직하거나, 묵직하거나, 옹이지거나, 뒤틀린 코도 아니었다. 크기의 방대함에 있어 지적인 코였다. 가늘고, 뿔같이 단단했으며, 투명하고, 잘 울렸다. 코를 킁킁거리는 것이 거만했고, 재채기는 신탁을 방불케 했다. 그것은 보기만 해도 인상 깊었고, 학교 시간에 코를 풀면 소리가 불길했다.

제이콥이 자신 위에 불길하게 솟아오른 코를 본 것이 이러했습니다. 그때 제이콥은 열에서 깨어나며, 목사가 "땅이여, 거룻배 소년에게, 해안에 죽게 던져진 연, 수련에게 빛을 비추소서." 하는, 이상한 말들을 하는 것을 듣습니다. 그리고 한 번에 여러 쪽에 걸쳐 그는 간결하고도 탄력 있는 산문을 썼는데, 그것은 진짜 세상 위로, 한 사건에서 다른 사건으로 많은 인물들을 활발하게 움직이는 일에 훈련된 작가군의 자연스러운 말투였어요. 게다가 그는 세상을 창조할 수 있었어요. 그는 너무도 생생하게, 믿을 수 있고 확실하게 배들, 남자들, 바다와 하늘 한가운데 우리를 있게 하는 힘이 있었어요. 피터가 집에서 온 편지를 인용하거나 장면의 다른 관점이 나타날 때 갑자기 우리가 의식하듯이 말이에요. 진짜 땅, 영국, 목사관과 장원이 있고, 젊은 여자들은 집에 머물러 있고, 젊은 남자들은 바다로 가는 제인 오스틴의 영국 말이에요. 그래서 잠시 동안 두 세계는 너무도 상반되지만 너무도 가깝게 결연되어 하나가 됩니다. 하지만 아마도 대령의 가장 위대한 재능은 인물을 그리는 힘일 거예요. 그의 페이지들은 인상적인 얼굴들로 가득합니다. 장려한 거짓말쟁이인 키니 선장, 하루 종일 침대에 누워 있는 홀튼 선장, 척스 씨, 열한 켤레의 무명 스타킹을 졸라서 얻어낸 트로터 양이 있지요. 그들 모두는 아주 활기차게, 결정적으로 실제 인물에게서 스케치되었지요. 대령의 펜이 노트에 급히 인물의 특징을 그리곤 했다고 들었듯이 말이에요.

이런 모든 특질에도 불구하고, 그러면 그의 소양 중 무엇이 발달을 저지했을까요? 왜 주의가 산만해지고, 눈은 단지 인쇄된 말만을 새길까요? 물론 한 가지 이유는 이 한결같은 세계에는 높은 곳이 없다는 것입니다. 매리앳 대령의 일지만큼이나 격렬하고 흥분되고, 싸움과 탈출로 가득하지만, 단조로운 감이 있어요. 똑같은 감정이 반복돼요. 우리가 무엇인가에 접근한다고 결코 느끼지 못해요. 결말은 한번도 목적을 달성한 것이 아니에요. 다시 말해, 비록 그의 인물들은 단호하고 힘차지만, 그들 중 누구도 원숙하거나 최대 크기까지 차오르지 못해요. 왜냐하면 인물을 만드는 데 필요한 몇몇 요소가 부족해요. 뜻밖의 한 문장은 이것이 왜 이런지 제시합니다. "이 다음에 우리는 두 시간 동안 대화를 나누었다. 하지만 연인들이 하는 말은 아주 어리석으며, 독자들을 그런 것으로 괴롭힐 필요가 없다." 그는 인간 종족의 감정이 강렬하면 할수록 배척했어요. 사랑은 추방되었어요. 사랑이 추방되면서, 사랑과 맺어진 다른 값있는 감정들도 또한 없어지는 경향이 있어요. 유머에는 소량의 열정이 첨가되어야 합니다. 죽음에는 우리를 묵상하게 하는 무엇인가가 있어야만 해요. 하지만 여기에는 일종의 밝은 단단함만이 있어요. 비록 그가 물고기가 갉아 먹은 어린아이의 얼굴, 독한 술로 부풀어 오른 여자의 육체같이 신체적으로 혐오스러운 것을 이상하게 사랑하기는 하지만, 그는 성적으로 정숙하다기보다는 고상한 체하며, 그의 도덕성은 어린 소년들에게 설교하는 교장의 유창한 교묘함을 지녔어요.[3] 요컨대 멋지게 기쁨이 용솟음치고 난 후에, 매리앳 대령이 우리에게 던진 마법은 닳아 얇아집니다. 우리는 허구의 베일을 통해서 사실을 봅니다. 사실이 그 자체로 흥미롭지요. 진실이에요. 소형 범선과 선박에 부속된 소형 보트들, 보트들이 전투에 참가하는 방법에 대한 사실들은 "철제로 된 노 걸이 핀들 위에 동그란 쇠고리로

---

3 울프는 모더니스트로서 소위 감정의 세계, 주관적인 세계를 중시한다. 반면에 빅토리아 시대의 전형적인 가부장인 매리앳은 그런 세계를 당연히 무시하고, 세부적으로 묘사하지 않는다. 그래서 그의 글은 진실성이 결여되고, 다소 위선적인 교훈 같다는 지적이다.

잡아당길 준비가 되어" 있어요. 하지만 그들이 흥미로운 것은 다른 종류로 흥미로워서, 상상력에는 잘 맞아떨어지지 않아요, 마치 실재하는 침실의 반침이 잠에서 깨어나는 어떤 이의 꿈과 조화되지 못하는 만큼이나 말이에요.[4]

깊이가 없는 책에서는 우리가 거기에 몰두하더라도 대개 남을 만한 것이 없어요. 하지만 이 책을 덮고 나면 우리는 여기에 뛰어난 사람이 있었다는 것을 깨닫게 됩니다. 활발한 마음과 신랄한 혀를 가진 퇴역한 해군 장교 말입니다. 그가 1835년에 아내와 가족을 데리고 대륙을 횡단할 때, 그는 자기 의견을 일기에 표현하지 않을 수 없었어요. "내가 약간이라도 돈이 필요하지 않았더라면 분명히 더 이상은 쓰지 않을 겁니다." 하고 그는 어머니에게 말했어요. 비록 이야기 쓰는 것이 싫증 나고 문학적인 삶은 따분했지만 그는 어쨌든 자신의 마음을 표현해야만 했어요. 그리고 그의 마음은 용감한 마음이었고 인습에 얽매이지 않는 마음이었어요. 강제징모대[5]는 혐오스럽다고 그는 생각했어요. 그는 물었습니다. '왜 영국 박애주의자들은 아프리카의 노예들을 신경 쓰나? 영국의 어린아이들이 공장에서 하루에 열일곱 시간씩 일하고 있는데 말이다.' 그의 의견으로 수렵법은 가난한 이들에게 불행의 근원이었어요. 장자상속법은 수정되어야만 하고 로마 가톨릭교에 대해서도 할 말이 있었어요. 정치, 과학, 종교, 역사, 모든 종류의 주제가 시야에 들어왔지만, 단지 지나가며 흘끗 언급할 뿐이었어요. 일기 형태를 비난해야 하든지 혹은 마차의 흔들림 때문이든지, 혹은 책에서 배운 지식이 부족하거나 황범선을 파괴

4 울프는 '침실의 반침' 같은 가구들을 실재를 상징하는 것으로 자주 사용한다. 꿈이 허구적인 상상력의 세계라면, '침실의 반침'은 꿈과는 달리 실재하는 물건이다. 울프는 19세기 빅토리아 시대 작가들과는 대조적으로 사실보다 상상력의 세계가 더 중요하다고 주장한다.

5 육군이나 해군에 입대하도록 강제하는 사람들.

하며 보낸 젊음이 생각하는 능력에 나쁜 훈련이었기 때문이든지 간에 대령의 마음은 "만화경 같았습니다." 그가 두 시간 동안 멈추어서 마음을 보고 말했듯이 말이에요. 하지만 아니야, 만화경 같지 않아, 하고 그는 정당하게 자기를 분석하며 덧붙입니다. "왜냐하면 만화경의 패턴은 규칙적이지만, 그의 뇌에는 거의 아주 규칙성이 없었기 때문입니다." 그는 사물에서 사물로 건너뜁니다. 이제 그는 리에주의 역사에 대해 재잘댑니다. 다음 순간 그는 이성과 본능에 관해서 담화하지요. 그러고는 물고기를 낚싯바늘로 잡을 때 어느 정도의 고통을 물고기가 겪게 되는지를 그는 생각합니다. 그러고는 거리를 산보하다가, 이제 얼마나 드물게 X로 시작하는 이름을 만나는가 하는 생각을 합니다. "쉬어라!" 그는 이성적으로 외칩니다. "아니, 마차의 바퀴는 쉴 수 있고, 육체조차도 한순간 쉴 수 있지만, 마음은 쉬려 하지 않는다." 그래서 과도하게 안정이 되지 않아서, 그는 미국으로 갔습니다.

우리는 다시는 그를 보지 못했어요. 그가 미국에 대한 자신의 의견을 기록한 여섯 권의 책들은 비록 그곳 거주자들과 분란을 일으켰지만, 이제 특별히 어떤 것도 밝혀주지 않기 때문입니다. 드디어 그의 딸은 사전과 『가제트』들을 덮고, 몇 가지 "모호한 기억들을" 생각해냅니다. 그들은 단지 하찮은 일들이라는 것을 그녀는 인정하고 다소 임의로 함께 편집했어요. 하지만 여전히 그녀는 그를 생생하게 기억했어요. 그는 175센티미터의 키에 몸무게가 14스톤이 나갔다고 그녀는 기억합니다. 그는 턱에 작은 골이 깊게 파였고, 눈썹 한쪽이 다른 쪽보다 높아서 언제나 묻는 듯한 표정을 지녔어요. 실제로 그는 아주 가만히 있지 못하는 사람이었어요. 그는 남동생 방으로 불쑥 들어가서, 한밤중에 그를 깨우곤 했는데, 당장에 오스트리아로 출발해서 헝가리의 성을 사고 재산을 모으자고 제안했어요. 하지만, 슬프도다! 그는 결코 재산을 모으지 못했다고 그녀는 술회합니다. 랭햄에 있는 건물과 최상의 목초지에 그가 만든, 새를 유인하는 거대한 새 모형 그리고 그의 딸이 명기하기 쉽지 않은 다른 사치품들에도 불구하고 그는 거의 재산을 남기지 않았어요. 그는 꾸준히 글을 쓰려 열심히 노력했어요. 그는 잔디밭과 그가 사랑하는 황소 벤 브레이스가 풀을 뜯는 것을 볼 수 있는 식당의 테이블에 앉아서 그의 책들을 집필했어요. 그가 너무도 작은 필체로 써서 복사 담당자는 자리를 표시하기 위해서 핀을 꽂아야만 했어요. 또한 그는 옷 입는 것이 놀라울 정도로 깔끔했고, 아침 식탁에는 하얀 도기 외에는 어떤 것도 허용하지 않았으며, 열여섯 개의 시계를 가지고 있었는데 그 모두가 동시에 종을 치는 것을 듣기 좋아했어요. 비록 그는 격렬한 열정의 남자였고, 그를 가로막는 것은 위험했고, 집에서는 자주 "아주 근엄"했지만, 그의 자식들은 그를 "베이비"라고 불렀어요.

"이런 하찮은 일들을 지면에 옮기니 슬프게도 의미가 없어 보인다."고 그녀는 결론지었어요. 하지만 그녀가 두서없이 이야기하면 소소한 일들이 나비 모양으로 확장되면서 여름 아침, 모든 항해를 끝내고 내실에 펼쳐진 매트리스 위에서 딸에게 사랑과 장미들에 대한 마지막 말들을 구술하면서 죽어가는 대령이 생각납니다. "꽃들을 보다 기발하게 함께 동일수록, 그는 더욱 좋아했다."고 그녀는 말했어요. 실제로, 그가 죽은 후 카네이션과 장미 다발이 그의 시신과 매트리스 사이에 눌려 있는 것을 발견했습니다.

록하트의 비평
Lockhart's Criticism

　　록하트[1]는 야심찬 사람이 아니었고 자신의 모든 권력에도 불구하고, 한 가지 경우를 제외하면, 그 권력을 이용하는 데 있어서 다소 부주의했다. 젊었을 때 그는 익명의 논평이라는 무책임에 만족했으며, 나이가 더 들어서는 좀더 차분하게, 익명을 덜 사용하며, 편집자의 직함이 주는 남부럽지 않은 안락함을 누리며 그 일을 추구하긴 했지만, 바로 그 덧없는 직업이 그에게 충분히 잘 어울렸다. 하지만 그는 자신의 임무에 대해 그다지 의기양양한 견해를 가지고 있지는 않았다. 평론가의 일은 "자기 자신에 관해서가 아니라 자신이 다루는 작가에 관해 생각하는 것이다. […] 이 일은, 격식을 갖추고 독창적인 혹은 독창적일 수 있는, 언론인이 쓰는 논고가 될 모든 가능성을 배제한다."고 그는 말했다. 따라서 록하트가 틀림없이 자신의 논평으로 많은 분량을 채워갔겠지만, 그 안에 녹아 있는 록하트에 대해서는 거의 찾아낼 수 없을 것이다. 그의 편집자가 ─ 감탄할 만한 서문으로 무장을 하고서 ─

1　존 록하트(John Gibson Lockhart, 1794~1854). 스코틀랜드의 비평가, 작가이자 편집자로, 『월터 스콧 경의 생애 *Life of Sir Walter Scott*』를 썼다.

오래된 『블랙우즈*Blackwoods*』와 『계간지들*Quarterlies*』의 잡동사니로부터 진정한 록하트를 찾게 된다 해도, 그 편집자는 자신의 모든 열정에도 불구하고, 현재 구할 수 있는 모든 것은 한 권의 얇은 책에 불과하다는 것을 알게 된다.[2]

하지만 그 작업은 할 만한 충분한 가치가 있었는데, 그것은 록하트가 자신의 이론에도 불구하고 자신의 논평 속에 새어든 대담하고 활기찬 정신을 가지고 있었기 때문이기도 하고, 힐드야드 양이 비평가로서 그를 너무나 높이 평가하고 있긴 하지만, 그가 평론가의 훌륭한 본보기이며, 비록 들뜨고 경박한 것이라 해도 각다귀의 삶처럼 짧은 삶을 사는 호기심 어린 존재들의 특성과 기능을 보여주는 데 이바지하고 있기 때문이기도 하다. 여기에 본의 아니게 책에 몰두했던 사람들 중 한 사람이 있다. 그래서 잠시 동안 꼼짝 않고 그를 바라보는 것은 대단히 즐거운 일이다. 그의 가장 필수적인 자질은, 삶의 다른 행보에서라면 충분히 존경할 만하게도 용기라고 불릴 만한 것임에 틀림없는 듯하다. 알려지지 않은 새로운 작가는 매우 위험한 사람이다. 그들 대부분은 여차하면 숨도 못 쉬고 죽지만 일부는 살아남아서 침을 쏘는데 그들의 침은 치명적일 수 있다. 록하트가 자신의 탁자 위에 늘 그렇듯 새 책들이 놓여 있는 것을 보았을 때, 그 작가들의 이름이 그에게는 아무것도 전해주지 않았다는 점을 우리는 기억해야 한다. 키츠, 후크,[3] 고드윈, 셸리, 브론테, 테니슨―그들이 누구였는가?

2 울프가 언급하는 편집자는 1931년에 출판된 『록하트의 문학 비평*Lockhart's Literary Criticism*』의 편집자 클라이브 힐드야드M. Clive Hildyard다. 울프는 힐드야드의 이 책을 읽고 1931년 4월 『타임스 문예 부록*Times Literary Supplement*』에 이 에세이를 기고했다.

3 시어도어 후크(Theodore Hook, 1788~1841). 영국의 소설가, 편집자, 작곡가로 다양한 장르의 글을 썼다. 월터 스콧 경의 도움으로 1820년에 보수파인 토리당을 지지하는 일요 신문 『존 불*John Bull*』을 창간하여 편집자로 21년 동안 일했다. 록하트는 1843년에 후크에 대한 전기적 소묘를 『쿼털리 리뷰*Quarterly Review*』에 실은 바 있다.

그들이 대단한 사람이었을 수도 있지만, 아마도 별 볼 일 없는 존재였을 가능성이 더 컸을 것이다. 그 문제를 심리하고 판결하는 것은 그에게 맡겨진 일이었다. 자신을 지탱할 것이라고는 오로지 자신의 판단력밖에 없는 상태에서 앞으로 나아가는 평론가는 자신의 용기와 명민함과 교육 모두를 필요로 했다. 그는 할 수 있는 한 능란하게 한 주제로부터 다른 주제로 옮겨 가야만 했다. 예를 들어 셸리 씨와 키츠 씨는 둘 다 시인이었고 그리스 신화에 관하여 썼다. 고드윈과 브론테 ─브론테는 아마도 여성일 것이다─ 는 둘 다 소설가였으며, 제프리는 비평가였고, 매콜리는 역사가였다. 벡퍼드와 보로는 여행가였고, 콜리지는 또 시인이었지만, 동시에 크래브와는 매우 다른 시인이었다. 누군가는 문장학에 관한 책을 쓴 바 있었고, 스태프라는 어떤 외과의사는 자신의 회상록을 출판한 바 있었고, 노트 장군[4]은 아프가니스탄에 관해 쓴 바 있었으며, 또 건식병乾蝕病을 치료하는 새로운 방식에 대한 소중한 저작도 있었다. 모든 것을 읽고, 분류하고, 평가하고, 좋거나 나쁘다는 표시를 해야 하고, 그들의 목에 표지를 달아 대중들이 관심을 갖거나 무시하도록 추천을 해야 했다. 무엇을 읽어야 할지 듣기 위해 돈을 낸 대중은 잘못된 것들을 읽으라는 말을 듣게 되면 응당 화가 날 테니 말이다.

록하트는 그 일에 아주 적격이었다. 그는 대단히 교육을 잘 받은 사람이었다. 그는 옥스퍼드에서 수석을 차지한 바도 있었고, 스페인 문학에 상당한 조예가 있었으며, 대부분의 또래 젊은이들보다 더 폭넓게 읽었다. 이 모든 것은 그에게 유리하게 작용했지만 결점들도 있었다. 록하트 집안은 스코틀랜드의 유서 깊은 가

---

4 윌리엄 노트(William Nott, 1782~1845). 제1차 영국-아프가니스탄 전쟁(1839~1842)에서 활약한 인도 주둔 영국군 지휘관으로, 『윌리엄 노트 소장 회고록 및 서신Memoirs and Correspondence of Major-General Sir William Nott』(1854)을 남겼다.

문이었다. 그리고 유서 깊은 스코틀랜드 가문의 젊은이에게 옥스퍼드 교육이 더해지면 그 젊은이가 이를테면, 시를 쓸 수 있다고 생각하는 약제사들에게나 그리스어 문헌에 관하여 말할 수 있는 만용을 지닌 런던내기들에게 공정하게 대하기는 매우 어려워진다. 더욱이 록하트는, 월터 경이 일찍이 "가운과 슬리퍼 차림새의 삶"이 주는 매력을 느껴서 인생의 진지한 일에 주의를 기울이고 자신의 명성을 만들어가는 대신에 "재미있고 편한 동료들"의 뒷공론과 소문으로 살아간다고 불평한 바 있는, 재치 있고 나태한 사람들 중의 하나였다. 그의 서재의 문과 창문은 소문과 편견, 그리고 근거 없는 잡다한 뒷공론을 받아들였다. 하지만 그 모든 것에도 불구하고, 그는 평론가들의 왕자라는 됨됨이를 지니고 있었다. 그리고 그러한 부류에게 우호적인 사람들은 그와 그의 친구들이 1820년 어느 날 평론을 하기 위해 존 키츠의 새 시집을 선택했을 때 당연히 불길한 예감을 가질 것이다. 록하트는 키츠가 리 헌트[5]의 친구임을 알고 있었고, 따라서 아마도 자유주의자이고 런던내기일 거라고 생각했다. 그는 키츠의 아버지가 마차 임대업을 했다는 것을 어렴풋이 알고 있었다. 그렇다면 키츠가 신사가 되고 학자가 되는 것은 불가능한 일이었다. 이에 록하트의 모든 편견들이 눈을 떴고 그는 자신의 운명, 즉 평론가에게 닥칠 수 있는 최악의 운명 속으로 돌진했다. 그는 격렬하게 헌신했고, 자신의 본성을 완전히 드러냈다. 그는 검지와 엄지 사이에서 영국 문학의 불멸의 빛들 중 하나를 아예 꺼버리려 했다. 바로 그 실패 때문에 이후 그는 교수형에 처해진 신세가 되었다. 바람에 그가 흔

5   제임스 리 헌트(James Henry Leigh Hunt, 1784~1859). 낭만주의 시대의 대표적인 영국의 시인, 수필가, 비평가, 편집자로 다양한 형식의 시를 썼으며, 분위기 묘사에 뛰어났다. 특히 비평가로서의 통찰력이 뛰어나 키츠, 셸리, 로버트 브라우닝, 앨프리드 테니슨과 같은 시인들을 대중에게 소개했고, 찰스 램, 윌리엄 해즐릿, 찰스 디킨스 등의 작가들을 후원했다.

들거리는 것을 본 사람이면 어느 누구도 똑같은 운명이 조만간 자신의 것이 될까 봐 몸서리치며 한숨을 내쉬지 않을 수 없다. 그래도 새로운 시집들은 여전히 나온다.

그리고 우리가 복원된 록하트의 평론을 넘기다 보면, 새 책이 나오자마자 그 책에 대해 쓰는 것은 50년 후에 그것에 관해 글을 쓰는 것과는 매우 다른 문제임이 분명해진다. 새 책은 천 개의 미세한 필라멘트들로 삶에 연결되어 있다. 삶은 계속되고 필라멘트들은 끊어지고 사라진다. 하지만 그 순간 그것들은 울리고 되울리며 온갖 관련 없는 반응들을 불러일으킨다. 키츠는 약제사였고 햄스테드에 살았으며, 리 헌트와 런던내기들과 어울렸다. 셸리는 무신론자였고 결혼에 관하여 이례적인 견해를 가지고 있었다. 『제인 에어*Jane Eyre*』(1847)의 저자는 아마 여성일 텐데, 그렇다면 아주 거친 여자였다. 이러한 것들은 사소한 우연들이며 록하트는 그러한 것들을 무시했어야 했다고 말하기는 쉽다. 하지만 그것들은 그의 귀에 크게 울렸고, 그는 그것들과 그의 독자들의 편견을 무시할 수 없었을 것이다. 그건 그가 자신의 푸른색 실내복을 벗어 던진 다음 트위드 모자를 쓰고 넓은 반바지를 입은 채 알버말 스트리트[6]를 행진할 수 없었을 것이나 마찬가지다.

하지만 그렇다 하더라도, 사람들이 생각할 만큼 록하트가 그렇게 극단적인 것은 아니었다. 다시 말해서 그는 매우 종종 우리와 같은 견해를 지니고 있었다. 그는 워즈워스와 콜리지의 중요성을 알았고, 보로와 백퍼드를 환영했으며, 『제인 에어』의 조야함에도 불구하고 그 작품을 매우 높이 평가했다. 그가 『인질 조랩*Zhorab, the Hostage*』[7]의 수명이 길 거라고 예언했는데 그것이 단명한 것은

---

6 런던의 메이페어에 있는 거리로, 동남쪽으로는 피커딜리와 인접해 있고 동북쪽으로는 본드 스트리트가 있으며, 아트 갤러리들이 밀집한 것으로 유명하다.

사실이다. 아마도 그 자신이 소설가였기 때문에 그의 소설 비평은 변덕스러웠으며, 고드윈과 후크의 소설에 대한 그의 열정을 보면, 그 작품들이 록하트 자신의 창조력을 자극했고 따라서 그의 비평적 판단을 편향되게 한 것 같다. 그는 세련되지 않은 오만함으로 테니슨을 못살게 굴었지만, 테니슨도 그의 비평의 일부를 받아들임으로써 입증했듯이, 예리함이 없지는 않았다. 요컨대, 록하트의 경우는 동시대의 작품에 관해 좋은 평론가는 대체로 바른 균형을 갖게 되지만 세부적인 것은 틀리기 마련이라는 것을 보여주려는 것 같다. 그는 수많은 무명작가들로부터 제대로 된 작가로 판명될 사람들을 추려내겠지만, 어떤 자질들이 특히 그들의 것인지 혹은 어떤 사람의 중요성이 다른 사람의 중요성과 어떻게 비교되는지 확신할 수는 없다.

이러한 상황이기 때문에 록하트가 자신의 생각을 동시대인들에게 너무 많이 고정시켰고 더 폭넓은 관점이라는 이점을 자신에게 허용하지 않았다는 것을 유감스러워할 수도 있다. 죽은 사람들에 관해서라면 그는 훨씬 더 안전하게 그리고 아마도 훨씬 더 권위 있게 썼을지 모른다. 하지만 그는 소심한 사람이었고, 괴팍스러운 사람이었다. 그리고 그는 비평이 가치 있는 것이 되려면 자신이 기울일 수 있는 것보다 더 많은 노력과 엄정함을 요구한다는 것을 알고 있었다. 그가 인식했듯이, 제프리의 모든 재기발랄함은 "다음 세기의 연구자로 하여금 자신의 논평 여러 권을 넘겨보도록 유인할 만큼" 충분한 것은 아니었다. 그리고 기포드의 글은 "심술궂은 욕설과 냉담하고 악의에 가득 찬 야유를 하면서 […] 정치적 질책을 목적으로 절묘하게 씌어진 것이지 점잖고

---

7   제임스 모리에르(James Justinian Morier, 1780~1849)의 작품이다. 모리에르는 영국의 외교관이자 작가로 『하지바바의 모험 The Adventures of Hajji Baba of Ispahan』을 쓴 것으로 유명하다.

보편적인 비평을 목적으로 씌어진 것은 전혀 아니었다." 평론가는 표면의 의미를 걷어낼 수 있지만, "너무나 중요한 문제들이 있기 때문에 그 문제들에 대해 마음이 정해지지 않으면, 위대한 비평가가 되는 것은 절대적으로 불가능하다." 록하트는 이것을 알고 있었기 때문에 좋은 평론가였고 평론가로 남아 있는 것에 만족했다. 하지만 그는 너무 회의적이었고, 너무 소심했고, 너무 잘생겼고, 어쩌면 태생이 너무 좋았다. 그는 월터 스콧 경의 그림자 아래서 너무 오래 살았고, 근심과 슬픔이 너무 많았으며, 상황을 철저히 생각하도록 마음이 진정되어 온화하고 근원적인 명상의 분위기에서 제자리를 찾게 되는 고요하고 소박한 영역으로 들어가기엔 너무나 자주 밖에 나가 식사를 했다. 그래서 그는 계속해서 기사를 빨리 마무리 짓고 인용 부분을 잘라내서 그것들이 놓인 자리에서 썩어버리도록 내버려두는 것에 만족했다. 하지만 그의 논평들이 힘, 오만함, 야심의 결핍을 통해서 그가 더 잘할 수 있는 능력을 지니고 있었다는 것을 보여준다면, 그것들은 또한 친숙함 속에 미덕이 있다는 것을 우리에게 상기시켜준다. 우리가 셸리 씨라는 "이 불운하고 제대로 배우지 못한 신사의 때 이른 죽음"을 안타까워하느라고 더 이상 촌스러운 키츠에 대해 자연스럽게 얘기할 수 없게 될 때 우리는 무언가를 잃게 된다. 록하트가 살아 있는 사람을 대하던 불경한 태도를 우리가 조금 취하더라도 죽은 이에 대한 우리의 좀더 진지한 평가에 해가 되지는 않을 것이다.

제인 에어와 폭풍의 언덕
Jane Eyre and Wuthering Heights

지금은 너무나 많은 전설과 경배와 인쇄물의 대상이 되고 있는 샬럿 브론테가 태어난 후 흘러간 백 년 동안 그녀가 살았던 기간은 39년밖에 되지 않는다.[1] 보통 사람의 수명만큼 그녀의 일생이 길었다면 그런 전설들이 얼마나 달라졌을까를 생각하면 마음이 야릇해진다. 그녀는 당대 유명했던 몇몇 사람들처럼 런던이나 다른 장소에서 익숙하게 만날 수 있는 인물이 되었거나 수많은 일화와 사진의 대상이 되었을 것이고, 많은 소설과, 아마도 수상록을 쓴 작가가 되어서 확고한 명성의 영광을 지닌 채 중년의 모습으로 기록되었을 것이다. 그녀는 부자가 되었을 수도 있고, 성공했을 수도 있다. 그러나 그건 사실이 아니다. 그녀를 생각할 때 우리는 우리가 사는 현대사회에 아무런 몫이 없는 사람을 연상해야 한다. 우리의 마음은 1850년대로, 미개한 요크셔 광야의 머

---

1 브론테 사 남매는 샬럿(1816~1855), 패트릭 브란웰(1817~1848), 에밀리(1818~1848) 그리고 앤(1820~1849)으로 어머니가 1821년에 돌아가시고 나서 요크셔 지방의 하워스 교구 목사였던 아버지 밑에서 자라났다. 샬럿 위의 두 언니는 1825년에 일찍 죽고, 이 사 남매는 집에서 교육을 받으면서 함께 독서하고 이야기를 만들면서 보냈다. 1847년 샬럿이 『제인 에어』를, 그리고 에밀리가 『폭풍의 언덕』을 출판한 후 이 두 작품으로 브론테 자매는 기억된다.

나면 목사관으로 되돌아가야 한다. 그 목사관에서, 그 광야 위에서, 외롭고 불행한 채, 자신의 가난과 자신의 고고함 속에 그녀는 영원히 머물러 있다.

이런 상황들은 그녀의 성격에 영향을 주었기 때문에 그녀 작품에도 그 흔적을 남겼을 것이다. 소설가는 매우 소멸하기 쉬운 재료에다 현실감을 주면서 글을 시작하고, 마지막에는 잡동사니를 쌓아서 끝을 맺으면서 자신의 구조를 만들기 마련이라고 우리는 생각한다. 다시 한 번 『제인 에어』를 펼치면서 우리는 호기심 많은 자들만이 방문하고 경건한 자들에 의해서만 보존되는 광야의 목사관처럼 그녀가 상상한 세계도 오래된 중기 빅토리아 시대처럼 구식일 것이라는 의심을 억누를 수 없다. 그리하여 우리는 『제인 에어』를 연다. 그러나 두 쪽을 다 읽기도 전에 모든 의심이 우리 안에서 깨끗이 쓸려 나간다.

진홍빛 커튼의 주름이 오른쪽에서 내 시야를 가리고 있고 왼쪽으로는 맑은 유리창이 암울한 11월의 낮으로부터 나를 보호할 뿐 차단은 시키지 못하고 있다. 간간이 책장을 넘기면서 나는 그 겨울 오후의 양상을 연구했다. 멀리로는 안개와 구름의 엷은 공백을, 가까이로는 끊임없이 내리는 비가 길고 애통한 바람 소리에 앞서 미친 듯이 휩쓸고 지나가면서 젖은 풀밭과 폭풍우에 휘둘리는 잡목들의 장면을 보여주었다.

광야 그 자체보다 더 소멸하기 쉬운 것, 또는 그 "길고 애통한 바람 소리"보다 유행의 흔들림에 더 지배를 받는 것은 없다. 그러나 그러한 활력은 잠시 동안만 사는 것은 아니다. 그것은 책의 처음부터 끝까지 우리에게 생각할 시간도 주지 않고 우리 눈을 지면에서 한 번도 떼지 못하게 하면서 우리에게 달려온다. 우리는 너무나 강하게 몰두하여 만약 어떤 사람이 방 안에서 움직이면 그 움직임은 그곳에서가 아니라 저 위쪽 요크셔에서 일어나는 것처럼 보인다. 이 작가는 우리를 두 손아귀에 쥐고서 그녀의 길을 우리도 가게 만들며, 그녀가 보는 것을 우리도 보게 하고, 한순간이라도 그녀를 잊어버리게 하지 않으며, 우리를 결코 홀로 내버려두지 않는다. 마침내 우리는 샬럿 브론테의 분노와 격렬함과 천재성에 완전히 흠뻑 스며들게 된다. 놀라운 얼굴들과 강한 윤곽과 비뚤어진 외모의 인물들이 명멸하며 우리를 스쳐 지나간다. 그러나 우리는 그녀의 눈을 통하여 그들을 본다. 일단 그녀가 사라지고 나면 우리가 그들을 찾는 것은 헛된 일이다. 로체스터를 생각하면 우리는 제인 에어를 생각해야만 한다. 광야를 생각하면 다시 한 번 거기에 제인 에어가 있다. 응접실을 생각해도, 또한 그 "빛나는 꽃다발이 위에 놓여 있는 것 같은 하얀 카펫"과 "빨간 루비색"의 보헤미안 유리잔과 "눈과 불이 뒤섞이는" 그 "창백한 흰 대리석 벽난로"를 생각해도—제인 에어 없이 그 모든 것이 무슨 소용이 있겠는가?

　제인 에어의 단점은 멀리서 찾지 않아도 된다. 항상 가정교사이고 항상 사랑에 빠져 있는 것은 이렇다 또는 저렇다고 단정할 수 없는 사람들로 가득 차 있는 이 세상에서는 심각한 한계점이다. 이런 점에 비교한다면 제인 오스틴이나 톨스토이 같은 작가들의 인물은 수백 개의 단면을 지니고 있다. 주위에서 그들을 반영하는 역할을 하는 수많은 다른 사람들에게 그들이 남긴 효과 때문에 그 인물들은 살아 있고 복합적으로 존재한다. 그들은 자신의 창조주가 자신을 지켜보든 그렇지 않든 간에 여기저기로 움직이며, 그들이 사는 세상은 그들이 그곳을 만들었기 때문에 우리끼리 방문할 수 있는 독자적인 세상처럼 보인다. 토머스 하디는 성품의 위력에서나 외골수의 비전에 있어서 샬럿 브론테와 더 유사하다. 그러나 그들의 차이점 또한 아주 많다. 『무명의 주드』를 읽을 때 우리는 끝을 향하여 달려가지 않는다. 인물 자신들도 대개는 의식하지 못하는 의문과 암시의 분위기가 인물 주위에 점철될 때 우리는 작품으로부터 표류하면서 심사숙고하고, 또 생각한다. 그들이 비록 단순한 농부일지라도 우리는 가장 거대한 중요성을 지닌 의문과 숙명으로 그들을 대면하도록 강요받으므로 때때로 하디 소설에 있어 가장 중요한 인물들은 이름 없는 자들인 것같이 보인다. 이런 위력, 즉 이런 사고적 호기심에 관해서 샬럿 브론테는 아무런 흔적을 남기지 않는다. 그녀는 인생의 문제들을 해결하려 시도하지 않는다. 그녀는 그러한 문제가 존재하는지조차 인식하지 않고 있다. 그녀의 모든 힘, 즉 억제되고 압축되었기 때문에 더 무시무시한 그 힘은 모두 "나는 사랑한다."와 "나는 증오한다."와 "나는 고통받는다."를 주장하는 데 들어갔다.

자기중심적이고 자기 한계적인 작가들은 더 보편적이고 폭넓은 마음을 지닌 자들에게는 없는 어떤 힘을 갖고 있다. 그들의 인상은 자신들의 좁은 벽 사이에 꽉 담겨서 강하게 눌려 있다. 그들 자신의 인상이 찍혀 있지 않은 것은 결코 그들의 마음에서 나올 수 없다. 그들은 다른 작가들에게 배우는 것이 거의 없으며, 그들이 받아들인다 하더라도 그것을 동화시키지 못한다. 하디와 샬럿 브론테의 문체는 뻣뻣하고 장식적인 저널리즘에 기초하고 있는 듯이 보인다. 그들 산문의 주요 특징은 어색하고 딱딱하다는 점이다. 그러나 그 두 사람은 단어들을 모든 사고에 맞게 복종시킬 수 있다고 생각하고 너무나 완고한 성실함으로 노력하여 자신들의 마음의 틀에 온전하게 맞는 산문을 스스로 만들어냈다. 게다가 그 산문은 나름대로 아름다움과 힘과 재빠름을 갖고 있다. 적어도 샬럿 브론테는 책을 많이 읽어서 배운 것은 아무것도 없다. 그녀는 전문적 작가로부터 그들의 미끈함도 결코 배우지 않았고, 원하는 대로 자신의 언어를 채워 넣거나 움직이게 하는 능력도 받아들이지 않았다. "나는 여성이든 남성이든 어떤 강하고 사려 깊고 세련된 마음들과 소통하는 것으로만 안주할 수 없었다." 하고 지방 잡지의 어떤 선두급 작가가 썼음직한 말을 그녀는 쓰고 있다. 그녀는 대신 불 같은 열정과 빠른 속도로 "내가 전통적인 과묵함의 외벽을 지나, 자신감의 문지방을 건너서 그들 가슴속의 벽난롯가에 자리를 얻을 때까지" 자기만의 진정한 목소리로 계속 나아간다. 바로 그 장소에다 그녀는 자신의 자리를 잡는다. 그녀의 지면을 밝히는 것은 가슴의 불에서 나오는 그 붉고 발작적인 광채이다. 다른 말로 하면 우리는 정교하게 관찰한 인물들을 보려고 샬럿 브론테를 읽는 것이 아니다—그녀의 인물들은 왕성하고 기본적이다. 또 희극성 때문도 아니다—그녀의 희극은 섬뜩하고 미숙하다. 인생에 대한 철학적 견해 때문도 아니다—그녀의 견해란 시골 목사의 딸로서 지닌 생각일 뿐이다. 우리는 그녀의 시 때문에 그녀를 읽는다. 아마도 그 점은 그녀처럼 강한 개성을 지닌 다른 모든 작가들에게서도 마찬가지리라. 그래서 우리는 실제 생활에서 그들이 단지 문을 열고 자신들을 느끼게만 만들어주면 된다고 말한다. 그들 안에는 길들여지지 않은 강인함이 사물의 용인된 질서와 계속해서 싸우고 있어서 그들은 인내심 있게 관찰하기보다는 즉각적으로 창조하고 싶어 한다. 어슴푸레한 그림자나 그 외 다른 사소한 장애물들을 거부하면서 바로 이 열정은 날개를 펴고 보통 사람들의 일상 행동을 지나서 말로 표현이 안 되는 그들의 정열과 동맹을 맺는다. 이 점이 그들을 시인으로 만들며, 만약에 그들이 산문으로 쓰고자 한다면 그들은 산문이 갖는 제약을 견딜 수 없다. 그러므로 에밀리와 샬럿 둘 다 항상 자연의 도움을 받고자 기원한다. 그들은 인간성 속에 잠들어 있는 광대한 열정을 말이나 행동이 전달할 수 있는 것보다 더 강력하게 표현할 어떤 상징이 필요하다는 것을 느낀다. 샬럿은 그녀의 가장 훌륭한 소설 『빌레트』의 마지막을 폭풍에 대한 묘사로 끝맺는다. "하늘은 어둡고 바람을 가득 안은 채 매달려 있다—서쪽으로부터 찢어진 돛, 그리고 구름은 이상한 형태로 모습을 바꾼다." 이렇게 그녀는 다른 식으로는 표현될 수 없는 마음의 상태를 묘사하기 위해 자연을 불러온다. 그러나 두 자매 중 누구도 도로시 워즈워스가 자연을 관찰한 것처럼 정확히 관찰하지 않았으며, 테니슨이 자연을 그린 것처럼 세세하게 그리지도 않았다. 그들은 자신들이 느끼는 것에 가장 흡사한 지상의 양상들을 포착하여 그들의 인물에 귀속시켰고, 그들의 폭풍과 그들의 광야와 그들의 여름날 아름다운 공간들은 재미없는 지면을 꾸미기 위해서나 작가의 관찰력을 전시하기 위해 적용된 장식물이 아니었다—그것들은 감정을 지탱시키며 소설의 의미를 밝혀준다.

소설의 의미는 일어나는 일이나 말해지는 것하고는 상관없고, 또한 각기 다른 사물들이 작가와 맺고 있는 어떤 관계로 구성되어 있기 때문에 당연히 파악하기 어렵다. 특히 이 점은 브론테 자매처럼 작가가 시적이고 의미가 언어와 구별될 수 없고 의미 자체가 어떤 특정한 관찰이라기보다는 하나의 분위기인 경우라면 더욱 그러하다. 에밀리가 샬럿보다 더 위대한 시인이기 때문에 『폭풍의 언덕』은 『제인 에어』보다 훨씬 이해하기 힘든 소설이다. 글을 쓸 때 샬럿은 "나는 사랑한다."와 "나는 증오한다."와 "나는 고통받는다."를 유창함과 영광과 열정을 가지고 말한다. 그녀의 경험은 비록 더 강렬하지만 우리와 같은 차원이다. 그러나 『폭풍의 언덕』에는 '나'라는 것이 없다. 그 안에는 가정교사들도 없다. 고용주도 없다. 그곳에는 사랑이 있다. 그러나 그것은 남녀 간의 사랑은 아니다. 에밀리는 보다 더 보편적인 개념에 의해 영감을 받았다. 그녀에게 창조하기를 북돋웠던 충동은 그녀 자신의 고통이나 그녀 자신의 상처가 아니었다. 그녀는 거대한 무질서로 갈라진 세상을 내려다보고 나서 그것을 소설에서 화합시킬 힘을 그녀 안에서 느꼈다. 그 거대한 욕망은 소설 곳곳에서 느껴진다. 반쯤 좌절하기도 하지만 지고한 신념으로 인물의 입을 통해서 뭔가 말하려는 몸부림, 그것은 단지 "나는 사랑한다." 또는 "나는 증오한다."가 아니라 "우리, 전 인류"와 "당신, 영원한 힘……" 그리고 문장은 미완성으로 남아 있다. 그런 식으로 될 수밖에 없는 것이 하등 이상하지 않다. 오히려 그녀가 그녀 안에서 그렇게 말하게끔 한 그것을 우리가 느끼도록 만들 수 있었다는 것이 놀라울 뿐이다. 그것은 캐서린 언쇼의 그리 유창하지 못한 말에서도 끓어오른다. "만약 다른 모든 것이 멸망해도 그가 남아 있다면 나는 여전히 존재하기를 계속할 거예요. 그리고 만약 다른 모든 것은 남아 있고 그는 무로 돌아간다면 우주는 막강한 이방인으로 변하겠죠. 내가 그 우주의 일부인 것처럼 보이지 않겠죠." 그것은 또한 죽은 자의 존재 앞에서도 다시 폭발한다. "저는 땅도 지옥도 파괴할 수 없는 안식을 봅니다. 이후 끝이 없고 그림자 없는 내세에 대해 저는 확신해요—그들이 들어간 영원의 세계—그곳은 인생이 끝없이 지속되고 사랑이 그 동정과 기쁨으로 완전히 충만해 있습니다." 인간성이라는 환영 아래에는 그것을 위대함의 존재로 올려주는 이런 힘이 깔려 있다는 암시 때문에 이 소설은 다른 소설들과 비교할 때 그 거대한 크기를 이룩한다. 그러나 몇 개의 서정시를 쓰고 비명을 지르고 신조를 표현하는 것이 에밀리 브론테에게는 충분치 않았다. 그녀는 자신의 시에서 이런 일을 단번에 해치웠다. 그녀의 시들은 아마도 그녀의 소설보다 더 오래 남을지도 모른다. 그러나 그녀는 시인인 동시에 소설가였다. 그녀는 한층 더 고생스럽고 한층 더 보람 없는 임무를 짊어져야 했다. 그녀는 다른 생활들이 존재한다는 현실에 직면해야 했고, 외재하는 사물의 구조와 씨름하고, 알아볼 수 있는 모양으로 농장과 집들을 세워야 하고, 그녀와 무관하게 존재했던 남녀들의 말을 전해야만 했다. 그래서 우리는 장광설이나 광란에 의해서가 아니라 한 소녀가 나뭇가지를 타면서 홀로 옛날 노래를 부르는 것을 들음으로써, 광야의 양이 풀을 먹어치우는 것을 봄으로써, 부드러운 바람이 풀 사이로 숨 쉬는 소리에 귀 기울임으로써 이런 감정의 정점에 도달한다. 농장에서의 인생은 모든 불합리하고 일어날 성싶지 않은 일을 지닌 채 우리 앞에 놓여 있다. 『폭풍의 언덕』과 실제 농장을 비교하고, 히스클리프와 실제 인간을 비교할 모든 기회가 우리에게 주어졌다. 우리 자신이 보았던 것과는 너무나 닮지 않은 남자와 여자에게 어떻게 진실과 통찰력과 감정의 섬세한 색조가 있을 수 있느냐고 우리는 물어도 된다. 그러나 질문을 하면서도 우리는 히스클리프에게서 천재였던 누이가 보았을 오빠의 모습을 보게 된다. 우리는 그런 인물은 가능하지 않다고 말하지만, 그럼에도 불구하고 문학에서 어떤 청년도 그만큼 더 생생한 존재를 지녔던 적은 없다. 두 명의 캐서린도 마찬가지이다. 어떤 여인도 결코 그들 식으로 느낄 수 없고 그들 방식대로 행동할 수 없다고 우리는 말한다. 동시에 그들은 영국 소설에서 가장 사랑스러운 여인들이다. 그것은 마치 에밀리 브론테가 인간에 대해 우리들이 아는 방편들을 모두 찢어버리고, 대신이 알 수 없는 투명함에다 너무나 격렬한 생명을 불어넣어서 그들로 하여금 이 현실을 초월하게 만드는 것 같다. 그러므로 그녀의 능력은 모든 능력 가운데 가장 희귀한 것이다. 그녀는 사실에 대한 의존으로부터 인생을 해방시킬 수 있었다. 약간만 손을 대면 한 얼굴의 영혼을 보여줄 수가 있어서 어떤 신체도 필요 없게끔 만들었다. 광야에 대해 말함으로써 바람이 불고 천둥이 포효하게끔 만들었다.

데이비드 코퍼필드

David Copperfield

딸기가 익어가고 사과 열매가 굵어져가는 자연현상처럼 값도 싸고 인쇄도 잘된 디킨스[1]의 책들이 세상에 나왔지만, 산뜻한 초록색 제본을 한 책 중 하나가 우연히도, 우연히도 『데이비드 코퍼필드』(1849~1850)를 한 번 더 읽어봐야겠다는 생각을 들게 하는 특이한 경우를 제외하고는, 제철에 나온 자두나 딸기 이상의 주목을 끌지 못하고 있다. 아마 살아 있는 사람 중에 『데이비드 코퍼필드』를 처음 읽은 것을 기억하는 사람은 별로 없을 것이다. 『로빈슨 크루소』나 『그림 형제 동화집 *Grimm's Fairy Tales*』, 웨이벌리 연작소설처럼 『피크위크 클럽의 유문록 *The Pickwick Papers*』이나 『데이비드 코퍼필드』는 책이 아니라 사실과 허구가 혼재하는, 어린 시절에 전해 들은 이야기여서 삶의 기억과 신화에 속해 있는 것이지, 심미적 경험에 속하는 것이 아니기 때문이다. 우리가

---

1 찰스 디킨스(Charles Dickens, 1812~1870). 영국의 소설가. 자신의 어린 시절의 빈한했던 경험을 바탕으로 빅토리아 시대 영국 사회의 진보와 번영의 뒤안길에 있는 빈곤 계층과 노동자, 범죄자 등을 실감나게 그리며 사회문제를 주로 다룬 작품으로 유명해졌다. 좀처럼 잊을 수 없는 우스꽝스러운 인물 묘사에 능했고, 주로 낮은 계층의 인물 묘사에 탁월했다. 주요 작품으로 『올리버 트위스트 *Oliver Twist*』 『위대한 유산 *Great Expectations*』 등이 있고, 『데이비드 코퍼필드』는 그의 자전적인 장편소설이다.

이 흐릿한 기억에서 『데이비드 코퍼필드』를 꺼내어 그것을 제본되고 인쇄된, 그리고 예술의 규칙을 적용받는 책으로 바라본다면 우리에게 어떤 인상을 줄까? 페거티와 바키스, 장기말rook[2]과 세인트 폴 성당 그림이 있는 반짇고리, 해골을 그린 트래들즈, 초원을 건너던 나귀들, 딕과 기념관, 벳시 트로트우드, 집, 도라, 아그네스, 힙스 부부와 미코버 부부 등 등장인물과 그들이 가진 모든 특성, 그들에게 속해 있던 물건들이 생생히 다시 살아 움직이는 것 같은 예전의 매력을 여전히 유지하고 있을까? 아니면 그 사이에 우리가 읽지 않아도, 잠자는 동안 책 주변을 맴돌아 그것의 특징들을 바꾸고 개조하는 뜨거운 바람에 공격을 받았을까?

디킨스에 대한 소문은 대체로 이렇다. 그의 감성은 역겹고 스타일은 평범해서 —그의 작품을 읽을 때는 모든 교양은 감추고 감수성은 온실에 넣어두어야 하지만— 이런 충고와 꺼림칙함에도 불구하고 그는 역시 셰익스피어와 같은 작가이며, 스콧처럼 타고난 창작자이고, 발자크와 같이 엄청난 양의 작품을 생산해내는 작가라는 것이다. 그러나 여기에 더해지는 다른 소문 하나는 바로 이상하게도 사람들이 셰익스피어는 읽고 스콧도 읽지만 디킨스를 읽는 정확한 순간은 오지 않는다는 것이다.

이 마지막 공격적인 소문은 아마 이처럼 해석될 수 있을 것이다—그는 개성과 매력이 부족한, 모든 사람의 작가이지만 특별히 누구의 작가도 아닌, 그저 한 직업에 오래 있어 알려진 기념비적인 인물로서, 수많은 사람들의 발에 밟혀 먼지가 이는, 대중이 사용하는 큰 통행로와 같은 인물이라고 말이다. 이것은 모든 위대한 작가 중에 디킨스가 개인적으로 가장 매력이 덜하며 또한

---

2 체스의 말 중 하나로, 한국 장기의 차車에 해당하며 작품 내에서 바키스가 여가를 보낼 때 주로 하는 체스 게임을 연상시킨다.

작품에도 개인적인 색채가 가장 적게 드러난다는 사실에 기인한 바가 크다. 아무도 셰익스피어와 스콧을 사랑하는 것처럼 디킨스를 사랑하지 않는다. 디킨스가 그의 삶에서나 작품 속에서 보여주는 인상은 똑같다. 그는 남성에게 전통적으로 부과된 미덕을 완성시켜야 한다. 자기주장이 강하고, 자기를 신뢰하며 자신감에 차 있고, 지나치게 에너지가 넘친다. 그의 메시지는 이야기라는 베일을 걷어내고 하나의 개인으로 나아갈 때에는 진부하고 강제적이 된다. 그는 "철저한 근면성"과 시간 엄수, 질서, 부지런함, 그리고 자신 앞에 놓인 일에 최선을 다하는 것의 가치를 설교한다. 우리가, 강렬한 열정에 동요되고 분노로 이글거리며 특이한 인물들을 쏟아내며, 밤에 자신의 머릿속에서 나오는 꿈을 따라잡지 못하는 디킨스를 읽을 때에는, 그러므로, 아무도 이 천재의 기벽과 기이함, 매력에서 벗어날 수 없어 보인다.

그는 우리 앞에 마치 그의 전기 작가 가운데 한 명이 묘사하듯이 "성공한 선장"처럼 건장하고, 갖은 풍파를 겪어낸 자신감에 찬 모습으로 나타난다. 나약한 것과 비효율적인 것, 돌봐줄 필요가 있는 유약한 것들에 대한 경멸을 잔뜩 지닌 채. 디킨스의 공감 능력은 분명한 한계를 지닌다. 개략적으로 말하면, 그의 공감 능력은 여성이든 남성이든 한 해에 2천 파운드 이상을 벌거나, 대학을 다녀봤거나, 아니면 조상을 3세대나 거슬러 올라가며 셀 수 있는 사람을 만날 때에는 여지없이 실패한다. 그가 조금 더 성숙한 감정을 다루어야 할 때 — 예를 들어 에밀리를 유혹하는 장면이나 도라의 죽음처럼 활동적으로 움직이며 창작할 수 없을 때, — 가만히 서서 사물을 살피고 거기 있는 것의 깊은 내면을 천착해야 할 때는 언제라도 부족함을 보인다. 그러고 나서, 정말로, 그는 기괴하게도 실패해버리고 만다. 따라서 그가 인간 삶의 정점이라고 보는 내용을 묘사하는 부분이나 스트롱 부인에 대한 설명, 스티어포스의 절망, 햄의 고통에 대해 묘사할 때에는 정말 형언할 수 없을 정도로 비현실적인 것—만약 우리가 현실에서 디킨스가 그렇게 말하는 것을 들었다면 머리카락 뿌리까지 붉히게 되거나 아니면 터져 나오는 웃음을 참고자 방을 뛰쳐나가게 하는 정도의 불편한 양상이 되고 만다. "······그럼 그에게 말해줘요." 하고 에밀리는 말한다. "내가 밤에 바람이 부는 소리를 들을 때는 바람이 그와 삼촌을 보고 화가 나서 지나가는 소리로 듣고 또 신께 나를 비난하기 위해 하늘로 올라가는 것처럼 느낀다고요." 다들은 별일 아닌 것에 열변을 토한다. 썩은 고기나 오염, 지렁이, 쓸모없는 스팽글, 망가진 장난감들 그리고 어떻게 그녀가 에밀리를 망신 줄 것인지에 대해. 이 실패는 생각은 깊게 하고 동시에 묘사도 아름답게 해내는 일에 대한 다른 실패와 유사하다. 완벽한 소설가가 되어야 하지만 동시에 모자를 쓴 채 주변과 어우러져 살아야 하는 남자들의 실패, 시인과 철학자는 디킨스가 그들을 부를 때에 동시에 올 수 없었다.

그러나 창조자가 위대할수록 그가 실패한 지역들은 더욱더 버려진 채 내버려지게 마련이다. 그 비옥한 땅은 풀 한 포기 나지 않는 황무지가 되며, 발이 진흙 속에 잠겨버리는 습지가 되고 만다. 그러나 그럼에도 불구하고, 우리가 그 작가의 주문 아래 있을 때에는 이 위대한 천재들은 우리로 하여금 그들이 선택하여 빚어내는 세계를 보게 한다. 그것이 어떠한 모양이라도.

디킨스를 읽을 때 우리의 정신세계의 지형은 새롭게 바뀐다. 우리는 고독의 즐거움에 대한 경험, 혹은 친구의 복잡한 감정을 경이로움을 가지고 지켜봤던 일, 자연의 아름다움에 깊이 침잠했던 일에 대한 기억은 잊어버린다. 우리가 기억하는 것은 열정과,

흥분, 유머, 그리고 사람들의 독특한 성격 — 런던의 냄새와 풍미, 그 속에 떠다니는 검댕들 — 그리고 동떨어진 인생들을 휙 낚아채 한군데로 모아들이는 믿을 수 없는 우연들 — 도시, 법정 — 이 남자의 코, 저 남자의 절뚝거리는 걸음걸이 — 아치가 있는 도로 아래나 대로 위에서의 장면 — 그리고 무엇보다 거대하고 지배적인 인물, 삶으로 가득 채워지고 부풀려져서 혼자서 외로이 존재할 수 없고, 자신의 존재를 실현시키기 위해 많은 사람들이 필요해 보이는 인물이다. 그를 완성하기 위해 작가는 다른 단절된 부분들을 존재하게 하고 — 그래서 그 결과 이 인물이 어디로 가든지 여흥과 즐거움의 중심이 되며 펀치를 만들게 한다. 방은 사람들로 가득 차고, 조명은 밝고, 그리고 그곳에 미코버 부인과 쌍둥이, 트래들즈, 벳시 트로트우드 등이 파티를 즐기고 있다.

분석하거나 해석하는 것이 아니라 특별한 생각이나 노력 없이, 스토리에 있어 어떤 효과를 계산하지 않고 생산해내는 힘, 세부적이고 정확하게 존재하는 인물들이 아니라 거칠지만 비범하게 자신들을 표현하는 말들 속에, 창조자가 불어넣은 입김에 따라 쌓여가는 거품처럼 하나 위에 하나가 쌓여나가는 그들의 말 속에 풍부하게 존재하는 인물들. 이것이 그 효과에 있어 실패하거나 사그라지지 않는 힘이다. 풍부한 창조력과 특별히 사색하지 않는 점은 우리를 단지 독자나 구경꾼이 아니라 창조자로 만드는 특이한 효과를 가진다. 미코버 씨가 자신에 대한 말을 쏟아낼 때 그리고 놀랄 만한 상상의 새로운 비행을 끊임없이 시도할 때, 그도 모르게, 우리는 그의 영혼의 깊은 곳을 본다. 우리는 말을 장황하게 늘어놓는 미코버를 보며 "얼마나 놀랍게도 미코버다운 일인지."라고 디킨스가 말한 것처럼 그대로 말하게 된다. 그렇다면 감정과 이성이 함께 다루어지는 장면이 우리의 기대를 완벽하게 저버린다고 한들 굳이 힘들어 할 필요가 있을까? 미묘함과 복잡함은 우리가 그것들을 어디서 발견할 수 있는지 알기만 하면, 또 우리가 기존과 다른 엉뚱한 장소에서 그들을 찾을 때의 놀라움을 극복할 수만 있다면, 발견할 수 있도록 그곳에 있다. 인물을 만들어낼 때 디킨스의 기이함은 그가 그의 눈이 가는 대로 창조를 한다는 데 있다—그는 극단적으로 시각화하는 힘을 가졌다. 그의 인물들은 독자인 우리가 그들이 말하는 것을 듣기 전에 디킨스가 보는 대로, 마치 그의 생각을 움직이게 하는 것은 시각인 듯이 우리의 시야에 각인된다. 그는 유라이어 히프가 "당나귀 코에 숨을 불어넣고는 즉시 손으로 그것을 덮는 것을 본다." 디킨스는 데이비드 코퍼필드가 어머니의 죽음 이후에 자신의 눈이 얼마나 충혈되었는지 거울로 보는 모습을 본다. 그는 특이함과 흠, 몸짓, 사건, 흉터, 눈썹, 그리고 방 안에 있는 모든 것을 1초 만에 모두 본다. 디킨스의 눈은 감당하기에는 너무 풍성한 수확을 가져오고 그에게 초연함과 무정함을 선사해서 그가 가진 감상주의를 대중에게 양보하는 것으로 비치게끔 묶어놓고, 만약 그 자체로 남겨졌다면 뼛속까지도 꿰뚫어볼 혜안에 훌쩍 베일을 덮어버리고 만다. 그가 부릴 수 있는 이와 같은 힘으로 디킨스는 그의 책을 타오르게 한다. 플롯을 탄탄하게 하거나 기지를 더 날카롭게 함으로써가 아니라 다른 여러 명의 인물들을 불에 다시 던져넣음으로써. 흥미로운 일들이 깃발이 나부끼듯 계속되고 그는 모우커 양을 무슨 큰 역할이나 맡을 것처럼 상세하게 살아 있는 듯이 그려나간다. 그러나 일단 그녀의 도움으로 지루한 길을 지나가게 되면 그녀는 이내 사라지고 만다. 더 이상 필요 없는 것이다. 그러므로 디킨스의 소설은 느슨하게 때로는 가장 자의적인 방식으로 하나로 묶여 있는, 개별적인 인물들의 모임이 되어버리기 쉽다. 뿔뿔이 흩어지고 우리의 주의를 너무나 많은 부분으로 흩어놓기 때문에 절망에 빠진 우리가 책을 떨어뜨리게끔 하는 인물들의 집합으로 말이다. 그러나 『데이비드 코퍼필드』에서는 이위험이 극복되었다. 거기에는 비록 다양한 인물들이 모여들고 삶이 여기저기로 흘러가지만 일관된 감정 —젊음, 유쾌함, 희망— 등이 혼란스러움을 감싸고, 흩어진 부분들을 모으며, 디킨스의 소설 가운데 가장 완벽한 작품에 아름다운 기운마저 더해주고 있다.

○ 1925년 9월 12일 자 『네이션*The Nation*』에 울프의 다음과 같은 편지가 실려 있다.

급작스런 죽음에 대한 두려움은 자연스럽게도 『데이비드 코퍼필드』에 대한 나의 논문에서 카파Kappa의 시선을 빼앗아 진정한 의미를 이해하지 못하게 했다. '아무도 『데이비드 코퍼필드』를 처음으로 읽은 것을 기억하지 못한다.'는 표현은 .그것이 너무나 적은 인상을 남겨서 독자로 하여금 기억하지 못하게 한다는 의미가 아니라, 이 작품이 놀랄 만한 생생함을 가진 고전의 하나이기 때문에 부모들이 아직 아이들이 무엇이 사실이고 허구인지를 구분하지 못하는 시기부터 읽어주었으므로 정작 그들이 자라서는 언제 이 작품을 읽었는지를 기억하지 못하게 된다는 의미이다. 많은 사람들에게 『그림 형제 동화집』이나 『로빈슨 크루소』가 그러하듯이 말이다.

물론 작가에 대한 호불호의 문제는 언제나 논쟁거리이다. 이 문제에 대해서 나는 단지 내가 셰익스피어나 스콧, 키츠와 친분을 나눌 수 있다면 기꺼이 셰익스피어의 고양이, 스콧의 돼지, 키츠의 카나리아가 될 마음은 있지만, 워즈워스, 바이런, 디킨스와 저녁을 먹기 위해서 (호기심 때문이라면 몰라도) 굳이 길을 건너지는 않을 것이란 걸 반복할 수밖에 없다. 나는 여전히 이들의 천재성을 존중하고 내 눈물도 이들의 죽음을 애도하는 "비할 바 없는 대중의 슬픔"에 물론 더하여질 것이지만 말이다. 내가 말하고자 하는 바는 단지 작가는 그들의 작품과는 다른 그들만의 성격이 있으며 이는 어떤 사람에게는 호감을 불러일으킬 수 있지만 다른 사람에게는 그렇지 못하다는 것이다. 그리고 만약 셰익스피어, 스콧, 디킨스 중에 남자로서 누구를 좋아하는지가 투표에 부쳐진다면, 나는 여전히 셰익스피어가 제일이고 다음이 스콧, 그리고 디킨스는 어디에도 없다고 말할 것이다.

조지 엘리엇

George Eliot

　조지 엘리엇[1]을 주의를 기울여서 읽으면 우리가 그녀에 대해서 얼마나 모르는지를 의식하게 된다. 또한 우리가 경솔하게 믿었다는 것을 의식하게 되는데, 우리의 통찰력을 별로 신뢰할 수 없게도 우리는 반쯤은 고의로 부분적으로는 악의에 차서 그녀 자신보다 훨씬 더 미망에 빠진 숭배자들을 실체 없이 지배했던 미망에 빠진 여자라는, 후기 빅토리아 시대적인 해석을 용인했다. 어떤 순간에 어떤 방법으로 그녀의 마력이 깨어졌는지 확정하기는 어렵다. 몇몇 사람들은 그녀의 『전기』가 출판된 덕분이라고 한다. 어쩌면 조지 메러디스가 "빈틈없는 작은 흥행사"이며 연단 위의 "부정한 여자"에 관한 그의 문구로, 사람들이 정확하게 겨눌 수는 없지만 날리는 것만으로 즐거워하는 수천 개의 화살을 날카롭게 하고 독물을 발라주었을 수 있다. 그녀는 젊은이들이 비웃는 표적 중 하나가 되었고, 근엄한 무리들의 편리한 상징이 되었는데 그들은 모두 한결같이 우상숭배의 죄가 있어서 같

1　조지 엘리엇(George Eliot, 1819~1880). 본명은 메리 앤 에반스Mary Anne Evans. 빅토리아 시대의 대표적인 소설가이다.

이 조롱하며 염두에서 지워버릴 수 있는 사람들이었다. 액튼 경[2]은 그녀가 단테보다 더 위대하다고 말했다. 허버트 스펜서[3]는 런던 도서관에서 모든 소설들을 금지하면서, 그녀의 소설들은 마치 소설이 아닌 것처럼 제외시켜주었다. 그녀는 그녀와 같은 성性의 자랑이며 귀감이었다. 더군다나, 그녀의 개인적인 기록이 공적인 기록보다 더 매혹적이지도 않았다. 수도원Priory[4]에서의 오후를 묘사해달라는 요청을 받으면, 이야기를 하는 사람은 그곳에서의 진지한 일요일 오후의 기억이 그의 유머 감각을 기분 좋게 자극한다고 언제나 넌지시 말했다. 그는 낮은 의자에 앉은 엄숙한 숙녀 때문에 너무나도 깜짝 놀랐었다. 그는 재치 있는 말을 하기를 몹시도 열망했었다. 의심할 여지없이, 그들의 담화는 위대한 소설가의 정교하고 분명한 필치의 메모가 증언하듯이 아주 진지했었다. 월요일 아침으로 날짜가 적혀 있는데, 그녀는 다른 사람을 생각하면서 응분의 통찰력 없이 마리보[5]에 대해서 말한 자신을 책망했다. 하지만 같이 이야기를 나눈 사람이 의심할 여지없이 이미 수정했을 것이라고 그녀는 말했다. 그럼에도 불구하고 일요일 오후에 조지 엘리엇에게 마리보에 관해서 이야기했던 회상은 여전히 낭만적인 기억이 아니었다. 그것은 세월이 흐르면서 희미해졌지만 그럼같이 아름다워지지는 않았다.

사실 우리는 진지하고 시무룩하며 거의 말馬을 닮은 힘찬 표정을 한 길고 무거운 얼굴이 조지 엘리엇을 기억하는 사람들의 마음에 우울하게 새겨져 있다고 확신하지 않을 수가 없고, 그래서

---

2 존 액튼(Sir John Emerich Dalberg-Acton, 1834~1902). 역사가, 정치가이며 작가이다.
3 허버트 스펜서(Herbert Spencer, 1820~1903). 영국의 철학자, 사회학자이다.
4 여기서 울프는 엘리엇의 은둔하는 삶을 암시하며, 그녀의 집을 수도원으로 은유한다.
5 피에르 드 마리보(Pierre Carlet de Chamblain de Marivaux, 1688~1763). 프랑스의 소설가, 극작가이다.

그 얼굴은 그녀의 책장 너머로 그들을 내다본다. 고스 씨는 최근에 그녀가 런던에서 2인승 포장마차를 타고 가는 것을 보았던 것을 묘사했다.

몸집이 크고 땅딸막한 시빌[6]은 꿈꾸는 듯하고 움직이지 않았으며, 측면에서 보면 다소 단호하면서도 육중한 용모를 언제나 파리 패션 절정의 모자, 당시에 일반적으로 거대한 타조 깃털이 달린 모자로 어울리지 않게 장식했었다.

리치Ritchie 여사는 그에 필적하는 능란한 솜씨로 좀더 친근한 집 안에서의 초상을 남겼다.

그녀는 아름다운 까만 공단 가운을 입고 불 곁에 앉았는데, 그녀 곁의 탁자 위에는 초록색의 갓을 씌운 램프가 있었다. 그곳에서 나는 독일어 책들이 놓여 있는 것과 소책자들과 상아로 된 종이 자르는 작은 칼을 보았다. 그녀는 아주 조용했고 품위가 있었으며, 확고한 두 개의 작은 눈에 달콤한 목소리를 지녔다. 내가 바라보았을 때 나는 그녀를 친구로 느꼈는데, 엄밀히 개인적으로 친구라 할 수는 없지만, 훌륭하고 자애로운 충동을 주는 존재였다.

그녀의 담화의 단편이 보존되어 전해진다. "우리는 우리가 미치는 영향을 존중해야만 합니다." 그녀가 말했다. "우리 자신의 경험으로 우리는 다른 이들이 얼마나 우리 삶에 영향을 미치는

---

6   여기서 'SYBIL'은 대문자로 쓰여져 여자 이름으로 엘리엇을 지칭하는데, '무녀sibyl'와 같은 단어이지만 이때의 맥락에서는 예언자나 무녀라는 의미보다는 평범하지 않은 능력을 가진 엘리엇을 암시한다.

지 않다. 그래서 우리 차례가 되면 다른 이들에게 똑같이 영향을 미친다는 것을 기억해야만 합니다." 누군가 조심스럽게 소중히 간직하고, 기억에 적어놓았다가, 30년 후에 갑작스럽게, 그 장면을 기억하고, 담화를 반복하면서, 처음으로 웃음을 터뜨리는 것을 우리는 상상할 수 있다. 이런 모든 기록들에서 기록자는 실제로 면전에서조차도 거리를 유지하고, 냉정을 잃지 않았다. 이후에도 그는 강렬한 혹은 곤혹스러운 혹은 아름다운 인격이 눈부시게 발하는 빛에 비추어서 그녀의 소설들을 읽은 적이 결코 없다는 것을 우리는 감지한다. 소설에서는 인격이 드러나기 마련인데, 그녀의 소설에서는 개인적인 매력이 드러나지 않는다는 점이 거대한 결핍이 된다. 그녀의 비평가들은 물론 대부분이 다른 성性인데, 아마도 반쯤은 고의적으로 그녀에게는 여성에게 대단히 바람직한 것으로 여겨지는 자질이 부족하다고 분개해왔다. 조지 엘리엇은 매력적이지 않았다. 그녀는 두드러지게 여성스럽지 않았다. 많은 예술가들에게 소중한 어린아이의 단순성이라고 여겨지는 변덕스럽고 불안정한 기질 같은 것이 그녀에게는 전혀 없었다. 리치 여사에게서처럼 대부분의 사람들에게 그녀는 "정확하게 개인적으로 친구는 아니지만, 훌륭하고 자애로운 충동을 주는 존재"였다는 것을 우리는 감지한다.

하지만 이런 초상들을 좀더 자세히 생각해보면, 우리는 이것이 초상의 전부라는 것을 알게 된다. 그녀는 까만 공단 옷을 입고 2인승 포장마차를 타고 있었던 나이 든 저명한 여자, 나름의 노고를 겪으며 그로부터 다른 사람들에게 유용하고픈 깊은 욕망을 가지게 되었지만, 젊었을 적에 그녀를 알았던 작은 서클을 제외하고는 누구도 친밀해지고 싶어 하지 않았던 여자였다. 우리는 그녀의 젊은 시절을 거의 모른다. 하지만 문화, 철학, 명성 그리고 영향이 모두 아주 보잘것없는 토대 위에 세워졌다는 것을 너무도 잘 안다. 그녀는 목수의 손녀였다.

그녀 생애의 첫째 권은 두드러지게 음울한 기록이다. 그 기록에서 우리는 그녀가 보잘것없는 시골 사회의 참을 수 없는 권태로부터 고도로 지적인 런던 평론 잡지의 부편집국장으로, 허버트 스펜서의 존경받는 친구로 신음하고 투쟁하며 일어서는 것을 본다(그녀의 아버지는 출세해서 한층 더 중산계급이 되었지만, 그렇게 눈길을 끌 정도는 아니었다). 크로스[7] 씨가 그녀에게 자신의 생애를 이야기하도록 운명 지은 슬픈 독백에서 그녀가 보여주는 단계들은 고통스럽다. 아주 젊은 시절부터 "의복 클럽의 방식으로 아주 곧 무언가를 조직할 사람"으로 주목받았는데, 그녀는 교회의 역사를 도표로 만들어서 교회를 재건하는 자금을 모으기 시작한다. 이후 신앙을 잃었고, 그것은 그녀 아버지를 너무도 불안하게 해서 아버지는 그녀와 함께 살기를 거절한다. 다음으로 슈트라우스[8]를 번역하는 일로 분투했는데, 그 일은 그 자체로도 음울하고 "영혼을 마비시켰지만", 집안일을 처리하고 죽어가는 아버지를 간호하는 여성의 일상적인 과제들에 더해서 애정에 몹시도 의존했던 그녀가 문학가인 체하는 여자가 되어서 남동생의 존경을 상실했다는 비참한 확신은 전혀 상황을 나아지게 하지 않았다. "남동생이 질색하게도 나는 부엉이처럼[9] 돌아다니곤 했다."고 그녀는 말한다. 그녀가 부활하신 예수상을 앞에 놓고 슈트라우스를 애써서 번역하는 것을 보았던 한 친구는 이렇게 썼다. "불쌍한 사람, 창백하고 병약한 얼굴에, 지독한 두통,

---

7 1880년 엘리엇과 결혼해서 그녀가 죽기 전까지 7개월간 함께한 엘리엇의 전기 작가 J. W. 크로스를 말한다.
8 다비드 슈트라우스(David Friedrich Strauss, 1808~1874). 독일의 신학자, 철학자이다.
9 근심 걱정으로 밤잠을 못 자고 언제나 근엄했던 엘리엇을 암시한다.

게다가 아버지를 염려하는 그녀를 나는 때로는 정말로 동정했다." 그러나, 우리가 그녀의 순례의 단계들이 더 쉽게는 아닐지언정, 적어도 더 아름답게 이루어질 수는 있었으리라고 강하게 욕망하지 않고 이야기를 읽을 수는 없다 하더라도, 문화라는 최후의 거점으로 전진하는 그녀의 고집 센 결단력은 우리의 동정을 넘어서 있다. 그녀의 진전은 아주 느리고 아주 미숙하지만, 그 뒤에는 뿌리 깊고 고귀한 야망의 억누를 수 없는 충동이 있었다. 결국은 모든 장애가 그녀의 진로에서 밀어젖혀졌다. 그녀는 모든 사람을 알았다. 그녀는 모든 것을 읽었다. 그녀의 놀라운 지적인 생명력이 승리했다. 젊음은 끝났지만, 젊음은 고통으로 가득했었다. 그러곤, 서른다섯의 나이에, 그녀 힘의 절정기에, 완전히 자유로운 상태에서, 그녀에게 너무도 심오하게 중요했으며 여전히 우리에게조차 중요한 결정을 하고, 조지 헨리 루이스[10]와 단둘이 바이마르로 갔다.

두 사람의 결합 이후 곧이어 나온 책들은 개인적인 행복과 함께 조지 엘리엇이 누리게 된 강렬한 해방감을 충분히 입증한다. 그 책들은 그 자체로 우리에게 풍부한 향연을 제공한다. 하지만 우리는 그녀의 문학적 생애의 출발점에서 그녀 삶의 몇몇 상황들이 그녀 자신과 현재를 떠나서 과거로, 시골 마을로, 철없는 기억들의 조용함과 아름다움 그리고 단순함으로 그녀의 마음이 향하게 영향을 미쳤다는 것을 발견할 수 있다. 우리는 그녀의 첫 번째 책이 어찌해서 『미들마치Middlemarch』(1871~1872)[11]가 아니라, 『성직자의 삶의 풍경들Scenes of Clerical Life』인지를 이해한다. 루이스와 그녀의 결합은 그녀를 애정으로 감쌌지만, 상황과 관습

10 조지 헨리 루이스(George Henry Lewes, 1817~1878). 영국의 저술가, 철학자, 문학·연극 비평가이다.
11 엘리엇의 일곱 번째 소설로 후기작에 속한다.

을 고려하면 그것은 또한 그녀를 고립시켰다. 1857년에 그녀는 "나를 보러 오라고, 내가 초대받기를 원하지 않는 누구도 초대하지 않았다는 것을 이해하기 바란다."라고 썼다. "소위 세상으로부터 절단되었다."고 그녀는 나중에 말했지만, 그녀는 그것을 후회하지 않았다. 처음에는 상황들 때문에 그리고 나중에는 그녀의 명성 때문에 필연적으로 주목받으면서, 그녀는 같은 부류의 사람들 가운데서 남의 눈을 끌지 않고 동등한 관계에서 움직일 수 있는 힘을 잃었다. 그럼에도 불구하고, 『성직자의 삶의 풍경들』의 빛과 햇볕을 쐬면서, 광대한 성숙한 마음이 자유를 만끽하며 그녀의 "가장 먼 과거" 세계에서 자신을 펼치는 것을 느끼면서, 상실을 이야기하는 것은 부적절해 보인다. 그런 마음에게는 모든 것이 이득이 된다. 모든 경험은 지각과 생각의 층층으로 스며들어 여과되며 풍요롭고 자양이 풍부해진다.

그녀의 생애에 대해서 아는 작은 것으로 소설에 대한 그녀의 태도를 평하면서 우리가 말할 수 있는 최대한은, 일단 배운 것이라면 대체로 젊어서는 배울 수 없는 어떤 교훈들을 그녀가 마음속 깊이 새겼다는 것이다. 어쩌면 그녀의 마음속에 가장 깊이 새겨진 것은 관용이라는 우울에 찬 미덕이었다. 그녀의 연민은 평범한 운명과 함께했고, 일상의 기쁨과 슬픔으로 짜여진 평범함을 숙고하면서 가장 행복하게 발휘되었다. 그녀는 자기 자신만의 개성, 만족되지도 않고 정복되지도 않으며 세상이라는 배경에 자신의 형상을 선명하게 새기는 개성에 대한 의식과 연결된 그런 낭만적인 격렬함이 전혀 없었다. 제인 에어의 불 같은 이기적 태도와 비교하면 위스키를 마시며 몽상하는 늙고 누추한 성직자의 사랑과 슬픔은 도대체 무어란 말인가? 『성직자의 삶의 풍경들』, 『아담 비드Adam Bede』, 『플로스 강가의 물방앗간The Mill *on the Floss*』 같은 초기 책들의 아름다움은 참으로 위대하다. 그들의 모든 주변 환경들과 가속家屬들을 고려하면서 포이저 가문, 도슨 가문, 길필 가문, 바턴 가문의 인물들과 나머지 인물들의 장점들을 평가하는 것은 불가능하다. 왜냐하면 그들은 살아 있는 인간의 육신을 입었고, 우리는 그들에 둘러싸여 때로는 지루해하고, 때로는 마음이 통하면서 움직이지만, 그들이 말하고 행동하는 모든 것을 언제나 망설임 없이 받아들이게 된다. 그리고 그것은 우리가 위대한 창작품들에만 용인하는 태도이다. 한 장면, 장면마다, 한 인물에 그녀가 아주 무의식적으로 쏟아붓는 기억과 유머가 범람해서, 마침내 먼 옛날 영국 시골의 전체적인 짜임새가 되살아나는데, 이것은 자연계의 과정과 너무도 유사해서 우리는 비판할 어떤 것이 있는지 의식하지 못하게 된다. 우리는 받아들인다, 우리는 위대한 창조적인 작가들만이 우리에게 조달해주는 마음의 유쾌한 따뜻함과 해방감을 느낀다. 우리가 몇 년을 덮어두었던 책들을 다시 읽게 되면, 전혀 기대치도 않게 책들은 비축된 동일한 힘과 열기를 쏟아낸다. 그래서 우리는 그 무엇보다도 빨간 과수원 담 아래로 내리쬐는 햇볕과도 같은 그 따뜻함 안에서 빈둥거리고 싶어진다. 그렇게 영국 중부 지방의 농부와 그의 아내의 유머를 받아들이는 것이 생각 없이 빠져드는 것이라면, 그 또한 그 상황에서는 적절하다. 우리는 너무도 광대하며 심오하게 인간적이라고 느끼는 것은 좀처럼 분석하고 싶지 않다. 더군다나 셰퍼턴[12]과 헤이슬로프[13]의 세계가 시간상으로 얼마나 멀며 농부와 농업 노동자의 마음과 조지 엘리

---

12 『성직자의 삶의 풍경들』의 무대인 영국 중부의 가상 도시 밀비 가까이 있는 마을. 작품은 1780년 정도부터 19세기 초반까지 약 50년의 시간에서 일어나는 세 이야기의 묶음집이다.
13 시간적 배경이 1799년인 『아담 비드』에 나오는 마을이다.

344

엇의 독자의 마음이 얼마나 멀리 떨어져 있나 생각해볼 때, 우리가 집에서 대장간으로, 시골집 거실에서 교구 목사관 정원으로 편안하게 즐거워하며 거닐 수 있는 것은 조지 엘리엇이 우리로 하여금 봐주는 척하거나, 단순한 호기심에서가 아니라 연민의 마음에서 그들의 삶을 공유하게 만드는 덕분이라고 생각한다. 그녀는 풍자 작가가 아니다. 그녀 마음의 움직임은 너무도 느리고 다루기 어려워서 희극에 적합하지 않았다. 그러나 그녀는 인간 본성에 있어서 주요한 기본 요소들의 거대한 다발을 모아 그녀의 큰 손아귀에 담고는 관대하고 건전한 이해력으로 그 요소들을 대략적으로 나누었다. 다시 읽으면서 우리가 발견하는 것은, 그러한 것이 그녀의 인물들을 활발하고 자유롭게 할 뿐만 아니라 예상치 못한 곳에서 우리를 웃게도 울게도 한다는 것이다. 유명한 포이저 부인[14]이 있다. 그녀의 특이성을 고집스럽게 밀고 나가는 일은 아마도 쉬운 일이었을 것이다. 그리고 아마도 실제로 조지 엘리엇은 똑같은 자리에서 다소 너무 자주 웃었다. 그러나 책을 닫은 후, 때때로 실제 삶에서 그러하듯이, 기억은 어떤 좀더 두드러진 특징들이 당시에 알아차리는 것을 막았던 세부 사항들과 미묘한 것들을 끌어낸다. 우리는 포이저 부인의 건강이 좋지 않았다는 것을 회상한다. 그녀가 전혀 아무 말도 하지 않았던 경우들이 있었다. 그녀는 아픈 아이에게는 인내심 그 자체였다. 그녀는 토티[15]의 응석을 잘 받아주었다. 그렇게 우리가 조지 엘리엇의 대다수의 인물들에 관해서 골똘히 생각하고 심사숙고하면, 심지어 전혀 중요하지 않은 인물들에게서도 그들의 무명의 역할에서 엘리엇이 부각시킬 필요가 전혀 없는 그런 자질들이

14 『아담 비드』에 나오는 조연급 인물이다.
15 포이저 부부의 어린 아들이다.

숨어 있는 넉넉함과 여유로움을 발견한다.

하지만 이렇게 관대하게 공감하는 가운데서도, 긴박하게 위급한 순간들이 초기 작품들에서조차 나타난다. 그녀의 타고난 기질은 너무도 광범위하게 모습을 드러내는데 넓은 범위의 바보와 실패자, 어머니와 아이, 개와 중부의 우거진 들판, 현명한 농부 혹은 술에 젖은 농부, 말 장수, 주막 주인, 목사보와 목수를 커버할 정도이다. 하지만 그들 모두 위에는 일종의 로맨스, 조지 엘리엇이 자신에게 허용한 유일한 로맨스, 과거의 로맨스가 내려앉는다. 작품들은 놀라울 정도로 읽을 만하고 거만하게 젠체하거나 겉치레하는 흔적이 전혀 없다. 그러나 광대한 범위의 초기 작품들 전체를 보았던 독자들에게 회상의 안개가 서서히 걷히는 것은 당연한 일이다. 이것은 그녀의 능력이 감소했다는 것이 아니다. 왜냐하면 우리 생각에, 그녀의 능력은 완숙한 『미들마치』에서 최고조에 달했으며, 그 위대한 책은 그것이 지닌 모든 결함에도 불구하고 어른들을 위해서 쓰여진 몇 안 되는 영국 소설들 중에 하나이다. 그러나 들판들과 농장들이 만드는 세상은 더 이상 그녀를 만족시키지 못한다. 실제 생애에서 그녀는 다른 데서 성공하려고 했었다. 비록 과거를 뒤돌아보는 것이 마음을 가라앉히고 위안이 되었지만, 초기 작품들에서조차도 그렇게 불안해하는 인물, 바로 조지 엘리엇 그녀 자신으로 엄격하게 강제하고 의문을 제기하다가 좌절하는 존재의 흔적이 보인다. 『아담 비드』의 다이나에게서 그녀를 드러내는 미약한 징후가 보인다. 그녀는 『플로스 강가의 물방앗간』의 매기에게서 자신을 훨씬 더 솔직하고 완전하게 보여준다. 그녀는 『자넷의 회개 *Janet's Repentance*』의 자넷이고, 로몰라[16]이고, 지혜를 얻으려 애쓰다 래디스로와의 결

---

16 플로렌스를 무대로 한 엘리엇의 역사소설 『로몰라』(1862~1863)의 주인공이다.

혼에서 우리가 알 수 없는 무엇인가를 발견하는 도로시[17]다. 우리는 조지 엘리엇과 다투는 사람들이 그녀의 여성 주인공들 때문에 그렇게 한다고 생각하는 경향이 있는데, 신뢰할 만한 근거라 할 수 있다. 왜냐하면 그들이 그녀의 가장 나쁜 것을 끄집어내며, 그녀를 어려운 장소들로 이끌어가고, 자의식을 지나치게 갖게 하며, 훈시하게 하고, 때로는 저속하게 만든다. 하지만 전체 자매 관계를 지워버린다면, 예술적으로는 좀더 위대하고 완벽하며 좀더 월등하게 유쾌하고 편안한 세계일 수는 있지만, 훨씬 더 시시하고 훨씬 더 열등한 세계를 뒤에 남기게 될 것이다. 그것이 실패였다고 하기에 그 실패를 설명한다면, 그녀가 서른일곱 살이 될 때까지 이야기를 전혀 쓴 적이 없었고, 그녀가 서른일곱 살이었던 즈음에는 고통과 적의 같은 어떤 것이 혼합된 착잡한 감정에서 자신을 생각하게 되었다는 것을 우리는 기억한다.

오랫동안 그녀는 자신에 대해서 차라리 생각하지 않는 것을 선호했다. 그다음에, 창조적인 에너지의 첫 분출이 다 소진되고 마침내 자신감을 가지게 되었을 때, 그녀는 점점 더 개인적인 관점에서 썼다. 하지만 그녀는 젊은이들이 서슴없이 내던지는 그런 마음이 전혀 없이 그렇게 했다. 그녀 자신이 말했음직한 것을 그녀의 여성 주인공들이 말할 때는 언제나 그녀의 자의식이 눈에 띄었다. 그녀는 가능한 모든 방법으로 그들을 위장시켰다. 그녀는 여성 주인공들에게 아름다움과 부유함을 또한 더하여 허락했다. 더 말도 안 되게는 브랜디를 좋아하는 취향을 만들어냈다. 그러나 그녀의 천재성의 강력한 힘 때문에 본인이 직접 고요한 목가적인 장면에 발을 들여놓을 수밖에 없었다는 것은 뭔가 당황스럽고 자극적인 사실로 남아 있다.

17 『미들마치』의 주인공이다.

고귀하고 아름다운 소녀가 플로스 강가의 물방앗간에서 굳이 태어날 수밖에 없었던 것이 주인공이 매기에게 흩뿌릴 수 있는 파멸의 가장 명백한 예이다. 그녀가 어리고 집시들과 달아나거나 인형에 못질하는 것으로 만족하는 한 타고난 기질이 그녀를 통제하고 그녀를 사랑스럽게 한다. 그러나 그녀는 성장해가고, 조지 엘리엇이 무슨 일이 일어났는지 알기도 전에 집시들이나 인형들, 심지어 세인트 오그스 마을조차도 줄 수 없는 것을 요구하는 완전히 자란 여자를 탄생시킨다. 처음에는 필립 웨이컴, 나중에는 스티븐 게스트[18]를 창조해낸다. 전자의 나약함과 후자의 조야함이 자주 지적되어왔다. 그러나 나약하고 조야한 면모를 지닌 두 인물은 남자의 초상을 그릴 수 없는 조지 엘리엇의 무력함이 아니라 주인공에 적합한 짝을 상상해야만 할 때 엘리엇의 손을 떨리게 했던 불확실성, 우유부단, 서투름을 예증한다. 우선 조지 엘리엇은 그녀가 알았고 사랑했던 본거지 너머로 밀어내어져 젊은 남자들은 여름 아침 내내 노래하고 젊은 여자들은 바자회에 내놓을 끽연 모자에 수를 놓으며 앉아 있는 중산층의 거실에 억지로 발을 들여놓게 된다. 그녀가 "상류사회"라고 이름 지은 사회에 대한 그녀의 서투른 풍자가 입증하듯이, 그녀는 자신이 본령을 발휘할 수 없다고 느낀다.

　　상류사회에는 적포도주가 있고 벨벳 카펫이 깔려 있으며, 만찬 약속은 6주는 늘어서 있고, 오페라에, 우아한 무도회장 [⋯] 그들만의 과학은 패러데이[19]로 된 것이고, 그리고 종교는 최고의 저택들에서 만나기로 되어 있는 그들만의 고위 성직자로 됐

18　매기 털리버의 연인이다.
19　마이클 패러데이(Michael Faraday, 1791~1867). 영국의 물리학자, 화학자이다.

다. 그런 사회가 어떻게 믿음이나 열렬함을 필요로 하겠는가?

거기에는 유머나 통찰력은 흔적도 없으며, 우리가 느끼기에 개인적인 원한에서 기인하는 강한 복수심만 있다. 그러나 우리 사회제도가 경계 너머로 벗어난 소설가의 공감과 분별력을 요구하는 데 있어서 아무리 복잡하더라도, 매기 털리버는 조지 엘리엇에게 그녀를 그녀의 선천적인 환경들에서 끌어내는 것보다 더 고약한 짓을 했다. 매기는 거대한 감정적인 장면을 도입하라고 억지를 썼다. 그녀는 사랑해야만 하고, 그녀는 절망해야만 하고, 그녀는 자신의 오빠를 팔 안에 꼭 껴안고는 익사해야만 한다. 감정적인 장면들을 검토하면 할수록 더 초조하게 구름이 일어나 모여들고 짙어져서 마침내 위기의 순간에 환멸과 장황한 다변의 소나기가 되어 머리 위에 쏟아져 내릴 것을 우리는 예견한다. 이것은 부분적으로는 사투리가 아닌 대화체를 구사하는 그녀의 장악력이 느슨하기 때문이다. 또한 부분적으로는 그녀가 상당한 연배이기에 감정적으로 집중하려는 노력에서 오는 피로를 두려워하면서 움츠러드는 것 같기 때문이다. 그녀는 여성 주인공들이 너무 말을 많이 하게 한다. 그녀는 말재주가 거의 없다. 그녀는 한 문장을 선택해서는 그 안에 장면의 진수를 압축하는 그런 확실한 미적 감각이 부족하다. 웨스턴 가문의 무도회에서 나이틀리 씨가 묻는다. "누구와 춤출 거지요?" "당신이 내게 요청한다면 당신하고요." 에마가 말했고, 에마는 필요한 만큼 말했다.[20] 카소본[21] 씨 라면 한 시간은 얘기했을 것이고 우리는 창밖을 쳐다봐야만 했을 것이다.

---

20 제인 오스틴의 소설 『에마』의 주인공들이다.
21 『미들마치』에서 도로시의 첫 번째 남편으로 자신의 학문적 지식을 전체하는 이로 등장한다.

그러나 공감하는 마음 없이 여성 주인공들을 일축하거나 조지 엘리엇을 그녀의 "머나먼 과거"의 농경 세계에 가둔다면, 당신은 그녀의 위대함을 축소하는 것일 뿐만 아니라 그녀의 진정한 묘미를 놓치는 것이다. 위대함이 여기 있다는 것에 대해서 우리는 추호도 의심하지 않는다. 폭넓은 전망, 주요 특징들의 광대하고 강한 윤곽, 초기 작품들의 붉게 빛나는 영감, 후기 작품들의 예리한 탐지력과 사려 깊은 강렬함은 우리 한계를 넘어 한없이 머물며 장황히 얘기하고 싶어 한다. 하지만 우리가 최종적으로 일별할 것은 다름 아닌 주인공이다. "어린 소녀였을 때부터 나는 언제나 자신만의 종교를 찾아왔다." 도로시 카소본은 말한다. "나는 너무도 열심히 기도하곤 했지만 이제는 좀처럼 기도하지 않는다. 나는 단지 나 자신만을 위한 욕망들을 가지지 않으려고 노력한다……." 그녀는 그들 모두를 대변해서 말한다. 그것이 그들의 문제다. 그들은 종교 없이 살 수가 없어서, 그들은 어린 소녀일 때부터 종교를 찾아 나서기 시작한다. 각자는 관용을 향한 여성 특유의 깊은 열정을 지녔는데, 그런 사실이 그들이 열망과 고통 속에서 서 있는 장소를 작품의 중심이 되게 만들며, 예배 장소처럼 고요하고 적막하게 만든다. 하지만 그들은 누구에게 기도해야 할지 더 이상 알지 못한다. 그들은 배움과, 여성들에게 주어진 일상의 과제들과 같은 부류지만 보다 공적인 봉사 활동에서 그들의 목표를 찾는다. 하지만 그들은 그들이 찾는 것을 발견하지 못하고, 그것은 놀라운 게 아니다. 여자라는 해묵은 의식은 고통과 감성으로 가득 차 있었지만 수 세기 동안 말하지 못했던, 그들에게서 가득 차올라 넘쳐흐르며 무언가에 대한 요구를 입 밖에 내어 말하는 것 같은데, 자신들조차도 무엇인지 확실히 알지 못하며, 아마도 인간 존재의 현실과는 양립할 수 없는 무언가를 요구하는 것 같다.

조지 엘리엇은 월등하게 탁월한 지력을 지녔기에 그런 사실들을 함부로 위조하지 않았으며, 폭넓은 유머 감각이 있기에 진실이 준엄하다고 그것을 경감해 가볍게 하지 않는다. 여성 주인공들의 시도가 보여주는 최고도의 용기를 제외하고, 그들의 분투는 비극이나 혹은 비극보다 더 우울한 타협으로 끝난다. 하지만 그들의 이야기는 조지 엘리엇 그녀 자신의 이야기의 불완전한 변형이다. 그녀 또한 여성에게 부과된 책임과 복잡성으로는 충분하지 않았다. 그녀는 성역 너머로 손을 뻗어 예술과 지식이라는 낯설고 빛나는 과일들을 혼자 힘으로 수확해야만 했다. 어떤 여자도 여태까지 그랬던 적이 거의 없지만 그녀는 그 과일들을 꽉 움켜쥐고 자신만의 유산, 견해의 차이, 기준의 차이를 포기하지 않으려 했으며 부적절한 보상 또한 받아들이려 하지 않았다. 그래서 우리는 기억에 남는 인물인 그녀가 과도하게 칭송받고도, 명성에서 스스로 움츠러들고, 낙담하고, 과묵하게 말을 아끼며 마치 그 안에만 만족이 있는 듯이 진저리치며 연인의 품속으로 물러서는 것을 바라보게 된다. 그리고 그렇게 한 것이 정당했다는 것을 증명하듯이, 동시에 그녀는 자유롭고 호기심 많은 정신의 소유자에게 인생이 제공하는 모든 것을 향해서 지나치게 까다로운 배고픈 야망을 가지고 손을 뻗어서 그녀의 여성스러운 열망을 남자들의 실재하는 세계와 맞서게 했다.

그녀가 작품들에서 중요시했던 것이 무엇이었든 간에 성공적이었다. 그녀가 감히 맞서서 성취한 모든 것을 기억할 때, 性, 건강과 관습 같은 그녀에게 불리한 모든 장애물들에도 불구하고 그녀가 어떻게 더 많은 지식과 더 많은 자유를 추구하다 지식과 자유가 이중으로 더하는 짐 무게에 눌려 마침내 육체가 완전히 지쳐서 쓰러졌던 것을 기억할 때, 우리는 우리의 능력 안에서 수여할 수 있는 것이 장미와 월계수, 그 무엇이든 그녀의 무덤 위에 바쳐야만 한다.

러스킨
Ruskin

19세기의 우리 아버지들은 무슨 일을 했기에 그토록 많은 비난을 받았는가? 이것은 우리가 칼라일과 러스킨[1]의 이름을 달고 있는 수많은 서적들을 이곳저곳 들여다볼 때 가끔 우리 스스로에게 묻게 되는 질문이다. 그리고 우리가 그러한 위대한 사람들의 생애를 들여다보면, 우리는 아버지들의 스승들이 이들(위대한 사람들)에 관하여 채택한 어조가 상당 부분 우리의 아버지들 탓이었다는 증거를 발견하게 될 것이다. 자신들이 생각하는 위대한 사람들이 세상의 나머지 사람들로부터 고립되기를 그들(우리의 아버지들)이 원했다는 것은 의심할 여지가 없다. 천재는 흡사 광기처럼 거의 반사회적이었고, 인류의 일상적인 일과 의무로부터 거의 철저한 분리를 요구했다. 따라서 그 시대의 위인은 자신의 산봉우리로 물러나, 자신이 차단한 정상적인 활동을 하고 있는 세대를 비난하는 예언자가 되고 싶은 강력한 유혹을 느꼈다. 칼라일이 공직 어딘가에서 일할 태세를 보였을 때 그에게 맞는

---

1 존 러스킨(John Ruskin, 1819~1900). 영국의 예술 비평가이자 사회사상가이며 시인이며 예술가이다. 화가 터너 J. M. Turner의 작품에 나타난 자연주의에 대한 지지로 널리 주목받기 시작했으며 예술과 건축에 관한 글로 빅토리아 시대와 에드워드 시대에 영향력을 발휘했다.

자리는 찾을 수 없었고, 여생 동안 그는 마음속에 그런 일은 인생에서 가장 존경할 만한 일이 아니라는 쓰디쓴 자각을 하며 수많은 책을 계속 써나갔다. 그가 받은 모든 숭배도 현명하게 대처했더라면 완전히 지워버릴 수 있었을 것(원한)을 누그러뜨릴 수 없었다. 상황을 고려해보면 러스킨은 칼라일과 정반대되는 지점에서 출발했지만, 그 역시 동일한 고립 속으로 너무 깊이 표류했고 그 둘 중에서 러스킨의 삶이 더 슬픈 삶이었다는 확신이 우리에게 남는다.

하지만 그가 태어날 때 온갖 요정들이 천재와 같은 이 사람을 보호하고 힘닿는 데까지 기르기로 다 같이 공모했다 하더라도, 그들이 그 이상 무슨 일을 할 수 있었겠는가? 그는 처음부터 부와 안락과 기회를 가지고 있었다. 그는 아직 소년이었을 적에도 천재성을 인정받았고, 24세의 나이에 첫 번째 책[2]을 출판하기만 했는데도 그 시대의 가장 유명한 인사들 중 한 명이 되었다. 그러나 요정들은 결국 그에게 그가 원한 재능들을 주지 않았다. 우리가 만일 1869년 즈음에 러스킨을 보았더라면, 노턴 교수의 말대로 "당신은 그렇게 슬픈 사람, 삶의 경험으로 인해 천성이 그토록 고통에 민감했던 것처럼 보이는 사람을 본 적이 없었다."고 말할 것이다. 이처럼 탁월한 웅변 능력은 일단 그에게 좋게 작용하기보다는 훨씬 더 나쁘게 작용했다. 하지만 60여 년이 지난 지금 『근대 화가들』의 쪽마다 쓰인 문체는 우리의 호흡을 멎게 한다. 마치 우리의 즐거움을 위해서 영어의 분수들이 햇빛 속에서 분출되도록 만들어지기라도 한 듯이 우리는 그 단어들에 경탄

2   『근대 화가들Modern Painters』로, 터너를 중심으로 한 근대 화가들의 풍경화가 자연의 진실성을 담아내는 데 있어서 후기 르네상스의 대가들인 티치아노와 뒤라의 작품보다 우월하다고 평가하여 논쟁을 불러일으켰다. 러스킨은 이 글을 1843년에 '어느 옥스퍼드 졸업생'이라는 익명의 이름으로 처음 1부를 출판한 후 1860년까지 총 9부를 썼다.

하게 되지만, 그 단어들이 우리에게 무슨 의미를 지니는지 묻는 것은 좀처럼 적절하지 않은 것 같다. 얼마 후에 러스킨은 즐거움을 사랑하는 그의 독자들의 나태한 기질에 벌컥 화를 내면서 자신의 분수들을 제어했고, 자신의 말을 『포르스 클라비게라*Fors Clavigera*』(1871~1884)[3]와 『프래테리타*Praeterita*』(1885~1889)[4]에 쓰인 매우 생기 있고 자유로우며, 대화체에 가까운 영어로 제한했다. 이러한 변화들과 한 가지 주제에서 다른 주제로 건너뛰는 그의 정신의 불안한 유희 속에는 어떻게 정의해야 할지 알 수 없는 부유하고 교양 있는 애호가다운 면모, 즉 열정과 관대함과 명석함으로 가득 차서 자신이 지닌 모든 부와 명석함이 진지하게 받아들여지도록 베풀려 하지만 영원히 이방인으로 남을 수밖에 없는 운명이 있다. 이와 같이 다소 까다로운 웅변의 폭발을 읽으면서 우리는 보호받는 호화로운 삶을 기억하게 되며, 심지어 우리가 그 주제에 대해 매우 무지할 때조차도 그 엄청난 거만함과 자신감은 지식의 결과가 아니라 학문의 고역 속으로 떨어질 수 없는 영혼의 불안하고 눈부신 조바심에서 나오는 것 같다. 대부분의 사람들은 실제 세계와 조화를 이루어야 하는데도, 다시 노턴 교수를 인용하자면, 어떻게 오랜 세월 동안 "그가 자신만의 세계에 살고 있었는지", 그리고 대부분의 사람들보다 그가 더 요구했던 실제 생활의 경험, 자제력, 그리고 이성의 발달을 획득

---

3 '영국의 노동자들에게 보내는 편지Letters to Workmen and Labourers of Great Britain'라는 부제가 달려 있다. '포르스 클라비게라'는 러스킨의 조어로, 올바른 순간을 선택해서 힘차게 노력할 수 있는 인간의 능력을, 러스킨은 헤라클레스의 곤봉이 상징하는 힘과 율리시스의 열쇠가 상징하는 용기와 스파르타의 전설적인 입법자인 리쿠르고스의 손톱이 상징하는 행운이라는 세 가지 위대한 힘으로 표현했다.

4 '내 과거의 삶에서 아마도 기억할 만한 장면들과 생각들의 윤곽Outlines of Scenes and Thoughts Perhaps Worthy of Memory in My Past Life'이라는 부제가 달린 자서전이다. 세 권으로 출판되었다.

할 수 있는 기회를 어떻게 그가 잃어버리고 있었는지 우리는 기억한다. 또한 그가 쿠션들 사이에 서서 "사람들이여, 선하게 사시오." 하고 설교하던 어린 시절부터 삶에 대한 그의 열정은 가르치고 개조하는 것이었다는 것을 돌이켜본다면, 그가 얼마나 끔찍하게, 그리고 때때로 그랬음에 분명하듯이 얼마나 헛되이 "삶과 세상에 대항해서 상처를 받았는지" 이해하기 쉽다.

그러나 우리가 그를 단순히 예언자로 간주하고—그의 추종자들에 의해 우리에게 다소 강제된 절차—그의 책들을 읽지 않는다면, 우리는 그를 아주 많이 잘못 판단하는 것이 된다. 왜냐하면 독자들로 하여금 자신이 생기발랄하고, 고집 세고, 성마르고, 재미있고, 사랑스러운 사람이라는 느낌을 가지게 할 수 있는 사람이 있다면, 그 작가가 바로 러스킨이기 때문이다. 세상에 있는 모든 것에 대한 그의 열망은 아마도 다른 분야에서 다윈의 저작이나 『로마제국 쇠망사』를 만들어냈던 집중력만큼이나 가치 있을 것이다. 우리가 미술에 대한 그의 저작들을 현대 미술 비평가에게 맡기거나 경제에 관한 그의 저작들을 현대 경제학자에게 맡긴다면, 그의 저작에는 현 세대에 의해 받아들여지는 것이 거의 없다는 것을 발견하게 될 것이다. 심지어 화려한 웅변의 조각들에 크게 매료되어 『근대 화가들』을 집어 든 비전문적인 독자조차 잘못이 있을 수 없다는 식의 일상적인 태도와 다음절어의 평범한 배열로 씌어진 미술과 도덕성에 관한 몇 마디 언급들에 상당히 놀라게 된다. 또 여섯 권의 『포르스 클라비게라』를 성실하게 읽은 독자가 비록 우리 모두가 죽는다는 것은 충분히 명백하지만 우리가 어떻게 우리 자신을 구할 수 있을지 정확히 알아내는 것도 쉽지 않다. 그렇지만, 그의 미학에 잘못이 있고 그의 경제학이 서투르다 할지라도, 거대한 피라미드처럼 쌓인 결점들에 의해 사장될 수 없는 어떤 힘을 고려해야 한다. 그것이 바로 그의 생전에 사람들이 그를 거장이라고 부르는 습관에 빠지게 한 이유일 것이다. 그는 정신이 없는 사람들이 공격하거나 칭찬할 수밖에 없는 열정적인 정신에 사로잡혀 있었다. 그와 같은 정신의 영향력 아래서 그들은 수동적으로 있을 수만은 없는 것이다. 심지어 지금도 『포르스 클라비게라』의 직선적이고 거침없는 채찍질은 너무나 흔히 우리의 안락을 질타하기 위해 우리 자신의 등짝을 내려치는 것 같다.

그가 자신의 힘의 많은 부분을, 스스로 잘 알고 있었듯이 천성적으로 맞지 않는 개혁에 대한 시도와 풍자에 쏟은 것을 안타까워하지 않기란 어렵다. 그가 위인들을 아첨으로 고립시키지 않고 그들의 힘을 최대한 이용할 수 있도록 장려하는 시대에 살았더라면 하는 바람을 갖지 않는 것 역시 어렵다. 사실 우리는 러스킨에게서 순수한 미덕을 얻고자 할 때 『근대 화가들』이나 『베니스의 돌Stones of Venice』(1851~1853)[5]이나 『참깨와 백합Sesame and Lilies』(1864~1865)[6]이 아니라 『프래테리타』를 꺼내들게 된다. 여기서 그는 설교하거나 가르치거나 호되게 나무라는 것을 그만두었다. 그는 유예된 죽음의 시기에 들어가기 전에 마지막으로 글을 쓰고 있으며, 그의 정신 상태는 여전히 완벽할 만큼 또렷하고, 평소보다 고무되어 있으며, 확실히 온화하다. 그의 많은 글과 비교해볼 때 이것은 문체에 있어서 극히 단순하다. 하지만 이 단순성이야말로 완벽한 기량을 꽃피운 것이다. 단어들은 마치 의미 위에 드리워진 투명한 베일처럼 놓여 있다. 그리고 이 책의 마지

5   미학과 도덕의 관계를 다룬 러스킨의 저술로, 자연과 자연 형식에 대한 존중을 표현한 중세 고딕 건축 양식의 중요성을 강조하고 있다.
6   1864년 맨체스터 대학교에서 러스킨의 책 읽기에 관한 두 차례의 강연을 출판한 것으로, 미학과 윤리학과 경제학에 관한 생각을 담고 있다.

막 단락은, 비록 그가 거의 글을 쓸 수 없을 때 씌어진 것이긴 하지만, 우리가 발췌해서 찬탄하기 쉬운 좀더 정교하고 화려한 단락들보다 확실히 아름답다.

폰트브랜다를, 단테가 그것을 보았던 똑같은 아치 아래서, 나는 찰스 노턴과 함께 마지막으로 보았다. 우리는 함께 그 샘물을 마셨고, 그날 저녁 그 위에 있는 언덕을 함께 거닐었는데, 그곳에서는 향기로운 덤불 숲 사이로 반딧불이들이 아직 어두워지지 않은 대기 속에서 반짝거리고 있었다. 자줏빛 나뭇잎들 사이로 잘게 부서진 별빛처럼 움직이던 그 반딧불이들은 얼마나 빛났던가! 그 사흘 전에 시에나에 들어섰을 때 천둥 치는 밤 속으로 서서히 사라지던 저녁노을 사이로, 서쪽 하늘에서 빛을 받아 빛나던 산 구름의 하얀 가장자리 사이로, 한가운데에 '시에나는 문만이 아니라 마음까지 당신에게 엽니다Cor magis tibi Sena pandit'라고 여전히 황금색으로 씌어 있는 '시에나의 문 Camollia Gate' 뒤편의 탁 트인 금빛 고요한 하늘 사이로, 번개와 뒤섞이며 별들보다 더 강렬한 빛으로 하늘이나 구름 속을 온통 오르락내리락 날아다니던 그 반딧불이들은 얼마나 빛났던가!

오로라 리

Aurora Leigh

브라우닝 부부 자신들도 즐거워했을 것 같은 유행의 아이러니들 중 하나로 인해, 그들은 여태 영혼으로 알려진 것보다는 이제 육체로 훨씬 더 알려진 것 같다. 곱슬거리는 머리에 구레나룻을 기른 모습으로, 억압받고 반항적인, 사랑의 도피 행각을 벌인 열정적인 연인들. 수천 명의 사람들은 브라우닝 부부를 이런 모습으로 알고 사랑하는 것이 틀림없다. 브라우닝 부부의 시를 결코 한 줄도 읽어본 적도 없으면서 말이다. 브라우닝 부부는 회고록을 쓰고 편지를 인쇄하고 사진을 찍기 위해 앉아 있는 우리의 현대적인 습관 덕분에 예전처럼 단지 말만이 아니라 육체로 살아 있는, 즉 그들의 시뿐만 아니라 그들의 모자로도 알려진 쾌활하고 활기찬 작가군에서도 가장 눈에 띄는 두 인물이 되었다. 사진 예술이 문학이라는 예술에 어떤 손실을 끼쳤는지는 이제 헤아려 봐야 할 일이다. 우리가 어떤 시인에 관해 읽으려고 할 때 어느 정도까지 그 시인을 읽게 될지는 전기 작가들 앞에 놓인 문제이다. 그렇다 해도 우리의 공감을 자극하고 우리의 흥미를 불러일으키는 브라우닝 부부의 힘을 아무도 부인할 수 없다. 「제럴딘 부인의 구애Lady Geraldine's Courtship」[1]는 미국 대학에서 아마도 두 명의 교수가 일 년에 한 번 대충 훑어본다. 하지만 우리는 모두 바렛 양이 자신의 소파에 어떤 모습으로 누워 있었는지, 어떻게 그녀가 9월의 어느 아침에 윔폴 가의 암울한 집으로부터 도망쳤는지, 어떤 방식으로 그녀가 건강과 행복과 자유를, 그리고 로버트 브라우닝을 길모퉁이 교회에서 만났는지 안다.

그러나 운명은 작가로서의 브라우닝 부인에게는 친절하지 않았다. 아무도 그녀의 작품을 읽지 않고, 논의하지도 않으며, 아무도 그녀를 제대로 평가하려는 수고를 감당하지 않는다. 브라우닝 부인의 쇠락을 추적하려면 그녀의 명성과 크리스티나 로제티의 명성을 비교하기만 하면 된다. 크리스티나 로제티는 말할 나위 없이 영국 여성 시인들 중에서 첫 번째 자리에 오른다. 살아 있는 동안 훨씬 더 요란한 칭찬을 받았던 엘리자베스는 점점 멀리 뒤처진다. 입문서들도 그녀를 오만불손하게 묵살한다. 그녀의 중요성은 "이제 단지 역사적인 것이 되었다. 교육도 남편과의 교제도 그녀에게 단어들의 가치와 형식에 대한 감각을 가르치는 데 결코 성공을 거두지 못했다."고 입문서들은 말한다. 간단히 말해서 문학이라는 대저택에서 그녀에게 할당된 유일한 장소는 하인들의 처소인 아래층이며, 여기서 그녀는 히먼즈 부인,[2] 일라이자 쿡,[3] 진 인젤로,[4] 알렉산더 스미스,[5] 에드윈 아널드,[6] 로버트 몽고

---

1 엘리자베스 브라우닝(Elizabeth Barrett Browning, 1806~1861)이 1844년에 출판 마감 날짜에 쫓겨 급히 썼지만 문학적인 성취는 물론 로버트 브라우닝(Robert Browning, 1812~1889)과의 사랑의 결실을 가져다준 시로 유명하다. 엘리자베스 바렛은 이 시에서 로버트 브라우닝에 대한 경의를 표현했는데, 로버트 브라우닝이 이에 감사 편지로 화답하며 서신을 주고받다가 실제 구애 편지를 보내고 둘은 비밀리에 결혼하여 이탈리아로 도피한다. 이 시를 높이 평가한 미국의 시인 에드거 앨런 포(Edgar Allen Poe, 1809~1849)는 이 시에 반복적으로 나오는 "Ever, evermore"를 차용하여 자신의 시「갈가마귀The Raven」의 유명한 구절인 "Never, nevermore"를 썼으며, 1845년에 펴낸 자신의 시집『갈가마귀와 다른 시들The Raven and Other Poems』을 엘리자베스 바렛에게 헌정했다.

메리[7]와 어울리면서, 그릇을 이리저리 부딪히며 칼끝으로 한 움큼의 콩을 떠먹고 있다.

따라서 우리가 책장에서 『오로라 리』를 꺼낸다 해도 그건 읽기 위해서라기보다는 이와 같은 지나간 유행의 흔적을 이해심 많은 듯이 생색내며 유심히 바라보기 위함이다. 우리가 우리 할머니들 망토의 술 장식을 만지작거리며 한때 할머니의 응접실 탁자를 장식하고 있던 타지마할의 설화석고 모형을 유심히 바라보는 것처럼 말이다. 하지만 의심할 여지없이, 빅토리아 시대 사람들에게는 그 책이 매우 소중한 것이었다. 1873년 무렵에는 『오로라 리』의 열세 번째 판본을 출판하라는 요구가 있었다. 그리고 헌정사를 통해 판단해보건대, 브라우닝 부인 자신도 그 작품을 굉장히 중요하게 여긴다고 말하는 것을 서슴지 않았는데, 그녀는 그 작품을 "내 작품 중 가장 원숙한 작품", "그리고 삶과 예술에 대한 나의 최고의 확신이 투여된 작품"이라고 부른다. 그녀의 편지들은 그녀가 그 책을 여러 해 동안 염두에 두고 있었음을 보여준다. 그녀는 처음 브라우닝을 만났을 때 그 작품을 구상하고 있었

2 펠리시아 히먼즈(Felicia Hemans, 1793~1835). 「카사비앙카Casabianca」 「영국과 스페인, 혹은 용기와 애국심England and Spain, or, Valor and Patriotism」 등의 시를 쓴 영국의 시인이다.

3 일라이자 쿡(Eliza Cook, 1818~1889). 영국의 시인이자 칼럼니스트로, 참정권 및 여성의 정치적 자유를 옹호했으며, 특히 교육을 통한 자기 향상을 주장했다.

4 진 인젤로(Jean Ingelow, 1820~1897). 주로 어린이들을 위한 시와 소설을 쓴 영국의 시인이자 소설가로, 루이스 캐럴의 영향을 받아 쓴 『요정 몹사Mopsa the Fairy』가 유명하다.

5 알렉산더 스미스(Alexander Smith, 1829~1867). 스코틀랜드의 시인이자 에세이스트이다.

6 에드윈 아널드(Edwin Arnold, 1832~1904). 『데일리 텔레그래프Daily Telegraph』 편집장을 지낸 영국의 언론인이자 시인으로, 왕위를 포기하고 불교를 창시한 고타마 싯다르타의 삶과 철학을 아홉 권의 무운시로 쓴 『아시아의 빛: 위대한 포기Light of Asia: The Great Renunciation』로 유명하다.

7 로버트 몽고메리(Robert Montgomery, 1807~1855). 영국의 시인이자 성직자로, 시집 『신의 편재성The Omnipresence of the Deity』과 『사탄, 신 없는 지성Satan, or Intellect Without God』 등을 썼다.

으며, 그 작품에 대한 그녀의 의도는 그 연인들이 기꺼이 공유했던 자신들의 작품에 대한 그러한 비밀들이 거의 시작되는 지점을 이룬다.

[그녀는 이렇게 썼다] 지금 당장 나의 주된 의도는 일종의 소설-시를 쓰는 것이다. […] 우리의 인습 한가운데로 뛰어 들어가는 것, 그리고 응접실과 그 비슷한 곳, "천사들도 발 딛기 두려워하는 곳"[8]으로 쳐들어가는 것, 그래서 아무런 가면도 없이 시대의 인간성을 정면으로 마주 보는 것, 그리고 그것의 진리를 있는 그대로 말하는 것. 그것이 나의 의도이다.

그러나 나중에 분명해지는 여러 가지 이유들 때문에, 그녀는 십 년간의 놀라운 도피와 행복의 시절 내내 자신의 의도를 간직하고 있었다. 그리고 마침내 1856년에 그 책이 나왔을 때 그녀가 자신이 바쳐야 했던 최상의 것을 그 책 안에 쏟아부었다고 느끼는 것은 당연했으리라. 아마도 이러한 간직과 그에 따른 포화는 우리를 기다리고 있는 놀라움과 관련된다. 아무튼 우리는 『오로라 리』의 처음 20쪽만 읽어도, 알 수 없는 이유로 다른 책으로 넘어가지 않고 한 권의 책 서두에 머물러 선 늙은 수부[9]가 우리의 손을 붙잡고서, 브라우닝 부인이 오로라 리의 이야기를 아홉 권의 무운시로 쏟아내는 동안, 세 살배기 아이처럼 듣게 만드는 것을 우리는 의식한다. 속도와 힘, 솔직함과 완벽한 자기 확신 ─ 이

---

8 "천사들도 발 딛기 두려워하는 곳"은 알렉산더 포프의 고전주의 문학 이론 『비평론 *Essay on Criticism*』에서 나온 구절로, E. M. 포스터의 첫 번째 소설의 제목으로도 쓰였다.

9 여기서 늙은 수부는 새뮤얼 콜리지의 시 「노수부의 노래The Rime of the Ancient Mariner」의 화자로, 젊은 결혼식 하객을 붙들고 자신이 바다에서 겪은 이야기를 들려주는 노인을 가리킨다. 울프는 엘리자베스 바렛 브라우닝의 『오로라 리』가 젊은이를 매혹시키는 수부의 이야기처럼 독자들을 사로잡는 매력을 지니고 있는 것으로 본다.

러한 것들이 바로 우리를 매혹적으로 사로잡는 특질들이다. 그러한 특질들로 인해 완전히 매혹되어, 우리는 어떻게 해서 오로라가 "채 네 살도 되기 전에 그 보기 드문 푸른 눈을 감아버려 그녀를 보지 못하게 된" 그녀의 이탈리아인 어머니의 아이가 되었는지를 알게 된다. 그녀의 아버지는 "고향에서 대학 교육, 법률, 교구의 설교와 함께 무미건조한 삶을 보내고 난 후에 알 수 없는 열정에 휩쓸린 근엄한 영국인"이었다. 하지만 아버지도 죽고 나자 아이는 영국으로 보내져 고모에 의해 양육되었다. 명문가인 리 가문의 그 고모는 검은 옷차림으로 그녀의 시골집 현관 계단에 서서 그녀를 맞이했다. 그녀의 다소 좁은 이마에는 희끗희끗해진 갈색 머리카락이 단단히 땋아져 있었다. 그녀는 온화한 입을 꼭 다물고 있었고, 눈동자에는 아무런 색이 없었고, 양 볼은 "꽃이 만발한 시기가 지나면 시드는 시기도 지날 것이라는, 즐거움보다는 서글픔 때문에 간직한" 책들 사이에 눌린 장미꽃잎들 같았다. 그 숙녀는 "우리는 결국 하나의 육체이고 무명천이 필요하기 때문에" 양말을 뜨개질하고 페티코트를 꿰매면서 자신의 기독교적 재능을 실행하며 조용한 삶을 살아왔던 것이다. 그녀의 손에서 오로라는 여성에게 적절하다고 여겨지는 교육을 받았다. 그녀는 약간의 프랑스어와 약간의 대수학을 배웠다. 그리고 미얀마 제국의 국내법, 항해할 수 있는 어떤 강이 라라로 흘러 들어가는지, 클라겐푸르트에서 다섯 번째 해에 어떤 인구조사가 이루어졌는지, 또 말쑥하게 치장을 한 바다의 요정들을 그리는 방식, 유리 공예법, 가금류 요리에 소를 채우는 방법, 밀랍으로 꽃의 모형을 뜨는 방법을 배웠다. 고모는 여자가 여자답기를 원했기 때문이다. 저녁이면 고모는 십자수를 놓았고, 실크를 잘못 선택해서 한번은 분홍색 눈을 가진 여자 양치기를 수놓았다. 이러한 여성 교육의 고문 아래서 어떤 여성들은 죽었고 어떤 이들은 수척해지고, 몇 몇 여성들은 오로라가 그랬던 것처럼 "보이지 않는 것과의 관계"를 가지고 살아남아 예의 바르게 걷고 사촌들에게 공손하게 대하고 목사의 말을 듣고 차를 따른다고 열정적인 오로라는 탄성을 질렀다. 오로라 자신은 작은 방을 가지는 축복을 얻었다. 그 방은 초록색 벽지에 초록색 카펫이 있었고, 마치 영국 시골의 밋밋한 초목에 어울리게 하려는 듯이 침대까지 초록색 커튼이 드리워져 있었다. 그곳에서 그녀는 쉬었다. 그리고 그곳에서 그녀는 책을 읽었다. "나는 아버지의 이름이 쓰여진 상자들이 높이 쌓여 있는 다락방의 비밀을 찾아냈던 것이다. 상자들이 크게 포장된 채 높이 쌓여 있는 그곳에서 매스토돈의 갈비뼈 사이를 드나드는 민첩한 작은 생쥐처럼 몰래 기어 드나들며" 그녀는 책을 읽고 또 읽었다. 그 생쥐는 정말로 (브라우닝 부인의 생쥐들이 그런 것처럼) 날개를 달고 솟아올랐는데, 그것은 그때가 바로 "우리가 영광스럽게도 자신을 망각하고, 영혼을 향하여, 책의 아름다움과 진실의 소금을 찾으려는 열정에 빠져 책의 심오함 속으로 곤두박질칠 때, 바로 우리가 책으로부터 제대로 된 좋은 것을 얻게 되는 때"이기 때문이다. 그렇게 그녀가 책을 읽고 또 읽다 보면 사촌인 롬니가 함께 산책을 하자고 부르거나, "육체를 잘 그리면 영혼도 암암리에 잘 그리게 된다는 주장 때문에 사람들이 제정신이 아니라고 매정하게 평가하는" 화가 빈센트 캐링턴이 창문을 톡톡 두드렸다.

『오로라 리』의 1권에 대한 이와 같은 성급한 요약은 물론 정당한 평가는 결코 아니다. 하지만 오로라 자신이 조언하는 대로 우리가 영혼을 향하여 곤두박질치며 이 원본을 통제로 집어삼키고 나면, 우리는 우리의 무수한 인상들을 질서 정연하게 하려는 어떤 시도가 절실하게 필요한 상태에 놓이게 된다. 이러한 인상들 가운데 첫 번째이자 가장 만연한 것은 작가의 존재에 대한 인식이다. 등장인물인 오로라의 목소리를 통하여 엘리자베스 바렛 브라우닝의 상황과 독특한 성향들이 우리의 귓가에 울린다. 브라우닝 부인은 자기 자신을 통제할 수 없었던 것처럼 자신을 감추지 못했는데, 그것은 의심할 여지없이 예술가에게는 불완전함의 표시일 뿐만 아니라 삶이 정도 이상으로 예술에 침범했다는 표시이다. 우리가 읽는 쪽마다 허구적인 인물 오로라는 실제 인물인 엘리자베스에게 빛을 던져주고 있는 것처럼 보인다. 이 시에 대한 착상이 한 여성의 예술과 삶의 관계가 부자연스러울 만큼 밀착되어 있던 40대 초반에 이루어진 것이기 때문에 아무리 근엄한 비평가라도 글에 자신의 눈을 고정해야 할 때 이따금씩 그 글을 쓴 인물을 다루지 않는 것은 불가능하다는 것을 우리는 기억해야만 한다. 그리고 모두가 알고 있듯이, 엘리자베스 바렛 브라우닝의 삶은 가장 진정성 있고 개성 있는 재능을 지닌 사람들에게 영향을 줄 수 있는 특성을 지니고 있다. 그녀의 어머니는 그녀가 어렸을 때 죽었고, 그녀는 한껏 그리고 은밀히 책을 읽었고, 그녀가 좋아하던 오빠는 익사했고, 그녀의 건강은 쇠약해졌고, 그녀는 아버지의 폭정에 의해서 윔폴 가의 침대에서 거의 수녀원에 있는 것 같은 은둔 상태로 갇혀 지냈던 것이다. 하지만 잘 알려진 사실들을 되풀이하는 것보다는 그러한 사실들이 그녀에게 미친 영향에 대한 설명을 그녀 자신의 말로 읽는 것이 더 낫다.

[그녀는 이렇게 썼다] 나는 마음속으로만 혹은 슬픔을 지닌 채로 강렬한 감정을 찾으며 살아왔어요. 내 병으로 인한 이와 같은 은둔 이전에도 여전히 나는 은둔해 있었고, 사회에 대

해 나보다 많이 본 적도 없고 더 많이 들어보거나 알지도 못하는 젊은 여성들은 세상에 거의 없어요. 이제 나는 거의 젊다고 불릴 수도 없는데 말이죠. 나는 시골에서 자랐어요. 그래서 사교의 기회도 없었고, 내 마음은 책과 시 속에 빠져 있었고, 내 경험은 공상 속에 있었죠. 그리고 그렇게 시간이 흐르고 흘러 나중에 내가 아프게 되었을 때 […] 그리고 (한때는 그렇게 보였는데) 방의 문지방을 다시 건너갈 가망도 없었을 때, 그때는 왜 그런지 다소 울적한 기분으로 생각에 빠져들곤 했죠. […] 내가 이제 막 떠나려는 이 사원에서 멍하니 서 있었다는 생각, 어떠한 인간적인 특성도 본 적이 없었다는 생각, 지상의 내 형제자매들은 내게는 이름에 불과하다는 생각, 내가 거대한 어떤 산이나 강, 실은 아무것도 본 적이 없었다는 생각 말이에요 […] 그리고 이와 같은 무지가 내 예술에 얼마나 불리한 것인지 당신도 알고 있죠? 내가 살면서 아직도 이러한 은둔에서 벗어나지 않는다면, 내가 눈먼 시인과 같은 방식으로 현저한 불리함 속에서 고투하고 있다는 것을 당신은 왜 감지하지 못하나요? 확실히, 어느 정도는 보상이 있어요. 나는 내면적인 삶을 많이 누려왔고, 자의식과 자기 분석이라는 습관 덕에 인간 본성 일반에 대하여 상당한 추측을 하죠. 하지만 시인으로서 나는 책들이 지닌 이 느릿느릿하고 육중하고 무기력한 지식의 일부를 얼마나 기꺼이 삶과 인간에 대한 약간의 경험과 바꾸고 싶어 하는지…….

그녀는 세 개의 작은 점으로 이야기를 멈추는데, 우리는 그녀가 잠시 멈춘 틈을 타서 다시 한 번 『오로라 리』로 돌아갈 수 있다. 그녀의 삶은 시인인 그녀에게 어떠한 손상을 끼쳤던 것일까?

커다란 손상이라는 것을 우리는 부인할 수 없다. 우리가 『오로라 리』나 『편지들』— 전자는 종종 후자의 반향이다 — 의 책장을 넘기다 보면, 실제 남성들과 여성들에 대한 이처럼 민첩하고 혼란스러운 시에서 자연스러운 표현을 발견한 정신은 고독에 의해 이익을 얻는 정신이 아니었다는 것이 분명해지기 때문이다. 서정적이고 학자적이고 까다로운 정신의 소유자라면 자신의 힘을 완성하기 위해서 은둔과 고독을 이용했을 수도 있다. 테니슨은 시골 구석에서 책과 함께 사는 것 이상을 바라지 않았다. 하지만 엘리자베스 바렛의 정신은 활기차고 세속적이며 풍자적이었다. 그녀는 전혀 학자가 아니었다. 책은 그녀에게 그 자체로서 목적이 아니라 삶의 대체물이었다. 그녀는 풀밭 위에서 뛰어다니는 것을 금지당했기 때문에 책 한 장 한 장을 빨리 읽어갔다. 그녀는 살아 있는 남성들이나 여성들과 정치에 관해 논쟁하는 것이 불가능했기 때문에 아이스킬로스와 플라톤을 읽는 데 전력을 다했다. 병자로서 그녀가 즐겨 읽은 것은 발자크와 조르주 상드, 그리고 다른 "불멸의 부적절한 행위들"이었는데, 이유는 "그 작품들이 내 삶에서 어느 정도 색을 간직하고 있었기" 때문이었다. 마침내 그녀가 감옥의 창살을 부수었을 때 그 순간의 삶 속으로 자신을 내던진 그 열정보다 더 이목을 끄는 것은 없다. 그녀는 카페에 앉아 지나가는 사람들을 보는 것을 무척 좋아했다. 그녀는 논쟁, 정치학, 그리고 현대 세계의 투쟁을 사랑했다. 그녀는 과거와 그 폐허, 심지어 이탈리아의 과거와 이탈리아의 폐허보다도 흄의 중용론이나 프랑스의 황제 나폴레옹의 정치학에 훨씬 더 흥미를 느꼈다. 이탈리아의 그림들, 그리스의 시는 그녀 안에 어설프고 인습적인 열광을 불러일으켰는데, 이 열광은 그녀의 정신이 실제적인 사실들에 적용되었을 때 나타나는 독창적인 독립성과 묘한 대조를 이루었다.

그녀의 천성적 기질이 그와 같은 것이기 때문에, 그녀의 병실 깊숙한 곳에서조차 그녀의 정신이 시의 주제로서 현대적 삶을 향하고 있었다는 점은 놀랍지 않다. 현명하게도, 그녀는 자신의 탈출이 어느 정도의 지식과 균형을 부여할 때까지 기다렸다. 하지만 오랜 세월의 은둔이 예술가인 그녀에게 회복할 수 없는 손상을 끼쳤다는 것을 의심할 수는 없다. 그녀는 바깥에 무엇이 있는지 추측하며, 불가피하게 내부에 있는 것을 과장하며, 격리된 채 살았던 것이다. 스패니얼 개 플러쉬의 상실은 아이의 상실이 다른 여인들에게 미치는 영향과 마찬가지로 그녀에게 영향을 미쳤다. 담쟁이가 창틀 위에 닿는 소리는 강풍 속에 나무들이 휘둘리는 소리가 되었다. 모든 소리는 확대되었고, 모든 사건은 과장되었다. 병실의 고요함은 심오했고 윔폴 가의 단조로움은 극심했기 때문이다. 마침내 그녀가 "응접실과 그 비슷한 곳으로 뛰어 들어가서 아무런 가면 없이 그 시대의 인간성을 정면으로 마주보고 그것의 진리를 있는 그대로 말할" 수 있었을 때, 그녀는 너무 허약해서 그 충격을 견딜 수 없었다. 평범한 햇빛, 떠도는 소문, 흔한 사람들의 교류만으로도 그녀는 진이 빠지고 들뜨고 혼란스러워졌고, 너무나 많이 보았고 많이 느끼다 보니 그녀가 느꼈던 것이나 보았던 것을 모두 알지는 못하는 상태에 이르렀다.

따라서 소설-시 『오로라 리』는 대작이 될 수도 있었지만 대작이 아니다. 오히려 그 작품은 배아 상태의 대작이다. 창조력의 마지막 획이 존재를 형성시키길 기다리는 탄생 이전의 상태에서 천재적인 재능이 널리 퍼져 요동치며 떠다니는 작품인 것이다. 자극하면서도 지루하게 하고, 어색하면서도 매끄럽고, 괴기스러우면서도 절묘한, 이 모든 느낌을 번갈아 일으키는 이 작품

은 우리를 압도하기도 하고 어리둥절하게도 한다. 하지만 그럼
에도 불구하고 그 작품은 여전히 우리의 흥미를 이끌어내고 우
리의 존경심을 불러일으킨다. 왜냐하면 우리가 이 책을 읽으면
서, 브라우닝 부인의 결점이 무엇이든지 간에, 그녀가 자신의 사
적인 삶과는 무관하고 개성과는 별개로 여겨지길 요구하는 상상
의 삶 속에 모험적으로 그리고 사심 없이 스스로를 내맡기는 위
험을 감수하는 드문 작가들 중의 한 명이라는 것이 분명해지기
때문이다. 그녀의 '의도'는 살아남는다. 그녀의 이론이 흥미로운
건 그녀가 실천하면서 저지른 과오의 많은 부분을 복원하고 있
기 때문이다. 5권에 나오는 오로라의 논쟁에서 축약하여 단순화
시킨 그 이론은 다음과 같이 진행된다. 시인들의 진정한 작품은
샤를마뉴 대제의 시대가 아닌 그들 자신의 시대를 나타내야 한
다고 그녀는 말했다. 롤랑과 그의 기사들이 있는 론스보에서보다
응접실에서 더 많은 열정이 발생한다. "현대적인 유약, 외투, 주름
장식을 보고 움찔하여 물러서는 것, 고대 로마의 의상과 그림 같
은 풍경을 요구하는 것은 치명적이고, 또한 어리석다." 살아 있는
예술은 실제 삶을 나타내고 기록하며, 우리가 진정으로 알 수 있
는 유일한 삶은 우리 자신의 삶이기 때문이다. 하지만 현대적인
삶에 대해 시는 어떠한 형식을 취할 수 있는지를 그녀는 묻는다.
드라마는 불가능하다. 굽실거리며 비굴한 희곡들만이 성공할 가
능성이 있기 때문이다. 더욱이, 우리가 (1846년에) 삶에 대해 말
해야만 하는 것은 "무대, 배우들, 무대 뒤에 서서 배우에게 대사를
알려주는 프롬프터, 가스등과 의상"에는 적합하지 않다. "우리의
무대는 이제 영혼 자체이니까." 그렇다면 그녀는 무엇을 할 수 있
단 말인가? 그 문제는 어렵고, 실적은 노력에 못 미치기 마련이
다. 하지만 그녀는 적어도 자신의 책의 모든 쪽마다 자신의 생생

한 피를 쥐어짜 넣었으며, 그리고 그 나머지 부분에 대해서는 "형식에 대해서, 그리고 외부적인 것도 덜 생각할 거야. 영혼을 믿어. […] 불을 피우고 짙은 불꽃이 자신의 모습 그대로 드러나도록 놔둘 거야." 그렇게 해서 그 불은 타올랐고 불꽃이 높이 솟아올랐다.

시에서 현대적인 삶을 다루려는 욕망은 바렛 양에게만 한정되어 있던 것은 아니었다. 로버트 브라우닝은 똑같은 욕망을 평생토록 가지고 있었노라고 말했다. 코번트리 팻모어의 「집안의 천사」[10]와 클러프[11]의 「오두막집」[12]은 같은 종류의 시도였고 『오로라 리』보다 몇 년 앞섰다. 그것은 충분히 당연했다. 소설가들은 산문으로 현대적인 삶을 의기양양하게 다루고 있었다. 『제인 에어』, 『허영의 시장』[13], 『데이비드 코퍼필드』, 『리처드 피버럴의 시련』[14] 모두 1847년과 1860년 사이에 빠르게 앞다투어 나타났다. 시인들은 당연히 오로라 리와 함께 현대적인 삶은 강렬함과 그 자체의 의미를 지니고 있다고 느꼈을 것이다. 왜 이러한 성과물이 산문 작가들의 무릎에만 떨어져야 한단 말인가? 마을의 삶,

10 「집안의 천사」는 팻모어가 완벽한 여인이라고 생각했던 그의 첫 번째 아내 에밀리를 모델로 한다. 이 시가 출판된 이후 집안의 천사는 아이들에게 헌신하며 남편에게 순종하는 빅토리아 시대 이상적인 여성의 대명사가 되었다.

11 아서 휴 클러프(Arthur Hugh Clough, 1819~1861). 영국의 시인이자 교육자이다. 여성 참정권과 여성의 고등교육을 주장한 앤 클러프(Anne Clough, 1820~1892)의 오빠이며, 매슈 아널드(Matthew Arnold, 1822~1888)의 절친한 친구이다. 클러프의 죽음을 기념하여 쓴 아널드의 「티르시스Thyrsis」(1865)는 존 밀턴(John Milton, 1608~1674)의 「리시더스Lycidas」(1638)와 퍼시 셸리의 「아도니스Adonais」(1821)와 더불어 영문학사에서 가장 유명한 애가들 중 하나이다.

12 「토버 나 불리크의 오두막집: 긴 휴가에 대한 목가The Bothie of Toper-na-fuosich: A Long-Vacation Pastoral」(1848)는 클러프가 프랑스 혁명을 목격하고 난 후 영국에 돌아와서 쓴 긴 이야기 시로, 고전적인 목가의 모든 규칙을 철저하게 파괴한 현대시이다.

13 『허영의 시장』은 영국 작가 윌리엄 새커리의 소설로, 베키 샤프와 아멜리아 세들리라는 두 여성의 삶과 그들의 친구들과 가족의 삶을 통해서 19세기 초반 영국 사회를 풍자하고 있다.

14 『리처드 피버럴의 시련: 아버지와 아들의 역사The Ordeal of Richard Feverel: A History of Father and Son』(1859)는 빅토리아 시대의 시인이자 소설가인 조지 메러디스의 첫 장편소설로, 인간의 열정을 통제하려는 교육체계의 무능함을 주제로 다루고 있다.

응접실의 삶, 클럽의 삶, 거리의 삶이 지닌 유머와 비극이 모두 찬양해달라고 아우성칠 때, 왜 시인은 샤를마뉴 대제와 롤랑과 같이 먼 시대로, 고대 로마의 의상과 그림 같은 풍경으로 되돌아가야 한단 말인가? 시가 삶을 다루던 오래된 형식인 드라마가 폐물이 되었다는 것은 사실이었다. 하지만 그것을 대체할 수 있는 다른 어느 것도 없었단 말인가? 브라우닝 부인은 시의 신성함을 확신하며 숙고했고 실제적인 경험에 대해 붙잡을 수 있는 한 최대한 붙잡았고, 그렇게 해서 마침내 브론테 자매와 새커리 부녀[15]에 대한 자신의 도전장을 아홉 권의 무운시로 던졌다. 무운시로 그녀는 쇼디치와 켄싱턴에 대해 노래했다. 고모와 교구 목사, 롬니 리와 빈센트 캐링턴, 메리언 얼과 하우 경, 상류층의 결혼식과 칙칙한 교외의 거리, 그리고 여성용 모자와 구레나룻과 사륜마차와 기차에 대해 무운시로 노래했다. 시인들은 기사와 귀부인과 해자와 도개교와 성의 안뜰에 대해서뿐만 아니라 이러한 것들에 대해서도 표현할 수 있다고 그녀는 외쳤다. 그러나 과연 시인들이 할 수 있는가? 시인이 소설가의 영역에 침입해서 우리에게 서사시나 서정시가 아니라, 움직이고 변화하는 많은 삶, 그리고 빅토리아 여왕 통치 중반기에 사는 우리의 흥미와 열정에 의해 영감을 받는 삶에 대한 이야기를 전할 때, 시인에게 무슨 일이 벌어지는지 알아보자.

우선 이야기가 있다. 이야기를 말해야 한다. 시인은 어떤 식으로든 우리에게 자신의 주인공이 저녁 만찬에 초대받았다는 필수

---

15 새커리 부녀는 『허영의 시장』을 쓴 윌리엄 새커리와 『다이몬드 부인Mrs. Dymond』 등의 소설을 쓴 그의 장녀 앤 이사벨라 새커리(Anne Isabella Thackeray, 1837~1919)를 말한다. 앤 이사벨라 새커리의 동생 해리엇 메리언(Harriet Marian, 1840~1875)은 버지니아 울프의 아버지인 레슬리 스티븐Leslie Stephen의 첫 번째 부인이었으므로, 앤 이사벨라 새커리는 버지니아 울프의 의붓 이모가 되며, 울프의 두 번째 소설 『밤과 낮Night and Day』에 나오는 힐버리 부인의 모델이기도 하다.

적인 정보를 전달해야만 한다. 이것은 소설가라면 가능한 한 조용히 그리고 산문적으로 전달할 법한 진술이다. 예를 들어 "내가 그녀의 장갑에, 충분히 서글퍼하며, 입 맞추고 있는 동안, 그녀의 아버지가 안부를 전하며 다음 날 같이 정찬을 들자고 나에게 요청하는 쪽지가 왔다." 이 정도면 무해하다. 하지만 시인은 다음과 같이 써야만 한다.

> 그리하여 내가 비탄에 젖어 그녀의 장갑에 입 맞추고 있는
> 동안,
> 나의 하인이 다음과 같이 전하는 그녀의 쪽지를 가지고 들어
> 왔는데,
> 아버님께서 그녀에게 자신의 사랑을 전하라고 명하시며,
> 내가 다음 날 그들과 함께 정찬을 들 수 있기를 바라신다고![16]

이것은 터무니없다. 단순한 말들을 거들먹거리고 꾸며대도록 만들어 강조하다 보니 그 말들이 우스꽝스러워진다. 그러면 다시 한 번 시인은 대화로 무엇을 할 것인가? 현대적인 삶에서는, 브라우닝 부인이 우리의 무대는 이제 영혼이라고 말했을 때 지적했듯이, 혀가 가지는 힘이 칼이 휘두르는 힘을 대체했다. 바로 대화 속에서 삶의 고귀한 순간들과 등장인물이 다른 등장인물에게 미치는 충격이 정의되는 것이다. 하지만 시가 사람들의 입술 위에 오르내리는 말을 따라가려고 할 때, 시는 끔찍할 정도로 방해받는다. 롬니가 격앙된 감정의 순간에 자신의 옛 사랑인 메리언

---

16 영어 원문의 시 첫 행의 "그녀의 장갑her glove"과 세 번째 행 "그의 사랑his love"의 각운을 맞추고, 두 번째 행의 "전하다say"와 네 번째 행의 "다음 날next day"의 각운을 맞추고 있음에 주목하면, 시인들이 단순한 정보를 전달하는 데도 운율을 고려해서 시를 쓰고 있음을 보여주는 것을 확인할 수 있다.

에게 그녀가 다른 남자에게서 낳은 아이에 대해 말하는 것을 들어보라.

> 신이시여, 저의 아버지가 되어주소서, 제가 그 아이에게 그러하듯이,
> 그리고 저를 버리소서, 제가 그 아이로 하여금
> 어쩌다 고아가 되었다고 느끼게 하듯이. 여기 그 아이를 데려와
> 저의 컵을 같이 쓰게 하고, 제 무릎 위에서 곤히 잠들게 하고,
> 제 발치에서 요란스럽게 뛰놀게 하고,
> 공공연히 제 손가락을 붙잡게 하리다

기타 등등. 간단히 말해서, 롬니는 브라우닝 부인이 자신의 현대적인 거실에서 그토록 중대하게 경고했던 엘리자베스 여왕 시기의 여느 주인공들처럼 과장해서 떠들어대며 이야기를 풀어놓는다. 무운시는 살아 있는 언어의 가장 냉혹한 적이라는 것을 입증해왔다. 무운시의 큰 파도와 그네 위에서 내동댕이쳐진 말은 고조되고 수사적이고 열렬해진다. 그리고 행동이 배제되기 때문에 말이 계속 진행되어야 하므로, 독자의 정신은 운율의 단조로움 아래서 경직되고 흐릿해진다. 등장인물의 감정보다는 운율의 경쾌함을 따라가다 보니 브라우닝 부인은 일반화와 열변 속으로 휩쓸려 들어간다. 시라는 매체의 본성에 억눌려, 그녀는 소설가가 산문으로 등장인물을 감각적으로 형성해가는 방식인, 좀더 사소하고 미묘하고 숨겨진 감정의 음영을 무시한다. 변화와 전개, 등장인물이 다른 등장인물에게 미치는 효과—이 모든 것이 버려진다. 시는 하나의 긴 독백이 되고, 우리에게 알려지는 유일한 등장인물과 우리에게 전해지는 유일한 이야기는 오로라 리라는

등장인물과 오로라 리 자신의 이야기인 것이다.

따라서 브라우닝 부인이 소설-시라는 말로 등장인물이 면밀하고도 미묘하게 밝혀지고, 많은 마음의 관계가 낱낱이 드러나고, 이야기가 흔들림 없이 전개되는 책을 의도했다면, 그녀는 철저하게 실패했다. 하지만 그녀가 우리에게 일반적인 삶에 대한 감각, 즉 시의 불길에 의해서 모두 밝아지고 강조되고 압축된, 자신의 시대의 문제와 고투하는, 명백히 빅토리아 시대의 사람들에 대한 감각을 전달하려고 의도했다면, 그녀는 성공했다. 사회적인 문제에 대한 열정적인 관심, 예술가이자 여성으로서의 갈등, 지식과 자유에 대한 갈망을 지닌 오로라 리는 그 시대의 진정한 딸이다. 롬니 역시 그에 못지않게 확실히 사회문제에 대해 깊이 생각했고, 안타깝게도 실패했지만, 슈롭셔 지역의 사회주의 공동체를 설립한, 높은 이상을 지닌 빅토리아 중기의 신사이다. 고모와 의자 등받이 덮개, 그리고 오로라가 도망쳐 나오는 시골집은 현재 토트넘코트 로드에서 고가로 팔릴 수 있을 만큼 충분히 사실적이다. 빅토리아인이라는 것이 어떠한 느낌인지에 대한 폭넓은 양상들이 트롤럽이나 개스켈 부인[17]의 여느 소설에서만큼이나 확실하게 포착되어 있고 우리에게 생생하게 각인되어 있다.

그리고 실제로 우리가 산문 소설과 소설-시를 비교한다면 산문의 명성에 승리가 모두 돌아가는 것은 결코 아니다. 소설가라면 하나하나 술술 풀어나갈 열두 개의 장면들이 한 장면으로 압축되어 있는 서사를, 즉 여러 쪽에 걸친 꼼꼼한 묘사가 단 하나의

---

17 엘리자베스 개스켈(Elizabeth Gaskell, 1810~1865). 빅토리아 시대 영국 소설가이다. 『샬럿 브론테의 삶The Life of Charlotte Brontë』(1857)이라는 샬럿 브론테의 전기를 썼으며 많은 사회계층의 삶을 자세히 묘사한 것으로 유명하다. 익명으로 출판한 첫 번째 소설 『메리 바턴Mary Barton』(1848), 찰스 디킨스가 편집하고 있던 잡지를 통해 연재물로 출판한 소설 『크랜포드Cranford』(1853)와 『남과 북North and South』(1854), 『부인들과 딸들: 일상의 이야기Wives and Daughters: An Everyday Story』(1866)로 알려져 있다.

행 안에 녹아 들어간 서사를 한 쪽 한 쪽 급하게 읽어 내려갈 때면, 우리는 시인이 산문 작가를 앞질러 갔다는 것을 느끼지 않을 수 없다. 브라우닝 부인의 한 쪽은 소설가가 쓴 한 쪽의 두 배만큼 꽉 차 있다. 등장인물들 역시 갈등하는 모습으로 나타나지 않고 풍자 화가의 과장과 같은 것으로 재단되고 요약되어 있긴 하지만 산문이 지닌 점진적인 접근으로는 따라갈 수 없는 고양되고 상징적인 의미를 가지고 있다. 시장, 일몰, 교회와 같은 상황의 일반적인 양상은 시의 압축성과 음절 탈락 덕분에 재기발랄함과 연속성을 지니는데, 이것은 산문 작가와 그의 빈틈없는 세부사항에 대한 느린 축적을 조롱한다. 이러한 이유들 때문에 『오로라 리』는 그 모든 불완전함에도 불구하고 여전히 살아 숨쉬고 존재감을 가지는 책으로 남는다. 그리고 베도스[18]나 헨리 테일러 경[19]의 희곡들이 그 모든 아름다움에도 불구하고 얼마나 조용히 차갑게 누워 있는지, 그리고 우리가 이 시대에 로버트 브리지스[20]의 고전적인 드라마들이 취하는 수면을 방해하지 않는지를 생각하면, 엘리자베스 바렛이 응접실로 돌진해 들어가서 우리가 살아가고 일하는 이곳이야말로 시인을 위한 진정한 자리라고 말했을 때 우리는 그녀가 섬광 같은 진정한 천재성에 의해 영감을 받았다고 여기게 된다. 어쨌든, 그녀의 용기는 그녀 자신에게는 정당

---

18 토머스 러벨 베도스(Thomas Lovell Beddoes, 1803~1849). 영국의 시인이자 극작가이며 내과의사이다. 죽음에 대한 지속적인 관심으로 유명하며, 무운시 형식으로 쓴 드라마 『신부의 비극The Bride's Tregedy』(1822)과 사후에 출판된 드라마 『죽음의 소화집Death's Jest Book』(1850)이 대표적이다.

19 헨리 테일러 경(Sir Henry Taylor, 1800~1886). 영국의 시인이자 극작가로, 오랫동안 식민지 담당 관료로 일했다. 대표작으로는 『아사키오스 콤니누스Issac Comnenus』(1827)와 『필립 반 아르테벨데Philip van Artevelde』(1834)가 있다.

20 로버트 시모어 브리지스(Robert Seymour Bridges, 1844~1930). 영국의 계관시인이자 극작가로, 역사 비극인 『네로Nero』(1885), 『율리시스의 귀환The Return of Ulysses』(1890) 등을 썼다.

화되었다. 그녀의 좋지 못한 취향, 고통당한 재주, 버둥거리고 몸부림치며 혼란스러워하는 성급함은 치명적인 상처를 하나도 내지 않으면서 여기서 스스로를 소모할 공간을 차지하는 반면, 그녀의 열정과 풍요로움, 재기발랄한 묘사력, 기민하고 통렬한 유머는 그녀 자신의 열성으로 우리를 감동시킨다. 우리는 웃고, 항의하며, 그것이 터무니없고 불가능하며 이와 같은 과장을 한순간도 더 참을 수 없다고 불평하면서도 사로잡힌 채 끝까지 읽는다. 작가가 그 이상 더 무엇을 요구할 수 있을까? 하지만 우리가 『오로라 리』에 할 수 있는 최상의 칭찬은 왜 그 작품이 아무런 후속 작품을 남기지 않았는지 궁금하게 한다는 것이다. 확실히 거리와 응접실은 유망한 소재이다. 현대적인 삶은 시적 영감의 가치가 있다. 하지만 엘리자베스 바렛 브라우닝이 그녀의 소파에서 일어나 응접실로 뛰어들었을 때 그녀가 던져놓은 빠른 스케치는 여전히 미완의 상태이다. 시인의 보수성 혹은 소심함이 여전히 현대적인 삶의 중요한 전리품들을 소설가에게 남겨주고 있다. 우리는 조지 5세 시대의 소설-시를 더 이상 가지고 있지 않다.

백작의 조카딸
The Niece of an Earl

소설의 여러 양상 중 하나는 아주 미묘한 성격을 띠고 있어서 중요성에 비추어볼 때 그다지 많이 논의되어 오지 않았다. 우리는 계급 구분을 그저 침묵 속에 간과해왔다. 각 개인은 어느 누구나 비슷하게 좋은 환경에서 태어난다고 당연시해왔던 것이다. 하지만 영국 소설은 수직의 가파른 사회계급의 서열에 깊이 잠겨 있어서 이러한 사회계층의 구별이 나타나 있지 않은 영국 소설은 영국 소설이라 부를 수 없을 정도이다. 『오플 장군과 캠퍼 경 부인의 사례 *The Case of General Ople and Lady Camper*』(1890)에서 작가 메러디스가 "그는 캠퍼 경 부인을 당장 방문하겠노라고 말을 전하고 나서는 즉시 옷매무새를 가다듬기에 여념이 없었다. 캠퍼 경 부인은 어느 백작의 조카딸이었던 것이다."[1]라고 언급하는데, 모든 영국인들은 그 서술을 아무런 주저 없이 받아들이고 메러디스의 묘사를 타당한 것으로 인지한다. 백작의 조카딸을 방문할 그런 상황에서는 어느 장군이라도 그의 외투를 한 번 더 손질했을 것이 분명한 것이다. 그 장군이 캠퍼 경 부인과 사회적으로 동

---

1 1910년 콘스터블 출판사에서 출판된 기념 출판본, 두 번째 장의 두 번째 단락.

등한 지위를 차지하고 있을 수도 있었겠지만, 실상은 그렇지 못하다고 메러디스는 우리를 이해시키고 있기 때문이다. 장군은 캠퍼 경 부인의 높은 사회적 지위가 초래한 충격을 액면 그대로 받아들였다. 장군은 백작이나 남작, 혹은 기사의 지위 등, 그를 보호해줄 만한 어떠한 귀족의 지위도 지니지 못했다. 그는 영국 신사일 뿐이었고, 더구나 가난한 신사에 불과했다. 그러하기에 장군이 그 귀부인의 면전에 나타나기 전에 "옷매무새를 가다듬기에 여념이 없었다."는 메러디스의 묘사는 지금까지도 영국의 독자들에게 의심할 여지 없이 적절한 것으로 여겨진다.

사회계급의 구별이 사라져버렸다고 가정하는 것은 쓸데없는 일이다. 혹자는 그러한 사회적 제약을 알지 못하는 척, 자신이 살고 있는 구역만으로도 이 세상살이가 잘 이뤄진다고 생각할 수 있다. 하지만 그것은 환상에 불과하다. 여름날 아주 한가롭게 거리를 산책하다 보면 유복한 사람들이 입은 실크 외투 사이로 어깨를 밀치며 지나가는 일용 잡역부가 걸친 숄이 시야에 들어온다. 자동차 유리창에 코를 갖다 대고 차 안을 들여다보는 여점원들도 보인다. 안으로 들어 조지 왕[2]을 알현하라는 부름을 기다리고 있는 환한 얼굴의 젊은이들과 위엄 있는 모습의 노인들도 눈에 띤다. 적대감은 없다 하더라도 계층 상호 간의 의사소통은 전혀 없다. 우리는 둘러막혀 있고 구분되고 단절되어 있다. 소설이라는 거울을 통해 우리 자신을 비춰 보면 우리는 대번에 실상이 그러하다는 것을 알게 된다. 소설가는, 특히 영국의 소설가는, 사회란 여러 유리 상자로 이루어진 둥지라는 것을 알고 있다. 그는 각기 분리된 그 상자마다 개별 사회 집단 특유의 습관과 고유의 특질이 담겨 있다는 점을 알고 있으며, 이를 알게 되어 아주 기쁜

2   조지 5세(King George V, 1865~1936).

듯하다. 백작이 있고, 백작의 조카딸이 있음을 그는 알고 있다. 또한 그는 장군이 있고 장군은 백작의 조카딸을 방문하기 전에 외투를 손질한다는 것을 알고 있다. 하지만 이는 그가 알고 있는 가장 기초적인 것에 지나지 않는다. 불과 서너 쪽에 걸친 묘사를 통해 메러디스는 백작에게는 조카딸이 있을 뿐만 아니라, 장군에게는 사촌이 있고, 사촌에게는 친구가 있으며, 친구에게는 요리사가 있고, 요리사에게는 남편이 있고, 장군의 사촌의 친구의 요리사의 남편이 목수라는 것을 우리에게 알려준다. 이 인물들 각자는 자신의 유리 상자 안에 살고 있으며 소설가가 주의를 기울여 묘사해야 하는 별난 특성을 갖고 있다. 중산계급 내의 방대한 평등이란 피상적인 모습에 불과하며 실제로는 전혀 그렇지 않다. 한 남자로부터 다른 남자를, 한 여자로부터 다른 여자를 구분 짓는 특이한 기질과 경향이 사회 내의 대중 전체를 관통하고 있다. 직함과 같이 그렇게 조야한 칭호로써 구분하기에는 너무도 묘한 것임에도 불구하고, 모호한 특권이나 불리한 조건이 인간과 인간 사이의 소통이라고 하는 크나큰 대사大事를 방해하고 교란한다. 백작의 조카딸로부터 장군의 사촌의 친구에까지 이르는 다양한 등급을 지나 조심스럽게 길을 뚫고 나온다 해도 우리는 여전히 심연을 맞닥뜨리게 된다. 큰 틈바구니가 우리 앞에 입을 벌리고 있고, 그 심연의 건너편에는 노동자 계급이 있다. 제인 오스틴 같이 판단과 취향이 완벽한 작가는 그 심연 너머로는 눈길을 힐끗 주고 만다. 그녀는 자기 고유의 계급에 자신을 한정시키고 그 계급 안에 있는 무한히 미묘한 음영의 차이를 발견해낸다. 하지만 메러디스처럼 기운차고 탐구적이며 전투적인 작가에게 그 심연 너머를 탐험하고자 하는 유혹은 더 이상 저항할 수 없는 것이 된다. 그는 사회계층이라는 음계를 뛰어 오르내린다. 개별적 음조를 맞부딪쳐 울리게 한다. 영국의 문명화된 생활이 엮어내는 지극히 복잡한 희극 속에서 백작과 요리사, 장군과 농부가 각기 자신을 강력히 변호하고 각자의 역할을 담당하고 있노라고 그는 주장한다.

메러디스 같은 작가가 그런 시도를 한 것은 아주 자연스러운 일이다. 희극 정신을 가진 작가는 사회계층의 구별을 만끽한다. 계급적 구별은 작가가 쥐고 효과적으로 사용할, 대단한 그 무엇이 된다. 백작의 조카딸이나 장군의 사촌 없는 영국 소설은 메말라빠진 황무지에 불과할 것이다. 그런 소설은 러시아 소설을 닮게 될 것이다. 영혼의 광대함과 인간들 사이의 형제애에 의지하게 될 것이다. 러시아 소설과 같이 희극적 요소가 부족하게 될 것이다. 그러나 우리는 영국의 소설이 백작의 조카딸이나 장군의 사촌에게 큰 빚을 지고 있다는 것을 알면서도, 이 부서진 모서리들에 대한 풍자극으로부터 얻는 즐거움이 우리가 치르는 대가에 상응하는 것인지에 대해서는 때로 의문을 품게 된다. 우리가 지불해야 할 가격은 무척 비싸기 때문이다. 소설가에게 부과되는 중압감은 엄청나다. 두 단편소설에서 메러디스는 용감하게도 모든 간극을 메워 각기 다른 대여섯 계급을 손쉽게 처리하고자 애썼다. 그는 백작의 조카딸이 되어 말하다가도 다음 순간에는 목수의 아내가 되어 말하곤 한다. 그의 대담함이 완전히 성공을 거두었다고 말할 수는 없다. 백작의 조카딸의 기질은 그가 주장하려 했던 것처럼 그렇게 신랄하고 예민하지는 않다는 느낌을 (근거 없는 것일지도 모르나) 독자는 받게 된다. 귀족은 어쩌면 메러디스가 그 자신의 관점에서 재현한 것처럼 그렇게 항상 고상하고 무뚝뚝하며 기묘하지는 않을 것이다. 그렇지만 천한 신분의 인물들보다는 그가 등장시킨 높은 신분의 인물들이 좀더 성공적으로 묘사되어 있다. 그가 그린 요리사는 너무 통통하고 땅딸막하며, 농부는 너무 혈색이 좋고 흙내를 풍긴다. 그는 활력과 생기를 지나치게 표현하고, 분노로 움켜쥔 주먹을 흔들거나 허벅지를 치는 행위를 과다하게 보여준다. 메러디스는 낮은 신분의 인물들로부터는 너무도 멀어져 그들을 손쉽게 묘사하지 못했다.

이처럼 소설가, 특히 영국의 소설가는 다른 예술가들에게는 같은 정도로 영향을 미치지 않을 그런 장애로 인해 고초를 겪는다. 영국 작가의 작품은 그의 태생의 영향을 받는다. 영국 소설가는 그 자신이 속한 계급의 사람들만을 내밀히 알고 이들을 이해심을 갖고 묘사해야 하는 숙명을 지니고 있다. 그가 태어나 성장해온 상자 밖으로 탈출할 수는 없는 것이다. 영국 소설을 개관해보자. 디킨스의 소설에는 신사가 없고, 새커리의 소설에는 노동자가 등장하지 않는다. 독자는 제인 에어를 숙녀로 칭하기를 주저하게 된다. 제인 오스틴이 그린 엘리자베스나 에마 같은 여자들은 숙녀 이외에 달리 볼 방법이 없다. 공작이나 청소부를 찾기란 헛된 일이다. 그런 극단적인 계급의 인물이 소설 속 어디에서든 찾아질는지는 의심스럽다. 우리가 소설이란 모름지기 이런 것이어야 한다고 생각했던 것보다 실상 소설은 훨씬 빈약할 뿐만 아니라, 소설가는 무릇 위대한 해설자이어야 함에도 오히려 소설가들이 사회의 상층부나 하층부에서 일어나는 일로부터 광범위하게 우리를 차단하고 있다는 그런 우울하고도 안타까운 결론에 이르게 되는 것이다. 사회 최상층 사람들의 감정을 추측 가능케 하는 어떠한 증빙 자료도 실질적으로는 없다. 왕은 어떻게 느끼는지, 공작은 무슨 생각을 하는지, 우리는 알 수 없다. 상류층 사람들은 거의 글을 쓰지 않으며, 그들 자신에 대해서 쓴 적이 전혀 없기 때문이다. 루이 14세 눈에 비친 루이 14세 때의 궁정이 어떠했는지를 우리는 결코 알 수 없을 것이다. 영국의 귀족들은 그들 자신의 진실한 모습을 하나도 남기지 않은 채 소멸하거나 평민과 뒤섞여버릴 가능성이 참으로 많다.

귀족에 대한 우리의 무지는 노동계급에 대한 무지에 비하면 아무것도 아니다. 영국과 프랑스의 명문가 귀족들은 식사 때 유명 인사들을 초대하는 것을 항상 즐겨왔고, 그러기에 새커리나 디즈레일리,[3] 프루스트[4] 같은 이들은 귀족 생활의 스타일과 유행에 친숙하게 되어 이에 대하여 권위 있게 쓸 수 있었다. 그러나 불행히도 인생이란 너무 틀 지어져 있기에, 문학적 성공은 계급 면에서 결코 하향되는 법이 없고 예외 없이 계급의 상승을 불러왔으며, 사회계층 간의 평준화라는 바람직한 양상으로는 거의 이어지지 않았다. 명성을 얻은 소설가는 배관공과 그의 아내와 함께 바닷고둥 안주에 술 한잔하자는 성가신 시달림을 받지 않게 되었다. 자신의 책 덕분에 그는 질 낮은 싸구려 고기 파는 상인과 접촉하거나 대영박물관 입구에서 성냥과 구두끈을 파는 노파와 서신 왕래를 시작할 필요가 전혀 없었다. 그는 부자가 되었고 존경을 받게 되었다. 이제 그는 야회복을 사서 입게 되고 귀족들과 함께 식사를 하게 되었다. 그래서 성공한 소설가들의 후기 작품들 속 인물들은 사회계급이 꽤나 상승되어 있다. 우리는 성공하고 유명해진 사람들의 초상을 그 작품들 속에서 점점 더 자주 보게 된다. 반면에 셰익스피어 시대의 쥐잡이꾼이나 마부는 발을 끌며 물러가 완전히 자취를 감추거나 정말 모욕적이게도 동정의 대

---

3 벤자민 디즈레일리(Benjamin Disraeli, 1804~1881). 영국의 정치가이자 작가. 두 번이나 수상을 역임한 보수당 당수였으며, 『시빌Sybil, or The Two Nations』(1845) 등의 소설도 썼다.

4 마르셀 프루스트(Marcel Proust, 1871~1922). 프랑스 모더니즘 작가. 『잃어버린 시간을 찾아서』(1913~1927)가 그의 대표적 소설이며, 버지니아 울프를 비롯하여 영국 모더니즘 작가들에게 큰 영향을 끼쳤다.

상이 되거나 호기심의 표본으로 전락해버린다. 하층민들은 부유한 사람들을 돋보이게 하는 역할을 한다. 그들은 사회 체제의 사악함을 지적해내는 데 쓸모가 있다. 초서가 글을 썼던 시대와는 달리 작가들은 이제 단순히 그들 자신이 될 수 없다. 노동계급의 사람들이 그들 자신의 언어로 그들 자신의 삶을 이야기하는 것은 거의 불가능한 일이기 때문이다. 글을 쓸 정도의 교육을 받으면 대번에 자의식을 갖게 되거나 계급의식을 품게 되거나 자기의 계급에서 떨어져 나오거나 하는 것이다. 작가들은 익명의 그늘에서 가장 행복하게 글을 쓸 수 있는데, 이 익명성이야말로 중산계급만이 가질 수 있는 특권이다. 작가들은 중산계급에서 나오는데, 이는 중산계급의 사람들에게서만 글쓰기라는 일상적 행위가 논밭을 갈거나 집을 짓는 것처럼 자연스럽고 습관적인 것이 되는 데서 연유한다. 요컨대 키츠보다는 바이런이 시인이 되기가 더 어려웠을 것이다. 공작이 위대한 소설가가 될 수 있다는 것은 상점의 카운터에서 일하는 사내가 『실낙원*Paradise Lost*』(1667)[5]을 쓸 수 있다는 생각만큼이나 불가능한 상상이 되었다.

그러나 상황은 달라지고 있다. 지금의 세태처럼 계급의 구분이 언제나 그토록 엄격하고 단단히 고정된 것은 아니었다. 엘리자베스 여왕 시대가 이런 면에서 우리 시대보다 훨씬 융통성이 있었던 반면, 우리 시대는 빅토리아 여왕 시대보다 훨씬 덜 편협하다. 전대미문의 거대한 변화의 언저리에 우리가 놓여 있다고 해도

5   존 밀턴John Milton이 쓴 서사시로서 삶과 죽음, 인간 세상과 지옥, 타락과 구원에 대한 종교적·철학적 사색이 담겨 있다. 밀턴은 케임브리지 대학교를 우수한 성적으로 졸업했고, 이탈리아 유람 중 청교도 혁명 소식을 접하자 귀국하여 올리버 크롬웰의 공화정 수립을 도왔다. 뛰어난 시인, 사상가, 학자이자 정치적 논객으로서, 공화정 때에는 라틴어로 쓰인 외교 문서를 번역, 작성하는 공무를 맡아 정치에 관여하기도 했는데, 과로로 실명하기에 이르렀다. 왕정복고 후 친구들의 도움으로 목숨을 보존한 후 딸에게 구술하여 완성한 작품이 바로 『실낙원』이다.

무리는 아니다. 다음 세기쯤에는 이러한 사회계급의 구별이 효력을 잃을 것이다. 지금 우리가 알고 있는 공작이나 농사꾼은 너새나 야생 고양이처럼 완전히 맥이 끊기게 될 것이다. 두뇌나 성격과 같은 자연적인 차이만이 사람들을 구별 짓는 데 몫을 할 것이다. 오플 장군은(만약 여전히 장군들이 남아 있다면) 백작(만약 여전히 백작들로 남아 있다면)의 조카딸(만약 여전히 조카딸들로 남아 있다면)을 자신의 외투(만약 여전히 외투들이 남아 있다면)를 손질하지 않고도 만나볼 수 있을 것이다. 그러나 장군들도 조카딸들도 백작들도 외투들도 세상에 없게 될 때 우리는 영국 소설이 어떻게 될 것인지 상상조차 할 수 없다. 영국 소설의 특성이 바뀌어 더 이상 영국 소설을 우리가 알아볼 수 없게 되는지 모른다. 영국 소설은 사멸하게 될지도 모른다. 우리가 시극詩劇을 거의 쓰지 않게 되었듯이, 우리의 후손들은 소설을 쓰지 않게 되거나 쓴다 해도 별로 성공을 거두지 못할는지 모른다. 진실로 민주적인 시대의 예술은 올 것인가…….어떤 모습으로?

조지 메러디스의 소설
The Novels of George Meredith

20년 전 조지 메러디스[1]의 평판은 최고조에 달했다. 그의 소설은 온갖 어려움을 겪은 후 마침내 명성을 얻게 되었고 진압된 어려움만큼 그 명성은 더한층 빛나고 더한층 특이한 것이 되었다. 그러고 나자 이 훌륭한 책들을 쓴 사람 자체가 매우 훌륭한 노신사라는 사실 또한 널리 알려지게 되었다. 복스 힐[2]에 내려갔던 방문자들은 교외에 있는 아담한 그 집 차도를 따라 걸어 들어갈 때 안에서 나는, 크게 소리치는 쩌렁쩌렁한 목소리를 듣고 전율했노라고 전했다. 거실에서 흔히 보는 자그마한 장식물들 사이에 앉아 있는 그 소설가는 보기에 마치 에우리피데스의 흉상 같았다. 세월이 그 섬세한 용모를 날카롭게 만들었지만 그의 코는 여전히 콧날이 살아 있고 그 푸른 눈은 여전히 예리하고 아이러니컬했다. 비록 안락의자에 꼼짝을 않고 깊숙이 앉아 있었지만 그의 얼굴 모습은 여전히 활기차고 총기가 있었다. 그가 거의 전혀 듣

---

1   조지 메러디스(George Meredith, 1828~1909). 영국의 소설가, 시인. 주지주의 작가라고도 불렸다.
2   영국 런던에서 남서쪽으로 30킬로미터 떨어진 지역으로 메러디스가 1868년 정착하여 사망할 때까지 거주했다.

지를 못한다는 것은 사실이었지만, 자신의 빠른 생각의 속도에 본인 스스로도 보조를 맞추기가 힘든 사람이었기에 그러한 사실은 그에게 고뇌조차 되지 않았다. 그는 남들이 자신에게 뭐라고 말하든 들을 수 없었기에 독백의 즐거움에 전심으로 스스로를 맡길 수 있었다. 청중이 교양이 있는지 단순하기만 한지는 아마도 그에게는 중요한 문제가 아니었을 것이다. 공작 부인이 듣기 좋아했을 칭송을 그는 똑같은 격식을 갖추고 어린아이에게도 건네었다. 그는 일상적인 삶의 단순한 언어로는 누구에게도 말을 건넬 수가 없었다. 그러나 공들여 세공한 인위적인 화술은 명징하게 표현된 구절과 높이 쌓아 올린 비유와 더불어 웃음의 조류를 타고 움직이고 흔들거렸다. 그의 웃음은 문장 주위에서 소용돌이쳤는데 마치 그 스스로 자신의 문장의 유머러스한 과장법을 즐기는 듯했다. 언어의 달인은 말이라는 원소 속에서 물장구치고 그 속으로 잠수해 들어갔다. 그렇게 전설은 자라났다. 그리하여 어깨 위로는 그리스 시인의 두상 같은 모습을 한 채 복스 힐 아래 어느 교외에 있는 집에 앉아, 거의 큰길에서도 들릴 정도의 큰 목소리로 시와 빈정거림과 지혜를 쏟아내던 조지 메러디스의 명성은 매혹적이면서도 눈부신 그의 책들이 매혹적이고 더한층 눈부신 것으로 보이게끔 해주었다.

그러나 그것은 20년 전의 일이다. 이제 이야기꾼으로서의 그의 명성은 어쩔 수 없이 흐려지고 작가로서의 명성 또한 구름에 가려져 있는 것 같다. 그를 계승한 어떤 사람에게서도 그의 영향이 드러나 있지는 않으니 말이다. 그로 하여금 존경 어린 말을 듣게끔 해준 작품을 쓴 그의 계승자 중의 한 사람이 이 주제에 대해 우연찮게 자신의 마음을 밝힐 때에도 메러디스를 치켜세우지는 않는다.

메러디스는 [『소설의 양상』에서 포스터 씨가 말한다.] 20년 전의 그 위대한 이름이 이제 아니다. [⋯] 그의 철학은 오래가지 않았다. 감상주의에 대한 그의 심한 공격은 현 세대의 사람들을 지루하게 만들었다. [⋯] 그는 심각해지고 고결해지면 뭔가 귀에 거슬리게 하고 남을 고통스럽게 괴롭히는 성향을 보인다. [⋯] 꾸밈이 심하다거나, 결코 유쾌한 적이 없으면서 이제는 공허하기까지 한 설교를 한다거나, 그리고 고향 동네를 우주 전체라도 되는 양 여기는 것을 보면, 메러디스가 이제 여물통 안에 누워 있는 신세가 된 것은 놀라운 일이 아니다.

물론 이러한 비평이 완결된 평가를 의도한 것은 아니다. 하지만 이 논평은 메러디스라는 이름이 언급될 때마다 대기 중에 퍼져가는 그 무엇인가를 일상적인 대화의 진지함 속에 꽤나 정확하게 압축시켜놓고 있다. 그렇다. 일반적인 결론인즉 아무래도 메러디스는 오래가지 않은 것으로 보인다. 그러나 백 주년이라고 하는 가치는 그것이 제공하는 기회, 즉 공기같이 떠다니는 그런 인상들을 응결시킬 수 있는 기회가 주어진다는 사실에 놓여 있는 법이다. 말이란 반쯤 문질러 닳아 없어진 기억과 뒤섞이면 점차 희미한 안개 같은 것을 형성하며 그런 안개를 통해서는 분명하게 본다는 것이 거의 불가능해지는 법이다. 그 책들을 다시 펴서 처음으로 읽는 듯이 읽으려 하고, 평판과 우연적 사건이라는 잡동사니로부터 그 책들을 해방시켜주려고 노력하는 것 ─ 아마 이것이야말로 탄생 백 주년을 맞는 작가에게 우리가 줄 수 있는 가장 기꺼운 선물이 될 것이다.
　　첫 번째 소설이란 항상 부주의한 소설이 되기가 십상이며, 그 첫 소설에서 작가는 자신의 재능을 가장 유리하게 처리하는 방법은 모르는 채로 그 재능을 드러내게 되는 법이므로『리처드 피버럴의 시련』을 첫 번째로 펴보는 것이 좋을 것이다. 거기에서 작가가 자신이 하는 일에 있어서 초보자라는 것을 파악하는 데에는 대단한 명민함이 필요하지 않다. 스타일은 심할 정도로 균일치가 않다. 작가는 때론 스스로를 비틀어 쇠로 된 매듭이 되기도 하고 때로는 팬케이크처럼 납작하게 누워 있기도 한다. 자신의 의도에 대해서도 두 가지 마음으로 갈라져 있는 것 같다. 반어적인 논평이 장광설적인 이야기와 교대로 나타나니 말이다. 작가는 하나의 태도에서 다른 태도로 동요한다. 실로 전체의 구조물이 다소 불안하게 흔들리는 듯하다. 망토를 휘감은 준남작, 명문가 집안, 조상 대대로 내려오는 집, 식당에서 경구를 크게 외쳐대는 삼촌들, 자기 자랑들을 하며 수영하는 귀부인들, 허벅지를 내리치며 즐거워하는 농부들, 이 모든 것에는 순례자의 짐보따리[3]라고 불리우는 후춧가루 통에서 흘러나온 말라붙은 경구가 돌발적이긴 하나 후하게 흩뿌려져 있으며 그것은 참으로 기이한 혼합물이다! 그러나 그 기이함이 표면에 나타나 있지는 않다. 즉 구레나룻과 모자가 유행이 지난 것이라는 식의 그런 기이함이 아니다. 기이함은 더 깊은 곳, 즉 메러디스의 의도 속에, 즉 그가 말하고자 하는 것 속에 놓여 있다. 분명한 것은 그가 소설의 전통적인 형식을 파괴하기 위해 대단한 수고를 했다는 것이다. 그는 트롤럽과 제인 오스틴이 보여준, 있는 그대로의 현실을 간직하려는 어떠한 시도도 하고 있지 않으니 말이다. 그는 우리가 올라가는 법을 배워둔 익숙하고 흔한 모든 계단을 부수어버렸다. 그리고 그렇게까지 고의적으로 행해지는 것은 어떤 목적이 있어서 그런 식으로 행해지는 법이다. 평범한 것에 대한 이러한 저항, 어

3 메러디스와 브래들리 길먼의 책. *Pilgrim's Scrip Or Wit and Wisdom of George Meredith.*

떤 풍채와 우아함, 온통 선생님과 부인이라는 칭호가 들어간 대화의 형식성, 이 모두가 거기에 있으며 그것은 일상적인 삶의 분위기와는 다른, 새롭고 독창적인 의미의 인간 삶의 장면을 향해 길을 준비하는 분위기를 만들어내고 있다. 메러디스가 그렇게 많이 배워온 피콕도 마찬가지로 인위적이다. 그러나 피콕이 우리에게 한번 가정해보라고 요청하는 내용의 가치는 스키오너[4] 씨와 나머지 인물들을 우리가 자연스레 즐겁게 받아들이게 된다는 사실에서 증명된다. 반면,『리처드 피버럴의 시련』에서 메러디스의 인물들은 주변과 싸우고 있다. 우리는 당장, 그 인물들이 얼마나 비현실적이고 얼마나 인위적이고 얼마나 불가능한 인물들인가 하고 외치게 된다. 준남작과 집사, 남성과 여성 주인공, 좋은 여자와 나쁜 여자는 많고 많은 준남작과 집사, 좋은 여자와 나쁜 여자들의 전형에 불과하다. 그렇다면 그는 계단과 벽에 발린 회반죽 등의 사실주의적 상식이 갖는 상당한 이점을 무슨 이유로 희생시켰는가? 소설을 읽어 내려가다 보면 분명해지는 것은 그 이유가 그가 인물의 복잡성에 대해서가 아니라 휘황찬란한 장면의 광채에 대해서 예리한 감각을 소유하고 있었기 때문이라는 것이다. 이 첫 소설 속의 한 장면 한 장면에서 그는 우리가 청춘, 사랑의 탄생, 자연의 위력이라는 추상적인 이름을 붙여줄 수 있는 장면을 만들어내고 있다. 우리 모두는 광시곡적인 산문의 연타하는 말발굽에 실려 모든 장애물을 넘어 그러한 장면을 향해 질주하게끔 된다.

온갖 체제들을 치워버려라! 부패한 세계를 치워버려라! 마법의 섬의 공기를 들이마시자! 초원은 황금빛으로 누워 있고 시냇

---

4 피콕의 소설 *Crotchet Castle*의 작중인물, 초월주의 철학가이다.

물도 황금빛으로 흐르며 소나무 줄기엔 붉은 황금이 달렸네.

우리는 리처드가 리처드며 루시가 루시라는 것을 잊게 된다. 그들은 청춘 자체이며 세상은 황금빛으로 녹아내리며 운행되고 있다. 작가는 광시곡 작가이자 시인이다. 그러나 우리는 아직 이 첫 번째 소설 속의 모든 요소들을 다 감상한 것은 아니다. 우리는 작가 자신과 함께 생각해봐야 한다. 그의 마음은 논쟁에 굶주려 여러 생각으로 꽉 차 있다. 그의 소년과 소녀들도 초원에서 데이지 꽃을 따며 시간을 보내긴 한다. 그러나 그들은 아무리 무의식적으로이긴 하나 지적인 질문과 논평으로 가득 차 있는 공기를 들이마시고 있다. 여남은 번, 이러한 어울리지 않는 요소들은 용을 쓰다가 와해될 징조를 보인다. 소설은 작가가 스무 가지의 마음을 동시에 지닌 듯이 보일 때 생겨나는 그런 균열로 인해 온통 금이 가 있다. 그러나 그 소설은 기적적인 결합을 성공적으로 이루어내고 있는데 그것은 인물 묘사의 깊이와 독창성에 의해서가 아니라 지성적인 힘의 활력과 강렬한 서정성에 의한 것이 분명하다.

그러고 나면 우리는 호기심이 발동한 상태로 남게 된다. 그로 하여금 또 한 권 혹은 두 권의 책을 쓰게 해보라. 즉 본궤도에 올라 자신의 미숙함을 통제하게끔 해보라. 그러면 우리는 『해리 리치먼드의 모험 *The Adventures of Harry Richmond*』(1870~1871)를 펴게 되고 이제 무슨 일이 일어났는지 알게 된다. 이 소설은 일어났을 법한 모든 일 가운데에 가장 이상한 것임에 틀림이 없다. 모든 미성숙의 흔적이 사라졌다. 그런데 그것과 더불어 불안하고 모험심에 찬 마음의 모든 흔적 또한 사라졌다. 이야기는 디킨스가 이미 밟고 간 자서전적 이야기의 길을 따라 술술 굴러가고 있다. 이야기는 말하는 소년, 생각하는 소년, 모험을 하는 소년 이야기다. 의심의 여지 없이 그런 이유로 인해 작가는 자신의 과잉된 면을 억제했고 자신의 언어의 가지를 전지해냈다. 스타일은 가능한 최대한도로 빠르다. 이야기는 비틀림이 없이 순탄하게 흘러가고 있다. 우리는 스티븐슨이 이러한 유연한 이야기로부터, 즉 정확하고 능숙한 구절을 갖추고 가시적 사물을 정확하고 빠르게 일별해내는 이 이야기로부터 많은 것을 배웠음에 틀림없다고 느끼게 된다.

밤이면 나무 연기 냄새 나는 짙은 초록 나뭇잎 사이에 몸을 던진다. 아침에 깨어나면 세상이 밝아온다. 그러면 자리를 박차고 일어나 굽이굽이 언덕을 주시한다. 다음 날 아침, 그다음 날 아침, 또 그다음 날 아침, 그러던 어느 날 아침, 네가 깨어나기 직전 너를 놀라게 할 세상에서 가장 귀중한 어떤 사람을 만나게 될 그런 언덕을 말이다. 나는 이것이야말로 천국의 즐거움이라고 생각했다.

이야기는 씩씩하게, 그러나 약간 자의식을 갖고 진행된다. 그는 자신이 말하고 있는 것을 듣고 있다. 의심이 일어나기 시작하여 맴돌다가 마침내 『리처드 피버럴의 시련』에서처럼 인간 형상 위에 내려앉는다. 바구니 맨 위에 놓인 견본 사과가 진짜 사과가 아니듯 이 소년들은 실제의 소년들이 아니다. 그들은 너무나 단순하고 너무나 씩씩하고 너무나 모험심이 강해서 예를 들어 데이비드 코퍼필드와 같은 불평등한 종족에 똑같이 속할 수가 없다. 그 아이들은 견본 소년들이고 소설가의 표본이다. 그리하여 다시 한 번 우리는 놀랍게도 전에 그것을 발견했던 그 자리에서 메러디스의 마음에 깃든 극도의 관습성과 조우하게 된다. 그의 모든 대담성(그가 개연성을 받아들이려 하지 않는다는 위험은 없다)에도 불구하고 이미 만들어져 있는 기성품적인 작중인물이 그를 꽤나 만족시켜주는 경우가 여러 번 있다. 그러나 젊은 신사들이 모두 지나치게 능숙하며 그들에게 일어나는 모험 또한 모두 지나치게 번지르르하다는 생각이 들려고 할 때에, 우리 머리 위로 환영의 얇은 막이 씌워지면서 우리는 리치먼드 로이와 오틸리아 공주와 함께 환상과 로맨스의 세계, 즉 모든 것이 잘 결합되어 있는 세계, 작가 마음대로 쓰라고 아낌없이 우리의 상상력을 내줄 수 있는 그런 세계로 가라앉게 된다. 그러한 항복은 그 어떤 것보다도 유쾌한 일이며, 우리가 신은 부츠에 스프링으로 된 뒷굽을 덧다는 일이며, 우리에게서 차가운 회의론을 불태워버림으로써 세상이 우리 눈앞에서 찬란하고도 투명하게 빛나도록 해주는 그런 일이라는 사실은 굳이 보여주며 증명할 필요도 없다. 그러한 사실은 확신컨대 어떠한 분석에도 결코 굴하지 않는 법이다. 메러디스가 그러한 순간들을 유도해낼 수 있다는 것은 그가 비범한 능력이 있음을 증명해준다. 그러나 그것은 변덕스러운 능력이며 참으로 간헐적인 능력이다. 몇 쪽에 걸쳐 노력과 고뇌 일색이다. 구절구절에 성냥을 그어보지만 불이 켜지지 않는다. 그러다 그 소설책을 손에서 막 떨어뜨리려 할 때, 로켓이 공중으로 포효하며 솟구치고 전체 장면은 번쩍이며 환하게 빛난다. 그리고 그 책은 몇 년이 지나서도 그 갑작스런 광채로 인해 기억이 난다.

그리하여 이러한 간헐적인 찬란함이 메러디스의 특징적인 탁월함이라면 그것을 좀더 면밀히 들여다보는 것은 가치 있는 일이 될 것이다. 그러면 아마도 우리가 발견하게 될 첫 번째 것은 눈길을 끌어 기억 속에 남는 장면들이 모두 정적인 장면이라는 사실이다. 그러한 장면들은 어떤 발견이라기보다는 무엇을 비춰 주는 것들이다. 즉, 그런 장면들은 인물에 대해 우리가 아는 바를 향상시켜주지는 않는다. 리처드와 루시, 해리와 오틸리아, 클라라와 버넌, 보샹과 르네는 세심하게 적절한 주변 환경 가운데에서—가령 요트에 승선한 채, 꽃이 피는 벚꽃나무 아래서, 강둑 위에서—그려지고 있어서 풍경이라는 것이 항상 감정의 일부를 이루고 있다는 것이 의미심장하다. 바다나 하늘이나 숲은, 인간들이 느끼거나 바라보고 있는 것을 상징적으로 나타내주기 위해 제시되어 있다.

하늘은 청동빛, 거대한 화덕의 둥근 지붕이다. 도처에 있는 겹겹의 빛과 그림자는 비단결처럼 풍성하다. 그날 오후 꿀벌은 천둥에 대해 콧노래를 불러 듣는 이의 귀를 상쾌하게 했다.

위의 것은 어떤 마음 상태에 대한 묘사이다.

요즈음의 겨울 아침은 신성하다. 아침이 소리 없이 움직여나간다. 마치 무엇을 기다리듯 대지는 고요하다. 굴뚝새가 지저귀더니 물에 젖은 가느다란 가지 사이로 홀쩍 날아간다. 언덕 중턱이 푸르게 열리고 도처에 안개고 도처에 기대감이다.

이것은 어떤 여성의 얼굴을 묘사한 것이다. 그러나 오로지 어떤 특정한 마음 상태나 얼굴 표정만이, 즉 매우 정교하게 다듬어 단순하게 하여 분석이 불가능한 그런 마음 상태와 얼굴 표정만이, 이미지로 묘사될 수 있다. 이것이 그의 한계다. 왜냐하면 비록 우리가 이런 사람들을 그 조명의 순간에 아주 환하게 볼 수는 있어도 그 사람들이 변하거나 성장하지는 않기 때문이다. 그래서 그 빛은 가라앉고 우리를 어둠 속에 내버려두게 된다. 우리는 스탕달의 인물이나 체호프의 인물, 제인 오스틴의 인물을 직관적으로 알게 되듯이 메러디스의 인물을 알게 되지는 않는다. 참으로, 그러한 작가들의 인물에 대해서는 우리가 너무나도 친밀하게 알고 있어 '위대한 장면'을 완전히 없애도 거의 무방할 정도다. 무릇 소설에서 가장 감성적인 장면이란 가장 조용한 장면이다. 구백구십구 번의 작은 필치가 우리의 감성을 다듬어오다가 천 번째의 필치가 다가오면 그것은 다른 구백구십구 번의 필치처럼 사소하지만 그 효과는 막대한 것이 된다. 그러나 메러디스에게는 그러한 작은 필치가 전혀 존재하지 않는다. 오로지 망치를 휘두르는 것만 있다. 따라서 그의 인물에 대해 우리가 아는 바는 부분적이고 발작적이고 간헐적이다.

따라서 메러디스는, 알려지지 않은 채 묵묵히 마음결의 안과 밖을 넘나들며 자신의 길을 더듬어나가 한 인물을 또 다른 인물과 미세하면서도 완전히 다르게 만들어놓는 위대한 심리학자의 대열에 끼지는 못한다. 그는 인물을 열정이나 생각과 동일시하는 시인, 인물을 상징화하고 추상적으로 만드는 시인에 속한다. 그러나—여기에 어쩌면 그의 어려움이 있는지도 모른다—그는 에밀리 브론테가 시인이자 소설가였던 식으로 전적으로 완벽하게 시인이자 소설가도 아니었다. 그는 한 가지 분위기 속에 세상을 담가놓지 않았다. 그의 마음이 너무나 자의식이 강하고 너무나 세련된 편이어서 오랫동안 서정적으로 남아 있을 수가 없었던 것이다. 그는 노래만 부르지는 않는다. 그는 해부한다. 그의 가장 서정적인 장면에서조차 비웃음은 구절구절을 채찍으로 휘감고 그 장면의 화려함을 일소에 부친다. 그리고 계속 읽어나가다 보면 희극적 정신이 장면을 압도하도록 허락된 경우 그 희극적 정신이 세상을 핥아놓아 세상은 매우 다른 모양이 된다는 것을 우리는 알게 된다.『이기주의자*The Egoist*』(1879)는, 메러디스가 무엇보다 위대한 장면의 대가라는 우리의 이론을 당장 수정하게끔 한다. 여기엔 우리로 하여금 장애물을 넘어 감정적 봉우리의 최정상에 이르도록 우리를 몰아대는 황급한 서두름이 하나도 없다. 이 경우는 논쟁이 필요한 경우이며 논쟁은 논리를 필요로 한다. 그리하여 "거인 모습을 한 우리의 원조 남성 격인" 윌러비 경[5]은 면밀한 조사와 비판의 꺼지지 않는 불꽃 앞에서 천천히 돌려지고 있는데, 이는 당하는 사람이 피해보려고 꿈쩍이라도 할 수 있는 여지를 좀처럼 허락하지 않는다. 당하는 그 당사자는 밀랍 모형이며 온전히 살아 있는 살과 피로 이루어진 것은 아니라고 한다면 그것은 아마 맞는 말일 것이다.

동시에 메러디스는 소설 독자인 우리로선 거의 익숙하지 않은 최상의 칭찬을 우리에게 하고 있다. 우리는 인간관계라는 희극을 다 함께 바라보고 있는 문명화된 사람들이라고 메러디스는 말하고 있는 듯하니 말이다. 인간관계란 심오할 정도로 흥미로운 것이다. 남자와 여자는 고양이와 원숭이가 아니라 더 크게 성장하고 더 넓은 범위에 걸쳐 있는 존재들이다. 메러디스는 인류의 행동에 대해 우리가 사심 없는 호기심을 가질 수 있다고 상상하고 있다. 이것은 독자에 대한 소설가의 너무나도 드문 칭찬으로 우리는 처음엔 당황하게 되고 그러고는 즐거워진다. 실제로 그의 희극 정신은 그의 서정적 정신보다 훨씬 더 통찰력 있는 여신이다. 그의 소설 방식의 가시 관목을 뚫고 휜히 길을 내주는 이가 바

---

5 『이기주의자』의 남자 주인공이다.

로 이 여신이다. 깊이 있는 관찰로써 다시 또다시 우리를 놀라게 하는 그 여신, 메러디스 세계의 위엄과 진지함과 활력을 창조해 내는 바로 그 여신 말이다. 우리는 다음처럼 생각하고 싶은 유혹을 느낀다. 희극이 통치했던 시대나 그런 나라에 살았더라면 메러디스는 지적 우월감의 거동이나 웅변적 장엄함의 방식이라는 병에 걸리지 않았을 것이라고. 메러디스 자신이 지적하듯 그러한 병들을 바로잡는 것이 바로 희극 정신의 유용성이니 말이다.

그러나 많은 면에서 시대는—만약 우리가 그렇게도 무정형한 형태인 한 시대를 심판할 수 있다면 말이다—메러디스에게 적대적이었다. 혹은 좀더 정확하게 말하면 우리가 현재 살고 있는 시대, 1928년이라는 시대는 그가 이룬 성공에 대해 적대적이었다. 그의 가르침은 이제 너무 귀에 거슬리고 너무 낙관적이고 너무 피상적인 듯하다. 가르침이 주제넘게 나서고 있다. 그래서 철학이 소설 안에서 소멸되지 않을 때엔, 즉 연필로 한 구절에 밑줄을 그어 가위로 그 훈계를 오려내어 전체에 붙여 하나의 체계를 만들어낼 수 있는 때엔, 그 철학이나 그 소설, 혹은 그 둘 다에 뭔가 잘못된 것이 있다고 말해도 무방하다. 무엇보다 그의 가르침은 너무나도 집요하다. 가장 심오한 비밀을 듣고 나서조차 그는 자신의 의견을 억누를 수가 없다. 그런데 작중인물들이 이보다 더 분개하는 일은 없는 법이다. 단지 우주에 대한 메러디스 씨의 견해를 표현하기 위해 우리를 이 세상에 태어나게 했다면 우리는 차라리 아예 존재하지 않는 편이 낫겠다고 그 작중인물들은 주장하는 듯하다. 그런 까닭에 그들은 죽고 만다. 그래서 죽은 인물로 가득 찬 소설은, 그것이 심오한 지혜와 고양된 가르침으로 또한 가득 차 있다고 하더라도 소설로서의 목표를 달성하지는 못한 것이다. 그런데 여기서 우리는 현 시대가 메러디스와 좀

더 공감을 느끼는 경향이 있는 또 다른 대목에 이르게 된다. 그가 지난 세기의 70년대, 80년대에 글을 쓸 당시에 소설은 앞으로 전진해야만 존재할 수 있는 그런 단계에 도달해 있었다. 저 두 편의 완벽한 소설인 『오만과 편견』과 『알링턴의 작은 집 *The Small House at Arlington*』[6] 이후의 영국 소설은, 영국 시가 테니슨의 완벽함으로부터 벗어나야만 했듯이, 두 소설의 완벽함의 지배로부터 벗어나야만 했다는 주장도 가능하다. 조지 엘리엇, 메러디스 그리고 하디는 모두 불완전한 소설가들이다. 그 주된 이유는 그들이, 가장 완벽한 경지에 이른 소설과는 아마도 양립할 수 없는 그런 사상과 시의 특질들을 도입할 것을 주장했기 때문이다. 다른 한편, 소설이, 제인 오스틴과 트롤럽에게 의미하는 바와 같은 소설의 상태로 계속 남아 있었다면 소설은 지금쯤 죽어 있을 것이다. 그리하여 메러디스는 우리의 감사를 받을 만하고 위대한 혁신가로서 우리의 흥미를 유발시킨다. 그에 대해 우리가 품는 의심의 많은 부분과 그의 작품에 대해 어떤 결정적인 의견을 구성하지 못하는 우리의 무능력의 많은 부분은 그의 작품이 실험적이고 따라서 조화롭게 융해되지 않는 요소들을 가지고 있다는 사실 — 여러 자질들은 다투고 있는데, 결합하고 집중하는 한 가지 자질은 생략되어 있다는 사실 — 에서 유래한다. 그렇다면 우리에게 최대한 유리하도록 메러디스를 읽기 위해서는 어떤 여지를 허용하고 어떤 기준들은 완화시켜야만 한다. 우리는 전통적 스타일의 완벽한 고요도 기대해서는 안 되고 참을성 많고 재미는 없는 심리학의 승리를 기대해서도 안 된다. 다른 한편, "나의 방식은, 독자들로 하여금 작중인물의 중요한 등장에 대비하게 하고 그러고 나서 그 작중인물의 피와 뇌가 어떤 강렬하고도 중압적인 상

6 앤서니 트롤럽의 소설이다.

황에 처하여 최대한도로 가동이 되는 장면을 제공하는 것이다."라고 하는 그의 주장은 종종 정당화된다. 장면 또 장면이 불과 같이 강렬하게 타오르며 마음의 눈에 떠오르니 말이다. 만일 우리가 춤의 대가적인 멋부림 — 그로 하여금 웃었다 대신에 "허파가 충분히 활동하도록 했다." 하고 쓰게 만들고, 바느질했다 대신에 "바늘의 재빠른 정교함을 맛보았다." 하고 쓰게끔 만드는 것 — 에 화가 난다면 그러한 구절들이야말로 '강렬한 장면'으로 나가는 길을 준비하고 있다는 것을 기억해야만 한다. 메러디스는 어떤 분위기를 창조해내고 있는데 그 분위기로부터 우리는 자연스럽게 높은 음정의 감정 상태로 빠져들게 된다. 가령 트롤럽 같은 사실주의 소설가는 모르는 사이에 따분하고 재미없어진다고 한다면 메러디스 같은 서정적 소설가는 모르는 사이에 저속해지고 진실과 멀어지게 된다. 그러한 거짓됨은 물론 따분함보다 훨씬 더 현란할 뿐만 아니라 산문소설이 지닌 냉정함이라는 특성을 거스르는 더 큰 범죄이다. 메러디스는 소설을 완전히 포기하고 시에만 전념하는 것이 현명했을지도 모른다. 그러나 우리는 잘못이 우리 자신에게 있는지도 모른다는 것을 상기해야만 한다. 번역 과정에서 중립적이고 소극성을 띄게 된 러시아 소설을 오랫동안 섭식하고 또한 심리학적인 프랑스 사람들의 소용돌이 속에 젖어 있다 보니 영어라는 언어는 태생적으로 화려한 언어이며 영어라는 글자는 유머와 기이함으로 가득 차 있다는 사실을 우리가 잊게 되었는지도 모른다는 것이다.

소설을 읽어나갈 때 그러한 질문과 수정 변경 사항이 우리에게 밀려온다고 한다면, 그것은 우리가 그의 마술적인 주문에 빠질 정도로 가까이 있지도 않고 그를 균형 있게 볼 수 있을 정도로 멀리 떨어져 있지도 않다는 것을 증명한다고 볼 수도 있다. 이리하여 완결된 평가를 선언하려는 시도는 여느 때보다도 훨씬 더 가닥이 잡히지 않는다. 그러나 이럴 때조차 우리가 메러디스를 읽는다는 것은 곧 꽉 차 있는 근육질 마음을 의식하는 것이며, 비록 우리 사이의 칸막이가 너무 두꺼워 그가 분명히 말하고 있는 것을 우리가 들을 수 없다 하더라도 스스로 확실한 악센트를 갖고 큰 소리를 내며 울려 퍼지고 있는 어떤 목소리를 의식하게 되는 것임을 증언할 수 있다. 메러디스를 읽을 때 여전히 우리는 어떤 그리스 신의 현존 속에 있다고 느끼게 된다. 비록 그 신이 교외에 있는 어느 거실의 수많은 장식물에 에워싸여 있다고 해도 말이다. 그 신은 비록 낮은 톤의 인간 목소리는 들을 수 없다 해도 훌륭하게 말을 하며, 비록 뻣뻣하고 몸은 움직이지 못해도 불가사의하게 살아 있고 깨어 있다. 훌륭하고도 불안한 이 인물은 위대한 대가들보다는 위대한 기인과 자리를 같이하고 있다 할 것이다. 추측건대 그는 발작적으로 읽혀질 것이며 던, 피콕, 제라드 홉킨스[7]처럼 잊혀졌다 발견되고 다시 발견되었다가 잊혀질 것이다. 그러나 만일 영어로 쓰인 소설이 계속하여 읽힌다면 메러디스의 소설은 반드시 이따금씩 눈에 띨 것이며 동시에 그의 작품은 반드시 논박되고 논의될 것임에 틀림이 없다.

7   제라드 홉킨스(Gerard Manley Hopkins, 1844~1889). 영국의 시인이자 예수회 신부이다.

메러디스 다시 읽기에 관하여
On Re-reading Meredith

메러디스에 대한 새로운 이 연구서[1]는, 『섀그팻의 면도 *The Shaving of Shagpat*』(1856)[2]나 『현대적 사랑 *The Modern Love*』(1862)[3] 이 한 손에 들려 있을 때 또 다른 손에 들려질 수 있는 그런 종류의 교과서가 아니다. 이 연구서는, 메러디스라는 대가에 대한 여러 가지 난제들은 해결하고 이제 영국 문학에서의 그의 최종적인 위치에 관하여 마음의 결정을 내리고자 하는 사람들에게나 말을 걸고 있기 때문이다. 이 책이 많은 사람들로 하여금 메러디스를 다시 읽도록 유도하게 된다면 그 이유만으로도 이 책은 메러디스에 대한 의견들을 구체화하는 데에 상당한 일을 한 셈이다. 크리즈 씨는, 메러디스를 다시 읽는 일이 쉬운 일이 되도록 해주는 열성적인 마음으로 그 책을 썼다. 그는 서가에서 다이애나와 윌러비 패턴과 리처드 피버럴을 불러낸다—그들은 서가에서 최근 다소 침묵을 지켜왔다—그러자 곧 대기는, 은유와 경구와

---

1 J. H. E. 크리즈가 쓴 『조지 메러디스: 그의 작품과 인품에 관한 연구』

2 메러디스의 판타지 소설이다.

3 메러디스의 소네트 모음집이다.

환상적인 시적 대화를 담은 명백한 언어를 구사하는 높은 음정을 지닌 채 울리는 목소리로 꽉 차게 된다. 우리 편한 대로 판단컨대 어떤 독자들은 찰나적인 메스꺼움을 느낄 수도 있다. 마치 어떤 영웅을 한참 시간이 지난 후 다시 만나보게 되는 경우처럼 말이다. 즉, 한때 너무나도 열렬히 칭송되었기에 시간이 지난 이제는 그 기이한 행동과 결점이 우리 자신의 젊은 날의 잘못을 지나칠 정도로 잘 간직하고 있는 듯하여 거의 참을 수가 없는 지경이 된 그런 영웅 말이다. 더 나아가 크리즈 씨와 같이 그렇게까지 충성스런 예찬가가 있을 때엔 그사이에 있었던 불신이 떠오를 수도 있는 법이다. 우리로 하여금 그와 같은 충성심에서 벗어나라고 심각하게 유혹한 작가는 새커리도 디킨스도 조지 엘리엇도 아니었다. 그런데 위대한 러시아인들에 대해서도 우리가 같은 말을 할 수 있을까? 꽤나 이상스러운 것은 크리즈 씨가 메러디스의 동시대인들과 비교하며 그의 됨됨이를 재면서 투르게네프나, 톨스토이나 도스토옙스키는 언급하지 않고 있다는 사실이다. 그러나 수많은 충성스런 자들을 유혹해냈고 설상가상으로 당분간 메러디스를, 빅토리아 온실의 어느 숨겨진 구석에 처박혀 감식가들의 재미를 위해서나 키워지고 소중히 여겨져온 섬나라 영웅 정도로 전락시킨 듯한 것은 『아버지와 아들』, 『전쟁과 평화』, 『죄와 벌』이었다.

러시아인들이 우리를 압도하는 것은 당연한 일일 것이다. 왜냐하면 그들은 소설에 대하여 완전히 새로운 개념, 우리의 개념보다 더 크고, 더 제정신이고, 훨씬 더 심오한 개념을 지녔던 것 같기 때문이다. 그런 개념은 온갖 폭과 깊이의 인간 삶이, 모든 세세한 감정과 미묘한 생각과 더불어 사적인 기이함이나 매너리즘의 왜곡 없이, 그들 작품의 각 쪽마다 흘러들어 갈 수 있도록 허용한 것이었다. 삶이 너무나 진지해서 왜곡될 수가 없었던 것이다. 즉 삶이 너무나 중요해서 조작을 할 수가 없었다. 어떤 영국 소설이 그렇게도 압도적인 진지함의 용광로 속에서 살아남을 수 있었을까? 얼마 동안 판결은 암암리에 메러디스는 아니라는 쪽으로 날 것 같았다. 과도한 자기중심주의를 너무나 닮은 그의 세련된 구절과 끊임없는 이미지들 그리고 과다한 개성은, 타협을 모르는 그 불꽃 속에선 소멸될 바로 그런 물건인 듯했다. 어쩌면 우리 중 몇몇은 그 과정은 이미 다 종결되었으며 단지 숯이 된 뼈다귀와 비틀린 철사나 발견하게 될 책을 펴는 것은 아무 소용없는 일이라고 생각할 정도였을 것이다. 「현대적 사랑」, 「계곡에서의 사랑 The Love in the Valley」[4] 같은, 시와 비교적 짧은 작품 몇몇은 그 시련을 좀더 성공적으로 견뎌내고 살아남아, 문학에 부여할 수 있는 최고의 찬사와 더불어 크리즈 씨가 불어넣고 있는 잠재적 열정이 계속 살아 있도록 해주었는지도 모르지만 말이다. 그는 주저하지 않고 메러디스를 셰익스피어와 비교한다. 셰익스피어만이 『리처드 피버럴의 시련』에서 "페니 휘슬 같은 이에게 행해진 유희" 같은 구절을 쓸 수 있었을 것이라고 그는 말한다. 메러디스는 "매슈 아널드[5]가 우리의 문학적 위대함의 원천이라고 생각했던 격렬한 정신적 에너지를 셰익스피어 이후 그 어떤 이보다 더 잘 예증해주고 있다." 어떤 진술로부턴 메러디스는 가장 위대한 시인들과 논박의 여지 없이 동등하다고까지 추론할 수도 있게 된다. "일찍이 그 어느 누구도 더 풍부한 재능을 부여받은 적이 없다." 그는 "어떤 면에선 이제까지 문학에 헌신했던 가장 원숙한 지성의" 소유자였다. 더욱이 이런 말들은 순간적인 열정의 무책

4　1851년에 첫 출판되고 1878년에 개작된 메러디스의 장시이다.
5　매슈 아널드(Matthew Arnold, 1822~1888). 영국의 시인이자 문명 비평가이다.

임한 휘두름이 아니라, 능력과 비평적 통찰력을 갖추고 글을 쓰고 분명한 여러 감상 단계를 거쳐 자신의 최상의 상태에 도달한 사람의 숙고된 의견이다. 우리는 셰익스피어 자리에 던을 놓음으로써 크리즈의 기준을 수정해야 할지도 모른다. 그러나 우리가 아무리 우리의 최상급 말들을 규제한다고 하더라도 그는 메러디스 다시 읽기에 합당한 분위기를 조성해내고 있다.

메러디스 읽기에 합당한 분위기는 그 안에 열정이라는 큰 부분을 지니고 있을 수밖에 없다. 왜냐하면 메러디스는 감정의 심장부를 겨냥하고 있으며 그가 성공적일 때엔 바로 그곳에 거처를 마련하고 있기 때문이다. 실제로 거기에 그와 러시아 작가들 사이의 주된 차이점 하나가 놓여 있다. 러시아 작가들은 축적하고, 추함을 받아들이고, 이해하고자 하며, 지속적인 통찰력과 진실에 대한 일탈하지 않는 존경심의 엄청난 힘을 가지고 인간 영혼 속으로 점점 더 깊이 천착해 들어간다. 그러나 메러디스는 진실을 갑자기 습격하여 포착한다. 그는 하나의 구절로 진실을 포착하고 그의 최고의 구절들은 단지 구절이 아니라 상이한 많은 관찰로 꽉 들어차 있으며 그 구절들은 하나로 융해되어 눈부신 빛줄기로 번쩍인다. 우리가 그의 작중인물들을 알게 되는 것은 바로 그러한 구절들에 의해서이다. 그런 구절들에 대해 생각하다 보면 금방 작중인물들이 마음에 떠오른다. 윌러비 경은 "다리가 하나다." 클라라 미들턴은 "청춘을 깃발처럼 들고 다닌다." 버넌 위트퍼드는 "단식 중인 수사로 변신한 피버스 아폴로"다. 그 소설들을 읽은 사람들은 모두 기억 속에 그러한 구절들을 저장하게 된다. 그런데 같은 과정이 개별 인물뿐만 아니라 수많은 상이한 마음 상태가 재현되는 크고 복잡한 상황에도 마찬가지로 적용된다. 여기에서도 역시 그는 무미건조한 사실엔 가능한 최소한만

의지하면서 일련의 은유와 일련의 경구 안에서 진실을 짜내고자 한다. 그러면 실제로 노력은 엄청나고 혼란은 종종 무질서에 가까워진다. 그런데 그런 실패는 막대한 범위에 걸친 그의 야심에서 비롯된다. 그가 어떤 티 파티를 묘사해야 한다고 가정해보자. 그는 티 파티임을 쉽게 알아보게 해주는 모든 것을—의자, 테이블, 컵, 그 밖의 것들을—없앰으로써 시작할 것이다. 그는 단지 손가락에 낀 반지 하나와 창가를 지나가는 깃털 장식 하나로 그 장면을 재현할 것이다. 그러나 그 반지와 깃털 장식에다 그는 엄청난 열정과 특성을 쏟아 넣고 엄청난 통찰력의 투시광선이 발가벗겨진 방을 비춰대므로 우리는 온갖 세부사항을 모두 점유하고 있는 듯하다. 마치 수고를 아끼지 않는 사실주의자가 세부사항 하나하나를 따로따로 묘사해놓은 것처럼 말이다. 메러디스가 해낸 것처럼 그렇게 자주 이러한 효과를 만들어낸다는 것은 엄청난 업적이다. 그런 순간에 우리가 확신하게 되듯 그것이야말로 소설이라는 예술이 발전해나갈 길이다. 무슨 요일인지, 숙녀들은 어떻게 옷을 차려입었는지, 어떤 일련의 믿을 만한 사건을 통해 커다란 위기가 해결되었는지를 앎으로써 얻어지는 결과인 어떤 견고함을 [메러디스의] 그러한 아름다움과 고조된 감정적 흥분과 교환하는 것은 꽤 가치 있는 일이기 때문이다. 그러나 단순한 견고함보다 더욱더 중요한 무엇인가를 우리가 희생하고 있지는 않은가 하는 의심도 떠오를 것이다. 우리는 놀라울 정도로 강렬한 순간을 얻었고 높은 수준의 지속적 아름다움을 얻었다. 그러나 어쩌면 그 아름다움은 그것이 만족스런 아름다움이 되도록 해주는 어떤 자질이 결여되어 있다고나 할까? "내 사랑은 서사시적 주제에 맞는다—더러운 구석에 쳐진 거미줄엔 맞지 않는다. 비록 내가 그 거미줄을 풀어내는 매력을 알고 있긴 하지만 말이다." 하고 메러디스는 썼다. 그는 따분함을 피하듯 추한 것도 피한다. "순수한 사실주의는 기껏 잘해야 똥파리 양육자다." 하고 그는 썼다. 순수한 로맨스는 더 투명한 곤충을 길러낸다. 하지만 그런 곤충은 아마 똥파리보다 훨씬 더 비정한 경향이 있을 수 있다. 약간의 사실주의의 기미가—아니면 그것은 공감이라는 것에 좀 더 가까운 어떤 것이 아닐까?—있었더라면 메러디스의 주인공이 훌륭하긴 하지만 지루한 신사가 되는 것을—크리즈 씨에게는 죄송하지만 우리는 그 주인공이 그렇다는 것을 늘 알고 온 터다—막아주었을지도 모른다. 그것은 그의 작품이 지닌 높은 산속 같은 대기를 더욱더 다양한 구름으로 채워주었을지도 모른다는 말이다.

그러나 좋든 나쁘든 메러디스는 자신 안에 뿌리박힌 고상함의 습관을 지니고 있다. 예를 들어 어떤 현대 작가도 그렇게 언어의 일상 회화적 성향을 온전히 무시하고 엘리자베스 여왕이 몸소 틀림없이 말했을 법한 그런 문장으로 대화의 꼴을 만든 적이 없다. "내 시야에서 벗어나길, 이라고 내가 말한다!", "엄마, 내가 엄마라고 불러주는—나는 당신의 냉혹함으로부터 달아나기 위해 자발적으로 그에게 갔다!"는 문장은 『비극적 코미디언들*The Tragic Comedians*』(1881)의 안에 등장하는 두 가지 예이다. 그것이 그의 자연스런 음정이다. 비록 대중의 오랜 무관심이 억지스럽고 인위적인 것으로의 그의 경향성을 증대시켰다고 추측은 가능하지만 말이다. 이에 대해선 그 어떤 이유보다도 다음과 같이 불평하기가 쉽다. 그의 세계는 엄격히 경계 지어지고 인구는 희박하다. 이 몰인정한 세계는 가난한 자들과 천박한 자들과 바보스런 자들, 혹은 그 세 부류가 모두 혼합된, 평범하고도 흥미로운 개개인은 들어갈 수가 없는 그런 귀족의 세계라고 말이다.

그러나 그의 소설만 가지고 판단해보아도 메러디스가 위대한 작가로 남아 있다는 것엔 의심의 여지가 없다. 의심은 차라리 그가 위대한 소설가로 불릴 수 있는지 없는지에 있다. 즉 소설 쓰기라는 기술에는 역겨운 점이 너무 많다고 여기는 사람은, 그 기술과 더불어 글을 쓰는 사람과 비교해볼 때, 과연 소설 쓰기에서 뛰어날 수가 있는 것인지 의심이 간다는 말이다. 그는 피하려고 애를 쓰며, 피하려는 그 고군분투 속에서 그가 뿜어대는 엄청나지만 무익한 에너지로 이루어진 장들은 메러디스를 즐기는 데 있어서 진짜 방해물들이다. 그는 무엇에 반대하여 투쟁하고 있는가? 라고 우리는 묻게 된다. 무엇을 얻으려고 그는 애를 쓰고 있는가? 어쩌면 그는 시대를 잘못 타고난 극작가였을까? 어떤 때엔 엘리자베스 시대 극작가고, 어떤 때엔 『이기주의자』의 마지막 장들이 암시하듯 왕정복고 시대의 극작가였나? 극작가처럼 그는 개연성을 비웃고, 일관성을 경멸하고, 하나의 고조된 순간에서 다음의 고조된 순간으로 넘어가며 산다. 그의 대화는 종종 무운시의 안도감을 열망하는 듯하다. 그리고 인물을 해부하는 데 있어서의 그의 분석적 근면에도 불구하고, 그는 근대 소설의 타당성을 보여주는 살아 있는 남자와 여자가 아니라 그 안에 특수성보다는 보편성을 더 많이 포함하고 있는 훌륭한 개념을 창조하고 있다. 다이애나에게는 개별적 여성이라기보다는 여성성에 대한 크고도 아름다운 개념이 들어 있다. 리처드 피버럴에게는 로맨틱한 사랑에 대한 열정이 있지만 연인들의 얼굴은 장밋빛 불빛 아래선 희미하기만 하다. 여기에 그의 작품의 강점과 약점이 있다. 그러나 그 약점이 우리가 지적해온 그런 종류의 것이라고 구태여 말한다면 강점은 그 약점을 상쇄할 수 있는 그런 특성을 지니고 있다. 그의 영국적인 상상력의 힘, 그것의 대담성과 비옥함, 용기와 사랑이라는 위대한 감정에 훌륭히 통달하고 있다는 점, 인간과 교감하도록 자연을 불러내고 인간을 자연의 거대함 속으로 합병시키는 그의 능력, 훌륭히 살고 사색하기를 무단히 기뻐하는 것—이런 것들이야말로 그의 개념에 크기와 보편성을 부여하는 특성들이다. 이런 점에서 우리는 그가 영국 작가 중에서도 가장 위대한 작가의 진정한 후손이라는 것과 우리 문학의 걸작들 외에는 그 어느 곳에서도 표현되지 않는 그런 특성들을 향유하고 있다는 것을 인정해야만 한다.

러시아인의 시각
The Russian Point of View

우리와 많은 공통점을 지녔어도 프랑스인들이나 미국인들이 과연 우리 영국 문학을 이해할 수 있을지 종종 의심스러운데, 러시아문학에 대해서 열광적인 반응을 보이고 있는 우리 영국인들이 러시아문학을 진정으로 이해할 수 있는지에 관해서는 더욱 큰 의문이 든다는 점을 인정하지 않을 수 없다. 이는 '이해한다.'는 것이 과연 무엇을 의미하는가 하는 논의로까지 무한히 확장될 소지가 있다. 일례로, 미국 태생의 모든 작가들, 특히 우리 영국 문학과 영국인들에 대해 지극히 통찰력 있는 글을 써왔고 일생 우리들과 더불어 살다가 마침내 법적 절차를 밟아서 영국 시민이 된 문인들을 떠올리게 된다.[1] 그 모든 사정에도 불구하고 그들은 정말 우리를 이해했을까? 그들은 죽는 날까지 영국 땅에서 이방인으로 남아 있었던 것이 아닐까? 헨리 제임스의 소설을 읽은 어느 누가, 작품에서 묘사된 영국 사회 내에서 실지로 성장한 사람이 그 소설을 썼다고 믿겠는가? 그가 쓴 영국 작가에 대한

---

1 원문에서는 울프가 글을 쓸 당시의 영국 왕 "조지 5세의 신민이 된 미국 작가들"이라 지칭하고 있으나, 현재 한국 독자를 고려하여 "영국 시민이 된 미국 문인들"로 바꾸었다.

비평을 읽은 어느 누가, 그의 문명과 우리의 것을 갈라놓은 대서양이나 저 반대편에서의 200~300년의 세월을 의식하지 않고 셰익스피어를 읽은 사람이 그 비평을 썼다고 믿을 수 있겠는가? 특유의 예민함과 초연함, 예리한 통찰력을 곳곳에서 보여주고 있지만, 외국인인 제임스에게서는 떨쳐버리지 못한 자의식이 엿보이고, 내밀한 친근함으로 이끄는 편안함과 친목감, 그리고 공통의 가치를 공유한다는 느낌이나 분별력, 익숙한 친교에서 오는 신속한 교감은 찾기 어렵다.

우리를 러시아문학으로부터 유리시키는 것은 위에서 열거한 것 때문만은 아니다. 훨씬 더 심각한 걸림돌은 바로 언어의 차이에 있다. 지난 20년 동안 톨스토이, 도스토옙스키, 체호프 등의 러시아 작가들의 글을 즐겨 읽었던 수많은 영국인들 중에서 기껏해야 한두 명만이 러시아어로 그들의 작품을 읽었을 것이다. 러시아어를 한마디도 모르고 러시아인을 한 번도 본 적이 없으며 러시아인이 그들의 언어로 말하는 것을 한 번도 들어본 적이 없으면서 단지 번역 작품에 맹목적이고도 절대적으로 의존했던 비평가들이 러시아문학을 평가한 것을 듣고, 우리는 러시아문학의 질을 평가해왔다.

요컨대 우리는 문체文體를 무시한 채 러시아문학 전체를 판단해왔던 것이다. 한 문장 내의 단어 하나하나를 러시아어에서 영어로 바꾸게 되면, 의미가 약간 바뀌고 소리, 무게, 단어들의 강세도 완전히 변화되어버려서 미숙하고 조잡하게 된 의미 이외에는 다른 아무것도 남지 않는다. 이렇게 취급된 위대한 러시아 작가들은, 지진이나 열차 사고로 인하여 의복뿐만 아니라 보다 더 중요하고 미묘한 것, 즉 예의라고 할 몸가짐과 개성을 다 잃어버린 사람들과 다름없게 된다. 남아 있는 것은 우리 영국인들이 감탄하고 열광해 마지않는, 매우 강렬하고 인상적인 어떤 것인데, 우리가 훼손시켜버린 것들을 고려해볼 때 그릇된 평가와 왜곡, 잘못된 강조로 인한 오역을 어느 정도까지 피할 수 있었는지에 대해서 우리는 스스로에게 의구심을 갖지 않을 수 없다.

우리가 사용한 비유적 표현 — 러시아 작가들이 어떤 끔찍한 재난을 당해 옷을 다 잃어버렸다 — 은 번역 때문이든 아니면 보다 더 깊은 이유 때문이든 러시아문학이 우리에게 전해주는 소박함과 인간미를 설명해주는 것이다. 러시아문학 그 특유의 본능을 감추고 위장하려는 온갖 노력에도 불구하고 우리는 예기치 않게 이러한 소박함과 인간미와 만나게 되는 것이다. 우리는 위대한 작가의 글에서건 그에 못 미치는 작가의 글에서건 러시아의 거의 모든 작가들의 문학작품에 이러한 특성이 배어 있음을 발견하게 된다. "너 자신을 보통 사람들과 비슷하게 만드는 법을 배워라. 더 나아가, 덧붙이건대, 보통 사람들에게 꼭 필요한 사람이 되어라. 그러나 지성에 의한 공감이 쉽다 하더라도 이러한 공감이 머리가 아닌 가슴으로 느끼는 연민, 대중에 대한 사랑으로 이루어지는 공감이 되게 하라."[2] 이 인용문을 들으면 '러시아인이 한 말이군.'이라고 우리는 즉시 알아차리게 된다. 소박함, 노력의 부재, 불행으로 가득 찬 세상에서 우리의 가장 중요한 소명은 고통받는 동료 인간에 대한 이해에 있다는 가정, 그 이해도 "지성에 의한 공감이 쉽다 하더라도 이러한 공감이 머리가 아닌 가슴으로 느끼는 연민"이어야 한다는 바로 이 가정은 모든 러시아 문학 위에 드리운 구름이며, 이는 우리의 메말라빠진 영리함이나 바짝 마른 통행로에서 벗어나 그 그늘 아래서 마음을 넓히도록

---

2 톨스토이의 단편, 「시골 사제The Village Priest」(1918)에서 엘레나 밀리치나가 하는 말이다.

우리를 유인하지만, 결국 참담한 결과로 이어지게 마련이다. 우리는 어색하게 느끼고 자의식을 지니게 된다. 우리 자신의 성격적 특성을 부정하고 선량함과 소박함을 짐짓 꾸며 글을 쓰게 되는데, 그것은 참으로 역겨울 지경이다. 우리는 순박한 확신에 차서 "형제Brother"로 칭할 수 없다. 존 골즈워디John Galsworthy의 작품 중에는 등장인물이 자신과 마찬가지로 불운의 심연에서 헤매는 다른 인물을 그렇게 "형제"라고 부르는 이야기가 있다.[3] "형제"라는 이 말을 쓰는 즉시 모든 것이 부자연스럽고 억지스럽게 된다. "형제"에 상응하는 영어 단어는 "친구Mate"인데, "친구"는 "형제"와는 아주 다른 말로, 어딘지 비웃음이 어려 있고, 설명하기 어려워 암시만 될 뿐인 우스꽝스러움을 내포하고 있다. 불운의 심연에서 만나 말을 건네고 있지만, 서로를 그렇게 부른 이 두 영국인은 직업을 얻고 성공하여 말년을 호사스럽게 지내다가 돈을 남김으로써, 그 수혜자들이 템스강 강둑에서 만나 서로를 "형제"라고 부르는 그런 불상사를 막게 될 것임이 틀림없다. 형제애는 공통의 행복, 노력, 혹은 욕망에서 솟아나는 것이 아니라, 바로 공유하는 고통에서 나온다. 러시아문학을 창조해내는 것은, 해그버그 라이트 박사가 러시아 민족에게 있어서 전형적인 것으로 보았던, 바로 그 "깊은 슬픔"이다.[4]

이러한 일반화는 문학 전반에 적용해보았을 때 상당한 진실을 품고 있다고 볼 수 있지만, 천재적인 작가가 손을 대면 문제는 완전히 달라진다. 대번에 여러 의문점들이 떠오른다. '태도'의 문제

---

3 위의 언급은 골즈워디의 단편, 「일등과 꼴찌The First and the Last」(1914)에서 끌어왔다. "자신보다 더 불운한 이 피조물을 향한 감정의 동요가 로렌스에게 일었다. 그는 말을 걸었다. […] '아 형제여. 그대는 그렇게 운이 좋아 보이지는 않는구려!'"

4 C. T. 해그버그 라이트 경(Sir Charles Theodore Hagberg Wright, 1862~1940)은 러시아문학의 전문가로서 톨스토이의 소품을 모은 책을 편집하기도 했다. 위의 인용은 그가 편집한 책 『시골 사제: 기타 이야기』의 서문에 실려 있는 문구이다.

는 단순하지 않고 지극히 복잡하다는 점이 분명해진다. 열차 사고로 인하여 망연자실해져서 외투뿐만 아니라 예의조차 상실한 사람은 심한 말을, 거칠고 무정하고 불쾌한 그런 심한 말을 내뱉게 된다. 물론 그들은 재난이 초래한 스스럼없음과 자포자기로 인해 그러한 말을 하고 있는 것이다. 안톤 체호프가 우리에게 주는 첫인상은 소박함이 아니라 곤혹스러움이다. 그의 여러 이야기를 읽어나가면서 우리는 그것이 무슨 의미가 있는 것이며 그는 어찌하여 이런 특정 상황에서 이야기를 풀어나가는 것일까 하는 따위의 질문을 하게 된다. 한 남자가 유부녀와 사랑에 빠졌다. 그들은 헤어졌다가 다시 만나고, 결국에는 자신들의 처지를 얘기하면서 어떻게 "이러한 견딜 수 없는 속박"에서 자유로울 수 있을까를 얘기하는데, 이러한 그들의 모습으로 이야기는 끝나버린다.

"'어떻게? 어떻게?'라고 남자는 머리를 쥐어뜯으며 묻는다. […] 그런데 잠시 후에 해결책을 찾을 테고 그러고 나면 새로운 근사한 삶이 시작될 것만 같다."[5] 이것이 끝이다. 우편배달부가 학생을 정거장까지 태워주는데, 가는 동안 내내 그 학생은 우편배달부에게 말을 걸지만 우편배달부는 침묵을 지킨다. 그러다가 예기치 않게 갑자기 우편배달부가 "우편물과 함께 사람을 우편배달 마차에 태우는 것은 규정에 어긋나는 일이야."라고 한마디 던진다. 우편배달부는 화난 표정으로 그 정거장 마당을 왔다 갔다 한다. "그는 누구에게 화가 난 것일까? 사람들에게? 가난에? 아니면 가을밤에?"[6] 이렇게 이 이야기도 끝난다.

---

5 「개를 데리고 다니는 부인The Lady with the Dog」(1899)의 마지막 부분이다. 모스크바 은행가인 유부남 구로프와 젊은 유부녀 안나가 휴가지 얄타에서 우연히 만나 진실한 사랑에 빠지게 되는 이야기로, 끝 부분에서 서로의 사랑을 확인하고 앞날의 계획을 모색하지만 별 결론 없이 끝이 난다.

6 「우편 마차The Post」(1887)의 마지막 부분.

그런데 이것이 결말이란 말인가, 하고 우리는 묻게 된다. 신호를 지나 우리가 더 달려가버린 것은 아닌가 하는 느낌을 받는다. 끝을 맺는 의례적 화음이 없이 갑자기 한 곡조가 뚝 그쳐버린 것 같기도 하다. 이들 이야기가 결론을 맺지 않은 채 끝나버렸다고 생각하면서, 우리는 이야기란 우리 영국인들이 인지하는 방식으로 귀결되어야 한다는 가정에 근거하여 러시아 소설에 대한 비평의 틀을 만들어간다. 그렇게 해나가는 가운데 우리는 독자로서의 우리의 적합성에 의문을 제기하지 않을 수 없다. 대부분의 빅토리아 시대 소설에서처럼 낯익은 선율이 들리고 연인이 결합하고 악당은 패배하고 음모가 발각되는 식으로 결말이 명확하면 우리는 그러한 소설을 읽어나가는 데 아무런 문제가 없다. 하지만 체호프의 작품에서처럼 곡조가 낯설고 질문하는 어조로 끝이 나거나 여전히 대화를 하고 있는 인물들을 보여주면서 이야기가 끝날 때, 우리에게는 그 소설의 선율, 특히 그 작품의 화음을 완성시키는 바로 그 마지막 음조를 들을 수 있는 대담하고 기민한 문학적 감각이 필요하다. 무척 많은 이야기를 읽어낸 뒤라야 우리는 조각나 있는 부분 부분을 하나로 묶는 느낌을 갖게 된다. 체호프가 단지 아무런 연관성 없이 산만하게 늘어놓은 것이 아니라 그가 전달하고자 하는 의미를 성취하려는 의도를 가지고 이 음, 저 음을 두드리고 있다는 것을 우리가 느끼게 될 때, 그제서야 우리는 만족감을 얻게 되는 것이다.

이처럼 낯선 이야기에서 강조점을 정확히 포착하려면 우리는 이리저리 따져 깊이 생각해보아야 한다. 다음과 같은 체호프의 말은 우리에게 올바른 방향을 알려주는 길잡이가 된다. "우리 사이에서 오간 이와 같은 대화는," 체호프는 말을 잇는다. "우리 부모들로서는 생각할 수조차 없었던 것이다. 그들은 밤이 되면 대화를 멈추고 숙면을 취했다. 하지만 우리 세대는 잠을 잘 이루지 못하고 안절부절못하며 쉴 새 없이 떠들면서 옳은지 그른지를 늘 따져본다."[7] 우리의 사회 풍자 문학과 섬세한 심리 문학도 그처럼 잠 못 이루고 그칠 새 없이 이야기하는 가운데 나왔지만, 체호프와 헨리 제임스 사이, 그리고 체호프와 버나드 쇼[8] 사이에는 현격한 차이가 있다. 차이는 명백하건만, 그것은 어디서 오는 것일까. 체호프 역시 사회 상황의 사악함과 부당함을 인식하고 있었다. 소작인들의 사정은 그를 실색케 했다. 하지만 체호프의 열정은 개혁가의 그것과는 거리가 멀었다. 이는 우리가 그의 이야기를 그만 읽어야 할 이유는 물론 아니다. 그는 사람의 심성에 지대한 관심을 가졌고, 인간관계에 관한 가장 섬세하고 민감한 분석가였다. 그렇지만 이것 또한 아니었다. 궁극적인 목적이 거기 있지는 않았다. 그가 무엇보다도 흥미를 가진 것은 한 영혼과 다른 영혼들 사이의 관계가 아니라 영혼의 건강함, 즉 영혼의 선량함이 아니던가. 그러한 이야기는 주로 인물들의 가식과 꾸밈, 그리고 위선을 보여주게 마련이다. 어떤 여인이 그릇된 관계에 빠지고 어떤 남자는 그가 처해 있는 비인간적 상황으로 인하여 타락해버린다. 영혼이 병들고, 이 병든 영혼이 치유되기도 하고, 또는 치유되지 않기도 한다. 이러한 것이야말로 체호프의 이야기 속에서 강조되는 점들이다.

우리의 눈이 이러한 그늘에 익숙해지면, 소설에서의 상투적인 '결말들'의 절반쯤은 공기 속으로 흩어져 사라진다. 뒤에서 빛이 투과된 투명지透明紙처럼 조잡하고 번쩍거리며 깊이가 없는 것으로 보이게 된다. 마지막 장에서 이야기를 정돈하는 데 쓰이는

---

7 「어느 의사의 방문A Doctor's Visit」(1898).
8 조지 버나드 쇼(George Bernard Shaw, 1856~1950). 아일랜드 출신의 영국 희곡작가로 점진적 사회개혁주의자였으며, 50여 편 이상의 희곡을 남겼다.

판에 박힌 수법, 말하자면 결혼, 죽음, 그리고 아주 낭랑히 울려 퍼지고 매우 중대한 것인 양 강조되는 특정한 가치의 진술과 같은 것은 지극히 초보적인 결말 처리 방법이 되어버리는 것이다. 체호프의 소설에서는 어떤 것도 해결되지 않았고 어느 것도 적절하게 엮이지 않았다고 우리는 느끼곤 한다. 그러나 언뜻 보기에 아주 우발적이고 결론이 나지 않으며 사소한 것에 집착하고 있는 것 같은 체호프의 방식은 이제 비로소 정교하게 독창적이고 꼼꼼한 취향의 소산임이 분명해진다. 대담하게 선택하고, 한 치의 오류도 없이 배열하며, 러시아인이 아니고서는 그 어느 누구도 필적할 수 없는 그러한 정직성에서 비롯된 통제가 눈에 들어온다. 이러한 문제들에 대해서는 해답이 없을 수도 있으나, 우리는 우리의 허영에 영합하여 적절하고 품위 있는 어떤 것을 만들어내고자 증거를 조작하지는 말아야 한다. 체호프의 방식은 대중의 이목을 끄는 것은 아닐지도 모른다. 대중은 더 시끄러운 음악, 더 격렬한 박자에 익숙해 있으니 말이다. 하지만 그 곡조의 가락 그대로 체호프는 글을 썼다. 그 결과, 아무것도 아닌 것을 다룬 이 자그마한 이야기들을 읽어나가면서 우리의 지평은 넓어지고 영혼은 놀라우리만치 자유로운 느낌을 얻게 된다.

체호프를 읽으면서 '영혼'이라는 말을 자꾸 되뇌는 우리 자신을 발견하게 된다. '영혼'은 그의 이야기 전반에 걸쳐 산재해 있다. 늙은 주정뱅이들은 이를 맘대로 사용한다. "당신의 계급은 사뭇 높지. 아무도 따라갈 수 없을 정도로. 하지만 여보게, 그대는 진실된 영혼을 가지지 못했다네. 그대 영혼에는 아무런 힘도 들어 있지 않아."[9] 러시아 소설의 주요 인물은 진정 이 영혼이다. 체

---

9   체호프의 단편 「아내The Wife」(1892)에서 굶주린 농부들에게 은혜를 베풀려는 의지를 갖고 있으나, 자기 우월감과 아내에 대한 몰이해 속에서 살고 있는 주인공 파벨 안드레이치에게 어린 시절부터 그를 알아왔던 마을 노인 이반 이바니치가 하는 말이다.

호프에 있어서 영혼은 무한히 다양한 기질과 심신의 이상을 보이며 미묘하고 섬세하게 포착되는데, 도스토옙스키에 이르면 한층 그 깊이와 부피가 더해진다. 도스토옙스키에게 이 영혼은 사나운 질병과 격심한 열병에 걸리기 쉬운 것이면서도, 여전히 주된 관심사가 된다. 아마 바로 이러한 까닭에 영국 독자가 『카라마조프가의 형제들 The Brothers Karamazov』이나 『악령 The Possessed』을 두 번째 읽으려면 굉장한 노력이 필요한 것이다. 영국 독자에게 이러한 '영혼'의 문제는 매우 낯설다. 심지어는 혐오감마저 불러일으킨다. 이는 손톱만큼의 유머감이나 희극적 감각을 내포하고 있지 않다. 형체도 없으며 지력과는 거의 관련이 없다. 영혼은 혼란스럽고 산만하고 격동적이며, 논리적 조절이나 시적 훈련에 종속될 수 없는 것으로 보인다. 도스토옙스키의 소설은 맹렬한 소용돌이이자 선회하는 모래 폭풍, 그리고 칙칙거리며 끓어오르고 펄펄 들끓어대며 우리를 집어삼키는 바다 위 회오리이다. 그의 소설은 순수하게 그리고 전적으로 영혼의 문제로 이루어져 있다. 의지에 반하여 우리는 그 속으로 끌려 들어가 휩싸여 돌면서 눈은 멀고 숨이 막히면서도, 동시에 아찔한 환희에 차게 된다. 셰익스피어를 차치하고 이보다 더 흥미진진한 작품은 없다. 문을 열면 우리는 러시아 장성들과 그들의 선생들, 그들의 서녀와 사촌들, 그리고 아주 사적인 문제를 목청 높여 떠들어대는 온갖 군중들로 가득 찬 방에 들어선 우리 자신을 발견하게 된다. 우리는 도대체 어디에 있는 것일까? 호텔인지 플랫식 공동주택인지 하숙집인지를 알려주는 것이 소설가의 역할에 속하는데, 아무도 그런 설명을 하는 데는 관심이 없다. 우리는 영혼들, 고통받고 불행한 영혼들에 불과하다. 그 영혼의 유일한 일거리란, 말하고 드러내고 고백하고 신경과 살점을 마구 찢기더라도 마음속 맨 밑바

딱 모래 위를 기어 다니는 심술궂은 죄악을 건져 올리는 일이다. 하지만 이야기에 귀를 기울여감에 따라 우리의 혼란스러움은 서서히 정리되어간다. 밧줄 한 개가 던져지고 우리는 독백 한 소절을 붙잡는다. 이 밧줄에 간신히 의지하여 우리는 물속으로 돌진한다. 열렬히, 맹렬히 쉬지 않고 돌진하며, 가라앉기도 하고, 또 시야가 열리는 순간에는 우리가 전에 이해했던 것보다 한층 더 깊은 이해에 이르기도 하고 삶의 압박이 극에 달했을 때에만 맛보곤 하는 그런 계시를 받기도 한다. 솟구쳐 오르면서 우리는 인물들의 이름, 그들의 상호관계, 그들이 룰레텐부르크에 있는 한 호텔에 머무르고 있으며 폴리나는 그리외 후작과 간통 관계에 있다는 사실 등 모든 실마리들을 붙잡는다.[10] 그러나 영혼의 문제와 비교해보면 이 모든 것들은 얼마나 하찮은가! 중요한 것은 영혼, 그 열정과 격정, 그리고 믿기 힘들 정도의 그 아름다움과 사악함의 뒤범벅이다. 우리의 목소리가 갑자기 날카로운 웃음소리로 높아지거나 아주 격렬한 흐느낌으로 전율한다 해도 이보다 더 자연스러운 일이 있을까. 이는 언급할 필요조차 없다. 그 삶의 맹렬한 속도 탓에 날아가는 우리의 수레바퀴에서는 불똥이 마구 튈 지경이다. 더욱이 가속도가 붙어 영혼의 요소들이 보이게 되는데, 이는 우리 영국인의 느린 지성이 포착하듯이 유머스런 장면이나 격정적인 장면에서만 따로 나타나는 게 아니고, 질주하고 뒤얽혀 있으며 복잡하게 혼란스러운 가운데 드러난다. 그렇게 되어 인간 심성의 새로운 파노라마가 펼쳐지는 것이다. 이전의 구별은 허물어져 뒤섞인다. 인물들은 악한이면서 성자이고, 그들의

---

10 도스토옙스키의 중편소설 『노름꾼*The Gambler*』(1867) 참조. 이 이야기는 출판사의 압력을 받던 작가가 속기사로 하여금 자신의 구술을 받아 적게 하여 불과 26일 만에 완성한 작품으로 알려져 있다. 룰레텐부르크라는 지명은 룰렛 도박에 탐닉했던 작가가 만들어낸 이름으로, 이 이야기의 주된 모티프인 도박의 주된 배경이 된다.

행동은 아름다우면서 또한 경멸할 만하다. 우리는 사랑하는 동시에 미워한다. 우리에게 익숙한 선과 악의 확연한 구별은 존재하지 않는다. 우리가 많은 애정을 주었던 사람이 가장 악독한 범죄자이고, 가장 비열했던 죄인이 우리를 감동시켜 우리가 사랑하고 가장 찬탄해 마지않는 사람이 된다.

파도 마루 속으로 맹렬히 뛰어들어 바다 밑바닥 바윗돌에 부딪혀 사정없이 망가지기에, 영국 독자들은 편안하지 않다. 독자가 영국의 문학을 이해하는 데 있어서 익숙했던 과정은 완전히 뒤집힌다. 어느 장군의 정사情事에 대해 얘기하고 싶으면—물론 우리 영국인들이 우선 그 장군을 비웃지 않기란 몹시 힘들겠지만—우리는 그가 사는 집을 기술하는 것으로부터 시작한다. 우리는 그의 주변 상황을 우선 확실히 다져두어야 하는 것이다. 모든 것이 준비되었을 때에야 우리는 그 장군 자신을 다루어보려고 한다. 게다가 사모바르[11]가 아닌, 찻주전자가 영국을 지배한다. 영국에서는 시간은 제한되어 있고, 공간은 협소하며, 다른 관점, 다른 책들, 심지어는 다른 시대의 영향까지도 드러난다. 사회는 상·중·하 계급으로 구분되어 있고, 저마다의 계급에 맞는 전통과 예절을 갖추고 있으며, 어느 정도까지는 계급 특유의 언어까지 갖고 있다. 좋든 싫든 간에 영국 소설가는 이러한 장벽을 늘 인식해야 하는 압력하에 놓여 있으며, 결과적으로 질서와 어떤 형식이 그에게 강요된다. 영국 소설가는 연민보다는 풍자 쪽으로 기울어지며, 개인에 대한 이해보다는 사회에 대한 면밀한 검토로 나아가는 경향이 있다.

도스토옙스키에게는 이런 제약이 지워져 있지 않다. 귀족이건

---

11 러시아에서 찻물을 끓일 때 쓰는 큰 주전자. 중앙에 상하로 통하는 관이 있어 그 속에 숯불을 넣어 물을 끓인다.

평민이건, 매춘부이건 귀부인이건 간에, 그에게는 모두 다 마찬가지다. 누구든 인간은 이 불안정한 유동체, 흐릿하고 발효醱酵하는 소중한 재료, 즉 영혼을 담고 있는 그릇일 뿐이다. 영혼은 장벽으로 인해 구속받지 않는다. 영혼은 범람하여 넘쳐흐르고 다른 영혼들과 함께 뒤섞인다. 한 병의 포도주 값을 낼 수 없었던 어느 은행원에 관한 단순한 이야기는 우리가 깨닫지 못하는 사이에 어느새 그의 장인의 삶, 장인의 다섯 정부情婦의 짓밟힌 삶, 우편배달부의 삶, 잡역부 아낙의 삶, 그리고 플랫식 공동주택의 같은 구역에 머물고 있는 공작 부인의 삶에까지 확대된다. 도스토옙스키가 포용하지 못하는 영역이란 없다. 지쳐 있을 때조차 그는 멈추지 않으며 계속 나아간다. 그는 자신을 억제할 수 없다. 이 뜨겁고 끓어오르고 뒤섞이고 경이로우며 끔찍하고 포악한, 바로 이 인간의 영혼이 쏟아져 나오면서, 우리는 이와 맞닥뜨리게 된다.

이제 『전쟁과 평화』의 작가, 소설가들 중 우리가 가장 위대하다고 부르지 않을 수 없는 작가가 남아 있다. 톨스토이 역시 우리에게 기이하고 난해한, 외국인에 불과한가? 우리가 그 신봉자가 되어 우리 식의 태도를 저버리기 전에는 의혹과 당혹감을 품고 그를 멀리하게 만드는 그러한 기이함이 그의 시각에도 존재하는가? 그의 첫마디를 읽으면 우리는 적어도 한 가지는 확신하게 된다. 우리가 보는 것을 보고, 우리가 그러하듯, 안에서 밖으로가 아니라 밖에서 안으로 향하는 작가가 여기 있구나, 하는 것이다. 여기에 우편배달부가 8시면 문을 두드리는 소리가 들리고 사람들이 밤 10시에서 11시 사이에 잠드는 세계가 있다. 또한 여기에 야만인도 천진난만한 사람도 아닌, 교육받고 다양한 경험을 두루 갖춘 한 사람이 있다. 바로 그 톨스토이는 특권을 최대한 누려온 타고난 귀족의 일원이다. 그는 교외가 아니라 대도시 중심에 산다. 그의 감각과 지성은 예리하고 강력하며 잘 배양되어 있다. 그러한 정신과 육체를 가진 사람이 삶을 공략하는 데에는 어딘가 자부심과 탁월함이 깃들어 있다. 어떤 것도 그를 피해갈 수 없는 것 같다. 어떤 것도 기록되지 않은 채 지나치는 것은 없다. 운동 경기가 주는 흥분, 말馬의 아름다움, 힘센 젊은이의 격렬한 감각적 욕망의 대상이 되는 온갖 것들을, 어느 누구도 그보다 더 잘 전달할 수는 없다. 모든 잔가지, 온갖 깃털이 그의 자석에 들러붙는다. 그는 어린아이의 청색이나 적색의 옷, 말 한 마리가 꼬리를 흔드는 모양, 기침 소리, 이미 꿰맨 주머니에 손을 집어넣으려고 애쓰는 한 사내의 행동까지도 주목한다. 그의 눈빛이 한 치의 오류도 없이 포착한 기침이나 손장난 따위가, 그의 한 치의 오류도 없는 두뇌로 파악한, 한 인물에 숨겨져 있는 중요한 무언가를 가리켜준다. 그래서 우리는 그들의 사랑하는 방식과 정치와 영혼 불멸성에 대한 시각을 통해서뿐 아니라 그들이 재채기하고 감정이 북받쳐 목이 메는 모습을 통해서도 그의 인물들을 파악할 수 있게 된다. 작가가 우리를 산 정상에 올려놓고 망원경을 쥐어주었음을 우리는 번역본을 통해서도 느끼게 된다. 모든 것이 놀라우리만치 명확하고 극히 선명하다. 우리가 의기양양해져 있고 심호흡하며 기운이 나고 정화된 느낌을 갖게 되는 그러한 때에, 마치 강렬한 생명력에 의해 밀려 나온 것처럼 느닷없이 세부적인 묘사가, 가령 한 남자의 머리 같은 것이, 풍경 밖으로 불쑥 튀어나와 우리를 놀라게 한다. "갑자기 이상한 일이 나에게 일어났다. 처음에 나는 주위에 무슨 일이 일어났는지 알지 못했다. 그의 얼굴이 거의 다 사라져버리더니 나를 향해 빛나고 있는 두 눈만이 남았다. 그다음에는 그 눈이 내 머릿속에 들어 있는 것만 같았고 그러고 나서는 모든 것이 혼란스러워졌다. 나는 아무것도 볼 수 없었고, 그의 응시가 내 속에서 만들어내는 공포와 쾌락이 뒤섞인 감정으로부터 헤어 나오기 위해 나는 눈을 감지 않을 수 없었다."[12] 「가정의 행복Family Happiness」(1859)에서 미샤의 이러한 감정을 우리는 몇 번이고 공유한다. 우리는 공포와 쾌락이 뒤섞인 감정에서 벗어나기 위해 눈을 감는다. 대개는 쾌락이 더 강하다. 강렬한 행복감이 그렇게도 잘 전달되기에 더 깊이 느끼고자 책을 덮어버리게 하는, 바로 그러한 묘사가 이 이야기에는 두 차례 등장하는데, 하나는 한밤중에 애인과 함께 정원을 산책하는 한 소녀의 묘사이고, 다른 하나는 거실에서 깡총거리며 뛰어다니는 신혼부부의 모습을 기술한 것이다. 하지만 늘 어떤 두려움의 요소가 존재한다. 이는 우리에게 고정된 톨스토이의 시선에서 미샤처럼 도망치고 싶게 만드는 그런 감정이다. 실제 삶에서 늘 우리를 괴롭힐 법한 느낌 ─ 그가 묘사한 바와 같은 그런 행복은 너무나 강렬하여 오래 지속될 수 없으리라는 느낌, 재앙의 가장자리에 위태롭게 서 있는 느낌 ─ 바로 그러한 느낌인 걸까? 혹은, 우리의 쾌락의 강렬성 바로 그 자체가 의문시되고 우리로 하여금 「크로이체르 소나타The Kreutzer Sonata」(1889)에 나오는 포즈드니셰프처럼 "도대체 왜 사는 것일까?" 하고 묻지 않을 수 없게 만드는, 바로 그런 감정인 것은 아닐까?[13] 영혼이 도스토옙스키를 지배했듯이 삶은 톨스토이를 지배한다. 이 꽃의 눈부시게 찬란히

---

12 톨스토이의 「가정의 행복」은 17세의 미샤가 자신보다 훨씬 나이 많은 36세의 세르게이와 어색한 구애 기간을 거쳐 결혼하게 되고 이후 사랑과 결혼이 그녀가 생각했던 것보다 훨씬 복잡하다는 것을 깨닫는 내용으로, 제목 자체에 상당한 아이러니가 내포되어 있다. 톨스토이의 정밀한 글을 읽다 보면 인물이나 상황이 매우 생생하게 느껴져 그들이 책장 밖 실제 세상으로 나와 실존하는 것처럼 느껴진다는 점을 강조하고자 울프는 이 구절을 인용하고 있다.

13 「크로이체르 소나타」는 베토벤의 소나타에서 제목을 따온, 톨스토이의 대표 중편소설이다. 아내를 죽이게 되는 주인공을 통해 성애를 비판하는 세태 소설이자 가정이 파탄되는 과정을 그린 비극적 이야기이다.

빛나는 꽃잎들 한가운데에는 항상 이 전갈全蠍 —"왜 사는 것일까?"라는 물음 —이 존재한다. 그의 작품 중심에는 모든 경험을 자신의 내부에 모아두고 자신의 손아귀에서 세상을 굴리며 삶을 즐기면서도 삶의 의미가 무엇이며 그 목표가 무엇이어야 하는가 하는 의문을 늘 품고 사는 올레닌, 피에르, 혹은 레빈 같은 인물이 언제나 자리 잡고 있다.[14] 우리의 욕망을 가장 확실하게 부숴버리는 사람은 사제가 아니라, 그러한 욕망을 알았고 그러한 욕망을 즐겼던 바로 그런 사람이다. 그 사람이 욕망을 비웃을 때, 진정 세상은 먼지와 재로 변하여 우리의 발밑으로 사라진다. 그리하여 두려움이 우리의 쾌락에 섞여든다. 세 명의 위대한 러시아 작가들 중에 우리를 가장 매혹시키고 또한 우리를 가장 밀어내는 작가는 바로 톨스토이이다.

마음은 그가 태어난 곳의 성향을 따르게 마련이다. 러시아 소설과 같이 지극히 이질적인 문학 작품과 마주쳤을 때 우리의 마음이 갑자기 옆길로 새어 진실에서 멀리 빗나가는 것도 무리는 아니다.

---

14 올레닌은 단편 「코사크 사람들The Cossacks」(1863)의 주인공이고, 피에르는 『전쟁과 평화』의 중심인물이며, 레빈은 『안나 카레니나』에 등장하는 인간 실존과 사회문제를 철학적으로 숙고하는 지성적인 지주로, 안나와 브론스키 중심의 이야기에서 다른 축에 속하는 주요 인물이다.

투르게네프의 소설
The Novels of Turgenev

투르게네프[1]는 50여 년 전에 프랑스에서 세상을 떠났고, 그의 유해는 러시아에 묻혔다. 그가 프랑스에 얼마나 큰 빚을 지고 있었는지, 그러면서도 그가 얼마나 뼛속 깊이 러시아인이었는가를 상기한다면, 이는 적절해 보인다. 그의 글을 읽기 전에 그의 사진을 잠시 들여다보면, 두 나라의 영향이 고스란히 느껴진다. 파리 문화의 소산인 프록코트를 입고 있는 참으로 위엄 있는 이 인물은 건물들 너머 아스라이 먼 전경을 응시하고 있는 듯하다. 포획되었지만 떠나온 곳을 기억하는 사나운 맹수를 연상시키는 분위기를 풍긴다. 1863년 어느 만찬에서 그를 만났던 공쿠르 형제[2]는 "이 매력적인 거물, 머리가 희끗희끗한 이 거인은 산이나 숲의 자

---

1 이반 투르게네프(Ivan Sergeevich Turgenev, 1818~1883). 러시아령 우크라이나 지역의 부유한 집안 출신으로 1840년대에 고골의 영향을 받아 시, 비평, 단편소설을 쓰기 시작했다. 대표작으로는 『루딘*Rudin*』(1856), 『아버지와 아들*Father and Sons*』(1862) 등이 있다. 『아버지와 아들』에 대한 적대적인 반응 때문에 1856년 투르게네프는 러시아를 떠나 프랑스 파리에 정착하여 제국 과학 아카데미 회원 등으로 활동했다. 마지막 발간 작품은 명상과 일화를 담은 『산문 속의 시*Poems in Prose*』이다. 1883년 9월 3일 파리 근교의 부지발에서 작고했다.

2 에드몽 공쿠르(Edmond de Goncourt, 1822~1896)와 쥘 공쿠르(Jules de Goncourt, 1830~1870) 형제는 공동 저작을 한 프랑스 자연주의 소설가이다.

애로운 정령처럼 보인다."고 언급하며, "그는 잘생겼다. 멋지다. 정말 대단히 잘생겼다. 그의 눈엔 푸른 하늘이 담겨 있고, 흥얼거리는 것 같은 그의 매력적인 러시아 억양은 어린애나 흑인에게서 찾아볼 수 있는 서정적인 선율과도 같다." 하고 적었다. 후에 헨리 제임스도 투르게네프의 위대한 신체적 광휘와 슬라브인 특유의 음울함에 주목하며, "한때는 힘이 막강했음을 절대로 기억에 떠올리지 않는 것이 그의 겸손함의 일부인 양, 체력이 등한시된 듯한 분위기"에다가 "마치 16세밖에 안 된 소년처럼 때로 그는 얼굴을 붉히곤 했다."고 기록한 바 있다. 그의 작품을 펼치면, 이 특질들의 동일한 조합이 상당 부분 엿보인다.

투르게네프의 작품은 언뜻 보기에, 몇 년 만에 다시 들춰본 탓일지 모르나, 짜임새에 있어 다소 성기고 보잘것없으며 스케치에 불과한 것처럼 보인다. 예를 들어 『루딘』[3]을 살펴보자. 독자들은 이 책을 프랑스 유파에 속하는 것으로서, 창조적인 작품이라기보다는 모방에 불과한 작품들 가운데 자리매김할 것이다. 스스로 경외해 마지않는 훌륭한 전범典範을 설정하고 집필했지만 작가가 그것을 추구하는 데 있어서 자신만의 개성과 장점을 약간 포기했다는 느낌을 받으면서 말이다. 하지만 책장을 계속 넘기다 보면 얼핏 받은 인상은 깊어지고 예리해진다. 한 장면이 그 길이에 걸맞지 않는 큰 부피를 갖게 된다. 때로 실제 삶에서 어느 순간은 오래 지나서야 그 의미가 수확되듯이, 마음속에서 그렇게 그 장면은 확장되어 신선한 생각과 감정과 이미지를 뿜어내면서 거기에 존재한다.

투르게네프의 인물들은 아주 예사로운 이야기를 하는 것처럼

---

3 1855년에 집필을 시작하여 문예지 『소브레메니크Sovremennik』에 처음 발표한 작품으로, 투르게네프의 첫 번째 소설이다.

보이지만 사실 그들이 말하는 내용은 항상 우리의 예상을 벗어난 것임을 우리는 주목하게 된다. 그 대사의 의미는 인물들의 목소리가 사라진 뒤에도 지속된다. 더구나 그들은 자신들의 존재를 느끼게 하려고 우리에게 말을 할 필요가 없다. "볼린체프는 갓 잠에서 깨어난 것처럼 움찔하며 머리를 쳐들었다."는 구절을 통해 그가 미처 입을 떼지도 않았지만 우리는 그의 존재를 느낄 수 있다.[4] 잠시 읽기를 멈추고 창밖을 내다보고 있을 때 그 감정은 우리에게 되돌아와 깊어진다. 나무, 구름, 개 짖는 소리 또는 나이팅게일의 노랫소리와 같은 다른 매개체를 통해 그 감정이 밀려오는 탓이다. 그렇게 우리는 대화, 침묵, 사물의 모습으로 인해 사방으로 포위된다. 그 장면은 비상하게도 완벽해진다.

그렇게도 복잡한, 하나의 단순함을 얻어내고자 투르게네프가 장시간에 걸쳐 고군분투하며 삭제하는 과정을 사전에 거쳤으리라고 말한다면 이는 안이한 설명이다. 자신의 인물에 대해 모든 것을 알고 있기에 그는 눈에 띄는 노력을 하지 않고서도 인물의 가장 두드러진 특징을 선택해 그려낼 수 있었다. 하지만 우리가 『루딘』, 『아버지와 아들』, 『연기Smoke』(1867), 『전야On the Eve』(1860) 등의 작품을 읽고 나면 많은 의문점이 절로 떠오르는데, 이에 대한 해답을 찾기는 그다지 쉽지 않다. 그의 작품들은 아주 짧지만 무척이나 많은 것을 품고 있다. 그 안에 담긴 감정은 아주 강렬하면서도 또 아주 잔잔하다. 형식은 어떤 면에서는 아주 완벽하면서, 또 다른 면에서 보면 아주 균열이 많다. 그의 작품들은 전 세기 50, 60년대의 러시아에 관한 것들이면서도, 현재 우리들에 대한 이야기들이기도 하다. 그렇다면 우리는 투르게네프를 이

---

4 볼린체프는 『루딘』에 등장하는 루딘의 이웃 사람으로, 지성적이지만 실행력이 부족한 루딘에게 실망한 여인 나탈리아의 선택을 받아 행복한 결혼 생활을 하게 되는 부유한 인물이다.

끌었던 어떤 원칙을 찾아낼 수 있을까. 표면적인 평이함과 가벼움에도 불구하고 그는 어떤 대담한 예술론을 갖고 있었던가. 모름지기 소설가란 비평가보다 훨씬 더 깊이 있는 삶을 살기에 그의 진술은 모순되고 혼란스러워 보이기 십상이다. 여러 진술들은 발설發說의 과정에서 흐트러져서 이성에 비추어보면 일관성이 없어 보인다. 하지만 투르게네프는 픽션의 예술성에 깊은 관심을 갖고 있었고, 그가 남긴 한두 개의 격언은 그의 여러 유명한 소설에 대한 우리의 인상을 명백히 하는 데 도움이 될 수 있다. 일례로, 한번은 어느 젊은 작가가 비평해달라고 그에게 소설 원고를 가져왔다. 투르게네프는 그의 주인공의 대사가 잘못되었다고 그 작가에게 이의를 제기했다. "그렇다면 그녀가 어떻게 말했어야 옳았을까요?" 하고 그 작가가 묻자 투르게네프는 "적절한 표현을 찾는 것은 바로 자네의 일이네." 하며, 벌컥 화를 냈다. 하지만 그 젊은 작가는 자신은 적절한 표현을 찾을 수 없노라고 항의했다. "이것 참! 그것을 자네가 찾아야 하네…… 내가 적절한 표현을 알면서도 말해주지 않으려 한다고 생각하지 말게. 애써 찾아다닌다고 해서 **적절한** 표현을 찾을 수 있는 것은 절대 아니라네. 그것은 그 원천에서 흘러나와야 하네. 어떤 때는 자네가 그 표현이나 어휘를 만들어내기도 해야 하지." 그러고서 투르게네프는 그 젊은 작가에게 적절한 표현이 그에게 떠오를 때까지 한두 달간 원고를 밀쳐두라고 충고했다. 그렇게 해도 안 되면, "영영 떠오르지 않는다면 그것은 자네가 가치 있는 작품을 쓸 재목이 못 된다는 것을 뜻할 것이네." 하고 덧붙였다. 이 일화로 보건대, 투르게네프는 최적의 표현을 지극히 중요한 것으로 삼되 이는 관찰에서 얻어지는 것이 아니라 인간의 심층에서 무의식적으로 우러나오는 것이라고 믿는 작가 중 하나로 여겨질 법하다. 적확한 표현은 외부에서 찾아서 발견할 수 있는 것이 아니라는 것이다. 하지만 투르게네프가 소설가의 기법에 대해 다시 언급할 때, 이번에는 관찰의 필요성에 가장 역점을 둔다. 소설가는 그 자신과 타인의 내면의 모든 것을, 정확하게 관찰해야만 한다. "그 고역이 끝나면 훌륭한 묘사가 남는다." 소설가는 끊임없이, 몰개성적으로, 편향 없이 관찰해야만 한다. 그러나 이는 겨우 시작에 불과하다. "소설가는 읽고 연구하며 주변을 둘러싸고 있는 모든 것을 깊이 있게 다뤄야 한다. 삶의 온갖 모습들을 포착하려고 노력해야 할 뿐 아니라, 삶을 이해하기 위해, 삶을 좌우하면서도 모습을 잘 드러내지 않는 그런 법칙들을 이해하기 위해 애써야 한다." 바로 이것이 그가 나이 들고 게을러지기 전에 작업했던 방식이라고, 그는 말했다. 하지만 그렇게 하기 위해 소설가에게는 강한 근육이 필요하다고 그는 덧붙였다. 우리는 그의 이러한 요구를 과장이라고 몰아세울 수는 없다.

그는 소설가에게 많은 것을 하라고 요구할 뿐 아니라 때로는 상호 모순되어 보이는 일을 하라고 요청하고 있다. 소설가는 사실을 사심 없이 관찰해야 하지만, 또한 그 사실을 해석해내야 한다. 많은 소설가들이 전자를 행하고 또 다른 여러 소설가들이 후자를 실행한다. 사진 같은 예술도 있고 시 같은 예술도 있다. 하지만 사실과 비전이 병존하는 작가는 거의 없다. 우리가 투르게네프에게서 발견하는 희귀한 자질은 바로 이러한 이중적인 과정의 소산이다. 매우 짤막한 몇 개의 장에서 그는 극히 상이한 이 두 가지 일을 동시에 수행한다. 한 치의 오류도 없는 눈으로 그는 모든 것을 정확하게 관찰한다. 솔로민[5]은 장갑 한 켤레를 집어드는데,

---

5   솔로민은 투르게네프의 마지막 소설이자 그의 작품 중 가장 긴 『처녀지Virgin Soil』(1877)에 등장하는 인물로, 지극히 러시아적인 사색적 주인공 네츠다노프와 대조된다.

이 장갑은 "흰 세무 가죽으로 만들어진 것으로 바로 얼마 전에 세탁했고 모든 손가락 끝부분이 잡아 늘어나 있어 마치 가느다란 손가락 비스킷finger biscuit처럼 보였다." 그 장갑을 정확하게 보여주고는, 투르게네프는 멈춘다. 해설자는 그의 팔꿈치에 바짝 붙어 장갑 하나라도 그 인물이나 개념과 연관시켜야 한다고 주장한다. 그러나 개념 제시만으로는 충분하지 못하다. 해설자가 아무런 제약 없이 상상력의 영역에 개입하는 것은 용납되지 않는다. 이제 다시 관찰자는 그를 잡아당겨 나머지 진실, 사실이라고 하는 진실을 그에게 상기시킨다. 영웅적인 바자로프[6]조차 한 숙녀에게 잘 보이려고 여행 가방 맨 위에 제일 좋은 바지를 챙겨 넣는다. 관찰자와 해설자, 사실과 비전이라는 한 쌍의 동업자는 동맹 관계 속에서 긴밀히 작업한다. 우리는 하나의 사물이나 사안을 여러 다른 각도에서 보게 된다. 짧은 장들이라도 그토록 많은 것을 담고 있는 이유 중 하나는 이 때문이다. 그 속에 수많은 대조가 내포되어 있는 것이다. 같은 한 쪽 속에 아이러니와 격정이 존재하고, 시적인 것과 일상적인 것이 공존하며, 수도꼭지에선 물이 새고 나이팅게일의 절묘한 노랫소리도 들린다. 그 장면이 여러 대조로 이루어져 있을지라도 하나의 통일된 장면이 되어 남는다. 우리가 받게 되는 다양한 인상들은 모두 서로 연관된다.

이 두 가지 다른 능력 간의 균형은 매우 희귀한 것인데 영국 소설에서는 특히 드물다. 이 균형이 이뤄지려면 어떤 것을 포기해야만 한다. 아주 친숙한 우리 영국 문학의 위대한 인물들, 미코버, 펙스니프,[7] 베키 샤프 같은 인물들은 두 능력 사이의 균형을 이루

---

6 급진적인 사고의 소유자이나 허무주의자로 사랑과 이상을 이루지 못하고 죽음을 맞는 『아버지와 아들』의 비극적인 주인공이다.

7 디킨스가 쓴 '악당 소설picaresque novel'에 속하는 『마틴 처즐위트의 삶과 모험*The Life and Adventures of Martin Chuzzlewit*』(1842~1844)에 등장하는 위선자이다

려는 그런 통제하에서는 그렇게 강력한 개성이 두드러지지 않았을 것이다. 이 인물들은 보다 방관을 필요로 하는 듯하다. 이들은 경쟁 상대를 지배하거나 심지어는 파멸시키도록 허용되어야만 한다. 바자로프와 『대초원의 리어 왕*A Lear of the Steppes*』(1870)에 나오는 할로프 정도를 제외하고는 투르게네프 소설의 어느 인물도 그들이 등장하는 책과 별개로 기억될 만큼 다른 인물들보다 돋보이거나 특출나 보이지 않는다. 루딘, 라브레츠키, 리트비노프, 엘레나, 리사, 마리아나 같은 인물들은 독자적이고 고도로 개체화된 남녀 인물이라기보다는, 각자의 차이를 견지하면서도 서로 어우러져 들어가 미묘하고 심오한 하나의 유형을 이룬다. 에밀리 브론테, 하디, 멜빌[8]처럼 사실을 곧 상징으로 삼는 시인이자 소설가인 작가들은 『폭풍의 언덕』(1847), 『귀향*The Return of the Native*』(1878), 『백경*Moby Dick*』(1851) 등의 작품을 통해서 투르게네프의 소설보다도 분명 훨씬 압도적이고 격정적인 경험을 우리에게 제공한다. 그러나 투르게네프의 소설은 한 편의 시로서 우리의 감정을 움직일 뿐만 아니라, 다른 작가들의 것보다 훨씬 완벽하게 우리를 만족시킨다. 그의 작품들은 흥미롭게도 우리 시대의 것으로, 진부하지 않고 내적인 온전함을 지닌다.

투르게네프는 또 다른 위대한 자질, 즉 조화와 균형을 이루는 희귀한 재능을 정말 대단할 정도로 갖고 있다. 다른 소설가들과 비교해볼 때, 그는 보다 더 보편적이고 조화로운 삶의 모습을 그려낸다. 농부를 비롯하여 지성인, 귀족, 상인 등 각기 다양한 사회를 우리에게 보여주는 데서 드러나듯이 이는 그의 시야가 넓기 때문이기도 하지만, 그보다 심오한 통제와 질서가 거기에 있음을 우리가 의식하게 되기에 또한 그러하다. 하지만 그러한 균형은,

8 허먼 멜빌(Herman Melville, 1819~1891).

우리가 『귀족의 보금자리*A House of Gentlefolk*』(1859)[9]와 같은 작품을 읽을 때 상기하게 되듯이, 최상의 이야기꾼으로서의 재능에서 나오는 것은 아니다. 사실 투르게네프는 유창한 이야기꾼은 아니다. 그의 서술에는 빈틈이 엿보이고 빙빙 돌아가기도 한다. 그는 "잠시 얘기의 실마리를 끊게 되니 이를 독자가 양해해주기 바란다."는 말을 집어넣곤 한다. 그러고 나서는 무척이나 혼란스럽게도 50여 쪽에 걸쳐 증조부와 증조모들의 얘기를 들려준다. 그러고는 "그를 남겨두었던 곳, 그곳으로 함께 돌아가기를 관대한 독자에게 이제 청하나니……."라며 '오O'[10]에 있는 라브레츠키의 얘기로 돌아온다. 글이 사건의 연속으로 이루어져야 한다고 여기는 훌륭한 이야기꾼으로서의 작가라면 그러한 중단을 허용하지 않았을 것이다. 그러나 투르게네프는 소설을 사건의 연속으로 보지 않았다. 그에게 있어서 소설은 중심에 놓인 어느 인물에게서 풍겨 나오는 정서의 연속이었다. 우리가 기차를 타고 가다 흔히 마주칠 법한 바자로프나 할로프 같은 인물들이 그 무엇보다도 중요하며, 이들은 겉보기에 조화를 이루지 못하는 요소들을 신기하게도 끌어당겨 맞붙게 하는 힘을 지닌 자석으로 작용한다. 연결은 사건에 의해서 이루어지는 것이 아니라 인물들의 감정에 의존한다. 책의 끝 부분에 이르러 우리가 그 작품이 완벽하다는 느낌을 얻는다면, 이는 이야기꾼으로서의 결점에도 불구하고 투르게네프가 감정을 포착하는 감각이 매우 섬세하여, 갑작스레 대조를 사용하거나 인물을 묘사하다가 하늘이나 숲으로 옮겨가더라도 그의 통찰력의 진실성 덕분에 그 모든 것들이 잘 맞물려지

---

9 러시아에서 열광적으로 받아들여진 소설로, 투르게네프의 작품 중 가장 덜 논쟁적이고 가장 널리 읽힌 작품으로 꼽힌다. 1969년에 콘찰로프스키Andrey Konchalovsky 감독이 영화로도 만든 바 있다.

10 『귀족의 보금자리』에 나오는 지명으로, 원문에서도 약자로만 표기되어 있다.

기 때문이다. 그는 진정한 부조화, 즉 거짓된 감정을 도입하거나 제멋대로 전환을 하는 것 따위로 독자의 주의를 산만하게 만드는 법이 결코 없다.

이러한 이유로 그의 소설은 균형이 잡혀 있을 뿐 아니라 우리에게 무척이나 강렬한 느낌을 불러일으킨다. 그의 남녀 주인공들은 우리로 하여금 그들의 사랑의 진실성을 믿게 하는 지극히 드문 작중 인물들에 속한다. 그 사랑은 비범한 순수함과 강렬함이 담긴 열정이다. 인사로프를 향한 엘레나의 사랑, 인사로프가 오지 못할 때 그녀가 느끼는 고뇌, 한 작은 예배당에서 비를 피하면서 그녀가 느끼는 절망감,[11] 그리고 바자로프의 죽음과 그의 연로한 부모의 슬픔은 마치 우리가 몸소 겪은 것처럼 마음속에 남는다. 그러나 이상하게도 인물들이 개별적으로 작품을 지배하는 경우는 없고 많은 다른 요소들이 동시에 진행된다. 우리는 들판에서 삶의 분주한 소리를 듣는다. 말은 안달이 나서 재갈을 우적우적 씹어대고, 나비는 빙빙 원을 그리며 돌다가 내려앉는다. 일부러 신경을 쓰지 않아도 삶이 진행되고 있는 것을 알아채면서 우리는 남녀 인물들에 대해 더욱 강렬하게 느끼게 되는데, 이는 그 인물들이 삶의 전체를 이루는 것이 아니라 오히려 한 부분에 지나지 않기 때문이다. 물론 이것은 투르게네프의 인물들이 그들 외부에 존재하는 사물들과 자신들과의 연관성을 깊이 인식하는 데 상당 부분 기인한다. "나의 젊음은 무엇을 위한 것이고 나는 무엇을 위해 살고 있으며 내가 영혼을 지닌 이유는 무엇이며 이 모든 것은 또 무엇을 위한 것일까?" 하고 엘레나는 일기에서 자문한다. 그 질문은 항상 그녀의 입가를 맴돈다.

이러한 점이 그 질문이 없었다면 그저 가볍고 재미있으며 정

11 『전야』에 등장하는 비운의 남녀 주인공의 이야기이다.

밀한 관찰로만 풍성했을 이야기에 심오함을 부여한다. 영국에서라면 그렇게 될 수도 있었겠지만, 투르게네프는 결코 그저 훌륭한 풍속사가에 국한되지 않는다. 그의 인물들은 자신들의 삶의 목적을 자문할 뿐만 아니라 러시아의 문제에 대해서도 늘 고민한다. 지성인들은 항상 러시아의 운명을 생각하고 있어서, 밤새도록 차를 끓여 마시며 새벽 동이 틀 때까지 논쟁으로 밤을 샌다. 포투긴이 『연기』에서 언급한 대로, "아이들이 생고무를 잘근잘근 씹듯이, 그들은 그 불운한 화제에 대하여 걱정 또 걱정하며 보낸다."[12] 몸은 망명길에 올랐으나, 투르게네프의 마음은 한시도 러시아를 떠날 수 없었다. 그는 열등감과 억압감에서 연유한, 병적일 정도의 감수성을 지니고 있었다. 하지만 그는 자신이 열성당원이나 한갓 대변자로 전락하는 것을 절대로 허용하지 않았다. 그는 어떤 경우에도 아이러니를 잃지 않았고, 항상 대조되는 면을 제시했다. 정치적 열정의 도가니 속에서도 "통통하고 말끔하고 귀여운, 한 쌍의 길들여진 작은 앵무새," 포무쉬카와 피무쉬카가 그들 나라의 형편이야 어떻든 아주 행복하게 환희에 찬 노래를 부르면서 삶을 영위하는 모습이 그려진다.[13] 또한 투르게네프는 농부를, 연구 대상으로 관찰하는 것 이상으로 안다는 것은 어려운 일임을 우리에게 상기시킨다. 지성인인 네츠다노프는 자살하기 전에 "나는 나 자신을 **단순화할 수 없다**."고 적는다. 게다가 투르게네프는 마리아나가 말했듯이 "나는 러시아에 있는 모든 억압받는 자, 가난한 자, 비참한 자를 위해 괴로워한다."고 밝힐 수도 있었지만,[14] 그런 장황한 언급이나 입장 설명을 하지 않

---

12 독일 휴양지 바덴바덴을 주 배경으로 펼쳐지는 『연기』는 젊은 러시아 남성과 젊은 러시아 기혼녀의 연애를 다루면서도 당시 러시아 사회와 러시아인에 대한 비판을 담고 있다.

13 포무쉬카와 피무쉬카는 『처녀지』에 등장하는 인물들로, 포마 라브렌치예비치와 파블로브나 수보체프를 칭하는데, 이들은 순수 러시아 혈통으로 같은 집안에 속해 있다.

은 것이 그의 예술을 위해서 이로웠고 대의大義를 위해서도 다행이었다. "그러지 마세요. 사실을 일단 서술했으면 독자에게 강요하지 마세요. 독자 스스로가 그것을 따져보고 이해하도록 내버려두세요. 내 말을 믿어주세요. 당신에게 소중한 그 견해를 위해서라도 그편이 낫습니다." 그는 스스로 아웃사이더가 되어 지식인들을 비웃었고, 그들 논쟁의 공허함과 그들의 시도가 지닌 장엄한 어리석음을 들추어냈다. 바로 이 거리두기 때문에 그의 유감과 그들 지식인들의 실패가 우리에게 더욱 강렬한 인상을 준다. 하지만 이 방식이 부분적으로는 훈련과 이론에서 나온 것이라고 해도, 그의 소설이 풍성히 증명하듯이, 어떤 이론도 사물의 뿌리에까지 침투해서 예술가 자신을 추방해버릴 수는 없다. 그의 기질은 뿌리 뽑히지 않은 채 남아 있다. 투르게네프의 작품을 읽을 때, 번역본으로 읽을 때조차, 우리는 그가 아니면 아무도 이런 작품을 쓸 수 없었을 것이라고 거듭거듭 말하게 된다. 그의 출생, 그의 민족, 그가 어린 시절에 받은 인상 등이 그가 쓴 모든 것에 두루 스며들어 있다.

하지만 자신의 기질이 운명적인 것이고 불가피한 것이라고 하더라도 작가는 선택을 할 수 있다. 작가로서 자신의 기질을 어떻게 활용할 것인가는 중요한 선택의 문제이다. 작가는 '나'여야 하지만, 한 사람 안에는 매우 상이한 여러 '나'가 있다. 이런 무시, 저런 상처로 고통을 받는 '나'가 될 것인가, 그래서 자신의 개성을 강요하고, 자신과 자신의 견해가 인기를 얻고 힘을 장악하도록 욕망하는 작가가 될 것인가? 아니면, 그러한 '나'를 억누르고 어떤 대의명분을 호소하거나 자신을 정당화하려는 바람이 없이, 최대한 멀리까지 정직하고 공평무사하게 투시하고자 하는 작가가

14 네츠다노프와 마리아나 모두 「처녀지」의 중심인물이다.

될 것인가? 투르게네프는 이러한 선택에 있어 조금의 주저도 없었다. 그는 "이 인물 혹은 저 사물을 대했을 때 자신이 느낀 것을 우아하고 따뜻하게" 서술하기를 거부했다. 그는 우아하고 따뜻한 자아 대신에 다른 자아, 군더더기를 모조리 제거하여 그 강렬한 개성 속에서 거의 비인격화된 자아를 활용했는데, 그것은 배우 비올레타의 대사 속에서 투르게네프가 정의 내린 바로 그 자아이다.

그녀는 모든 부차적인 것, 모든 불필요한 것을 내던지고 자신을 찾았다. 예술가에게 있어서 얼마나 희귀하고 숭고한 기쁨인가! 그녀는 불현듯 한계를 뛰어넘어 정의 내리기 불가능한 경계에 다다랐는데, 그 너머는 아름다움이 거하는 곳이었다.[15]

이것이야말로 여전히 그의 소설이 아주 현대적으로 여겨지는 이유이다. 격하고 사적인 감정이 들어 있지 않기에 그의 소설은 지엽적이거나 일시적인 작품에 그치지 않는다. 우리에게 말을 건네는 이 사람은 우리를 천둥번개로 꾸짖을 예언자가 아니라 우리를 이해하려 애쓰는 견자見者이다. 물론 그에게는 약점도 있다. 그가 말했듯이 작가는 나이 들고 게을러진다. 그의 책은 때로 보잘것없고 혼란스러우며 감상적인 측면도 있다. 하지만 그는 작가로서 그의 존재의 가장 근본적인 부분을 동원하여 집필했기에 그의 작품들은 "아름다움이 거하는 곳"에 산다. 그의 아이러니와

---

15 『전야』의 한 장면. 투르크족의 압박에 놓인 조국 불가리아를 위해 목숨을 바치기로 결심한 인사로프가 러시아에서 추방당하여 외국에서 자신의 뜻을 펼쳐보지도 못한 채 병에 걸리고, 그를 따라온 러시아인 연인 엘레나와 함께 베니스에 머물던 중, 그들은 베르디의 오페라 「라 트라비아타La Traviata」를 관람한다. 비극과 죽음을 다룬 이 오페라에서 목소리를 잃고 미모도 상실한 비올레타 역을 맡은 배우가 등장하는 장면은 이 소설의 백미로 손꼽힌다.

거리두기에도 불구하고 우리는 그의 감정의 깊이를 결코 의심하지 않는다.

루이스 캐럴
Lewis Carroll

논서치 출판사가 루이스 캐럴의 전체 작품을 1293쪽의 두툼한 책으로 출판했다. 그래서 변명할 여지 없이, 루이스 캐럴은 최종적으로 완결되어야 한다. 우리는 온전하게 그의 전부를 파악할 수 있어야만 한다. 하지만 우리는 실패한다. 또다시 우리는 실패한다. 우리는 루이스 캐럴을 잡았다고 생각한다. 다시 바라보자 우리는 옥스퍼드 대학의 성직자를 본다. 우리는 C. L. 도지슨 목사를 이해했다고 생각한다. 하지만 다시 바라보자 요정 같은 존재가 보인다. 책은 우리 손안에서 둘로 깨어진다. 그것을 결합시키기 위해서, 우리는 전기에 도움을 청한다.

하지만 C. L. 도지슨 목사는 전기가 없다. 그는 너무도 가볍게 세상을 지나가서 아무 자취도 남기지 않았다. 그가 너무도 수동적으로 옥스퍼드 대학으로 녹아 들어갔었기에 그의 모습이 보이지 않는다. 그는 모든 관습을 받아들였다. 그는 점잔 빼고, 까다로우며, 경건하고, 우스꽝스러웠다. 만약 19세기 옥스퍼드 대학 학감의 진수가 있다면 그가 바로 그 진수였다. 그는 너무도 선해서 그의 누이들은 그를 숭배했고, 너무도 순수해서 그의 조카는 그에 대해서 할 말이 없었다. 그는 루이스 캐럴의 삶에 틀림없이 절망의 그림자가 드리워졌을 가능성이 있다고 암시한다. 허나 도지슨 씨는 당장에 그런 그림자를 부인한다. 그는 "나의 삶은 모든 시험들과 고통에서 자유로웠다."고 말한다. 하지만 이런 무채색의 젤리는 그 안에 완벽하게 단단한 결정체를 포함하고 있었는데, 그것은 유년 시절을 간직하고 있었다.

그런데 유년 시절은 정상적으로 서서히 사라지기 때문에, 이것은 아주 기묘한 일이다. 유년 시절이라는 작은 뭉치는 소년이나 소녀가 성장한 남자나 여자가 되었을 때도 지속된다. 유년 시절은 때로는 낮에, 밤에 더 자주 돌아온다. 하지만 루이스 캐럴에게는 그렇지 않았다. 무슨 까닭인지, 무슨 이유에서인지는 우리가 모르지만, 그의 유년 시절은 예리하게 절단되었다. 유년 시절 전부가 원래대로 그의 안에 숨어 있었다. 그는 그것을 흩어버릴 수가 없었다. 그래서 그가 나이 들면서, 그의 존재 한가운데에 있는 이 장애물, 순수한 유년 시절이라는 이 단단한 덩어리는 성숙한 남자에게 자양물을 차단하고 굶겼다. 그는 어른의 세계를 그림자처럼 통과해갔고, 단지 이스트본의 해변에서 작은 소녀들의 실내용 어린이옷을 안전핀으로 꽂아 고정시켜줄 때만 존재감을 드러냈다. 하지만 유년 시절이 그의 내부에 손상되지 않고 남아 있었기 때문에 그는 다른 이들이 결코 할 수 없는 것을 할 수가 있었다. 그는 그 세계로 돌아갈 수 있었고, 그것을 재창조할 수 있었으며, 그래서 우리 또한 다시 아이들이 된다.

우리를 아이들로 만들기 위해서, 그는 우선 우리를 잠들게 한다. "아래로, 아래로, 아래로, 낙하가 절대로 끝나지 않나요? 아래로, 아래로, 아래로." 우리는 그 무시무시하고, 터무니없이 앞뒤가 맞지 않지만, 완벽하게 논리적인 세계로 떨어진다. 그곳에서 시간은 달음박질하고, 그리곤 완벽하게 정지했다. 그곳에서 공간은 길게 뻗어나갔고, 그리곤 수축했다. 그곳은 잠의 세계이고, 그곳은 또한 꿈의 세계였다. 어떤 의식적인 노력도 없이, 잠이 왔고, 하얀 토끼, 해마 그리고 목수가 차례로, 하나에서 다른 모습으로 변했고 바뀌었다. 그들은 마음을 가로질러 깡총 뛰고 펄쩍 뛰어서 왔다. 이런 이유 때문에 두 권의 앨리스[1]는 아이들을 위한 책들이 아니다. 그들은 그 안에서 우리가 아이들이 되는 유일한 책들이다. 윌슨 대통령, 빅토리아 여왕, 『타임스』의 선도적 작가, 작고한 샐리즈베리 경, 당신이 얼마나 나이가 들었건, 당신이 얼마나 중요하거나 중요하지 않은 사람이건, 당신은 다시 아이가 된다. 아이가 되는 것은 과장 없이 바로 글자 그대로다. 모든 것이 너무도 기묘해서, 어떤 것도 놀랍지 않다. 너무도 무자비하고, 너무도 냉혹하지만, 너무도 격렬해서, 속물 한 명, 그림자 하나가 세상을 어둡게 만든다. 이상한 나라의 앨리스가 되는 것은 그런 것이다.

거울 나라의 앨리스가 되는 것 또한 그렇다. 그것은 세상을 뒤집어서 보는 것이다. 많은 위대한 풍자 작가들과 도덕주의자들은 우리에게 세상을 뒤집어서 보여주었고, 어른들이 세상을 보는 대로, 우리가 그것을 잔인하게 보게 만든다. 오직 루이스 캐럴만이 아이가 세상을 보는 대로 그것을 뒤집어서 보여주고, 아이들이 웃듯이 대책 없이 웃게 해준다. 순전히 말도 안 되는 소리의 작은 숲으로 따라 내려가며 우리는 웃고, 웃어서 현기증이 날 지경이다.

---

1 『이상한 나라의 앨리스Alice's Adventures in Wonderland』와 『거울 나라의 앨리스 Through the Looking Glass』를 말한다.

그들은 골무를 끼고 그것을 찾았다, 그들은 조심스럽게 그것을 찾았다.

그들은 포크를 들고 기대에 차서 그것을 뒤쫓았다…….

그리곤 우리는 깨어난다. 『이상한 나라의 앨리스』에서의 어떤 전환도 그렇게 이상하지는 않다. 왜냐하면 우리는 깨어나서 확인하기 때문이다. C. L. 도지슨 목사였나? 루이스 캐럴이었나? 아니면 둘이 합쳐진 것인가? 이 집합된 대상은 볼더[2]보다 한술 더 떠서 셰익스피어의 삭제판을 영국의 처녀들이 사용할 수 있게 만들려 의도했다. 그들이 연극을 보러 갈 때는 죽음에 대해서 생각하라고, 언제나, 언제나 "삶의 진정한 목적은 **인격**을 성장시키는 것"임을 깨달으라고 간청한다. 그러니 1293쪽 안에조차, "완결" 같은 그런 어떤 것이 있을까?

---

2   토머스 볼더(Thomas Bouldler, 1754~1825). 영국의 편집자로 셰익스피어 작품에서 도덕상 부적당하다고 생각되는 대목을 삭제하고 열 권의 *The Family Shakespeare*(1818)를 출판했다.

토머스 하디의 소설

The Novels of Thomas Hardy

토머스 하디[1]의 죽음으로 영국 소설의 지도자가 없다고 말할 때, 이것은 그 탁월함을 일반적으로 인정할 만한 어떤 다른 작가가 없다는 것, 즉 경의를 표하기에 자연스럽게 적합해 보이는 작가가 아무도 없다는 것을 의미한다. 물론 하디만큼 겸손한 작가도 없었다. 세속에 물들지 않은 순박한 이 노인은 지금과 같은 이런 수사적인 미사여구를 동원한 칭찬에 심히 당황했을 것이다. 그러나 어쨌든 그의 생전에 소설이라는 예술을 명예로운 소명으로 보이게 만든 한 명의 소설가가 있었다고 말하는 것은 틀림없는 진실이다. 하디가 살았던 당시 그가 행했던 소설 쓰기를 하찮게 여긴다는 것은 있을 수 없는 일이었다. 이것은 단지 그가 특별히 타고난 재주가 있기 때문만은 아니었다. 어느 정도 그것은 점잖고 성실한 그의 성격과, 이기적이거나 자화자찬 없이 도싯에서 소박하게 살아온 그의 삶에서 생긴 것이었다. 두 가지 이유로, 즉 그가 천부적 재주를 지녔으며 또한 그의 재능을 품위 있게 활용

---

1 토머스 하디(Thomas Hardy, 1840~1928). 영국의 소설가이자 시인. 영국 도싯주에서 석공의 아들로 출생했으며, 만년에는 영국 문단의 최고 원로로 추앙받았다.

했기 때문에, 예술가로서 그를 존중하지 않으면서 그를 향한 존경과 애정을 느낀다는 것은 불가능했다. 그러나 우리가 얘기해야 하는 것은 작품에 관한 것이며, 매우 오래전에 씌어져, 하디 자신이 오늘날의 소란스러운 평판과 하찮음으로부터 멀리 떨어져 있는 것처럼, 오늘날의 소설로부터 분리되어 있는 것처럼 보이는 소설에 관한 것이다.

만약 우리가 소설가로서 하디의 경력을 살펴보려면 한 세대이상 거슬러 올라가야만 한다. 1871년에 그는 서른한 살이었다. 『극단적인 처방Desperate Remedies』이라는 소설을 썼는데, 결코 확신에 찬 장인은 아니었다. 그는 "방법을 찾아서 더듬어 나아가고 있었다."[2]라고 스스로 말했다. 그는 마치 자신이 많은 재능을 소유했으나, 그 재능들의 본성이나 그것들을 어떻게 훌륭하게 이용할지 모른다는 것을 의식하고 있는 듯했다. 그의 첫 번째 소설을 읽는 것은 작가의 당혹감을 함께 나누는 것이다. 작가의 상상력은 강력하고 냉소적이다. 그는 나름의 독학으로 박식하며, 인물들을 창조할 수는 있으나 통제할 수는 없다. 하디는 분명히 기법상의 어려움으로 곤란을 겪고 있다. 더 특이한 점은 그가 인간은 외부의 힘의 노리개라는 의식에 이끌려 우연의 일치를 지나치게 극단적으로 이용한다는 것이다. 그는 소설이 장난감이 아니고 논증도 아니며, 남녀의 삶에 대해 거칠고 격렬하기는 하지만 진실한 인상을 전달하는 수단이라는 확신에 사로잡혀 있다. 그러나 아마도 그의 첫 소설에서 가장 뚜렷한 특징은 작품 내내 반향하고 울려 퍼지는 폭포 소리이다. 그것은 후기 작품들에서 큰 비중을 떠맡게 되었던 힘을 처음으로 표현한 것이다. 그는 이미 자연에 대한 세심하고 숙련된 관찰자임을 스스로 증명한다. 나무뿌리

2 『극단적인 처방』의 1889년 1월판 서문 중 일부.

나 경작지에 내리는 비가 서로 다르게 떨어진다는 것을 그는 알고 있다. 바람이 서로 다른 나무들의 가지를 스쳐 지나갈 때 다르게 소리를 낸다는 사실을 알고 있다. 그러나 그는 보다 넓은 의미에서 대자연을 하나의 힘으로 인식한다. 인간의 운명에 공감하거나 그것을 조롱하거나 혹은 무관심한 방관자로 남을 수 있는 영혼을 대자연에서 느끼는 것이다. 이미 그는 그런 생각을 확실하게 갖고 있었다. 앨드클리프 양과 키테레이아[3]의 조야한 이야기는 신들의 눈이 그것을 지켜보고 대자연의 존재 안에서 이루어지기 때문에 잊을 수 없는 것이다.

그의 첫 소설 이후 그가 시인이었다는 사실은 틀림없이 명백해졌겠지만, 그가 소설가라는 사실은 여전히 불확실했을 것이다. 1년 후 『푸른 숲 나무 아래 *Under the Greenwood Tree*』가 나왔을 때, '방법을 더듬어 찾으려는' 노력을 많이 극복했음이 분명했다. 첫 작품이 보여주었던 완강한 기발함이 어느 정도 사라졌다. 두 번째 작품은 첫 작품과 비교하여 완성되고, 매력적이고, 목가적이다. 시골 오두막의 정원들과 늙은 농촌 아낙네들을 보여주는 영국 풍경 화가들 중 한 명이 될 만한 능력을 계발하여도 좋을 듯한 이 작가는, 빠르게 무용지물이 되어가는 시대에 뒤진 방식들과 단어들을 망각으로부터 수집하여 보존하려고 뒤에 남아 있는 것처럼 보인다. 그러나 어떤 인정 많은 고대 풍속 애호가가, 호주머니 속에 현미경을 갖고 다니는 어떤 박물학자가, 변화하는 언어의 형태들을 걱정하는 어떤 학자가, 근처 숲속에서 올빼미한테 살해당하는 작은 새의 울음소리를 그렇게 강렬하게 들은 적이 있겠는가? 그 울음소리는 "침묵과 뒤섞이지 않고 침묵의 일부가 되었다."[4] 다시 우리는 아주 먼 곳에서, 고요한 여름날 아침 먼

---

3 『극단적인 처방』에 등장하는 두 인물이다.

바다에서 들리는 총성과 같은 이상하고 불길한 메아리를 듣는다. 그러나 이런 초기 작품을 읽을 때 우리는 그가 재능을 허비한다는 느낌을 받는다. 하디의 천재성은 고집 세고 삐딱하다는 느낌이다. 먼저 한 가지 재능이 발휘되다가 다음에는 다른 재능이 발휘되곤 한다. 그러나 이 재능들은 함께 균형 있게 발휘되고 있지 않다. 사실 그것은 시인이며 동시에 리얼리스트였던 한 작가, 들판과 구릉지의 충성스런 아들이었지만, 책으로만 배운 학문에서 야기된 회의와 낙담으로 고통받았던 한 사람의 운명이었던 것 같다. 그는 낡은 방식과 소박한 시골 사람을 사랑했지만, 선조들의 신념과 육체가 눈앞에서 야위어 투명한 유령처럼 변하는 것을 지켜볼 운명을 타고났던 것이다.

이런 모순에, 대자연은 균형 잡힌 발달에 혼란을 가져다줄 것 같은 또 다른 요소를 덧붙였다. 어떤 작가들은 천성적으로 모든 것을 의식한다. 다른 작가들은 많은 것들을 의식하지 못한다. 헨리 제임스나 플로베르 같은 어떤 작가들은 그들의 재능이 낳은 성과를 최대한 이용할 수 있을 뿐 아니라, 또한 창조 행위에서 그들의 천재성을 조절할 수도 있다. 그들은 매 상황마다의 가능성들을 알고 있으며, 결코 불시에 습격을 당하지도 않는다. 반면에 디킨스나 스콧 같은 무의식적인 작가들은 갑자기 자신도 모르는 사이에 고양되어서 앞으로 휩쓸려 나가는 것처럼 보인다. 파도가 가라앉으면 그들은 무슨 일이 일어났는지 혹은 왜 그랬는지 말할 수가 없다. 우리는 그들 가운데 하디를 자리매김해야 하며, 바로 이것이 하디의 강점과 약점의 근원이다. 그 자신의 말, '비전의 순간들Moments of Vision'[5]은 그가 쓴 모든 책에서 발견되는 놀

---

4 『푸른 숲 나무 아래』의 4부, 가을, 2장.
5 '비전의 순간들'은 1917년 발간된 하디 시집의 제목이며, 시의 제목이기도 하다.

랍게 아름답고 힘찬 구절들을 정확하게 묘사한다. 우리가 예견할 수도 없고 그가 통제할 수도 없는 것처럼 보이는 힘이 갑작스럽게 활기를 띠며, 한 장면이 나머지 장면들로부터 단절된다. 우리는 그 안에서 패니[6]의 시신을 실은 마차가 마치 홀로 영구히 존재하는 것처럼, 흠뻑 젖어 물이 뚝뚝 떨어지는 나무들 아래로 길을 따라가고 있는 것을 보며, 배가 터질 듯한 양이 토끼풀 가운데서 버둥거리는 것을 본다. 트로이[7]가 꼼짝하지 않고 서 있는 밧세바 주변에서 번득이는 칼을 휘두르며, 그녀의 머리카락을 잘라내고 그녀의 가슴에다 애벌레를 뱉어내는 것을 본다. 모든 감각이 동원되어 단지 눈에 생생할 뿐만 아니라 전체적으로, 장면들은 우리에게 점점 분명하게 드러나며 장엄함을 남긴다. 그러나 그 힘은 오는 것처럼 그렇게 가버린다. 비전의 순간은 길게 뻗어 있는 평범한 대낮에 자리를 내주게 되며, 우리는 어떤 기교나 기술이 이 제멋대로의 힘을 붙잡아서 훨씬 좋은 용도로 변화시킬 수도 있었을 것이라고는 믿을 수가 없다. 그러므로 그의 소설들은 불균형으로 가득 차 있다. 그것들은 활기가 없고 지루하며 무표정하다. 그러나 결코 메마르지는 않다. 그의 소설에는 언제나 약간의 무의식의 얼룩, 즉 신선함의 후광과 표현되지 않은 것의 여백이 있는데, 이것은 종종 가장 심오한 만족감을 자아낸다. 마치 하디 스스로 자신이 무엇을 했는지를 완전히 알지는 못한 것 같으며, 마치 그의 의식은 그가 만들어낼 수 있었던 것보다 더 많은 것을 간직하고 있어, 자기 소설의 완전한 의미를 이해하고 각자의 경험으로부터 그 의미를 보충하는 일을 독자들 몫으로 남겨둔 것 같다.

6 「성난 군중으로부터 멀리*Far from the Madding Crowd*」(1874)의 등장인물이다.
7 「성난 군중으로부터 멀리」의 등장인물이다.

이런 이유들 때문에 하디의 천재성은 불확실한 발달을 보이고 있으며, 완성도에 있어서 불균형을 보이지만, 성취의 순간에는 정말 대단했다. 『성난 군중으로부터 멀리』[8]에서 그 순간은 완벽하고 완전하게 왔다. 주제도 방법도 모두 옳았다. 시인과 시골 사람, 관능적인 사람, 우울하며 사려 깊은 사람, 학식 있는 사람, 그들 모두가, 아무리 유행이 자주 바뀔지라도 위대한 영국 소설 가운데 틀림없이 자신의 자리를 지키게 하는 작품을 만들어내는 데 동원되었다. 우선 어떤 소설가보다도 하디가 훨씬 더 뛰어나게 우리 앞에 가져다줄 수 있는 자연계에 대한 감각이 있다. 즉 떨어져 있지만 인간의 드라마에 심원하고 장엄한 아름다움을 주는 어떤 풍경이 왜소한 인간 존재의 전망을 에워싸고 있다는 감각 말이다. 죽은 사람의 무덤들과 양치기의 오두막들이 모여 있는 어두운 구릉지는 하늘을 배경으로 바다의 파도처럼 잔잔하지만 연속적으로 끝없이 전개되며, 한없이 멀리 펼쳐진다. 그러나 습곡의 골짜기에서는 낮에는 보잘것없는 굴뚝에서 연기가 피어오르며 밤에는 거대한 어둠 속에서 램프가 타오르는 조용한 마을들이 자리 잡고 있다. 세상의 뒤편, 거기서 양들을 돌보는 가브리엘 오크는 영원한 양치기이다. 별들은 고대의 횃불이며, 오랜 세월 오크는 그의 양들 옆에서 지켜봐 왔다.

그러나 계곡 아래쪽의 대지는 따뜻함과 생기로 가득 차 있다. 농장은 분주하고, 헛간은 가득 차고, 들판은 소와 양들의 울음소리로 시끄럽다. 대자연은 풍요롭고 장엄하고 활기차며, 악의가 있지 않고 여전히 노동하는 사람들의 위대한 어머니다. 이제 하디는 처음으로 시골 사람들의 입에서 유머를 마음껏 발휘하며,

---

8 『성난 군중으로부터 멀리』는 토머스 그레이(Thomas Gray, 1716~1771)의 시 「시골 묘지에서 읊은 만가Elegy Written in a Country Churchyard」(1751)에서 제목을 땄다.

그곳에서 그의 유머는 가장 자유롭고 풍요롭다. 잰 카건과 헨리 프레이와 조지프 푸어그래스는 하루의 일과가 끝났을 때 술집에 모여서, 순례자들이 '순례자의 길'을 방랑한 이래로 맥주잔을 기울이며 계속해서 그들의 두뇌를 짜내 표현해온, 반쯤 짓궂고 반쯤 시적인 유머를 터뜨린다. 셰익스피어, 스콧, 조지 엘리엇 모두 이 유머를 엿듣고 싶어 했지만, 그 누구도 하디보다 더 사랑하거나 더 큰 이해심을 갖고 듣지는 못했다. 개인으로서 돋보이는 것이 웨식스 소설 속 농부들의 역할은 아니다. 농부들은 공통된 지혜, 공통된 유머의 바다, 즉 축적된 영원한 삶을 구성한다. 그들은 남자 주인공이나 여자 주인공의 행동에 관해 논평한다. 그러나 트로이나 오크나 패니나 밧세바가 들어왔다 나가며 사라져버리는 반면, 잰 카건과 헨리 프레이와 조지프 푸어그래스는 남아 있다. 그들은 밤에는 술을 마시고 낮에는 들판을 경작한다. 그들은 영원하다. 우리는 여러 소설에서 반복해서 그들을 만나며, 그들은 한 개인에 속하는 특징이라기보다는 한 종족을 나타내는 어떤 전형적인 특성을 언제나 갖고 있다. 농부들은 건강한 정신의 위대한 성소이며, 시골은 행복의 마지막 요새이다. 그들이 사라질 때 인류에 대한 희망은 전혀 없다.

오크와 트로이와 밧세바와 패니 로빈에게서 우리는 완전히 성장한 하디 소설 속 남녀를 만난다. 모든 작품에서 서너 명의 인물들이 두드러지며, 폭풍우의 힘을 끌어당기는 피뢰침처럼 우뚝 서 있다. 오크와 트로이와 밧세바, 유스테시아와 와일디브와 벤,[9] 헨처드와 루세타와 파프레,[10] 주드와 수 브라이드헤드와 필롯슨[11]

---

9   유스테시아, 와일디브와 벤은 『귀향』의 등장인물이다

10 헨처드, 루세타, 파프레는 『캐스터브리지의 시장The Mayor of Casterbridge』(1886)의 등장인물이다.

11 주드, 수 브라이드헤드, 필롯슨은 『무명의 주드』의 등장인물이다.

이 그들이다. 각각의 그룹들 사이에는 심지어 어떤 유사성이 있다. 그들은 각 개인으로 살며 개인으로서 서로 다르다. 그러나 또한 유형으로 살며 유형으로서 유사성을 갖는다. 밧세바는 밧세바 자신이나, 여성으로서 유스테시아와 루세타와 수와 자매이다. 가브리엘은 가브리엘 오크이나, 남성으로서 헨처드와 벤과 주드와 형제이다. 아무리 밧세바가 사랑스럽고 매력적일지라도, 여전히 그녀는 약하다. 헨처드가 아무리 고집 세고 나쁜 길로 간다 해도 여전히 그는 강하다. 이것이 하디 비전의 본질적인 부분으로, 많은 하디 작품들의 주요 요소인 것이다. 여성은 약자이고 육체적인 존재이며, 그녀는 강한 자에게 매달려서 그의 비전을 흐리게 한다. 그럼에도 불구하고 그의 위대한 작품에서 삶은 요지부동의 틀 위로 얼마나 자유롭게 흘러넘치는가! 밧세바가 초목 사이의 마차에 앉아 작은 거울에 비친 자신의 사랑스러움에 미소 짓고 있을 때, 우리는 작품이 끝나기 전에 그녀가 얼마나 심각하게 고통받을 것이며 또한 다른 사람들을 고통받게 하는 원인이 될지 알게 될 것이며, 이것이 바로 우리가 아는 하디의 강점이다. 그러나 그 순간은 인생의 모든 전성기와 아름다움을 갖고 있다. 정말이지 거듭해서 그러하다. 그의 인물들은 남녀가 모두 그에게 무한한 매력을 지닌 사람들이었다. 그는 남성들에게보다 여성들에게 훨씬 부드러운 배려를 보이며, 아마도 여성들에게 더 강렬한 관심을 갖는다. 그들의 아름다움은 헛되며 운명은 끔찍할지도 모르나, 삶의 섬광이 그들에게 있는 한 그들의 발걸음은 자유롭고 웃음은 감미롭다. 여성의 힘은 대자연의 가슴속에 가라앉아 자연의 침묵과 장엄함의 일부가 되거나, 아니면 일어나서 구름의 움직임과 꽃이 핀 숲속의 야성野性을 자신에게 부과하는 힘이다. 다른 사람들에게 의존해 고통을 겪는 여성들과 달리 남성들은 운명과의 갈등 때문에 고통을 받는다. 이로 인해서 남성들은 우리의 보다 엄정한 공감을 얻어낸다. 가브리엘 오크 같은 남자에 대해 전혀 일시적인 두려움도 가질 필요가 없다. 비록 마음껏 그를 사랑할 수는 없을지라도, 우리는 그를 존경하여야만 한다. 그는 확고하게 두 발로 서서, 그가 받을 것 같은 어떤 격심한 타격을 적어도 남자들에게는 똑같이 매섭게 되갚아줄 수 있다. 그는 교육이라기보다는 성격에서 생겨난 앞날에 대한 선견지명을 갖고 있다. 안정된 기질과 확고부동한 애정을 갖고 있으며 전혀 움츠러들지 않고 빈틈없는 인내심을 발휘할 수 있다. 그러나 역시 그는 꼭두각시가 아니다. 평상시에는 수수하고 평범한 친구이다. 그는 사람들의 시선을 끌지 않고 거리를 걸을 수 있다. 간단히 말해 그 누구도 하디의 힘, 즉 진정한 소설가의 힘을 부인할 수 없는데, 그 힘은 우리로 하여금 하디의 인물들이 우리 모두에게 공통되는 어떤 상징적인 것을 갖고 있으면서도, 그들이 자신의 열정과 특이성에 의해 내몰린 사람들이라고 믿게 만든다. 바로 이것이 시인의 재능이다.

우리가 하디를 동료 작가들과 구분하는 심오한 차이를 가장 많이 의식하게 되는 것은 남녀를 창조하는 하디의 힘을 생각할 때이다. 수많은 이런 인물들을 뒤돌아보며 우리는 왜 그들을 기억하는지 자문한다. 우리는 그들의 열정을 회상한다. 그들이 얼마나 깊이 서로를 사랑했으며, 종종 어떤 비극적 결과를 낳았는지를 기억한다. 우리는 밧세바를 향한 오크의 충실한 사랑을, 와일디브와 트로이와 피츠파이어즈[12] 같은 남성들의 폭풍 같으나 덧없는 열정을 기억한다. 클림[13]의 어머니에 대한 효도와 엘리

---

12 『숲속에 사는 사람들』의 등장인물이다.
13 『귀향』의 등장인물이다.

자베스 제인[14]을 향한 헨처드의 질투심 많은 부성애를 기억한다. 그러나 그들이 어떻게 사랑했는지는 기억하지 못한다. 어떻게 그들이 한 걸음 한 걸음, 한 단계 한 단계, 멋지게 점차적으로 대화를 나눴고 변했으며 서로를 알게 되었는지는 기억하지 못한다. 그들의 관계는, 매우 하찮아 보이지만 아주 심오한, 이런 지적인 이해와 예민한 지각으로 구성되는 것은 아니다. 모든 작품에서 사랑은 인간의 삶을 만들어내는 위대한 사실들 중 하나이다. 그러나 사랑은 하나의 대참사이다. 사랑은 도저히 당해낼 수 없게 갑자기 생겨나며, 사랑에 대하여 말할 만한 것은 거의 없다. 사랑이 열정적이지 않을 때 연인들 사이의 대화는 현실적이거나 철학적이어서, 마치 그들은 일상적인 의무들로부터 해방되어 서로의 감정을 탐색하기보다는 삶과 삶의 목적을 탐구하려는 욕망을 갖고 있는 것 같다. 비록 감정을 분석하는 일이 그들의 능력 안에 있을지라도, 삶이 너무도 마음을 흔들어놓아서 그들에게 시간적인 여유를 주지 않는다. 그들은 자신들의 명백한 재난과 변덕스런 재간과 점차로 커져가는 악의적인 운명을 다루는 데 온 힘을 쏟기 때문에, 희극적인 삶의 예민하고 섬세한 것들에 쓸 여력은 전혀 갖고 있지 못하다.

그래서 우리가 다른 소설가들의 작품에서는 많은 즐거움을 누렸던 어떤 특성들을 하디에서는 발견하지 못할 것이라고 확실하게 말할 수 있는 때가 온다. 그는 제인 오스틴의 완벽함이나 메러디스의 기지나 새커리가 다루는 범위나, 혹은 톨스토이의 놀라운 지적 능력을 갖고 있지 않다. 위대한 고전 작가의 작품에는 이야기와는 별도로 변화의 힘이 미치지 못하는 곳에 배치된 몇몇 장면들이 가져다주는 완결감이 있다. 우리는 그 장면들이 내러티브

14 『캐스터브리지의 시장』의 등장인물이다.

와 어떤 관계가 있는지 묻지 않으며, 장면의 주변에 있는 문제들을 해석하기 위해서 그 장면들을 이용하지도 않는다. 한 번의 웃음, 한 번의 홍조, 대여섯 마디 정도의 대화, 그것이면 충분하다. 우리 기쁨의 근원은 영원하다. 그러나 하디에게는 이런 집중이나 완전함이 전혀 없다. 그의 빛은 인간의 심장에 곧장 비치지 않는다. 그것은 인간의 심장을 가로질러 밖으로 나가 히스가 무성한 어두운 황야나 폭풍 속에 흔들리는 나무들 위에 비친다. 우리가 방 안을 뒤돌아볼 때 불 옆에 있는 무리는 흩어져버린다. 각각의 남녀는 거의 다른 사람들 눈에 띄지 않을 때 자신의 정체를 가장 잘 드러내며, 홀로, 폭풍우와 싸우고 있는 중이다. 우리는 피에르나 나타샤[15]나 베키 샤프를 아는 것만큼 그들을 알지는 못한다. 우리는 그들이 뜻밖의 방문객, 정부 관리, 귀부인, 전장의 장군에게 스스로를 드러내는 것처럼, 안팎으로 빙 둘러 속속들이 하디의 인물들을 알지는 못한다. 복잡하고 서로 얽혀 있으며 혼란스런 그들의 생각을 알지 못한다. 지리적으로도 그들은 역시 영국 시골의 어떤 한 곳에 한정된다. 하디는 자작농이나 농부보다 사회적으로 더 높은 계급을 묘사하기 위해 그들을 버려두는 일이 거의 없으며, 그럴 경우 항상 불행한 결과를 맞는다. 유유자적 한가로운 사람과 교육받은 사람들이 함께 모이며, 희극과 같은 장면이 만들어지고 인물의 명암이 드러나게 되는, 응접실이나 클럽 휴게실이나 무도장에서 하디는 거북함을 느끼고 안절부절못한다. 그러나 그 반대도 똑같이 틀림없는 사실이다. 그의 작중인물들이 각자의 관계 속에서 서로를 알지 못한다 해도, 우리는 시간과 죽음과 운명의 관계에서 그들을 알게 된다. 도시의 불빛과 군중을 배경으로 바삐 움직이고 있는 그들을 보지 못할지라도, 대

---

15 피에르와 나타샤는 톨스토이의 『전쟁과 평화』의 등장인물이다.

지와 폭풍과 사계절 속에서 그들을 본다. 우리는 인류에 대적할 수 있는 가장 거대한 문제들에 대한 그들의 태도를 알게 된다. 그들은 실제 인간보다 훨씬 큰 모습으로 기억 속에 남는다. 우리는 그들을 상세하게 보는 것이 아니라 확대되고 위엄을 갖춘 모습으로 본다. 우리는 테스가 잠옷을 입고 "거의 국왕다운 위엄 있는 인상을 주며"[16] 세례를 받는 것을 본다. 마티 사우스가 "추상적인 인간애라는 보다 고결한 특성을 위해서 성의 속성을 냉담하게 거절했던 사람처럼"[17] 윈터본의 무덤에 꽃을 놓고 있는 것을 본다. 그들의 말은 성서적인 위엄과 시상을 갖고 있다. 그들은 정의 내릴 수 없는 힘을 내면에 갖고 있는데, 이것은 사랑의 힘이거나 증오의 힘이며, 남성에게는 삶에 저항하는 반란의 원인이며 여성에게는 고통을 이겨내는 무한한 능력을 함축하는 힘이다. 등장인물을 지배하는 것은 바로 이 힘이며, 숨어 있는 보다 섬세한 특성들을 반드시 살펴볼 필요가 없게 하는 것도 바로 이 힘인 것이다. 이것이 비극적 힘이다. 그래서 만약 하디를 그의 동료들 가운데 자리매김한다면, 우리는 그를 영국 소설가들 가운데 가장 위대한 비극 작가라고 불러야 한다.

그러나 하디 철학의 위험지대로 접근함에 있어서 조심하도록 하자. 상상력이 풍부한 작가를 읽을 때는 그의 작품으로부터 적절한 거리를 유지하는 것이 가장 필요하다. 특히 현저하게 특이한 개성을 지닌 작가일 경우에는, 세평을 받아들여 그가 어떤 신조를 가지고 있다고 판단하며 하나의 일관된 관점에 그를 묶어 버리는 일보다 더 쉬운 일은 없다. 감수성이 예민한 사람은 일반적으로 쉽게 결론을 도출할 수 없다는 점에서 하디도 예외는 아

16 『더버빌가의 테스*Tess of the d'Urbervilles*』(1891)의 「처녀 이후Maiden No More」 중 14장.
17 『숲속에 사는 사람들』 48장.

니었다. 논평을 제공하는 것은 깊은 감명을 받은 독자가 할 일이다. 아마도 작가가 의식하지 못할 수도 있는 어떤 보다 깊은 의도를 위해, 작가의 의식적인 의도를 언제 제쳐야 할지를 아는 것은 독자의 몫이다. 하디 스스로도 이것을 알고 있었다. 소설은 "하나의 인상이지 논쟁이 아니다."[18] 하고, 그는 우리에게 경고했으며, 다시 다음과 같이 말했다.

처음 받아들인 그대로의 인상들은 그들 나름의 가치를 지니며, 진실한 삶의 철학에 이르는 길은 인상들이 우연히 색다르게 우리에게 밀려들 때 그 현상들에 대한 다양한 해석을 겸손하게 기록하는 데 있는 것처럼 보인다.[19]

하디가 가장 훌륭할 때는 인상을, 가장 서투를 때는 논쟁을 제공한다고 말하는 것은 틀림없는 진실이다. 『숲속에 사는 사람들』, 『귀향』, 『성난 군중으로부터 멀리』와 무엇보다도 『캐스터브리지의 시장』에서 우리는 하디의 삶에 대한 인상을 의식적인 배열 없이 그에게 떠오른 그대로 받게 된다. 그가 일단 자신의 직접적인 직관을 간섭하기 시작하면, 그의 힘은 사라져버린다. "별들이 세상이라고 말했지, 테스 누나?" 하고 어린 동생 에이브러햄은 벌통들을 마차에 싣고 시장에 가며 묻는다. 테스는 별들이 "대부분은 더할 나위 없이 좋은 것이지만, 몇 개는 벌레 먹은, 우리집 그루터기 나무에 달린 사과들" 같다고 대답한다. "우리는 어느 것을 먹고 살지? ─정말 좋은 거야, 아니면 벌레 먹은 거야?" "벌레 먹은 것"[20]이라고 그녀가 대답한다. 아니 더 정확히 말하면 그

18 『더버빌가의 테스』 5판(1982년 7월) 서문.
19 하디의 『과거와 현재의 시들 Poems of the Past and Present』(1901년 8월) 서문.

녀의 가면을 쓴 슬픔에 잠긴 사상가가 그녀를 대변한다. 전에 단지 살아 있는 인간만을 보아왔던 곳에서 기계의 용수철처럼 예고 없이 꾸미지 않은 단어들이 불쑥 튀어나온다. 우리는 잠시 후 작은 마차가 곤두박질칠 때 새롭게 되살아나는 공감으로부터 거칠고 심한 동요를 느끼며 우리 세상을 지배하는 아이러니한 방식들에 대한 하나의 구체적 실례를 보게 된다.

그것이 『무명의 주드』가 하디의 모든 작품 가운데 가장 고통스런 작품이며, 우리가 정당하게 비관주의의 책임을 지울 수 있는 유일한 작품인 이유이다. 『무명의 주드』에서는 논쟁이 인상을 점령하도록 허용되는 까닭에, 비록 작품의 비참함이 압도적이긴 하지만 비극적이지는 않다. 불행이 잇달아 일어남에 따라, 우리는 사회를 상대로 한 소송이 공정하게 혹은 사실에 대한 심오한 이해를 바탕으로 이루어지고 있지 않다고 느낀다. 여기에는 톨스토이가 사회를 비판할 때 그의 고발을 강력하게 만드는, 인간에 대한 폭넓고 강력한 이해와 같은 것은 전혀 없다. 여기에는 신들이 보여주는 거대한 불의가 아니라 인간들의 시시한 잔인성이 드러난다. 하디의 진정한 힘이 어디에 있는지 알기 위해서는 단지 『무명의 주드』를 『캐스터브리지의 시장』과 비교해보면 된다. 주드는 대학 학장들과 건강부회의 사회 인습에 맞선 비참한 싸움을 꾸준히 계속한다. 헨처드는 다른 사람에 맞서서가 아니라, 자신의 야망과 힘에 대항하는 자기 외부의 어떤 것에 맞서 싸운다. 그 누구도 그가 잘못되기를 바라지 않는다. 그가 해를 끼쳐온 파프레와 뉴슨[21]과 엘리자베스 제인조차도 모두 그를 동정하게 되며, 그의 강한 성격을 존경하게까지 된다. 헨처드는 운명

20 『더버빌가의 테스』의 「처녀The Maiden」 중 4장.
21 『캐스터브리지의 시장』의 등장인물이다.

에 맞서 있는 중이며, 하디는 대체로 스스로의 잘못으로 파멸해 가는 늙은 시장을 지지함으로써, 우리가 평등하지 않은 경쟁에서 인간성을 지지하고 있다고 느끼게 만든다. 여기에는 비관주의가 없다. 작품 전반에 걸쳐 우리는 이 문제의 숭고함을 깨달으며, 그 것은 가장 구체적인 형태로 제시된다. 헨처드가 시장에서 선원에 게 아내를 파는 첫 장면부터 에그돈 히스에서 죽을 때까지, 이야 기의 활력은 뛰어나며 유머는 풍부하고 신선하며 움직임은 폭이 넓고 자유롭다. 조롱 행렬, 마구간에서 파프레와 헨처드의 싸움, 헨처드 부인의 죽음에 대한 쿡섬 부인의 연설, 피터즈 핑거에서 배경에 존재하는 혹은 신비롭게 전경을 점령하는 대자연과 더불 어 악한들이 나누는 대화는 영국 소설의 백미 가운데 하나이다. 각자에게 할당된 행복의 정도는 덧없고 빈약한 것일지도 모른 다. 그러나 헨처드의 투쟁이 그랬듯이 그 투쟁이 인간의 법이 아 니라 운명의 선고에 맞선 것인 한, 그것이 탁 트인 야외에서 행해 지며 두뇌가 아니라 육체의 활동을 요구하는 한, 그 경쟁에는 위 대함이 있고 자부심과 즐거움이 있다. 에그돈 히스의 오두막에서 파산한 옥수수 상인[22]의 죽음은 살라미스 군주인 아이아스[23]의 죽음에 견주어보아도 뒤질 것이 없다. 진정한 마법적인 정서를 불러일으키는 것은 우리들 자신인 것이다.

이와 같은 힘 앞에서 우리는 소설에 적용하는 일반적인 기준 들이 상당히 무익한 것이라고 느낄 수밖에 없다. 위대한 소설가 는 운율이 아름다운 산문의 대가여야 한다고 고집할 것인가? 하 디는 그런 사람이 아니었다. 그는 현명함과 타협하지 않는 진지 함으로 자신이 원하는 표현을 찾아 나아가며, 그 문구는 종종 잊

22 『캐스터브리지의 시장』의 헨처드이다.
23 소포클레스의 비극 『아이아스』의 주인공 아이아스는 그리스신화에 나오는 영웅으로, 텔라 몬의 아들이며 살라미스의 왕이다.

을 수 없을 정도의 예리함을 지닌다. 그것에 실패하면, 그는 때로는 굉장히 무뚝뚝하게 때로는 문학적으로 정성 들여, 소박하거나 서투르거나 구식의 말투로 변통해나갈 것이다. 월터 스콧의 문체를 제외하고, 문학상 하디의 문체만큼 분석하기 어려운 문체도 없다. 하디의 문체는 겉보기에는 아주 형편없지만, 틀림없이 그 목적에 들어맞는다. 질척질척한 시골길이나, 혹은 밑동만 남아 있는 평범한 겨울 들판의 매력을 합리화할 것이다. 그러면 그의 산문은 도싯의 매력과 마찬가지로 이런 딱딱하고 울퉁불퉁한 요소들에 의해서 위대성을 띨 것이며, 라틴어처럼 낭랑하게 울려 퍼질 것이다. 그가 살던 벌거벗은 구릉지가 이루고 있는 것과 같은 거대하고 기념비적인 대칭 속에 스스로 형체를 갖추게 될 것이다. 그렇다면 또 소설가는 개연성을 준수하고 현실에 근접해야 한다고 요구할 것인가? 하디 소설 플롯의 폭력과 소용돌이에 접근하는 무언가를 찾아내기 위해서는 엘리자베스 시대의 드라마로 돌아가야만 한다. 하지만 하디의 소설을 읽을 때 우리는 그것을 전적으로 받아들인다. 더욱이 그의 폭력과 멜로드라마가, 기괴함 그 자체를 좋아하는 별난 촌사람 같은 호기심에 기인하지 않을 때, 바로 그 거친 시 정신의 일부라는 것이 분명해진다. 그리고 이 거친 시 정신은, 아마 삶에 대한 어떤 해석도 삶 자체의 기묘함을 능가할 수 없다는 것을, 그 어떤 변덕과 부조리에 대한 상징도 인간 존재의 놀라운 상황을 재현하기에 너무 극단적이지는 않다는 것을 강렬하고 엄격한 아이러니로 파악했다.

그러나 웨식스 소설의 거대한 구조를 고려할 때, 이런 인물, 저런 장면, 깊이 있고 시적인 아름다움을 지닌 이런 구절과 같은 사소한 항목들에 매달리는 것은 부적절해 보인다. 하디가 남긴 것은 무언가 보다 거대한 것이다. 웨식스 소설은 한 권의 작품이 아니라 여러 권이다. 광대한 범위에 걸친 웨식스 소설은 불가피하게 결점으로 가득 차 있어서, 어떤 작품은 실패작이며, 또 다른 작품은 그것을 만든 사람이 지닌 천재성 가운데 단지 잘못된 면만을 보여준다. 그러나 우리가 웨식스 소설에 자신을 완전히 내맡겼을 때, 전 작품에 대해 우리가 받은 인상을 자세히 살펴보면 의심의 여지없이 결과는 당당하고 만족스럽다. 우리는 삶이 부과한 속박과 사소함으로부터 해방되었다. 우리는 상상력을 확장시키고 고양시켰으며, 기질적으로 폭소를 터뜨리게 되었고, 대지의 아름다움을 흠뻑 받아들이게 되었다. 또한 우리는 비탄에 잠겨 곰곰이 생각하는 정신의 그늘로 들어가게 되는데, 이 정신은 가장 슬픈 분위기에서조차 진지하고 고결하게 견뎌내며, 더없이 분노로 요동칠 때조차 남녀의 고통에 대한 깊은 동정심을 결코 잃지 않게 되었다. 따라서 하디가 우리에게 준 것은 단순히 어떤 특정한 시간과 장소의 삶에 대한 필사본이 아니다. 그것은 세상과 인간 운명이 강력한 상상력과 심오하고 시적인 천재성과 온화하고 자비로운 영혼의 소유자에게 드러냈던 그대로의, 세상을 보는 눈이며, 인간 운명에 대한 통찰인 것이다.

헨리 제임스
Henry James

1. 『테두리 안에서*Within the Rim*』(1919)

『테두리 안에서』를 보고 생겨난 의심을 정당화하고, 또 이 책을 읽기 시작할 때 우리가 지닌 지루하고도 의례적인 존경심을 고백하는 것은 쉬울 것이다. 탁월한 작가가 자선 목적으로 앨범과 책들에 기고한 전쟁 관련 에세이에는 대부분 강요된 작문의 흔적이 있고, 박애주의라는 마차에 매여 그 채찍 아래에서 찌무룩해하는 천재의 모습이 있기에 오히려 우리는 그를 위해 그것들을 읽지 않고 내버려두는 경향이 있다. 그러나 만일 우리가 이것을 즉각적으로 부정할 의도가 아니라면 이런 말은 하지 않는 게 옳다. 이 에세이들을 읽는 과정은 철회의 과정이다. 어떤 소설한 장이 의무로 쓰이지 않았다는 의미에서 이 에세이들 중 몇 개의 작문은 의무의 행위였다고 보는 게 가능하다. 그러나 그 의무는 위원회의 설득이나 혹은 친구들의 간청에 의한 것이 아닌 훨씬 더 압도적이고 물리칠 수 없는 어떤 힘에 의해 부과된 것이었다. 헨리 제임스[1]에게 그것은 아주 크고 거대한 의미를 지녔으며 그게 무엇이고 또 무엇을 의미하는지 그의 모든 표현을 다 동원해서도 제대로 말할 수 없었던 어떤 힘이었다. 그것은 벨기에였고, 프랑스였으며, 무엇보다도 영국과 영국의 전통이었으며, 일찍이 그가 사랑했던 모든 것으로 파괴당할 위험에 처해 비극적 호소의 형상으로 그의 상상력 앞에 정렬된 문명과 미와 예술이었다.

어쩌면 그 어떤 다른 나이 든 자도 헨리 제임스만큼 1914년 8월의 전쟁 발발이 무엇을 의미하는지, 그 모든 것을 예리한 상상력으로 느낄 수 있는 자격을 잘 갖춘 사람은 없다고 보아야 할 것이다. 수년 동안 그는 그 자신의 표현을 빌리자면 "희귀하고, 유일하며, 절묘하게 아름다운 영국"을 줄곧 아주 섬세하게 감상해왔다. 마치 다른 소리와 풍경 그리고 환경 가운데에서 성장한 이방인만이 아주 뚜렷하게 구별되어 그들이 다름을 기쁘게 음미할 수 있는 것처럼 그는 영국을 편애하듯이 감식력을 갖고 음미했다. 그는 영국이 자신에게 준 것을 아주 잘 알고 있었고 영국이 아마도 그 진가를 잘 몰라서 그에게 선물을 마구 주었을 것이라는 바로 그 이유 때문에 그는 더 다정하게 그리고 더 세밀히 영국에 감사해왔다. 그리하여 그는 영국이 위험에 처했다는 소식을 들었을 때 그 일의 거대함에 압도당하여 8월의 햇빛 속을 방황했다. 그는 영국에 진 빚을 따져보았고, 또 그 자신의 행복이 얼마나 영국에 의존했는지를 알고는 번민했다. 그리고 전쟁이 세계와 자신에게 무엇을 의미하는지 그 모든 것을 끊임없이 분석해보았다. 처음에는 그가 고백하듯이 그는 "감정의 낭비가 아닌가 하

---

1 헨리 제임스(Henry James, 1843~1916). 미국에서 태어났으나 영국에 귀화한 작가. 작품에서 유럽 문명과 미국 문명, 즉 구세계와 신세계 사이의 갈등과 대립이라는 국제주의 주제를 탁월하게 다룬 것으로 평가받는다. 『데이지 밀러』(1879), 『여인의 초상』(1881) 등의 작품이 있다.

는 나이 든 자의 공포가 있었다. […] 내 주변의 모든 것 가운데 내 영혼의 집은 더 많은 사람들로 붐볐고, 잘 적응하여 편안한 보금 자리가 되어 있었다." 그러나 그는 곧 심정의 변화를 다음과 같이 기록한다.

[나는] 증축분과 상층부를 더 지어 올리고 내친 김에 확장분 과 돌출부도 만들고, 아주 무모할 정도로 박공과 뾰족탑과 흉 벽들에 탐닉했다. 이런 것들이 곧 꾸밈이 없는 장소를 내가 뭐 라고 불러야 할지 모를 어떤 신앙의 요새, 영혼의 궁궐, 땅만큼 이나 대기와도 아주 관련이 있는 사치스럽고 활력에 차며 깃발 이 펄럭이는 건축물로 바꾸었다.

문맥에서 떼어내서는 안 될 연속적인 이미지들을 통해 헨리 제임스는 영광과 비극의 아주 다양한 모습으로 그에게 등장하는 것의 이러저러한 측면들을 연달아 마주하는 자신의 정신 상태를 표현한다. 그는 고난의 광경으로부터 움츠리며, 그의 몸짓은 그 곳으로 자꾸만 이끌리는 물리칠 수 없는 본능적인 동정심과 결 합하여 필자에게 라이의 어떤 도로로는 가지 않으려 했던 그의 망설임을 상기시켜준다. 왜냐하면 그 도로에는 구빈원이 있고 그 대문 앞에서 입장을 기다리는 부랑자들의 암울한 줄을 어쩔 수 없이 보게 되었기 때문이다. 그러나 그의 인간애는 그로 하여금 자꾸만 부상자들과 탈영병을 마주하도록 했고 그러한 상황에서 생겨나는 아름다움이 추함에 필적하는 것 이상이라는 승리에 찬 발견의 보상을 가져다주었다. 그는 부상당한 군인을 다음과 같이 적는다. "……그들의 존재는 축복에 찬 신념의 부활이다."
만일 도덕가라면 미와 추에 관한 용어가 그토록 거대한 재앙을 말하는 데 사용되어서는 안 되고 작가 역시 보편적인 재앙 앞에서 그 자신의 정신의 전율과 떨림에 대해 그토록 예민한 호기심을 보여줘서는 안 된다며 반대할 것이다. 그러나 전쟁을 묘사하면서 우리들의 동정에 호소하는 책들 가운데 주로 개인적인 이야기인 이 작품은 전체적인 차원을 가장 잘 보여준다. 그것은 미묘하고 정교한 차이들을 분석하는 헨리 제임스의 천재성에 의해 우리가 단순히 혹은 대단한 정도로 지적인 자극을 받았다는 것이 아니다. 오히려 우리가 알고 있는 한 최초로 그리고 유일하게 누군가가 그 집단과 세계에서 위치를 차지하기 위해 그 장면 위로 충분히 높이 올라갔다는 뜻이다. 예를 들어 벨기에인 탈영병들이 밤중에 라이에 도착하는 장면을 읽어보도록 하자. 우리는 그 장면을 짧게 줄여서 그 완벽함을 없애려 들지 않을 것이다. 자기 아이를 데리고 가는 여자의 울음소리를 제외한다면 이 장면은 천 개의 펜들이 천 개의 변주로 지난 4년간 묘사해온 것과 같은, 아주 작은 장면으로, 탈영병들이 조용히 서둘러 가는 장면이다. 이들 작가들은 최선을 다했고, 우리는 그들의 노력을 인정해야 한다. 그러나 그들의 노력은 아무런 결과를 거두고 있지 못하는 일종의 포위 공격이거나 혹은 감정에 호소하는 공성 망치 정도로 느껴진다. 헨리 제임스가 우리에게 보여주는 장면이 허구라는 것은 어쩌면 그가 소설가로서 훈련받았다는 사실에 그 공을 돌릴 수 있다. 그러나 그가 늠름하게 자신의 지위를 조금도 낮추지 않으면서 그리고 아주 딱딱한 장애물들 위로 그의 산문이 잘 굴러가도록 흐름을 타면서 우리에게 자동차를 선물로 사달라고 요청할 때, 우리는 모든 박애주의가 그러한 지지자를 갖고 있다면 우리의 호주머니에는 아무것도 남아 있지 않게 되리라고 느낀다. 우리의 감정이 개개인의 고통들로 괴로워한다는 게 아니다. 물론 그는 그것을 이따금씩 아름다운 효과를 주면서 잘해낼 수 있다. 그러나 120쪽이 안 되는 이 작은 책에서 그가 하는 것은 가장 큰 관점에서 나온 최고의 진술을 우리에게 제시한다는 점이고 그런 것 같다는 것이다. 그는 우리로 하여금 문명이 그에게 무엇을 의미하고, 또 우리에게 무엇을 의미해야 하는지 이해하도록 만든다. 그것은 그에게 국가라는 물질적인 경계선들 위로 흘러넘치는 정신이었다. 그러나 그가 가장 분명하게 그것이 체화된 것을 본 것은 프랑스에서다.

……프랑스에서 벌어지고 있는 것은 우리들 자신의 모든 부분에서 벌어지며 우리는 가장 자랑스럽게 그리고 가장 훌륭하게 그것을 확장하고 계발하고 거룩히 여기도록 충고받아왔다. […] 프랑스는 인간으로 하여금 자기 자신을 사랑하도록 하며, 자기 자신의 모든 가능성에 충만하도록 만들며, 자기 자신의 모든 능력을 경험하도록 하여 그 결과로 이 지구를 더 다정스럽고, 더 편안하고, 특히 더 멋진 체류지로 만들고자 하는 인간의 모든 관심사를 떠맡고 있다는 점에서 유일하고 독보적이다.

만일 우리의 모든 조언자들이 이런 목소리로 말했었더라면 하고 우리는 탄성을 자아내지 않을 수 없다!

2. 『구질서*The Old Order*』(1917)

우리를 1870년경으로 인도하는 이 작은 책 ―「중년의 세월The Middle Years」(1893) ―에서 헨리 제임스의 기억은 중단된다. 비록 그의 목소리를 더 이상 듣지 못하게 될 것을 알고 있지만 대단한 피로감이나 작별의 암시가 없기 때문에 끝났다고 말하기보다는 중단되었다고 말하는 게 더욱 맞다. 어조는 마치 시간이 영원하고 소재가 무한하기라도 하듯 풍요롭고 느긋하다. 우리가 현재 갖고 있는 것은 단지 우리가 갖게 될 것의 전주곡일 뿐인 듯하고 그가 말하듯이 단지 이제 영원히 보류된 연회의 부스러기일 뿐인 듯하다. 한때 그의 면전에서 부주의하게 그의 '완성된' 작품을 언급했던 누군가는 그로부터 자기가 살아 있는 한 완성이라는 말은 있을 수 없다는 단호한 말을 듣게 되었다. 그의 작품은 그 자신의 생명과 함께 끝날 뿐이었다. 우리가 한 단락을 마쳤을 때 우리 자신이 멈춤을 느껴야 하지만 상상 속에서 경이로운 목소리의 커다란 다음 파도가 밀려와 충만함을 이루는 것은 바로 이러한 정신과 일치하는 듯하다.

물론 모든 위대한 작가들에게는 그들이 가장 편하고 또 최고의 상태를 갖는 듯한 어떤 분위기가 있다. 그것은 그들이 해설하고 발견하는 위대한 보편적인 정신인 어떤 기분으로, 우리는 오히려 이것 때문에 그들을 읽는 것이지 어떤 이야기나 혹은 인물혹은 어떤 별도의 탁월한 장면 때문에 읽는 것이 아니다. 헨리 제임스는 회상을 다룰 때 물 만난 물고기 같은데, 말하자면 모든 것이 좋게 작용하여 그에게 유리하도록 돕는다. 과거 위를 부유하는 부드러운 빛, 당시의 가장 평범한 작은 인물들에게서조차도 느껴지는 충만한 아름다움, 한낮의 눈부신 빛이라면 단조롭게 만들어버릴 많은 사물의 디테일들을 아주 선명하게 바라볼 수 있게 해주는 그림자, 전체적인 화려한 행렬의 깊이와 풍부함과 고요와 유머, 이 모든 것은 그에게 자연스러운 상황이고 가장 영속적인 분위기인 듯하다. 이것은 모든 이야기들의 분위기로 여기서 늙은 유럽은 젊은 미국에게 배경이 되어준다. 이러한 어슴푸레한 빛 속에서 그는 가장 많이 보고 가장 멀리 볼 수 있다. 미국 작가들 덕분에, 진정 헨리 제임스와 호손[2] 덕분에 우리는 문학에서 과거를 가장 잘 음미할 수 있다. 그것은 로맨스와 기사도의 과거가 아니라 사라진 위엄과 퇴색된 유행의 아주 가까운 과거이다. 소설은 이것으로 가득하다. 비록 소설은 훌륭하지만 우리는 기억들이, 바로 헨리 제임스적이고 더욱더 정확하게는 그의 어조와 제스처를 제공한다는 점에서 그것이 더욱 놀랍다고 말할 유혹을 느끼게 된다. 회고 속에서 그의 다정함은 더욱 따뜻해지고, 그의 유머는 더욱 풍성해지며, 그의 갈망은 더욱 고상해지고, 미에 대한 그의 인식과 훌륭함, 그리고 인간다움은 더욱 즉각적이고 직접적으로 다가온다. 그는 귀중한 자료들을 아주 많이 갖고 있는 자의 형언할 수 없는 태도로 자신의 과제에 임하여서 그 모든 것을 자신으로부터 어떻게 내어놓아야 할지, 이것과 저것을 놓을 공간을 어디서 찾아야 할지, 배경에서 반짝거리는 다른 사물들의 주장은 어떻게 온전히 거부해야 할지를 거의 알고 있지 못하다. 아주 바빠 보이고 또 육중한 보석을 다루기가 아주 힘들어 보여서 그것을 처리하는 데 나타난 그의 능숙함, 그리고 각 조각을 어떻게 가장 잘 배치할지에 대한 그의 뛰어난 지식은 우리에게 문학이 수년간 제공해야 했지만 못했던 가장 큰 기쁨을 맛보게 해준다. 딱 보기만 해도 글을 써본 사람이라면 누구나 이처럼 비범한 예의 견지에서 그의 예술을 새롭게 바라보도록 만들기에 충분하다. 그리고 단지 바라보는 것만으로 얻는 우리의 쾌락은 풍문에 의한 것이기는 해도, 그가 어두운 데서 꺼내온 런던의 삶이라는 구세계를 알게 될 때의 스릴과 하나가 된다. 그는 구세계를

2 너새니얼 호손(Nathaniel Hawthorne, 1804~1864). 미국의 소설가이자 단편 작가이다.

마치 자신의 마지막 선물이 "향기로운 상자"에 보관된 보석 가운데에서 가장 완전하고 귀중한 것이라도 되는 양 사랑스럽고 확실하게 우리들 앞에 내보인다.

『아들이자 동생인 자의 노트Notes of a Son and Brother』(1914)에 기록된 대로 대략 9년간 유럽에 부재한 뒤 그는 1869년 3월 1일 리버풀에 도착하여, "만 스물여섯 살이 끝나갈 무렵 잘 적응하지 못하는 청년의 눈앞에 당시 그곳에서 벌어질 수 있는 것 중에서 가장 행복하고 가장 흥미롭고 가장 유혹적이고 매력적인 것으로 생각되었던 기회가 있는 것"을 발견하게 되었다. 그는 곧 런던으로 갔고, 하프 문 스트리트의 집을 신사들에게 임대하던 레저러스 폭스Mr. Lazarus Fox라고 하는 "친절하고 호리호리한 독신자"―이 모든 디테일이 그에게는 소중하다―의 집에서 세 들어 살게 되었다. 당시의 런던은 헨리 제임스가 그 자신의 섬세하고도 끈질긴 촉수를 동원하여 지체 없이 보여주듯이 극도로 특징적이었고 완고한 유기체였다. "변화의 큰 빗자루"가 적어도 바이런 시대부터 그곳을 거의 휩쓸고 지나가지 않았다. 런던은 여전히 "융통성 없고 불만족스러운 도시였다. […] 너무 무관심하고 자만심이 가득하고, 너무 무지하고 너무 멍청한 도시여서, 우리가 노력한다 할지라도, 그것은 그 어떤 목록에도 들어갈 수 없었다. 가령 그 기반에서 벗어나는 런던을 포함시키고, 그럼으로써 그 자신만의 완고함을 제외한 모든 것을 무시하는 것을 즐기고, 그러고 나서는 거부당하지 않도록 그 완고함을 깊이 이해시키는 거대한 '당김'을 […] 즐기는 그런 목록에 낄 수 없었다." 이 젊은 미국인은("나는 천성적으로 꼼꼼히 따지기 좋아하던 생각 많은 괴물이었다.") 곧 위층에 있는 신사(앨버트 럿슨Albert Rutson)와 점심을 먹었고, 튀긴 생선과 마멀레이드는 내무부와 외무부, 그리고 국회 출신의 다른 사람들과 같이 먹었는데, 느긋하게 몸을 기대어 식사하는 그들의 자유로움은 그에게 매우 인상적이었고, 그랜트의 첫 내각 구성에 대한 그들의 상세한 질문은 그를 상당히 당혹시켰다. 더 이상 분석하면 경거망동하게 될 이 전체적인 장면에 그 시대의 숨결이 담겨 있다. 턱수염, 여가, 정치에 대한 이들 신사들의 집중력, 각료 구성은 아침 식사의 자연스러운 주제이고 헨리 제임스처럼 거기에다 자기 견해를 한마디도 말하지 못하는 손님은 "아주 하찮아서 단지 너무 우스꽝스럽지 않을 따름이다." 라는 그들의 확신 등, 이 모든 것은 우리가 과거에 친절한 두 어깨 너머로 직접 본 것들로, 이제 우리들 중 많은 사람들이 다시 볼 수 있도록 그 초상을 제공하고 있다.

살아남은 모든 증인들이 똑같이 증언하듯이, 당시 런던은 오늘날의 도시와 비교할 때 그 규모가 작고 즐길 수 있는 오락과 유흥의 숫자가 한정되어 있었다. 그 결과, 알 만한 가치가 있는 사람들끼리 서로 알고 지내고 또 접하기 쉬우면서도 고도의 질투를 유발하는 사회를 형성하려는 경향이 있었다. 어떤 장점으로 거기에 진입이 허용되었든, 네가 무언가를 했든 혹은 네가 존경받을 만한 무언가를 할 능력이 있다는 것을 보여주었든, 칭찬은 아무나받는 게 아니다. 런던에 온 청년은 몇 달 후면 테니슨과 브라우닝, 매슈 아널드, 칼라일, 프루드, 조지 엘리엇, 허버트 스펜서, 헉슬리,[3] 밀[4] 등을 만났다고 주장할지도 모른다. 그는 그들을 실제로만났다. 군중 속에서 단순히 그들을 스치고 지나간 게 아니었다. 그는 그들이 하는 말을 들었다. 그는 그 자신의 말을 들려주기도했다. 당시의 상황은 아직 살아 있는 자들이 주장하듯이 소위 오

---

3   토머스 헉슬리(Thomas Henry Huxley, 1825~1895). 영국의 생물학자이다.
4   존 스튜어트 밀(John Stuart Mill, 1806~1873). 제임스 밀의 아들로서 경제학자이자 철학자이다.

늘날의 혼돈 사회에서는 잘 알려져 있지 않은 일종의 예술로서의 대화를 허용했다. 빈번한 만찬 파티와 일요일 방문과 주말 이후에도 계속되는 시골 방문은 우정을 돈독하게 해주었고 잘 유지되게도 해주었다. 그리하여 오늘날의 덜 형식적이고 더 열렬한 무분별한 친근함을 추구하기보다는 광범위하고 박식한 대화와 비개성적인 친교를 지향했다. 우리는 1860년대의 작은 모임들, 즉 당대의 심각한 문제를 토론하기 위한 세계인과 세기 그리고 수요일, 일요일 밤의 미팅 등에 대해 읽게 된다. 우리는 이런 모임들이 우리가 지금 보여줄 수 있는 종류의 그 어떤 것보다 더욱 대변적인 성격을 지닌다는 느낌을 갖는다. 당시 정치인들 혹은 문인들 사이에 무슨 일이 진행되었든지 간에 — 그들은 지금보다 더 가깝게 연락을 주고받았다 — 그것은 이 모임의 구성원들이 권유한 것이자 또 그들에 의해 영감을 받은 결과였다는 인상을 받는다. 틀림없이 당시의 인적 자원 — 얼마나 대단했던가 — 은 더 잘 조직화되어 있었다. 그리고 그들의 회고록을 읽은 모든 독자는 어떤 이름이 가진 위대함을 받아들이고 그들 주변에 질서 같은 것을 강요하는 단순함에서 어떤 이유를 찾아야 한다는 생각을 하게 됨에 틀림없다. 그들은 그들의 정신적 동류에게 왕관을 씌우고 그를 전심으로 숭배했다. 사람들은 지금 멀버리 로드의 집들이 서 있는 낡은 정원인 프레시워터에서, 혹은 다양한 런던 센터에서 서로 모여 몇 달씩 같이 살곤 했는데, 그중 몇몇은 수호신처럼 평생 그곳에서 살았다. 거의 테니슨이 그의 섬에서 한 것과 마찬가지로 도시의 한쪽 곳에서는 와츠[5]와 번 존스가, 또 다른 곳에서는 칼라일이, 세 번째 곳에서는 조지 엘리엇이 무비판적으로 헌신하는 영혼과 아름다움을 지닌 공동체에 그들의 규칙

---

5 조지 와츠(George Frederic Watts, 1817~1904). 영국의 화가이자 조각가이다.

을 적용했다.

　물론 헨리 제임스는 비판 능력을 둔화시킨다는 의미로 법을 받아들이거나 혹은 어떤 모임을 만들 사람은 아니었다. 다행히도 그는 수년간 축적된 호기심뿐만 아니라 이방인으로서의 거리감, 그리고 예술가적 비판 정신을 가지고서 영국으로 건너왔다. 그는 대단히 고마워했지만 또한 대단히 관찰자적이었다. 이렇게 해서 그의 단편은 시대의 거장들을 부활시키고 그들의 모습들을 새롭게 드러내 보여준다. 그리고 그에 못지않게 중요한 것은 그들을 둘러싸고 있는 덜 중요한 인물들도 조명한다는 점이다. 그 레빌 부인에 대한 그의 초상은 가장 행복한 경우이다. 그녀는 물론 "아주 선량한 본성과 순진한 우둔함으로" 매우 개인적인 성향이지만, 사치스럽고 관대하며 어리석은 태도로—그렇게 부르는 것은 불친절하겠지만 헨리 제임스의 권위도 그것을 인정한다—이제는 사라진 열정적인 자매애의 유형을 보여준다. 미시즈 그레빌이 주선한 조지 엘리엇 방문을 묘사하는 탁월한 구절에 대한 독자의 인상을 망치지 않기 위해 거의 비극이라 할 수 있는 그때 무슨 일이 벌어졌는가를 직접 보여주도록 하겠다. 밀퍼드 카티지의 거실을 잠시 생각해보는 것이 더욱 변명의 여지를 남긴다.

　그곳은…… 우리가 상상할 수 있는 사회적으로 결백한 자들을 위한 가장 잘 가려진 호젓한 피난처였다. 붉은 그림자를 드리운 붉은 촛불들이 설명은 못 하겠지만 이 고조된 기분을 생생하게 보여주는 도구로 내게 남아 있다. 그 촛불들은 차가운 가을바람과 도망쳐 나온 현실을 모두 차단한 채 내가 오기 전에는 결코 예상하지 못했던 무기력한 여성의 지복 상태를 비추어주고 있었다. 그것은 점점 더 행복감이 커지면서 예전에 꿈꾸었던 가능성들이 현실화된 지복이었다.

쳐진 커튼, "과도한 시중", "반은 뜯어지지 않은" 채 손에 놓일 준비가 된 새로 나온 소설 제2권, "순한 콜리 개의 예쁜 머리와 멋진 털", 이것들은 다 낯익은 배경이다. 그는 이 귀부인들이 살아가는 삶의 고압적인 태도를 상기시켜준다. 이들은 불타오르는 낙관주의로 나이와 실패의 일격을 막아내고, 항해 중에 모든 종류의 선물은 두 손으로 퍼내고, 가장 부적절하고 망가진 물건들을 밧줄로 끌고 항구로 온다. 틀림없이 이러한 방어로 인해 이들 앞에서 "우리가 사적으로 이해할 수 있는 수많은 날카로운 진리들이 헛되이 아름답게 부서진다." 아름답고 고귀하고 시적인 것을 추구하면서 사물의 다른 측면의 가능성은 무시하는 그들의 에너지로 진리는 무시당하기보다는 오히려 치켜세워져서 결국 그 면목을 잃게 된다. 그들이 갈망했던 게 어떤 우아함이건 혹은 어떤 분위기였건 간에, 그것을 손에 넣기 위해 그 순간 그들이 취하던 과도한 조처를 회고하건대, 그것은 의식적이고 훨씬 더 비판적인 우리의 시대에는 좋든 싫든 사라져버린 어떤 모험의 매력과 열망, 그리고 승리감을 그들의 삶에다 불어넣어 준다. 그 의기양양함은 아픈 친구의 방에 아침 햇빛이 들어오도록 벽을 허무는 것이다. 의사가 신선한 우유를 먹으라고 처방을 내리면 아주 건강한 소를 대령할 것이다. 이 모든 개인적인 윤택함을 헨리 제임스는 미시즈 그레빌이라는 인물 속에 투사한다. 그녀는 "매우 탁월한 자의 친구"이며 여러 제단들의 여자 성직자이다. 우리는 그녀의 "다소 과한 칭찬"에 "오, 당신이 마부 앞에서 제게 키스하지만 않는다면 하고 싶은 대로 하세요."라고 응했던 "테니슨의 불만스럽고도 즐거운 어조"를 거의 들을 수 있지 않은가.

그러고 나서 레이디 워터퍼드Lady Waterford가 입장하면, 헨리 제임스는 마치 꽃의 향기처럼 그 당시의 시절과 사람들 주변을 맴도는 장점을 사랑스럽게 생각해본다. "우리의 선조들이 즐기도록 되어 있던 개인적인 교양은 말할 것도 없이 개인적인 아름다움의 장점 […] 고백하건대 나의 상상으로는 이러한 경이로움의 형식은 아무리 만족해도 충분치가 않다." 그들은 우리가 기억하고 싶은 만큼 아름다웠던가, 아니면 전체적인 분위기가 그런 아름다운 등장—진정 어떤 종류의 탁월함이나 고귀함이든지 간에—을 그렇게 아무렇게나 배열된 것처럼 느껴지게 하고 혹은 의심할 여지 없이 받아들여지도록 만들고 있었나. 이것은 모두 텅 빈 런던 거리의 일부가 아니었던가. 심지어 짚으로 채워진 사륜마차와 일반 식당의 통풍이 나쁜 작은 방들, 그리고 보호와 여가가 있던 곳이 아니었던가. 그러나 만일 그들이 서 있고 보여지기만 해야 한다면, 그들은 얼마나 멋지게 잘해내는가. 레이디 워터퍼드 같은 멋진 식물이 개화하기 위해서는 얼마만큼의 공간이 필요한 듯하다. 그녀가 자신의 아름다움과 존재로 충분히 눈부시게 빛날 때, 그녀는 단지 티치아노[6]나 혹은 와츠와 같은 수준의 인물로 칭송받기 위해서는 그녀의 브러시를 들기만 하면 되었다.

현재는 그와 유사한 것을 찾아볼 수 없는 그 자체만의 표현을 위한 어떤 방종이 당시에는 개성—우리가 무엇을 의미하든지 간에—이란 단어에 허용되었던 듯하다. 당신이 만일 재능을 갖고 있다면 그것은 지금은 가능하지 않을 정도로 격려와 비호를 받았다. 물론 테니슨은 우리가 의미하는 것의 최고의 예였고, 다행스럽게도 헨리 제임스는 제때에 신전에 입성해 낡은 것을 대체할 신비에 대한 새로운 버전을 놀라운 기술로 제공한다. "청년

---

6   티치아노(Titian, 1490~1576). 이탈리아의 베네치아파 화가이다.

시절에 지녔던 경건함의 분별없는 예상들은 경험이 간섭하면 종종 기이하고도 극심한 충격을 받게 된다. [⋯] 다만 그가 할 수만 있다면 좋아 좋아⋯⋯." 그는 이렇게 시작하고, 잠시 계속하다가 우리에게 다음과 같이 선언한다. "테니슨은 테니슨답지 않았다." 올드워스에서 마시는 공기는 단지 "아주 명백하게 축복받은, 혹은 적어도 아주 완전하게 축복받은 자를 제외하고는 아무도 살아갈 수조차 없게 만드는 것으로 [⋯] 행사는 크고 단순했고 거의 내용이 없었다. [⋯] 그는 사실 지식을 알고 있지도 못했으며 그것을 잘 전달하지도 못한다는 인상을 주었다." 그는 「록슬리 홀Locksley Hall」을 낭독했다. "오 저런, 오 저런, [⋯] 나는 그가 시에 집어넣은 것 이상으로 시에서 뽑아내는 것을 보고 놀라워했다." 그리하여 그는 이미지를 조금도 망가뜨리지 않으면서 그것을 더욱 날카롭게 하기 위해 멋지게 각색한 일련의 손질들을 통해 만족스럽고 확실한 결론에 도달한다. "나의 비판적 반응은 조금도 우리의 위인이 위대한 시인이 되지 못하도록 막지 못했다. 사실 그것은 그를 그 어느 때보다도 더욱 시인으로 만들었고 그렇게 남아 있게 했다." 우리는 처음으로 그것이 얼마나 빠르고 단순하여 거의 내용이 텅 빈 것이었는지를 본다. 어떻게 "영광에 역사가 없고" 시적 성격이 "보상을 가져다주기보다는 닳아빠졌고, 혹은 적어도 다 소진되기보다는 남아 있는 것"인지를 본다. 그러나 어쩐 일인지 새로운 여건에서 위인은 부활하고 번성하여, 우리는 그가 습관적으로 생각했던 것보다 더욱더 위대한 시인 같다는 생각을 하게 된다. 조지 엘리엇의 유령에게도 그는 똑같은 일을 해낸다. 그는 경계를 정해놓고 한정시켰다가 다시 생명으로 부활시키는 일을 여전히 아름답게 수행하여, 신앙심 좋은 사람이라면 듣고 싶어 하겠지만, 자신을 "데론다[7]적인 인물 가운데서 아주 데론다적인 인물"이라고 선언한다.

　이처럼 다 변하여 사라진 과거를 회상하면서 (그는 바로 시간 혹은 변화를 표시할 수 있다고 말했다.) 헨리 제임스는 그를 최고로 특징적이게 하는 마지막 경건함의 행위를 수행한다. 당시의 영국은 그에게는 매우 분명했다. 그것은 우리의 "거대한 단조로운 군중" 속에서는 찾을 수 없는 훌륭함과 비범함을 지니고 있다고 그는 반 농담조로 공언했다. 영국은 그에게 우정과 기회, 그리고 그 외 많은 것들을 주었는데 틀림없이 준다고 의식하지 않고서 주었다. 모든 사람들 중에서 그는 이러한 선물을 결코 잊을 수 없었다. 그리고 기억들을 다룬 이 책은 우리에게 주는 최고의 감사 표시처럼 들린다. 그는 그 모든 것을 어떻게 보상할 수 있을까, 하고 스스로 물어본 듯했다. 그러고는 모든 창조적 능력을 자유로이 사용하여 과거를 다시 소환해내 거기서 우리에게 선물을 만들어준다. 우리가 골라잡을 수 있다면, 그것은 마땅히 죽은 자들에 대해 이 책이 무엇을 제공하는가 하는 것만이 아니라, 헨리 제임스 그 자신이 우리에게 무엇을 제공하는가에 대한 것이어야 한다. 이러한 글에서 많은 사람들은 그의 목소리를 다시 듣게 될 것이다. 그들은 다른 사람에 대한 염려, 그리고 추측하건대 예술가적 삶의 초연함과 고독에 근원을 갖는, 남을 도와주고자 하는 강렬한 열망을 이 책에서 다시 한 번 느끼게 될 것이다. 그는 마치 세상의 일상적인 것들과 함께할 기회를 갖게 된 데 대해 감사해하는 듯했고, 상상력이 풍부한 머나먼 것들에 대한 몰입에도 불구하고 여전히 자신이 인간적인 관심사들과도 계속 접촉하고

7　조지 엘리엇의 장편소설 『다니엘 데론다*Daniel Deronda*』의 주인공. 혈통이 유태인임이 드러나고 마지막엔 이스라엘로 떠나는, 시오니즘을 열렬히 추종하는 인물로 나오는데 인간이 생각해낼 수 있는 가장 선한 인간으로 묘사될 정도로 도덕적으로 흠 없는 이상적인 인물로 그려지고 있다. 비평가들로부터 종종 비현실적인 인물로 비난받는다.

있다는 것을 스스로에게 확인시킬 기회를 갖게 된 것에서도 감사해하는 듯했다. 이런 이유로 과거의 친구나 혹은 과거의 기억과 조금이라도 관련된 것을 인정하는 것은 그에게 독특한 기쁨을 주었다. 그리고 우리는 그가 만일 선택할 수 있었다면 그의 마지막 단어들은 이런 것들, 즉 회상과 사랑의 단어들이었으리라고 믿는다.

3. 『헨리 제임스 서신 *The Letters of Henry James*』(1920)

오르간 울리는 소리가 아직도 귀에 쟁쟁하고, 또 어딘가 숨겨져 있을 조각의 정교함이나 대리석의 풍요로움을 찾아내기 위해 손으로 빛을 가린 채 어두침침한 성당을 나설 때, 누가 거리의 부산함을 용감하게 마주하고 거기서 받은 인상을 즉각적으로 요약해서 전달할 수 있을까? 어떻게 인상들을 식별하며 명확하게 표현할 수 있을까? 헨리 제임스는 진지하게 어떻게 이 경우 무슨 견해든지 간에 감히 내게 말할 수 있는가, 하고 묻는 듯하다. 우선은 여전히 황홀한 채로 그리고 압도당한 채로 비유에 자신을 숨겼다가 마지막에 가면 해설보다는 감탄의 제스처를 사용해 마무리할 것이다. 헨리 제임스 눈에 비록 우리의 시도가 패배로 끝날 수밖에 없지만, 그럼에도 불구하고 그가 그것을 축복하고 있다는 생각이 잠시 후 찾아들고, 그것은 위로가 되고 힘이 된다. 이곳 런던에서, 그리고 이곳 영국 사람들 가운데에서 우리의 입과 마음을 다시 소생케―우리는 이 용어의 사용을 허락하는 바이다―하는 것은 그로부터 가장 관대한 인정의 말을 듣는 일이다. 그는 위엄 있는 태도로 우리의 활약이 이보다 더 훌륭할 수 없다고 말해줄 것이다. 우리는 안내자가 없어 길을 찾지 못하는 것이 아니다. 이 힘든 과제는 퍼시 러벅Percy Lubbock 편집판 『헨리 제임스 서신』의 도입부와 구절과 구절을 연결시키는 부분에서 나무랄 데 없이 아주 잘 수행된다. 서신을 읽기 전에도 그리고 읽고 난 뒤에는 더욱더 우리는 그가 쓴 해설들이 맞는 것 같다는 생각이 든다. 그의 해설은 그가 첫 발언자이므로 어둠의 핵으로 끝난다. 그러나 우리가 어려운 문제에서 얻게 되는 그 어떤 이해도, 항상 어느 지점에서건 그의 독특하게 사려 깊고 친밀한 에세이의 도움으로 강화되며 올바르게 교정된다. 그의 간섭은 항상 빛을 던져준다.

처음 몇 장은 결코 어떤 심오한 발언이 아니란 점은 인정해야 할 것이다. 만일 지난 세기의 70년대 유럽에서 자신이 겪은 경험을 분명하게, 그리고 차분하게 말할 수 있는 자임을 증명해낸 미국인 청년이 있다면 그는 바로 헨리 제임스였다. 그는 마치 너무 좋은 집안 출신이라 아무리 놀라움을 느껴도 그것을 밖으로 내색하지 않는 손님처럼 자기가 본 것, 행한 것, 외식한 것, 사교 모임에 간 것, 시골 장원을 방문한 것 등을 자세히 열거한다. 자칭 "코스모폴리탄적인 미국인"인 그는 사물들을 놀라워하기보다는 단조롭다고 느끼는 것 같았다. 마치 영국 문명이 충격과 흥분을 불러일으키기보다는 잠과 온기와 평온함을 느끼게 해주는 부드러운 깃털 침대라도 되는 것처럼, 그는 거기에 깊숙하게 빠져드는 것 같았다. 물론 헨리 제임스는 인상들을 기록하는 데 너무 바쁜 나머지 잠에 빠져들지 않았다. 초기에 그는 모국에 보내는 편지에서 그렇게 평온하고도 기분 좋게 유지되는 그 밝고 활기찬 분위기를 벗어나게 하는 그 어떤 행위도 하지 않았고 그 누구도 만난 것 같지 않았다. 그러나 그는 유명한 이름들과 거창한 행사들이 등장하는 데서 알 수 있듯이 안 가본 데 없이 다 다녔다. 그는 모든 사람을 다 만났다. 이를 보여주는 것은 한 가지 좋은 예로 충분하다.

어제 휴튼 경Lord Houghton, 글래드스턴, 테니슨, 슐리만 박사 Dr. Schliemann(고대 미케네 문명의 발굴자다), 그리고 그 외 대여섯 명가량의 '점잖은 교양인'들과 함께 저녁 식사를 했지요. 나는 음유시인[테니슨] 옆으로 두 사람 건너에 앉아 있었는데, 그가 하는 말을 대부분 다 들었고, 그의 얘기는 적포도주와 담배에 대한 것이었어요. 그는 그런 것들을 잘 알고 있는 듯했고, 어려움 없이 한자리에서 적포도주 한 병을 다 마실 수 있는 사람 같았어요. 그는 가무잡잡했고, 말랐으며, 처음엔 사진보다 훨씬 더 못생겨 보였어요. 그러나 점차 천재의 얼굴임을 알아보게 되었죠. 그는 내가 알지 못하는 순박함을 갖고 있었고 낯선 시골말의 강세를 사용했고, 미국인 혈통과는 거리가 먼, 전적으로 원초적인 영국인 후예 같았어요. 저녁 식사 후 글래드스턴과 상냥하게 대화를 나누고 있는 저를 상상해보세요. 그것은 내가 졸라서 그렇게 된 게 아니고 휴튼 경의 끈질긴 애정 공세 탓이지요. 그러나 나는 위대한 정치 지도자의 '개성'을 느낄 기회를 갖게 되어 기뻤어요. 아니, 글래드스턴은 이제 그를 따르는 추종자들에 의해서조차도 물러난 지도자로 간주되고 있지요. 글래드스턴은 매우 매력적인 개성의 소유자였어요. 그는 극도로 도시적이었고, 천재적인 눈을 갖고 있었으며, 자기가 흠 없이 구사하고 있는 것에 완전하게 몰입하는 게 분명해보였어요. 그는 내가 여기서 본 그 어떤 사람보다도 더 훌륭한 인상을 심어주었어요. 어쩌면 그것은 내가 정치인에 대해 아는

바가 없고 정치인에 익숙하지 않은 데 기인하는 것인지도 모르
지만요.

이제 옥스퍼드 대학과 케임브리지 대학 간에 열렸던 보트 경
주로 가보자. 그가 받은 인상이 잘, 그리고 아주 밝게 전달된다.
우리가 놓치는 것은 아마도 그 인상에 대한 상당한 양의 저항감
일 것이다. 이것은 수용의 정신이란 것이 단지 펼쳐진 흰 종이가
아니라고 생각할 수 있는 근거이다. 이것에 대한 최상의 해설은
몇 쪽 뒤에 그 자신의 말로 나온다. "어떻게 글을 쓸 것인가를 배
웠다는 것은 대단하다." 큰 것을 시도하기 전에 작은 것을 완벽하
게 해내야 한다는 엄격한 취향을 지닌 자에 의한 예술적 글쓰기
의 실험으로서 이 앞의 글을 바라볼 때, 우리는 이 완벽함이 후기
의 성숙함 이전에 오는 것으로, 감정을 드러내지 않는 종류의 것
임을 이해하게 된다. 그는 그의 수단이 허용하는 범위 안에서 모
든 것을 말한다. 게다가 대부분의 훌륭한 서신 작가들이 배워서
알고 있듯이 그는 한 개인에게 말하고 있는 것이 아니라 선택된
그룹의 사람들에게 말하고 있다. "나는 정말 훌륭한 서신의 본질
은 보이기 위함에 있다고 생각한다."라고 그는 썼다. "만일 그것
이 한 사람만을 위한 것으로 보존된다면 그것은 낭비이다. 당신
의 밤 모임에 나의 편지를 크게 읽어주기를 허락한다!" 따라서
우리가 만일 서신의 인용을 삼간다면 그것은 반드시 필요한 만
큼의 수준 높은 구절들이 부족해서가 아니다. 오히려 그것은 그
가 잘, 그리고 지적으로 또 적절하게, 이것과 저것 그리고 다른 것
들에 대해 글을 쓰는 동안 우리는 그의 생각이 다른 데 있는 게 아
닌가 하고 추측하는 것으로 시작했다 결국에는 끝날 때 그것이
사실임을 알고 분개한다는 데 있다. 그에게 우선적으로 흥미를

불러일으킨 것은 한 시즌에 107번이나 되는 만찬 파티도 아니고, 혹은 신사 숙녀들도 아니고, 테니슨이나 글래드스턴 같은 자들도 아니다. 가장 행렬이 그의 앞으로 지나간다. 인상들이 끊임없이 몰려든다. 그러나 우리는 이 모든 것을 지켜보면서 또한 이 모든 것들의 비밀 열쇠인 단서가 나타나길 기다린다. 그가 비록 평정심을 가지고 그의 직책의 의무들을 이행했다 하더라도, 작가의 자리에서 하는 선택은 지속적으로 검토를 요구하고 그 선택이 다른 가능성들을 약속하기 때문에 끝까지 그의 평정심을 괴롭힐 아주 중요한 선택임이 분명하다. 그는 문명화된 지구의 어느 지점에 정착할 것인가. 그 문제 앞에서 그가 느끼는 불안과 망설임은 그에 대한 우리의 평판에서 대체로 부정적으로 나타난다. 그러나 초창기에 미국을 배척하도록 만든 구실은 바로 이것이었다. "소설가로 하여금 글을 쓰도록 만들기 위해서는 구문명이 필요하다."

다음에는 이탈리아가 나온다. 그러나 "황금 같은 날씨"의 유혹은 작업에 치명적이었다. 파리에는 분명히 이점들이 있었다. 그러나 결점 역시 분명했다. "나는 문인들과의 우애를 거의 찾아볼 수 없었다. 그들과 친해질 수 없는 데에는 50개의 이유들이 있었다. 나는 그들의 작품을 좋아하지 않는다. 그리고 그들은 그들의 것이 아닌 다른 것은 좋아하지 않는다. 게다가 그들은 **친절하지도 않다.**" 런던은 매력과 혐오감이라는 이중적 감정을 지속적으로 느끼게 해주었다. 마침내 그는 그에 굴복하여 런던의 결함에 눈을 감지 않고서도 그의 거주지를 런던으로 정할 수 있었다. "나는 그래서는 안 된다는 수많은 이유들의 목록에도 불구하고 런던에 매력을 느꼈다. 나는 전반적으로 그곳을 세계 최고의 관점으로 생각한다. [⋯] 그러나 질문은 그칠 줄 몰랐다." 그가 이런 말을 했을 때 그는 37세였다. 성숙한 어른이었다. 그 자신만의 토양에서 자신만만하게 성장한 토박이라면 분명히 운명이 정하고 자연 조건이 허용하는 바대로 이미 꽃을 피워내고 있을 나이였다. 그러나 헨리 제임스는 뿌리도 없고 토양도 없었다. 그는 방랑자였고 이방인 족속이었다. 그는 끊임없이 돌아다니고 찾아다녔던 날개 달린 방문자였다. 그는 아무 데서도 구속감을 느끼지 않고 마음을 주지 않고 이곳저곳을 떠돌아다녔다. 그리고 마침내 위태롭게 정착했는데 오래된 정원의 흐드러지도록 피어난 꽃들 사이에 그의 긴 코를 절묘하게 집어넣은 것이었다.

그런데 여기서 우리는 서신에서 거의 항상 등장하는 한 가지 특징을 발견하게 된다. 이것 때문에 서신은 언어로 된 그 어떤 것들과도 구분되는 독특함을 지닌다. 서신은 가끔 그것이 정말 '언어'로 된 것인지 의심이 들게 만든다. 만일 런던이 우선적으로 하나의 관점이고, 만일 인간 활동의 모든 영역이 단지 하나의 전망이고 가장 행렬일 뿐이라면, 인상들이 점점 축적될 때 관찰자의 목표는 무엇이고 그의 (인상을 저장하는) 창고의 목적은 무엇인가 하고 우리는 묻지 않을 수 없다. 틀림없이 헨리 제임스는 경계심 많고 냉담하며 끊임없이 흥미를 느끼면서도 지속적으로 관찰력이 예리했던 관객이었다. 그러나 그렇게 쉽지 않았을지 몰라도, 분명히 적응과 준비의 긴 과정은 처음부터 끝까지 어떤 목적에 의해 통제되었고 조종되었으며, 세월이 흘러가면서 그 목적은 더욱 복잡한 감수성의 소재들을 더욱 강렬하고 완전하게 다룰 뿐이었다. 그러나 우리가 그 목적이 표현되는 것을 보고, 또 그렇게 되어가는 과정을 보고자 할 때 우리는 침묵을 만나고 맹목적으로 거부당한다는 느낌을 갖게 된다. "나는 훌륭한 작은 이야기들을 계속적으로 쓰는 것을 일생 동안의 충분한 작업으로 생각한다. 일생의 시간을 잘 계획한다는 것만으로도 적어도 안심이 된다." 단어들은 젊은 활기로 가득 차 있고 의도적으로 가볍다. 그러나 비록 그런 단어들의 수가 별로 많지 않고 나약한 것일지라도 그것들은 그 위에 놓인 짐을 견디고, 질문에 답하며, 작가는 사명을 가지고 그것을 선포해야 한다고 주장하는 자들의 의심을 잠재울 거의 유일한 것이다. 헨리 제임스는 잠시도 그의 글쓰기에 대해 말하지 않는다. 그러나 글쓰기에 대한 생각은 잠시도 그의 머리에서 떠나지 않는다. 이처럼 외국에 나가 있는 스티븐슨에게 보내는 편지에서 우리는 그 모든 것들 뒤에 야만인과 사는 것에 대한 놀람과 공포를 드러내는 불만 어린 목소리를 듣게 된다. 겉으로는 온통 흠모와 애정뿐이겠지만 어떻게 그것을 견디어 낼 수 있을까, 내가 만일 사모아섬에서 야만인들과 함께 산다면 어떻게 책을 쓸 수 있단 말인가, 하고 그는 묻고 있는 듯하다. 모든 것은 그의 글쓰기와 관련된다. 모든 게 그 관심사를 향하고 있다. 그러나 책들은 실제로는 마치 봄날의 수선화처럼 소리 없이 자연스럽게 밖으로 나왔다. 아무도 책들의 탄생을 주목하지 않는다. 사람들이 뭐라고 말하는가는 그에게 중요하지 않다. 그들의 발언은 아마도 과녁에서 벗어나 있을 것이다. 아니 만일 그 발언에 어떤 우발적인 진리가 있다면 그것은 각각의 책은 점진적인 진화 과정에서의 일보이고, 그 목표는 단지 작가 자신을 향한 것이라는 사실을 모르고서 내뱉은 말일 것이다. 작가는 불가사의한 채로 남으며, 말이 없으면서 확신에 차 있다.

그렇다면 우리는 몇 년 뒤 『보스턴 사람들The Bostonians』과 『카사마시마 공작 부인Princess Casamassima』이 실패하여 자기는 결코 대중 소설가가 되지 못할 운명이라는 사실과 마주했을 때 그가 느낀 절망의 뚜렷한 모순은 어떻게 설명할 것인가.

나는 지금 여전히 내가 많은 것을 기대했으나 너무 적은 것을 얻은 지난번의 두 권의 소설 『보스턴 사람들』과 『카사마시마 공작 부인』에 의해 나의 상황에 닥친, 이해할 수 없고 설명할 수 없는 분명한 상처로 인해 많이 방황하고 있다. 비록 지난 세월 동안 짧은 이야기들을 수없이 여러 번 써왔지만 어쩔 수 없이 출판을 안 하고 있다는 사실로 판단하건대 이 두 소설은 작품에 대한 욕망과 필요를 완전히 제로로 만들어버렸다.

보상이 즉각적으로 주어졌다. 그는 "그 어느 때보다도 더 좋은 상태에 있었고" "비평계를 독특하게 경멸하며 지켜보고 있는" 자신을 발견했다. 그러나 그로 하여금 무대에서의 성공을 위해 그렇게 열심히, 또 결국엔 그렇게 불운하게 노력하도록 만든 것은 주로 소설의 실패를 만회하려는 욕망이었다. 그 생각은 러벅 씨도 인정하는 바다. 잠시도 자신의 천재성의 확실함을 의심한 적이 없고 혹은 잠시도 예술가의 의무 기준을 낮춰본 적이 없는 자의 입에 오르내리는 성공과 실패는 평범한 의미를 지니고 있지 않다. 아마 우리는 헨리 제임스가 사용했던 의미로 실패는 무엇보다도 대중 쪽에서의 수용 능력의 실패를 의미한다고 주장할 수 있을 것이다. 이것은 대중의 잘못이다. 그러나 그렇다고 이것은 파국을 줄여주지도 않았다. 또한 대중은 결국 감사해하며 그리고 이해심을 갖고 소설가의 손에서 직접 대중 그 자신의 가장 세세한 본질적인 모습을—비록 변질되고 되돌려 받는 형태이기는 하지만—받아들인다고 하는 사물의 질서에 대한 비전을 덜 바람직한 것으로 만들지도 않았다. 『가이 돔빌Guy Domville』이 실패했을 때 그리하여 헨리 제임스가 "혐오스런 15분간" "야만인들의 고함 소리"와 마주하여 "그들이 일찍이 보았던 그 모든 다른 것들과 그가 완전히 같지 않다는 그들의 실망에서 나온 야만성이 어떤 것인지를 알게 되었을 때"에도 그는 자신의 천재성을 의심하지 않았다. 그러나 그는 집에 가 다음과 같이 생각했다.

지난 오랜 세월 동안 나는 사악한 시절을 만났다고 느꼈다. 모든 표시와 상징은 그렇게 완전히 실패해서 어느 곳에서건 혹은 그 누구에 의해서건 가장 많이 원치 않는 인물이 되었다는 것을 말해주었다. 내가 알지도 못하고 높이 평가하지도 않는 새로운 세대가 온 세상을 차지해버렸다.

그 뒤 대중은, 그가 조금이라도 모습을 나타낼 경우 제공해야 할 아름다움과 섬세함을 그들의 조야한 앞발로는 결코 받아들일 수 없는 야만적인 군중의 모습으로 눈에 들어왔다. 예술가는 대중과 함께 살아갈 수도 없고 그들을 위해 글을 쓸 수도 없으며 그들 가운데에서 소재를 찾아서도 안 된다는 확신이 점점 더 강해졌다. 동시에 문명을 대변하는 선택된 그룹은 자신들의 헌신을 맹세했지만 그렇다고 이런 선택된 그룹을 위해 얼마만큼 글을 쓸 수 있단 말인가? 천재란 그 자체가 제한되어 있지 않은가. 혹은 적어도 본질에 있어 그 재능이 소수에게만 주어지고 관심이 소수에게만 있으며 그 계시가 단지 미래의 전위부대랄 수 있는 이곳저곳에 흩어진 열정적인 사람에게나 나타나거나, 아니면 문명은 다른 곳으로 가는데 대로에서 이탈되어 사라질 운명에 처한 소수의 사람에게만 나타난다고 하는 인식에 영향받는 것이 아닌가. 이 모든 것을 헨리 제임스는 균형 있게 생각해보았고, 숙고했으며, 토론에 부쳤다. 분명 그의 작품의 방향에 대한 그 영향력은 대단했다. 그럼에도 불구하고 그는 앞으로 담담하게 나아갔다. 집을 샀고, 타자기를 샀으며, 두문불출했고, 적합한 시대의 가구들을 비치했다. 그리고 중요한 순간에는 비록 성급하긴 했지만 제때에 적은 자본을 소비함으로써 끔찍한 새 오두막집들이 그의 관점을 방해하지 않도록 만들었다. 일시적인 악의는 인정한다. 은둔은 아주 의도적이었고 배제는 아주 완전했다. 은신처 내부의 모든 것은 풍부하고 원활했다. 개인적인 책무도 그를 전혀 괴롭히지 않았다. 공적인 임무도 그를 끌어내지 못했다. 건강은 아주 좋았고, 그는 정반대라고 주장하겠지만 소득은 그가 필요로 하는 것 이상으로 많았다. 은둔처에서 나온 목소리는 당연히 정교한 감정들을 아주 차분하게 그리고 능숙하게 말했다. 그러나 가끔씩 까다롭고 신랄하기조차 한 억양으로, 은둔의 영향이 결코 완전히 좋은 것만은 아니라는 것을 말해주는 그 무언가가 있다는 것을 알게 된다. "그렇다. 입센은 추하고, 상스럽고, 딱딱하고, 산문적이고, 끝도 없이 부르주아적이다……" "그러나, 오, 그래, 루이스, [『테스』]는 나빠. 겉으로는 '성욕'을 다루는 듯하지만 사실은 없는 거나 마찬가지. 혐오스러운 언어 역시 작가의 문체에 대한 평판 못지않지." 메러디스와 그의 일당의 "미학적 호기심"의 결핍은 아주 통탄할 만해. 그 사람 안의 예술가적 요소는 "선한 시민과 자유주의적인 부르주아에게는 하찮지." 톨스토이와 도스토옙스키의 작품은 "물렁물렁한 푸딩"이고, 그리고 "내게 만일 스티븐슨에게서 예로 들 수 있는 문장들보다 더 진실되고 아름다운 것을 도스토옙스키의 아무렇게나 쌓아놓은 더미들에게서 느끼지 않느냐고 묻는다면 그런 건 전혀 느끼지 않는다고 강조하여 대답할 거야." 이러한 주장들을 가장 날카롭게 유지하기 위해서는 비평의 정점이 되게 하는 엄청난 양의 수많은 수식과 설명들은 무시해야만 함은 분명하다. 은둔해 틀어박혀 있는 듯하고 또 예술가적 감정과 아마추어적인 감정이 서로 뒤섞인 듯한 것은 단지 잠시 동안이다.

그런데 마치 그림자의 차가움이 파도를 빗질하듯 어떤 순간이 섬뜩하게 머릿속을 스칠 때, 만일 헨리 제임스의 장기간의 실험과 그의 인생의 고투와 고독이 실패로 끝났다면 우리 모두에게 얼마나 대재앙이 되었겠는가를 우리는 문득 깨닫게 된다. 그와 우리 모두는 변명을 찾아낼 수도 있었을 것이다. 어쩌면 예술가가 타협하지 않는 것은 불가능하다거나 혹은 만일 예술가로서의 고집을 밀고 나가는 것에 있어 변함이 없다면 그는 아마 불가피하게도 영원히 외국인으로 혼자 살다가 서서히 고독 속에서 죽어야 한다고 말했을 수도 있다. 문학의 역사는 두 가지 재앙의 예들이 산재해 있다. 그리하여 이야기의 후반부에 어느 특정 지점에서 눈에 보일 듯 말듯 무언가가 모습을 드러내고, 무언가가 극복되어 어둡고 짙은 무언가가 환하게 빛난다면, 그것은 마치 횃불이 언덕 위에서 빛을 내는 것과도 같다. 오랫동안 지체되어왔던 완성과 정점의 왕관이 우리의 면전에서 천천히 제자리를 잡아가는 것과 마찬가지이다. 몇 줄이 아닌 한 쪽이, 그리고 몇 쪽이 아닌 한 장이 이 늦은 거대한 개화의 해설과 분석으로 가득 채워질 것이다. 이처럼 자신이 옳음을 입증해내고, 이 모든 분리된 가닥들과 이질적인 본능들, 화해할 수 없는 서로 다른 이중적 성격의 욕망들이 이처럼 한군데에 서로 모여 탁월한 형태로 융합될 것이다. 우리가 희미하게 인식하듯이 이곳에서 마침내 두 충돌하는 힘들이 결합되었기 때문이다. 이곳에서 엄청나게 놀라운 집중력에 의해 인간 활동의 분야가 새롭게 조명되고, 그 위에 새로운 지평선과 새로운 이정표 그리고 옳고 그름의 새로운 빛을 드러내게 되었다.

그러나 여유로운 독자는 말년에 쓴 서신의 풍부한 소재를 깊이 탐구해서 거기서 정점에 선 예술가로서의 그의 복잡한 측면을 축조해보게 된다. 우리가 만일 후반부의 헨리 제임스의 분위기를 대변하기 위해 두 개의 구절 — 하나는 행위에 대한 구절, 다른 하나는 화장품 가방에 대한 구절 — 을 선택한다면 우리는 그것들 대신 자기가 그 자리에 있어야 된다고 주장하는 다른 나머지 천 개의 구절들은 의도적으로 제쳐놓게 된다.

만일 우리에게 벌어지는 위대한 것들을 느끼지도 않는데 — 마지막 감동의 순간까지 — 거기에 대단한 지혜가 있다면, 그것은 내가 알고 싶지도 않고 또한 존중하지도 않을 지혜이다. 당신의 영혼이 살게 하라. 그것만이 대체로 속임수가 아닌 유일한 삶이다.

그것[신분을 드러내는 화장품 가방]은 상황의 엄연한 사실, 즉 나의 길을 가로막고 있는 불길한 동물인 황갈색 사자이다. 나는 그를 지나갈 수 없다. 나는 그를 돌아갈 수도 없다. 그러나 그는 나를 빤히 보며 서 있다. 그는 길을 비켜주기를 거부하며 나의 모든 미래를 가로막고 있다. 알다시피 나는 그와 함께 살아갈 수 없다. 왜냐하면 나는 그에 맞춰 살 수 없기 때문이다. 그의 주장과 요구, 그의 차원, 그의 가설과 소비, 무엇보다도 모든 주변의 사물(내 초라한 영역 혹은 범주 내에서는)로 하여금 더럽거나 혹은 통탄할 만한 이야기로 말하게 만드는 방식, 이 모든 것이 그를 내 인생의 바로 그 재앙으로, 또 나의 명패의 바로 그 오점으로 만든다. 그는 녹슨 금속을 다시 도금하지 않는다. 그는 단지 그 모든 녹과 쓰레기 앞에서 상류사회의 우쭐대는 귀부인의 자세를 취할 뿐이다. 이것은 마치 내가 다른 사람

의 것(다른 것으로 바꿔놓은 가문의 문장)을 훔쳐서 나의 것인
양 팔아먹으려고 하는 것처럼 나 자신을 보이게 만든다. […]
그는 나와는 상관이 없다. 그는 내게 중요하지 않다. 그림을 벽
에 돌린 채 영원히 저주받은 채 살아가는 나를 보라. 이것이 무
슨 의미인지 당신은 아는가.

이외에도 수없이 많다. 여기서 우리는 놀랍고도 비범한 헨리
제임스의 목소리를 분명히 듣는다. 거기서 우리가 생각하기에 거
대하고도 지속적이며 점점 더 커지는 삶에 대한 넘쳐나는 애정
의 총성을 우리 귓전에 폭발음처럼 듣는다. 그것은 커다란 홍수
가 범람하는 것처럼 모든 구불구불한 물길과 어두운 터널로부터
솟아나온다. 흘러넘쳐서 그 자체만의 물길을 만들지 않는, 너무
작거나 혹은 너무 크거나 혹은 너무 멀거나 혹은 너무 기이한 것
은 없다. 결국 아무것도 그를 냉담하게 만들지 못했고 그를 억누
르지 못했다. 모든 것들이 그에게 공급되었으며 그를 가득 채워
주었다. 완전히 다 채워졌다. 아침에 글 쓰는 작업에 대해 말하자
면, 어쩌면 그로서는 지극정성을 다했을 것이고 엄중했을지도 모
른다. 거기에는 자정에 다정하게 서둘러서 친구들에게 보낸 편지
들의 억누를 수 없는 활력의 축적이 남아 있었다. 각각의 문장은
그 자신의 몸을 던져 심혈을 기울여 쓴 것이든 혹은 손가락 끝으
로 휘갈겨 쓴 것이든 잘 다듬어져 있었고 거의 믿을 수 없는 절묘
한 명문구들을 빠르게 쏟아냈다.

유일한 어려움은 아마도 그 묵직한 물건을 담을 봉투를 찾는
다거나 혹은 두 장의 편지지를 다 사용했을 때 또 한 장의 종이를
채우지 않을 이유를 찾는 것이었다. 진정 램 하우스Lamb House[8]
는 은둔처가 아니었고 오히려 "사람들로 붐비는 돈벌이가 되지

않는 작은 호텔"이었다. 그곳 은둔자는 빈약하고 고독한 자가 아니라 강인하고 금욕적이기조차 했던 세속인으로, 기질은 영국적이고 건전함에서는 존슨 같은 인물이었다. 그는 매 순간을 탐욕스럽게 즐겁게 살고자 했으며 밀려오는 인상들의 격렬함 가운데에서 그 자신만의 충고를 좇아서 최대한 "단단하고 확고한 그리고 속이 꽉 찬" 인물로 남았다. 왜냐하면 헨리 제임스처럼 정교하기 위해서는 또한 강인해야 했기 때문이다. 탁월한 선택의 능력을 즐기기 위해서는 "살고, 사랑하고, 저주하고, 실수하고, 즐기고, 고통도 받아야만" 했고 거인의 식욕으로 이 모든 것을 집어삼킬 수 있어야만 했음에 틀림없다.

그러나 비록 그가 관대하게 함께 나누고 매우 즐거워했다 하더라도 거기에는 전달될 수 없는 그 무엇과 감춰진 그 무엇이 여전히 남아 있었다. 그것은 마치 결국엔 그가 향한 것은 우리가 아니었고 그가 받은 것도 우리로부터 받은 게 아니었으며 또한 그가 봉헌을 한 것도 우리의 손에다 한 게 아니었다는 것과 같은 느낌이다. "지칠 줄 모르는 감수성"의 결과물인 많은 책들은 예술형식이라는 최후의 봉인이 그 모든 것들 위에 찍힌 채 거기 서 있다. 봉인을 찍을 때 그것은 이렇게 헌정된 대상을 따로 떼어두며 더 이상 우리들 자신이 아닌 것으로 만들어버린다. 창조자 그 자신은 이러한 몰개성을 공유하고자 한다. 즉 그 자신이 말한 것처럼 "전적으로 펜(문체, 천재성)으로 그것을 취하고자 했지 작가 자신"을 결코 공유하고자 원하지 않는다. 그는 "얼굴 없는 가면"이 되고자 하며, 우리들 가운데 이방인이 되고자 하여, 자신의 일을 마쳤을 때 그 일로부터도 고개를 돌려 고독한 시간을 위한 자

---

8 영국 잉글랜드 웨스트 서식스 라이에 있는 18세기 주택. 1898년에서 1916년까지 헨리 제임스가 살았던 집으로 유명하다.

신만의 비밀을 남겨두는 작업자가 되고자 한다. 이것은 마치 자정의 시간에 창조의 진입을 앞두고 혼자 있을 때 헨리 제임스가 자기 자신에게 큰 소리로 말을 거는 것과 같다. 그러면 "전망의 장애물이 제거되고 단번에 환해진다. 그러면 나의 오래된 가련한 천재성은 존경의 마음을 품고 사랑스럽게 내 등을 톡톡 다독이고 그러면 나는 몸을 돌려 열정적으로 그리고 감사한 마음으로 그 손에 키스하려고 입술을 갖다 댄다." 아마도 바로 이런 이유 때문에 삶이 소란스럽게 번잡한 활기를 띨 때 우리는 예배와 제물의 제단을 인식하고 퇴장하기 전에 그쪽을 향해 우리의 무릎을 꿇게 된다.

헨리 제임스의 유령 이야기들
Henry James's Ghost Stories

헨리 제임스가 유령 이야기, 더 정확하게 말하자면 초자연적 이야기에 상당히 매력을 느꼈다는 것은 분명하다. 그는 그런 부류의 이야기를 최소한 여덟 개는 썼다. 무엇 때문에 그렇게 하게 되었는지, 그리고 자신의 성공에 대해 어떻게 생각했는지 알고 싶다면 「죽음의 제단」[1]이 실려 있는 책의 서문에서 그가 설명한 것을 읽어보는 것이 가장 간단하다. 그러나 그 서문을 무시한다면 우리 견해를 더 분명하게 지킬 수 있을 것이다. 세월이 지나가면서 어떤 특성들은 새로 드러나고 다른 특성들은 사라진다. 작가가 그 당시 자신의 작품에 대해 내린 판정을 곧이곧대로 받아들인다면 우리 나름의 평가가 흐려질 뿐이다. 예를 들어서 「크고 좋은 곳」(1900)에 대하여 헨리 제임스는 어떤 말을 했던가?

「크고 좋은 곳」이 남아 있다. 그러나 어떤 주석이나 해설을 덧붙인다는 것은 이 작품의 정신에 대한 서투른 도전이 될 것이라는 생각이 든다. 이 작품은 계산된 효과를 구체화한 것이

---

1 원래 1895년 작품으로 1908~1909년에 출판된 『소설과 단편들』 전집에 실려 있다.

다. 그 속으로 뛰어든다는 것은, 내가 진실로 권하는 방법인 바 어수룩한 눈으로 쓱 훑어볼 때에도, 다른 모든 것을 밖에 남겨 두는 것이라고 생각한다.

1921년 현재 우리가 보면 「크고 좋은 곳」은 실패작이다. 이것은 한 작가가 완전히 또 황홀할 정도까지 자신의 성공을 의식할 때 종종 최악의 작품을 쓰게 된다는 사실을 또 한 번 보여준다. 우리는 작품 속에 몰입되어야 한다고 느낀다. 그런데 우리는 작품 밖에 냉담하게 남아 있다. 무언가 제대로 작동하지 않아서 우리는 초자연적 요소를 탓하게 된다. 이렇게 비난하는 것이 서툴지 몰라도 우리는 도전해봐야 한다.

「크고 좋은 곳」이 멋들어지게 시작한다는 것을 부인할 사람은 없을 것이다. 단 한 마디 낭비도 없이 우리는 곧장 상황의 한가운데 놓인다. 일에 치여 사는 유명인사 조지 데인은 아직 열어보지도 못한 편지들과 읽지 못한 책들에 둘러싸여 있다. 전보들이 도착하고, 초청장들이 쌓여간다. 소중한 것들은 그 쓰레기 밑에 무참하게 파묻혀 있다. 그때, 하인인 브라운이 와서 낯선 젊은이가 아침 식사에 도착했다는 말을 전한다. 데인은 이 젊은이와 악수한다. 그리고 짜증이 극에 달하는 순간 무아경에 빠지거나, 아니면 다른 세상에서 깨어난다. 그는 자신이 천상의 휴식 치료소에 와 있음을 발견한다. 멀리서 종이 울리고, 꽃들은 향기롭다. 그리고 잠시 후 내면의 생명이 소생한다. 그러나 이런 변화가 다 이루어진 직후 우리는 이야기가 뭔가 잘못되었다는 것을 알아차리게 된다. 움직임은 느려지고, 감정은 단조롭다. 마술사가 마법의 지팡이를 휘두르지만 소들은 여전히 풀을 뜯고 있다. 모든 특징적 구절들이 거기 기다리고만 있다. 은식기들, 녹아버린 시간들, 그러나 이런 구절들이 할 일은 아무것도 없다. 이야기는 달콤한 독백으로 사그라든다. 데인과 형제들은 우리 세상과 비슷하지만 더 매끄럽고 더 공허한 세상을 거니는 천사 같은 우화적 인물들이 되어버린다. 작가는 소설 안에 마치 뭔가 단단하고 객관적인 것이 필요하다고 느꼈는지 브래드퍼드라는 도시 이름을 거명한다. 그러나 소용이 없다. 「크고 좋은 곳」은 초자연적인 것을 감상적으로 사용한 사례이고, 분명히 그런 이유로 헨리 제임스는 보통 때보다도 더 내밀하고 표현이 풍부하다고 느꼈을지도 모른다.

다른 작품들은 초자연적 요소가 커다란 위험인 동시에 커다란 보상을 제공한다는 것을 곧 보여줄 것이다. 그러나 잠시 그 위험성에 대해서 생각해보자. 의심할 여지 없이, 첫째 위험은 이것이 분명히 경험의 충격과 진동을 없애버린다는 것이다. 브라운과 전보와 함께 있는 조찬 식당에서 헨리 제임스는 실제 세계의 압박에 의해 계속 움직여야 했다. 문은 열려야 하고; 시계 종소리는 울려야 했다. 단단한 기반 아래로 내려오자마자 그는 자신이 좋아하는 대로 만들어낼 수 있는 세상을 얻었다. 꿈의 세상에서 문은 열릴 필요가 없다. 시계도 울릴 필요가 없다. 원하기만 하면 아름다움도 얻을 수 있다. 그러나 아름다움은 요정들 중에서 가장 삐딱한 요정이다. 아름다움은 본래의 자신이 되기 전에 추함을 거치거나 무질서와 함께 있어야 하는 듯하다. 꿈속 세상의 기성품 같은 아름다움은 우리가 아는 세상을 핏기 없고 관습화된 형태로 바꾸어놓을 뿐이다. 그리고 우리가 모르는 세상을 만들어내기에 헨리 제임스는 우리가 아는 세상을 너무 좋아했다. 공상적 상상력은 결코 제임스의 상상력이 아니다. 그의 재능은 극적인 것이지 서정적인 것이 아니다. 그의 인물들도 그가 제공하는 희박한 대기 속에서는 시들어간다. 그리고 우리는 차라리 실체가 있는 인물인 브라운을 더 파악하고 싶어 했지만 천국의 형제를 만나게 된다.

우리는 다소 불공평하게 초자연적 요소의 위험성들을 하나의 특정한 단편에 대해서만 열거했다. 사실은 우리가 근본적으로 회의적인 사람들이 되었기 때문일 것이다. 앤 래드클리프는 우리 선조들을 즐겁게 했는데 그 이유는 그들이 우리보다 앞서 살았기 때문이다. 책도 거의 없었고, 가끔 우편물이나 받고, 도착하기 전에 이미 옛날 것이 된 신문밖에 없었던 그들은 산골 구석 또는 오늘날의 작은 동네와 비슷한 마을에서 살았기 때문에 대여섯 개의 촛불 아래 난롯가에 앉아 포도주를 마시며 긴 시간을 보냈다. 오늘날 우리는 아침 식사를 하면서 선조들이 일 년간 겪은 것보다 더 많은 끔찍한 사건들을 읽게 된다. 우리는 폭력에 싫증나 있다. 우리는 신비한 사건들을 의심한다. 우리는 초자연적인 이야기를 쓰려는 작가에게 이 세상에 일어나고 있는 일만으로도 충분하다고 말할 것이다. 조찬 식당에 브라운과 함께 머물러 있는 것이 더 안전하다. 더구나, 우리는 공포에 꿈쩍도 않는다. 작가가 그리는 유령들은 우리를 웃게 만들 뿐이고, 만약 껍질을 벗겨낸 세상의 부드럽고 내밀한 모습을 표현하려고 노력한다면, 우리는 할 수 없이 (이보다 더 불편한 것은 없다) 고개를 돌릴 수밖에 없을 것이다. 그러나 작가들은, 재능 있는 작가들이라면, 결코 충고를 듣지 않는다. 그들은 언제나 위험을 무릅쓴다. 초자연적 요소는 앤 래드클리프가 마지막으로 사용했고, 언제나 유령들이 불러일으켰던 경이와 공포에 현대인의 신경이 무뎌졌다고 인정하는 것은 너무 쉬운 항복이다. 예전 방법이 쓸모없게 되었다면, 작가가 할 일은 새 방법을 발견해내는 것이다. 독자들은 예전에 느꼈던 것을 다시 느낄 수 있다. 이것은 의심할 바 없다. 다만 때때로 공격 포인트가 달라져야 한다.

　우리를 둘러싼 무감각이라는 갑옷에서 약한 곳을 찾으려고 헨리 제임스가 얼마만큼 의식적으로 노력했는지 따져볼 필요도 없다. 다른 단편인 「친구들의 친구들」(1896)을 살펴보고 그가 성공했는지 판단해보자. 이것은 한 남자와 한 여자가 수년 동안 만나려고 노력했으나 그 여자가 죽는 날 밤에야 결국 만나게 되는 이야기이다. 그녀가 죽은 후에도 그 만남은 계속되며, 이를 알게 된 약혼녀는 결혼을 거부한다. 둘 사이의 관계가 바뀐 것이다. 다른 사람이 그들 사이에 끼어들었다고 그녀는 말한다. "당신은 그녀를 만나요, 만나지요. 그녀를 매일 밤 만나지요!" 이것은 우리가 전형적인 헨리 제임스적 상황이라고 부르는 상황이다. 이것은 『비둘기의 날개』(1902)에서 매우 정교하게 다루어진 주제와 같은 주제이다. 다만 『비둘기의 날개』에서는, 밀리가 케이트와 덴셔 사이에 끼어들어서 그들의 관계를 영원히 바꾸어놓았을 때 그녀의 존재가 사라지는데, 「친구들의 친구들」의 그 이름 없는 여인은 죽은 후에도 만남을 계속한다. 그러나 그것이 큰 차이를 만드는가? 헨리 제임스는 아주 작은 발걸음을 내딛기만 해도 경계를 넘어갈 수 있다. 극도로 감수성이 섬세한 그의 인물들은 이미 육체를 절반은 벗어나 있다. 영혼이 빠져나오는 데 격렬한 것은 전혀 없다. 오히려 그들은 오랫동안 시도해온 것을, 즉 장애물 없는 소통을 이룬 것으로 보인다. 그러나 헨리 제임스는 어쨌든 유령을 유령 이야기에만 한정했다. 『비둘기의 날개』에서 장애물은 필수적이다. 「친구들의 친구들」에서처럼 초자연적인 방법으로 장애물을 제거하는 경우는 어떤 특정한 효과를 만들어내기 위해서였다. 이 이야기는 매우 짧다. 인물 관계를 정교하게 발전시킬 시간이 없다. 그러나 충격을 주어 핵심을 강조할 수 있다.

그 충격을 주기 위하여 초자연적인 요소가 도입된 것이다. 이것은 가장 괴이한 충격으로, 음률이 화음 속에 끝나는 것과 같이 고요하고 아름답다. 그러나 뭔가 외설적이다. 산 자와 죽은 자가 뛰어난 감수성으로 간극을 넘어 만난다. 그것은 아름답다. 산 남자와 죽은 여자가 밤에 단둘이 만나 관계를 맺는다. 정신적이고도 육체적인 만남이 함께 이상한 감정을 자아낸다. 정확하게 공포는 아니지만 그렇다고 흥분도 아니다. 이것은 우리가 즉각적으로 알아볼 수 있는 감정은 아니다. 우리의 갑옷 어딘가에는 약한 구석이 있다. 아마도 헨리 제임스는 이런 방법들을 통해 뚫고 들어갈 것이다.

그러나 이제 「오언 윈그레이브」(1893)를 살펴보자. 한 번 더 작가의 절묘함과 섬세함, 또는 무엇이든 그 작가의 두드러진 특성의 자취를 찾아내어 작가를 판지에 고정시키려던 재미난 게임은 갑자기 중단된다. 날개가 잘리고 묶인 채로, 외면상 어디로 보나 생명이 없는 것 같던 작가가 벌떡 일어나 걸어 나간다. 당황한 독자는 그 작가의 재능, 그 헤아릴 수 없고 본질적인 추진력에 대해 설명할 길을 찾지 못하게 되어버린다. 특히 헨리 제임스의 경우, 우리는 그의 비범한 재주에 놀라서 그가 이야기하고 싶어 하는 거칠고 단순한 열정을 갖고 있다는 것을 망각하기 쉽다. 「오언 윈그레이브」 서문은 바로 그 사실을 밝혀주며, 유령 이야기로서의 「오언 윈그레이브」가 왜 성공하지 못했는지 그 이유도 암시해준다. 제임스가 말하길 어느 여름날 오후 그는 켄싱턴 공원의 커다란 나무 밑 유료 의자에 앉아 있었다. 호리호리한 젊은이가 가까이 있는 다른 의자에 앉더니 책을 읽기 시작했다.

그럼 그 젊은이가 그 자리에서 그저 오언 윈그레이브가 되었단 말인가? 단지 인물 유형이라는 마술에 의하여 상황을 설정하고, 한 획으로 모든 의미들을 만들어내고, 모든 그림을 채워갔던가? […] 어설프나마 내 요점은 내가 처음 유료 의자에 앉아 있었을 때는 그 씨앗 없는 우화가 주장할 것도 변명할 것도 없었다는 것, 그리고 그다음 순간, 의자 요금이 아직 남았는데도, 그 우화가 여러 가지 이야기로 꽉 찼다는 것뿐이다. "이야기로 꾸며봐, 꾸며봐!" 이런 말이 내 귀에 갑자기 쟁쟁하게 울리기라도 한 것 같았다.

이와 같이 주의 깊은 작가가 티끌만 한 소재를 꺼내어 그것을 완성된 구조물로 만들어낸다는 이론은 비평에서 꾸며낸 이야기이다. 진실은 작가가 의자에 앉아 젊은이를 보고 나서 잠든 것으로 보인다. 여하튼 그 사람들, 그 남자, 아니면 하늘과 나무들만이 일단 의미를 갖게 되면, 나머지는 필연적으로 거기에 존재하게 된다. 오언 윈그레이브가 주어지면, 그다음에는 스펜서 코일, 코일 부인, 케이트 줄리언, 오래된 가문, 계절, 분위기가 반드시 존재해야 한다. 오언 윈그레이브가 이 모든 것을 암시한다. 작가는 이 장소들과 사람들의 관계가 알맞은 것인지를 살피기만 하면 된다. 헨리 제임스가 이야기하기에 대한 열정을 가졌다고 말할 때 우리가 의미하는 바는 그에게 중요한 순간이 왔을 때 소설을 이루는 보조적인 것들이 모여들 준비가 되어 있었다는 것이다.

이 경우에는 이들이 너무 신속하게 모여들었다. 이들은 살아 있는 인물들이 갖는 모든 영향력과 중요성을 갖고 그 현장에 있다. 베이커가의 저택에서 "넓고 황량한 푸른색 테이블보 위에 놓인 두꺼운 아미 앤 네이비 백화점 카탈로그"를 보고 있는 미스 윈그레이브,[2] "아름답고 산뜻하며 느긋한" 코일 부인, 그녀는 자신이 남편의 사관생도들과 사랑에 빠졌다는 사실을 인정하며, 그것을 정말 자랑으로 여겼고, "이것은 이 이야기가 그들 사이에서 자유롭게 오간다는 것을 나타낸다." 스펜서 코일과 리치미어 청년. 물론 이 모든 것은 오언의 기질과 상황이라는 문제와 관계가 있다. 그런데 이들은 그 외의 많은 다른 것들과도 관계가 있다. 우리는 길고 흥미진진한 이야기를 들을 준비가 된 것 같다. 그러다가 불쑥 어울리지도 않게 비명 소리가 울린다. 가여운 오언이 유령 나오는 방의 입구에서 쓰러진 채 발견된다. 초자연적인 요소가 이야기를 둘로 동강냈다. 격렬하다. 자극적이다. 그러나 만약 헨리 제임스가 '자, 내가 깜짝 놀라게 했나요?'라고 우리에게 물어본다면, 우린 '전혀 아니요.'라고 답할 수밖에 없다. 앞에서 진행된 것과 이 파국은 적절하게 연결되어 있지 않다. 아마도 켄싱턴 공원에서 받은 비전이 전체를 담지 못했다. 관대하게도 작가는 우리에게 가능성이 풍부한 장면을 제시했었다. 즉, 심오한 심리학적 흥미를 지닌 문제(전쟁을 혐오하는데 군인이 될 운명에 처함)를 가진 한 젊은이,[3] 작가가 후에 사용하려는 듯이 미묘함과 괴팍함이 의도적으로 강조된 여자. 그러나 이들이 어떻게 사용되는가? 케이트 줄리언은 청년에게 유령이 나오는 방에서 잘 수 있는지 증명하라고 요구하기만 하면 된다. 목사관의 통통한 여자나 했을 만한 일이다. 초자연적 요소가 어떻게 이용되었는가? 가여운 오언 윈그레이브는 선조 유령에게 머리를 얻어맞고 쓰러졌다. 어두운 통로에 있던 마구간 물통에 얻어맞는 것이 더 나았을 것이다.

헨리 제임스가 초자연적 요소를 효과적으로 사용하는 작품들

---

2 오언의 고모이다.
3 오언은 가문의 유서 깊은 군인 전통을 거부한다.

은, 인물이나 상황의 어떤 특성이 사실의 세계로부터 자유롭게 분리되었을 때만 그 충분한 의미를 갖게 되는 작품들이다. 보이지 않는 세계에서 이 특성이 발전되기 위해서는 이 세상에서 일어나는 것과 밀접하게 연결되어 있어야 한다. 작가는 독자가 다음과 같이 느끼게 만들어야 한다. 즉, 유령과 유령을 출현하게 만든 열정이나 양심의 위기가 너무도 딱 맞아떨어져서, 그 유령 이야기가 유령 이야기로서의 장점뿐 아니라 상징적인 이야기로서의 매력도 부가적으로 갖는다고 말이다. 에드먼드 옴 경의 유령은 오래전에 그를 차버린 부인의 딸이 약혼하려는 조짐을 보일 때마다 그 부인에게 나타난다.[4] 유령은 그녀의 죄책감 때문에 나온 것이지만, 죄책감 이상의 것이다. 유령은 연인들의 권리를 지키는 수호신이다. 이것은 과거에 일어났던 일에 들어맞으며 이를 완성시킨다. 그가 사용한 초자연적인 요소는 다른 방법으로는 들리지 않았을 화음을 이끌어낸다. 우리는 첫 음조를 바로 가까이에서 듣고, 잠시 후 먼 곳에서 두 번째 울림을 듣게 된다.

헨리 제임스의 유령들은 예전의 폭력적인 유령들, 즉 피 묻은 선장들, 하얀 말들, 어두운 골목길과 바람 부는 황무지에 나타나는 머리 잘린 여자 유령들과 공통점이 하나도 없다. 그의 유령들은 우리 내부에서 나온 것이다. 그 깊은 의미를 우리가 표현할 능력이 없을 때, 평범한 것이 이상한 것으로 둘러싸인 듯이 보일 때 언제나 유령이 나타난다. 표현하지 못한 당황스러운 것들, 집요하게 남아 있는 무서운 것들. 제임스는 이 감정들을 포착하고 표현하여 위로가 되고 같이 지낼 만한 것으로 만든다. 어떻게 우리가 두려워할 수 있겠는가? 에드먼드 옴 경의 유령을 처음 보았을 때 그 신사가 말한 바와 같다. "이에 대해 사람들이 묻기만 한

---

4 「에드먼드 옴 경」(1891).

다면 보통 생각하는 것보다 유령이 훨씬 덜 무섭고 더 재미있다고 답할 준비가 되어 있었습니다." 그 아름답고 세련된 영혼들이 이 세상에 속하지 않는 것은 단지 그들이 세상에 있기에는 너무나 결이 곱기 때문이다. 그들은 경계선 너머로 그들의 의상과 예절과 교양과 모자 상자와 시종과 몸종들을 데리고 갔다. 그들은 언제나 약간 세속적인 면이 있다. 그들 앞에서 우리는 어색하다고 느낄지 모르지만 두려워할 수는 없다. 그렇다면 우리가 『나사의 회전 *The Turn of the Screw*』(1898)을 취침 한 시간 전 즈음에 집어들어도 무슨 문제가 있겠는가? 앞의 다른 이야기들을 믿어본다면, 우리는 섬세한 즐거움을 느낀 후에 귀에 아름다운 음악을 들으면서 더 깊은 잠에 들게 될 것이다.

아마도 처음에 우리에게 깊은 인상을 주는 것은 정적일 것이다. 블라이 마을의 모든 것들은 깊은 고요에 잠겨 있다. 새벽에 새들이 지저귀는 소리, 아득하게 들리는 아이들의 울음소리, 멀리서 들리는 희미한 발소리, 이런 것들이 정적을 흔들어놓지만 깨뜨리지는 못한다. 침묵이 쌓인다. 우리를 내리누른다. 그래서 우리는 이상하게 소음을 두려워하게 된다. 마침내 집도 정원도 침묵 아래 사라진다. "지금 이 글을 쓰면서도, 난 저녁녘의 소리를 삼켜버리는 강한 정적을 다시 들을 수 있다. 노을 진 하늘의 까마귀들은 울음을 그쳤고, 포근한 저녁 시간은 그 형언하기 어려운 순간 모든 목소리를 잃었다." 형언하기 어렵다. 우리는 탑 위에 서서 밑에 있는 가정교사를 노려보고 있는 남자가 사악하다는 것을 안다. 입에 올릴 수 없는 음란함이 표면으로 떠올랐다. 그것이 안으로 들어오려 한다. 뭔가에 다가가려고 한다. 순진하게 누워 잠자고 있는 연약한 어린아이들은 어떤 희생을 치르더라도 보호되어야 한다. 그러나 공포가 커진다. 그 어린 여자아이가 창문에서 돌아설 때 밖에 서 있는 그 여자를 보았던 걸까? 이 아이가 미스 제셀과 같이 지냈을까?[5] 퀸트가 남자애를 찾아왔었을까? 어둠 속에서 우리 주위를 어슬렁거리는 것은 퀸트이다. 저 구석에 있고, 그리고 또 저 구석에 있다. 논리적으로 설명해내야 할 사람은 퀸트이다. 그러나 아무리 설명해도 퀸트는 다시 돌아온다. 우리가 두려워하는 것이 이것일까? 그러나 우리가 두려워하는 것은 붉은 머리와 허연 얼굴의 남자가 아니다. 우리는 아마도 우리 내면의 뭔가를 두려워한다. 이내 우리는 불을 켠다. 불빛 아래 안전한 곳에서 그 이야기를 살펴보며, 이야기하는 방식이 얼마나 대가다운지, 각 문장이 어떻게 펼쳐져 있는지, 각 이미지가 어떻게 채워져 있는지, 어떻게 아름다움과 음란함이 함께 얽혀서 깊숙한 곳으로 스멀스멀 내려가는지 살펴보아도, 우리는 뭔가 아직 설명되지 않았다는 것을 자백해야 한다. 헨리 제임스가 승리했음을 인정해야 한다. 그 점잖으면서도 세속적이고 감상적인 노신사는 아직도 우리로 하여금 어둠을 무서워하게 만들 수 있다.

---

5 가정교사는, 자신이 돌보고 있는 소년과 소녀가 유령이 되어 나타난 예전의 가정교사 미스 제셀, 그리고 하인 퀸트와 교류하고 있다고 의심한다.

소설 속의 초자연적 요소
The Supernatural in Fiction

스카버러 양이 소설 속의 초자연적 요소에 대한 자신의 분석 결과를 "철저하다기보다는 암시적"이라고 묘사할 때,[1] 우리는 초자연적인 것에 대한 어떤 논의에도 과학적으로 분석하려 하는 것보다는 암시하는 것이 더 유용하다고 덧붙이기만 하면 된다. 문학에 나타난 온갖 종류의 초자연적 경우들을 모조리 모아 놓고 날짜에서 추출할 수 있는 체계 또는 이론 정도만 제시한다면, 자유로움이 특별히 중요한 이 방면의 독자를 마음 편하게 해 줄 수 있을 것이다. 그녀의 책에 언급된 유령과 비정상적 정신 상태(엄밀하게 초자연적인 이야기와 함께 비정상적 정신 상태에 대한 이야기가 포함되어 있으므로)에 대한 수백 개의 이야기 뒤에는 아마도 어떤 심리적 법칙이 숨어 있을 것이다. 그러나 이런 어렴풋한 상태에서는 주장하는 것보다는 추측하는 것이 더 낫고, 감정들을 분류하는 것보다는 느끼는 것이 더 낫다. 인간 본성이 초자연적 이야기에서 즐거움을 느낀다는 증거가 너무나 많기 때문에 이러한 관심이 작가와 독자들의 어떤 면을 암시하는지 필연적으

---

1   도로시 스카버러Dorothy Scarborough가 쓴 『현대영문학의 초자연적 요소』이다.

로 물어보게 될 것이다.

먼저, 유령 이야기를 좋아하는 주된 이유는 공포의 느낌을 즐기기 때문인데 인간이 이런 즐거움을 갈망하는 이상한 현상을 어떻게 설명해야 할까? 우리가 전혀 위험하지 않다는 것을 의식할 때 느끼는 두려움은 유쾌하다. 그리고 24시간 중 23시간 동안 넘어설 수 없었던 경계선을 뚫고 들어가 볼 수 있는 정신적 능력이 있다는 것을 확신한다는 것은 더욱더 즐거운 일이다. 육체적 고통이나 무시무시한 소란을 예상하게 하는 날것의 공포가 모욕적이고 우리의 기를 꺾는 감정인 반면, 공포의 정복은 존경스러워 보이는 용기의 가면을 만들어낼 뿐이다. 그리고 이것은 다른 사람들에게는 멋있게 보일지 몰라도 우리 자신에게는 별 의미가 없다. 그러나 우리가 초자연적인 유령 이야기를 읽으면서 느끼는 공포는 정제되고 정화된 공포의 정수이다. 이것은 우리가 살펴보고 갖고 놀 수 있는 공포이다. 유령 이야기에 겁내는 우리 자신을 경멸하기는커녕 우리는 이 감수성의 증거를 자랑스러워하며, 어쩌면 우리가 범법자로서 즐기던 어떤 본능을 합법적으로 만족시킬 수 있는 이 기회를 무의식적으로 반기는지도 모른다.

문학에서 초자연적 요소를 갈망하게 된 시기가 18세기 합리주의 시대와 일치한다는 것은 주목할 만하다. 이것은 마치 한 곳에서 인간 본능을 억누른 결과 다른 곳으로 본능이 넘쳐나게 된 것과 같다. 앤 래드클리프의 작품들이 그 물길로 선택되었을 때 그런 본능들은 정말 최고 수위에 도달해 있었다. 그녀 작품에 나오는 유령들과 폐허는, 초자연적 요소가 과장될 때마다 그렇듯이 이내 우리의 경외심이 조롱으로 바뀌는 운명을 겪어왔다. 그러나 우리가 소기의 역할을 다한 공상적 상징들을 쉽게 던져버린다 해도, 욕망은 살아남는다. 앤 래드클리프는 사라질지 모른다. 그러나 초자연적인 것에 대한 갈망은 살아남는다. 시에는 늘 초자연적 요소가 약간 있기 때문에 이 요소를 시의 통상적인 구조의 일부로 보게 되었다. 그러나 시에서는 초자연적 요소가 신령스럽게 되어서 공포와 같이 저속한 감정을 자아내는 경우는 거의 없다. 『노수부의 노래』를 읽은 후 어느 누구도 어두운 골목길을 따라 걸어 내려가는 것을 무서워하지 않았다. 오히려 황송하게도 독자를 찾아와줄지도 모르는 유령을 만나려고 나가보려고 했다. 공포를 자아내려면 어느 정도의 현실감이 필요하다. 그리고 현실감은 산문으로 가장 잘 표현된다. 가장 훌륭한 유령 이야기의 하나인 『붉은 장갑』 중 「방랑자 윌리의 이야기」는 배경의 소박한 사실성으로부터 막대한 힘을 얻으며, 스코틀랜드 사투리의 사용 또한 이에 공헌한다. 주인공은 진짜 사람이며, 전원은 이보다 더 탄탄할 수 없다. 그런데 녹회색의 풍경 가운데 갑자기 붉은 장갑성의 진홍빛 불빛이 환하게 열리고 그곳에서는 죽은 죄인들이 잔치를 벌이고 있다.

스콧의 천재성이 여기에서 승리를 거두기 때문에 초자연적 이야기의 유행이 아무리 변하더라도 이 이야기는 영원불멸할 것이다. 스티니 스틴슨[2] 자체가 너무 생생하고, 환영에 대한 그의 믿음이 너무 강렬하기 때문에 우리는 그의 공포를 감지함으로써 공포를 느낀다. 사실 죽은 자들이 술 마시며 흥청거리는 모습은 이제 유머러스하거나 낭만적이거나 또는 애국적인 분위기로 다루어질 것이고, 우리를 소름 돋게 하리라고는 전혀 기대하지 못할 만하다. 그렇게 하려면 작가가 방향을 바꾸어야 한다. 죽은 자의 유령이 아니라 우리 안에 살고 있는 유령으로 우리를 겁에 질리게 해야 한다. 스카버러 양이 입증하듯이 최근에 심리적 유령

2 윌리의 할아버지이다.

이야기가 많이 증가하는 것은 우리 자신의 유령성에 대한 우리의 감각이 매우 민감해졌다는 것을 증명한다. 이성적인 시대가 지나고 인간의 영혼 속에서 초자연적인 것을 찾는 시대가 되었다. 그리고 심리적 연구의 발달은 논쟁적 사실의 근거를 제공하여 이 욕망이 먹고 자랄 수 있게 해준다. 실상 『나사의 회전』을 쓰기 전에 헨리 제임스는 "훌륭하고 진정 효과적이고 가슴을 흔드는 유령 이야기(대략 이렇게 이름을 붙이자면)는 이미 모두 이야기된 것 같다 […] 새로운 유형, 실험실의 흐르는 수돗물에 씻겨 모든 기묘함이 제거된 현대의 '심리적 케이스'인 […] 이 새 유형은 사실 가능성이 거의 없다."는 의견이었다. 그러나 『나사의 회전』 이후, 그리고 필시 주로 이 걸작의 덕택으로, 이 새로운 유형은 "예전의 성스러운 공포"는 아닐지라도 매우 효과적인 현대적 형태의 공포를 불러일으킴으로써 그 존재 가치가 있음을 증명했다. 만약 우리 조상들이 『우돌포의 미스터리』를 읽었을 때 무엇을 느꼈을지 추측해보려면 『나사의 회전』을 읽는 것이 제일 좋다.

실험에 의하면, 새로운 공포는 예전의 공포와 유사하게 털이 곤두서고 동공이 커지고 근육이 경직되고 소리와 움직임에 대해 감각이 민감해지는 육체적 반응을 일으킨다. 그러나 우리가 두려워하는 것은 무엇일까? 우린 폐허나 달빛이나 유령을 무서워하지 않는다. 사실 퀸트와 미스 제셀[3]이 유령이라는 것을 알면 우리는 마음이 놓일 것이다. 그러나 그들은 유령으로서의 실체나 독립적 존재를 갖고 있지 않다. 이 기분 나쁜 자들은 이제까지의 유령들보다 우리에게 훨씬 더 가까이 있다. 이 가정교사[4]는 그들 때문이 아니라 그녀의 인식 지평이 갑자기 확대되었기 때문에 겁

---

3 『나사의 회전』에 나오는 하인과 전임 가정교사 인물이다.
4 『나사의 회전』의 주인공, 신임 가정교사이다.

에 질린 것이며, 그래서 입에 담을 수 없는 악의 존재가 주위에 있다는 것을 보게 된 것이다. 사람 형체들이 나타나는 것은 그 자체로 특별히 놀랍지 않다. 그것은 매우 신비하고 끔찍한 어떤 정신 상태가 눈에 보이게 된 것이다. 이것은 어떤 정신 상태이며, 외부의 사물들도 이에 지배됨을 보여준다. 이 상태가 다가오기 전에 먼저 나타나는 것은 옛 로맨스에 나오는 것처럼 폭풍이나 울부짖는 소리가 아니라, 자연이 완전히 숨죽이고 사라지는 것인데, 이것은 가정교사의 정신이 불길한 무아지경의 상태에 빠진 것을 나타낸다고 느껴진다. 이 상태가 다가오기 직전에는 예전 로맨스처럼 폭풍이나 울부짖는 소리가 나오는 것이 아니라, 주변의 자연이 완벽하게 숨죽이고 사라진다. 이것은 가정교사 자신의 정신이 무언가에 불길하게 홀려 있다는 것을 나타내는 듯하다. "노을진 하늘의 까마귀들은 울음을 그쳤고, 포근한 저녁 시간은 그 형언하기 어려운 순간 모든 목소리를 잃었다." 이 이야기의 공포는 우리 마음이 이렇게 어둠 속으로 나가볼 수 있는 힘을 가지고 있다는 것을 깨닫게 만드는 이야기의 강한 힘에서 온다. 어떤 빛이 사라지고 어떤 장벽이 낮아졌을 때, 마음의 유령들과 알 길 없는 욕망들과 불분명한 암시들이 크게 모여 있는 것이 보인다.

스콧이나 헨리 제임스와 같은 대가들의 손에서는 초자연적인 것이 자연적인 것과 함께 섞여 들어가기 때문에 공포가 위험하게 과장되어 조롱거리에 가까운 단순한 혐오나 불신으로 전락되지 않는다. 키플링의 작품 「야수의 흔적」(1890)과 「임레이의 귀환」(1907)[5]은 그 공포가 독자가 거부감을 느낄 만큼 강력하지만 너무 폭력적이어서 우리의 경이감을 이끌어내지 못한다. 초자연적 소설이 항상 공포를 자아내려고 애쓴다고 생각하거나, 최고의

5   각각 러디어드 키플링(Joseph Rudyard Kipling, 1865~1936)의 단편소설이다.

유령 이야기는 비정상적 심리상태를 가장 의학적으로 정확하게 묘사하는 작품이라고 가정하는 것이 오해일 수 있기 때문이다. 이와 정반대로 현재 산문과 운문으로 된 많은 소설 작품들은 우리가 사실적 세계라고 고집하는 세상보다 우리가 눈 감고 보지 않았던 세계가 훨씬 더 다정하고 매력적이며, 낮에는 더 아름답고 밤에는 더 성스럽다는 것을 확인해준다. 시골에는 님프와 요정들이 살고 있으며, 목신牧神[6]은 죽어 있기는커녕 영국의 모든 마을에서 장난을 치고 있다. 이 신화의 대부분이 그 자체를 위하여 사용되는 것은 아니고, 풍자나 우화의 목적으로 사용된다. 그러나 그런 목적을 섞지 않고, 보이지 않는 세상에 대한 감수성을 가진 작가 그룹도 존재한다. 그러한 감수성은 요정이나 환영을 보게 하거나, 아니면 인간과 식물, 집과 거기 사는 사람들 사이에 존재하는 관계들이나 또는 우리가 살아가면서 우리 자신과 다른 대상들 사이에 맺게 되는 수많은 관계의 일부를 민첩하게 감지하도록 만들 것이다.

---

6 숲, 사냥, 목축을 맡아보는 신. 반은 사람, 반은 동물의 모양을 하고 있다.

조지 기싱

George Gissing

"파라핀유를 팔면서 거리를 돌아다니는 사람들이 런던에 있다는 것을 알고 있니?"[1]라고 1880년에 조지 기싱[2]은 썼다. 기싱의 바로 이 구절은 안개와 사륜마차, 칠칠치 못한 안주인들, 고투하는 문학가들, 불화 있는 가정의 비참함, 우울한 뒷골목과 보잘것없는 노란 예배당이 있는 세상을 상기시킨다. 그러나 또한 이런 비참함 너머로 우리는 꼭대기가 나무로 덮인 언덕과 파르테논의 기둥들과 로마의 구릉을 본다. 왜냐하면 기싱은 희미하게 덮여 있는 작가의 삶을 그들의 작품에 나타난 허구적 인물들의 삶에 의해 알게 하는 불완전한 소설가들 중의 하나이기 때문이다. 우리는 그러한 작가들과 예술적이라기보다는 개인적인 관계를 수립한다. 우리는 그들의 작품에 의해서만큼이나 삶을 통해서 그들에게 접근한다. 그리고 특징은 있으나 그들을 비춰줄 광휘는

---

1 『가족에게 보낸 조지 기싱의 서간집 The Letters of George Gissing to Members of his Family』(1927)에서 기싱이 1880년 1월에 여동생 마거릿에게 보낸 편지이다.

2 조지 기싱(George Gissing, 1857~1903). 요크셔주 웨이크필드에서 출생한 소설가로 빈민 계층의 삶을 사실적으로 묘사했다. 『민중 Demos』(1886), 『밑바닥 세상 The Nether World』(1889), 『신판 가난한 문인들의 거리 New Grub Street』(1891) 등의 소설과 『헨리 라이크로프트 수상록 Private Papers of Henry Ryecroft』(1903) 등의 에세이가 있다.

전혀 없고 기지도 거의 없는 기싱의 서간문을 손에 쥘 때, 우리는
『민중』이나 『신판 가난한 문인들의 거리』³나 『밑바닥 세상』을 읽
을 때 우리가 그 흔적을 찾기 시작했던 소설의 구상을 점차 채워
나가고 있는 중이라고 느낀다.

그러나 여기에도 역시 많은 간극들이 있으며, 밝혀지지 않은
채로 남겨진 어두운 곳들이 많다. 많은 정보가 은폐되었고, 많은
사실들이 필연적으로 빠져 있다. 기싱 가족은 가난했으며, 아버
지는 그들이 어렸을 때 돌아가셨다. 아이들은 많았고, 따라서 그
들은 자신들이 받을 수 있는 교육은 무엇이든지 닥치는 대로 받
아야만 했다. 조지는 배움에 대한 열정을 가졌다고 그의 여동생
은 말했다. 그는 수업을 놓칠까 걱정되어 목에 날카로운 청어 가
시가 걸린 채로 학교로 달려가곤 했다. 그는 『바로 이것이다*That's
It*』라고 불리는 작은 책에서 텐치⁴와 혀넙치와 잉어가 낳은 알들
의 놀라운 숫자를 몽땅 베끼곤 했는데, "그것은 주목할 만한 가치
가 있는 사실이라고 생각했기 때문이다."⁵ 그의 여동생은 지성에
대한 그의 "압도적인 숭배"를 기억하며, 높고 하얀 이마를 가진
근시안이었던 그 키 큰 소년이 자신의 옆에 앉아서 "조금도 성마
른 기색 없이 몇 번이고 같은 설명을 되풀이하며"⁶ 얼마나 참을
성 있게 그녀의 라틴어 공부를 도와주곤 했는지를 기억한다.

부분적으로 그가 사실을 숭배했고 인상을 기록할 만한 능력
을 갖지 못한 것으로 보이기 때문에(그의 언어는 빈약하고 은유적
이지 않다), 소설가를 일생 직업으로 한 그의 선택이 훌륭한 선택

---

3 그럽 스트리트는 원래 가난한 삼류 작가들이 살던 런던의 거리 이름으로, 지금의 밀턴 스트
   리트다.
4 유럽산 잉어과의 민물고기이다.
5 1870년 9월 15일 일기에서 발췌했다.
6 『서간집』 부록 C에 실린 여동생 엘렌Ellen의 추억담이다.

이었는지는 의심스럽다. 그의 정신세계로 그를 유인하는, 역사와 문학이 있는 전 세계가 있었다. 기싱은 열심이고 지적이었다. 그러나 그는 셋방에 앉아서 "말하자면 우리 문명의 새로운 시작 단계에서 개선을 위해 애쓰는 진지한 젊은 사람들"[7]에 대한 소설들을 써내야만 했다.

그러나 소설이란 예술은 무한한 수용력을 지닌 것이어서, 1880년경에는 "진보된 급진당의 대변인"[8]이 되기를 소망했던 작가를 그 대열에 받아들일 준비가 확실히 되어 있었다. 그는 소설에서 가난한 사람들의 소름 끼치는 상황과 사회의 섬뜩한 불의를 보여주고자 작심했다. 소설이란 예술은 그러한 책들도 소설이라는 점에 동의할 준비가 되어 있었다. 그러나 그러한 소설들이 읽힐지는 의심스러웠다. 스미스 엘더 출판사[9]의 독자는 그 상황을 매우 간결하게 요약했다. 그의 글에 따르자면 기싱 씨의 소설은 "너무 고통스러워서 평범한 소설 독자를 즐겁게 할 수 없으며, 무디 씨 대본 가게의 구독자들을 결코 매혹시킬 수 없는 장면들을 다루고 있다."[10] 그래서 렌틸콩으로 식사를 하고 이즐링턴 거리에서 남자들이 파라핀유를 사라고 외치는 소리를 들으면서, 기싱은 스스로 출판 비용을 지불했다. 런던을 가로질러 절반쯤 터벅터벅 걸어가서 아침 식사 전에 M 씨를 지도하기 위해서, 아침 다섯 시에 일어나는 습관을 들인 것은 바로 그때였다. 매우 빈번하게 M 씨는 이미 약속이 잡혔다고 전갈을 보냈으며, 그러면 현대식 『가난한 문인들의 거리Grub Street』의 음울한 삶의 연대기에

---

7   1880년 1월에 남동생 윌리엄에게 자신의 작품 『새벽녘의 노동자들Workers in the Dawn』에 관해 보낸 편지이다.
8   1880년 6월에 남동생에게 같은 주제에 관해 보낸 편지이다.
9   조지 스미스와 알렉산더 엘더에 의해 설립된 출판사이다.
10 1882년 9월에 윌리엄에게 보낸 편지이다.

또 다른 쪽이 추가되었다. 즉 우리는 문학 속에 빽빽하게 산재되어 있는 여러 문제들 중에 또 다른 한 가지 문제에 직면한다. 기싱은 오랫동안 렌틸콩으로 식사를 해왔다. 그는 다섯 시에 기상하여, 런던을 가로질러 걷는다. 그는 M 씨가 아직도 잠자리에 있음을 알게 되며, 그로 인해 있는 그대로의 삶의 우승자로서 우뚝 서서, 추함은 진실이고 진실은 추함이며 그것이 우리가 아는 모든 것이고 또한 우리가 알 필요가 있는 모든 것이라고 선언한다. 그러나 『가난한 문인들의 거리』에는 그 수준에 도달하지 못한 징조가 여러 곳에 있다. 자기 자신의 비참함과 자신의 수족을 잘라내는 족쇄에 대한 타는 듯한 강렬한 의식을 이용하는 것, 전반적으로 자신의 생활감각을 살아 숨쉬게 하는 것, 디킨스가 그랬듯이 자신의 어린 시절을 감쌌던 암흑에서 미코버나 갬프 부인[11] 같은 눈부신 인물을 만들어내는 것은 감탄할 만하다. 그러나 독자의 동정과 호기심을 사적인 경우에 집중시키기 위해서 개인적인 고통을 이용하는 것은 끔찍한 일이다. 상상력은 가장 일반화될 때 최고로 자유롭다. 상상력이 공감을 요구하는 특별한 경우를 고려하도록 제한될 때는 실질적인 매력과 힘을 잃게 되며, 시시하고 개인적인 것이 된다.

그와 동시에 작가와 그의 주인공을 동일시하는 공감은 대단히 강렬한 열정이다. 그것은 책장들을 쏜살같이 넘기게 만든다. 공감은 사소하고 시시한 것에 예술적 가치와 더욱 예리한 시각을 제공한다. 비픈과 리어던[12]은 저녁 식사로 빵과 버터와 정어리를 먹었고, 기싱도 역시 그것들을 먹었다고 우리는 생각한다. 비픈의 코트는 저당 잡혔으며, 기싱의 코트 역시 그러했다. 리어던은

---

11 찰스 디킨스의 『마틴 처즐위트』 등장인물이다.
12 『신판 가난한 문인들의 거리』의 등장인물들이다.

일요일에는 글을 쓸 수 없었으며, 기싱도 더 이상 쓸 수 없었다. 우리는 고양이를 사랑한 사람이 리어던이었는지, 혹은 풍금을 좋아한 사람이 기싱이었는지를 기억하지 못한다. 확실히 리어던과 기싱 둘 다 헌책방에서 기번의 책들을 샀으며, 안개 속에서 그 책들을 한 권 한 권 집으로 날랐다. 이렇게 우리는 이번엔 소설에서, 그러고는 편지들에서 계속해서 유사성들을 찾아내며, 그것들을 띄엄띄엄 주워 읽는 데 성공할 때마다 작은 만족감에 회심의 미소를 띤다. 마치 소설 읽기란 작가의 얼굴을 발견하는 수수께끼를 풀어야 하는 정교한 게임인 듯하다.

하디나 조지 엘리엇을 알지 못하는 것과는 다르게 우리는 이런 식으로 기싱을 알게 된다. 위대한 소설가가 그의 등장인물들 안팎으로 넘나들며 우리 모두에게 공통으로 존재하는 요소로 등장인물들을 가득 채우는 반면, 기싱은 고독하고 자기중심적이며 외따로 있다. 그의 빛은 예리한 빛들 중 하나로 그 가장자리 너머에 있는 모든 것은 증기이며 환영이다. 그러나 이 예리한 빛과 뒤섞여 특이하게 침투하는 하나의 빛이 있다. 그의 모든 편협한 관점과 빈약한 감수성에도 불구하고, 기싱은 정신의 힘을 믿으며 그의 인물들을 생각하게 만드는 극히 드문 소설가들 중 하나이다. 그래서 그들은 대다수의 소설 속 남녀들과 다른 모습을 취한다. 열정의 끔찍한 위계질서는 약간 일탈되어 있다. 사회적 속물 근성은 존재하지 않는다. 돈은 거의 전적으로 빵과 버터를 사기 위해서 필요하다. 사랑 자체는 두 번째 자리를 차지한다. 그러나 두뇌는 작동하며, 두뇌만이 우리에게 자유로운 느낌을 주기에 충분하다. 왜냐하면 생각한다는 것은 복잡해지는 것을 의미하기 때문이다. 그것은 경계를 넘는 것이고, '등장인물'이 되는 것을 멈추는 것이며, 정치나 예술이나 이념의 삶에 개인적 삶을 몰입하는 것이며, 단지 성적 욕망만이 아니라 어느 정도 이런 것들에도 근거한 관계를 맺는 것이다. 삶의 개인적이지 않은 면들이 전체 구도에서 적절한 자리를 부여받는다. "사람들은 왜 삶의 정말 중요한 문제에 대하여 쓰지 않는가?"[13]라고 기싱은 그의 등장인물들 중 하나가 외치게 만들며, 예상치 못한 외침에 소설의 끔찍한 부담이 해소되기 시작한다. 사랑에 빠지는 것이 중요한 일이긴 하지만, 그리고 공작 부인과 저녁 식사하러 나가는 것이 매력적이긴 하지만, 그 외의 다른 것들에 대해 이야기하는 것이 가능할까? 기싱에게는 과거 다윈Darwin이 살았으며, 과학이 발전하고 있었고, 사람들이 책을 읽고 그림들을 보며, 한때 그리스와 같은 곳이 있었다는 것에 대한 인식이 번득인다. 이러한 것들을 의식하면 그의 책을 읽는 일이 고통스럽다. 그의 책들이 "무디 씨의 대본 가게의 구독자들을 매혹시키는" 것을 불가능하게 만든 점은 바로 이것이었다. 그의 작품들이 지닌 특이한 냉혹함은 대단히 고통받는 사람들이 그들의 고통을 합리적인 인생관의 일부로 만들 수 있다는 사실에 기인한다. 느낌이 사라진 후에도 그 생각은 지속된다. 그들의 불행은 개인적인 불운보다 훨씬 더 지속적인 어떤 것을 나타낸다. 그것은 인생관의 일부가 된다. 따라서 우리가 기싱 소설 중 한 권을 다 읽었을 때, 우리는 한 인물이나 한 사건이 아니라, 그에게 보였던 그대로의 삶에 관한 한 사려 깊은 사람의 논평을 치워버리게 된다.

그러나 기싱은 항상 생각하고 있었기 때문에 항상 변하고 있었다. 그에 대한 우리의 많은 관심이 이 점에 있다. 한 젊은이로서 그는 "우리의 전 사회체제의 끔찍한 불의"[14]를 폭로하기 위해

---

13 『신판 가난한 문인들의 거리』의 에이미 리어던의 대사이다.
14 1880년 11월에 윌리엄에게 보낸 편지이다.

서 책들을 쓰겠다고 생각했었다. 후에 그의 관점은 변화했다. 그 과제가 불가능했거나, 아니면 다른 취향들이 그를 다른 방향으로 잡아당겼을 것이다. 그가 최종적으로 믿었던 대로, 그는 "우리에게 절대적 가치로 알려진 유일한 것은 예술적 완벽성이다 [···] 예술가의 작품들은 [···] 세상을 건강하게 만드는 근원으로 남는다."[15]고 생각하게 되었다. 그래서 만약 세계를 개선하기를 원한다면, 매우 역설적으로, 우리는 홀로 고독 속에 물러나서 자신의 문장들을 완벽하게 만드는 데 보다 많은 시간을 써야만 한다. 기싱은 글쓰기는 굉장히 어려운 과제라고 생각했다. 아마도 말년에 가서야 그는 "꽤나 문법에 맞고 상당히 조화를 이룬 장들을 꾸려 낼 수"[16] 있었던 것 같다. 그가 훌륭하게 성공했던 순간들이 있다. 예를 들어 그는 런던의 이스트 엔드[17]에 있는 공동묘지를 이렇게 묘사한다.

여기 무서운 동쪽의 황폐한 경계 지역에서 묘지들 사이를 돌아다니는 것은 죽을 수밖에 없는 운명을 가차 없이 드러내는 표상들과 서로 손을 맞잡고 가는 것이다. 비열한 운명의 냉혹한 무게 아래 정신은 소멸한다. 여기에 수고하려고 태어난 사람들이 누워 있다. 고생이 그들을 극도로 닳게 했을 때, 그들은 단지 그들의 쓸모없는 생명을 포기하고 망각 속으로 잊혀진 사람들이다. 그들에게 대낮은 없으며, 단지 전날 밤과 다음 날 밤 사이 겨울 하늘의 짧은 황혼만이 있을 뿐이다. 그들에게는 염원도 없으며, 흙 속에 묻혀 기억될 희망도 없다. 바로 그들의 자

15 1883년 5월에 마거릿에게 보낸 편지이다.
16 1891년 3월에 윌리엄에게 보낸 편지이다.
17 런던 동부에 있는 비교적 하류층의 근로자들이 많이 사는 상업 지구이다.

녀들조차 지쳐서 망각에 빠진다. 단지 삶을 지탱하기 위해서 노동하는 거대한 무리 속에 있는, 구분되지 않는 구성단위들. 그 구성단위 각각을 이루는 아버지, 어머니, 자식이란 이름은 운명이 그토록 그들에게 주기 싫어했던 온기와 사랑을 향한 침묵의 외침일 뿐이다. 바람은 그들의 비좁은 셋방 위로 구슬프게 분다. 떨어지자마자 빗방울을 빨아들이는 모래흙은 망자들의 노고를 흡수하고 곧장 그들의 존재를 지워버리는 거대한 세상의 상징이다.[18]

되풀이되는 이런 묘사 구절들은 소설 곳곳에 흩어져 있는 정돈되지 않은 지푸라기 덤불 가운데 석판처럼 형체를 갖추고 견고하게 두드러져 나타난다.

사실상 기싱은 결코 멈추지 않고 끊임없이 공부했다. 베이커 스트리트를 지나는 기차들은 그의 창문 아래 증기를 뿜어내며 쉿 소리를 냈고, 아래층 하숙인은 그의 방을 날려 보낼 정도로 심하게 코를 풀어대었고, 안주인은 무례했고, 식료품 상인은 설탕을 배달해주기를 거절해서 그가 직접 날라야 했으며, 안개로 목이 따끔거렸으며, 그는 감기에 걸려 3주 동안 누구에게도 말을 할 수가 없었다. 그러나 그는 펜을 움직여 한 장 한 장 써나가야만 했으며, 이런저런 집안 걱정 때문에 비참하게 생각이 흔들렸다. 이 모든 것들이 따분하고 단조롭게 계속되는 동안, 그는 단지 자기 성격의 나약함만을 탓할 수밖에 없었다. 여전히 파르테논의 기둥들, 로마의 구릉들은 안개와 유스턴 가의 생선튀김 가게들 위로 솟아올랐다. 그는 그리스와 로마를 방문하기로 결심했다. 그는 실제로 아테네에 도착했다. 그는 로마를 보았으며, 죽기 전

18 『민중』 16장.

에 시칠리아에서 투키디데스를 읽었다. 삶은 그의 주변에서 변하고 있었다. 인생에 관한 그의 논평 역시 변하고 있었다. 아마도 오래된 더러움, 안개와 파라핀유, 술 취한 안주인이 유일한 현실은 아니었다. 추함이 완전한 진실은 아니다. 세상에는 아름다움의 요소도 있다. 과거의 문학과 문명과 더불어, 과거는 현재를 굳건히 한다. 어쨌든 미래에 그의 책들은 빅토리아 여왕 시대의 이즐링턴에 대한 것이 아니라 토틸라[19] 시대의 로마를 다룬 것이 될 것이다. 그는 "지성의 두 가지 형태가 구별되어야만 하는"[20] 끊임없는 사유의 어떤 지점에 도달하고 있었다. 누구든 단지 지력만을 존경할 수는 없다. 그러나 자신이 만들어낸 많은 등장인물들의 경험을 공유해왔던 그는 사유의 지도 위에 자신이 도착할 그 지점을 표시하기 전에, 에드윈 리어던에게 자신이 부여했던 죽음을 또한 공유했다. 그는 자신이 죽을 때 곁에 있던 친구[21]에게 말했다. "참아라, 참아라."[22] 그는 완벽하지 않은 소설가이나 굉장히 교양 있는 사람이었다.

19 본명은 바두일라Baduila이며 이탈리아 동고트 왕국의 마지막 왕으로 541년에서 552년까지 통치했다.
20 『서간집』 서문에 인용된 『수상록』의 구절이다.
21 시어도어 쿠퍼Theodore Cooper로 목사이다.
22 『서간집』 부록 A.

IV 민감한 마음

20세기

조지프 콘래드
Joseph Conrad

 갑자기, 생각을 정리할 시간도, 할 말을 준비할 시간도 주지 않고 그 손님은 우리 곁을 떠나버렸다. 작별 인사도, 의식도 치르지 않고 그렇게 물러가 버린 것은 오래전 그가 이 나라에서 살기로 하고 수수께끼같이 등장했던 것과 일맥상통하는 일이다. 그 사람에게는 항상 수수께끼 같은 분위기가 있었다. 부분적으로는 폴란드 태생이라는 점이, 또 부분적으로는 기억에 남는 외모가, 아니면 사람들을 초대하는 안주인네들의 접근이 어려워 쓸데없는 가십이 들리지 않도록 이 나라 내륙 깊숙이 박혀 사는 걸 선호했던 것이 말이다. 그래서 그에 대한 소식은 현관 초인종을 그냥 울려보는 단순 방문객들이 잘 모르는 집주인에 대해 전해주는 증거, 즉 예의범절이 바르고 눈빛이 형형하며 외국 억양으로 영어를 말한다는 것에 의존할 수밖에 없었는지도 모른다.

 늘 그렇듯이 죽음이 우리 기억을 되살리고 집중시켜준다고 할지라도 콘래드의 천재성에는 우연이라고 할 수 없는, 무언가 근본적으로 접근하기 힘든 어떤 것이 있다. 그의 만년의 명성은 의심의 여지없이 영국에서 최고의 수준이었으나 한 가지 분명한 예외, 즉 대중적 인기는 누리지 못했다. 어떤 이는 열정적으로 즐거움을 갖고 그의 작품을 읽었으나 어떤 이에게는 그저 차갑고 광채가 없는 작품일 따름이었다. 콘래드의 독자는 나이나 공감력이 정반대되는 사람들이었다. 열네 살의 남학생들이 매리어트 Frederick Marryat, 스콧, 헨티George Alfred Henty, 디킨스 등을 섭렵한 뒤 그의 작품을 통째로 집어삼키는가 하면, 독서에 맛을 들여 문학의 심장부로 파고들어 몇몇 희귀한 부스러기를 들추고 또 들추던 꽤 까다로운 이들도 신중하게 콘래드를 잔칫상에 올려놓았다.

그 어려움과 기호의 불일치의 근원은 말할 것도 없이 사람들이 항상 찾아내는 그의 미문에 있다. 그의 작품에서는 트로이의 헬렌이 거울을 보면서 깨달을 수밖에 없는 사실, 즉 자신이 무슨 짓을 하건 어떤 경우에라도 결코 못생긴 여자가 될 수 없다는 깨달음과 같은 걸 느끼게 된다. 콘래드는 재능이 있었고 그렇게 자신을 단련했다. 그리고 그런 것을 이 낯선 언어의 앵글로색슨적 특질보다는 라틴적 특질에 특유하게 끌렸던 그의 의무로 여겨, 그로서는 자신의 펜을 볼품없이 또는 무의미하게 움직일 수 없었던 것이다. 자신의 정부情婦와도 같았던 그의 문체는 때로 온화해 나른한 졸음을 불러오기도 한다. 그러나 누군가가 그 문체에 말을 걸라치면 얼마나 대단한 색채와 승리의 감각과 위엄을 가지고 성큼 다가오는지! 그러나 만일 콘래드가 문체라는 외견에 대한 끊임없는 조바심 없이 글을 쓸 수 있었더라면 신뢰와 명성, 그리고 대중성까지도 같이 얻을 수 있었을지는 논의의 여지가 있다. 습관적으로 맥락을 벗어나는 그의 문장들, 다른 영국 산문에서 꺾은 꽃과 함께 전시되는 그의 유명한 구절들을 지적하면서, 비평가들은 그런 것이 우리를 가로막고 방해하고 주의를 분산시킨다고 말한다. 콘래드는 자의식이 강하고 경직됐으며, 장식적 문체를 쓰고, 그 자신의 목소리가 고뇌에 찬 인간애의 소리보다 더 소중하다고 생각한다고 비평가들은 불평을 쏟아놓는다. 이런 비평은 익숙하다. 그것은 마치 〈피가로의 결혼〉이 연주될 때 농인들이 연주 평을 하는 것에 우리가 반박하기 어려운 것과 같은 것이기도 하다. 그 사람들은 오케스트라를 본다. 멀리서 음산하게 삑삑거리는 소리를 듣는다. 그리고 자신들의 견해를 훼방당하면서 자연스럽게 나름의 결론을 내린다. 저기서 50여 명의 바이올린 주자가 모차르트를 긁어대는 것보다는 길에서 돌을 깨는 게 인생의 목적에서 본다면 더 나은 일일 것이라고 말이다.

아름다움은 우리를 가르치고, 아름다움은 엄격한 교사라는 것을 어떻게 그들에게 확신하게 할 수 있을까? 그들이 듣지 못하는데, 어떻게 그 가르침이 가르치는 목소리와 불가분의 관계라는 것을 가르칠 수 있겠는가? 그러나 그의 작품을, 친구들의 생일을 적어두는 생일 기록지 읽듯 하지 않고 한꺼번에 많은 양을 읽을 경우, 표면상으로는 단지 콘래드가 밤바다의 아름다움을 우리에게 보여주고 있는 것 같다. 그러나 조금은 경직되고 우울한 그 음악을 제대로 듣지 못한다면 그 속에 든 유보와 긍지, 그 대단하고 사정없는 성실성, 어떻게 악보다 선이 나은 것이며, 어떻게 충직함과 정직 그리고 용기가 좋은 것인지 등의, 그의 의도를 놓치고 말 것이다. 그러나 책의 본질에서 그런 암시만을 끌어내는 것도 잘하는 일은 아니다. 그의 언어가 가진 마술과 신비로움이 없었다면 콘래드의 산문은 그것의 지속적인 특징인 강렬하며 흥분시키고 자극하는 힘을 잃고 우리들의 작은 찻잔 받침 속에서 말라버렸을 것이다.

그의 내면에 있는 강렬한 어떤 것, 지도자이자 선장의 자질 같은 것이 콘래드가 소년과 젊은이들에게 군림하는 이유이다. 『노스트로모Nostromo』를 쓰기 전까지 콘래드의 주인공들은 작가의 정신이 얼마나 미묘하고 방법이 얼마나 우회적인지와 상관없이 근본적으로 단순하고 영웅적이었다. 주인공들은 모두가 고독과 침묵에 익숙한 선원들이었다. 그들은 자연과는 갈등 상태에 있었지만 인간들과는 평화롭게 지냈다. 그들의 적대자는 자연으로 인간 고유의 자질인 명예, 아량, 충성심 등을 끌어내는 것도 자연이었고 안전한 만ᄬ에서 알 길 없고 진지하며 아름다운 소녀들이 여성으로 성숙하도록 보호해주는 것도 자연이었다. 무엇보다도 자연이 생산해낸 것은, 으르렁거리며 시련을 겪는 왈리 선장과 늙은 싱글턴처럼 무명 상태에서 빛을 발하는, 콘래드가 우리 인간 세계에서 특별히 선별해낸 이름 없는 사람들, 그들에 대한 숭배를 찬양하는 데 결코 지치지 않았던 그런 주인공들이었다.

그 사람들은 의심과 희망을 모르는 사람들이 그렇듯이 강인했다. 그들은 참을성이 없으면서도 잘 견뎠고 거칠면서도 헌신적이었으며 다루기 힘들면서도 충직했다. 선의 가득한 사람들은 이런 이들이 한 입의 음식을 놓고 징징대며 생계에 대한 두려움 때문에 일을 찾아 돌아다닌다고 표현하려고 애쓴다. 그러나 사실 그 사람들은 노역, 궁핍, 폭력, 방탕을 알지만 두려움을 모르고 가슴에 원한을 새기는 일이 없다. 다루기 힘든 사람들이긴 하지만 고무시키기도 쉬운 사람들이다. 목소리를 내는 사람들은 아니지만 운명의 가혹함을 비탄하는 감상적 목소리를 마음속으로 얼마든지 조롱하는 사람들이다. 그런 운명을 독특하고 자신들만의 것이라고 생각한다. 그리고 그 운명을 짊어지는 능력을 선택된 사람의 특권이라고 여긴다! 그들 세대는 애정의 달콤함이나 가정이라는 안전지대를 모르고 말주변 또한 없으면서도 이 세상에 없어서는 안 되는 사람들로 살았다. 그리고 좁은 무덤에 갇히는 암울한 위협으로부터 자유로이 벗어나 죽었다. 그들은 신비로운 바다의 영원한 자식들이었다.

이런 인물들이 초기작의 주인공들이다. 『로드 짐*Load Jim*』, 『태풍*Typhoon*』, 『'나르시서스'호의 검둥이*The Nigger of the 'Narcissus'*』, 『청춘*Youth*』 등의 책은 조금씩의 변형과 양식의 차이가 있음에도 분명히 우리 고전문학의 확고한 자리를 차지하고 있다. 그러나 위의 작품들은 매리어트나 페니모어 쿠퍼James Fenimore Cooper의 단순한 모험담이 가졌다고 할 수 없는 특징을 가지고 이 경지까지 올라왔다. 이런 인물들과 행동들을 연인이 갖는 열정으로 로맨틱하게 온 마음을 다해 찬탄하고 찬양하기 위해서는 독자로서의 양가적 비전을 가져야만 한다. 그들 속으로 들어가 있으면서도 또 밖에 있어야만 하는 것이다. 그들의 침묵을 찬양하기 위해서는 목소리를 가져야 한다. 그들의 지구력을 이해하기 위해서는 고단함에 민감해야 한다. 왈리와 같은 사람, 싱글턴과 같은 사람들의 입장에서 살아내며 그들을 이해할 수 있게 해주는 바로 그 자질을 그들의 의심스러운 눈초리로부터 감출 수 있어야 한다. 콘래드만이 그런 이중적 삶을 살 수 있었다. 왜냐하면 그 사람은 두 사람이 복합된 인물이었기 때문이다. 말로라고 불리는, 미묘하면서도 품격 있고 까다로운 분석가가 선장과 함께했기 때문이다. 콘래드는 말로를 "가장 신중하면서도 이해심 많은 인물"이라고 말했다.

말로는 은퇴 생활이 가장 행복했던 타고난 관찰자였다. 말로는 템스강의 이름 없는 지류 어딘가에서 갑판에 앉아 담배를 피우며 추억에 잠기는 걸 무엇보다도 좋아했던 사람으로, 담배 연기를 뿜으며 사색에 잠긴다. 여름밤 내내 담배 연기가 구름처럼 드리워질 때까지 말의 아름다운 고리를 연기와 함께 내보내길 좋아했다. 말로 역시 같이 항해했던 사람들에 대해 깊은 존경을 가졌던 사람이다. 그러나 그는 그 사람들이 가진 기질도 알았다. 그는 서툰 고참들을 성공적으로 괴롭히는, 화를 불같이 내는 인물들의 낌새를 잘 알아채고 대가다운 솜씨로 묘사해냈다. 그는 인간적 결함을 알아내는 데 천부적 재능이 있었고 그의 유머는 냉소적이었다. 그렇다고 해서 말로가 담배 연기의 화관만 쓰고 산 것은 아니었다. 그는 갑자기 눈을 뜨고 바라보는 습성도 있었다. 쓰레기 더미도 보고, 항구도 보고, 가게의 계산대도 보고, 그러다가 수수께끼 같은 배경 위로 밝게 빛을 발하는 빛의 불타는 고리 안에 그 장면을 완성시켰다. 자기 성찰적이면서도 분석적이라는 이 특이성을 말로는 잘 알고 있었다. 그는 그에게 그 힘이 갑자기 생긴다고 말했다. 예를 들어 프랑스 항해사가 "원 세상에, 시간이 왜 이리 빨리 가!"라고 하는 말을 우연히 듣고는 이렇게 말한다.

이 말보다 더 일상적인 말은 없을 것이다. [말로가 설명한다] 그러나 이렇게 뱉어낸 그 사람의 말이 내 깨달음의 순간과 동시에 일어나다니. 참 이상한 일은 어떻게 우리 모두가 눈을 반쯤 감고, 귀도 닫은 채 생각을 잠재우고 살아가는가 하는 점이다. … 그럼에도 불구하고 우리 중 어느 누구도 이런 드문 각성의 순간을 겪지 않은 사람은 없다는 것이다. 그 많은 것을, 모든 것을 보고 듣고 이해하고는 다시 생각을 잠재운 그 기분 좋은 상태로 빠져들려고 하다가, 섬광처럼 순식간에 깨닫는 순간말이다. 나는 그 사람이 그 말을 뱉을 때 눈을 치떴다. 그러고는 마치 그를 이전에 한 번도 본 적이 없는 사람처럼 쳐다보았다.

그는 그 어두운 배경 위에 그림을 그리고 또 그린다. 무엇보다도 우선 배를 그린다. 정박 중인 배, 폭풍이 오기 전 날듯이 가는 배, 항구에 피난한 배. 그는 황혼과 여명도 그린다. 밤을 그리고 바다의 모든 광경을 그린다. 번드르르하게 빛을 발하는 동방의 항구들을 그린다. 그리고 그곳의 남자, 여자, 집과 그들이 사는 모습도 그린다. 그는 정확하고 절대 굽히지 않는 관찰자로, 콘래드가 말하는 "작가가 창조의 가장 고양된 순간에도 꼭 가져야 하는" "자신의 느낌과 감성을 향한 절대적 충성심"을 제대로 학습한 사람이다. 그리고 말로는 때로 아주 조용히 연민에 차서, 우리 눈앞의 아름다움과 광채와 함께 배경의 어둠을 상기시키는 비문에나 새길 것 같은 몇 마디 말을 흘린다.

그래서 이런 식으로 임시변통의 구별을 해보자면 콘래드는 작품을 지어내고, 말로는 작품에 논평을 단다. 이것이 위험한 발상이라는 걸 알면서도 앞의 이런 구별은 『태풍』 마지막 이야기를 끝낼 때쯤 변화가 일어나는 원인으로 설명할 수 있다. 콘래드는 말한다. 두 오랜 친구 간의 관계가 변한 것을 놓고 "작품의 성격에 미묘한 변화가 일어났고 […] 더 이상 이 세상에는 쓸 이야기가 없는 것 같다는 생각이 든다."고. 이 말을 하는 사람은 이야기를 만든 콘래드로, 애수에 찬 만족감으로 그가 지금까지 한 이야기를 돌이켜보면서 말하고 있다고 가정해보는 건 어떨까. 『'나르시서스'호의 검둥이』에서 묘사한 폭풍우보다 더 나은 걸 쓸 수 없다거나 『청춘』이나 『로드 짐』에 이미 썼던 영국 선원들의 자질에 대한 충성스런 찬사보다 더 나은 표현을 바칠 수 없다고 느낄 수도 있다고 말이다.

그때, 논평을 하는 말로가 나서서 콘래드에게 상기시킨다. 시간이 지나면 자연스럽게 사람은 늙어가기 마련이고, 그러면 갑판에 앉아 담배나 피우면서 선원 생활을 포기해야 한다고. 그러나 말로는 또다시 상기시킨다. 그 힘든 시간들이 그들의 추억으로 쌓인 것이라고. 그러고는 더 나아가 이렇게 암시하기까지 한다. 비록 왈리 선장과 그가 세상과 맺은 관계에 대해 마지막 말을 다 했다고 하더라도 아직 육지에는 수많은 남녀가 있고, 비록 좀더 사적인 종류라 할지라도 그 관계를 더 들여다볼 가치가 있을 것이라고. 만일 우리가 좀더 가정한다면, 배에 헨리 제임스의 책이 한 권 있어 말로가 그 책을 잠자리에서 읽어보라고 친구인 콘래드에게 준다면 어떨까. 1905년 콘래드가 그 대가에 대해 아주 멋진 에세이를 하나 썼다는 사실에서 지원사격을 받을 수도 있으니 말이다.

　그때의 몇 년 동안은 말로가 주도적인 동반자였다. 『노스트로모』, 『기연Chance』, 『황금화살The Arrow of Gold』 등은 계속해서 독자들이 가장 훌륭하다고 느낀 둘의 동맹 상태를 대표하는 작품들이다. 사람의 마음이 숲보다 더 복잡하다고 사람들은 말한다. 마음에는 폭풍우도 있고 밤의 존재들도 있다. 만일 소설가로서 인간이 가진 모든 관계를 시험하고 싶다면 그 적절한 호적수는 바로 인간이며, 그의 시련은 사회 속에 있을 때지 고독 속에 혼자 있을 때가 아닌 것이다. 사람들은 그 형형한 눈이 발하는 빛이 황량한 바다에만 머물지 않고 곤혹스러움에 처한 사람들의 마음에도 머무는 그런 책에서 항상 특이한 매혹을 느끼게 될 것이다.

　그래서 말로는 콘래드에게 그의 시야의 각도를 바꾸어보라고 조언했고 그 조언은 대담했다. 왜냐하면 소설가의 시야는 복잡하면서도 특별한 것이기 때문이다. 복잡하다고 말하는 것은 인물들 뒤에 그 인물들과 떨어져서 그들을 연결시키는 무언가 안정적인 것을 구축해야 하기 때문이고, 특별해야 한다는 것은 작가가 한 가지 감성을 가진 단독자로서 삶의 여러 측면에서 확신을 갖고 믿을 수 있는 것이 엄격하게 제한되어 있기 때문이다. 그 균형은 너무나 미묘해서 쉽게 훼방을 받는다. 중기 작품들 이후로 콘래드는 다시는 그의 주인공들이 배경과 완벽한 관계를 갖도록 만들지 못했다. 그는 결코 후기 작품에 등장하는 고도로 세련된 주인공들을 그가 초기작에서 그렸던 선원들만큼 믿고 쓰지 못했다. 콘래드는 소설가들의 또 다른 보이지 않는 세계, 즉 다른 가치들과 다른 확신의 세계들과 작중인물들이 맺는 관계를 드러내야 할 때, 그 가치들이 무엇인지 덜 확신했다. 그리하여 계속 반복해서 폭풍우가 끝날 즈음에 "그는 조심스럽게 저어 나갔다."라는 한 구절로 전체의 도덕성을 담았다.

그러나 이렇게 혼잡하고 복잡다단한 세상에서 이런 간단한 구절들은 점점 적절치 않게 되었다. 수많은 관심사와 관계들로 엮인 복잡한 남녀들이 이렇게 요약된 한 가지 판단에 순순히 따르지 않을 것이다. 만일 따른다고 하더라도 그들에게 중요한 많은 것들이 그 판단을 비켜갈 것이다. 그럼에도 콘래드의 천재성에는 현란하고 낭만적인 힘과 함께 창작을 할 때 시도해야 하는 어떤 법칙이 필요했다. 이 문명화되고 자의식이 강한 사람들이 사는 이 세상의 기반은 '몇 가지 아주 단순한 생각'이라는 것이 근본적으로 그의 신념으로 남아 있었다. 그러나 이 수많은 생각과 사적인 관계가 난무하는 세상 어디에서 그걸 찾을 수 있겠는가? 거실에는 돛이 없고, 태풍이 정치가와 사업가의 가치를 시험하지도 않는다. 추구했으되 그런 지지대를 찾지 못한 콘래드의 후기 작품 세계에는 본의 아닌 모호성, 미결정성과 우리를 좌절케 하고 지치게 하는 환멸에 가까운 것이 떠돈다. 우리는 어둠 속에서 저 오래된 고결함과 격조만을 붙들고 있다. 충직함, 연민, 임무, 항상 아름답지만 마치 시대가 바뀌기라도 한 듯, 그러나 이제 조금은 진력나게 되풀이되는 그런 것 말이다. 어쩌면 말로에게 잘못이 있는지도 모른다. 그는 기질적으로 늘 한 군데 붙박여 앉아 있곤 했다. 그는 갑판에 너무 오래 앉아 있다. 독백은 멋있게 하지만 대화를 주고받는 데는 능하지 못하다. 그에게 섬광처럼 떠올랐다 사라지는 각성의 순간도 삶의 길고도 점진적인 세월의 주름을 비추는 지속적인 가로등 역할은 하지 못한다. 무엇보다도 말로는 콘래드가 창작을 하려고 한다면, 근본적으로 가장 먼저 확신을 가져야 한다는 것을 고려하지 못했다.

그러므로 우리가 콘래드의 후기 작품으로 원정을 떠나 멋진 전리품을 가지고 돌아온다 하더라도, 많은 지면이 우리들 대부분에게는 밟아보지 않은 땅으로 남아 있을 것이다. 우리는 초기 작품들,『청춘』,『로드 짐』,『태풍』,『'나르시서스'호의 검둥이』들은 그 전부를 다 읽을 수 있을 것이다. 콘래드 작품에서 무엇이 살아 남을 것이며 소설가의 대열 어디에 그를 자리 잡게 할 것인가 하는 질문을 받는다면, 이 책들이야말로 어딘가에 감추어져 있다가 이제야 드러난, 아주 오래되고 완벽히 진실에 가까운 이야기를 우리에게 들려준다고 느낄 것이다. 그리고 그런 느낌과 함께 우리 마음속에는 그런 질문을 하거나 그런 비교를 해보는 게 부질 없는 일이라는 생각까지 들 것이다. 완벽하면서도 가만히, 아주 고상하고 아름답게 뜨거운 여름밤, 느리면서도 장려한 모습으로, 이 작품들은 우리의 기억 속에 처음에는 별 하나가 이어서 또 다른 별이 떠오르듯 그렇게 떠오른다.

콘래드 씨에 대한 대화 한 자락
Mr. Conrad: A Conversation

오트웨이 가문은 독서에 대한 애정을 이름이 같은 예전의 극작가[1]로부터 물려받은 것 같다. 자신들이 그렇게 생각하고 싶어 하듯이 그 극작가의 직계 후손인지 아닌지는 알 수 없지만 말이다. 그 집안의 미혼인 장녀 페넬로페는 이제 막 사십이 된 몸집이 작고 검은 혈색의 여인으로, 시골 생활로 살결이 약간 거칠어진 데다 갈색으로 밝게 빛나는 눈은 명상에 잠겨 이상하게 한곳을 뚫어지게 바라보거나 허공에 머물기 쉽긴 하지만, 일곱 살 이후로 줄곧 고전을 읽는 데 몰두해 있었다. 부친의 서재에는 동양의 문헌이 주종을 이루긴 했지만 나름대로 포프류나, 드라이든John Dryden류, 셰익스피어류에 이르는 작품들까지 그 작가들의 영광과 쇠락의 여러 단계의 작품들이 있었다. 만일 딸들이 자신들이 좋아하는 책을 읽고 즐거워한다면 분명 그것 또한 교육의 한 방편일 것이다. 아버지의 지갑에서 지출을 막아주니 아버지의 축복을 받을 만할 터이고.

---

1   토머스 오트웨이(Thomas Otway, 1652~1685). 영국의 극작가. 유명한 작품으로 『스카팽의 간계*The Cheats of Scapin*』가 있다.

그것이 교육이라고 불릴 수 있는 것인지는 요즘 세상의 어느 누구도 인정하려 들지 않을 것이다. 그나마 좋게 말할 수 있는 것은 페넬로페 오트웨이가 절대 아둔한 사람이 아니라서 용감하게 배움의 작은 언덕들을 야심에 차 올랐다는 점이다. 어쩌면 더 큰 지식이 자신의 책을 저술해보겠다는 다행스럽지 않은 쪽의 길로 잘못 들거나 제한되는 열광에 빠질 수 있었는데도 말이다. 그러나 실상은 그렇지 않았다. 페넬로페는 책을 읽고 이야기를 나누는 것에 만족했다. 집안일 사이사이에 독서를 하고 동반자가 있을 때면 이야기를 했다. 주로 일요일에 손님이 찾아오면 멋진 여름날, 잔디밭의 잘생긴 주목나무 아래에 앉아 대화를 나누었다.

8월의 어느 뜨거운 아침나절이 바로 그런 기회였다. 그녀의 오랜 친구인 데이비드 로우David Lowe는 그녀가 앉아 있는 의자 옆 잔디 위에 근사한 다섯 권의 책이 놓여 있는 것을 보고 별로 놀라지는 않았지만 걱정이 들었다. 반면 페넬로페는 여섯 번째 책의 책갈피에 손가락을 얹은 채 그가 온 걸 아는 척하면서 하늘을 보고 있었다.

"조지프 콘래드로군." 그는 그 딱딱하고, 위엄 있고, 멋져 보이는, 그러나 일생 동안 장시간의 재독 삼독을 요하는 그 책들을 무릎 위로 올려놓으며 말했다. "그래, 아주 그렇게 결정을 본 것 같군. 콘래드가 고전이란 말이지."

"당신 견해로는 아니겠죠." 그녀가 대답했다. "당신이 『황금화살』과 『구조The Rescue』를 읽고 제게 보낸 그 신랄한 편지들이 기억나네요. 당신은 콘래드를 젊은 시절에 배운 유일하게 아는 노래를 가망 없이 틀린 곡조로 부르고 또 부르는 나이 들고 미몽에 잠긴 나이팅게일에 비교했어요."

"잊고 있었소." 데이비드가 말했다. "그렇지만 그게 사실이지."

"우리가 그렇게 훌륭하다고 생각했던 『청춘』, 『로드 짐』, 『'나르시서스'호의 검둥이』 같은 초기 작품들 이후의 책들은 나를 아주 당혹스럽게 하니 말이오. 아마도 그가 외국 사람이라 그럴지 모른다고 속으로 생각해보았소. 그는 우리가 천천히 이야기를 할 때면 완벽하게 우리말을 알아듣는 것 같은데, 우리가 흥분하거나 신경 안 쓰고 편하게 말을 하면 그렇지 못한가 보오. 콘래드에게는 구어체라는 게 전혀 없어요. 친밀감도 없고. 유머도 없어요. 최소한 영국식 유머 말이오. 그게 소설가에게는 대단한 결점이란 걸 당신도 인정할 거요. 물론 그가 로맨틱하다는 말은 할 필요도 없소만. 아무도 그가 로맨틱하다는 점에 이의를 달지는 않을 테니. 그렇지만 그게 끔찍한 벌금을 부과하니 말이오. 나이 40에 죽어버리다니. 죽는 게 과하다면 가망이 없다고 해야 할까. 만일 당신의 그 로맨틱한 작가가 계속 살아남고 싶다면 자신의 가망 없음을 직시해야 하오. 대비가 드러나는 음악을 만들어야 된다구. 그러나 콘래드는 결코 자신의 가망 없음을 직시하지 않고 있소. 계속해서 아름답고 고상하고 단조로운 바다와 선장에 대한 똑같은 노래만 부르고 있잖소. 그러나 이제는 젊을 때의 그 흠 없는 기질에 금이 가고 있다는 생각이 드는데. 그건 한 가지 사건이나 사실에 대한 정신 상태일 뿐이오. 그리고 그런 정신 상태는 결코 고전의 범주에 들 수가 없단 말이오."

"그렇지만 콘래드는 위대한 작가예요! 위대한 작가라구요!" 페넬로페는 의자의 팔걸이를 꽉 잡고 소리 질렀다. "내가 어떻게 증명해야 할까요? 우선 당신의 견해가 편파적이라는 걸 인정하세요. 당신은 건너뛰었어요. 입만 갖다 댄 거잖아요. 맛만 살짝 본 거라구요. 『'나르시서스'호의 검둥이』에서 『황금화살』로 뛰어넘었어요. 당신의 그 번드르르한 논리는 당신이 면도를 하는 동안

짜놓은 공리공론의 사탕절임일 뿐이에요. 자신의 입으로 살아 있는 작가의 작품을 칭송하거나 음미해야 하는 수고에서 자신을 구하려는 생각에서 나온 거라구요. 당신은 기분이 언짢은 감시자일 뿐이에요. 그래도 콘래드는 인정해줘야 할걸요."

"귀가 솔깃해지는군, 어디 당신 논리를 펴보시오." 데이비드가 말했다.

"내 논리도 당신 것처럼 틀림없이 공리공론이겠지요. 그러나 이것만은 확실해요. 콘래드는 한 가지만 있는 단순한 작가가 아니에요. 아니란 말이에요. 그 사람 안에 여러 가지가 있는 복잡한 작가예요. 우리가 자주 동의했던 것처럼 현대 작가들 사이에선 흔한 경우죠. 그리고 현대 작가들이 이런 여러 면모를 가진 자아를 연관 짓거나 단순화하거나, 서로 반대되는 것들을 화합시키는 성취가 (일반적으로 생의 후반부에 가서야) 일어날 때에 이런 완결된 책들을 바로 그런 이유로 걸작이라고 일컫지요. 콘래드가 가진 자아의 모습은 특이하게도 정반대의 것이에요. 콘래드는 공통점이 전혀 없는 두 사람으로 만들어져 있어요. 그는 당신이 말한 그 단순하고 충직하고 눈에 띄지 않는 선장이에요. 그러면서도 그는 미묘하고 사람의 심리를 알고 말하기를 좋아하는 말로이기도 해요. 초기 작품들에서는 선장이 지배적이지요. 후기작으로 가면서 최소한 내내 이야기를 하는 사람은 말로예요. 이 서로 아주 다른 두 사람의 조합이야말로 여러 가지의 기묘한 효과를 낸답니다. 갑작스런 침묵, 다루기 힘든 알력, 그리고 내려 덮칠 듯 매 순간을 위협하는 거대한 무기력 상태 등을 당신도 틀림없이 알아챘을 거예요. 이 모든 것이 내적 갈등의 결과임이 분명하다는 게 내 생각이에요. 말로가 모든 동기의 궤적을 따라가고자 하고 모든 어둠을 탐사하고 싶어 하는 반면, 그의 친구인 선장은 그의 바로 곁에서 끝없이 이렇게 말하지요. '……이 세상은, 이 덧없는 세상은 몇 안 되는 소박한 이상에 기대 있을 뿐이라네. 너무도 소박해서 저 언덕들만큼이나 오래된 것들일세.' 그러고 나면 또다시 말을 좋아하는 사람인 말로에게는 모두가 소중하고, 호소력이 있고, 유혹적이 돼요. 그러나 선장이 그의 말을 도중에 끊어버린답니다. '말을 하는 재능은 그리 중요한 게 아닐세.'라고요. 그러고는 선장이 이긴 게 됩니다. 콘래드의 소설에서는 사적인 관계가 결코 결정적인 게 아니에요. 인간은 자신들이 가진 성스러운 추상적 개념에 대한 태도 때문에 늘 단련을 받지요. 즉 그들이 '충직한가? 명예로운가? 용기가 있는가?'라는 질문에 따라서 말이에요. 그가 사랑하는 사람들은 바다의 품 안에 죽음이 예비되어 있어요. 그들의 애가哀歌는 밀턴의 구절대로지요. '여기 이렇게 울부짖을 일이 없다. […] 이렇게 고귀한 죽음이 우리를 평온하게 하노니,' 이런 비가는 서로 간의 친밀감이 사적인 것일 수밖에 없는 헨리 제임스의 작중인물 중 누구의 주검을 앞에 두고도 뱉을 수 없는 것이죠."

"명백한 무례를 용서해주오." 데이비드가 말했다. "당신의 논리는 꽤 괜찮은 것이오만 당신이 콘래드를 인용하는 순간 그 논리라는 것들이 모두 달빛같이 희미한 것들이 되고 말았소. 비평이라는 불행한 기술은 태양이 없을 때라야만 빛이 나는 것을! 내가 콘래드 산문이 갖는 주술을 잊고 있었소. 당신이 인용한 몇 마디 말이 나에게 더 듣고 싶은 압도적 허기를 불러일으킨 걸 보니 콘래드의 문장이 예외적인 힘을 가진 게 틀림없는 것 같소." 그는 『'나르시서스'호의 검둥이』를 펼쳐 읽었다. "'바다의 오만한 자비로 일시적 유예를 받은 자들에게 그 불멸의 바다는 정의에 따라 바라던 바대로 격동의 완전한 특권을 수여한다. […]' '사람들은 완전히 물에 젖었다가 다시 완전히 몸이 뻣뻣해진 채 그들의 알 길 없는 운명의 벌충을 받는 가차 없는 가혹한 고통을 마주했다.' 이렇게 단편적 인용만을 하는 게 공평하지는 않지만 그래도 그런 발췌에서도 극도의 만족감은 얻었소."

"그래요, 장중하고 사려 깊은 멋진 문장들이에요. 그 안에는 장려하고 과장된 언사와 단조로움의 씨앗이 같이 들어 있어요. 그렇지만 내가 선호하는 건 갑작스럽게 단도직입으로 방을 가로질러 쥐에게 달려드는 고양이의 급습 같은 문장들이에요. 예를 들면 숌베르크 부인의 묘사가 그래요. '긴 고수머리에 이빨 하나가 푸르께한, 바짝 마른 몸집의 작은 여인', 아니면 죽어가는 사람의 목소리를 '마치 해변의 부드러운 모래를 따라 굴러가는 마른 잎사귀 하나의 바삭거림과 같다.' 등으로 표현한 것 말이에요. 그 사람이 한번 보는 것은 영원히 보는 거예요. 그의 작품에는 꿰뚫어볼 수 있는 비전의 순간들로 가득 차 있어요. 눈 깜짝할 사이에 인물 전체를 밝혀주지요. 아마도 나는 도덕가인 왈리 선장보다는 직관적인 말로를 더 좋아하나 봐요. 그러나 그 둘이 같이 만들어내는 특이한 아름다움이 있어요. 표면에 나타난 아름다움에는 항상 그 안에 도덕성의 섬유질이 있답니다. 당신이 읽은 문장들에서마다 허위와 감상성과 나태의 세력에 맞서 대항하는, 결의에 찬 태도로 나아가면서도 힘들게 갈등을 이겨낸 평온함을 같이 볼 수 있었어요. 그의 글에서는 자신의 생명을 구하기 위해 나쁜 글은 쓸 수가 없다는 걸 감지할 수 있어요. 선원들이 자신들의 배에 대해 의무감이 있듯이 콘래드는 글에 대해 의무를 갖고 썼어요. 사실 콘래드는 뿌리 깊은 육상 생활자들인 헨리 제임스나 아나톨 프랑스Anatole France도 칭송하고 있어요. 마치 그 사람들이 강풍이 몰아치는 중에 나침반도 없이 자신들의 책을 써서 항구로 가져온, 허세 부리는 물개라도 되는 듯이 말이에요."

"확실히 콘래드는 19세기 말미에 이 땅에 낯선 유령처럼 불시에 내려앉았소. 예술가에 귀족이자 폴란드 사람인 그가 말이오." 데이비드가 말했다. "지난 수년 동안 나는 그를 영국 작가라고 생각할 수가 없었소. 자신의 언어가 아닌 다른 언어를 사용하는 그 사람은 지나치게 격식을 차리고 너무 예의가 바르고 너무 세심했었소. 뭐, 물론 뼛속까지 귀족이라 그랬겠지요. 그 사람의 유머는 귀족적이었소. 반어적이며 냉소적이기도 했구요. 폴스타프로부터 내려온 보통의 영국 유머처럼 결코 거침없거나 분방하지 못했소. 그는 끊임없이 유보적이었소. 내가 불평했던 친밀감의 결여는 아마도 당신이 말한 그 '성스러운 추상적 개념'에 기인하는지도 모르겠소만, 그러나 사실 그의 책에는 도통 여성 인물이 없단 말이오."

"배가 있잖아요. 아름다운 배가요." 페넬로페가 말했다. "배야말로 그의 작품 속 여인들, 즉 대리석으로 만든 산이거나 배우의 사진을 놓고 매력적인 소년이 꾸는 꿈에 불과한 그런 여인들보다 훨씬 여성적이에요. 그런데 정말 위대한 소설이 남자와 배, 남자와 폭풍우, 남자와 죽음, 그리고 불명예로만 만들어질 수 있을까요?"

"아, 우리는 다시 위대성이라는 문제로 되돌아왔소." 데이비드가 말했다. "그렇다면 어떤 책이 당신이 말한 대로 복잡한 비전이 단순해지고, 말로와 선장이 결합돼 동시에 말할 나위 없이 미묘하면서도, 심리적으로도 심오하고, 그러면서도 몇 가지 소박한 이상, 즉 '너무도 소박해서 저 언덕들만큼이나 오래된 것들'에 기저를 둔 그런 작품이란 말이오?"

"이제 막 『기연』을 끝냈어요." 페넬로페가 말했다. "이게 위대한 작품이라고 생각해요. 그러나 당신이 직접 읽어봐야 할 거예요. 당신이 내 말을 받아들이지 않을 테니까요. 특히 그 위대함이라는 말은 내가 분명히 한정 지을 수 있는 단어가 아니잖아요. 그래도 이 작품은 위대해요. 위대한 작품이라구요." 그녀는 되풀이해 말했다.

월터 롤리

Walter Raleigh

    1889년 3월 어느 수요일, 당시 28세였던 월터 롤리[1]는 맨체스터 대학교에서 영문학에 관한 첫 강연을 했다. 그는 이미 2년 동안 같은 주제에 관해 인도 원주민들에게 강연을 해왔기 때문에 그것이 결코 그의 첫 강연은 아니었다. 맨체스터 다음에 리버풀에서, 리버풀 다음에 글래스고에서, 글래스고 다음에 옥스퍼드에서 그는 강연을 했다. 이 모든 곳에서 그는 끊임없이 영문학 강연을 했다. 한때는 하루에 세 번 강연했다. 사실 그는 강연술에 대단한 대가여서 말년이 되어서는 "때로 그는 자신이 말해야만 하는 것을 페리 힝시에 있는 그의 집에서 걷는 30분 동안에 준비하기도 했다." 그의 강연을 들은 사람들은 강연이 그들을 고무시켰고, 그들의 눈을 뜨게 해주었으며, 그들로 하여금 스스로 생각하게 만들어주었다고 말했다. "'롤리는 항상 최상의 상태는 아니었지만, 훌륭할 때는 그 누구도 그를 당할 수 없다' — 그것은 일반적

---

1   월터 롤리(Sir Walter Alexander Raleigh, 1861–1922). 런던에서 출생한 문인, 비평가, 영문학 교수로, 많은 강연을 하였으며, 1911년 나이트 작위를 받았다. 저작으로 『영국소설The English Novel』(1894), 『문체Style』(1897), 『밀턴Milton』(1900), 『셰익스피어Shakespeare』(1907) 등이 있다.

인 견해였다." 그럼에도 불구하고 즐겁고 종종 재기 있는 편지들로 가득 찬 두 권의 서간집에서, 영문학에 관한 것이라면 흥미 있을 만한 구절은 단 하나라도 찾기 어려울 것이다.

물론 문학을 가르치는 전문적인 일, 그리고 "여섯 개의 장으로 나눠 초서에 관해 작업을 하고, 또한 여섯 개의 장으로 나눠 '대디'로 더 잘 알려진 워즈워스에 관한 작업을 하는" 등 문학 교과서들을 저술하는 전문적인 일에 대한 많은 이야기가 있긴 하다. 그러나 전문적이 아닌 이야기, 업무 시간이 끝나고 친구들끼리 나누는 대화를 살펴볼 때, 우리는 당황하고 실망한다. 이것이 영문학 교수가 말해야만 하는 모든 것이란 말인가? "내일은 스콧―내 생각으로는 시인이 아니라 단지 멋지고 선량한 노인 스콧", "윌리엄[블레이크]의 약점은 더할 나위 없이 훌륭한 이성이 아니라 그의 상상력이다……. 영감을 받은 그 늙은 능에[2]는 때로 대화 중에 훌륭한 말을 했다." "늙은 빌 워즈워스에 관해 말하자면 그는 변함없이 매우 고루한 사람이다……. 그는 주로 셰익스피어에 대한 유명한 모방으로(이것은 정말로 매우 능란하다), 그리고 양의 울음소리를 감탄할 정도로 흉내 내어 칭송받는다. 그러나 그는 자신만의 재주를 가지고 있는데, 만약 그가 자신의 재주를 행사한다면 아주 심한 비난을 받게 될 것이다." 영리한 사람이라면, 디너파티에서 누구든지 롤리가 한가한 때에 책들에 관해 썼던 것처럼 똑같이 책에 대해 이야기했을 것이다. 디너파티에서 우연히 소리가 들릴 만한 거리에 있는 도시 유지나 대학 조정 선수들을 깜짝 놀라게 하지 않으려면 말이다. 그가 문학에 대한 강연을 하고 있지 않을 때면 문학에 심오한 관심이 있다고 생각할 만한 점을 도무지 찾을 수 없다. 키츠의 편지나 공쿠르 형제의 일

2 유럽 및 아프리카산 조류이다.

기나 램의 편지나 그 유행에 뒤떨어진 시인 테니슨이 무심결에 해버린 말들을 읽을 때, 우리는 이 남자들은 자나 깨나 문학에 대한 생각을 결코 멈추지 않았음을 느낀다. 문학에 대한 생각은 그들의 머릿속에 뒤죽박죽 들어 있다. 그들의 손가락은 문학으로 염색되어 있다. 그들의 손가락이 닿는 것은 무엇이든지 문학으로 착색된다. 무엇을 하고 있든 간에 그들의 생각은 무의식중에 그들이 몰두하고 있는 문제의 어떤 양상으로 채워진다. 그들이 책들에 관해 진지하게 이야기한다고 해서 대학 조정 선수들이 자신들을 어떻게 생각할까, 하는 궁금증은 들 것 같지도 않다. "시는 특이성이 아니라 멋진 흘러넘침에 의해서 놀라게 해야만 한다고 나는 생각한다. 시는 독자에게 독자 자신의 고매한 사상을 말로 나타냈다는 느낌을 주어야 하며 거의 하나의 회상으로 나타나야만 한다."[3]고 키츠는 썼으며, 이 문장에는 단 하나의 상스러운 말도 없다. 그러나 이 영문학 교수는 속어를 내뱉지 않고는 그의 입을 열 수가 없었다. 그는 강연에서 빌 블레이크와 빌 셰익스피어와 노년의 빌 워즈워스를 언급할 때마다 그들의 책을 소개하는 것에 대해 변명하는 것처럼 보였다. 그러나 월터 롤리가 우리 시대의 가장 훌륭한 문학 교수들 중 하나였다는 점에는 의심의 여지가 없다. 그는 교수들의 일은 그것이 무엇이든 간에 훌륭하게 해냈다. 그러면 어떻게 우리는 그 차이를 조정하고, 그 모순을 해결할 것인가?

무엇보다도 이 영문학 교수는 쓰는 법을 사람들에게 가르치기 위해서 그곳 강연장에 있지 않다. 그는 읽는 법을 가르치기 위해서 그곳에 있다. 더구나 이 사람들은 도시의 유지들, 정치가들, 여선생님들, 군인들, 과학자들, 가정의 어머니들, 풋내기 시골 성직

---

3 존 테일러John Taylor에게 보낸 1818년 2월 27일 자 편지이다.

자들을 포함한다. 그들 중 많은 사람이 전에 결코 책을 펼쳐본 적이 없다. 그들 중 많은 사람이 결코 다시는 책을 펼쳐볼 기회를 얻을 수 없을 것이다. 그들은 배워야만 한다. 그런데 무엇을? 롤리 자신은 이 점에 대해서는 의심의 여지가 없었다. 그의 업무는 "단지 사람들이 시인들을 사랑하게 하는 것"이었다. "늙은 사람이건 젊은 사람이건 내가 하는 만큼 혹은 그 반만큼이라도, 예컨대 주요 영국 시인들을 좋아하게 만드는 일이야말로, 만약 가능만 하다면 대단한 일이라고 생각할 정도로 나는 허영심이 강하다."고 그는 썼다. 그는 그의 학생들에게 사실을 주입시키는 것을 완강하게 거부했다. "사실들이 시험에 유용하다는 것은 진실입니다. 그러나 여러분들은 그 누구도 학사학위를 가졌다고 해서 지금부터 십 년 후에 천국에 조금이라도 더 가까이 가지는 못할 것입니다. 반면에 키츠를 사랑하고 이해하면 당신은 몇 센티미터 더 자신을 고양시킬지도 모릅니다." 롤리는 스스로도 영문학의 역사에서 잊히거나 낮게 평가된 작가들을 발굴하고 재평가하는 작업에 시간을 소비하지 않았으며, 그의 학생들에게 그 일을 강요하지도 않았다. 그는 거의 미쳐서 강연을 했다. 그는 농담을 했으며, 이야기를 꾸며냈다. 그는 학부 학생들을 요절복통하게 만들었다. 그는 그들 무리를 자기 강의실로 끌어들였다. 그리고 그들은 이 것 혹은 저것을 사랑하며 떠나갔다. 아마도 그것은 키츠였을 수도 있고, 대영제국이었을지도 모르나, 확실하게 그것은 월터 롤리였다. 그러나 누군가 시를 사랑하며 문학의 기술을 사랑하며 떠났다면 우리는 굉장히 놀랄 것이다.

그 이유를 발견하는 것은 어렵지 않다. 그것은 월터 롤리의 저서들에 상세하게 쓰여 있다. 『영국 소설』, 『문체』, 『셰익스피어』 그리고 그 밖의 것들에. 그 저서들은 모든 장점을 갖고 있다. 그 책들은 잘 읽히고, 공정하며, 예리하고, 고무적이며, 정보로 채워져 있다. 그들은 머캐덤 공법[4]으로 포장한 도로처럼 문체에 있어서 견고하고 본질적으로 단단하다. 그러나 그 책들을 쓴 사람은 스스로 작가로서의 재능을 풍부하게 갖지 못했다. 상당히 탄탄하고 굉장히 학구적인 이러한 저서들의 저자는 결코 비평의 울타리를 벗어난 적이 없다. 어떤 소설, 어떤 시, 어떤 극도 그의 서문들, 요약문들, 개관으로부터 그를 결코 멀리 유인해낸 적이 없다. 창조의 흥분과 모험, 분투를 그는 몰랐다. 그러나 우리가 시를 사랑하게 만드는 비평가는 이미 자신의 경험을 풍부하게 가지고 있는 재능을 지닌 사람이다. 그는 자신의 실패와 성공으로 자아낸 길을 따라 신중히 더듬어 나아간다. 그는 비틀거릴지도 모른다. 그는 말을 더듬을지도 모른다. 그는 정돈된 개관을 할 수 없을지도 모른다. 그러나 문제의 핵심에 이르는 작가는 바로 그 키츠, 콜리지, 램, 플로베르이다. 그들이 강제로 문을 열어젖히고 안으로 들어와서 거기에서 봤던 것을 우리에게 이야기한 방식은 글쓰기의 노고와 투쟁을 통해서이다. 월터 롤리가 손에 펜을 쥐었을 때 펜은 최고로 적절하게 움직였다. 그는 결코 나쁜 문장을 쓰지 않았다. 하지만 그는 결코 장벽을 부숴버리는 문장을 쓰지도 않았다. 그는 자기 교양의 파편 더미를 넘어서 더 나은 어떤 것을 발견하지는 못했다. 그는 대로에 여전히 말쑥하고 초연하게 머물면서, 글쓰기 기술에 전혀 영향을 미치지 않는 문학 교수의 전형으로 남았다. 그리고 그는 기질상 모험심이 굉장히 강했으므로, 곧 문학이 약간 지루해졌다. 그는 문학을 인생으로부터 분리하기 시작했다. 그는 '문화'와 '문화광들'을 공격하기 시작했다. 그는 비평가들과 비평을 경멸하기 시작했던 것이다. "다른 사람들이

4 자갈을 몇 겹으로 깔아서 다지며, 쇄석을 아스팔트 또는 피치로 굳힌 도로이다.

써온 것에 대한 비평적인 감탄은 노처녀들에게나 어울리는 감정이라고 느끼지 않을 수 없다."고 그는 썼다. 자신은 "단지 게임에 불과한 세련미나 학자적인 멋을 믿는 것이 아니라, 종족 간의 혈투와 야수 사냥과 납치에 의한 결혼"을 믿는다고 말했다. 요컨대 차마 협잡꾼이 될 수는 없었던, 전적으로 진지하고 대단한 활력을 지녔던 사람 월터 롤리는 문학 교수를 그만두고 대신에 인생의 교수가 되었다.

단지 편지들만 봐도 그가 이러한 학문 분야에 훌륭한 적성을 지녔다는 증거가 충분히 드러난다. 그는 결코 지루해하거나 의심하거나 감상적이었던 적이 없었던 것 같다. 그는 부러울 정도로 단도직입적으로 사물들을 붙잡았다. 그는 자신의 모든 힘을 스스로 원하는 것 어디에나 자발적으로 적용해왔지만 어떤 것은 중요하고 어떤 것은 그렇지 않다는 확실한 감각으로 통제해왔던 것처럼 보인다. 그의 마음의 평정은 완벽했다. 그가 인도에 정착해 있건 옥스퍼드에 있건, 단순한 사람들 가운데 있건 학식 있는 사람들 가운데 있건, 귀족들 가운데 있건 학자들 가운데 있건, 그는 즉시 균형을 찾고 그 상황을 최대한 이용했다. 그의 강연의 신랄함과 번득임을 상상하고, 그가 어떤 예상치 못한 것들을 말했는지, 어떤 재미의 절정에 올랐었는지를 상상해보기는 쉽다. 그의 재치가 넘치는 세계에서 그는 견고하게 자리 잡고 있던 자신의 근본적인 건전함과 양식 덕분에 방종과 무책임을 쉽게 뛰어넘을 수 있었다. 그는 동료들 가운데 가장 매혹적인 사람이었으며, 그 점에 대해서는 모두가 동의한다.

그러나 어려움은 여전히 남았다. 일단 인생과 문학 사이에 결정적인 구분을 하고, 삶을 찬양하고 문학을 노처녀들을 위한 관심사로 보는 사람이라면, 필연적으로 그는 단순한 칭송만으로는 만족하지 못할 것이다. 그런데 만약 그 사람이 월터 롤리라면, 더할 나위 없이 그러할 것이다. 교수들은 떠벌려야 하지만, 인생을 사랑하는 사람은 살아야만 하기 때문이다. 불행하게도 19세기 말에는 "종족 간의 혈투와 야수 사냥과 납치에 의한 결혼"이라는 의미에서 인생을 손에 넣기가 힘들었다. 빅토리아 여왕이 왕위에 올라 있었고, 솔즈베리 경이 권력을 잡고 있었으며, 대영제국은 나날이 보다 강건하게 성장하고 있었다. 보어전쟁[5]과 함께 신선한 공기가 불어닥쳤다. 롤리는 안도의 외침과 더불어 그것을 환호했다. "……영국의 장교(그리고 사병)는 경쟁에서 즐거움을 회복한다."고 그는 말했다. 그는 글쓰기와 전투 사이에는 어떤 밀접한 관련이 있으며, 싸우는 사람이 글을 쓰지 않았고 글 쓰는 사람이 싸우지 않았던 그의 세대와 같은 세대에는 둘의 분리가 특히 문학을 위해서는 불행이었다고 느끼게 되었다. "전쟁터에서 훈련을 받고 군대 동료와 회식 중에 배우는 첫 단어들을 사용하는 것이 더욱 낫지 않을까?"라고 그는 질문했다. 그는 전적으로 행동에만 공감해갔다. 그는 점점 더 문화와 비평에 싫증 나고 있었으며, "박식한 비평가는 잔소리꾼"이라는, "교육은 저술 작업으로부터 신선한 아름다움을 빼앗아간다."는 견해를 보다 분명히 갖게 되었다. 글을 쓰는 일에 더욱더 매력을 잃게 되어, 마침내 1913년 그는 "더 이상 셰익스피어를 읽을 수 없다……."고 갑자기 폭발했다. "특별히 그를 형편없는 작가라고 생각해서가 아니라, 나는 문학을 견딜 수가 없다."고 그는 덧붙였다. 1914년 8월 대포가 발사되었을 때, 옥스퍼드 대학교의 그 영문학 교수

---

5 영국과 남아프리카의 보어인(네덜란드계 백인)이 세운 나라 사이에 벌어졌던 전쟁. 1877년 영국에 합병된 영국과 트란스발이 다시 독립을 선언하여 1880~1881년에 벌어진 제1차 전쟁과, 영국이 트란스발, 오렌지 자유주Orange Free State와 싸워서 두 나라를 합병한 1899~1902년의 제2차 전쟁이 있다.

보다 그 소리를 더 열광적으로 맞이한 이는 누구도 없었다. "요즘 대기가 요 근래 몇 년보다 숨 쉬기에 훨씬 더 좋다."고 그는 외쳤다. "나는 살아서 그것을 보게 되어 기쁘며, 내가 그 안에 참여하지 못하는 것이 괴롭다." 사실상 그에게 삶의 기회는 너무 늦게 온 것처럼 보였다. 그는 여전히 싸움을 찬양하나 싸우지는 못하도록, 삶에 대해서 강연을 하나 살지는 못하도록 운명을 타고난 듯이 보였다. 그는 그 시대의 사람이 할 수 있었던 것을 했다. 그는 훈련을 받았으며, 행진을 했다. 팸플릿들을 쓰고 전보다 더 자주 강연을 했다. 그는 사실상 읽기를 그만두었다. 마침내 그는 공군의 역사가가 되었다. 스스로 무한히 만족스럽게 그는 군인들과 사귀었다. 대단히 기쁘게도 그는 바그다드로 날아갔다. 그는 돌아온 후 한두 주가 지나기도 전에 죽었다. 그러나 그것이 무슨 문제가 되었겠는가? 그 영문학 교수는 마침내 원하는 대로 살아 보았는데 말이다.

베넷 씨와 브라운 부인
Mr. Bennett and Mrs. Brown

이 방에 있는 사람 중에서 나는 소설을 쓰려고 노력했거나 쓰는 데 실패한, 즉 글 쓰는 우를 범한 유일한 사람일 가능성이 높다. 아마도 그 점은 바람직하다고 생각된다. 현대소설에 대해 말해달라는 여러분의 초청이 나로 하여금 어떤 귀신이 내 귀에 속삭여서 나를 파멸로 몰고 갔는가를 스스로 물어보게 한다. 그러자 작은 모습이 내 앞에 떠오른다 — 한 남자의, 또는 한 여자의 모습이 이렇게 말한다. "내 이름은 브라운이에요. 당신이 할 수 있으면 나를 잡아보세요."

대부분의 소설가들이 같은 경험을 한다. 어떤 브라운, 또는 스미스, 또는 존스가 그들 앞에 다가와서 "당신이 할 수 있다면 나를 잡아보세요."라고 이 세상에서 가장 유혹적이고 매력적으로 말한다. 그래서 이 도깨비불에 이끌려 그들은 이 책에서 저 책으로 버둥거리면서 그것을 추적하느라고 그들 인생의 최상의 나날들을 낭비하고 그 대가로 대부분의 사람들은 아주 적은 돈을 받는다. 그 유령을 잡는 사람은 거의 없다. 대부분은 그저 그녀의 옷자락이나 또는 머리 한 움큼으로만 만족해야 한다.

사람들이 그들에게 강요된 어떤 인물들을 창조하도록 홀려서 소설을 쓴다는 나의 믿음은 아널드 베넷 씨의 승인을 받았던 것이다. 그가 한 말을 여기에 인용하겠다. "훌륭한 소설의 기초란 인물 창조 외에는 아무것도 아니다. […] 문체도 중요하고, 줄거리도 중요하고, 외양의 독창성도 중요하다. 그러나 그 어떤 것도 인물의 신빙성만큼이나 중요한 것은 없다. 만약 인물이 진짜처럼 느껴진다면 그 소설은 기회가 있다. 만약 그렇지 않으면 망각이 그 몫일 것이다……."[1] 그리고 그는 계속해서 요즘의 젊은 작가는 사실적이고 진실되고 믿을 만한 인물들을 창조할 수 없기 때문에 일등급의 중요성을 지닌 젊은 작가가 아무도 없다고 결론을 내린다.

　　이런 점들이 바로 내가 오늘 밤에 신중함보다는 오히려 더한 대담함으로 토의하고 싶은 질문들이다. 우리가 소설에서 '인물'에 대해 말할 때 무엇을 의미하는지를 나는 밝히고 싶다. 또 베넷 씨가 제기한 실재reality의 문제에 대해 말하고 싶고, 젊은 소설가들이 만약 베넷 씨가 주장한 대로 인물을 창조하는 데 실패했다면 그들이 왜 실패했는지 그 이유들을 제시하려고 한다. 이 일은 나를 매우 모호하고 광범위한 어떤 주장으로 이끈다는 점을 나도 잘 알고 있다. 왜냐하면 그 질문은 굉장히 어렵기 때문이다. 우리가 인물에 대해 아는 것이 얼마나 적은지 생각해보라—예술에 대해 아는 것이 얼마나 적은지 생각해보라. 그러나 시작하기 전에 여유를 갖기 위해서 나는 에드워드 시대와 조지 시대라는 두 개의 진영을 나누어놓겠다. 웰스[2] 씨, 베넷 씨, 그리고 골즈워디 씨를 에드워드 시대 사람이라고 부를 것이고, 포스터 씨, 로렌

1　이 구절은 베넷의 수필 「소설이 쇠퇴하고 있는가?」(1923)에서 인용했다. 그는 에드워드 왕조 때 가장 인기 있고 위세 높던 소설가였다.

2　허버트 조지 웰스(Herbert George Wells, 1866~1946). 영국의 소설가이다.

스 씨, 스트래치 씨, 조이스 씨, 그리고 엘리엇 씨를 조지 왕조 사람이라고 부르겠다.[3] 그리고 견딜 수 없는 이기심을 갖고서 내가 일인칭으로 이야기해도 여러분께서 용서해주기 바란다. 나는 하나의 고립되고 무식하고 오도된 개인의 의견을 일반적인 이 세상 탓으로 돌리고 싶지 않다.

내 첫 번째 주장은 여러분도 인정하는 것이다―즉, 이 방 안의 모든 사람들이 인물을 판단한다는 점이다. 사실 인물 읽기를 실행하지 않고, 그 예술에 대한 어떤 기술 없이 한 인간이 일 년 동안 재난 없이 살아가기란 불가능하다. 우리의 결혼과 우리의 우정이 그것에 달려 있고, 우리의 사업이 주로 그것에 달려 있으며 그것의 도움을 받아야만 풀릴 문제들이 매일같이 일어난다. 이제 나는 아마도 더 논쟁의 여지가 있는 두 번째 주장을 펼치려 하는데, 그 요지는 1910년 12월에 혹은 1910년 12월경에 인간성이 변했다는 것이다.[4]

정원으로 나가듯이 우리가 밖에 나가서 그곳에 장미가 피어 있는 것을 보았다, 또는 암탉이 알을 낳은 것을 보았다, 하고 나는 말하는 것이 아니다. 이 변화는 그렇게 갑작스럽지도, 분명하지도 않다. 그럼에도 불구하고 변화는 있었으니 임의로 그 변화를 1910년경으로 잡자. 그 변화의 첫 번째 징조는 새뮤얼 버틀러의 작품들, 특히 『모든 인간의 길』(1903)에 기록되어 있고, 버나드

3 1901년 빅토리아 여왕이 죽고 아들 에드워드 7세가 1901년에서 1910년까지 통치한다. 그 다음 조지 5세가 1910년에서 1936년까지 다스린다. 그러므로 에드워드 왕조는 빅토리아 말기의 전통을 그대로 물려받고 있지만 조지 왕조의 사람들은 1914~1918년 1차세계대전을 겪고 나서 새로운 시각으로 인생과 예술을 바라본다. 조이스, 울프, 로렌스, 엘리엇과 같은 모더니즘 작가들의 활동기는 주로 1920년대이다.

4 '1910년 12월경'에 대한 해석은 구구하다. 에드워드 왕이 그해 5월에 죽고 왕조가 바뀌었다는 점, 그리고 그해 런던에서 후기 인상주의 전람회가 열렸다는 점을 비평가들은 대개 언급한다.

쇼의 연극들이 그것을 계속 기록한다. 만약 가정 안에서 예를 든다면, 우리는 자기 집의 요리사의 특성에서 그 변화를 볼 수 있다. 빅토리아 시대의 요리사는 리바이어던[5]처럼 아래층 깊숙이에서 막강하고 고요하고 모호하고 알 수 없는 존재로 살았다. 조지 왕조의 요리사는 햇빛과 자유로운 공기의 산물이다. 거실을 들락날락거리며 『데일리 헤럴드』를 빌리거나 모자에 대해 조언을 구하기도 한다. 인류의 권위가 변하는 더 엄숙한 예들을 여러분은 요구하는가? 『아가멤논』을 읽어보라. 그리고 시간이 갈수록 당신의 동정심이 거의 전적으로 클리타임네스트라에 있지는 않는지 살펴보라. 아니면 칼라일 부부의 결혼생활에 대해 생각해보라.[6] 그리고 천재인 여성이 책을 쓰는 대신 딱정벌레나 쫓고 냄비나 닦으면서 시간을 보내는 것을 더 적절하게 만든 그 끔찍한 가정의 전통이 그와 그녀에게 준 낭비와 무익함을 슬퍼하라. 모든 인간관계가 변했다 — 주인과 하인 사이, 남편과 아내 사이, 부모와 자식의 관계가 변했다. 그리고 인간관계가 변했을 때 동시에 종교와 행동과 정치와 문학에서도 변화가 있었다. 이런 변화 중 하나를 1910년에 두는 것에 대해 우리 모두 동의하자.

　나는 사람들이 재앙 없이 일 년간을 살려면 그들은 인물 읽기에 상당한 기술을 터득해야 한다고 이미 말했다. 그러나 그것은 젊은이의 기술이다. 그 기술은 중년이나 노년에는 대부분 그 유용함 때문에 실행될 뿐, 인물 읽는 기술에서의 다른 모험이나 실험과 우정은 거의 행해지지 않는다. 그러나 소설가들은 인물에

5　성경에 나오는 거대하고 무서운 바닷속 동물이다.
6　빅토리아 시대의 가장 위대한 사상가 중 한 사람이었던 토머스 칼라일은 부인 제인 (1801~1866)과의 결혼생활로도 유명하다. 지성적이며 부유한 집안 출신인 제인은 남편이 천재임을 믿고 가난과 남편의 괴팍함을 감수하면서 그를 뒷바라지했다. 그녀는 영어로 쓴 최고의 편지 작가란 평을 받았으며 남편과 주고받은 편지가 일곱 권의 『토머스와 제인 칼라일의 편지들』로 출판되었다.

대해 실질적인 목적에 충당할 만큼 알았을 때도 계속해서 인물을 흥미로워한다는 점에서 이 세상의 다른 사람들과 다르다. 그들은 한 발자국 더 나아간다. 그들은 인물 그 자체에 영속적으로 흥미 있는 그 무엇이 있다고 느낀다. 인생의 모든 실질적인 일에서 해방되었을 때라도, 그들의 행복이나 안락 또는 수입과는 그 어떤 관계가 없음에도 불구하고, 사람들에 대한 그 무엇이 그들에게는 계속 엄청나게 중요해 보인다. 인물 연구는 그들이 몰두해서 추구하는 대상이 된다. 인물을 알려주는 것은 강박관념이된다. 나는 다음을 설명하기가 매우 어려움을 발견했다. 즉, 소설가들이 인물에 대해 말할 때 그들은 무엇을 의미하는가, 어떤 충동이 그렇게 강력하게 그들로 하여금 항상 자신의 의견을 글로 구현하도록 몰고 가는가.

그러므로 여러분이 허락하신다면 분석하고 추상적 개념을 말하는 대신, 나는 리치먼드에서 워털루로 가는 여행에 관한, 무의미하지만 그러나 사실이라는 장점이 있는 간단한 이야기 하나를 여러분에게 들려주고 싶다. 그렇게 함으로써 내가 말하는 인물이 무엇을 의미하는지를 여러분에게 보여줄 수가 있으며, 그 인물이 갖고 있는 여러 양상들과, 그것을 말로 표현하려고 시도하자마자 엄습하는 무시무시한 위험들을 여러분이 인식할 수 있으리라고 희망한다.

몇 주 전 어느 날 밤, 나는 기차 시간에 늦어서 내 앞을 지나는 첫 기차 칸에 뛰어올랐다. 자리에 앉으면서 나는 이미 그곳에 앉아 있던 두 사람의 대화를 내가 방해했다는 묘하고 불편한 감정을 느꼈다. 그들이 행복하거나 젊었기 때문이 아니다. 그것과는 거리가 멀었다. 그 사람들은 둘 다 나이가 들어서 여인은 육십 이상이고 남자는 사십을 훨씬 넘어 보였다. 그들은 서로 마주보고 앉아 있었으며 남자는 얼굴의 홍조와 태도로 미루어보아 앞으로 몸을 숙이고 강경하게 말하고 있었던 모양이다. 그는 몸을 다시 일으키며 조용해졌다. 내가 그를 방해했고 그는 기분이 상했다. 그러나 나이 든 부인은 (그녀를 나는 브라운 부인이라고 부를 것이다) 오히려 편안해진 듯 보였다. 그녀는 모든 것을 매고 묶고 수선하고 깨끗이 솔질하고 단추는 채워진 모습이었다—극도의 깔끔함이 누더기와 때보다 더 극도의 가난을 암시하는, 그런 깨끗하고 닳아빠진 옷을 입은 늙은 부인들 중 한 사람이었다. 그녀를 괴롭히는 무엇이 있었다. 고통과 걱정의 모습, 게다가 그녀의 몸집은 아주 작았다. 깨끗한 작은 구두를 신은 그녀의 발은 거의 바닥에 닿지 않았다. 그녀를 지지해줄 사람이 아무도 없었고 스스로 자신의 마음을 결정해야만 하는 것 같았다. 오래전에 버림받았거나 아니면 과부가 된 그녀는 외아들을 키우면서 초조하고 황폐한 삶을 살았는데, 아마도 최근 들어 그 아들이 잘못되어가는 모양이었다. 대부분의 사람들이 그러하듯, 동석한 승객들을 어떤 식으로든지 판단할 수 없는 채로 함께 여행하는 것에 불편함을 느끼면서 내가 앉아 있을 때 마음속으로 이 모든 것이 스쳐지나갔다. 그다음 나는 남자를 쳐다보았다. 그가 브라운 부인과는 인척이 아니라는 확신이 섰다. 그는 더 크고 퉁명스럽고 그다지 세련되지 못한 부류의 사람이었다. 내 생각에 그는 사업가였고, 아마도 북부에서 온 존경받는 곡물업자 같았으며 튼튼한 가죽 가방을 들고 실크 손수건과 주머니칼을 꽂은 푸른색의 질 좋은 능직 양복을 입고 있었다. 그러나 분명히 그는 브라운 부인과 담판을 낼 불쾌한 일이 있었다. 두 사람 다 내 앞에서는 이야기하고 싶지 않은 비밀스런, 그리고 아마도 불행한 일.

"그래요, 크로프트네는 하인들하고 매우 운이 나빴지요." 스미스 씨(나는 그를 그렇게 부를 것이다)는 체면을 차리려고 앞서 말하던 주제로 되돌아가면서 사려 깊은 태도로 이야기했다.

"아, 불쌍한 사람들." 브라운 부인은 약간 동정적인 어투로 말했다. "우리 할머니에게는 열다섯 살에 와서 팔순이 될 때까지 일했던 하녀가 있었어요." (아마 우리 두 사람에게 다 인상적으로 보이려는 듯 일종의 아픔과 도전적 자만심으로 그녀는 말했다.)

"요즈음은 그런 일들이 흔치 않죠."라고 스미스 씨는 화해하는 어조로 말했다.

그러고 나서 두 사람 다 말이 없었다.

"저기에 골프장을 만들지 않는 게 이상하죠? —젊은 친구들 중에 누군가는 꼭 할 거라고 생각했는데요." 침묵이 그를 불편하게 했는지 스미스 씨가 말했다.

브라운 부인은 대꾸조차 하지 않았다.

"이 지역을 사람들이 엄청나게 변화시키네요."라고 창밖을 내다보면서, 그리고 동시에 나를 몰래 쳐다보면서 스미스 씨가 말했다.

브라운 부인의 침묵과 스미스 씨가 말할 때의 어색한 상냥함으로 미루어보건대 그가 그녀에게 불쾌하게 행사하는 어떤 권력을 가진 것은 분명했다. 그건 아마도 그녀 아들의 몰락이거나 그녀나 그녀 딸의 과거에서의 어떤 괴로운 일 때문일 수도 있다. 아마도 그녀는 어떤 재산을 넘겨주는 문서에 서명하기 위해 런던으로 가고 있는 중일 것이다. 분명히 자신의 의지와는 반대로 그녀는 스미스 씨의 손안에 있다. 그녀에 대해 엄청난 연민을 느끼려 하는데 갑자기, 그리고 엉뚱하게 그녀가 말했다.

"만약 두 해 연속으로 참나무 잎을 쐐기벌레들이 먹으면 나무가 죽게 되나요?"

그녀는 매우 밝고 정확하게 그리고 교양 있고 호기심에 찬 목소리로 말했다.

스미스 씨는 놀랐으나 자신에게 안전한 대화 주제가 주어졌다는 데에 안심했다. 그는 해충의 만연에 관하여 매우 빨리, 그리고 장황하게 그녀에게 이야기했다. 켄트에서 과일 농장을 하는 아우가 있다고 그는 말했다. 켄트에서 과일 농부들이 매년 어떻게 하는지 계속해서 그는 말했다. 그가 말하는 동안 이상한 일이 일어났다. 브라운 부인이 작고 흰 손수건을 꺼내서 눈을 훔치기 시작했다. 그녀는 울고 있었다. 그러나 그녀는 그가 말하는 것을 침착하게 계속 들었으며 그는 이전에도 그녀가 우는 것을 자주 보았던 것처럼, 마치 그것이 고통스런 습관인 것처럼 약간 더 크게, 약간 더 화가 나서 계속 말했다. 마침내 그 일은 그의 신경에 거슬렸다. 그는 갑자기 말을 멈추고 창밖을 내다보고 나선 내가 탔을 때 그가 했던 것처럼 그녀 쪽으로 몸을 기울이면서 더 이상 난센스는 못 참겠다는 듯이 퉁명스럽고 위협적인 어조로 말했다.

"저, 우리가 논의하던 그 일에 관해서인데요, 괜찮겠죠? 화요일에 조지가 거기 오겠죠?"

"우리는 늦지 않을 거예요." 지고한 위엄으로 자신을 추스리며 브라운 부인이 말했다.

스미스 씨는 아무 말도 하지 않았다. 그는 일어나 코트의 단추를 채우고 자기 가방을 내려서 기차가 클랩함 분기점 역에 멈추기도 전에 기차에서 뛰어내렸다. 그는 자신이 원하던 것을 얻었으나 창피했다. 그는 노부인의 시야에서 벗어나는 것이 기뻤다.

브라운 부인과 나는 홀로 남았다. 그녀는 맞은편 구석에서 매우 깨끗하고 매우 자그마하면서도 약간은 이상하게, 그리고 심히 괴로워하면서 앉아 있었다. 그녀가 준 인상은 압도적이었다. 그것은 타는 냄새처럼, 외풍처럼 쏟아져 나왔다. 그 압도적이고 특별한 인상—그것은 무엇으로 구성되어 있었을까? 그런 경우 서로 들어맞지 않고 상관없는 생각들이 우리 머릿속으로 수없이 몰려온다. 우리는 온갖 다른 종류의 장면 한가운데서 그 사람을, 브라운 부인을 본다. 나는 바닷가 집에서 유리병에 담긴 범선 모형이나 성게 같은 이상한 장식품에 둘러싸인 그녀를 생각한다. 벽난로 위에는 그녀 남편의 훈장들이 놓여 있다. 방 안을 드나들면서 그녀는 의자 가장자리에 앉기도 하고 접시에서 음식을 집어들기도 하고 말없이 오랫동안 응시하기도 한다. 쐐기벌레와 참나무가 그 모든 것을 암시한다. 그리고 이 환상적이고 단절된 생활 속으로 스미스 씨가 끼어든다. 나는 그가 바람 부는 날, 말하자면 불쑥 찾아오는 것을 상상했다. 그는 문을 두드리고 꽝 닫았다. 빗물이 떨어지는 그의 우산이 현관에 물웅덩이를 만들었다. 그들은 둘이서만 별실에 앉았다.

그러고 나서 브라운 부인은 끔찍한 사실에 맞닥뜨렸다. 그녀는 영웅적인 결정을 내렸다. 새벽이 되기 전 일찍 그녀는 가방을 꾸려서 스스로 그것을 들고 역으로 향했다. 그녀는 스미스 씨로 하여금 그것을 만지지 못하게 하고 싶었다. 그녀의 자존심은 상처를 입었고, 그녀는 자신의 정박지에서 닻을 올렸다. 그녀는 하인들을 부리던 좋은 집안 출신이다—그러나 이런 세부 사항은 나중을 기다릴 수 있다. 중요한 일은 그녀의 성격을 깨닫는 일이요, 그녀의 분위기에 우리를 침잠시키는 것이다. 기차가 멈추기 전에 왜 내가 그 일을 약간 엉뚱하고, 환상적인 감은 있지만 어쨌든 비극적이고 영웅적으로 느꼈는지를 설명할 시간이 없었다. 그리고 나는 넓게 빛나는 역으로 자신의 가방을 들고 그녀가 사라지는 모습을 지켜보았다. 그녀는 매우 작았고 매우 끈질겨 보였다. 동시에 매우 연약하고 매우 영웅적이었다. 그리고 나는 결코 그녀를 다시 보지 못했고 그녀가 어떻게 되었는지 결코 알 수 없을 것이다.

이 이야기는 아무 요점 없이 끝난다. 그러나 나는 내 자신의 독창성이나 리치먼드에서 워털루까지 여행하는 기쁨을 보여주기 위해 이 일화를 여러분께 이야기한 것은 아니다. 이 이야기에서 여러분들이 주목했으면 하는 것은 바로 다음과 같다. 여기에 자신을 타인에게 강요하는 한 인물이 있다. 여기에 어떤 사람으로 하여금 거의 자동적으로 그녀 자신에 대한 소설을 쓰게 만드는 브라운 부인이 있다. 나는 모든 소설이 맞은편 코너에 앉은 늙은 부인으로부터 시작한다고 믿는다. 다시 말하면 모든 소설은 인물을 다루며, 교리를 설교하거나 노래를 부르거나 대영제국의 영광을 축하하기 위해서가 아니라 인물을 표현하기 위하여 소설의 형태가—그렇게 어색하고 장황하고 극적이지 못하며, 그렇게 풍성하고 유연하고 생생하게—진화되어 나온 것이다. 인물을 표현하기 위해서라고 나는 말했다. 그러나 여러분은 매우 폭넓은 해석이 그 말에 적용될 수 있다는 사실을 즉각 떠올릴 것이다. 예를 들어 여러분이 태어난 나라와 나이에 따라 늙은 브라운 부인이라는 인물은 매우 다르게 와닿을 것이다. 기차 안에서의 그 사건에 대해 세 가지 다른 구성, 즉 영국식, 프랑스식, 러시아식으로 쓰는 것은 쉬운 일이다. 영국 작가는 그 늙은 부인을 '인물'로 만들 것이다. 그는 그녀의 괴상한 점과 고상한 체하는 꾸밈, 그녀의 단추와 주름, 리본과 사마귀를 부각시킬 것이다. 그녀의 성격이 그 작품을 지배할 것이다. 프랑스 작가는 그 모든 것을 지워버릴 것이다. 그는 인간성에 대한 좀더 일반적인 관점을 제시하기 위해, 또한 좀더 추상적이고 균형 잡힌 그리고 조화로운 전체를 위하여 브라운 부인이란 개인을 희생시킬 것이다. 러시아 작가는 살을 뚫고 들어가 그 영혼을 드러내 보일 것이다─책을 다 읽은 후에도 우리의 귀에 지속적으로 메아리칠 어떤 엄청난 질문을 인생에게 요구하면서 워털루 거리를 배회하는 그 영혼만을. 그다음 나이와 국적 외에 고려되어야 할 것으로는 작가의 기질이 있다. 여러분들은 인물에서 한 가지 면을 보고 나는 또 다른 면을 본다. 그것이 이것을 의미한다고 여러분이 말하면, 나는 저것을 의미한다고 말한다. 그리고 실제 글을 쓸 때에 각자 자신의 원칙에 입각하여 더 많은 선택을 하게 된다. 그러므로 브라운 부인은 나이와 국적과 작가의 기질에 따라 무한대의 다양한 방식으로 다루어질 수 있다.

그러나 여기서 나는 아널드 베넷 씨가 말한 것을 상기해야 한다. 그는 인물들이 사실적일 때에만 그 소설은 살아남을 기회가 있다고 말한다. 아니면 죽을 수밖에 없다. 그러나 나는 무엇이 사실인가라고 묻는다. 그리고 누가 사실의 판단자가 되는가? 어떤 인물이 베넷 씨에게는 사실적이지만 나에게는 매우 비현실적일 수 있다. 예를 들어 같은 글에서 그는 『셜록 홈스』에 나오는 왓슨 박사가 그에게는 사실적이라고 말한다. 나에게 왓슨 박사는 짚으로 채운 자루요, 허수아비요, 웃음거리이다. 여러 책에서, 여러 인물에서, 같은 일이 벌어진다. 특히 사람들이 의견을 가장 달리하는 것은 요즈음 소설에서 나오는 인물들의 사실성이다. 하지만 여러분이 더 넓은 관점을 택한다면 베넷 씨도 전적으로 옳다고 나는 생각한다. 즉, 만약 여러분이 위대하다고 생각하는 소설들─『전쟁과 평화』, 『허영의 시장』, 『트리스트럼 샌디』, 『보바리 부인』, 『오만과 편견』, 『캐스터브리지의 시장』, 『빌레트』─이런 작품들에 대해 생각할 때 여러분은 어떤 인물이 너무나 사실적으로 (이 말은 너무나 살아 있는 듯하다는 말은 아니다) 보여서 단지 그 인물 자체만이 아니라 그의 눈을 통하여 온갖 종류의 사물을, 즉 종교와 사랑과 전쟁과 평화와 가족 관계와 소도시의 무도회와 석양과 달맞이와 영혼의 불멸성을 보게 만들었던 어떤 인물을 즉각 떠올린다. 인간 경험에 관한 어떤 소재도 『전쟁과 평화』가 빼놓은 것은 없다고 나는 생각한다. 그리고 이 모든 소설에서 이 모든 위대한 소설가들은 우리가 보기를 원하는 것이 있으면 어떤 인물을 통하여 보도록 이끈다. 그렇지 않다면 그들은 시인이나 역사가 또는 논문 집필자는 될 수 있을지언정 소설가는 되지 못한다.

그러나 지금은 베넷 씨의 계속되는 주장을 검토해보자. 그는 조지 왕조의 작가들 중에는, 사실적이고 진실되고 믿을 만한 인물을 창조할 수 없기 때문에 위대한 소설가가 없다고 말한다. 하지만 거기에 나는 동의할 수 없다. 여러 이유와 변명과 가능성들이 그 문제에 다른 색채를 줄 수 있을 것이다. 적어도 나에게는 그렇게 보이지만, 그러나 나는 이것이 내가 근시안적이고 낙관적이고 편견을 갖기 쉬운 문제라는 점을 잘 인식하고 있다. 나는 여러분들이 내 의견을 공정하고 비판적이고 관대하게 만들 것이라고 희망하면서 여러분 앞에 의견을 제시하려 한다. 그럼 왜 오늘날의 소설가들이 베넷 씨뿐만 아니라 일반 대중에게도 사실적으로 보이는 인물을 창조하는 것이 그렇게 어려울까? 10월이 다가왔을 때 왜 출판사들은 우리에게 걸작을 제공하는 데 항상 실패하는 것일까?[7]

확실한 한 가지 이유는 바로 1910년이나 그 즈음 해서 소설을 쓰는 남녀들이 이 거대한 난관에 직면해야 했다는 점이다―

7 영국에서는 새로운 소설들이 주로 가을에 출판된다.

즉, 그들이 일을 배울 수 있는 살아 있는 영국 소설가가 없다는 점이다. 콘래드 씨는 폴란드 사람이다. 이 사실이 그를 제쳐놓으며 그가 아무리 존경받을 만하더라도 우리에게 큰 도움이 되지 못하게 한다. 하디 씨는 1895년 이후 소설을 쓰지 않았다. 1910년의 가장 저명하고 성공적인 소설가들은 웰스 씨, 베넷 씨 그리고 골즈워디 씨라고 여겨진다. 이들에게 가서 어떻게 소설을 쓰는지—어떻게 사실적인 인물을 창조하는지—가르쳐달라고 물어보는 것은 정확히 말하면 장화를 만드는 이한테 가서 시계 만드는 법을 가르쳐달라고 부탁하는 격이라고 나는 생각한다. 그들의 작품을 내가 존경하고 즐기지 않는다는 인상을 여러분에게 주려는 것은 아니다. 그들은 위대한 가치를 지니고 있으며 사실 거대한 당위성도 지니고 있다. 사실 시계보다는 장화가 더 중요한 계절이 있다. 비유를 그만두고, 나는 빅토리아 시대의 왕성한 창작 행위 이후에, 문학뿐 아니라 인생을 위해서도 다른 사람들이 웰스 씨와 베넷 씨 그리고 골즈워디 씨가 써왔던 책들을 쓰는 것이 필요하다고 생각한다. 그러나 그들의 작품들이 얼마나 이상한지! 때론 우리가 그 책들을 작품이라고 부르는 것이 옳은지 나는 의아해한다. 왜냐하면 그것들은 불완전하고 불만족스러운, 기묘한 감정을 우리에게 남기기 때문이다. 그것들을 끝내기 위해서는 무엇인가 해야 할 필요가 있어 보인다—단체에 가입하거나 아니면 더 절망적인 몸짓으로 수표를 쓰는 것 같은. 그 일이 끝나면 불안감은 잠잠해지고 책을 다 읽는다. 이제 그것은 선반 위에 놓이고 다시는 읽을 필요가 없다. 하지만 다른 소설가의 작품은 다르다. 『트리스트럼 샌디』나 『오만과 편견』은 그 자체로 완전하며 자기 충족적이다. 그 책들은 그것을 다시 읽고 더 잘 이해하려는 욕망 외에는 다른 어떤 욕망도 우리에게 남기지 않는다. 그러한 차이점은 스턴과 제인 오스틴이 사물 그 자체, 인물 그 자체, 그리고 작품 그 자체에 관심을 갖는 데 있다. 그러므로 모든 것이 작품 안에 있고 작품 밖에는 아무것도 없다. 그러나 에드워드 시대 사람들은 인물 그 자체 또는 작품 그 자체에 결코 관심이 없었다. 그들은 뭔가 외부의 것에 관심이 있었다. 그러므로 그들의 작품은 작품으로서도 불완전하며, 독자들은 활발하게, 사실상 혼자 힘으로 그 작품들을 끝내야만 한다.

만약 우리가 자유로운 상상력을 발휘하여 기차 칸에 탄 일행, 즉 웰스 씨와 골즈워디 씨 그리고 베넷 씨가 브라운 부인과 워털루까지 여행한다고 상상해본다면 아마 이 점을 더 분명하게 보여줄 수 있을 것이다. 브라운 부인은 매우 작고 의복이 남루하다고 나는 이미 말했다. 그녀는 초조하고 시달린 모습이었다. 그녀가 소위 말하는 교육받은 여성인지는 의심스럽다. 나라면 도저히 제대로 할 수 없는 그런 재빠름으로 웰스 씨는 근원적 단계에서 이 불만족스러운 상황의 모든 증상을 포착하여, 즉각 유리창 위에다 더 훌륭하고 미풍이 불고 즐겁고 행복하고 더 모험적이며 용감한 세계를 그려놓을 것이다. 즉, 이 곰팡내 나는 열차 칸이나 케케묵은 부인은 존재하지 않는 곳, 바지선들이 기적같이 열대 과일을 아침 8시까지 캠버웰로 가져오는 곳, 공립 유아원과 분수와 도서관과 식당과 거실과 결혼이 있는 곳, 모든 시민은 관대하고 솔직하고 용감하고 훌륭하여 웰스 씨 자신과 오히려 비슷한 곳이다. 하지만 어느 누구도 브라운 부인과 전혀 비슷하지 않다. 유토피아에는 브라운 부인 같은 사람들은 없다. 브라운 부인은 당연히 이래야 한다는 그 모습으로 그녀를 만들려는 열정에 사로잡혀서, 웰스 씨는 있는 그대로의 그녀에게 사실 한 가닥 생각도 허비하지 않을 것이다. 그리고 골즈워디 씨는 무엇을 볼 것인가? 돌턴의 공장 벽에다 그의 상상력을 빼앗기리라는 것을 의심할 여지가 있을까? 그 공장 안에는 하루에 25다스의 도기를 만드는 여인들이 있다. 그 여인들이 버는 동전닢에 생계를 건 어머니들이 마일엔드가[8]에 있다. 그러나 지금 이 순간에도, 나이팅게일들이 노래하는 동안 비싼 여송연을 피우고 있는 고용주들이 서레이에 있다. 분노에 불타면서, 정보로 가득 찬 채, 문명을 규탄하면서 골즈워디 씨는 브라운 부인의 모습에서 차 바퀴에 깨져 한쪽 구석에 던져진 도기만을 볼 뿐이다.

에드워드 시대 사람 중에서 베넷 씨만이 기차 칸에 시선을 둘 것이다. 사실 그는 모든 세부 사항을 굉장히 조심스럽게 관찰할 것이다. 그는 광고판을 주시할 것이다. 스와니지와 포츠머스의 사진들, 단추 사이로 의자 쿠션이 불룩 나온 것, 브라운 부인이 윗워스 시장에서 3파운드 3실링 10펜스에 파는 브로치를 단 것을, 장갑 두 짝을 다 기웠고—사실 왼쪽 장갑의 엄지를 통째로 갈았다는 사실을. 마침내 그는 이 기차가 윈저에서 곧장 오는데, 리치먼드에서 극장에 갈 수준은 되지만 자동차를 살 수준에는 이르지 못한, 그러나 경우에 따라서는 (어떤 경우인지 그는 우리에게 이야기할 것이다) 회사로부터 (어떤 회사인지 그는 우리에게 이야기할 것이다) 자동차를 부를 때도 있는 중산층 주민의 편의를 위하여 한 번 멈춘다는 사실을 관찰할 것이다. 그리고 나서 그는 서서히 브라운 부인 쪽으로 차분하게 다가가서 그녀가 다쳇에 소유권이 아닌 점유권만 있는 작은 재산을 어떻게 물려받았는지와 그것이 변호사 번게이 씨에게 저당 잡힌 것을 언급할 것이다. 그러나 나는 왜 베넷 씨의 관점을 창안하려고 하는가? 베넷 씨 자신이 소설을 쓰지 않는가? 나는 그의 책 중 우연히 먼저 집히는

8 런던의 이스트 엔드 지역의 빈민가. 서레이는 런던 남부에 있는 전원 지방이다.

첫 번째 책을 펼친다—『힐다 레스웨이즈』. 소설가가 하듯이 그가 어떻게 우리로 하여금 힐다가 사실적이고 진실되고 믿을 만하다고 느끼게 만드는지 살펴보자. 그녀는 문을 고요하고 제어된 방법으로 닫는데, 이는 어머니와의 관계에서 그녀의 조심스러움을 보여준다. 그녀는 「모드」(1855)[9]를 읽기 좋아하고 강렬하게 느끼는 힘을 부여받았다. 여기까지는 괜찮다. 그답게 여유 있고 확실한 발걸음으로 베넷 씨는 첫 번째 쪽에서 그녀가 어떤 종류의 여자인지를 우리에게 보여주려고 애쓰고 있으며, 사실 첫 번째 쪽이야말로 모든 손질이 중요한 곳이다.

그러나 곧 그는 힐다 레스웨이즈가 아니라 그녀의 침실 창문에서 본 풍경을, 방세를 받으러 스켈론 씨가 그쪽으로 온다는 구실을 대면서 묘사하기 시작한다. 베넷 씨는 계속한다.

턴힐 관할 구역이 그녀 앞에 펼쳐져 있었다. 그리고 턴힐이 최북방 전초지인 다섯 마을 지역이 어둑어둑하게 남쪽으로 누워 있었다. 채틸리숲의 기슭으로 운하가 커다란 커브를 돌면서 치셔의 더럽혀지지 않은 평야와 바다를 향하여 굽이쳤다. 운하 쪽으로 힐다의 창과 정반대되는 곳에 밀가루 공장이 서 있어서 때로는 가마나 굴뚝들에서 나오는 만큼 많은 연기를 내뿜어 양쪽의 풍경을 다 막아버린다. 상당한 길이로 새로 지은 일련의 오두막과 거기에 딸린 정원들을 구분하는 포석 깔린 길이 밀가루 공장으로부터 레스웨이즈가로, 레스웨이즈 부인의 집 앞으로 곧장 이어진다. 스켈론 씨는 이 오두막 가운데 가장 먼 쪽에 살았으므로 이 길로 도착했을 것이다.

9   테니슨이 쓴 극시이다.

이 여러 줄의 묘사보다 통찰력 있는 단 한 줄이 더 많은 일을 했을 것이다. 그러나 이 묘사는 소설가라면 의당 하는 지루한 짓거리라고 여기자. 자, 이제 힐다는 어디 있는가? 오호, 슬프도다. 힐다는 아직도 창밖을 내다보고 있다. 열정적이고 불만에 찬 그녀지만 그녀는 집 보는 눈썰미가 있는 처녀다. 그녀는 자기 침실 창문을 통해 보던 빌라와 이 늙은 스켈론 씨를 자주 비교하곤 했다. 그러므로 빌라들을 묘사해야만 한다. 베넷 씨는 계속한다.

그 줄은 프리홀드 빌라들이라고 불렸다. 대부분의 땅이 점유권뿐이며 '벌금'의 지불 여부에 따라, 그리고 장원 영주의 대리인이 관장하는 '법정'의 봉건 제도적 동의에 따라 소유자가 바뀌는 지역에서 의도적으로 자랑스럽게 붙인 이름이었다. 대부분의 집들은 그곳에 사는 사람이 소유주였으며 그들 각자는 그 땅의 절대적 군주로서 빨랫줄에 걸린 셔츠와 타월이 펄럭거리는 가운데 검댕투성이의 그의 저녁 정원에 공연히 공을 들였다. 프리홀드 빌라는 신중하고 근면한 기능공의 신성화라는 빅토리아 시대 경제학의 마지막 승리를 상징한다. 그것은 건축회회장의 천국에 대한 꿈에 상응했다. 그리고 정말로 그것은 매우 사실적인 업적이었다. 그럼에도 불구하고 힐다의 비합리적 경멸은 이 사실을 인정하려 들지 않았다.

천국이여 찬양할지어다, 우리는 부르짖는다! 마침내 우리는 힐다 그녀를 만나려고 한다. 아니, 하지만 그렇게 빨리는 안 되지. 힐다는 이런저런 그리고 또 다른 존재일 수 있다. 그러나 힐다는 집들을 쳐다보고 집들에 대해 생각할 뿐만 아니라 집에서 살고 있다. 그러니 어떤 종류의 집에서 힐다가 살고 있는가? 베넷 씨는 계속한다.

그 집은 찻주전자 제조업자였던 그녀의 할아버지 레스웨이즈가 지은 네 채의 계단식 집에서 가운데 두 집 중 하나였다. 그것은 네 집 중 으뜸이었으며 분명히 그 계단식 집 주인이 사는 집이 분명했다. 바깥쪽 집들 중 하나는 채소 가게였고 이 집은 주인의 정원용 땅을 다른 것보다 약간 더 크게 만드느라고 당연히 있어야 할 정원을 빼앗겼다. 계단식 집들은 오두막은 아니었고 기능공과 하찮은 보험 회사 직원과 집세 징수자의 수입보다 많은 26파운드에서 36파운드의 임대료를 일 년 동안 내는 집들이었다. 게다가 그것은 돈을 많이 들여 잘 지은 건물이었다. 그 건물은 품위는 떨어졌지만 조지 시대의 쾌락함의 흔적을 약간 갖고 있었다. 그것은 그 마을에 새로 정착된 동네에서는 분명히 가장 좋은 집들의 거리였다. 프리홀드 빌라에서 나와 그곳으로 오면서 스켈론 씨는 뭔가 더 훌륭하고 넓고 더 자유로운 것에 이르렀다고 분명히 느꼈을 것이다. 갑자기 힐다는 어머니의 목소리를 들었다.

그러나 우리는 그녀 어머니의 목소리도, 힐다의 목소리도 듣지 못한다. 우리는 방세와 소유권과 점유권과 벌금에 대한 사실을 우리에게 이야기해주는 베넷 씨의 목소리만을 들을 뿐이다. 베넷 씨는 무엇을 하려 하는가? 베넷 씨가 무엇을 하려는지에 대해 나는 내 나름의 견해를 갖고 있다—그는 우리로 하여금 그 대신 상상하게 만들려고 노력하고 있다. 그가 집을 만들어놓았으니 그 속에 사는 사람이 분명히 있다고 우리가 믿게끔 그는 우리에게 최면을 걸려고 노력한다. 그의 놀라운 관찰력에도 불구하고,

그의 위대한 동정심과 인간애에도 불구하고, 베넷 씨는 한쪽 구석에 앉아 있는 브라운 부인을 결코 한 번도 쳐다보지 않는다. 저기 기차 칸 구석에 브라운 부인이 앉아 있다. 그 기차 칸은 리치먼드에서 워털루로 가는 것이 아니라 영문학의 한 시대에서 다음 시대로 움직이고 있다. 왜냐하면 브라운 부인은 영원하며, 브라운 부인은 인간성을 나타내며, 브라운 부인은 단지 표면만 변할 뿐이고, 들어왔다 나가는 사람은 소설가들이기 때문이다—저기 그녀는 앉아 있고 에드워드 시대 작가들 중 어느 한 사람도 그녀를 쳐다보는 일이 없다. 그들은 매우 강력하고 면밀하면서도 동정적으로 창밖을 내다보았다. 창밖의 공장을, 유토피아를, 또는 기차 칸의 실내 장식과 쿠션을. 그러나 결코 그녀를, 결코 인생을, 결코 인간성을 보지 않았다. 그러므로 그들은 자신의 목적에 맞는 소설 쓰는 기법을 개발했다. 그들은 자기 일을 하기 위한 연장과 확립된 전통을 만들었다. 그러나 그 연장들은 우리의 연장은 아니며 그들의 일은 우리의 일이 아니다. 우리에게 그 전통들은 파멸이요, 그 연장들은 죽음이다.

여러분들은 내 말이 모호하다고 불평할 수 있다. 무엇이 전통이고 연장이냐, 그리고 베넷 씨와 웰스 씨와 골즈워디 씨의 전통이 조지 왕조 사람들에게는 잘못된 전통이라는 것이 무슨 말이냐고 여러분은 질문할 수 있다. 그것은 어려운 질문이다. 나는 지름길을 시도해보겠다. 글에 있어서 전통이란 예절에서의 전통과 별로 다르지 않다. 인생과 문학 모두에 한편으로는 안주인과 그녀가 모르는 손님들 사이, 또 한편으로는 작가와 그가 모르는 독자들 사이의 심연을 이어줄 어떤 방법이 필요하다. 안주인은 날씨를 생각해낸다. 왜냐하면 수 세대 동안 안주인들이 이것이야말로 우리 모두가 믿는 보편적 관심사라는 사실을 확립했기 때문이다. 그녀는 '올 오월은 고약하지요.'로 시작하여 낯모르는 손님과 그런 식으로 공감대를 만든 뒤 더 중요한 관심사로 나아간다. 문학에서도 마찬가지다. 작가는 그의 독자가 알아보는 무엇을 제시함으로써 그와 교감해야 하고, 그래서 그의 상상력을 자극하고 그다음 훨씬 더 어려운 일인 친밀감을 그가 느끼도록 만들어야 한다. 이 공동의 만남 장소는 눈을 감고도 어둠 속에서 거의 본능적으로 쉽게 도달할 수 있어야 한다는 점이 가장 중요하다. 여기에 내가 앞서 언급한 구절에서 베넷 씨가 이 공통점을 사용하고 있다. 그가 대면한 문제점은 우리로 하여금 힐다 레스웨이즈라는 현실을 믿도록 만드는 것이다. 그래서 그는 에드워드 시대 사람이므로 힐다가 사는 집의 종류를 정확하고 세밀하게 묘사하기 시작한다. 집이란 소유물은 에드워드 시대 사람에게는 친밀감을 부여하는 공통점이었다. 우리에게는 간접적으로 보이지만 이 전통은 훌륭하게 잘 작용하여 수천 명의 힐다 레스웨이즈가 이런 식으로 세상에 나왔다. 그 시대와 그 세대 사람들에게 있어 이 전통은 훌륭한 것이다.

그러나 지금 만약 내가 사용한 일화에서 흠을 찾도록 허락하신다면 여러분은 내가 얼마나 뼈저리게 전통이 부족함을 느끼는지, 그리고 한 세대의 도구가 다음 세대에게 무용지물일 때 그것이 얼마나 심각한 문제인지를 알게 될 것이다. 그 사건은 나에게 엄청난 인상을 심어주었다. 그러나 이것을 어떻게 여러분에게 전달해야 할까? 내가 할 수 있는 유일한 일은, 대화의 내용을 될 수 있는 한 정확하게 전달하고, 입고 있는 옷을 세세하게 묘사하고, 온갖 종류의 장면이 내 머릿속으로 달려온다고 절망적으로 말하고 나서, 그것들을 뒤죽박죽으로 뒤섞고, 이 생생하고 압도적인 인상이 외풍이나 또는 타는 냄새 같다고 묘사하는 것이다. 늙은 부인의 아들, 대서양을 건너는 그의 모험, 그녀의 딸, 그 딸이 웨스트민스터에서 모자 가게를 한다는 것, 스미스 씨 자신의 과거 인생, 셰필드에 있는 그의 집에 대한 이야기들이 이 세상에서 가장 지겹고 무관하고 엉터리인 줄 알면서도 세 권짜리 소설로 만들어내고 싶은 충동을, 솔직히 말하자면 나는 강하게 느꼈다.

만약 내가 그렇게 했다면 이렇게 내가, 그 의미가 무엇인지를 말하려고 무섭게 노력하는 일은 피할 수 있었을 것이다. 그리고 내가 의미한 것을 제대로 표현하기 위하여 되돌아가고 또 돌아가고 또 돌아갔을 것이다. 우리 사이에 공통점을, 즉 여러분이 너무 이상하고 비현실적이고 억지라고 느끼지 않는 전통을 발견해야 하기 때문에 내 비전을 참조하여 각각의 단어를 될 수 있는 한 정확하게 맞추면서 문장을 이렇게도 저렇게도 써보고, 한 가지 실험 다음에 또 다른 실험을 계속했을 것이다. 그 힘든 일을 내가 기피했다는 점을 인정한다. 나는 나의 브라운 부인을 손가락 사이로 빠져나가게 했다. 그녀에 관한 그 무엇도 여러분에게 말해준 것이 없다. 그러나 이는 부분적으로는 위대한 에드워드 시대 사람들의 잘못이다. 나보다 나이도 많고 더 훌륭한 그들에게 나는 묻는다―이 인물에 대한 묘사를 어떻게 시작해야 합니까? 그러면 그들은 말한다. "그녀의 아버지가 해로게이트에서 가게를 한다고 이야기하면서 시작하라. 가겟세가 얼마인지 확인하라. 1878년에 가게 점원의 월급을 확인하라. 그녀의 어머니가 무엇 때문에 죽었는지 발견하라. 암을 묘사하라. 두꺼운 무명천을 묘사하라. 무엇, 무엇을 묘사하라." 그러나 나는 "그만, 그만!"이라고 부르짖는다. 만약 내가 암과 무명천과 나의 브라운 부인을 묘사하기 시작하면, 비록 내가 독자에게 전달할 방법이 없다는 점을 알면서도 움켜잡고 있던 그 비전이 무뎌지고 더럽혀지고 영원히 사라져버릴 것을 나는 잘 알기 때문에, 미안하지만 그 못생기고 어색하고 부적당한 연장을 창문 밖으로 던져버렸다.

그것이 바로 에드워드 시대의 연장이 우리가 사용하기에 그릇된 것이라는 내 말의 참뜻이다. 그들은 사물의 짜임새에다 엄청난 강조점을 두었다. 그들은 우리에게 집을 주면서 우리가 그 속에 살고 있는 인간들을 생각해내리라고 희망했다. 그들이 그 집을 사람들이 살 만한 집보다 훨씬 더 잘 지었다는 점에 대해 우리는 당연히 경의를 표한다. 그러나 만약 여러분이 소설은 첫째로 사람들에 대한 것이고, 사람들이 사는 집에 대한 것은 단지 둘째라고 생각한다면, 그들의 소설은 잘못된 방법으로 시작하고 있는 것이다. 그러므로 조지 왕조의 작가들은 그 당시 사용되고 있는 방법들을 던져버림으로써 시작해야 했다. 그는 브라운 부인을 독자에게 전달할 어떤 방법도 없이 거기 홀로 남겨져 그녀를 쳐다보고 있다. 그러나 그 말은 정확한 말이 아니다. 작가란 결코 홀로 있지 않다. 그는 항상 대중과 같이 있다―같은 좌석에서가 아니라면 적어도 그 다음 칸에. 자, 대중은 이상한 여행 친구이다. 영국의 대중은 길들이기 쉽고 시사하는 바가 많은 존재로, 일단 그들이 여러분 이야기를 경청하도록 만든다면 그들은 여러 해 동안 그 이야기를 암암리에 믿을 것이다. 만약 여러분이 충분한 신념을 가지고 "모든 여자는 꼬리가 있고 모든 남자는 혹이 있다." 라고 대중에게 말한다면 대중은 실제로 꼬리 있는 여자와 혹 있는 남자를 보게끔 배우게 되고, 만약 여러분이 "헛소리. 원숭이에게 꼬리가 있고 낙타에게 혹이 있지. 그러나 남자와 여자는 두뇌가 있고 가슴을 갖고 있지. 그들은 생각하고 느끼지."라고 말한다면 그들은 그 말을 매우 혁명적이고 아마 불가능한 말이라고 생각할 것이다. 그들은 그 말을 못된 농담으로, 게다가 부적절한 농

562

담으로 여길 것이다.

하지만 다시 본론으로 되돌아가자. 영국 대중이 작가 옆에 앉아서 거대하고 일치된 방식으로 이렇게 말한다. "늙은 여인들은 집을 갖고 있소. 그들은 아버지도 있소. 그들은 수입이 있고 하인도 있소. 잠자리를 따뜻하게 해줄 뜨거운 물병도 갖고 있소. 그것이 그들이 늙은 여인인지 우리가 아는 방법이오. 웰스 씨와 베넷 씨 그리고 골즈워디 씨는 이것이 그 여인들을 알아보는 방법이라고 항상 우리에게 가르쳤소. 그런데 이제 당신의 브라운 부인에 대해서는—우리가 어떻게 그녀를 믿으라는 말이오? 그녀의 빌라가 앨버트라고 또는 밸모럴이라고 불리는지조차도 우리는 모르오. 그녀가 장갑에 얼마를 썼는지 또는 그녀 어머니가 암으로 죽었는지, 결핵으로 죽었는지조차도. 어떻게 그런 여인이 살아 있을 수 있겠소? 아니, 그 여인은 당신의 상상력이 만들어낸 허구일 따름이오."

그리고 물론 늙은 부인들은 상상력이 아니라 점유권이 있는 집과 등기된 재산으로 구성되어야 한다.

그러므로 조지 왕조 소설가들은 어색한 곤경에 처해 있다. 브라운 부인은 자신이 사람들이 생각하는 것과는 다르다고, 아주 다르다고 항의하면서 그녀가 지닌 매력을 가장 멋있게, 그러나 일순간에 스쳐가게 보여주면서 자신을 구제해달라고 소설가를 유혹한다. 에드워드 시대 소설가들은 집을 짓고 집을 부수는 데 적당한 연장들을 건네주고 있다. 그리고 영국 대중들은, 잠자리를 따뜻하게 해주는 뜨거운 물병을 먼저 보아야겠다고 단호히 주장하고 있다. 한편 그동안 기차는 우리 모두가 내려야 할 역을 향하여 맹렬히 달리고 있다.

젊은 조지 왕조의 작가들이 1910년경에 처한 곤경이 바로 그런 것이라고 나는 생각한다. 많은 작가들이 —내 생각에 특히 포스터 씨나 로렌스 씨가—그런 연장들을 내버리는 대신에 그것을 사용하려고 노력하다가 초기 작품들을 망쳤다. 그들은 타협하려 했다. 그들은 어떤 인물의 기이함이나 중요성에 대한 그들 나름의 솔직한 감정을 골즈워디 씨의 공장법[10]에 대한 지식과 다섯 마을[11]에 대한 베넷 씨의 지식과 섞어보려고 했다. 그들은 그 일을 하려 했지만 브라운 부인과 그녀의 독특함에 대해 너무나 날카롭고 강력한 감정을 갖고 있었기에 그런 식으로 더 이상 계속할 수 없었다. 무엇인가 다르게 해야 했다. 생명이나 사지를 잃든, 소중한 재산에 손해를 보든 무슨 값을 치르고라도 기차가 멈추고 브라운 부인이 영원히 사라지기 전에 그녀를 구출하고 표현하고 그녀가 이 세상과 고귀한 관계를 맺도록 해야 한다. 그러므로 내던지고 부수는 일이 시작되었다. 그러기에 우리는 우리 주위의 모든 곳에서, 시와 소설과 전기에서 그리고 신문 기사와 수필에서조차 무너지고 넘어지고 깨지는 파괴의 소리를 듣고 있다. 그것이 조지 시대의 지배적인 소리이다 —만약 여러분이 과거는 얼마나 음악적인 나날들이었는가라고 생각한다면, 셰익스피어와 밀턴과 키츠와 또는 제인 오스틴과 새커리와 디킨스에 대해서 생각하신다면, 언어가 자유로울 때 얼마나 높이까지 날아오를 수 있는지 생각하고 있다면, 그래서 바로 그 독수리가 갇혀서 털 빠진 채로 깍깍 울고 있는 것을 볼 수 있다면 그 파괴의 소리는 애잔한 소리일 것이다.

이런 사실에 비추어볼 때 —그리고 내 귀에 이 소리들이 들리고 내 머리에 이런 환영들이 있을 때 —우리 조지 왕조 작가들이

10 의회에서 어린이와 여성의 노동 시간을 제한하기 위해 제정한 법이다.
11 베넷의 소설의 무대가 되는 도자기 공장 밀집 지역인 툰스톨, 버스렘, 핸리, 스토크와 롱톤을 가리킨다.

진짜로 믿을 만한 인물을 만들어낼 수 없다는 베넷 씨의 불평에 약간의 정당한 사유가 있음을 나는 부인하지 않겠다. 그들이 또한 매 가을마다 빅토리아식의 규칙성으로 불멸의 걸작을 세 편씩 뿜어내지 못한다는 점을 나는 인정해야만 한다. 그러나 우울해하는 대신 나는 낙관하고 있다. 왜냐하면 백발의 노년에게나 미숙한 젊은이에게나 더 이상 전통이 작가와 독자 간에 의사 전달의 수단이 되지 못할 때마다, 그리고 오히려 장애와 방해물이 될 때마다 이런 상태는 필연적이기 때문이다. 오늘 이 순간 우리는 쇠퇴 때문이 아니라, 작가와 독자가 더 신나게 우정 교류를 하기 위한 전주곡으로 받아들일 수 있는 예의범절이 아무것도 없기 때문에 고통을 겪고 있다. 오늘날의 문학 전통은 너무 인위적이다—당신은 날씨에 대해서만 말해야 하며 방문하는 동안 내내 날씨 외에는 아무 말도 해서는 안 된다—그러므로 당연히 약한 자는 분노하게 되고 강한 자는 문학 사회의 바로 그 기초와 법칙을 파괴할 수밖에 없다. 이런 징후는 도처에서 분명히 나타난다. 문법은 맞지 않게 되고 구문은 와해된다. 마치 아주머니 댁에서 주말을 보내는 한 소년이 안식일의 엄숙함이 너무나 느리게 진행되자 순전히 절망감에서 제라늄 꽃밭에서 뒹구는 식이다. 물론 더 어른인 작가들은 그렇게 제멋대로 불쾌함을 드러내지는 않는다. 그들의 성실함은 필사적이고 그들의 용기는 엄청나다. 단지 그들은 무엇을 사용해야 할지, 즉 포크를 써야 하는지 그들의 손가락을 써야 하는지를 모를 따름이다. 그러므로 여러분이 조이스 씨나 엘리엇 씨를 읽는다면 전자는 점잖지 못하고 후자는 모호하다는 인상을 받을 것이다. 『율리시스』에서 조이스 씨가 보여준 상스러움은 숨쉬기 위하여 유리창을 부숴야 한다고 느끼는 한 절망적인 사람의 의도적이고 계산된 상스러움으로 보인다.

때때로 창문이 부서졌을 때 그는 너무나 멋지다. 그러나 얼마나 에너지가 낭비되는가! 그리고 엄청나게 풍부한 에너지나 야성이 흘러넘친 것이 아니라 신선한 공기가 필요한 사람의 공공심에 입각한 결연한 행위일 때 결국 상스러움이란 얼마나 진부한 것인가! 또한 엘리엇 씨의 모호함도 마찬가지다. 나는 엘리엇 씨가 현대 영시에서 가장 아름다운 시구들을 썼다고 생각한다. 그러나 약한 자에 대한 동정이나 어리석은 자에 대한 사려 깊은 사회의 예절 바름과 진부한 관습을 그는 얼마나 참지 못하는지! 그의 시구의 강력하고 매혹적인 아름다움의 햇살을 쬐면서, 마치 이 철봉에서 저 철봉으로 위험스레 나는 곡예사처럼 다음 구절로, 그리고 구절에서 구절로 어지럽고 위험한 도약을 해야만 한다고 생각할 때, 나는 공중에서 미친 듯이 회전하기보다는 책과 함께 그늘에서 고요히 꿈을 꾸었던 우리 선조들의 나태함을 부러워하며 옛날의 예의범절을 갈구한다는 사실을 고백하겠다. 또한 스트래치 씨의 책『저명한 빅토리아인』과『빅토리아 여왕』에서도 시대의 조류와 기질을 거역하며 쓰는 노력과 긴장이 드러나 보인다. 물론 그의 경우 그 점은 훨씬 덜 분명해 보인다. 왜냐하면 그는 사실이라는 완고한 물건을 다루고 있을 뿐만 아니라, 주로 18세기 자료로부터 자기 나름대로 신중한 예의범절을 만들어냈다. 그 덕분에 그는 이 땅의 가장 높으신 분들과 마주앉아, 만약 그들이 벌거벗었더라면 남자 하인들에 의해 방에서 쫓겨났을 테지만, 고매한 의상으로 가장하고서 많은 일에 관해 말할 수 있었다. 하지만 여러분이『저명한 빅토리아인』과 매콜리 경의 수필들을 비교해보면 매콜리 경이 항상 틀리고 스트래치 씨가 항상 옳다고 느끼더라도, 매콜리 경의 수필에는 그의 뒤에 그의 시대가 있음을 보여주는 풍부함과 밀도와 단호함이 존재한다는 것을 여러분은 또한 느낄 수 있을 것이다. 그가 가진 모든 힘이 그의 작품 속으로 곧바로 들어갔으며 그 어느 것도 변절이나 은닉을 위한 목적으로 사용되지 않았다. 그러나 스트래치 씨는 우리가 볼 수 있게 해주기 위해서 먼저 우리 눈을 뜨게 해야만 했다. 그는 매우 예술적인 말하기 방식을 찾아 하나로 엮었다. 그 노력은 감추어져 있지만 그의 작품 속에 들어갔어야만 했던 힘을 빼앗아가 버렸고 그의 범위를 제한했다.

이런 이유에서 우리는 실패와 파편의 계절을 감수해야 한다. 진실을 말하는 방식을 찾느라고 그렇게 힘을 많이 들였지만 진실은 오히려 지치고 혼란스러운 상태로 우리에게 도착하리라는 것을 인식해야 한다. 율리시스와 빅토리아 여왕 그리고 프루프록[12] —최근에 브라운 부인을 유명하게 만든 몇몇 이름을 그녀에게 붙이면—은 그녀의 구출자들이 그녀에게 닿을 무렵에는, 약간은 창백하고 헝클어진 모습이다. 우리는 그들의 도끼 소리를 듣는다—잠들기를 원하지 않는다면 활기차고 북돋는 소리로 내 귀에는 들리지만, 만약 여러분이 잠들기를 원하신다면 그 경우 여러분의 필요를 만족시키는 능력 있고 열심인 작가들은 많다.

내가 물었던 질문에 대한 대답을, 나는 죄송하게도 장황한 길이로 대답하려고 노력했다. 나는 모든 형태의 조지 왕조 작가를 에워싸고 있다고 보이는 어떤 어려움에 대해 이유를 설명했다. 나는 그를 용서하고자 시도했다. 마지막으로 여러분에게 책 쓰는 일의 동반자로서, 기차 칸의 동행자로서 그리고 브라운 부인의 동료 여객으로서, 여러분의 책임과 의무에 대해 감히 일러줌으로써 이 글을 끝맺어도 괜찮겠지요? 왜냐하면 그녀는 그녀에 관한 이야기를 만드는 우리 소설가에게와 마찬가지로 말 없는 여

12 엘리엇의 시 「J. 앨프리드 프루프록의 연가」에 나오는 주인공의 이름이다.

러분에게도 보이기 때문이다. 지난 일주일 동안의 일상사에서 내가 묘사하려던 것보다 더 기이하고 더 재미있는 경험을 여러분은 했을 것이다. 여러분을 경이로 채우는 대화의 일부를 우연히 들었을 수도 있다. 자신의 감정의 복잡함에 당혹해하며 잠자리에 들었을 수도 있다. 어느 하루 동안 여러분의 두뇌 속으로 수천 가지 생각이 지나갔고, 수천 가지 감정들이 만나고 충돌하고 놀라운 혼돈 속으로 사라져갔다. 그럼에도 불구하고 여러분은 작가들로 하여금 이 모든 것의 한 가지 변형만을, 그 놀라운 출현과는 아무런 유사성도 없는 브라운 부인의 한 가지 영상만을 여러분께 속여 팔도록 허락하고 있다. 여러분은 겸손하므로 작가란 여러분과는 다른 피와 뼈로 구성되어 있다고 생각한다. 브라운 부인에 대해 그들이 여러분보다 더 잘 알고 있다고 생각한다. 그처럼 치명적인 실수는 없다. 이 작가와 독자 사이의 구분, 여러분들이 갖는 이 자기 비하, 우리 작가들이 갖는 전문적 태도와 우아함, 이런 것이 우리 사이에 긴밀하고 동등한 동맹 관계의 건강한 후손이어야 할 책들을 부패시키고 쇠약하게 만든다. 그러므로 그 날렵하고 매끈한 소설들을, 그 터무니없고 어리석은 전기들을, 그 술에 물 탄 듯한 맥 빠진 비평들을, 양 떼와 장미의 순수함을 음악적으로 축복하는 시들―그런 것들이 현재에는 문학이라고 그럴듯하게 여겨진다―을 뛰어넘자.

당신의 역할은 작가들이 단상 위의 높은 자리에서 내려와 가능하면 아름답게, 여하튼 진실되게 우리의 브라운 부인을 묘사하라고 주장하는 것이다. 여러분은 그녀가 어느 장소에도 나타날 수 있는, 어떤 옷도 입을 수 있는, 어떤 말도 할 수 있고 하늘도 예상 못 할 무슨 일도 할 수 있는, 무한한 능력과 끝없는 다양성을 지닌 늙은 부인이라고 주장해야 한다. 그러나 그녀가 말하는 것들, 그녀가 행하는 일들, 그리고 그녀의 눈과 코와 말과 침묵은 엄청난 매력을 지니고 있다. 왜냐하면 그녀는 우리가 함께 사는 정신, 즉 인생 그 자체이기 때문이다.

그러나 지금 이 순간에 그녀에 대한 완전하고 만족할 만한 묘사를 기대하지는 말라. 간헐적이고 모호하고 파편적이고 실패한 것을 인내하라. 정당한 이유에서 여러분께 도움을 호소한다. 왜냐하면 나는 마지막으로 놀랄 만큼 성급한 예언을 하기 때문이다—우리는 영국 문학의 위대한 시대 중 하나의 경계선에서 떨고 서 있다. 그러나 우리가 브라운 부인을 결코, 결코 저버리지 않겠다고 결심했을 때만 그곳에 도달할 수 있다.

조지 무어

George Moore

　현재 유일하게 가치가 있는 비평이란 글로 된 비평이 아니라 밤에 커피나 와인을 즐기면서 말로 하는 비평, 친구의 감정이나 편집자의 몫에 대한 고려는 차치하고라도, 자신의 말조차 다 맺을 시간이 없이 바쁘게 지나치는 사람들이 던지는 말에 의한 비평이다. 생존하는 작가에 대해서 특별히 이 이야기꾼들(비평가들)은 언제나 맹렬한 의견의 대립을 보인다. 조지 무어를 예로 들어보자. 조지 무어는 생존하는 가장 훌륭한 작가이며 최악의 작가이다. 그는 당대의 가장 아름다운 산문을 썼으며, 또한 가장 미미한 산문을 썼다. 그는 당대의 별 볼 일 없는 문인들에게는 없었던 문학에 대한 열정은 가졌지만 동시에 그의 판단은 균형을 잡지 못한 어린아이의 판단과 같고 자기중심적이다. 이렇듯 논쟁은 계속되고 불똥들은 튀어 오르며, 이제 비평의 가치는 일갈하는 정확성에 있다기보다 그것이 불러일으키는 논쟁의 열기 속에, 조지 무어와 그의 작품이 가장 중요하다고 생각하게 하는 그 촉발된 느낌 속에 있게 되었다. 이제 우리는 더 지체하지 말고 우리 스스로 이 논쟁을 해결해야 한다.

최근에 우리가, 무어가 솔직하게 직접적으로 자신에 대해 쓴 새롭고 웅장한 형식의 작품인 『환영과 이별*Hail and Farewell*』(1911~1914)에 매료되는 것은 우연이 아니다. 그것은 아마도 그가 『에스더 워터스*Esther Waters*』(1894), 『에벌린 인스*Evelyn Innes*』(1898), 『호수*The Lake*』(1905) 등에서 보여준, 자신을 살짝만 드러내며 미적거리는 태도에 대한 기억 때문일 것이다. 우리가 아는 바, 그의 모든 소설은 드러내지 않고 간접적이긴 해도 결국 그 자신에 대한 이야기이기 때문에, 소설적인 맛으로 가미가 안 된 순수한 물에[1] 우리를 담그게 된다면 이는 무어의 소설을 이해하는 데 도움이 된다. 하지만 결국 모든 소설은 작가 자신이 들려주는, 스스로에 대한 이야기가 아닐까? 하는 의문이 생길 수 있다. 우리는 작가가 보는 방식으로 사물을 바라보게 된다. 작가는 그의 운명과 그만의 독특함으로, 우리가 보는 것이 사물 자체가 아니라 보이는 사물과 보는 이가 떨어질 수 없도록 하나가 될 때까지 그의 시선에 색을 입히고 모양을 빚는다. 하지만 그 등급에는 차이가 있다. 위대한 소설가들은 그토록 강렬한 신념에 차서 느끼고 보고 믿기 때문에 그는 마침내 그의 믿음을 자신 밖으로 던져내 그것이 날아올라 더 이상 톨스토이가 아닌, 나타샤, 피에르, 레빈으로서 독립된 삶을 살게 한다. 그러나 무어가 나타샤를 창조했을 때 그녀는 매력적이고 어리석고 사랑스러울 수 있지만 그녀의 아름다움과 어리석음, 매력 등은 그녀의 것이 아니라 무어의 것이 된다. 나타샤의 모든 자질은 무어를 가리킨다. 달리 말하자면 무어에게는 극적인 능력이 전적으로 부족하다. 표면적으로 보면 『에스더 워터스』는 위대한 소설의 모든 면모를 갖추고 있다. 진실성이 있으며 맵시와 스타일도 있다. 거기에는 남다른 엄

1 『환영과 이별』을 가리킨다.

숙함과 전체성도 있다. 그러나 무어가 에스더를 자신 밖으로 투사해낼 힘이 없었기 때문에 이 소설의 미덕은 부러진 지지대를 가진 텐트처럼 무너져내리고 만다. 이 소설은 주인공이 없는 채 그렇게 놓여 있다. 남는 것이 있다면 조지 무어 자신과, 폐허가 된 아름다운 언어들, 그리고 서식스 언덕들에 대한 몇 개의 아름다운 묘사들뿐이다. 극적인 능력이 없고 내면에 신념의 불꽃이 없는 이 소설가는 그러므로 지원을 받기 위해 자연nature에 의지하게 된다. 그러면 자연은 그를 높이 들어 올려, 그의 기분을 한껏 고양시켜준다.

그러나 소설가로서의 단점은 그의 형제격인 자서전 작가에게는 영예가 되는 것이어서 기쁘게도 우리는 무어의 소설을 약하게 하는 바로 그 점들을 통해서 그에 대해 알게 된다. 이 복잡한 인물, 한편으로는 자신감이 없지만 또 한편으로는 지나치게 자기주장이 강하고, 굽 높은 여성용 장화를 신은 채 사냥을 나가는 스포츠맨이며 문학을 눈에 넣어도 아프지 않을 만큼 사랑하는 아마추어 승마 기수이자, 순진한 호색꾼이며 금욕적인 관능주의자인, 이 복잡하고 쉽지 않은 인물은 한마디로 허황된 생각과 자만심은 없지만 협잡꾼이며, 유순함과 악의, 기민함과 무능함을 함께 가진 인물이다. 그는 위대한 작가의 오롯한 금강석 안으로 모아들이기에는 너무나 많은 양립할 수 없는 요소들을 지니고 있어 다른 사람들의 언행을 설명하는 것보다 본인의 기행을 탐색하는 데 더 여념이 없다.

우선 첫째로, 무어는 무엇을 창조하거나 예언하도록 사람을 이끄는 스스로에 대한 신뢰가 부족하다. 누구도 그보다 자신감이 없는 사람은 없다. 그가 어린 소년이었을 당시 사람들은 그에게 못생기고 늙은 여자만이 그와 결혼해줄 것이라고 말했고, 그는 이를 절대 극복하지 못했다. "왜냐하면 나 스스로도 나에게서 어떤 좋은 점을 찾는 것은 어렵다. 때때로 세상에 보이는 거창하고 반항적인 내 모습 안에는 생울타리 안의 굴뚝새나 담장 아래의 생쥐 같은 겁 많은 심장이 있기" 때문이다. 가장 작은 소음도 그를 놀라게 하고 사람들의 평범한 행렬도 그를 경이와 불안에 휩싸이게 한다. 거리에는 너무나 많은 이름들이 있고 사람들의 외투에도 너무 많은 단추들이 있는 등 삶의 일상적인 일들은 그가 감당하기에는 모두 어려운 것들이다. 그러나 생쥐의 소심함과 함께 무어는 생쥐의 대담함도 가지고 있다. 온화하고 순진한 이 회색의 생물은 곧장 사자의 앞발 위로 달려든다. 무어가 못 할 말은 없다. 그 자신이 고백한 대로 그는 사우스 켄싱턴의 모든 거실에서 쫓겨나야 마땅하다. 만약 친구들이 그를 용서한다면 그것은 단지 무어에게는 모든 것이 용서가 되기 때문이다. 어렸을 때 무어는 "유아기의 단조로움을 깨고 싶은 절제할 수 없는 욕망에 영감을 받아서" 산사나무에 옷을 모두 벗어 던져 놓고, "보모나 가정교사가 얼마나 당혹스러워하는지를 보며, 그 앞으로 벌거벗은 채 즐겁게 비명을 지르며 뛰어다녔다." 그 습관이 아직 무어에게 남아 있다. 그는 옷 벗기를 좋아하고 그가 일으킨 소란, 당혹스러움, 붉어진 얼굴 등을 즐기며 연로하고 소중한 가정교사인 영국 the British Public 앞에서 소리 지르고 뛰기를 좋아한다. 그러나 항간에 떠도는 대로 그의 이러한 익살스러운 행동들은, 때로 버릇없고 무례하지만, 너무 유쾌하고 또한 우아한 것이어서 때때로 가정교사(영국)는 이를 지켜보기 위해 나무 뒤로 숨는다. 그의 비명 소리나, 둥지 안의 작은 새들의 지저귐 같은 수다스러운 웃음은 유쾌한 소리다. 시간이 흘러 황혼이 내려앉고 별들이 떠오를 때 그는 또 얼마나 아름다운 긴 울음소리를 내는지! 당신은 작은 언덕들이 은색의 파도 속으로 사라져가고, 아일랜드의 회색 들판이 언덕으로 녹듯이 이어지는 저녁이면 항상 그가 나타나는 것을 발견하게 될 것이다. 무어의 머리 위로는 폭풍이 지나간 적이 없으며, 귀에는 천둥이 치지도 않고, 비가 그를 흠뻑 적셔본 적도 없다. 그런 적이 없다. 그에게 일어나는 가장 나쁜 일이라면 테레사Teresa가 석유 조절 램프에 연료를 충분히 채우지 않아서 정원의 사과나무 아래서 저녁 식사를 하던 일행이, 오즈번, 휴스, 롱워스, 슈마스 오 설리번Seumas O' Sullivan, 앳킨슨Atkinson, 그리고 예이츠 등이 기다리는 식당으로 자리를 옮겨야 하는 정도이다.

식당에 옮겨 앉은 무어는 친구들에게 여송연을 권하면서 다시 그 끝나지 않는 이야기의 실타래를 풀기 시작한다. 그의 이야기는 잠깐씩 상념으로 끊기긴 해도, 앉을 의자나 벤치를 찾았을 때, 친구의 팔에 팔짱을 낄 수 있을 때, 혹은 가끔씩 조용히 앞발을 들어주는 동정심 많고 신중한 동물을 만날 때마다 어김없이 새로이 시작된다. 무어는 끊임없이 책과 정치에 대해, 그가 첼시 도로를 걸을 때 떠오른 비전에 대해, 어떻게 콜빌Colville 씨가 서식스의 언덕에서 벨기에 토끼를 기르는가에 대해, 그가 기르던 고양이의 죽음에 대해, 로마 가톨릭에 대해, 어떻게 도그마가 문학을 죽일 수 있는지에 대해, 어떻게 시인의 이름이 그 시인의 시를 결정 짓는지에 대해, 그리고 어쩔 수 없이 파자마를 입고 창문틀에 앉아 있던 예이츠가 얼마나 수탉 같아 보였는지에 대해 이야기한다.[2] 하나의 이야기는 다른 것으로 이어지고, 현재는 과거의 이야기꽃을 피어나게 하면서, 그의 이야기는 향기로운 여송연의 연기만큼이나 가볍고, 두서없고, 듣기 좋은 음악이 된다. 그러나 더

2   예이츠의 시에 종종 등장하는 심상으로 'cocks a-crow'(「Under Ben Bulben」)나 'the cocks of Hades crow'(「Byzantium」) 참조.

욱 주의 깊게 들으면 우리는 각각의 주제들이 여송연의 연기만 큼이나 쉽게 공기 속으로 떠올라 가지만, 그 연기의 푸른 동그라미들은 이상한 중심을 가지게 되는 것을 알게 된다. 그들은 흩어지지 않고 모여든다. 그들은 대기 중에 무어의 일생이라는 방들을 짓는다. 템플 가든, 에버리 스트리트, 파리, 더블린[3]에서 그가 말하는 소리를 들을 때 우리는 처음부터 끝까지, 초창기의 아일랜드 시절에서부터 최근 런던까지, 그의 영혼이 머물렀던 장소들을 알 수 있게 된다.

이제 무어 자신의 기준을 그의 작품에 적용해보기로 하자. 그가 말하는 대로 그의 흥미를 끄는 것은 한 사람이 쓸 수 있는 서너 편의 아름다운 시가 아니라 그가 세상에 가져오는 정신이다. "나에게 정신이란 사물을 보고 느끼는 새로운 방식을 의미한다." 다시 한 번 말의 물결들[4]이 무어의 업적을 맹렬히 깎아내릴 때, 이제 우리는 그 강물 한가운데로 다음의 평가들을 던져보자. 무어의 소설들은 어느 것도 명작은 아니다. 그 작품들은 지지대가 없는 실크로 만들어진 텐트들이다. 그러나 그는 새로운 정신을 세상에 들여왔다. 그는 우리에게 새롭게 느끼고 생각하는 방법을 알려주었다. 그는 자신의 불안하고 변덕스러운 본질을 청산하고 그것을 회고록으로 옮기는 방법을 생각해냈다. 매우 고통스럽게, 연약하면서도 천부적인 재능을 오래 쓸 수 있도록 아껴가면서. 이것은 그 정도가 어떻든지 승리이고 업적이며 불멸이다. 만약 우리가 한 발 더 나아가 무어의 등급을 매겨보고자 한다면 위대한 작가들 가운데 그처럼 뿌리 깊이 문학적인 사람은 없다. 문학이 그의 수족을 자유롭게 쓰지 못하게 베일처럼 감쌌다. 그에

3 모두 무어의 작품에서 등장하는 장소들이다.
4 글 초반에 언급되었던 무어에 대한 무성한 비평들을 말한다.

게는 감정보다 표현이 먼저 왔지만, 그는 타고난 작가이고 그와 예술 사이에 끼어드는 어떠한 것들, 예를 들어, 식사나 하인, 안락함, 타인의 존경 등을 다 혐오했던 사람이며, 동시대인들 대부분이 오래전에 잃어버린 자유를 간직한 사람이고, 스스로 부끄러워할 것만을 부끄러워하며 하고자 하는 말은 무엇이든 하는 사람이고, 비록 영국식이 아닌 아일랜드식이지만 말하고자 하는 바를 말할 때 쓰는 억양과 언어를 스스로에게 가르친 사람이다. 그리하여 우리는 그를, 영어를 사용하여 작품을 쓴 불멸의 작가들 반열에 자신의 자리를 마련한 사람이라고 말하게 될 것이다.

포스터의 소설
The Novels of E. M. Forster

1

동시대 작가들의 작품을 비평하지 말아야 하는 데에는 여러 가지 이유가 있다. 감정을 상하게 할 것 같다는 두려움 이외에도 공정하기가 어렵다는 점도 있다. 하나씩 하나씩 차례로 출간되는 그들의 작품들은 서서히 드러나는 전체 구도의 일부분과도 같다. 우리는 각 작품을 강렬하게 향유하겠지만, 우리의 궁금증은 더 지대하다. 새로운 조각이 그 전에 나온 것에 무엇을 더하는가? 그것은 저자의 재능에 대한 우리의 이론을 증명하는가, 아니면 우리는 우리가 예상한 바를 바꾸어야 하는가? 이러한 질문들은 우리 비평의 잔잔한 표면이어야 할 것을 흐트러뜨리고 논쟁과 의문으로 가득 차게 한다. 포스터[1] 씨와 같은 소설가의 경우 특히 그러하다. 작가로서의 그에 관한 의견 차이가 상당하기 때문이다. 그가 보여주는 재능의 바로 그 본질에는 무언가 잘 잡히지 않

---

1   E. M. 포스터(E. M. Forster, 1879~1970). 영국의 소설가. 대표작으로 『전망 좋은 방』 『하워즈 엔드』 『인도로 가는 길』 등이 있다.

고 곤혹스러운 데가 있다. 그러므로 지금 우리가 기껏해야 포스터 씨 자신에 의해 일이 년 안에 무너질지도 모를 이론을 세우고 있다는 점을 기억하며, 포스터 씨의 소설들을 쓰인 순서대로 논의하며 조심스럽게 잠정적으로나마 그의 소설들이 우리에게 답하게 해보자.

소설이 쓰인 순서는 실로 매우 중요하다. 포스터 씨가 시대의 영향에 극도로 민감함을 우리는 처음부터 알기 때문이다. 그는 자신의 인물들이 세월과 더불어 변화하는 상황에 좌지우지된다고 본다. 그는 자전거와 자동차를 예민하게 의식한다. 사립 기숙학교와 대학, 교외와 도시에 대해서도 마찬가지이다. 사회역사가라면 그의 책이 참고가 되는 정보로 가득한 것을 발견하게 될 것이다. 1905년에 릴리아는 자전거 타기를 배우고, 일요일 저녁에 소스턴[2]의 하이 스트리트를 따라 달려 내려가서 교회 모퉁이를 돌다가 넘어졌다. 이에 대해 그녀는 형부에게 한소리 듣고는 죽는 날까지 이를 기억했다. 소스턴에서 하녀가 거실을 청소하는 날은 화요일이다. 나이 든 하녀들은 장갑을 벗을 때 장갑 안에 바람을 불어넣는다. 말하자면, 포스터 씨는 작중인물을 그 주변 상황과 밀착시켜보는 소설가이다. 그리하여 1905년이라는 연도의 빛깔과 형상은 달력상의 어느 한 연도가 낭만적인 메러디스나 시적인 하디에게 미쳤을 영향보다 훨씬 더 많이 그에게 영향을 미친다.

그러나 책장을 넘기면서 우리는 그러한 관찰 그 자체가 목적이 아님을 깨닫게 된다. 그것은 오히려 포스터 씨를 성가시게 하고 부추겨서 이러한 비참함으로부터 피난처를, 이러한 천박함으로부터 도피처를 마련하지 않으면 안 되게끔 하는 것이다. 그래

2 포스터의 첫 소설 『천사들도 발 딛기 두려워하는 곳』(1905)의 주요 배경이 되는 영국의 도시.

서 우리는 포스터 씨의 소설 구조에서 큰 역할을 하는 힘의 균형에 이르게 된다. 소스턴은 이탈리아를 상정한다. 즉, 소심함은 대담함을, 관습은 자유를, 비현실은 현실을 함축한다. 이러한 것들이 그의 글 대부분에서 악한들이고 영웅들이다. 『천사들도 발 딛기 두려워하는 곳』에서 질병과 관습, 그리고 치료제와 자연은, 굳이 말하자면, 지나치게 열정적인 단순함, 지나치게 단순한 확신과 더불어 제시된다. 그럼에도 얼마나 신선하게, 얼마나 매혹적으로 그려지는가! 실제로 우리가 이 가벼운 첫 소설에서, 감히 말해보자면, 좀더 후한 자양분만 있다면 풍요롭고 아름답게 무르익을 힘의 증거를 발견했다고 해도 지나치지 않을 것이다. 풍자에서 가시를 빼내고 전체 안의 비례를 바꾸는 데에 족히 22년이 걸린다.

그러나 그것이 어느 정도 사실이라고 하더라도, 그 세월에는 포스터 씨가 또한 가장 지속적으로 영혼에 헌신한 작가라는 사실을 지워버릴 힘은 없다. 비록 포스터 씨가 자전거니 먼지떨이에 예민하다고 할지라도 말이다. 자전거니 먼지떨이니, 소스턴이니 이탈리아니, 필립, 해리엇과 애보트 양의 저변에 늘 불타오르고 있는 어떤 핵심이 그에게는 자리하고 있다. 그를 그토록 아량 있는 풍자가로 만드는 것이 바로 이것이다. 그것은 영혼이다. 그것은 실재이고, 그것은 진실이며, 그것은 시이고, 그것은 사랑이다. 그것은 여러 형상으로 스스로를 꾸미고 여러 가지 변장으로 차려입어 스스로를 숨긴다. 그러나 그는 도달해야만 한다. 그것과 멀리 떨어져 있는 것은 그에게 있을 수 없는 일이다. 브레이크와 외양간 너머, 거실 카펫과 마호가니 찬장 너머로 그는 찾아서 날아오른다. 당연하게도 그 광경은 때때로 희극적이고, 그를 종종 지치게 한다. 그러나 그가 추구하는 바를 손에 넣는 그런 순간들이 있다. 그의 첫 번째 소설은 그런 경우를 여러 번 제시한다.

하지만, 만약 우리가 이런 일이 어떤 경우에, 어떻게 일어나는지를 자문해본다면, 가장 덜 교훈적이고, 아름다움을 추구하고 있음을 가장 덜 의식하는 구문들이야말로 이를 가장 성공적으로 성취하는 것으로 보일 것이다. 그가 스스로에게 휴일을 허락할 때, 그런 구절이 우리의 입가에 떠오른다. 그가 비전을 잊은 채 사실과 함께 장난치며 놀 때, 그가 교양의 사도들을 호텔에 처박아두고 경쾌하게, 즐겁게, 자연스럽게, 친구들과 카페에 앉아 있는 치과의사의 아들 지노를 그려낼 때, 혹은 『람메르무어의 루치아 *Lucia di Lammermoor*』[3] 공연을 묘사할 때 ─ 그 묘사는 정말 희극의 걸작이다 ─ 바로 이때에 우리는 그의 목표가 이루어졌다고 느낀다. 그러므로 환상과 통찰력, 그리고 놀라울 만한 구성 감각을 지닌 이 첫 작품을 근거로 판단해볼 때, 포스터 씨가 자유를 획득하여, 소스턴의 경계를 일단 넘어선다면 우리는 그가 제인 오스틴과 피콕의 후예 사이에 당당히 발을 디디고 서 있으리라고 말해야 할 것이다.

그러나 두 번째 소설인 『가장 긴 여행』은 우리를 곤혹스럽고 어리둥절하게 한다. 대립은 여전히 그대로이다. 진실과 허위, 케임브리지와 소스턴, 진정성과 세련됨. 하지만 모든 것이 지나치게 강조되어 있다. 그는 소스턴을 더 두꺼운 벽돌로 짓고는 더 강한 돌풍으로 무너뜨린다. 시와 사실주의 간의 대조는 더욱 더 첨예해진다. 그리고 이제 우리는 그의 재능이 그에게 어떤 과제를 부과하는지 훨씬 명확하게 알게 된다. 우리는 스쳐 지나갈 수도 있는 어떤 기분이 실제로는 확신임을 알게 된다. 그는 소설이란 인간의 갈등에 있어서 어떤 입장을 취해야 한다고 믿고 있다. 그

---

3 이탈리아의 작곡가 G. 도니체티의 오페라이다.

는 어느 누구보다도 더 예리하게 아름다움을 본다. 그러나 그에
게는 그 아름다움이 벽돌과 회반죽의 성채에 갇혀 있는 것으로
보인다. 그는 그곳으로부터 아름다움을 구출해내야만 한다. 그래
서 그 수인을 자유롭게 풀어주기 전에 그는 언제나 부득이 감옥
을, 즉 온갖 복잡하고 사소한 것들로 가득 찬 사회를 구축하게 된
다. 승합차, 저택, 교외 주택가는 그의 구상에 있어서 필수적인 부
분이다. 이런 것들은 비상하는 불꽃을 가차 없이 가두어 방해하
기 위해 필요한 것이다. 그래서 그 불길은 꼼짝없이 승합차와 저
택, 교외 주택가 뒤에 갇혀 있게 된다.

　이와 동시에, 『가장 긴 여행』을 읽을 때 우리는 그의 조롱조의
판타지를 감지하게 되는데 그것은 그의 진지함을 깎아내린다. 사
교계를 다루는 희극의 음영을 그보다 더 솜씨 있게 포착한 이는
없다. 목사관에서의 오찬과 다과회와 테니스 경기의 희극성을 그
보다 더 재미나게 표현한 이 또한 없다. 그의 다 늙은 하녀들, 목
사들은 제인 오스틴이 펜을 내려놓은 이래로 우리가 보아온 중
에 가장 실제 인물처럼 살아 있다. 그러나 그는 덤으로 제인 오스
틴이 지니지 않은, 시인의 기질을 지녔다. 깔끔한 표면은 서정시
가 분출할 때마다 언제나 혼란 속에 빠져든다. 『가장 긴 여행』에
서 여러 번이나 우리는 시골에 대한 섬세한 묘사에 즐거워진다.
혹은 사랑스러운 광경, 예컨대 리키와 스티븐이 불붙은 종이배를
아치를 통과시켜 보낼 때와 같은 광경이 우리에게 오래도록 선
명하게 떠오른다. 그래서 함께 조화롭게 공존하라고 설득하기 어
려운 일군의 재능들을 여기서 마주하게 된다. 바로 풍자와 공감,
판타지와 사실, 시와 점잔 빼는 도덕의식이다. 종종 우리가 서로
거스르는 상반된 흐름을 알아차리는 것도 무리는 아니다. 그 상
반된 흐름은 그 책이 걸작의 권위로 우리를 압박하고 압도하지

못하도록 막아준다. 하지만 만약 소설가에게 그 무엇보다도 가장 필수적인 한 가지 자질이 있다면 그것은 결합의 능력, 단일한 비전이다. 걸작의 성공 여부는 허물이 없음에 달려 있지 않다. 실제로 우리는 모든 걸작에 있는 심하디 심한 과실도 너그럽게 본다. 그보다는 걸작의 성공 여부는 자신의 관점을 완전히 통달한 정신의 지대한 설득력에 있는 것이다.

2

그렇다면 우리는 시간이 지남에 따라 포스터 씨가 스스로 자신의 입장을 밝히는 징후들을 찾아본다. 즉 그가 대부분의 소설가들이 속해 있는 중요한 두 부류 중 어느 쪽과 동맹을 맺는지를 말이다. 대략적으로 말하자면 우리는 그 두 부류를 톨스토이와 디킨스를 거두로 하는 설교사와 교사를 한편으로, 그리고 제인 오스틴과 투르게네프를 거두로 하는 순수 예술가를 다른 한편으로 하여 나눌 수 있다. 포스터 씨는 동시에 이 두 진영에 속하고자 하는 강한 성향을 보이는 듯하다. 오래된 분류법을 채택하자면, 그는 순수 예술가다운 타고난 재능과 소질을 많이 지니고 있다. 정교한 산문체, 예리한 희극적 감각, 단 몇 번의 필치로 마치 그들만의 환경에서 살고 있는 듯한 작중인물들을 창조하는 힘을 보인다. 그러나 동시에 그는 작품의 취지를 대단히 의식한다. 기지와 감수성이라는 무지개 뒤에는 우리가 반드시 보아야 한다고 그가 확정한 비전이 있다. 하지만 그의 비전은 특이한 종류의 것이고 그의 취지도 포착하기 어려운 성질을 지닌다. 그는 제도에는 지대한 관심을 두지 않는다. 웰스 씨의 작품을 특징짓는 종류의 폭넓은 사회적 호기심을 그는 전혀 지니지 않는다. 이혼법이나 빈민법은 그의 주목을 거의 받지 못한 채 작품에 들어온다. 그의 관심은 사적인 삶과 함께한다. 그의 취지는 영혼에게 건네진다. "무한을 향해 거울을 들고 있는 것은 사적인 삶이다. 개인적 교류, 그것만이 우리의 매일의 비전 너머의 개성을 암시한다."[4] 우리의 일은 벽돌과 회반죽으로 짓는 것이 아니라 보이는 것과 보이지 않는 것을 함께 이끌어내는 것이다. 우리는 "우리 안의 산문과 열정을 잇는 무지개다리를 건설하는 것을 배워야 한다. 그것이 없이는 우리는 무의미한 파편에 불과하며 반은 수도승에 반은 야수일 뿐이다."[5] 중요한 것은 사적인 삶이라는 믿음, 영원한 것은 영혼이라는 이 믿음이 그의 모든 글에 흐른다. 『천사들도 발 딛기 두려워하는 곳』에서 그것은 소스턴과 이탈리아 간의 갈등이다. 『가장 긴 여행』에서는 리키와 아그네스 사이의 갈등이며, 『전망 좋은 방』에서는 루시와 세실 간의 갈등이다. 시간이 지나면서 그것은 심화되고 더욱 집요해진다. 이것은 보다 가볍고 보다 더 기발한 짤막한 소설에서부터 흥미로운 막간극 『천상의 승합차』를 지나 그의 절정기를 기록하는 두 권의 대작인 『하워즈 엔드Howards End』(1910)와 『인도로 가는 길』에 이르기까지 그를 몰아간다.

그러나 이 두 작품을 논의하기 전에 잠시 그가 스스로에게 설정한 문제의 본질을 살펴보자. 문제가 되는 것은 영혼이다. 우리가 본 바와 같이, 그 영혼은 런던 교외 어디쯤 단단한 붉은 벽돌 저택에 갇혀 있다. 그렇다면, 그의 작품들이 그 사명을 다하려면 그의 실재가 어느 지점에선가 빛을 발해야만 할 것이다. 그의 벽

4 『하워즈 엔드』, 제10장.
5 같은 책, 제22장.

돌에 불이 밝혀지고 그 건물 전체가 빛에 잠겨 있는 것을 우리가 보아야 한다. 우리는 교외라는 완전한 실재와 영혼이라는 완전한 실재를 동시에 믿어야 한다. 사실주의와 신비주의의 혼합이라는 점에서 그와 가장 밀접한 이는 아마도 입센이다. 입센도 똑같은 사실주의적 힘을 지닌다. 그에게 방은 방이며, 책상은 책상이고, 휴지통은 휴지통이다. 동시에 현실이라는 장비는 어떤 순간에는 이를 통해 우리가 무한함을 보는 베일이 되어야 한다. 입센이 이를 해낼 때는—그는 분명히 그렇게 하는데, 이는 중요한 순간에 기적과도 같은 마술적인 요령을 행함으로써가 아니다. 그는 처음부터 제대로 된 분위기에 우리를 두고 우리에게 그의 목적에 부합하는 제대로 된 재료를 줌으로써 이를 해낸다. 포스터 씨가 그렇게 하듯이 입센은 우리에게 일상적 삶이 지니는 효과를 준다. 하지만 그는 이를 몇 안 되는 사실 및 관련성이 매우 높은 종류의 것들을 골라내어서 우리에게 준다. 그래서 깨달음의 순간이 오면 우리는 전적으로 이를 수용한다. 우리는 흥분하지도 곤혹스러워하지도 않는다. 이것이 무얼 의미하는지 우리 자신에게 자문할 필요가 없다. 우리는 그저 우리가 바라보고 있던 것이 환하게 밝혀졌으며 그 깊이가 드러났다고 느낄 뿐이다. 그것은 본질을 변화시켜서 다른 것이 되지 않았다.

같은 부류의 문제가 포스터 씨 앞에도 놓여 있다. 어떻게 실제의 사물과 그 사물의 의미를 연결하며 단 한 방울의 믿음도 흘리지 않은 채 그 둘을 가르는 균열을 가로질러 독자의 마음을 옮길 것인가? 허트포드셔에서, 서리에서, 아르노강에서의 어떤 순간에 아름다움이 칼집에서 도약하고 진실의 불길이 굳은 대지를 뚫고 불꽃으로 일어난다. 우리는 런던 교외에 있는 붉은 벽돌 저택이 환히 밝아지는 것을 보아야 한다. 그러나 우리가 가장 실패를 의식하게 되는 부분은 사실주의 소설에서 대단히 공들이고 정교하게 묘사하는 것이 정당화되는 바로 이러한 거창한 장면이다. 왜냐하면 포스터 씨가 사실주의에서 상징주의로 변화하는 곳이 바로 여기에서이기 때문이다. 그토록 철저하게 단단했던 대상이 빛을 발하며 투명해지거나 혹은 투명해져야 하는 곳이 바로 여기이다. 누구라도 이렇게 생각하기 마련일 텐데, 관찰하는 그의 놀라운 재능이 지나치기 때문에 그는 주로 실패한다. 그는 너무 많이, 너무 글자 그대로 기록했다. 그는 어느 한 면에서 거의 사진과도 같은 그림을 우리에게 제시하고는 바로 다음 면에서 우리에게 똑같은 경치가 영원한 불길로 변형되고 빛을 발하는 것을 보라고 요구한다. 『하워즈 엔드』에서 레너드 바스트를 덮친 책장은 아마도 담배 연기에 절어 훈제되어버린 교양이라는 끔찍한 중량을 싣고 그 사람 위로 무너져 내렸을 것이다. 마라바 동굴은 우리에게 실제 동굴이 아니라, 인도의 영혼일 수도 있어야 한다. 퀘스티드 양은 소풍에 나선 영국 소녀에서 동양의 심장부로 길을 잘못 들어 헤매는 오만한 유럽인으로 변모해야 한다. 우리는 이러한 진술에 단서를 달아야 하는데, 실제로 우리가 제대로 추측했는지 확신할 수 없기 때문이다. 『야생오리 The Wild Duck』[6]에서나 『도편수 솔네즈 The Master Builder』[7]에서 우리가 갖게 되는 그런 즉각적인 확신을 얻는 대신에 우리는 곤혹스러워 하고 당황하게 된다. 이것은 무엇을 의미하는가? 우리는 자문한다. 우리는 이로써 무엇을 이해해야 하는 것인가? 그리고 이러한 망설임은 치명적이다. 왜냐하면 우리는 사실적인 것과 상징적인 것 둘 다를, 선량한 노부인 무어 부인과 예언자 무어 부인 둘 다를 의심

6 1885년에 초연된 입센의 희곡이다.
7 1893년에 초연된 입센의 희곡이다.

하기 때문이다. 이렇게 서로 다른 두 실재를 결합하는 것은 둘 다에게 의심을 던지는 것과 같다. 그러므로 포스터 씨 소설의 핵심에는 종종 모호함이 자리하게 된다. 우리는 중요한 순간에 무엇인가 우리의 기대를 저버렸다고 느낀다.『도편수 솔네즈』에서 우리가 그랬듯이 하나의 단일한 전체를 보는 대신에, 우리는 둘로 분리된 부분들을 본다.

『천상의 옴니버스*The Celestial Omnibus*』(1911)라는 제목 아래 엮인 이야기들은 포스터 씨가 자신을 종종 괴롭히던 문제, 삶의 산문과 시를 연결하는 문제를 단순화하려는 시도를 드러낸다고 할 수 있다. 여기서 그는 신중할지라도 명백하게 마법의 가능성을 받아들인다. 옴니버스는 천국으로 내달려간다. 덤불 숲에서는 목신의 기척이 들린다. 소녀들은 나무로 변한다. 이런 이야기들은 지극히 매혹적이다. 이들은 소설에서는 그토록 무거운 부담 아래 놓여 있는 환상성을 풀어준다. 그러나 환상이라는 특질은 그가 부여받은 재능의 일부이기도 한 다른 충동들에 혼자 맞설 만큼 충분히 깊거나 충분히 강렬하지 않다. 우리는 그가 요정 나라에서 거북해하며 꾀를 부리는 사람이라고 느낀다. 관목 울타리 뒤에서 그는 언제나 자동차 경적 소리와 지친 여행자가 발을 끌며 걷는 소리를 듣는다. 그리고 그는 곧 돌아가야 한다. 한 권의 얇은 책이야말로 진정 그가 자신에게 허락한 순수한 환상에 대한 모든 것을 담아내고 있다. 우리는 소녀들이 목신의 품으로 뛰어오르고 소녀들이 나무가 되는 변덕스러운 땅을 지나 각각 600파운드의 수입이 있으며 위컴 플레이스에 살고 있는 두 슐레겔 자매에게로 간다.

3

비록 그 변화가 우리에게 무척 아쉬울 수도 있지만, 그것이 옳다는 것에는 의심의 여지가 없다. 『하워즈 엔드』와 『인도로 가는 길』 이전의 어느 작품도 포스터 씨의 역량을 충분히 끌어내고 있지 않기 때문이다. 기묘하고도 일면 모순되게 조합된 재능을 지니고 있는 그에게는 그가 지닌 대단히 민감하고 활동적인 지성을 고무하되 과도한 로맨스나 열정을 요구하지 않을 제재가 필요했던 것으로 보인다. 그에게 비판거리를 주고 조사를 요청하는 제재, 극도로 정직하되 동정 어린 마음으로 검증될 수 있으며 엄청난 분량의 사소하고 정밀한 관찰로 구축될 것을 요청하는 제재 말이다. 또한 그것은 이 모든 점을 충족하면서도 마침내 구축되었을 때 쏟아지는 석양과 영원한 밤에 맞서 상징적인 의미를 뚜렷하게 드러낼 제재여야 한다. 『하워즈 엔드』에서는 영국 사회의 하위 중산층, 중산층, 상위 중산층이 그렇게 구축되어 완벽한 직물로 짜인다. 이는 여태까지 시도된 것보다 더 큰 규모의 시도이며, 만약 실패로 돌아간다면 이는 대체로 그 시도의 규모 탓이다. 실제로 우리가 이 정교하고 매우 잘 짜인 책의 여러 장을 되짚어 생각해보면, 대단한 기교적 성취와 더불어 통찰력과 지혜와 아름다움을 지닌 이 책을 우리가 과연 어떤 한시적 심정에서 실패작이라고 부를 수 있을지 의문이다. 모든 규정에 준해서라면, 게다가 우리가 그 책을 처음부터 끝까지 읽어 내려갈 때 지녔던 그 열렬한 흥미에 준해서라면 더욱더 우리는 성공작이라고 말했어야 했을 것이다. 아마도 그 이유는 찬사를 보내는 방식에 암시되어 있을 것이다. 정교함, 기술, 지혜, 통찰력, 아름다움 ─ 이 모든 것이 다 있으나, 융합이 결여되어 있다. 이들에는 응집력이 부족하다. 그 책은 전체적으로 설득력이 부족하다. 슐레겔 일가, 윌콕스 일가, 바스트 일가는 그들이 각각 대변하는 계층과 환경의 모든 면에서 비상한 핍진성을 띠고 등장하지만, 훨씬 더 가볍다 해도 아름답게 조화를 이룬『천사들도 발 딛기 두려워하는 곳』에서보다 전체적인 효과는 덜 흡족하다. 포스터 씨의 재능에는 어떤 괴팍함이 있어서 그가 지닌 여러 가지 다양한 재능끼리 서로 발을 걸어 넘어뜨리려는 경향이 있음을 우리는 다시 느끼게 된다. 만약 그가 덜 세심하거나, 덜 정확하거나, 각각의 경우의 다른 측면들을 덜 민감하게 자각한다면, 그가 하나의 명확한 지점에서 더 강력한 힘으로 다가올 수 있으리라고 우리는 느낀다. 현재로서 그가 내리치는 힘은 분산되어 있다. 그는 마치 방 안에 있는 무엇에 의해 늘 잠에서 깨어나게 되는 잠귀 밝은 사람과도 같다. 풍자가가 시인을 잡아채고 도덕주의자가 희극인의 어깨를 툭툭 두드린다. 그는 결코 있는 그대로의 사물의 아름다움이나 흥미로움에 대한 순전한 기쁨 속에 오랫동안 몰두하거나 무아지경에 머무르는 법이 없다. 바로 이런 이유로 그의 책의 서정적인 구문들은 종종 그 자체로는 매우 아름답지만 맥락 속에서 적절한 효과를 내기에 실패한다. 예를 들어 프루스트에서처럼 그 대상 자체 내의 아름다움과 흥미로움이 넘쳐흘러 자연스럽게 피어나는 대신에, 그의 구문들은 격앙 속에 생겨났으며, 추함에 격노한 마음이 이를 아름다움으로 보완하려는 노력이라고 우리는 느끼게 된다. 그 아름다움은 항거에서 비롯된지라 다소 과열된 바가 있다고 우리는 느낀다.

그러나 누구나『하워즈 엔드』에는 걸작을 이루는 데 필요한 모든 속성들이 용해되어 있다고 느낀다. 작중인물들은 우리에게 지극히 실재적으로 여겨진다. 이야기의 배치는 노련하다. 정의 내리기 어렵지만 매우 중요한 요소인 작품의 분위기는 지성으로 빛난다. 거짓됨이나 허위는 티끌만큼도 자리 잡도록 허용되지 않는다. 또한, 좀더 거시적인 전쟁터에서 보면 포스터 씨의 소설 어디에서나 일어나는 그러한 분투가 진행되고 있다. 중요한 것들과 중요하지 않은 것들 사이에, 실재와 허위 사이에, 진실과 거짓 사이에 일어나는 분투 말이다. 다시 한 번 희극은 절묘하며 관찰력은 흠잡을 데 없다. 그러나 또다시, 우리가 상상력의 쾌락에 스스로를 맡길라치면 무엇인가 살그머니 우리를 잡아챈다. 우리의 어깨를 두드린다. 우리는 이것을 알아차리고, 저것을 주의 깊게 살펴야 한다. 마거릿이나 헬렌은 단순히 그녀 자신으로서 이야기하는 것이 아니라는 것을, 그녀가 하는 말은 또 다른 더 커다란 의도를 지니고 있다는 것을 우리가 이해해야 한다는 것이 분명해진다. 그래서 우리는 그 의미를 찾아내려고 애쓰며 우리의 감각적 기능들이 자유롭게 작동하는 상상이라는 매혹적인 세계에서 벗어나서 단지 우리의 지성만이 의무를 다해 기능하는 이론이라는 여명의 세계로 발을 내디디게 된다. 그런 환멸의 순간들은 포스터 씨가 가장 진지할 때, 책에서 검이 내려쳐지거나 책장이 넘어지는 절정의 순간에 습관적으로 나타난다. 우리가 이미 주목한 바와 같이, 그러한 순간들은 기묘한 비현실성을 '훌륭한 장면들'과 중요한 인물들 안에 들여온다. 그러나 그 순간들에는 희극성이 전적으로 배제된다. 그들은 우리로 하여금 어리석게도 포스터 씨의 재능을 달리 배치하여 그가 오직 희극만을 쓰도록 제한할 것을 바라게끔 한다. 왜냐하면 그가 자신의 작중인물들의 행동에 대해 책임감을 느끼기를 멈추고 자신이 우주의 문제를 풀어야 한다는 것을 잊는 순간, 그는 가장 재미있는 소설가가 되기 때문이다. 『하워즈 엔드』에서 감탄할 만한 티비와 절묘한 문트 부인은 대체로 우리를 즐겁게 해주고자 덤으로 포함되었지만 신선한 공기 한 줌을 함께 들여온다. 우리는 그들이 택하는 대로 자신들의 창조주로부터 벗어나 자유롭게 거닐고 있다는 믿음으로 고양되고 도취된다. 마거릿, 헬렌, 레너드 바스트는 이들이 문젯거리들을 자신들의 손안에 넣고 그 이론을 틀어지게 하지 않도록 단단히 속박되고 엄중히 감시를 받는다. 그러나 티비와 문트 부인은 가고 싶은 곳으로 가고, 말하고 싶은 대로 말하고, 하고 싶은 대로 한다. 그래서 포스터 씨의 소설에서는 덜 중요한 인물들과 덜 중요한 장면들이 분명히 대부분의 고통을 들인 인물들과 장면들보다 종종 더욱 선명하게 남는다. 그렇지만 이 소설이 흡족하지는 않을지라도 중요한 작품이며, 틀림없이 그만큼 거대하면서도 덜 불안해 보이는 어느 것의 전조라는 점을 인정하지 않고서 이 거대하고, 진지하고, 매우 흥미로운 책과 헤어지는 것은 부당한 처사일 것이다.

4

『인도로 가는 길』이 나오기까지 몇 해가 흘렀다. 그 사이 포스터 씨가 그의 기법을 개발하여 보다 더 수월하게 그의 기발한 정신의 특징에 굴복하고 그에게 내재한 시와 환상을 더 자유롭게 발산할 수 있도록 했기를 희망했던 이들은 실망에 이르렀다. 그 태도는 정확하게도 똑같이 견고한 것이어서 마치 삶이 현관 달린 집인 듯이 삶에 다가가서는 모자를 현관에 있는 탁자 위에 올려놓고 질서 정연한 방식으로 모든 방을 하나씩 방문하기 시작한다. 그 집은 여전히 영국 중산층의 집이다. 그러나 『하워즈 엔드』와는 다른 점이 있다. 지금까지 포스터 씨는 손님들을 소개하고, 설명하고, 손님들에게 여기 계단에 대해 주의를 주고 저기 외풍에 대해 경고를 하느라 전전긍긍하는 세심한 안주인처럼 자신의 책 속에 배어들어 있기 일쑤였다. 그러나 이번에 그는 아마도 자신의 손님들과 자신의 집 모두에 대한 환멸에 젖어 이러한 염려를 느슨하게 늦춰놓았던 것 같다. 그는 우리가 이 놀라운 대륙을 거의 혼자서 가로지르며 거닐도록 허용한다. 우리는 특히 그 나라에 대한 이런저런 것들을 마치 우리가 그곳에 실제로 있는 것처럼 자연스럽게, 거의 우연히 알아차리게 된다. 우리의 시선을 잡는 것은 이제 그림 주변을 날아다니는 참새이거나 이마에 색칠이 되어 있는 코끼리거나, 거대하지만 엉망으로 첩첩이 배치되어 있는 언덕들이다. 사람들 역시, 특히 인도인들은 일견 똑같이 태평스럽고 필연적인 속성을 지닌다. 아마도 이들은 땅만큼 중요하지 않을 터이지만 그들은 생생하게 살아 있으며 민감하다. 더 이상 우리는 영국에서 느끼곤 했던 것처럼, 그들이 저자의 어떤 이론을 틀어지게 하지 않도록 단지 요 정도만 가도록 허용되고 더 이상은 허용되지 않으리라고 느끼지 않는다. 아지즈는 자유로운 행위자이다. 그는 포스터 씨가 여태까지 그려낸 인물들 중 가장 창의적인 인물이며 그의 첫 소설 『천사들도 발 딛기 두려워하는 곳』에 나오는 치과의사 지노를 떠올리게 한다. 우리는 정말로 포스터 씨가 자신과 소스턴 사이에 대양을 둔 것이 도움이 되었다고 추측할 만하다. 잠시 케임브리지의 영향 너머에 있다는 것은 안도할 만한 일이다. 비록 섬세하고도 엄정한 비판을 가할 수 있는 모형 세계를 구축하는 것이 그에게는 여전히 불가피하다고 해도 이제 그 모형은 훨씬 더 거대한 규모로 세워졌다. 옹졸함과 천박함과 일련의 영웅주의를 지니고 있는 영국 사회는 더 크고 더 음험한 배경을 두고 세워졌다. 그리고 비록 중요한 장소에서의 모호함, 불완전한 상징의 순간들, 상상력이 다룰 수 있는 바보다 더 엄청나게 축적된 사실들이 있다는 것은 여전히 사실이지만, 이전의 초기 소설에서 우리를 곤혹스럽게 만들던 이중적인 비전은 단일해지는 과정 속에 있는 것처럼 보인다. 포화 상태는 훨씬 더 철두철미하다. 포스터 씨는 이 촘촘하고 조밀한 관찰로 이루어진 신체에 영혼의 불을 붙이는 위대한 업적을 거의 이루어냈다. 그 책은 피로와 환멸의 징후를 보이고 있다. 그러나 그 책은 여러 장에서 명징하고도 의기양양한 아름다움을 지니고 있으며, 무엇보다도 우리에게 궁금증을 일으킨다. 과연 다음에 그는 무엇을 써낼 것인가?

로렌스에 대한 메모
Notes on D. H. Lawrence

　　최근 비평의 불가피한 결함인 편파성을 가장 제대로 예방하는 방법은 아마도 우선, 비평가가 자신의 부족함을 식별할 수 있는 한 이를 솔직히 고백하는 것일 테다. 따라서 아래 이어질 D. H. 로렌스에 대한 언급에 앞서 나는 1931년 4월까지 그를 평판으로만 알았을 뿐 그의 작품을 실제로 읽어본 경험은 거의 없었음을 밝혀야 할 것 같다. 그의 평판, 그러니까 예언가라든가, 성에 관한 신비한 이론의 주창자, 아리송한 용어의 추종자, 또는 복강 신경총과 같은 단어를 거리낌 없이 사용하는 새로운 용어의 창시자 등과 같은 그의 명성은 별로 매력적이지 않았다. 그가 가는 길을 순순히 따라간다는 건 상상할 수도 없는 일탈 같았다. 게다가 이러한 평판의 먹구름 뒤로 나오는 그의 글들이 별로 호기심을 자극하지도 않았고 선정적인 환영幻影을 몰아내 주지도 않는 듯했다. 가령 『무단침입자』는 뜨겁고 향이 강하며 과도하게 장식된 작품 같았다. 『프로이센 장교』는 불끈한 근육과 억지스러운 음란함 말고는 별로 인상적인 구석이 없었다. 다음에 나온 『잃어버린 소녀』는 베넷의 작품처럼 세세한 관찰로 가득한, 선박 조종에 능숙한 뱃사람 같고 조밀한 작품이었다. 한두 편의 이탈리아 여행기는 아름다웠지만 단편적이고 뚝뚝 끊겼다. 『쐐기풀』과 『팬지』라는 제목의 자그마한 두 권의 시집은 하녀들이 펄쩍 뛰고 킥킥거리게끔 어린 소년들이 계단에 휘갈겨놓은 글들 같았다.

그동안, 로렌스 성지 숭배자들의 성가는 더욱 황홀한 지경에 빠졌고 향냄새는 짙어졌으며 그들의 선회는 한층 종잡을 수 없고 이해할 수 없게 되었다. 지난해 그의 죽음으로 그들은 더더욱 분방해지고 기세등등해졌지만, 그의 죽음은 점잖은 사람들에겐 성가셨다. 마침내 내가 『아들과 연인』을 읽게 된 것은 바로 그를 추종하는 사람들과 충격받은 사람들로 인한 짜증, 그리고 추종자들의 의식儀式과 충격받은 자들이 일으킨 스캔들 때문이었다. 과연 이 지도자의 작품이 그의 신봉자들이 내놓은 졸렬한 모조품과 완전히 다른 건지—대개는 별반 다를 게 없기에—살펴보기 위해서였다.

그러니까 이것이 작품에 다가간 나의 관점이었고, 아래에서 드러나듯, 이러한 관점은 많은 관점들을 차단하고 왜곡하게 된다. 이런 관점에서 읽은 『아들과 연인』은 마치 안개가 걷히면서 갑자기 자신을 드러내는 섬처럼, 놀랄 만큼 생생하게 모습을 드러냈다. 예언자인지 악당인지 모르겠지만 어쨌거나 노팅엄에서 나고 자란 광부의 아들임에 틀림없는 한 남자가 쓴 이 작품은 매끈하고 명확하며 훌륭하고 바위처럼 단단했으며 균형 잡혀 있었다. 물론 이 같은 견고함과 명쾌함, 놀랄 만큼 경제적이고 예리한 필치는, 유능한 소설가들의 시대에 보기 드문 자질은 아니다. 명쾌함과 편안함, 일필휘지로 보여주고는 이내 자제하는 필력으로부터 엄청난 힘과 통찰력을 겸비한 마음이 드러났다. 모렐 부부의 삶, 그들의 부엌과 음식과 개수대, 그리고 말투가 주는 깊은 인상에 이어 한층 진귀하고 흥미로운 또 다른 인상이 뒤따랐다. 이렇게 입체적으로 채색된 삶의 모습이—그림 속에서 체리를 쪼아 먹고 있는 새처럼—너무나 진짜 같아서 정말 살아 있는 것 같다고 외치고 나면, 어떤 형언할 수 없는 재기才氣와 엄숙함, 그리고 의미심장함으로 인해 그 방이 정돈되는 기분이 느껴졌던 것이다. 우리가 들어서기 전에 어떤 손이 작업을 해놓은 것이다. 문을 열고 우연히 들어갔을 때처럼 모든 것이 특별할 것 없이 자연스럽게 정돈되어 있는 듯 보이지만, 실은 어떤 손길 혹은 경이로운 통찰력과 힘을 가진 눈이 재빨리 그 장면 전체를 정돈한 것이다. 그래서 마치 어떤 화가가 배경에 녹색 커튼을 드리워 나뭇잎이나 튤립, 혹은 항아리의 존재를 생생히 끌어내기라도 한 것처럼, 그 광경은 생각했던 것보다 더 신나고 감동적이며, 어떤 면에서는 삶으로 한층 더 충만한 것처럼 느껴지는 것이다. 그렇다면 색상을 강조하기 위해 로렌스가 드리운 녹색 커튼은 무엇일까? 결코 아무도 "정돈 중"인 로렌스를 발견할 수 없다는 것—이것이 바로 가장 주목할 만한 그의 특성 중 하나이다. 대화와 장면들이 빠르고 거침없어서, 작가는 그저 자유롭고 날랜 손으로 한 장 한 장 지면 위에서 그것들을 그저 따라가기만 한 것처럼 보인다. 두 번 생각한 문장이 하나도 없는 듯하고, 효과를 위해 문장 구조물에 덧붙여진 단어도 없어 보인다. 독자들이 "이것 좀 봐. 이 장면, 이 대화 속에 책의 의미가 숨어 있어." 하고 말하게 되는 장치가 없는 것이다. 『아들과 연인』의 가장 흥미로운 특성 중 하나는, 그 작품은 가만히 정지된 채 보여지는 데 만족하지 않고 마치 제각각 독립되어 빛나는 사물들로 구성된 것처럼, 그 속에 어떤 불안과 자그마한 떨림과 일렁이는 빛이 느껴진다는 점이다. 물론, 장면도 있고 등장인물도 있으며, 사람들은 서로 감정의 그물로 연결되어 있다. 그렇지만 이들은 — 프루스트의 경우처럼 — 자기 자신을 위해 존재하는 게 아니다. 그들은,『스완의 집 쪽으로』에서 그 유명한 산사나무 울타리 앞에 앉아 그 울타리를 바라볼 때와 같은 오랜 탐색을, 황홀을 위한 황홀을 허용하지 않는다. 언제나 무언가 더, 또 다른 목적이 있다. 목전의 사물 너머로 나아가고 싶은 조바심과 욕구로 인해 장면들이 수축되고 오그라지고 완전히 발가벗겨질 때까지 줄어들어, 등장인물이 단순하고 또렷하게 우리 앞에서 반짝 빛나는 듯하다. 그러나 일 초 이상 봐서는 안 된다. 서둘러 가야 한다. 그렇다면 어디로 가야 하는 것일까?

아마도 등장인물이나 이야기, 혹은 보통 소설 속에 나오는 흔한 휴식처나 언덕 혹은 절정과는 거의 관련이 없는 어떤 장면으로일 것이다. 우리가 의지하고 확장하며 우리 힘의 최대치를 느끼게끔 주어지는 유일한 것은 육체적 존재의 어떤 황홀경이다. 폴과 미리엄이 헛간에서 그네를 타는 장면이 그 예이다. 다른 책들에서 감정의 흐름이 타오르는 방식으로, 그들의 몸이 백열등처럼 빛나며 의미심장해진다. 작가에게 그 장면은 초월적인 의미를 갖고 있는 것 같다. 대화도 이야기도 죽음도 사랑도 아닌 바로 여기, 소년의 몸이 헛간에서 그네를 타는 바로 이 장면이 말이다.

그러나 아마도 그런 상태가 오랫동안 만족스러울 수는 없기 때문에, 혹은 로렌스에겐 상황을 그 자체로 온전하게 만드는 결정적인 힘이 부족하기 때문에, 그 결과 이 작품은 안정된 상태에는 결코 다다르지 못한다. 『아들과 연인』의 세계는 끊임없는 응집과 해체의 과정 속에 있다. 노팅엄의 아름답고 활기찬 세상을 구성하는 서로 다른 다양한 입자들을 한데 끌어 모으려 애쓰는 자석은, 바로 이 백열등처럼 빛나는 몸, 육체 속에서 타오르는 이 아름다움, 강렬하게 타오르는 이 빛이다. 그리하여, 우리에게 보이는 모든 것이 자기만의 순간을 갖고 있는 듯하다. 그 어떤 것도 그저 바라보고만 있게끔 가만히 머물러 있지 않는다. 모든 것이 어떤 불만이나 탁월한 아름다움, 욕망, 혹은 가능성에 의해 빨아들여지고 있다. 따라서 이 작품은, 마치 주인공의 몸처럼, 우리를 흥분시키고 성가시게 하며 감동을 주고 변화하며, 동요와 불안과 억눌린 무언가를 향한 욕망으로 가득 찬 듯하다. 온 세상이 ─바로 여기서 작가의 놀라운 힘이 입증된다─ 별개인 독립적인 부분들을 만족스러운 하나로 통합시킬 수 없는 그 청년이라는 자석에 의해 부서지고 요동친다.

이러한 점은, 적어도 부분적으로는, 간단히 설명될 수 있다. 폴 모렐은 로렌스 자신처럼 광부의 아들이다. 그는 자신의 처지가 만족스럽지 않다. 그는 그림을 팔아 제일 먼저 야회복을 구입한다. 그는 프루스트처럼 안정되고 만족스런 사회의 구성원이 아니다. 그는 자신의 계급을 벗어나 다른 계급으로 진입하길 갈망한다. 중간 계급은 자신이 갖지 못한 것을 갖고 있다고 생각한다. 그는 태생이 너무 솔직해서, 평민이 더 삶다운 삶을 살기 때문에 중간계급보다 낫다는 어머니의 주장에 만족할 수가 없다. 로렌스가 느끼기에 중간계급은 이상ideas, 혹은 로렌스 자신이 갖고 싶은 무언가 다른 것을 갖고 있다. 이것이 그의 불안의 한 원인이다. 이 점은 매우 중요하다. 왜냐하면 로렌스가 폴처럼 광부의 아들이었고 자신이 처한 상황을 싫어한 탓에, 글쓰기에 대한 그의 관점은 안정된 지위를 가지고 자신의 상황을 즐김으로써 그 상황을 망각할 수 있는 사람들과는 다르게 형성되었기 때문이다.

로렌스는 자신의 출생으로부터 격렬한 자극을 받았다. 이로 인해 그의 시선은 어떤 각도에 놓이게 되었고, 그가 받았던 출생의 자극은 그러한 각도로부터 가장 두드러진 몇 가지 특징들을 취하게 되었다. 그는 결코 과거를 되돌아보지도, 사물들이 마치 인간 심리의 호기심 거리나 되는 것처럼 돌아보지도 않았으며, 문학으로서의 문학에 관심을 갖지도 않았다. 모든 것은 쓸모와 의미가 있으며, 그 자체로 목적인 것이 아니다. 다시 프루스트와 비교해보면, 우리는 그가 아무도 모방하지 않고, 그 어떤 전통도 계승하지 않으며, 과거를 의식하지 않고, 현재도 그것이 미래에 영향을 주는 것이 아니면 의식하지 않는다는 걸 느끼게 된다. 작가로서 이러한 전통의 결핍은 그에게 엄청난 영향을 끼친다. 어떤 생각이 그의 마음속으로 풍덩 떨어진다. 떨어진 돌멩이에 의해 사방으로 튀는 물처럼, 문장들이 즉각 둥글고 견고하게 솟구친다. 독자는 그 자체의 아름다움이나 문장 전체 구조에 효과를 더하기 위해 선택된 단어는 단 한 개도 없다는 느낌을 받게 된다.

끔찍하게 민감한 마음
A Terribly Sensitive Mind

단편 작가로서 캐서린 맨스필드[1]를 심사할 필요가 없다는 점을, 영국의 가장 저명한 단편 작가들이 모두 동의했다고 머리 씨는 말한다.[2] 맨스필드를 계승한 어떤 작가도 없으며 어떤 비평가도 그녀의 특징을 정의할 수 없었다. 그러나 그녀의 일기를 읽는 독자들은 그런 질문들을 이제 마음껏 할 수 있다. 그녀의 일기에서 우리의 관심을 끄는 점은 글쓰기의 특징이나 그녀가 얻었던 명성의 크기가 아니라 마음의 스펙터클, 즉 8년간의 삶 속에서 이런저런 우연한 인상들을 받아들이는 끔찍하게도 민감한 한 마음이 펼치는 장관이다. 그녀의 일기는 신비한 친구였다. "이리 와, 보이지 않는 나의 모르는 친구야. 우리 함께 이야기하자." 하고 새 일기장을 시작하면서 그녀는 말한다. 일기 안에다 그녀는 날씨나 약속 같은 사실들을 기록했고, 장면들을 스케치했으며 자기 작품 속의 인물들을 분석했고 한 마리의 비둘기나 꿈이나 대화를 묘

---

1   1888년 뉴질랜드에서 출생하여 19살에 영국으로 건너온 뒤 33살에 죽기 전까지 짧은 기간 동안 『가든 파티』(1922), 『축복』(1920) 같은 단편집을 출간하였다. 시적 분위기가 넘치는 독특한 산문체로 영국 단편소설을 문학 장르로 승격시켰다는 평을 받는다.

2   캐서린 맨스필드가 1923년 만 33살의 나이로 결핵으로 죽고 나서 남편 존 미들턴 머리는 그녀의 일기를 『캐서린 맨스필드의 일기: 1914~1922』란 제목으로 출판했다. 이 글은 그 책에 관한 서평이다. 1927년 9월 18일 『헤럴드 트리뷴』에 실렸다.

사했다. 어떤 것도 이처럼 더 단편적이고, 더 개인적인 것은 없을 것이다. 우리는 자신과 홀로 있는 마음을, 관중이 지켜본다는 생각은 전혀 없어서 자신의 마음을 때때로 속기체로 써내려 가거나, 외로울 때 마음이 흔히 하듯이 둘로 나뉘어서 자신과 대화하고 있는 마음을 지켜보고 있는 것같이 느낀다. 캐서린 맨스필드가 쓴 캐서린 맨스필드.

그러나 조각들이 쌓이면서 우리는 어떤 방향을 그것들에게 주기 시작한다. 아니, 아마도 캐서린 맨스필드 자신에게서 받는다고 해야겠다. 그녀가 끔찍하리만큼 민감하게 그렇게 다양한 인상들을 하나둘씩 기록하면서 그곳에 앉아 있을 때 어떤 관점으로 그녀는 인생을 바라보는가? 그녀는 작가이다. 타고난 작가이다. 그녀가 보고 듣고 느끼는 모든 것은 파편적이거나 분리된 것이 아니다. 그것은 모두 글 속에 함께 속해 있다. 때로는 이야기를 위하여 바로 적은 것이 있다. "나중에 그 바이올린에 대해서 쓸 때 얼마나 가볍게 올라가다가 애잔하게 내려오는지를, 얼마나 그것이 무엇을 찾고 있는지를 기억해두자." 또는 "요통. 이건 정말로 이상한 것이네. 그렇게 갑작스럽게, 그렇게 고통스럽다니. 노인에 대해 쓸 때 이 점을 기억해야지. 일어나기 위한 그 움찔한 시동, 멈춤, 분노의 표정, 그리고 한밤중에 누워서 마치 자물쇠로 잠겨 있는 듯한 느낌."

다시 순간은 갑작스레 중요성을 띠게 되고 그녀는 순간을 보존하려는 듯이 그 윤곽을 추적하기 시작한다. "비가 내리고 있지만 공기는 부드럽고 흐릿하고 따스하다. 나른한 잎새를 커다란 방울이 두드리고 담배꽃이 옆으로 기울고 있다. 담쟁이 속에서 뭔가 바스락거린다. 이웃집 정원에서 윙리가 나오더니 벽에서 팔짝 뛴다. 그리고 정교하게 앞발을 들고 귀를 쫑긋거리면서 거대한 파도가 자기를 휩쓸고 갈까 봐 겁을 내면서 푸른 풀밭 위의 호수를 건너갔다." 나사렛의 수녀들이 "창백한 잇몸과 커다랗고 변색된 이를 드러내면서" 돈을 달라고 했다. 마른 개. 너무나 말라서 그 몸뚱어리가 "네 개의 나무 말뚝 위에 세운 우리" 같아 보이는 개가 길을 달려갔다. 어떤 의미에서 그녀는 그 마른 개가 길이라고 느낀다. 이 모든 기록에서 우리는 미완성의 이야기 한가운데 있는 것처럼 느낀다. 여기에 시작이 있고 여기에 끝이 있다. 그 이야기가 완전해지기 위해서는 단지 단어들의 고리를 던져 얽어매기만 하면 된다.

그러나 일기는 또한 너무나 개인적이고 너무나 본능적이라 일기를 쓰고 있는 자아로부터 또 다른 자아가 분리되어 나와 약간 떨어져 서서 글을 쓰는 것을 지켜보게 만든다. 글쓰는 자아란 이상한 자아다. 때로는 어떤 일도 그 자아로 하여금 글을 쓰게 설득할 수 없다. "할 일은 너무나 많지만 나는 거의 할 수 없다. 내가 일하는 **척한다면** 이곳에서의 생활은 거의 완벽할 텐데. 나는 항상 일을 했었지. 문지방에서 기다리고 또 기다리는 이야기들을 보라. […] 그다음 날에 나오려고. 하지만 오늘 아침만 해도 그래. 아무것도 쓰고 싶지 않았다. 날은 잿빛이었고 무겁고 지루했다. 단편들이 비현실적이고 쓸 가치가 없는 듯이 보였다. 나는 쓰고 싶지 않다. 나는 살고 싶다. 그녀는 그 말을 무슨 뜻으로 했지? 그걸 말하는 것은 쉬운 일이 아니야. 어쨌건 바로 이거야!"

그녀는 그 말을 무슨 뜻으로 했을까? 그녀보다 글쓰기의 중요성에 대해 심각하게 받아들인 사람도 없다. 본능적으로 재빨리 써내려 간 그녀 일기의 매 쪽마다 드러나는 자신의 작품에 대한 태도는 매섭고 건전하며 진지하고 존경할 만하다. 그 안에는 문학 세계에 대한 가십도 없고 허영심도 질투심도 없다.[3] 생애 마지막 즈음해서 자신이 거둔 성공에 대해 분명히 인식하고 있었겠지만, 그것에 대한 언급은 없다. 자기 작품에 대한 그녀 자신의 논평은 항상 예리한 통찰력으로 비판하는 것이다. 자신의 단편들은 풍부함과 깊이가 필요하다. 자신은 단지 "꼭대기만 훑고 있지 ─ 그 이상"은 아니다. 그러나 단지 사물을 온당하게 그리고 민감하게 표현하는 것으로서의 글쓰기란 충분하지 않다. 글은 무엇인가 표현되지 않은 것 위에 기초를 두어야 하며, 그리고 이 무엇이란 반드시 굳건하고 완전한 것이어야 한다. 심해지는 병마의 절망적인 압박 속에서 그녀는 희한하고 어려운 탐구를 시작한다. 진실되게 글을 쓰기 위해 필요했던, 수정 같은 명확성 다음에 우리는 해석하기 어려운 그 무엇을 힐끗 보게 된다. "통합되지 않은 존재로부터는 가치 있는 것은 아무것도 올 수 없다." 하고 그녀는 쓴다. 우리는 자아의 건강함을 가져야만 한다. 5년간의 투쟁 끝에 그녀는 육체적 건강을 얻으려는 탐구를 그만두었다. 절망감 때문에서가 아니라 그녀는, 질병이란 영혼의 병이며 치유책은 신체적 치료에 있는 것이 아니라 그녀가 마지막 몇 개월을 보낸 퐁텐블로에서와 같은 어떤 "영적인 형제애"에 있다고 느꼈기 때문이다. 그러나 떠나기 전 그녀는 자신의 입장을 정리해놓았고 그것으로 일기는 끝난다.

자신은 건강을 원한다고 그녀는 썼다. 그러나 그녀는 건강을 무슨 의미로 썼을까? "건강이란 성인으로서의 온전한 삶을 누리는 힘을 의미한다. 내가 사랑하는 것 ─ 지상과 그곳의 모든 경이로움 ─ 바다 ─ 태양 ─ 과 가깝게 접촉하면서 삶을 숨쉬는 것 […] 그리고 나는 일하고 싶다. 무엇을? 나는 살고 싶다. 살아서

3　이 점은 울프의 일기와 비교해보면 흥미 있는 부분이다. 울프의 일기에는 가십거리, 질투심, 그리고 비판에 대한 불안감이 자주 등장한다.

내 손과 감정과 두뇌로 일하고 싶다. 나는 정원과 작은 집과 풀밭과 짐승들과 책들과 그림들 그리고 음악을 갖고 싶다. 이런 것으로부터, 이런 것들을 표현하면서, 나는 글을 쓰고 싶다(그래도 택시 운전사에 대해 나는 쓸 수 있다. 그건 문제가 안 된다)." 이 일기는 다음 말로 끝난다. "만사가 다 좋다." 그리고 석 달 후에 그녀는 죽었다. 즐거운 일과 이야깃거리들, 그리고 겉모습과 표면적 인상 사이에서 우리 대부분이 안이하게 어슬렁거리고 있을 나이에 질병과 성격의 강렬함에 몰려 그녀가 발견한 어떤 결론을 그 말이 나타낸다고 생각하고 싶은 충동을 느낀다. 그런데 그녀만큼 그런 즐거운 일과 이야깃거리, 모습들과 인상들을 더 사랑한 사람도 없다.

나방의 죽음
The Death of the Moth

낮에 날아다니는 나방은 나방이라고 부르는 게 어울리지 않는다. 이 나방들은 커튼이 드리운 그늘 안에서 잠들어 있는 흔하디흔한 노란 뒷날개 밤나방이 어김없이 우리에게 일깨우는 어두운 가을밤과 담쟁이꽃에 대한 그 기분 좋은 느낌을 불러일으키지 않는다. 그들은 나비처럼 화사하지도 않고 또 그렇다고 같은 종류의 나방처럼 칙칙하지도 않은 어정쩡한 생물이다. 그럼에도 불구하고 지금 내 눈앞에 있는, 폭 좁은 건초빛 날개에, 가장자리에는 같은 색깔의 술이 달린 이 나방은 살아 있는 것에 만족하고 있는 것 같았다. 9월 중순의 기분 좋은 아침이었다. 날씨는 온화하고 평온했지만 바람결은 여름보다 더 예리했다. 창문 맞은편의 들판에는 벌써 쟁기질한 자국이 나 있었다. 쟁기가 닿았던 흙은 납작하게 눌렸고 물기에 빛나고 있었다. 들과 그 너머의 언덕으로부터 넘치는 활력이 밀려 들어와서, 눈을 정확히 책에 고정시키기는 어려웠다. 떼까마귀들은 해마다 여는 축제의 하나를 벌이고 있었다. 계속해서 나무 꼭대기 주위로 솟구쳐 올라 마지막에는 수많은 검은 매듭이 달린 거대한 그물이 공중으로 던져진 것 같았다. 그것은 곧 천천히 나무 위로 가라앉아서 마침내는 나뭇가지마다 끝에 매듭을 달고 있는 것처럼 보였다. 그러고는 곧 갑자기 그 그물이 또다시 공중으로 던져져서, 이번에는 더 넓은 원을 그리고 요란한 소음과 소란이 들려온다. 마치 공중으로 던져졌다가 천천히 나무 꼭대기로 내려오는 것이 대단히 신나는 일이기나 한 것처럼.

떼까마귀, 농부, 말, 그리고 심지어는 나무도 자라나지 않는 메마르고 벌거벗은 구릉들까지 활기에 차게 만든 기운이 나방에게도 기운을 불어넣어 사각 유리창의 이 끝에서 저 끝까지 펄럭거리며 날게 만들었다. 우리는 이 나방을 지켜보지 않을 수 없다. 사실 지켜보면서 기묘한 동정심을 느끼게 된다. 그날 아침 즐거움의 가능성이 너무도 크고 다양하다고 생각되었기 때문에 겨우 나방이 차지한 생명, 그것도 단 하루의 생명은 너무나 가혹한 운명으로 여겨져 그 빈약한 기회를 십분 즐기려는 나방의 노력은 슬퍼 보이기까지 했다. 나방은 유리창의 한구석으로 힘차게 날고, 거기서 한순간 기다렸다가 맞은편 구석으로 날아갔다. 세 번째 구석에서 네 번째 구석으로 날아가는 일 말고 달리 할 일이 뭐가 있겠는가? 구릉은 넓고 하늘은 광대하고 멀리 보이는 집집에서 피어오르는 연기가 보이고, 먼바다에 떠 있는 배로부터는 이따금 낭만적인 기적 소리가 들려오지만 나방이 할 수 있는 일은 그것뿐이다. 나방은 그가 할 수 있는 유일한 일을 하고 있는 것이다. 나방을 보고 있노라면 세계의 방대한 에너지의, 대단히 가늘지만 순수한 섬유가 나방의 연약하고 작은 몸 안으로 쑤셔 넣어졌다는 생각이 들었다. 나방이 유리창을 가로질러 날 때마다 활기 넘치는 빛의 실이 보이는 것처럼 생각되었다. 나방은 작고 보잘것없다기보다 다만 생명 그 자체였던 것이다.

그러나 나방은 체구가 너무도 작고, 열린 창문으로 굴러 들어와 나의 뇌와 다른 인간들의 뇌 안에 수많은 좁고도 복잡한 통로들을 통해 힘차게 돌진하는 그 에너지의 형태가 너무 단순했다. 그래서 나는 나방에게서 가련하면서도 경탄할 만하다는 느낌을 받았다. 그것은 마치 누군가가 순수한 생명의 작은 구슬을 가지고 거기에 보드라운 깃털과 솜털로 가능한 한 가볍게 장식을 해 춤을 추거나 지그재그로 날게 해서, 우리에게 생명의 진정한 모습을 보여주려는 것 같다. 이런 모양의 나방을 보면 그 기이함을 잊지 못하게 될 것이다. 대단히 신중하고 위엄 있게 움직여야만 하도록, 그것을 둥글게 만들고 돌출 장식을 붙이고, 꾸미고, 거추장스럽게 만들어놓은 것을 보면서 우리는 정작 생명에 대해서는 완전히 잊어버리기 쉽다. 또한 나방이 지금과 다른 형태로 태어났더라면 그 생명은 어떤 것이었을까 하고 생각해보면 나방의 단순한 동작도 일종의 연민의 정을 품고 바라보지 않을 수 없었다.

　　한참이 지난 후, 춤추느라 피곤했는지 나방은 양지바른 창틀에 앉았다. 그래서 기이한 광경은 보이지 않게 되어 나는 나방의 일을 잊어버렸다. 그러고 나서 위를 쳐다보다 나방이 눈에 들어왔다. 나방은 다시 춤을 추려 했으나, 몸이 너무 굳었는지 아니면 몸이 너무 거북한지 유리창의 아래까지 날아갈 수 있을 뿐이었다. 유리창의 반대편으로 날아가려고 했으나 실패했다. 나는 다른 일들에 생각을 빼앗겨 나방의 이 헛된 시도들을 아무 생각 없이 한동안 지켜보고 나방이 또다시 날아오르기를 기다리고 있었다. 잠시 작동을 멈춘 기계가 다시 움직이기 시작하기를, 멈춰 선 이유 따위는 생각해보지도 않고 기다리는 것처럼. 아마도 일곱 번쯤 시도한 후 나방은 창턱에서 미끄러져 날개를 파닥이면서 창틀 위에서 뒤로 넘어졌다. 속수무책인 나방의 자세가 내 정신을 번쩍 들게 했다. 순간 나방이 난처한 상황에 처했다는 생각이 들었다. 나방은 몸을 일으켜 세울 수가 없었다. 헛되이 다리를 버둥거렸다. 나방이 일어서는 것을 도와주려고 연필을 내밀었을 때 나방이 일어서지 못하고, 몸을 마음대로 가누지 못하는 것은 죽음을 뜻하는 것이라는 생각이 들었다. 나는 다시 연필을 내려놓았다.

나방은 다시 한 번 다리를 버둥거렸다. 나는 마치 나방이 상대해 싸우고 있는 적을 찾기라도 하듯 사방을 둘러보았다. 문밖을 내다보았다. 무슨 일이 일어났었나? 정오쯤이었는지 밭일은 잠시 멈춰 있었다. 얼마 전의 활기 대신 고요와 괴괴함이 자리하고 있었다. 새들은 개울로 먹이를 찾아 날아가고 없었다. 말들은 조용히 서 있었다. 그러나 생명의 기운은 여전히 거기에 있었다. 밭에 떼 지어 무심하게, 감정 없이, 특별히 그 어떤 것에 주의를 기울이지도 않은 채. 어쩐지 그것은 건초 빛깔의 작은 나방과 대조적이었다. 무언가를 해보려 했지만 소용이 없었다. 이 작은 다리가 다가오는 죽음에 맞서서 있는 힘을 다하는 것을 그냥 지켜보고 있을 수밖에 없었다. 죽음은 마음만 먹으면 도시 전체를 삼켜버릴 수 있었을 것이다. 도시뿐만 아니라 인간의 대집단도. 죽음을 거역할 수 있는 것은 아무것도 없다는 것을 나는 알고 있었다. 그럼에도 불구하고 지쳐 있던 나방이 다시 다리를 버둥거리기 시작했다. 이 최후의 항거는 훌륭했다. 너무도 필사적이어서 나방은 드디어 일어섰다. 우리는 물론, 모두 생명 편에서 동정했다. 또한 누구 하나 개의치 않고 알아주는 사람이 없는데도 작은 나방이 거대한 힘을 상대로 아무도 소중히 여기거나 지켜주고 싶어 하지 않는 것을 지키려고 이렇듯 혼신의 힘을 다하여 애쓰는 것이 이상하게도 감동적이었다. 다시금 우리도 모르게 우리는 생명을, 순수한 구슬을 보았다. 아무 소용이 없다는 것을 알면서도 나는 연필을 다시 집어 들었다. 그러나 그렇게 했을 때에는 죽음의 확실한 징조가 나타났다. 나방의 몸이 축 처지더니 곧 굳어졌다. 투쟁은 끝났다. 이 하잘것없는 작은 생물은 이제 죽음을 알게 된 것이었다. 죽은 나방을 바라보고 있을 때 이렇게나 하찮은 상대를 쓰러뜨린 거대한 힘의 길가에서의 작은 승리는 나로 하여금 경이감에 휩싸이게 했다. 불과 몇 분 전만 해도 생명이 불가사의한 존재였듯이 지금은 죽음이 꼭 마찬가지로 불가사의한 것이었다. 나방은 몸을 일으켜 세운 후 이제는 아주 점잖게, 전혀 불평하지 않고, 침착하게 누워 있었다. 맞습니다, 하고 나방이 말하고 있는 듯했다. 죽음은 확실히 나보다 강합니다.

버지니아 울프 연보

1882년   1월 25일, 런던 켄싱턴에서 출생.

1895년   5월 5일, 어머니 사망, 이 해 여름에 신경증 증세 보임.

1897년   7월, 언니 스텔라 사망.

1899년   '한밤중의 모임Midnight Society'을 통해 리튼 스트레이치, 레너드 울프, 클라이브 벨 등과 친교를 맺음.

1904년   아버지, 레슬리 스티븐 사망. 5월 10일, 두 번째 신경증 증세 보임. 이 층 창문에서 투신자살을 시도하나 미수에 그침. 10월, 스티븐 가의 네 남매, 토비, 바네사, 버지니아, 에이드리안은 아버지의 빅토리아 시대를 상징하는 하이드 파크 게이트를 떠나 블룸즈버리로 이사함. 12월 14일, 서평이 『가디언*The Guardian*』에 무명으로 실림.

1905년   3월 1일, 네 남매가 블룸즈버리에서 파티를 열면서 이후 '블룸즈버리 그룹Bloomsbury Group'이라는 예술가들의 사교적인 모임을 탄생시킴. 정신 질환을 앓음. 네 남매가 함께 대륙 여행을 함. 근로자들을 위한 야간 대학에서 가르침. 『타임스의 문예 부록』에 글을 실음.

1906년   함께했던 그리스 여행에서 돌아온 오빠 토비가 장티푸스로 사망.

1907년   블룸즈버리 그룹을 통해 덩컨 그랜트, J. M. 케인스,

데스몬드 매카시 등과 친교를 맺음.

1908년   후에 『출항The Voyage Out』으로 개명된 『멜림브로지
             어』를 백 장가량 씀.

1909년   리튼 스트레이치가 구혼했으나, 결혼이 성사되지 않음.

1910년   1월 10일, 변장을 하고 에티오피아 황제 일행이라
             사칭하고 전함 드레드노트 호에 탔다가 신문 기삿
             거리가 됨. 7~8월, 요양소에서 휴양. 11~12월, 여성
             해방 운동에 참가.

1911년   4월, 『멜림브로지어』를 8장까지 씀.

1912년   1월 11일, 레너드 울프가 구혼함. 5월 29일, 구혼을
             받아들여 8월 10일 결혼.

1913년   1월, 전문가로부터 아기를 낳는 것이 건강에 좋지
             않다는 진단 결과를 들음. 7월, 『출항』 완성. 9월 9일,
             수면제 백 알을 먹고 자살 기도.

1914년   8월 4일, 제1차세계대전 발발. 리치몬드의 호가스
             하우스로 이사.

1915년   최초의 장편소설 『출항』을 이복 오빠가 경영하는
             덕워스 출판사에서 출간.

1917년   수동 인쇄기를 구입하여 7월에 부부가 각기 이야기
             한 편씩을 실은 『두 편의 이야기Two Stories』를 출간.

1918년   3월, 두 번째 장편 『밤과 낮Night and Day』 탈고. 몽
             크스 하우스를 빌려 서재로 사용.

1919년   10월, 장편 『밤과 낮』 출간.

1920년   7월, 단편 「씌어지지 않은 소설An Unwritten Novel」
             발표. 10월, 단편 「단단한 물체들Solid Objects」 발표,
             『제이콥의 방Jacob's Room』 집필.

1921년   3월, 실험적 단편집 『월요일 아니면 화요일Monday

or Tuesday』을 호가스 출판사에서 출간. 「유령의 집
A Haunted House」, 「현악 사중주The String Quartet」,
「어떤 연구회A Society」, 「청색과 녹색Blue and Green」
등이 수록됨. 11월 14일, 세 번째 장편 『제이콥의 방』
완성.

1922년   심장병과 결핵 진단을 받음. 9월에 단편 「본드 가의
댈러웨이 부인Mrs Dalloway in Bond Street」을 씀. 10월
27일, 『제이콥의 방』 출간.

1923년   진행 중인 장편 『댈러웨이 부인*Mrs Dalloway*』을 『시
간들*The Hours*』로 가칭함.

1924년   5월, 케임브리지의 '이단자회'에서 현대 소설에 대
해 강연. 그 원고를 정리한 『베넷 씨와 브라운 부인
Mr Bennet and Mrs Brown』을 10월 30일에 출간. 『댈
러웨이 부인』 완성.

1925년   5월, 『댈러웨이 부인』 출간. 장편 『등대로*To the Light-
house*』 구상, 장편 『올랜도*Orlando*』 계획.

1927년   1월 14일, 『등대로』 출간. 5월에 단편 「새 옷The New
Dress」 발표.

1928년   1월, 단편 「슬레이터네 핀은 끝이 무뎌Slater's Pins Have
No Points」 발표. 4월에 페미나상 수상 소식 들음. 10
월, 『올랜도』 출간.

1929년   3월, 강연 내용을 보필한 『여성과 소설*Woman and
Fiction*』 완성. 10월에 『여성과 소설』을 『자기만의 방
A Room of One's Own』으로 개명하여 출간. 12월에
단편 「거울 속의 여인: 반영The Lady in the Looking-
Glass: A Reflection」 발표.

1931년   『파도*The Waves*』 출간.

1933년   1월, 『플러쉬*Flush*』 탈고.

1937년	3월 15일, 장편 『세월 *The Years*』 출간.
1938년	1월 9일, 『3기니 *Three Guineas*』 완성. 4월, 단편 「공작부인과 보석상 The Dutchess and the Jeweller」 발표, 20년 전의 단편 「라뺑과 라삐노바 Lappin and Lapinova」 개필.
1939년	리버풀 대학에서 명예박사 학위를 수여하려 했으나 사양함. 9월, 독일의 침공, 런던에 첫 공습이 있었음.
1940년	8~9월, 런던에 거의 매일 공습이 있었음. 10월 7일, 런던 집이 불탐.
1941년	2월, 『막간 *Between the Acts*』 완성. 3월 28일 오전 11시경, 우즈 강가의 둑으로 산책을 나간 채 돌아오지 않음. 강가에 지팡이가, 진흙 바닥에 신발 자국이 있었음. 이틀 뒤에 시체 발견. 오랫동안의 정신 집중에서 갑자기 해방된 데서 오는 허탈감과 재차 신경 발작과 환청이 올 것에 대한 공포 등이 자살 원인이라고 추측함. 7월 17일, 유작 『막간』 출간.

수록 작품 일람

옮긴이 소개

김금주

연세대학교 인문학연구원 전문연구원. 연세대학교 영어영문학과 문학박사. 주요 논문으로 「능력주의에 대한 비판 서사로서 이언 맥큐언의 『토요일』 읽기」, 「『밤과 낮』: 20세기 초 영국 여성참정권운동이 주목하지 못한 여성의 욕망과 일」, 「버지니아 울프의 『막간』: 지적인 싸움으로서 생각하기」 등이 있다. 주요 저서로 『여성신화 극복과 여성적 가치 긍정하기』가 있다. 역서로 버지니아 울프의 『밤과 낮』, 『버지니아 울프 문학 에세이』(공역), 『버지니아 울프 단편소설 전집』(공역) 등이 있다.

김영주

서강대학교 영미어문전공 교수. 연세대학교 영어영문학과 및 동 대학원을 졸업하고 텍사스A&M 대학교에서 박사학위를 받았다. 주요 논문으로 「영국 소설에 나타난 문화지리학적 상상력: 가즈오 이시구로의 『지난날의 잔재』와 그레이엄 스위프트의 『워터랜드』를 중심으로」, 「"가슴속의 이 빛이": 버지니아 울프와 고딕미학의 현대적 변용」, 「잔혹과 매혹의 상상력: 안젤라 카터의 동화 다시 쓰기」 등이 있으며, 저서로 『영국 문학의 아이콘: 영국신사와 영국성』, 『20세기 영국 소설의 이해』 II(공저), 『여성의 몸: 시각, 쟁점, 역사』(공저) 등이 있다.

김요섭

군산대학교 기초교양학부 부교수. 미국 컬럼비아 대학교 컴퓨터과학 학사학위와 산업공학 석사학위, 서울대학교 영어영문학과 석사와 박사학위를 받았다. 주요 논문으로 「존 스타인벡의 집단인 이론을 토머스 실리의 『꿀벌의 민주주의』로 분석하기」, 「토니 모리슨의 『빌러비드』와 생태여성주의」, 「대한제국에서 대한민국으로 이끈 이름 없는 이들의 항쟁」 등이 있고, 저서로 『문학으로 이해하는 경제』, 『4차산업혁명시대의 의료산업』 등이 있다.

김정

가톨릭대학교 영문학과 교수 역임. 영국 런던 대학교 퀸 메리 칼리지에서 현대 영국 문학을 공부했고, 서강대학교에서 박사학위. 현대 영국 소설 전공으로 버지니아 울프와 최근의 영국 소설가들에 대한 논문을 주로 썼다. 저서로 『거울 속의 그림』, 『바람의 옷』, 『20세기 영국 소설의 이해』(공저) 등이 있으며, 역서로 『부엉이가 내 이름을 불렀네』, 『호텔 뒤락』, 『제이콥의 방』, 『버지니아 울프 문학 에세이』(공역), 『버지니아 울프 단편소설 전집』(공역) 등이 있다.

박은경

충남대학교 영어영문학과 교수. 미국 뉴욕 주립대학교 문학박사. 최근 논문으로 「"Dare we […] limit life to ourselves?": Virginia Woolf, Katherine Mansfield, and the Fly」, 「울프 부부가 밋츠를 만났을 때: 『밋츠』에 나타난 돌봄의 윤리」, 「꽃잎 속 전갈, 잎새/벽의 달팽이: 버지니아 울프, 러시아 경계를 가로지르다」, 「E. M. 포스터의 『목신을 만난 이야기』 다시 읽기: 다나 해러웨이의 사이보그 페미니즘과 목신의 정치학」 등이 있다. 역서로 『버지니아 울프 문학 에세이』(공역)가 있다.

박희진

서울대학교 명예교수. 서울대학교 영문과와 동 대학원 졸업, 미국 인디애나 대학교에서 박사학위를 받았다. 논문집으로 「The Search beneath Appearances: The Novels of Virginia Woolf and Nathalie Sarraute」, 역서로 『의혹의 시대』, 『잘려진 머리』, 『영문학사』, 『등대로』, 『파도』, 『올랜도』, 『상징주의』, 『다다와 초현실주의』, 『어느 작가의 일기』 등이 있고, 지은 책으로 『버지니아 울프 연구』, 『페미니즘 시각에서 영미소설 읽기』, 『그런데도 못 다한 말』이 있다.

손영주

서울대학교 영어영문학과 교수. 미국 위스콘신 대학교 문학박사. 주요 논문으로 「울프가 베버를 만날 때: '직업'으로서의 글쓰기와 모더니스트의 '소명'」, 「『사랑에 빠진 여인들』의 지루함과 우울: 근대적 주체와 역사의 변증법」, 「"생각하는 일이 나의 싸움이다": 버지니아 울프의 사유, 사물, 언어」 등이 있다. 주요 저서로 『Here and Now: The Politics of Social Space in D. H. Lawrence and Virginia Woolf』(Routlege, 2006), 역서로 D. H. 로렌스의 『사랑에 빠진 여인들』, 『버지니아 울프 문학 에세이』(공역)가 있다.

손현주

서울대학교 인문학연구원 HK연구교수. 가톨릭대학교 강의전담 교원 역임. 서울대학교 석사, 영국 버밍엄 대학교 영문학 박사. 주요 논문으로 「『올란도』, 버지니아 울프의 러시안 러브레터」, 「버지니아 울프와 1920년대 런던의 소비문화」, 「초상화와 전기문학: 버지니아 울프의 전기문학과 시각예술」 등이 있다. 주요 저서로 『영미소설 속 장

르』(공저), 『페미니즘과 섹시즘』(공저), 『제국, 문명의 거울』(공저) 등
이 있다. 역서로 『버지니아 울프 문학 에세이』(공역)가 있다.

신광인

청주대학교 교양대학 교수. 연세대학교 동 대학원 문학석사, 한림대
학교 문학박사. 캐나다 UBC 영어교육학 석사. 주요 논문으로 「'방'
모티프와 댈러웨이 부인」, 「버지니아 울프의 작품에 나타난 '빈 공간'
의 의미」, 「신경숙의 '엄마'와 울프의 '어머니': 엄마를 부탁해와 등
대로를 중심으로」. 「Impacting Factors for Bi-literacy Education in North
America」가 있다. 역서로 『영웅의 딸』, 『버지니아 울프 문학 에세이』
(공역)가 있다.

오진숙

연세대학교 학부대학 대학영어과 교수. 미국 로드아일랜드 대학교에
서 박사학위를 받았다. 역서로 『자기만의 방』, 『3기니』, 『버지니아 울
프 문학 에세이』(공역)가 있다.

이귀우

서울여자대학교 영어영문학과 명예교수. 미국 뉴욕 주립대학교(빙엄
턴)에서 박사학위를 받았다. 저서로 『페미니즘 어제와 오늘』(공저),
『20세기 미국소설의 이해』(공저) 등이 있으며, 역서로 『경마장의 함
정』, 『피로 물든 방』, 『버지니아 울프 문학 에세이』(공역)가 있다.

이순구

평택대학교 피어선칼리지 교수. 서울대학교 영어영문학과 문학박사. 주요 저서로『죠지 엘리어트와 빅토리아조 페미니즘』,『오스카 와일드: 데카당스와 섹슈얼러티』등이 있으며, 역서로『윌리엄 모리스』(공역)가 있다.

임현주

고려대학교 영어영문학과 문학박사. 관련 저서로『페미니즘과 정신분석』(공저),『버지니아 울프』(공저) 등이 있으며, 역서로『버지니아 울프 문학 에세이』(공역),『나방의 죽음』(공역)이 있다.

전미경

명지대학교 인문교양학과 부교수. 연세대학교 영어영문학과 문학박사. 주요 논문으로, 「제인 오스틴의『오만과 편견』각색 영화 분석」, 「처방적 규범을 넘어서:『노생거 사원』에 나타난 도덕적 저항」, 「계몽주의 페미니스트 오스틴이 바라본 남성인물, 남성중심적 가치」, 「『오만과 편견』의 역설적 비전: 장자상속제의 문학적 재현」 등이 있고, 역서로『마테오 리치 중국 선교사』(공역) 등이 있다.

정덕애

이화여자대학교 영어영문학과 명예교수. 미국 뉴욕 주립대학교(올버니)에서 박사학위를 받았다. 영국 르네상스 문학에 관한 논문 등이 있고, 역서로 울프의『끔찍하게 민감한 마음』, 울프의 일기 편역인

『그래도 나는 쐐기풀 같은 고통을 뽑지 않을 것이다』, 『마저리 켐프 서』 등이 있다.

정명희

국민대학교 영어영문학부 명예교수. 연세대학교 영문과 졸업, 미국 뉴욕 대학교에서 박사학위를 받았다. 논문으로 「『제이콥의 방』—버지니아 울프와 월터 페이퍼」, 「다시 쓰는 댈러웨이 부인」, 「Mediating Virginia Woolf for Korean Readers」 등이 있고, 역서로 『댈러웨이 부인』, 『막간』, 『버지니어 울프: 존재의 순간들, 광기를 넘어서』 등이 있다.

진명희

한국교통대학교 글로벌어문학부 영어영문학전공 명예교수. 한국외국어대학교에서 박사학위를 받았다. 주요 논문으로 「『마음의 죽음』: 엘리자베스 보웬의 삶의 비전에 관한 서사」, 「정원 가꾸기와 글쓰기: 마사 발라드와 가브리엘 루아」, 「『광막한 사르가소 바다』: 대항담론으로서의 자전적 서사」, 「울프의 식탁과 예술적 상상력」 등이 있으며, 역서로 『출항』, 『버지니아 울프 단편소설 전집』(공역)이 있다.

버지니아 울프 전집 14
울프가 읽은 작가들 Collected Essays

1판 1쇄 인쇄	2022년 2월 21일
1판 1쇄 발행	2022년 3월 25일
지은이	버지니아 울프
옮긴이	한국 버지니아 울프 학회
펴낸이	임양묵
펴낸곳	솔출판사
편집장	윤진희
편집	최찬미 김현지
디자인	이지수
마케팅	이가원
경영관리	이슬비
주소	서울시 마포구 와우산로29가길 80(서교동)
전화	02-332-1526
팩시밀리	02-332-1529
홈페이지	www.solbook.co.kr
이메일	solbook@solbook.co.kr
출판등록	1990년 9월 15일 제10-420호

ISBN	979-11-6020-172-7　　(04840)
	979-11-6020-081-2　　(세트)